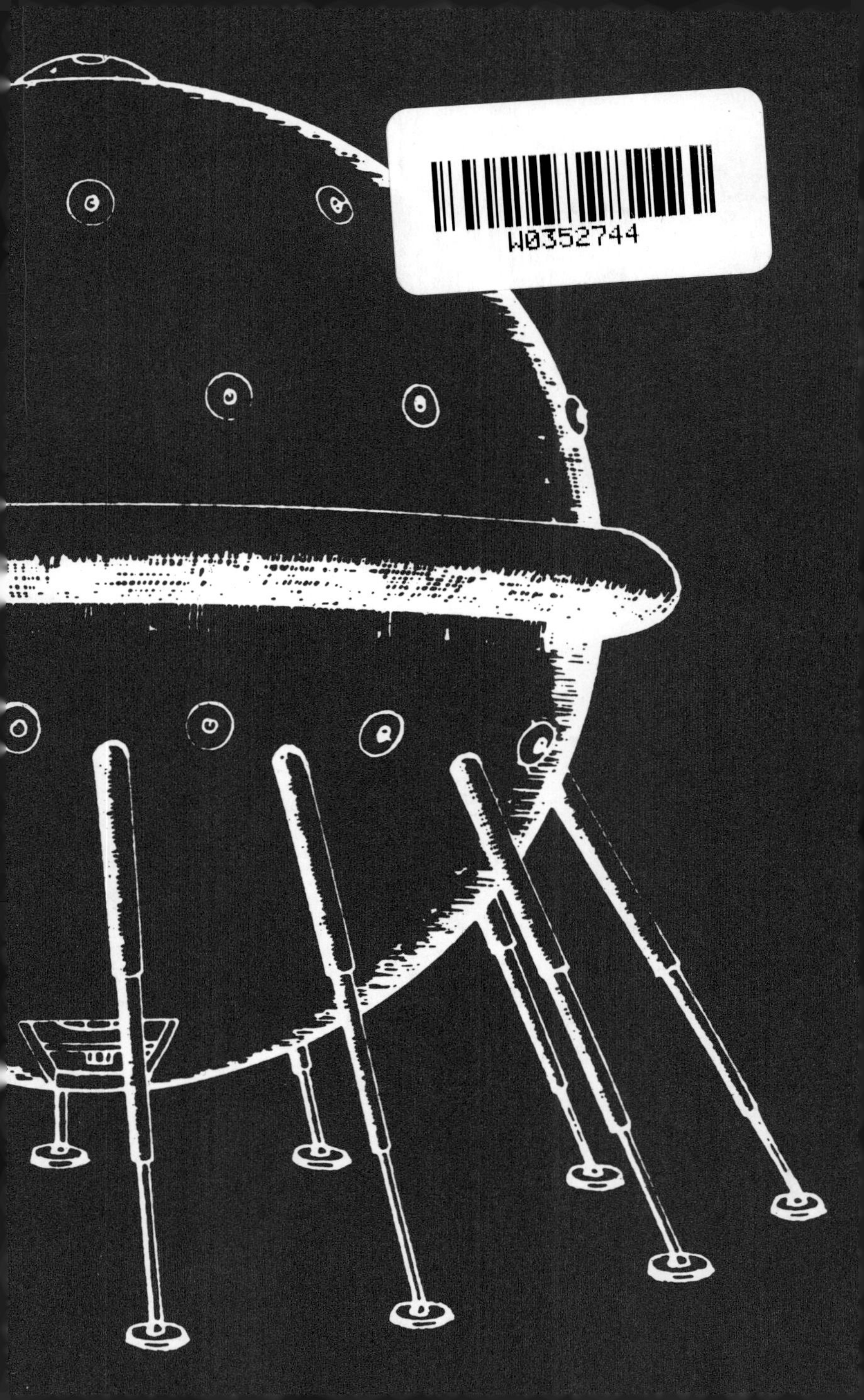

Perry Rhodan

Vorstoß nach Arkon

Perry Rhodan

Vorstoß nach Arkon

Verlagsunion Erich Pabel-
Arthur Moewig KG, Rastatt

14. Auflage

Redaktion: William Voltz
Lektorat: G. M. Schelwokat
Titelillustration: Johnny Bruck
Satz: Utesch, Hamburg
Druck und Bindung: Mohndruck
Graphische Betriebe GmbH, Gütersloh
Printed in Germany 1994
ISBN 3-8118-0676-9

Einleitung

In einigen Zuschriften, die mich als Reaktion auf die Bearbeitung der PERRY-RHODAN-Originalromane zu Büchern erreichten, wird beklagt, daß wir die Originale nicht Wort für Wort in ihrer ursprünglichen Fassung belassen. Sosehr ich diesen Wunsch auch verstehen kann, gibt es doch eine Reihe von Argumenten (und diese werden von der überwiegenden Mehrheit der Leser als richtig empfunden), die dagegen sprechen. Nur zwei davon seien hier einmal genannt. Wollten wir alle Originalromane, auch die sogenannten Lückenfüller und die in den Romanen enthaltenen langatmigen Passagen, bringen, käme die Buchausgabe wohl nie voran – sie bliebe hoffnungslos hinter den Originalausgaben zurück. Darüber hinaus scheint es mir angebracht, Fehler und Widersprüche in Konzeption und Ausführung zu beseitigen.

Wenn (nur um ein Beispiel aus dem für dieses Buch benutzten Material herauszugreifen) eine harmlose Seuche, die nach kurzer Zeit abgeklungen ist, als Nebeneffekt eine weitaus höhere Intelligenz aller Betroffenen nach sich zieht, so fragt man sich doch, warum die Verantwortlichen der Erde nicht dafür sorgen, daß alle Menschen sich mit dieser (einem Schnupfen vergleichbaren) Krankheit infizieren, um in Zukunft wesentlich intelligenter und damit für Angriffe aus dem Weltraum besser gerüstet zu sein. Streicht man die Passagen, in denen in Zusammenhang mit dieser Seuche von höherer Intelligenz die Rede ist, so erscheint alles viel logischer.

Ähnlich verhält es sich mit den Koordinaten der Erde, die Perry Rhodan unter allen Umständen geheimhalten möchte. Darüber, wem diese Informationen nun bekannt sind und wem nicht, gab es in den Originalromanen für dieses Buch erhebliche Widersprüche. Auch sie wurden beseitigt. Die Bücher, das sollte damit noch einmal aufgezeigt werden, stellen also nicht nur eine Essenz der besten Rhodan-Romane dar, sondern sie sind auch ein Versuch, in der Vergangenheit begangene Unregelmäßigkeiten zu beseitigen. Dabei wird sorgfältig darauf geachtet, daß der Reiz der Originalromane und deren Aussagen erhalten bleiben. In diesem fünften Band der PERRY-RHODAN-Bibliothek wurden folgende Originalromane zusammengefaßt (in der Reihenfolge ihres ehemaligen Erscheinens, unberücksichtigt der vorgenommenen Kürzungen und Änderungen): *Ausflug in die Unendlichkeit (Clark Darlton), Eiswelt in Flammen (Clark Darlton), Levtan, der Verräter (Kurt Brand), Die Seuche des Vergessens (Clark Darlton), Ein Planet spielt verrückt (Clark Darlton), Vorstoß nach Arkon (Kurt Mahr)* und *Die Welt der drei Planeten (K. H. Scheer).*

Heusenstamm, Juli 1979 — William Voltz

Vorwort

Als Perry Rhodan und seine Freunde am 19. Juli 1971 mit der STARDUST auf dem Mond landeten und ein havariertes Forschungsschiff der Arkoniden entdeckten, begann ein neuer Abschnitt in der menschlichen Entwicklung.

Mit Hilfe der arkonidischen Technik gelang es Perry Rhodan, einen atomaren Weltkrieg zu verhindern. Anerkannt von den Völkern der Erde, denen er zum Frieden verholfen hatte, begann Perry Rhodan sein Augenmerk auf die Erforschung des Weltraums zu richten. Auf der Suche nach dem Planeten des ewigen Lebens brach Perry Rhodan in das 27 Lichtjahre entfernte Wegasystem auf, wo ihm die STARDUST II, ein achthundert Meter großes arkonidisches Raumschiff, in die Hände fiel.

Mit diesem Schiff folgte Perry Rhodan einer geheimnisvollen Spur durch Raum und Zeit, die von einem Unsterblichen gelegt worden war. Nach der Auflösung einer Vielzahl galaktischer Rätsel erreichte Perry Rhodan *Wanderer,* die phantastische Kunstwelt des Geisteswesens ES. Perry Rhodan und sein Freund Reginald Bull erlangten auf *Wanderer* die relative Unsterblichkeit. ES, der geheimnisumwitterte Unsterbliche, machte einige schwer zu deutende Prophezeiungen für die Zukunft der Menschheit und Perry Rhodans.

Daß diese Zukunft eine beschwerliche sein würde, erfuhr Perry Rhodan bei seinem ersten Zusammentreffen mit den Galaktischen Händlern, auch Springer genannt. Die Springer fühlten ihr Handelsmonopol durch die Menschheit bedroht und ergriffen Gegenmaßnahmen. Um die Auseinandersetzungen überstehen zu können, beginnt Rhodan nach Hilfe zu suchen . . .

1.

Man konnte auf den ersten Blick erkennen, daß dieses riesige Raumschiff nicht von Menschenhand erbaut worden war. Es glitt in freiem Fall in einer Entfernung von 15 Lichtstunden um die Sonne und beobachtete mit Hilfe seiner empfindlichen Instrumente ihre Planeten.

Seine Form erinnerte an eine ungeheure Walze, die vorn abgerundet und hinten stumpf war. Es war dreihundert Meter lang und besaß einen Durchmesser von fünfzig Metern. In regelmäßigen Abständen schimmerte Licht aus runden Luken. Dahinter bewegten sich riesige, quadratische Schatten.

Das fremde Schiff war nicht allein. Sieben weitere begleiteten es. Acht Schiffe hatte Topthor als Einsatzreserve jenseits der Plutobahn zurückgelassen.

In der Kontrollzentrale des Führungsschiffs stand Kommandant Topthor vor den Bildschirmen. Topthor wog nach irdischen Begriffen fast zehn Zentner. Er war so breit, wie er hoch war – nämlich einen Meter und sechzig Zentimeter. Seine Hautfarbe spielte ins Grünliche, und sein glatter Schädel war haarlos. Dafür trug er nach der Sitte seines Volkes einen rötlichen Vollbart.

Topthor war kein gewöhnlicher Händler, sondern gehörte zu den sogenannten „Überschweren“. Vor langer Zeit lebten sie auf einer Welt mit einer Schwerkraft von 2,1 g. Die Folge war gewesen, daß sie im Verlauf vieler Generationen eine anatomische Veränderung durchmachten, die ihnen ihre jetzige Körperform verliehen hatte. In ihrer gerissenen Klugheit hatten die Händler – oder „Springer“, wie sie auch genannt wurden – sich die anatomische Strukturveränderung ihrer Artgenossen ebenso zunutze gemacht wie diese selbst. Die „Überschweren“ wurden die Wachtruppe der Springer. Sie lebten davon, ihren Artgenossen auf deren Wunsch hin zu Hilfe zu eilen und notfalls für sie zu kämpfen.

Diesmal jedoch handelte Topthor auf eigene Initiative.

Noch vor wenigen Tagen hatte sich Topthor mit seiner Flotte innerhalb des 90 Schiffe zählenden Verbands der Überschweren aufgehalten, die Orlgans zu Hilfe gerufen hatte. Kurz darauf wurde jedoch zu Topthors Verwunderung der Einsatz auf Etztaks Wunsch beendet. Während sich der Rest des Verbands zerstreute und neuen Aufgaben nachging, versuchte Topthor herauszufinden, welche Geheimnisse Etztak zu verbergen hatte. Es gelang ihm, einige Funksprüche, die zwischen Etztak und Orlgans gewechselt wurden, aufzufangen und sich so ein ungefähres Bild über die Ereignisse der letzten Tage zu verschaffen.

Als die STARDUST II in Transition ging, war Topthor geistesgegenwärtig genug, den Rematerialisierungspunkt anzupeilen und Rhodans Schiff unbemerkt zu folgen.

Und da war er nun, mitten im Solsystem, vor jeder Ortung gut geschützt, und wartete darauf, daß die STARDUST II die Erde wieder verließ. Seinen ursprünglichen Plan, nach dem Aufbruch Rhodans die Erde unter seine Kontrolle zu bringen, hatte er vorläufig zurückgestellt.

Während seines Aufenthalts im Solsystem hatte er einige interessante Informationen sammeln können. Er hatte dabei erfahren, daß Rhodan beabsichtigte, die Welt des ewigen Lebens aufzusuchen.

Diese einmalige Chance wollte sich Topthor nicht entgehen lassen, und so beschloß er, erneut der STARDUST II zu folgen, in der Hoffnung, daß sie ihn zu jener sagenhaften Welt führte.

Das, was Perry Rhodan seit einem Jahrzehnt erfolgreich zu vermeiden gesucht hatte, war geschehen. Vorbei war es nun mit der schützenden Isoliertheit und der Anonymität. Ausgerechnet die Springer mußten die Erde finden.

Die erste Schlacht war von den Menschen allerdings gewonnen worden. Alle von den Springern auf der Erde und im Sonnensystem eingesetzten Spionageroboter waren ausgeschaltet worden. In einem

Blitzangriff hatte Rhodan die Funkstationen der Springer auf Titan erobert. Aber noch war nichts entschieden. Im fernen System des Doppelsterns Beta-Albireo, 320 Lichtjahre von der Erde entfernt, standen die beiden Schweren Kreuzer TERRA und SOLAR SYSTEM im Kampf gegen die bewaffnete Handelsflotte der beiden Springer-Kommandanten Orlgans und Etztak. Und auf dem zweiten Planeten des Systems, einer urzeitlichen Eiswelt, harrten Julian Tifflor und seine Freunde aus und warteten auf ihre Befreiung. Gucky, der kleine Mausbiber mit seinen erstaunlichen Fähigkeiten, war bei ihnen. Vielleicht gelang es ihnen, die Springer so lange hinzuhalten und von Rhodan abzulenken, bis dieser die notwendigen Waffen besaß, die Eindringlinge ein für allemal zu vertreiben.

Die Gesamtlage war also nicht gerade rosig zu nennen, als die achthundert Meter große Raumkugel STARDUST II dem Transitionspunkt entgegenraste.

Perry Rhodan war entsprechend nervös.

Reginald Bull registrierte das mit Mißbehagen.

„Ich möchte nur wissen, warum du dir Gedanken machst", versuchte er seinen Freund aufzuheitern. „Alles läuft prima. Um Gucky und Tiff brauchen wir uns keine Sorgen zu machen, die schaffen es schon."

Bully sah auf den Bildschirm. Der Riesenplanet Jupiter glitt seitlich aus dem Blickfeld. Die STARDUST II raste mit annähernder Lichtgeschwindigkeit auf den jenseits der Plutobahn befindlichen Transitionspunkt zu.

„Wie lange wird es dauern?" fragte Bully.

Rhodan zog die Stirn kraus. „Du hast ein unnachahmliches Talent, die schwierigsten Probleme mit einfachen Fragen anzuschneiden, mein Freund. Wie lange wird es dauern – das ist ja das Verrückte an der ganzen Sache. Ich fürchte, ich kann dir im Augenblick deine Frage nicht beantworten. Du weißt, daß wir schon einmal auf dem Planeten des ewigen Lebens weilten, und als wir dann zur Erde zurückkehrten, waren viereinhalb Jahre vergangen. Der Planet Wanderer, das künstliche Gebilde eines Überwesens, existiert in einer anderen Zeitebene. Wir müssen aber hin, um Ausrüstungen zu erhalten, ohne die wir die Springer niemals vertreiben können. Was geschieht, wenn wir erst nach ein oder zwei Jahren zurückkehren, auch wenn wir glauben, nur wenige Tage auf Wanderer geweilt zu haben?"

Ein Lächeln huschte über Bullys breites Gesicht. „Warum sollte das geschehen? Wir werden ES einfach bitten, die Zeitdifferenz auszugleichen."

Rhodan sah für einen Augenblick verdutzt aus. Dann zuckte er mit den Schultern. „ES wird uns etwas husten, nehme ich an."

ES – das war das unbegreifliche Wesen, dem der Planet Wanderer gehörte. Die Vereinigung eines uralten Volkes. In ihm lebten Milliarden Bewußtseine, die freiwillig auf ihren Körper verzichtet hatten. Zu vergleichen war ES nur mit einem Energiewesen, das die Intelligenzkapazität der gesamten Menschheit in sich vereinigte. ES – das zuerst unbegreifliche Wunder, das man erst dann zu verstehen begann, wenn man sich der Tatsache bewußt wurde, daß ES trotz seiner unendlichen Überlegenheit Humor besaß.

„Warum sollte ES das?" protestierte Bully und blieb diesmal ernst. „Du bist gut mit ihm ausgekommen, bei deinem ersten und später zweiten Besuch, der allerdings nur Minuten dauerte. Warum sollte ES uns nicht den Gefallen tun, diesen Zeitfaktor einmal auszuschalten?"

„ES ist unberechenbar", erwiderte Rhodan. „Wir sollten nicht jetzt schon spekulieren, was auf Wanderer geschehen wird."

„Aber wir können über die Springer spekulieren", meinte Bully. „Was ist, wenn ein paar von ihnen in der Nähe sind und uns anpeilen?"

Rhodan war um eine Nuance blasser geworden. Er wußte sofort, was Bully meinte. Wenn jemand den Transitionspunkt wußte und sich hinter sie setzte, war es durchaus möglich, daß er ihnen folgte. Mit Hilfe der empfindlichen Ortungsgeräte und der Strukturtaster war das kein unüberwindliches Problem. Aber dann schüttelte er den Kopf. „Wir haben alle automatischen Spionageanlagen der Springer im Sonnensystem vernichtet. Sie haben keine Schiffe mehr hier."

Weder Rhodan noch Bully wußten etwas von der Existenz der sogenannten Überschweren, geschweige denn davon, daß ausgerechnet diese kampfgewohnte Sippe darauf aus war, den Planeten des ewigen Lebens zu entdecken. Zum erstenmal in seinem Leben beging Rhodan den Fehler, einen Gegner zu unterschätzen. Sicher, er wußte, daß er mit den herkömmlichen Mitteln die Springer auf keinen Fall besiegen konnte, dazu war dieses Volk zu erfahren. Bei ihren Tauschgeschäften mit fast allen bewohnten Welten dieses Teils der Milchstraße hatten sie es verstanden, sich viele Waffen anzueignen.

„Noch fünf Stunden bis zur Transition", stöhnte Bully in komischem Entsetzen. „Und das bei Lichtgeschwindigkeit."

Rhodan lächelte, aber diesmal fehlte seinem Lächeln die sonst übliche Gelassenheit. „Das Licht ist gar nicht so schnell, Bully."

Topthor riß seine massige Gestalt aus dem Sessel, als Grogham, sein Stellvertreter, ihn anrief.

„Unsere Geräte haben eine riesige Raumkugel geortet, die Kurs aus dem System nimmt."

„Dann ist es das Hauptschiff dieses Rhodan", sagte Topthor. „Es ist soweit. Lassen Sie genaue Berechnungen anstellen. Wir folgen Rhodan in Sicherheitsabstand. Ortungssperren einschalten, damit er uns nicht bemerkt. Sobald die erwartete Transition stattfindet, Position und Stärke der Raumerschütterung berechnen. Wir folgen dann mit der gleichen Sprung-Intensität. Wenn alles klappt, kommen wir in maximal einem Lichtjahr Entfernung von Rhodan auf dem fünfdimensionalen Feld wieder heraus. Klar?"

„Alles klar", bestätigte Grogham und unterbrach die Verbindung.

Topthor ließ sich wieder in seinem Sessel nieder und verfolgte die Geschehnisse auf dem Bildschirm. Zuerst wurde eine Kugel sichtbar, die mit Lichtgeschwindigkeit aus dem Sonnensystem herausstrebte. Sie würde die lauernde Flotte des Überschweren in einer Entfernung von einer halben Lichtstunde passieren. Die Ortungssperren mußten also eingeschaltet werden. Damit wurden Topthor und seine kleine Flotte für Rhodans Suchgeräte unsichtbar.

Drei Minuten wurden zu Stunden. Die STARDUST II glitt an den acht walzenförmigen Schiffen vorbei und schoß hinein in den interstellaren Raum. Die Transition konnte nun jeden Augenblick erfolgen.

Topthor ließ auf neuen Kurs gehen. Sie folgten nun der STARDUST II in einem genau berechneten Sicherheitsabstand und warteten auf die alles entscheidende, alles verratende Transition.

Sie erfolgte nach ungefähr weiteren zwei Stunden.

Auf dem normalen Bildschirm war ein kurzes Flimmern, und dann verschwand das riesige Kugelschiff, als sei es nie zuvor dagewesen.

Die Strukturtaster empfingen die Erschütterung, die mit Überlichtgeschwindigkeit durch das Zeit-Raum-Gefüge raste, und maßen sie. Minuten später lag das Ergebnis vor. Grogham gab es stolz bekannt.

„Intensität 467,00958 Sprungeinheiten. Richtung gleichbleibend. Entfernung exakt 1602,18 Lichtjahre, minus oder plus 0,661. Ihre Befehle, Kommandant?"

„Transition – sofort!"

Als Rhodan die ersten Schmerzen des zurückkehrenden Bewußtseins verspürte, wußte er, daß die Transition gelungen war. Neben ihm stöhnte Bully und sah nach, ob seine Körperteile an der richtigen Stelle saßen. Er befürchtete, daß einmal eine Panne passierte und er bei der Rematerialisation seine Nase an anderer Stelle wiederfand.

„Alles vorhanden?" erkundigte sich Rhodan spöttisch. Er teilte die heimlichen Befürchtungen seines Freundes nicht, dafür hatte er andere Sorgen. „Hoffentlich finden wir Wanderer."

Obwohl Rhodan wußte, daß die Berechnungen, die sie von der Venuspositronik erhalten hatten, exakt waren, hing es allein von ES' Willen ab, wann sie auf Wanderer landen durften. Der künstliche Planet des Überwesens war für alle Ortungsgeräte unsichtbar und konnte nicht angepeilt werden. Wenn ES sich nicht meldete, würde man Wanderer niemals finden – es sei denn durch einen puren Zufall. Und auf den wollte Rhodan sich nicht verlassen.

Wanderer beschrieb eine Bahnellipse von zwei Millionen Jahren Dauer. Er umlief an die dreißig Sonnensysteme, die in einer fast geraden Linie lagen. Zwei von ihnen bildeten die Brennpunkte der Umlaufellipse. Es hatte Rhodan zu denken gegeben, daß ausgerechnet das irdische Sonnensystem einer dieser Brennpunkte war. Um den anderen würde er sich noch bei Gelegenheit kümmern müssen. Er ahnte, daß ihm da eine Überraschung bevorstand.

Obwohl er wußte, wie sinnlos es sein würde, ließ er die übliche Ortungsmaschinerie anlaufen. Ein Blick auf den Bildschirm zeigte ihm, das die STARDUST II mitten in einem sternenlosen Teil der

Milchstraße stand. In einem Umkreis von fünfzig Lichtjahren gab es keine Sonne. Nur in weiter Ferne standen unzählige Sterne. Sie blinkten nicht und waren wie die unzähligen Augen eines unsichtbaren Ungeheuers.

So war es auch damals gewesen, als Rhodan zum erstenmal den Planeten des ewigen Lebens aufgesucht hatte, um die Zelldusche zu erhalten, die seinen Alterungsprozeß für die nächsten sechs Jahrzehnte aufhielt. Nichts hatte darauf hingewiesen, daß in unmittelbarer Nähe ein künstlicher Planet seine Bahn zog, auf dem ES lebte. ES, dessen Spur durch Zeit und Raum Rhodan gefolgt war, um das Geheimnis der Unsterblichkeit zu finden. Nun, das Geheimnis selbst war nicht enthüllt worden, aber ES hatte Rhodan das Geschenk der Lebensverlängerung gegeben, weil er alle Rätsel gelöst hatte. Auch Bully hatte es erhalten, und er war somit wenigstens für die kommenden sechzig Jahre die Sorgen los, wie er ein Weißwerden seiner roten Haarborsten vermeiden konnte.

Damals hätten sie nie den Planeten entdeckt, der unsichtbar ganz in der Nähe seine Bahn zog, wenn ES sich nicht bemerkbar gemacht hätte. In einer Halle der STARDUST II war plötzlich ein monströses Etwas materialisiert. Dazu hatte der Unbegreifliche homerisch gelacht, als bedeute das alles für ihn nichts anderes als einen Spaß. Rhodan hatte sehr bald begriffen, daß es in der Tat so war.

Aber er hatte noch etwas anderes begriffen. ES hatte ihm mit Hilfe eines Fiktiv-Materietransmitters ein Ungeheuer ins Schiff teleportiert. Und genau das war der Grund, warum er nun nach Wanderer zurückgekehrt war. Er wollte ES bitten, ihm eine solche Anlage zur Verfügung zu stellen.

„Wir werden Wanderer finden", verscheuchte Rhodan Bullys Bedenken. „Ich weiß nur nicht, wie lange es dauern wird." Er entsann sich, wie er damals mit ES gesprochen hatte. Eigentlich war es ein freundschaftliches Gespräch gewesen. „Alter Freund", so hatten sie sich gegenseitig genannt. ES hatte eben Humor. „Gib die dritte Alarmstufe durch. Es ist immerhin möglich, daß wir mit einigen harten Späßen empfangen werden."

Bully nickte und begab sich in die Funkzentrale, um von dort aus alles Nötige zu veranlassen. Rhodan blieb allein in der geräumigen

Zentrale zurück. Er stand da und starrte verloren auf den Bildschirm, der nichts anderes als weit entfernte Sterne zeigte. Keine Spur von Wanderer, dem Lebensplaneten, auf dem ES hauste und sich seiner Unsterblichkeit wegen unendlich langweilte.

„Hallo, Darling!“

Es war Rhodan, als träfe ihn der Schlag. Unter den fünfhundert Besatzungsmitgliedern gab es natürlich auch Frauen und Mädchen, aber er konnte sich nicht entsinnen, jemals mit einer von ihnen Beziehungen unterhalten zu haben, die diese Anrede rechtfertigten.

Er fuhr herum und starrte in das Gesicht einer Frau. Irgendwie kam ihm das Gesicht bekannt vor. Er mußte es schon einmal gesehen haben.

„Aber Darling, kennst du mich denn nicht mehr?“

Die Stimme war einschmeichelnd und liebkosend. Das Gesicht besaß einen Liebreiz, dem auch Rhodan sich nicht verschließen konnte. Aber er wußte, daß er keinem wirklichen Menschen gegenüberstand, sondern nur einer Materie-Gedanken-Spiegelung des Unsterblichen.

„Hallo, Madam“, ging er auf den Scherz ein. „Sie kommen im Auftrag meines alten Freundes, nehme ich an. Bitte, nehmen Sie Platz.“

„Aber Darling, seit wann so förmlich?“

Sie trat auf ihn zu und legte ihre schlanken Arme um seinen Nacken. Rhodan spürte die Wärme ihres Körpers und war unfähig, sich zu rühren. Wie erstarrt blieb er stehen und atmete den Duft der schönen Frau ein. Sie trug ein Kleid, das nur aus einem antiken Umhang zu bestehen schien.

„Ähem“, räusperte sich Rhodan. Er hatte nicht viel Erfahrung im Umgang mit Frauen, schon gar nicht mit Frauen, die überhaupt nicht existierten. Doch war die Nähe dieser körperlichen Erscheinung genauso real wie damals die des grauenhaften Ungeheuers. Immerhin hatte ES seine Taktik geändert und war von Ungeheuern zu Frauen übergegangen.

„Nun?“ machte die Schöne und lächelte verführerisch. „Du gehst wohl nicht oft ins Kino, wie?“

„Selten“, gab Rhodan zu und wußte plötzlich, wer da aus dem Nichts in die Zentrale gekommen war. Der Unsterbliche hatte in seiner Erinnerung geforscht, den flüchtigen Eindruck an einen längst vergessenen Film gefunden – und materialisiert. Darum also kam sie ihm so bekannt vor.

„Perry!“ sagte sie plötzlich und umarmte Rhodan so stürmisch, daß er keine Bewegung der Abwehr machen konnte. „Liebst du mich eigentlich noch immer? Nicht wahr, ich habe dir damals doch sehr gefallen?“

Verdammt, sie existiert nicht in Wirklichkeit, redete Rhodan sich erbittert ein, obwohl er genau wußte, daß sie doch existierte. Nicht die gleiche Persönlichkeit, soweit er das beurteilen konnte. Nur eine Nachahmung, die aus der Erinnerung heraus materialisiert worden war. Oder aber – und auch das war bereits einmal vorgekommen – ES holte sich den tatsächlichen Menschen von der Erde – nur seinen Geist. Aber der Geist genügte, um den Körper ebenfalls materialisieren zu lassen. ES hatte sogar schon ganze Menschengruppen aus der Vergangenheit der Erde geholt und sie in die Zeitebene des Kunstplaneten Wanderer versetzt, wo sie so handelten, als seien sie noch auf der Erde.

Die Körperwärme der schönen Filmschauspielerin, deren Namen Rhodan nicht einmal wußte, war sehr wirklichkeitsgetreu. Er wehrte sich gegen das merkwürdige Gefühl, das von ihm Besitz zu ergreifen drohte. Mit Aufbietung aller seiner Kräfte wollte er die Frau von sich stoßen.

Aber die Schöne hatte Kräfte, mit denen sie selbst einen Preisboxer auf den Rücken gelegt hätte. Rhodan vermochte nicht, sie auch nur einen Zentimeter wegzuschieben. Im Gegenteil. Mit ihrem zuvorkommendsten Lächeln zog sie ihn noch enger an sich heran und küßte ihn auf die Lippen.

Das hätte Rhodan eventuell noch verwinden und ES verzeihen können, wenn nicht ausgerechnet in diesem Augenblick Bully in die Zentrale zurückgekommen wäre. In seiner Begleitung befand sich Redkens, ein Kadett der Raumakademie. Bei diesem Flug arbeitete er in der Navigationsabteilung der STARDUST II.

Bullys Gesicht war sehenswert. Er machte drei Schritte, ehe er begriff, was seine Augen erblickten. Da vorn, dicht bei den Kontrollen, stand sein Freund Perry Rhodan und wehrte sich mit Händen und

Füßen dagegen, von Kleopatra geküßt zu werden. Bully hatte den Film natürlich auch gesehen und mehr von ihm behalten als Rhodan.

„Mensch!“ stöhnte er und stützte sich gegen die ovale Wand. „Mensch – die Rallas! Ich werd’ verrückt!“

„Wer?“ stammelte der junge Kadett und wurde knallrot im Gesicht. Er war ein eifriger Verehrer der bekannten Filmschauspielerin und traute seinen Augen nicht, sie hier, mehr als anderthalbtausend Lichtjahre von Hollywood entfernt, in den Armen Rhodans vorzufinden.

Rhodan drehte mühsam den Kopf. Sein hübscher Gast schien sich nicht im geringsten etwas daraus zu machen, daß sie Zuschauer erhalten hatten. Stürmisch biß die nur zu reale Erscheinung ihrem widerspenstigen Liebhaber in die Ohrläppchen.

Rhodan stieß einen erschrockenen Schrei aus und trat der weltbekannten Rallas vor die Schienbeine. Aber das schien ihr ebenfalls nichts auszumachen.

„Darling, ich liebe dich“, hauchte sie.

Nur mit Mühe hielt sich Bully aufrecht. Mit aufgerissenen Augen starrte er auf die unglaubliche Szene. Mit keinem Gedanken dachte er daran, das erste Lebenszeichen des Unsterblichen vor sich zu sehen. Er sah nur die schöne Frau in Rhodans Armen.

„Hast du sie an Bord geschmuggelt?“ fragte er hilflos. „Davon hättest du mir aber auch etwas sagen können.“

„Vielleicht sollten wir sie besser allein lassen“, sagte Redkens höflich und wandte sich bereits zum Gehen, als Rhodans verzweifelter Schrei ihn bannte.

„Unterstehen Sie sich, Kadett Redkens! Befreien Sie mich von diesem Weib!“

„Es ist Kleopatra“, verbesserte Redkens völlig verstört. „Vielmehr, es ist die *göttliche* Rallas . . .“

„Es ist mir egal, wer sie ist“, tobte Rhodan und versuchte immer noch, sich aus den starken Armen seiner unverhofften Geliebten herauszuwinden. „Na los, helft mir endlich!“

Redkens verstand es nicht. Warum hatte Rhodan sich denn die Rallas mitgenommen, wenn er sie nicht mochte? So etwas hätte er Rhodan niemals zugetraut. Immerhin . . .

„Na, los schon!“ ächzte Bully und setzte sich in Bewegung. „Ich begreife zwar überhaupt nichts mehr, aber vielleicht ist sie verrückt geworden.“

Aber kaum berührte er den Arm der schönen Kleopatra, da ließ diese Rhodan auch schon los, drehte sich um und sah in Bullys rotes Gesicht.

„Bully, mein geliebtes Bullylein! Komm in meine Arme . . .!“

Und schon saß Bully in der Klemme. „Hier also treffen wir uns wieder.“ Die roten Lippen des unnahbaren Weltstars preßten sich auf die seinen und erfüllten somit seinen uralten Wunsch, einmal von der schönen Rallas geküßt zu werden. Wehrlos ließ er alles mit sich geschehen und achtete nicht einmal auf das homerische Gelächter, das in seinen Ohren dröhnte. Auch Rhodan, von den Zudringlichkeiten der unverhofften Besucherin befreit, mußte lachen, als er Bully in den Armen der Rallas regelrecht zerschmelzen sah.

Nur der unglückliche Kadett Redkens mußte sich unter diesen Umständen als vom Schicksal stiefmütterlich behandelt sehen. Er starrte abwechselnd von Rhodan auf das engumschlungene Paar und wußte nicht, was er von der Situation halten sollte.

Endlich schien der Unsterbliche einzusehen, daß es so nicht weitergehen konnte. Er sorgte dafür, daß Kleopatra ihr Opfer freiließ.

Bully stand plötzlich allein und umfing jemand, der nicht mehr vorhanden war. Der Anblick war so komisch, daß Rhodan nun seinen Zorn völlig vergaß und laut zu lachen begann. Bully öffnete die verzückt geschlossenen Augen und bemerkte, wie lächerlich er sich benahm. Und das in Gegenwart von Redkens, der gegen die Wand gelehnt stand und immerzu stammelte: „Ein Autogramm! Und ich hätte so gern ein Autogramm von ihr gehabt!“

„Halten Sie den Mund, Redkens! Das Weib hätte Ihnen niemals ein Autogramm geben können – es war ein Geist.“

Redkens war auf der ersten Reise zum Lebensplaneten nicht dabeigewesen, also wußte er nichts von den merkwürdigen Späßen des unfaßlichen Wesens. „Ein Geist? Aber ich kenne doch die Rallas . . .“

„Es hätte ebensogut auch Kolumbus sein können“, warf Rhodan ein. „Aber Kolumbus hätte mich sicher nicht so erschreckt wie diese – wie hieß die Dame?“

„Rallas – die göttliche Rallas!“ rief Redkens enttäuscht. „Wie ist ein Geist möglich, der einen Körper hat?“

„ES kann alles“, klärte Bully ihn auf, der allmählich seinen Schock überwand und begriff, welcher Illusion er zum Opfer gefallen war. „ES schafft aus unserer Vorstellung heraus materielle Illusionen. Es sind nichts als materialisierte Gedanken. Im Unterbewußtsein Rhodans war die Erinnerung an diesen einen Film mit der Rallas – und schon bildete der Unsterbliche die genaue Imitation und materialisierte sie hier im Schiff. Ganz einfach – obwohl ich zugeben muß, im ersten Augenblick darauf hereingefallen zu sein.“

„War ein ziemlich langer Augenblick“, machte ihn Rhodan aufmerksam und verstummte jäh. In seinem Gehirn war plötzlich eine Stimme – die telepathische Stimme von ES, dem Unsterblichen.

„He, alter Freund“, sagte ES. „Du kommst mich besuchen? Ah, du hast gewichtige Gründe, wie ich sehe. Nun, wir sollten uns ausführlich darüber unterhalten. Behaltet den jetzigen Kurs bei, ebenfalls die Geschwindigkeit. In genau drei Minuten prallt ihr gegen den Schutzschirm von Wanderer. Stellt den Antrieb ab.“

Rhodan wartete auf weitere Anweisungen, aber sie blieben aus.

Er sah Bully an. „Hast du eben eine Stimme gehört?“

„Nein. Du?“

Da wußte Rhodan, daß ES nur mit ihm allein gesprochen hatte. Und, so seltsam es auch schien, diesmal schien ES Wert darauf zu legen, so schnell wie möglich mit Rhodan zu sprechen. Die exakte Positionsangabe ließ darauf schließen.

„Antrieb aus!“ befahl Rhodan. „Bully, sorge dafür, daß die Mannschaft sich auf eine starke Verzögerung gefaßt macht. Trotz unserer Schwerkraftfelder wird es einen hübschen Stoß geben. Wir treffen in drei Minuten auf das Energiefeld von Wanderer. Es wird uns abbremsen. Und dann . . .“

Jemand lachte. Es war Redkens. Der junge Kadett stand immer noch gegen die Wand gelehnt. In der Hand hielt er eine Postkarte mit einem Foto. Er starrte darauf und lachte, bis ihm Tränen kamen.

Bully ging hin und nahm ihm das Foto ab. Er sah nur eine Sekunde darauf, ehe auch er zu lachen begann. Wortlos reichte er das Foto weiter. Rhodan sah eine haarscharfe und farbgetreue Aufnahme der

Dame, die ihn noch vor Minuten so energisch an ihren Busen gedrückt hatte. Darunter stand in zierlicher Handschrift: „Meinem treuen Verehrer Redkens mit den besten Wünschen, die Rallas."

Topthor materialisierte mit seiner Flotte keine fünf Lichtstunden von Rhodans STARDUST II entfernt im Normalraum.

Er mußte die gleiche Feststellung wie Rhodan treffen. In einem Umkreis von fünfzig Lichtjahren gab es keinen Brocken bemerkenswerter Materie – von der STARDUST II abgesehen.

Topthor starrte mit verkniffenem Gesicht auf den Bildschirm. Von einem anderen Schirm herab blickte ziemlich gelassen Grogham.

„Nun, wo ist der Märchenplanet, Topthor?"

Der Anführer der Überschweren ließ sich nicht aus der Ruhe bringen. Er unterließ es keine Sekunde, die STARDUST II zu beobachten.

„Glauben Sie vielleicht, er liegt uns gleich vor der Nase? Es wird entsprechende Vorsichtsmaßnahmen geben, und wenn ich mich nicht irre . . ."

Er unterbrach sich.

Auf dem Hauptbildschirm, auf dem die STARDUST II zu sehen war, geschah nun etwas sehr Merkwürdiges.

Die STARDUST II begann zu verschwinden. Es war, als fände dort, fünf Lichtstunden von ihnen entfernt, eine Mondfinsternis statt. Es ging alles sehr schnell. Eine Hälfte der STARDUST II verschwand im Verlauf von zwei Sekunden, der Rest benötigte zehn Sekunden. Der Prozeß des Verschwindens lief also dem Ende zu langsamer ab.

Topthor konnte sich den Vorgang nicht erklären.

„Verdammt – das war keine normale Transition", sagte er verstört. „Es fand keine Erschütterung des Kontinuums statt. Es war überhaupt keine Transition.'

Grogham wurde blaß. „Wie meinen Sie das?"

Topthor gab Alarm. Die Flotte setzte zu einer Kurztransition über fünf Lichtstunden an. Als sie wieder rematerialisierte, war der Raum um sie herum leer. Die Instrumente zeigten in einem Umkreis von fünfzig Lichtjahren nichts mehr an. Es gab auch keine STARDUST II mehr, obwohl das völlig unmöglich war. Materie kann notfalls unsichtbar gemacht werden, aber man kann sie nicht einfach spurlos verschwinden lassen. Nicht ohne eine normale Transition – die zweifellos von den Geräten registriert worden wäre.

Wo also war die STARDUST II geblieben?

Topthor fand keine Antwort auf seine Frage, er stand vor einem ungelösten Problem. Praktisch sogar vor einem unlösbaren. Über mehr als anderthalbtausend Lichtjahre hinweg hatte er Rhodan verfolgen können – und nun hatte sich dieser Terraner einfach in Vakuum verwandelt. Das ging keinesfalls mit rechten Dingen zu.

Grogham meinte: „Wenn er hier an dieser Stelle verschwunden ist, wird er auch wieder zurückkommen. Wir müssen nur die Geduld aufbringen, so lange zu warten."

„Das war auch mein Gedanke", murmelte Topthor ungehalten. „Machen wir uns auf lange Wartezeit gefaßt."

„Kann ich der Besatzung eine Ruhepause gestatten?" fragte Grogham.

Topthor nickte. „Veranlassen Sie die Kapitäne der anderen Schiffe, eine Schlafperiode einzulegen. Ich glaube nicht, daß in den nächsten Stunden etwas geschieht."

Topthor irrte sich. Aber wie hätte er auch ahnen können, daß den Überschweren nicht einmal Zeit zum Einschlafen blieb . . .

2.

Mit halber Lichtgeschwindigkeit raste die STARDUST II in die Schutzglocke des Kunstplaneten Wanderer. Von einer Sekunde zur anderen fielen die Geschwindigkeitsmesser auf Null.

Trotz aller eingeschalteten Neutralisationsfelder ging ein scharfer Ruck durch das Schiff. Alle Besatzungsmitglieder, die sich nicht festgeschnallt hatten, wurden durcheinandergeworfen. Zum Glück hatte Rhodan in Erwartung des Schocks entsprechende Vorsichtsmaßnahmen angeordnet, so daß niemand verletzt wurde.

Im Verlauf von zwölf Sekunden durchstieß die STARDUST II den künstlichen Himmel von Wanderer, dann lag der Planet vor ihnen.

Es war eine Welt der Wunder. Sie vereinigte alles auf sich, was auf den bewohnten Welten der Galaxis gefunden werden konnte. Wellige Landschaften mit sanft dahingleitenden Strömen wechselten mit weiten Meeren, in denen malerische Inselgruppen lagen. Die Kontinente waren mit parkartigen Wäldern bedeckt. Dazwischen erstreckten sich riesige Steppen, mit den merkwürdigsten Tieren bevölkert. Schroffe Gebirge unterbrachen das Landschaftsbild und vermittelten Abwechslung. Durch die Luft taumelten urweltliche Drachenvögel.

Es war eine Welt, die ein Paradies darstellte.

Aber es war keine normale Welt. Sie war flach. Der Planet Wanderer war kein Planet im eigentlichen Sinn, sondern eine riesige Scheibe mit einem Durchmesser von 8000 Kilometern. Darüber wölbte sich die Energieglocke, an deren höchster Stelle eine künstliche Atomsonne schien, die der seltsamen Welt Wärme, Licht und Leben gab.

Diese Welt war nur dann sichtbar, wenn man sich innerhalb der Energieglocke aufhielt. Selbst aus der geringsten Entfernung war sie nicht nur unsichtbar, sondern auch nicht existent. Sie befand sich in einer anderen Zeit-Ebene und konnte selbst von den empfindlichsten Instrumenten nicht geortet werden.

Rhodan ließ die Metallplatten vor den Sichtluken beiseite gleiten, als er in der Beobachtungskuppel der Raumkugel anlangte, Bully war bei ihm. Erneut von dem unbegreiflichen Wunder des Unsterblichen bis ins Tiefste ihrer Seele erschüttert, betrachteten sie das unter sich vorbeiziehende Bild der Landschaft.

„Gefällt es dir, alter Freund?“ Die Stimme des Unbegreiflichen war plötzlich fast körperlich spürbar in dem Raum. Es schien, als habe ES nicht nur telepathisch, sondern ganz real zu ihnen gesprochen. Rhodan lächelte gefaßt.

„Es ist ein wunderbarer und friedlicher Planet, alter Freund. Du hast dir ein Paradies geschaffen, um das dich jeder Sterbliche beneiden könnte.“

„Nicht nur die Sterblichen, auch die Unsterblichen beneiden mich darum“, kicherte ES vergnügt. „Du willst mich besuchen?“

„Ich komme mit einer Bitte zu dir", bekannte Rhodan und sah immer noch hinab auf die märchenhafte Landschaft. „Du wirst schon wissen, was ich von dir will."

„Keine Ahnung", log ES. „Woher sollte ich es wissen? Ich schnüffle nicht in den geheimsten Gedanken meines Freundes."

„Gelogen!" protestierte Bully, der an die Rallas dachte, die man ihm so abrupt wieder weggenommen hatte. „Ich kann beweisen . . ."

„Ach, unser Freund Bully", meinte der unsichtbare Sprecher. „Die hübsche Imitation ärgert ihn? Na gut, er soll seine Freude haben. Ich werde sie ihm heute abend in seine Kabine schmuggeln . . ."

„Unterstehen Sie sich!" rief Bully erschrocken, der weniger die Rallas, als das Gelächter der Mannschaft fürchtete. Sein rotes Gesicht war in der Tat bemerkenswert blaß geworden. Er wurde jedoch noch eine Kleinigkeit blasser, als ES brüllend lachte. ES war eben überall und würde somit auch Bullys erschrockenes Gesicht sehen können.

„Schöne Frauen sind viel interessanter als Indianer oder Wildwest-Revolverhelden", sagte die Stimme amüsiert und spielte damit auf die Begegnungen an, die beim ersten Besuch Rhodans stattgefunden hatten. „Übrigens, alter Freund, behalte den Kurs nur bei. Lande wieder bei der Maschinenstadt. Sie hat sich nur unwesentlich verändert, und du wirst die große Halle wiederfinden, in der ich dich erwarte. Homunk wird dich führen."

Rhodan war erstaunt. „Woher weißt du, daß ich den Roboter so nannte?"

„Aber, alter Freund, Homunk ist doch kein Roboter. Er ist ein Terraner, den ich geschaffen habe – gewissermaßen aus überflüssiger Materie. Er gefiel mir, und so ließ ich ihn bestehen. In der Zwischenzeit ist er sogar klüger geworden – er freut sich auf den Besuch."

„Und", fragte Rhodan, „du hast keine Überraschungen mehr mit uns vor? Keine Prüfungen, keine Rätsel?"

„Nein, alter Freund. Warum sollte ich? Ich werde noch früh genug meinen Spaß haben."

Als die Stimme schwieg, war es Rhodan und Bully, als verließe ein Unsichtbarer den Raum. Irgend etwas wich von ihnen. ES zog sich zurück und ließ sie allein.

Bully atmete auf. „Unheimlich. Ich werde wohl nie damit fertig werden, daß ein solches Wesen existiert. ES hat sich die Lebewesen von anderen Planeten und aus anderen Zeiten hierhergeholt. ES ist allmächtig.“

Rhodan schüttelte leicht verweisend den Kopf. „ES ist nichts als ein Wesen, das aus der Verschmelzung eines ganzen Volkes entstanden ist und damit dessen gesamtes Wissen besitzt. ES hat Humor – dabei entstand dieser Humor nur aus Langeweile. Alle wirklich Unsterblichen haben Langeweile.“

„Mir würde es niemals langweilig werden, und wenn ich zehntausend Jahre lebte“, behauptete Bully. „Immer wieder werden Ereignisse eintreten, die ablenken und einen vergessen lassen, daß man zuviel Zeit hat, es wird immer wieder Abenteuer geben, die jede Langeweile gegenstandslos werden lassen.“

„Niemals kann ein Sterblicher sich in die Seele eines wahrhaft Unsterblichen hineindenken, Bully. Ich habe es versucht, glaube mir, wenn wir beide auch nicht tatsächlich unsterblich geworden sind. Mein Körper benötigt immer wieder die lebensverlängernde Zelldusche – und wenn ich sie eines Tages nicht erhalte, setzt der Alterungsprozeß wieder ein. Trotzdem habe ich darüber nachgedacht, wie es ist, niemals zu altern. Im ersten Augenblick überkam mich ein unsagbar glückliches Gefühl, und ich glaubte, keine Sorgen mehr zu kennen. Aber nur im ersten Augenblick. Dann kam mir zum Bewußtsein, wie lang eine Ewigkeit ist. Um mich herum wird der ewige Wechsel von Geburt und Tod stattfinden, ich aber werde bleiben – unberührt von den Geschehnissen. Die Menschen würden in mir einen Gott sehen – und damit begänne die unendliche Einsamkeit.“

„Aber du hättest Gefährten, ebenso unsterblich wie du.“

„Sicher, die hätte ich. Aber würden wir unser nicht überdrüssig, wenn wir uns ewig sehen müßten?“

Bully gab keine Antwort. Es wäre ihm zu banal vorgekommen, jetzt Rhodan zu versichern, daß er seine Gegenwart für alle Ewigkeit ertragen könnte, ohne sie leid zu werden. Er sah nach unten auf die langsam dahingleitende Landschaft. Der Antrieb der STARDUST II summte verhalten. Über ihnen war ein blaugoldener Himmel, vom Schein der Atomsonne angestrahlt.

Auch Rhodan sah nun schweigend zu dem Planeten hinab. Sie überflogen gerade einen Ozean, dessen spiegelglatte Fläche zu ihnen heraufschimmerte. Kein Windhauch schien das Wasser zu beunruhigen. Am Horizont tauchten einige Inseln auf.

„Welche Welten mag ES sich zum Vorbild genommen haben?" sann Bully vor sich hin. „Manchmal meine ich, eine Spur unserer guten, alten Erde wiederzufinden."

„Zweifellos ist das auch der Fall", sagte Rhodan und deutete nach vorn. „Jene Inseln dort – sie erinnern mich an die Eilande der Südsee. Und bei unserem ersten Besuch sahen wir eine genaue Nachbildung des nordamerikanischen Felsengebirges."

Plötzlich war ES' Stimme wieder im Raum. ES mußte der Unterhaltung beigewohnt und jedes Wort verstanden haben.

„Du irrst, alter Freund. Es handelt sich niemals um Nachbildungen – auch die Rallas war keine Imitation im eigentlichen Sinn. Ihr Körper, das ist wahr, blieb auf der Erde, eurem Planeten. Aber ihr Geist erhielt hier einen neuen Körper, und somit war sie selbst hier. Der gleiche Gegenstand kann tausendmal existieren, wenn man ihn in jeweils andere Zeitebenen versetzt. Jene Inseln dort – es sind in der Tat Inseln der Erde. Aber sie existieren nicht jetzt und in diesem Augenblick auf der Erde, sondern vor Jahrmillionen. Das wirst du, alter Freund, feststellen können, wenn du sie betrittst. Die Vegetation ist nicht die der Gegenwart, sondern die der ältesten Vergangenheit."

„Du kennst also zwei unterschiedliche Arten der Spiegelung", erkannte Rhodan. „Jene Frau blieb körperlich auf der Erde zurück, aber jene Inseln dort nicht."

„Ganz richtig, alter Freund. So ist es. Doch ich lauschte der Unterhaltung von Anfang an – eure Diskussion über die psychologischen Probleme der Unsterblichkeit ist interessant für mich. Obwohl ich sie alle gelöst habe und sämtliche Gründe der Langeweile kenne, werde ich nicht mit ihr fertig. Manchmal möchte ich sterben – und eines Tages werde ich es auch. Aber dieser Tag ist noch nicht gekommen."

Rhodan lächelte. „Das klingt ja fast resignierend, alter Freund. Wo hast du deinen Humor gelassen?"

„Humor muß nicht immer in Gelächter ausarten. Allein die

Tatsache, daß ich deinem Freund Bully die Lebensverlängerung gewährte, zeugt für meinen grenzenlosen Humor. Wie könnte ein Unsterblicher ohne Humor diesen komisch aussehenden Terraner länger existieren lassen, als unbedingt von der Natur vorgesehen?"

Bully riß die Augen auf. Rhodan lächelte.

„Wie recht du hast, alter Freund", sagte er. „Aber nun hast du Bully tödlich beleidigt . . ."

„Das ist ja das Lustige", kicherte ES. „Wie kann man einen relativ Unsterblichen tödlich beleidigen?"

„Ich sehe daran nichts Lustiges", entgegnete Bully verdrossen. „Auch mit der Rallas – möchte wissen, was daran so humorvoll war."

„Das kannst du niemals wissen, zweitältester Freund", verkündete ES zufrieden, „weil du keinen wahren Humor besitzt."

Bully verzog sein Gesicht und schwieg.

Rhodan sah, daß sie sich dem Kontinent näherten, auf dem die große Halle stand, in der ES sich aufhielt. Nicht mehr lange, dann mußte die Stadt in Sicht kommen.

„Sie ist noch genau wie früher?" fragte Rhodan, der fest davon überzeugt war, daß der Unsterbliche seine Gedanken unaufhörlich überwachte. „Ich werde sie ohne Schwierigkeiten finden?"

„Was?" kam die Gegenfrage.

Rhodan war so verblüfft, daß er einige Sekunden verstreichen ließ, ehe er sagte: „Die Stadt – was sonst?"

„Verzeih", meinte ES begütigend. Rhodan vermeinte, ein wenig Spott in der Stimme zu vernehmen. „Ich beobachtete gerade den Untergang eines Sonnensystems – mehr als zweihunderttausend Lichtjahre entfernt. Es war vor etwa einer Million Jahren aus der Galaxis abgetrieben, und die Bewohner des zweiten Planeten versuchten, ihre Welt von der Sonne zu lösen, um sie zu einer anderen zu bringen. Ihr Planet wurde eine Supernova. Nun hat das System zwei Sonnen – aber keine Bewohner mehr."

Atemlos lauschten Rhodan und Bully. ES sprach sehr gelassen und ruhig, als handle es sich um eine erfundene Geschichte – und doch, so wußten sie, war sie alles andere als das.

„Der Untergang dauerte viele Monate, aber ich glitt durch die verschiedenen Zeitebenen, und so lief das Geschehen in einer nur

Sekunden währenden Explosion vor mir ab. Dabei machten sie nur einen winzigen Fehler. Fast wäre es ihnen gelungen.“

„Was wäre ihnen fast gelungen?“ fragte Rhodan gespannt.

„Ihren Planeten aus dem System zu lösen. Sie besaßen schon eine künstliche Sonne und einen Antrieb, der ihre ganze Welt . . . Aber warum darüber nachdenken? Es ist geschehen.“

„Und es läßt sich nicht ungeschehen machen?“

Für eine Sekunde war Schweigen. Dann: „Warum nicht? Es wäre ein Spaß. Alter Freund – siehst du dort vor dir das Gebirge? Erkennst du es?“

„Die Alpen.“ Rhodan nickte. „Wenigstens sehen die Berge so aus.“

„Es *sind* die Alpen, alter Freund. Dahinter liegt die Stadt, die du suchst. Aber nun wollen wir keine Zeit verlieren, für eine Sekunde wird Freund Bully allein sein – aber was ist schon eine Sekunde im Leben eines Sterblichen, geschweige denn im Leben eines fast Unsterblichen? Rhodan, nimm einen tiefen Atemzug. Wenn viele Wochen vergangen sind, wirst du erst wieder ausatmen können.“

Noch während Rhodan auf den automatischen Bordkalender sah und las: 17. August 1982 – 22.53 Erdzeit, *spürte* er, daß er unsichtbar wurde.

Er hörte noch Bullys entsetzten Ausruf: „Perry! Was ist los? Du wirst ja durchsichtig und . . .“

Dann schwand sein Bewußtsein.

Das kleine Schiff benötigte keine regulären Transitionen, um die ungeheuerliche Entfernung von zweihunderttausend Lichtjahren zu einem Nichts zusammenschrumpfen zu lassen, sondern es *durchflog* die ganze Strecke – allerdings mit einer unvorstellbaren Geschwindigkeit.

Es war ein Schiff mit einer fast winzig anmutenden Steuerzentrale, deren Anordnung Rhodan so bekannt war, als habe er niemals in einer anderen Kabine gesessen. Die Unzahl der Kontrollen schien ihm nicht verwirrend, sondern vielmehr äußerst vertrauenerweckend. Der ovale und im Halbkreis herumreichende Bildschirm schien wie ein offenes Fenster zum All, durch das er hindurchblicken konnte.

Er war allein, aber er fühlte, daß jemand, den er nicht sehen konnte, bei ihm war. Irgenwo in dem kleinen Schiff war der Unsterbliche . . .

„Ich bin nicht bei dir", sagte plötzlich die bekannte Stimme, „sondern ich bin jetzt du. Verstehst du das, alter Freund? Ich habe deine Gestalt angenommen und existiere in dir. Gemeinsam werden wir ein Sonnensystem retten, denn ich weiß, wie sehr du jenes Volk bedauerst, das dort, irgendwo allein im Universum, unterging – oder untergehen wird, wenn wir ihm nicht helfen. Wir werden bereits in zwei Tagen auf dem Planeten Barkon II landen – drei Monate vor der Katastrophe."

„Wie ist das alles möglich?" hauchte Rhodan und starrte hinein in das Gewimmel der fremden Sterne, die in rasender Geschwindigkeit auf der Bildscheibe zu wandern begannen. „Was bin ich?"

„Du bist ich, alter Freund. Und umgekehrt. Wie du willst."

„Und die STARDUST II?"

„Keine Sorge. Du wirst sie wiederfinden – und keine Zeit versäumt haben. Doch jetzt liegt eine Aufgabe vor uns, eine Aufgabe, die du selbst gewollt hast."

„Es ist wieder ein Spiel von dir – ein Spiel, das deine Langeweile vertreiben soll."

„Natürlich ist es ein Spiel, aber es wird ein ganzes Volk vor dem Untergang bewahren. Das Spiel mit dem Schicksal ist das schönste Spiel, das mir blieb."

Rhodan verspürte keine Lust, erneut eine Diskussion über den Sinn des Lebens zu beginnen. Sein nüchterner Verstand fing gerade an, die Tatsachen zu verdauen, ohne nach ihrer Entstehung zu fragen. Und doch gab es einiges, was er unbedingt wissen wollte. „Dieses Schiff – wie groß ist es?"

„Wie groß? Jedenfalls groß genug, um genügend Raum, Lebensmittel und Luft für dich zu enthalten. Du benötigst keinen Schutzanzug. Ich hätte dich und mich auch körperlos nach Barkon II bringen können, aber so ist es interessanter und auch besser."

„Was ist das für ein Antrieb, der uns mit dieser irrsinnigen Geschwindigkeit durch das Universum jagen läßt?"

„Täusche dich nicht, alter Freund. Die Geschwindigkeit ist nur scheinbar so hoch. In Wirklichkeit fliegen wir mit einfacher Lichtgeschwindigkeit – aber ich habe den normalen Ablauf der Zeit geändert, ein Prozeß, der sich jederzeit wieder rückgängig machen läßt. In unserem jetzigen Zustand vergehen pro Stunde etwas mehr als 4000 Jahre. Da wir mit Lichtgeschwindigkeit fliegen, legen wir in zwei Relativ-Tagen an die zweihunderttausend Lichtjahre zurück."

„Das ist Irrsinn!"

„Im Gegenteil, es ist völlig normal. Man muß nur die Zeit beherrschen, um auch Herrscher über den Raum sein zu können."

„Aber wenn soviel Zeit – draußen im Raum – vergeht, gibt es jene Sonne Barkon nicht mehr, bis wir dort sind. Das ist doch logisch, oder auch wieder nicht?"

„Es *wäre* logisch, wenn wir nicht schon in der Sekunde der Abreise zweihunderttausend Jahre in die Vergangenheit gestürzt wären. Sogar um exakt drei Monate mehr, um den rechten Zeitpunkt abzupassen."

„Es ist ungeheuerlich", gab Rhodan zu und fühlte, wie ihn ein Schauer überlief. „Wüßte ich nicht, daß du bei mir bist, ich würde mich fürchten."

„Betrachte das Universum", sagte die Stimme des Unsterblichen in ihm. „Du wirst es vielleicht niemals mehr in dieser Form sehen. Wir legen in der Sekunde viel mehr als ein Lichtjahr zurück – das ist eine unfaßbare Geschwindigkeit. Selbst wenn wir jetzt auf einen Planeten oder eine Sonne treffen würden, wir spürten es nicht. Nicht nur wir, sondern auch die Materie da draußen bewegt sich – von uns aus gesehen – mit rasender Geschwindigkeit. Außerdem wäre die Wahrscheinlichkeit, einen Weltkörper zu treffen, geringer als die, mit einem ungezielten Pistolenschuß in die Luft eine Mücke herunterzuholen. Viel geringer sogar."

Rhodan gab keine Antwort. Er befolgte den Rat des Unsterblichen und nahm das Wunder der kosmischen Schöpfung in sich auf, wie es sich ihm darbot. Es war wie ein Traum – und vielleicht war sogar alles nur ein Traum.

Das Schiff fiel hinein in ein Meer von Sternen. Der Ausblick vermittelte den Eindruck, als ballten sich die glühenden Sonnen an jenem Punkt, auf den der Bug des kleinen Schiffes zeigte, in großer Menge zusammen. Immer wieder entstanden neue Sonnen an diesem Punkt und strebten dann nach allen Richtungen davon, je schneller, desto mehr sie sich vom Zentrum entfernten. Mit einer Geschwindigkeit von einem Lichtjahr in der Sekunde glitten sie dann seitlich vorbei und kehrten dann alle zu einem anderen Punkt zurück. Dieser zweite Punkt lag in Richtung des Hecks.

Die große Entfernung von diesen wandernden Sternen ließ sie langsamer werden, die einen mehr, die anderen weniger. Aber sie behielten alle ihre ursprüngliche Farbe. Der bekannte Regenbogeneffekt trat nicht ein.

Der Unsterbliche verhielt sich ruhig. Vielleicht weilte er woanders und durchstreifte das Universum auf seine Art. Für einen Augenblick kam Rhodan sich einsam und verlassen vor. Er dachte an die STARDUST II und ihre Aufgabe. Er dachte an Bully, vor dessen Augen er so plötzlich verschwunden sein mußte. Er dachte an Julian Tifflor, der mit Gucky und einigen Gefährten auf einer fremden Welt ausharren mußte, bis er, Rhodan, die versprochene Hilfe brachte. Sie alle vertrauten ihm – ihm, der nun das All durchkreuzte, um Unbekannte zu warnen, die vielleicht schon gar nicht mehr existierten.

Er schüttelte den Kopf.

„Mein guter, alter Freund hat seltsame Einfälle", murmelte er und sah auf die vorn zwischen den Skalen angebrachte Uhr. Sie zeigte irdische Zeit an. Er war nun bereits drei Stunden unterwegs und hatte somit fast 13 000 Lichtjahre zurückgelegt.

„Dieser stammt von dir, Rhodan", sagte der Unsterbliche. „Ich schilderte dir, daß ein Volk unterging – du sprachst von Rettung. Ich will dir nur beweisen, daß es möglich ist, unter gewissen Voraussetzungen die Zukunft zu beeinflussen. Sicher, es ist ein Spiel, aber es hat einen sehr ernsten Hintergrund. Denn du wirst diesem von dir geretteten Volk später noch einmal begegnen. Vielleicht wirst du bereuen, es gerettet zu haben."

Die Stunden schlichen dahin. Rhodan war eingeschlafen, nachdem er ein wenig gegessen hatte. Als er wieder erwachte, hatte sich das Bild vor ihm geändert.

Der Bugpunkt war ärmer an Sternen geworden. Nur vereinzelt noch entstanden sie dort, und immer seltener zogen sie dann an dem Schiff vorüber, um hinter dem Heck in ewiger Finsternis unterzutauchen.

Finsternis . . .

Erst jetzt fiel es Rhodan auf, daß hinter ihm keine absolute Finsternis herrschte. Die runde Bildscheibe gab nicht den gesamten Raum wieder, sondern nur einen Ausschnitt von etwa siebzig Prozent. Das Heck lag im toten Winkel. Und doch war das, was er jetzt erkannte, vollauf genug, ihm einen kalten Schauer den Rücken hinabzujagen.

Er starrte in die langsam entstehende Milchstraße.

In etwas weniger als zwölf Stunden hatte er somit die Randregion der heimatlichen Galaxis durchquert und befand sich nun bereits außerhalb der sternenreichen Gebiete. Das kleine Schiff des Unsterblichen hatte den Sprung in den Abgrund gewagt, in jenen grauenhaften Abgrund der Lichtjahrmillionen, der zwischen den Milchstraßen klaffte und den ein Volk von Sterblichen niemals überwinden konnte.

Oder doch ...?

In atemloser Verwunderung starrte er auf das Bild, das sich vor seinen Augen auftat. Deutlich zeichnete sich bereits die typische Form eines Spiralnebels ab, und zwar „von oben“ gesehen. Einer der leuchtenden Arme barg die heimatliche Sonne, nun schon mehr als 50 000 Lichtjahre entfernt. Dabei war dieser Spiralarm nichts als ein winziger Teil der gesamten Galaxis. Nahe dem äußeren Rand der galaktischen Linse leuchteten kleine neblige Wölkchen, die zahlreichen kugelförmigen Sternhaufen. Einer davon barg das Imperium der Arkoniden.

Rhodan kam plötzlich zum Bewußtsein, wie winzig das Imperium der Arkoniden im Vergleich zur Milchstraße war. Was aber war die Erde im Vergleich zu diesem Imperium? Ein Staubkorn.

Hatte der Unsterbliche ihn etwa mit auf die Reise genommen, um ihm vor Augen zu führen, wie mikroskopisch klein er selbst, Rhodan, im Vergleich zur Schöpfung war?

Fast zusehends wurde das Gebilde des Spiralnebels kleiner und schrumpfte zusammen. Mit milliardenfacher Lichtgeschwindigkeit fiel es hinein in das Unendliche. So wenigstens sah es aus.

Rhodan sah wieder nach vorn. Aber dort war nun kein Stern mehr. Der Raum vor dem Bug des Schiffes war so schwarz, wie Rhodan es noch nie zuvor gesehen hatte. Es war die absolute Finsternis, in der Licht ein unbekannter Faktor sein mußte. Nur etwas seitlich, links, schimmerte ein winziger, verwaschener Fleck. Man mußte fast zehn Sekunden lang hinsehen, um ihn überhaupt erkennen zu können. Eine andere Galaxis, viele Lichtjahrmillionen entfernt.

Weiter rechts noch eine. Verhalten schimmerte sie durch die Dunkelheit – ein kleiner Fleck, der die Glut vieler Milliarden von Sonnen verkörperte, jetzt nur wie das schwache Leuchten einer erlöschenden Kerze. Auch das Licht der Sterne verliert den Kampf gegen Raum und Zeit, dachte Rhodan erschüttert und schloß die Augen.

Als er wieder erwachte, waren acht Stunden vergangen.

Das Bild des Universums hatte sich nicht verändert. Zwölf oder fünfzehn Milchstraßen schimmerten aus allen Richtungen. Sie waren nicht näher gekommen, wenn Rhodan ihnen auch mit zehn Billionen Kilometer pro Stunde entgegeneilte. Und das seit acht Stunden.

„Höre, alter Freund“, flüsterte er ergriffen. „Dein Scherz geht zu weit. Du hättest mir den Anblick der Unendlichkeit ersparen sollen.“

„Warum?“ In der Stimme des unsichtbaren Unsterblichen klang ein wenig Verwunderung. „Warum sollst du nicht sehen, was vor dir liegt? Wir alle existieren in dieser Unendlichkeit und sind ein Teil von ihr. Warum sollen wir nicht wissen, was wir sind?“

„Es ist zuviel. Mein Verstand weigert sich . . .“

„Wenn er das tut, dann hat er auch begriffen“, unterbrach die Stimme. Dann wechselten sie das Thema, ohne den Gesprächsgegenstand fallenzulassen. „Verstehst du nun, warum diese Barkoniden ihren Planeten von der Heimatsonne lösen wollen? Begreifst du, daß die grenzenlose Einsamkeit ihrer Welt im Universum sie wahnsinnig machen mußte? Wenn sie in den nächtlichen Himmel schauen, sehen sie nichts als ferne Galaxien, die in ihren Augen das Symbol freundschaftlichen Zusammenlebens sein müssen – und es auch sind. Dort, so glauben sie, sind die bewohnten Welten sich so nah, daß ständige Verbindung zwischen ihnen besteht. Sie aber, die Barkoniden, sind allein, grenzenlos und unendlich allein.“

Rhodan war plötzlich, als schlüge eine Welle heißen Wassers über ihm zusammen.

Die Barkoniden . . . Wenn man das B fortließ . . .

„Keine Spekulationen!“ warnte der Unsterbliche, und es schien

Rhodan, als lächelte er dabei verständnisvoll. „Zufälle sind ein guter Nährboden für Gedankenspielereien, aber sie bleiben trotzdem nur Zufälle. Nur in den seltensten Fällen bestehen wirkliche Zusammenhänge."

„Diesmal nicht?"

„Erwartest du wirklich eine Antwort? Frage doch die Barkoniden selbst – du wirst genügend Gelegenheit dazu erhalten."

Rhodan stellte keine weiteren Fragen mehr.

Es fehlten noch fünfzehn Minuten am vollen zweiten Tag. Seit einer Stunde versuchte Rhodan angestrengt, in der totalen Finsternis und zwischen den verwaschenen Flecken der Milchstraßen einen Stern zu entdecken.

„In sechzig Sekunden erscheint Barkon auf dem Bildschirm, alter Freund. Sein Licht ist nur gut achthundert Lichtjahre weit zu sehen."

Schweigend wartete Rhodan. Und dann, nach genau sechzig Sekunden, entstand exakt im Fluchtpunkt ein winziger Stern, der schnell größer und heller wurde.

„Das ist Barkon, die einsame Sonne. Du wirst verstehen, alter Freund, daß die Bewohner eines so einsamen Systems keine galaktischen Umgangsformen kennen. Sie wissen zwar aus der Überlieferung, daß sie nicht die einzigen Intelligenzen des Universums sind, aber sie kommen sich zweifellos so vor. Ihre Technik ist hervorragend, aber sie haben die Raumfahrt vernachlässigt, weil sie ihnen sinnlos erscheint. Flögen sie mit der Geschwindigkeit des Lichtes, so würden sie bis zum nächsten Stern einhundertfünfzigtausend Jahre benötigen. Selbst für Unsterbliche wäre das eine mehr als langwierige Angelegenheit. Und die Barkoniden sind alles andere als unsterblich. Aus diesem Grund haben sie ihr ganzes Wissen nur dem einen Projekt zugewandt, ihren Planeten in ein gigantisches Schiff zu verwandeln. Nur so können sie, wie sie meinen, gemeinsam und im Verlauf Tausender von Generationen in die verlorene Galaxis zurückkehren."

„Ein genialer Plan", gab Rhodan zu. „Wie sollte ich diesen großartigen Technikern helfen können? Und wer werde ich in ihren Augen sein?"

„Du kannst helfen, denn ich bin in dir, alter Freund. Und wegen des Empfangs mache dir keine Sorgen. Es gibt kein Volk im ganzen Universum, das sich so sehr nach einem Besuch aus dem Weltraum sehnt wie die Barkoniden. Sie werden dich mit offenen Armen aufnehmen. Vielleicht werden sie sich für das System deines Schiffsantriebs interessieren, aber wir lenken sie ab. Selbst wenn sie mit den Schiffen den Raum und die Zeit überwinden könnten, so wäre es ihnen unmöglich, den ganzen Planeten über Lichtjahrtausende hinweg zu evakuieren. Nein, ihnen bleibt in der Tat nur die eine Möglichkeit – und sie haben sie erkannt."

Wieder verstrichen fünf Minuten.

Die Sonne Barkon war strahlend hell geworden. Sie leuchtete nun bereits in einer Entfernung von 550 Lichtjahren. In neun Minuten war es soweit.

Rhodan erschrak plötzlich. „Die Verzögerung – sie muß sehr hoch sein . . ."

„Der sich synchron verlangsamende Zeitablauf neutralisiert alle Nebeneffekte", berichtete der Unsterbliche und lachte. Seit vielen Stunden lachte ES nun wieder zum erstenmal. „Du brauchst nichts zu tun, alter Freund – ich tue es für dich. Ich bin froh, ein Mensch sein zu können – ein seltenes Vergnügen."

Diesmal war gutmütiger Spott in der Stimme, aber Rhodan achtete nicht darauf. Er bewegte plötzlich seinen rechten Arm, ohne daß er seinen Muskeln den Befehl dazu gegeben hatte. Die rechte Hand betätigte einige Kontrollen. Ein Zeiger auf einer runden Skala begann sich wie rasend zu drehen. Lämpchen glühten auf und erloschen wieder. Irgendwo im Innern des Schiffes schrillte eine Glocke. Unter Rhodans Füßen vibrierte der Boden.

„Deine Augen werden nichts anderes als eine Herabsetzung der Fluggeschwindigkeit registrieren", bemerkte der Unsterbliche belustigt. „Beachte Barkon, sonst nichts. Es gibt kein anderes Bezugssystem mehr."

Der Entfernungsmesser zeigte noch einhundertfünfzig Lichtjahre an. Wenn sie ihre augenblickliche Geschwindigkeit beibehielten, wären das etwa noch 160 Sekunden bis Barkon.

Eine weitere Minute blieb alles so, wie es war.

Dann setzte die angekündigte Verzögerung ein. Barkon kam trotzdem immer näher, aber es dauerte immerhin eine ganze halbe Stunde, ehe das Schiff mit eintausend Sekundenkilometern in das System eintauchte.

„Sie werden uns natürlich nicht bemerken, bis wir bei ihnen sind", prophezeite der Unsterbliche. „Sie besitzen weder Teleskope noch Ortungsgeräte. Seit langer Zeit haben sie keinen Stern mehr gesehen."

Rhodan fiel etwas anderes ein. „Wenn wir nach Erdzeit rechneten – welches Datum hätten wir dann jetzt?"

Die Antwort kam prompt. „Ende Mai 1982."

„Mai – da war ich krank. Ich weiß es ganz bestimmt. Ich lag zwar nicht im Hospital, sondern in meiner Wohnung in Terrania. Eine Art Grippe. Hm, und *jetzt* haben wir wieder Ende Mai 1982?"

„Immer noch", betonte der Unsterbliche spöttisch. „Ja, du bist krank und auf der Erde, hast du den Fiebertraum vergessen?"

„Fiebertraum?" Rhodan erschauerte. Ja, er entsann sich. Schweißgebadet war er damals erwacht und hatte in die besorgten Gesichter seiner Freunde Dr. Haggard und Bully gesehen. „Aber ich kann mich nicht mehr entsinnen, was ich geträumt habe."

„Ich könnte es dir sagen, alter Freund, du träumtest das, was wir jetzt erleben – natürlich in schnellerer Folge und daher verwirrend für deinen Geist. Noch während du träumtest, vergaßest du wieder. Was glaubst du, was Träume sind?"

Rhodan sah weit vor sich den Planeten auftauchen. Die Umrisse seiner Kontinente hoben sich aus den Meeren. Wolkenfetzen verdeckten einen Teil der Oberfläche.

„Was sind Träume?" fragte er gespannt.

„Ausflüge des Unterbewußtseins. Eine Art Erinnerungsvermögen des menschlichen Gehirns und Loslösung des Geistes vom Körper. Im Schlaf ist das Gehirn nicht mehr an die Materie gebunden und damit frei von der Fessel des Raumes und der Zeit. Der Mensch kennt nur eine einzige Form der Zeitreise – den Traum. Dabei ist der Traum nur ein winziger Grenzbereich zwischen Realität und vager Erinnerung."

„Du willst damit sagen, daß man das, was man träumt, wirklich erlebt? Das glaube ich nicht."

„Liegt der Beweis nicht vor dir?"

Rhodan schwieg. Er mußte zugeben, die Ausführungen des Unsterblichen nicht ganz zu begreifen. Zwar wußte er, daß der Traum des Menschen eine noch nicht vollständig gelöste Erscheinung war und viele Fragen aufwarf, aber die Worte des Unsterblichen hatten neue Perspektiven eröffnet, die so ungeheuerlich schienen, daß Rhodan es nicht wagte, darüber nachzudenken. Im Traum, das war unbestreitbar, erhielt der Mensch Fähigkeiten, die er sonst nie besaß. Er bezwang die Schwerkraft und konnte sich nach Belieben in die Luft erheben, er konnte die Gedanken anderer Menschen lesen, er konnte unter Umständen sogar unsichtbar werden oder Materie teleportieren. Warum konnte er das alles, wenn keine Veranlassung zu der Annahme bestand, daß er jemals dazu befähigt sein würde?

Hatte er es in fernster Vergangenheit einmal gekonnt?

„Wir werden gleich landen", unterbrach ihn die Stimme des Unsterblichen. „Die Barkoniden sind ein zusammengeschweißtes Volk im Sinn echter galaktischer Zivilisation. Sie besitzen eine Hauptstadt und nur eine Zentralregierung, die infolge ihres gigantischen Projekts in erster Linie aus Wissenschaftlern besteht. Das erspart uns eine Menge Arbeit."

„Habe ich – haben wir keine Feindseligkeiten zu befürchten?"

„Ich sagte schon, daß wir für sie ein Geschenk des Himmels bedeuten. Du wirst noch nie in deinem Leben einen solchen Empfang erhalten haben, obwohl das paradox erscheint. Schließlich haben wir es mit einem Volk zu tun, das noch niemals Kontakt mit anderen hatte – jedenfalls nicht in den letzten Jahrhunderttausenden. Aber sie haben eines, was kaum ein Volk des Universums besitzt: eine lückenlose Geschichte mit authentischen Unterlagen. Es gibt Filme in ihren Archiven, die zu einer Zeit gedreht wurden, als der erste Mensch auf der Erde noch ein Zukunftstraum der schöpferischen Natur war."

„Filme – älter als die Menschheit?"

„Allein dieser Filme wegen wäre es schade, wenn dieses Volk unterginge."

Das kleine Schiff tauchte in die Atmosphäre des Planeten und umkreiste diesen mit mehrfacher Schallgeschwindigkeit. Ausgedehnte Städte wechselten mit weiten Kulturflächen und kleinen Meeren.

Glitzernde Verbindungslinien zwischen den Städten verrieten regen Verkehr.

„Ihre Bevölkerungszahl ist gering im Vergleich zu der großen Landfläche ihres Planeten. Das ist ein weiterer Grund, warum sie die Entwicklung einer Raumfahrt vernachlässigten. Sie wissen nur zu genau, daß die vier übrigen Planeten ihres Systems unbewohnbar sind. Und wohin sollten sie sonst? Ihre Welt bietet ihnen alles, was sie zum Leben benötigen."

„Und doch wollen sie fort von hier?"

Sie tauchten zum letztenmal in den Planetenschatten und überflogen die Nachtseite. Barkon II hatte die Größe der Erde und eine ähnliche Atmosphäre. Die Gravitation war ein wenig geringer.

„Sieh dir den Himmel an, dann wirst du begreifen, Perry Rhodan."

Und Rhodan sah den Himmel.

Er war nun, da die Atmosphäre auch die letzten, schwachen Lichtstrahlen, die von den fernen Milchstraßen und Spiralnebeln kamen, restlos verschluckte, völlig schwarz geworden. Kein Mond spendete milden Schein. Nicht ein einziger Stern stand am pechschwarzen Firmament. Es war eine Nacht, wie man sie auf der Erde selbst bei wolkenverhangenem Himmel nicht kannte. Es war, als habe sich ein undurchsichtiges, schwarzes Tuch um die ganze Welt gelegt und wolle sie ersticken.

Rhodan erschauerte.

„Ich glaube", sagte er leise, „ich beginne zu verstehen." Jäh tauchten sie wieder in das Licht der Sonne, die sich rasend schnell im Osten aus dem Meer hob. Der Hauptkontinent tauchte am Horizont auf. Eine gewaltige Stadt wurde an seiner Küste sichtbar.

„Sie erwarten uns bereits", kündigte der Unsterbliche an.

„Wie sehen sie aus?"

„Wie wir. Humanoid, wie alle Völker gleichen Ursprungs." Rhodan wollte eine Frage stellen, aber seine Hände bedienten automatisch die Kontrollen, ohne daß er es verhindern konnte. Das kleine Raumschiff senkte sich und glitt in nur wenigen Metern Höhe über die leicht gewellte Oberfläche des Ozeans auf die Küste zu. Hoch oben in der Luft zogen ganze Gruppen wendiger Flugzeuge in Tropfenform ihre Kreise. Schiffe mit bunten Wimpeln liefen aus dem Hafen aus und formierten sich zu einer Parade. Das Landefeld dicht neben der Stadt und direkt am Meer wurde von einer schwarzen Menschenmenge umsäumt.

„Du darfst dich über nichts wundern“, mahnte der Unsterbliche. „Es ist für sie so, als kehre ein verlorener Sohn zurück. Sie besaßen in fernster Vergangenheit Kontakt mit anderen Völkern, aber als die Entfernung zur Galaxis größer wurde, verloren sie ihn. Und ihre Heimat wollten sie nicht verlassen.“ Es entstand eine winzige Pause bis zu den nächsten Worten. „Nur wenige taten es. Und auf ihre Rückkehr warten die Barkoniden seit einer Million von Jahren . . .“

In Rhodans Gehirn überschlugen sich die Gedanken, aber es blieb ihm keine Zeit mehr, sie zu ordnen. Das Landefeld schob sich ihm entgegen, und er drosselte weiter die Geschwindigkeit. Sanft wie eine Feder setzte das Schiff auf. Der Antrieb schaltete sich automatisch ab. Das Vibrieren und Summen erstarb.

„Steigen wir aus“, schlug der Unsterbliche vor. Dann lachte er, aber es war ein erwartungsvolles und lautloses Lachen, das sich nur Rhodans Gehirn mitteilte. „Vergiß niemals, daß ich bei dir bin, aber vergiß auch niemals, daß niemand davon weiß. Wenn du also mit mir sprechen willst, so muß das künftig ohne Worte geschehen. Hast du verstanden, alter Freund?“

„Natürlich habe ich verstanden, du noch viel älterer Freund“, dachte Rhodan belustigt, obwohl ihm alles andere als froh zumute war.

„Ja, so ist es richtig“, dachte der Unsterbliche zurück. „Und nun öffne die Luke. Wundere dich nicht, wenn du nun in einer dir völlig fremden Sprache zu ihnen sprichst. Ich habe, während du geschlafen hast, ihre Sprache in deinem Bewußtsein verankert. Später, wenn wir wieder nach Wanderer zurückkehren, wirst du sie wieder vergessen, als ob du sie nie beherrscht hättest.“

Immer mehr begann Rhodan die wahren Zusammenhänge zu ahnen, aber jetzt war in der Tat keine Zeit, darüber nachzudenken. Er stand auf und ging zu der kleinen Luftschleuse. Die schwere Außenluke schwang auf. Warme und frische Luft strömte in seine Lungen. Es war eine gute und würzige Luft, die nach Erde und Meer roch.

Die Barkoniden hatten inzwischen die Absperrungen durchbrochen und liefen aus allen Richtungen auf das Schiff zu. Nur mit Mühe gelang es einem vierrädrigen Motorfahrzeug von eleganter Form, sich einen Weg durch die aufgeregte Menge zu bahnen. Von Militär oder Polizei war im Augenblick nichts zu bemerken.

Der Wagen war offen. In ihm saßen einige Männer mit würdigem Aussehen, die sich in nichts von einer irdischen Empfangsdelegation unterschieden. Sie trugen unterschiedliche Kleidung, die von vorneherein den Gedanken an eine Uniform ausschloß. Die Hosen waren sehr eng, die Jacken dagegen sehr groß und locker. Einer der Herren trug auf dem Kopf sogar eine Art Zylinder.

Rhodan dachte an den Rat des Unsterblichen und wunderte sich nicht.

Er erwiderte die grüßende Haltung des ältesten der Barkoniden im Wagen, der nun angehalten hatte. Die Zuschauer waren diszipliniert genug, sich so weit zurückzuhalten, daß die vier Männer, die ein hohes Amt bekleiden mußten, ungehindert aussteigen konnten.

Nur die Ruhe bewahren, empfahl der Unsterbliche und kicherte lautlos. *Man wundert sich darüber, daß du gerade jetzt zu ihnen kommst. Da sind sie endlich bald soweit, selbst die große Reise anzutreten, und schon erhalten sie Besuch aus der längst entschwundenen Galaxis.*

Rhodan gab keine Antwort. Er sprang mit einem Satz auf den Boden des fremden Planeten hinab und war für die geringere Schwerkraft dankbar. Mit wenigen Schritten erreichte er die vier Männer, die ihn erwarteten.

„Willkommen auf Barkon, der einsamen Welt", sagte der Alte mit dem Zylinder. „Sie haben uns gefunden?"

Rhodan gab zu, daß das in der Tat ein recht merkwürdiger Empfang war, wenn man bedachte, daß diese Menschen da vor ihm noch niemals einem Fremden gegenübergestanden hatten.

Ich werde selbst durch dich sprechen, bedeutete ihm der Unsterbliche, der das Zögern bemerkte. *Wundere dich also nicht, wenn du etwas sagst, von dem du keine Ahnung hast. Gewissermaßen bist du so freundlich, mir deinen Körper zu leihen, alter Freund.*

„Zufall", sagte Rhodan und staunte, wie glatt die Worte über seine

Lippen kamen, die ihm nicht mehr allein gehörten. „Die Regierung der Galaxis schickte mich, euch zu suchen. Meine Mission war also erfolgreich. Ich habe Barkon gefunden."

„Wir haben seit mehr als einer Million Jahren darauf gewartet", erwiderte der Mann im Zylinder und lächelte.

Rhodan war es, als träumte er das alles nur – und wenn er ganz ehrlich sein wollte, so war es auch ein Traum – im übertragenen Sinn.

„Aber je größer unsere Distanz zur Galaxis wurde, desto geringer wurden unsere Hoffnungen, jemals wieder einen Kontakt mit ihr zu erhalten. Nun ist das Wunder geschehen."

„Das Wunder liegt in der Beherrschung von Raum und Zeit", eröffnete ihm Rhodan, ohne seine Worte zu begreifen. „Nur mit diesem Schiff konnte der Sprung über den gewaltigen Abgrund gelingen, der zwischen Barkon und unseren Welten liegt."

Einer der vier Männer – er zeichnete sich durch einen roten Vollbart aus – trat einen Schritt vor.

„Ich bin Regoon, der Chefphysiker von Barkon und stellvertretender Regierungschef. Sie müssen mir berichten, worauf das Prinzip Ihres Antriebs beruht und wie es möglich war . . ."

„Unser Gast wird noch genügend Gelegenheit haben, uns aufzuklären", unterbrach ihn der Barkonide mit dem Zylinder vorwurfsvoll und wandte sich dann an Rhodan: „Regoon ist ein ungeduldiger Mensch, Fremder. Verzeiht ihm seine voreilige Frage. Übrigens – ich bin Laar, Regierungschef und Atomspezialist."

„Mein Name ist Rhodan", sagte Rhodan. Nun hatte der Unsterbliche sich auch noch seinen Namen zugelegt. „Ich werde genau zehn Wochen auf Ihrer Welt bleiben. Bis dahin haben wir genügend Gelegenheit, unsere Erfahrungen auf allen Gebieten der Wissenschaft und der galaktischen Geschichte auszutauschen."

Laar warf dem Schiff einen Blick zu, der nur allzu deutlich seine mühsam gezügelte Neugier verriet. „Wir können es in einem Hangar unterstellen, damit es . . ."

„Nicht notwendig", sagte Rhodan lässig. „Sein bester Hangar ist der Weltraum." Er machte eine Handbewegung. Die Luke schloß sich selbsttätig. Im Innern des Schiffes begann der Antrieb zu summen, und dann stieg der schlanke Torpedoleib langsam in die Höhe, gewann an Schnelligkeit und war bald nur noch ein winziger, silbern schimmernder Fleck am blauen Himmel. „Ich habe es in eine Kreisbahn um Barkon geschickt. In zehn Wochen wird es an dieser Stelle wieder landen.“

Wortlos waren die Barkoniden dem Schauspiel gefolgt. Lediglich in der gaffenden Menge wurden Ausrufe des Erstaunens hörbar. Laar schluckte mehrmals, ehe er schließlich den Mund aufbekam. „Eine Fernsteuerung – erstaunlich. Ja, dort oben ist Ihr Schiff sicher – obgleich es das bei uns auch gewesen wäre.“

„Verzeiht, ich schickte es nicht nur der Sicherheit wegen in den Raum, sondern auch aus anderen Gründen. Während es diese Welt umkreist, dient es als Meßsatellit und Funkempfänger. Wenn eine wichtige Ultrameldung eingeht, landet es automatisch und übermittelt die Meldung. Ich stehe so mit der galaktischen Regierung in Verbindung.“

Regoon hatte seine Enttäuschung überwunden. Er zeigte auf die beiden übrigen Barkoniden, die nun ebenfalls aus dem Wagen geklettert waren.

„Dies ist Gorat, unser Astronom. Leider kann er sich nur theoretisch mit dieser sicherlich interessanten Wissenschaft befassen, denn es gibt keine genügend großen Teleskope, auch nur eine Galaxis näher in Augenschein nehmen zu können.“

Gorat war erstaunlich klein und dick. Er lächelte verlegen und ein wenig hilflos. „Ich wäre sehr glücklich, wenn Sie mir über die Sterne erzählen könnten – es ist mein Wunschtraum, einmal einen richtigen Stern zu sehen – außer Barkon natürlich.“

„Und das hier . . .“, Regoon zeigte auf den sehr großen und schlanken Barkoniden, „. . . ist Nex, der auf unserer Welt die Wissenschaft des Nexialismus lehrt.“

So war also auch auf dieser einsamen Welt der Gedanke Sieger geblieben, daß umfassendes Wissen günstiger ist als bloßes Spezialistentum, dachte Rhodan, der die Lehre vom Nexialismus sehr wohl kannte.

Er begrüßte die beiden Männer.

Laar sagte: „Wir hatten Zeit genug, uns auf Ihren Empfang vorzubereiten. Sie sind mein Gast, Rhodan. Sie werden Gelegenheit erhalten, mit allen Wissenschaftlern unserer Welt zu reden, und Sie werden sich davon überzeugen können, daß wir versucht haben, trotz unserer Abgeschiedenheit wenigstens den geistigen Kontakt mit der Vergangenheit nicht zu verlieren. Kommen Sie, bitte."

Laar warf noch einen letzten Blick hinauf in den Himmel, aber von dem geheimnisvollen Schiff, das den unverhofften und doch so lange erwarteten Besucher gebracht hatte, war nichts mehr zu sehen.

Rhodan stieg in den Wagen und nahm zwischen Laar und Regoon Platz. Bei sich dachte er angestrengt darüber nach, was wohl geschehen würde, wenn das Schiff aus irgendwelchen Gründen nicht zurückkehrte. Aber schließlich hätte er sich genausogut Gedanken darüber machen können, was wohl wäre, wenn der Unsterbliche sich nun entschlösse, einfach zu verschwinden. Dann säße er, Rhodan, auf einer unendlich fernen Welt und wäre der unglaublichste Robinson, den es je gegeben hätte.

Du machst dir unnötige Sorgen, sagte da die Stimme in seinem Innern mit leisem Vorwurf. *Ich werde dir gegenüber niemals mein Wort brechen, und ich habe dir versprochen, du wirst keine Zeit verlieren – höchstens einen Atemzug. Konzentriere dich ganz auf deine Aufgabe hier. Und glaube mir: Es ist wirklich eine Aufgabe.*

Rhodan spürte Beruhigung, als er die Versicherung des Unsterblichen vernahm. Es gab keinen Zweifel an seinen Worten.

Danke, dachte er.

Ihre Fahrt zum Wohnsitz des Präsidenten glich einem Triumphzug. Die Barkoniden säumten die prachtvollen Straßen und jubelten dem Besucher aus dem Weltraum zu. Niemand schien heute zu arbeiten, sondern die einmalige Gelegenheit dazu benutzt zu haben, einen Feiertag einzulegen.

Die Fahrt dauerte fast eine Stunde und ging quer durch die Stadt. Auf einer breiten Ausfallstraße fuhr der Wagen dann, von drei mit Polizei besetzten Fahrzeugen begleitet, noch einmal eine halbe Stunde durch herrliche Parks und Wälder, ehe er seine Geschwindigkeit verlangsamte und vor einem Portal anhielt. Als es sich öffnete, wurde der Wohnsitz des Regierungschefs sichtbar.

Rhodan bewunderte den Sinn der Barkoniden für Schönheit. Das nicht sehr hohe Haus erinnerte an einen ins Riesenhafte vergrößerten

Bungalow. Die Vorderfront bestand zum größten Teil aus einem glasähnlichen Material. Es war durchsichtig und ließ die dahinterliegenden Räume gut erkennen. Das Haus hatte zwei Stockwerke, aber seine ausladende Breite ließ es niedrig wirken.

Der Wagen fuhr an und hielt dann endgültig.

„Sie werden sich hier wohl fühlen", prophezeite Laar und zeigte auf das Gebäude. „Hier befindet sich das administrative und wissenschaftliche Zentrum von Barkon. Lassen Sie sich nicht von der geringen Größe täuschen. Eine ferngesteuerte Televisionsanlage verbindet uns mit allen wichtigen Punkten unserer Welt. Von Ihrem Zimmer aus haben Sie Gelegenheit, Barkon und seine Geschichte durch die Jahrhunderttausende kennenzulernen. Es hat sich nicht viel geändert in dieser Zeit, und vielleicht werden Sie uns sogar als steril bezeichnen. Aber wir haben nur für ein einziges Ziel gearbeitet und daher manches andere vernachlässigt."

„Ich weiß", sagte Rhodan und achtete nicht auf die erstaunten Gesichter der vier Männer.

Zehn Minuten später schloß sich hinter ihm die Tür. Er war allein in dem Zimmer, das für zehn Wochen seine Heimat sein sollte. Ein wenig verloren ließ er sich in einen Sessel sinken, der direkt an der Glaswand stand. Von hier aus hatte er einen umfassenden Blick auf die Stadt und das angrenzende Meer. Er seufzte.

„Zehn Wochen, alter Freund. Was soll ich zehn Wochen auf dieser fremden Welt, wo ich doch keine Minute zu verlieren hätte, mit meinen eigenen Angelegenheiten fertig zu werden? Ist das keine Zeitverschwendung?"

„Wir können uns laut unterhalten", entgegnete der Unsterbliche. „Du fühlst dich dann nicht so einsam. Hier hört uns niemand, und es gibt keine heimlichen Mikrophone. Zeitverschwendung, meinst du? Du irrst, alter Freund. Bedenke, daß erst Mai 1982 ist und du noch krank im Bett liegst. Deine Begegnung mit den Galaktischen Händlern liegt noch weit in der Zukunft. Mehr als zehn Wochen. Was also könntest du versäumen?"

„Ich kann dir darauf keine Antwort geben. Aber vielleicht wirst du mir nun endlich verraten, was ich zu tun habe, um Barkon vor dem Untergang zu retten."

„Darüber mache dir ebenfalls keine Sorgen. Ich erledige das für dich. Es ist nur ein Handgriff, mehr nicht. Einen Tag vor unserem Start werden sie uns ihre Anlage zeigen, mit der sie Barkon II durch den Raum treiben wollen. Dabei werde ich es tun. Eine Art Umpolung, wenn du so willst.“

„Und das ist alles?“ wunderte sich Rhodan.

„Das ist alles.“

„Und warum müssen wir zehn Wochen hier weilen?“

Der Unsterbliche kicherte. Er schien sich köstlich zu amüsieren. „Um dir die Geschichte unserer Galaxis vorzuführen. Du kannst nicht schneller sehen, als auch die Zeit verläuft. Und du wirst dir viele Filme ansehen müssen, fürchte ich.“

„Genügt keine Art Hypnoübertragung im Zeitraffertempo?“

„Diesmal nicht, alter Freund.“ In der Stimme des Unsterblichen war ein leichter Vorwurf. „Du bist so gut wie unsterblich, aber du hast noch nicht gelernt, was Geduld ist. Ich glaube, die kommt erst dann, wenn die Langeweile beginnt. Aber wie ich dich kenne, wirst du auch zur Langeweile keine Geduld besitzen.“

Rhodan sah hinaus in die beginnende Dämmerung. Er fühlte sich auf einmal sehr einsam und allein.

3.

Die ersten beiden Wochen vergingen ohne besonders bemerkenswerte Ereignisse. Mit Hilfe der schnell installierten Fernsehanlage lernte Rhodan den Planeten Barkon kennen. Es handelte sich dabei um Direktübertragungen aus allen Teilen der friedlichen und paradiesischen Welt. Am eindrucksvollsten war für Rhodan immer wieder der Anblick des nächtlichen Himmels. Das konnte er natürlich auch ohne die Teleanlage haben. Erst einmal in diesen zwei Wochen war die Luft so klar gewesen, daß er genau im Zenit ein schwaches Schimmern gesehen hatte. Es hatte die Form eines ausgefransten Flecks. Die heimatliche Milchstraße, einhundertfünfzigtausend Lichtjahre entfernt. Und da er selbst sich jetzt in der relativen Gegenwart aufhielt, war diese Milchstraße, die er schaute, auch einhundertundfünfzig Jahrtausende jünger als die, die er kannte. Mit seinen bloßen Augen blickte er in die Vergangenheit.

Anfang der dritten Woche besuchte ihn Nex, der Nexialist.

„Ich habe die Aufgabe erhalten, Ihnen die Geschichte Barkons zu zeigen. Wir werden uns zu diesem Zweck in das Große Archiv begeben."

Jetzt wird es interessant, sagte der Unsterbliche lautlos zu Rhodan. *Mache dich auf einige Überraschungen gefaßt. Vergiß niemals, daß dieses Volk schon existierte, als die Erde noch jung war.*

Ein Wagen brachte sie in die Stadt. Hier kümmerte sich niemand um sie. Barkon war in den normalen Alltag zurückgekehrt. Es fiel Rhodan plötzlich auf, welcher Zufall Barkon der Erde so ähnlich machte. Sein Tag dauerte genau 24 Stunden.

Sie bogen in eine Seitenstraße ein, die sich plötzlich senkte und direkt in die Erde führte. Der Tunnel war hell erleuchtet, aber er schien kein Ende nehmen zu wollen. Erst nach zehn Minuten hielt der Wagen an.

„Wir sind jetzt zweihundert Meter unter der Oberfläche", erklärte Nex. „Unsere Filme können nur hier für alle Zeiten unbeschadet aufbewahrt werden. Keine kosmische Strahlung dringt bis in diese Tiefe. Die Luft wird nur dann eingelassen, wenn eine Vorführung stattfindet, und das ist nur dann der Fall, wenn die Regierung alle fünfzig Jahre neu gebildet wird. Sonst lagern die Filme im Vakuum."

Rhodan gab keine Antwort. Schweigend folgte er dem Barkoniden durch lange Korridore und verschiedene Räume, bis sie in ein nicht sehr großes, aber komfortabel eingerichtetes Zimmer kamen. Eine riesige Schaltanlage bildete die eine Seitenwand. Vorn, über einer Art Bühne, war eine milchig schimmernde Leinwand. Ihr gegenüber der eingelassene Projektor. Zwei Reihen gepolsterter Sessel luden zum Sitzen ein.

„Nehmen Sie Platz, Rhodan. Alles ist automatisch, und ich brauche nur den entsprechenden Knopf zu drücken, um das gewünschte

Filmmaterial auf den Weg zum Projektor zu bringen. Unser Volk kannte vor mehr als einer Million Jahren die Raumfahrt, aber sie konnte uns nicht vor der Katastrophe retten. Im Gegenteil. Der gewaltsame Abschied von der heimatlichen Umgebung wurde uns nur schwerer durch das Wissen gemacht, daß einige von uns entfliehen konnten. Ich zeige Ihnen Barkon, zu Beginn des Unglücks – und gleichzeitig am Ende seiner galaktischen Geschichte."

Es wurde dunkel im Zimmer. Auf der Projektionsfläche schien plötzlich die Wand zurückzuweichen und einer Wirklichkeit Raum zu geben, die sich plastisch und in naturgetreuen Farben den Augen Rhodans darbot.

„Das ist Barkon, von einem sich entfernenden Raumschiff aus gesehen", erklärte Nex mit einem kaum merklichen Zittern in seiner Stimme. „Sie sehen, seit damals hat sich nicht viel geändert – nur daß es Raumschiffe gab. Jetzt erkennen Sie deutlich den Nachbarplaneten drei, der schiebt sich seitlich ins Bild. Leider fanden wir in unserem eigenen System niemals einen Planeten, der sich zur Besiedlung geeignet hätte. Aber wir besaßen ein sehr großes Kolonialreich."

„In welchem Teil der Galaxis stand die Sonne Barkon?" fragte Rhodan aus einem Impuls heraus.

„Sie werden es gleich erkennen können. Es ist natürlich unmöglich, in der kurzen, uns zur Verfügung stehenden Zeit alle Filme anzusehen, aber ich werde die wichtigsten aussuchen. Bei der alle fünfzig Jahre stattfindenden Regierungsvorführung weilen die Auserwählten drei Monate in diesem Raum – von kurzen Unterbrechungen abgesehen. Aber dann kennen sie die Geschichte unserer Welt und die Vergangenheit der Galaxis, von deren Gegenwart wir nichts wissen."

In dieser Feststellung lag so etwas wie eine Aufforderung.

„Wir werden darüber diskutieren", versprach Rhodan. „Ich fürchte jedoch, Sie werden enttäuscht sein."

„Ihr wunderbares Schiff läßt mich das Gegenteil vermuten." Nex lächelte ermutigend. „Doch sehen Sie dort – das ist eines unserer letzten Siedlerschiffe. Es bringt Auswanderer zu einem neu entdeckten System, in dem das Leben noch nicht entstanden ist."

Das riesige Gebilde mochte zwei Kilometer lang sein und umkreiste Barkon auf einer Kreisbahn. Kleinere Schiffe kamen von der

Oberfläche empor und brachten die Passagiere. Plastikschläuche dienten als Gangways. In gigantische Frachtluken glitten kleinere Boote und brachten das Gepäck und die Ausrüstung der Kolonisten. Tief unten drehte sich Barkon unter der geschäftigen Ansammlung der Schiffe weg.

„Das Siedlerschiff brachte den Film mit zurück", führte Nex aus. „Sie sehen kurze Ausschnitte daraus."

Bald darauf versank das System Barkon im All. Der Film war mit Zeitraffer aufgenommen worden, und so kam es, daß Rhodan etwas Ähnliches erlebte wie auf seinem Herflug: Die Sterne glitten schnell auf der Fläche an ihm vorbei. Eine gelbe Sonne wurde größer. Sie mußte das Ziel der Expedition sein. Dann schob sich ein Planet ins Bild, eine mittelgroße und von Vegetation überwucherte Welt. Felsige Hochplateaus ragten aus Steppen und Urwäldern empor. Breite Flüsse strömten durch fruchtbare Ebenen, durch die unübersehbare Herden merkwürdiger Tiere zogen. Einmal glaubte Rhodan so etwas wie einen Saurier zu sehen, aber er konnte sich auch getäuscht haben.

„Auf dieser Welt", erklärte Nex, „gab es noch kein intelligentes Leben. Aber sie war fruchtbar und von Tieren aller Art bevölkert. Unsere Siedler fanden ein Paradies. Vom Zeitpunkt ihrer Landung bis zum Entstehen einer Zivilisation vergingen – wenn wir mit den gemachten Erfahrungen rechnen – etwa 10 000 Jahre."

„Sie setzten Ihre Auswanderer einfach auf einer geeigneten Welt ab und kümmerten sich dann nicht mehr um sie?" fragte Rhodan erstaunt.

Nex lächelte eigentümlich. „So ist es. Zu Beginn unserer Geschichte bildeten wir abhängige Kolonien, aber das erwies sich später als eine falsche Methode. Die Siedler verließen sich auf ihren Heimatplaneten und auf den Nachschub. Sie besaßen kein echtes Interesse an der Ausnutzung dessen, was die Natur ihnen bot. Sie wurden dekadent und faul. Die freiwillig Schiffbrüchigen hingegen – und das waren sie später, denn sie mußten ihr Transportschiff auseinandernehmen, um existieren zu können – fanden eine neue Heimat, die ihnen alles geben konnte, was sie zum Leben benötigten. Sie mußten arbeiten und sich entwickeln. Sicher, auch hier gab es Rückschläge, und mehr als einmal mußten wir erleben, daß unsere Nachkommen auf den Kolonistenplaneten in die Barbarei zurückfielen. Das jedoch blieben Ausnahmefälle. In der Regel entwickelten sich leistungsfähige Zivilisationen, die das Erbe ihrer Väter hüteten, wenn sie auch ihren Ursprung vergaßen. Denn es gehörte zu unserem Prinzip, den Siedlern keine aufgezeichneten Berichte oder Filme mitzugeben. Nur so war es möglich, sie gänzlich unabhängig werden zu lassen."

„So vergaßen sie, von wo sie stammten?"

„Ja. Nur so war es möglich, die Planeten der Galaxis erfolgreich zu besiedeln und voneinander unabhängige Völker zu bilden. Oft geschah es erst Jahrtausende später, daß zwei solcher Völker sich begegneten. Sie wunderten sich vielleicht darüber, daß sie sich so ähnlich waren, hielten es aber für eine Notwendigkeit der Evolution." Wieder lächelte Nex und sah Rhodan von der Seite an. „Nicht wahr, Sie beginnen nun die Wahrheit zu ahnen?"

Langsam nickte Rhodan. „Ich glaube schon. Aber eine Million Jahre sind eine sehr lange Zeit, finden Sie nicht?"

„Sie sind wenig, wenn man mit galaktischen Einheiten mißt und die Kürze des eigenen Lebens vergißt. Einhunderttausend Jahre in der Galaxis sind, auf einen Planeten übertragen, wie ein Menschenleben. Also bedeuten diese eine Million Jahre, die wir nun allein sind, ganze zehn Generationen in der Galaxis. Was aber, so frage ich Sie, vermögen zehn Generationen aus einem Planeten zu machen?"

„Manchmal nichts, manchmal sehr viel – das kommt auf die jeweilige Entwicklungsstufe und Eigenschaften des Volkes an."

„Ich fühle Ihren Vorwurf." Nex nickte und machte sich an den Kontrollen der Projektion zu schaffen. „Sie glauben, wir wären in diesen zehn Generationen, die für uns hunderttausend und mehr waren, stillgestanden. Sie betrachten unsere Zivilisation als eingefroren. Sie wundern sich, daß wir keinen Versuch gemacht haben, unserem grauenhaften Schicksal der Einsamkeit etwas entgegenzusetzen. Geben Sie es nur ruhig zu."

„Sie hätten zumindest versuchen sollen, die Verbindung mit den anderen Welten, die Sie damals hatten, aufrechtzuerhalten."

Nex drückte auf einen Knopf. „Ich werde Ihnen schon heute etwas zeigen, das Sie unsere Handlungsweise begreifen läßt – wenn Sie ein Herz besitzen."

sondern genau im rechten Winkel dazu. Wir sind bis heute noch nicht einig geworden, warum das geschah. Unaufhaltsam strebte unser ganzes System in den fürchterlichen Abgrund hinein, der die Galaxien trennt. Nichts konnte unsere Trift aufhalten. Doch sehen Sie mit eigenen Augen, was unsere Vorfahren sahen. Was sie empfanden – ich weiß nicht, ob Sie es nachempfinden können."

Rhodan gab keine Antwort.

Nach einer Stunde war die gesamte Milchstraße sichtbar geworden. Der Spiralarm, der auch die heimatliche Sonne beherbergte, die jetzt in diesem Augenblick eine unbewohnte und jungfräuliche Erde beschien, ragte weit hinaus in die ewige Finsternis des Sternenabgrunds. Fast in seiner Mitte stand die Sonne, nur dreißigtausend Lichtjahre von der Finsternis getrennt.

Wo stand Arkon? durchfuhr es Rhodan unwillkürlich, doch er hütete sich, die Frage laut zu stellen. Aber der Unsterbliche hatte die lautlose Frage gehört.

Er antwortete: *Praktisch außerhalb der Galaxis, alter Freund. Keine Vermutungen anstellen, davor warnte ich dich. Die Zeit ist noch nicht gekommen, die großen Zusammenhänge erkennen zu dürfen. Du beginnst sie zu ahnen, und damit weißt du mehr als fast alle Sterblichen der Galaxis. Denke nicht darüber nach, wenn du den Verstand nicht verlieren willst.*

Immer weiter glitt die kleiner werdende Milchstraße in die dunkle Ewigkeit hinein, immer weiter entfernte sich Barkon von ihr. In der Nachbarschaft des Spiralnebels gab es keine Sterne. Das schwache Leuchten der Ansammlung von Milliarden von Sternen löschte das noch schwächere Licht fernster Spiralnebel aus. Es gab im Universum scheinbar nur diese eine Milchstraße, und die entfernte sich von Sekunde zu Sekunde – oder von Jahrhundert zu Jahrhundert.

Die große Einsamkeit für die Barkoniden begann.

Nex drückte auf einen anderen Knopf. „Ich lasse den Film mit einhundertfacher Geschwindigkeit ablaufen. Von nun an repräsentiert eine Sekunde 5000 Jahre."

Der Rest des Filmes dauerte etwas mehr als drei Minuten.

In diesen drei Minuten fiel die Milchstraße mit rasender Geschwindigkeit in ein schwarzes Loch, das keine Grenzen kannte. Sie wurde mit jeder Sekunde kleiner und lichtschwächer. Immer noch war kein Stern zu sehen, und der Himmel wurde finster. Aus der typischen Form des Spiralnebels wurde ein verwaschener Fleck, der sich allmählich in der Unendlichkeit verlor.

Dann blieb das Bild stehen.

„Das ist unser Himmel, wie er sich heute unserem Kamerateleskop darbietet, das nicht damit aufhört, alle zwei oder drei Jahre eine Aufnahme zu machen", erklärte Nex mit belegter Stimme.

Genau in der Mitte der schwarzen Projektionsfläche stand der verwaschene Nebelfleck, klein und unscheinbar. Er war allein, denn die anderen Spiralnebel waren nicht zu sehen. Die Atmosphäre verschluckte ihr geringes Licht.

„Wir sind allein", fuhr Nex fort und räusperte sich. „Aber wir wissen, daß unsere Arbeit damals nicht umsonst gewesen ist. Die von uns belebten Planeten haben ihre eigenen Völker hervorgebracht, die nun eine unvorstellbare Zivilisation entwickelt haben müssen. Wir, die Barkoniden, sind ihre Stammväter. Und von wo immer Sie, Rhodan, auch herkommen mögen, Sie müssen sich damit abfinden, ein Nachkomme unserer Kolonisten zu sein – oder ein Nachkomme jener, die von unseren Kolonisten auf einer fruchtbaren, aber bisher unbewohnten Welt ausgesetzt wurden. Wie groß Ihr Volk auch sein mag, es hat seine Existenz nur uns zu verdanken, uns, den Stammvätern der Galaxis."

Rhodan bekämpfte die Erschütterung, die ihn zu übermannen drohte. Er wußte, daß ein gigantisches Problem seine Lösung gefunden hatte, aber wagte es nicht, die Konsequenz daraus voll und ganz zu ziehen. Sie war zu ungeheuerlich. Warum aber, so fragte er sich, hatte der Unsterbliche ihm dies alles gezeigt? Warum hatte er ihn mit nach Barkon genommen, dessen Volk nach menschlichen Maßstäben die Ewigkeit geschaut hatte und mit ihr nicht fertig geworden war?

Auf diese Frage fand er keine Antwort, und der Unsterbliche war anscheinend nicht gewillt, sie ihm zu geben, denn er schwieg.

Das Bild auf der Projektionsfläche erlosch. In dem Raum wurde es hell. Nex stand dicht neben Rhodan. In seinen Augen war ein Schimmer jener Traurigkeit, die Bestandteil des Lebens auf Barkon II geworden war. Mit einem Zittern in der Stimme sagte er: „Verstehen

Sie nun, was Einsamkeit ist, Rhodan? Sie leben unter einem gestirnten Himmel und wissen, daß Sie nicht allein im Kosmos sind. Sie wissen, daß Sie jederzeit mit anderen in Verbindung treten können, die Ihnen gleichen und Ihre Freunde sind."

„Vielleicht überschätzen Sie Ihre Nachkommen, die in der Galaxis zurückblieben", wandte Rhodan vorsichtig ein. „Bei vielen Kolonisten kann es Jahrzehntausende gedauert haben, bis sie die Raumfahrt wiederentdeckten. Viele entdeckten sie möglicherweise überhaupt nicht mehr wieder und blieben allein auf ihrer Welt, getrennt und isoliert von den übrigen Völkern, die ihre Brüder waren. Viele gingen vielleicht unter, ohne zu ahnen, daß sie nicht die einzigen Intelligenzen des Kosmos waren."

„Sie entwickeln eine düstere Theorie, an die niemand von uns glauben möchte. Wir leben ja nur in der Hoffnung, daß unsere Arbeit nicht umsonst war. Allein Ihr Erscheinen beweist uns, daß wir nicht vergeblich gelebt haben."

„Aber auch ich kann Barkon nicht in die Gemeinschaft der Sterne zurückbringen", erinnerte Rhodan.

Über Nex' Gesicht huschte ein Schatten. „Das nicht, aber Sie bringen uns Kunde von jenen Welten, die einst zu unserem Reich gehörten und denen wir das Leben gaben. Und Sie werden ihnen die Kunde von uns überbringen. Allein das Wissen darum, daß man uns nicht vergessen hat, vertreibt einen Teil unserer unerträglich gewordenen Einsamkeit."

Rhodan nickte. „Ich glaube, daß ich zu begreifen beginne – und ich glaube auch, daß ich Ihnen helfen kann."

Nex zeigte zur Tür. „Wir gehen nun. Ich werde Ihnen von nun an die Filme in Ihr Zimmer projizieren. Heute wollte ich Ihnen nur diese Anlagen zeigen. In einigen Wochen, wenn Sie unsere Vergangenheit kennen, werden Sie uns zeigen, was inzwischen in der Galaxis geschehen ist."

„Zeigen?" wunderte sich Rhodan verblüfft. „Wie sollte ich Ihnen das zeigen? Ich brachte kein Material mit."

„O doch!" Nex nickte und lächelte. „Ihre Erinnerung und Ihr Wissen. Wir werden Ihre Gedanken zu Bildern machen."

Während der Fahrt zum Wohnsitz Laars sprachen sie nicht mehr.

Vergeblich versuchte Rhodan, einen Ausweg aus der Situation zu finden. Was sollte er tun, um die drohende Gehirnwäsche zu verhindern, denn etwas anderes war es nicht, was sie mit ihm planten.

Mach dir keine Sorgen, alter Freund, flüsterte der Unsterbliche ihm heimlich zu. *Oder kannst du dir vorstellen, daß ich diese Möglichkeit nicht vorausgesehen habe oder nicht von ihr wußte? Na also! Die Barkoniden werden erstaunt sein, welche Früchte ihre Pionierarbeit trug.*

Du willst ihnen etwas vorgaukeln, was nicht existiert?

Ich werde ihnen nur die Zukunft zeigen, entgegnete ES.

4.

Bis zur achten Woche lernte Rhodan die Geschichte der Barkoniden kennen – und damit die Geschichte der Galaxis. Er erfuhr, daß die Barkoniden sich für die Erschaffer der Zivilisationen in der Milchstraße hielten, aus der sie ein unerbittliches Schicksal vertrieben hatte. Sie hatten den Keim des Lebens zu unbewohnten Welten gebracht und fest damit gerechnet, daß ihre Nachkommen das von ihnen begonnene Werk vollendet hatten. Sie hielten sich für das Stammgeschlecht aller humanoiden Völker.

Am 5. August 1982 irdischer Zeitrechnung – zu dieser Zeit hatte Rhodan im harten Kampf gegen die Robotspione der Galaktischen Händler gestanden, wie er sich entsann – brachte man ihn mit einem Wagen zur Stadt. In einem hohen Gebäude erwarteten ihn die Regierungsmitglieder von Barkon II, darunter auch Laar, Regoon, Nex und Gorat. Es war ein weiter Saal, in dem komplizierte Geräte und gigantische Schaltanlagen untergebracht waren. Unter einer schimmernden Kuppel aus einem unbekannten Metall stand ein Sessel. Zu diesem wurde Rhodan nun geführt.

„Wir machen es Ihnen einfach“, erklärte Nex, nachdem Rhodan

begrüßt worden war. „Eine ausführliche Schilderung der Entwicklung in der Galaxis möchten wir Ihnen ersparen, da sie zuviel Zeit in Anspruch nehmen würde. Sehen Sie dort die Projektionsfläche? Wir besitzen die Möglichkeit, Ihre Gedanken zu projizieren. Denken Sie nur, stellen Sie sich vor, was geschehen ist – und wir werden es miterleben können. So wissen wir, was seit unserem Kontaktverlust geschehen ist."

Rhodan setzte sich langsam. Während Nex eine silberne Haube auf sein Haupt drückte und einige Anschlüsse verband, fragte er lautlos seinen unsichtbaren Begleiter: *Was nun, alter Freund? Sie werden erfahren, daß ihr Werk gescheitert ist. Was wurde aus ihrem Vorhaben, ihr Volk über alle bewohnbaren Planeten zu verbreiten? Was ist wirklich geschehen, seit sie einsam wurden?*

Viel ist geschehen. Aber nicht das, was die Barkoniden erwarteten. Der Kontakt zwischen den Welten ging verloren, wenn er überhaupt bestand. Das erdachte Reich zerfiel, ehe es entstand.

Was soll ich jetzt überhaupt denken? Ich weiß nichts über die Dinge, die im Kosmos vor sich gingen. Sicher, die Arkoniden gaben mir ihr Wissen, aber was ist das schon im Vergleich zu dem, was tatsächlich geschah? Arkon und M-13 sind nur ein Stäubchen in der Galaxis.

Nicht viel, lautete die Antwort des Unsterblichen. *Aber überlasse dich nun ganz mir – ich werde für dich denken. Und öffne deine Augen, um selbst zu erleben, was – vielleicht – einmal geschehen wird. Es kann nur ein großer Überblick sein, mehr nicht. Aber er wird diesen Unglücklichen das Gefühl vermitteln, nicht umsonst in der kosmischen Einöde gelebt zu haben.*

„Sind Sie bereit?" fragte Nex und unterbrach Rhodans Gedanken.

„Ja – natürlich. Was habe ich zu tun?"

„Denken Sie an Ihre eigene Geschichte und berichten Sie, was bis heute geschah."

Rhodan nickte und sah, wie die Lichter in dem Saal erloschen. Die halbrunde Projektionswand begann zu fluoreszieren. Rhodan erkannte auf der plötzlich schwarz werdenden Fläche einen sich plastisch hervorhebenden Planeten – die Erde.

Sie wurde von einem gigantischen Schiff umkreist, das sich wenig später auf flammenden Feuerstrahlen zur Oberfläche herabsenkte

Wieder dunkelte sich der Raum ab. Vor Rhodan entstand ein Gewimmel von fremdartigen Sternbildern, von denen ihm keines vertraut schien. Die Kamera schien im Raum zu schweben, wenn auch das Bild ein wenig unklar war, als sei zwischen dem Beobachter und den Sternen eine Glasscheibe.

„Diese Aufnahmen wurden von unserem größten Observatorium aus gemacht – vor einer Million Jahren. Die Kamera machte in jedem Jahr zu einem bestimmten Zeitpunkt nur eine einzige Aufnahme. In Jahren, in denen diese Nacht durch Wolken verdunkelt wurde, verzichtete man auf die Aufnahme. So kam es, daß im Durchschnitt alle drei Jahre nur eine einzige Aufnahme zustande kam. Sie zeigt immer den gleichen Ausschnitt der Galaxis – vorerst wenigstens. In jeder Sekunde, die Sie nun dort auf die Projektion schauen, vergehen relativ etwa fünfzig Jahre. In zwei Sekunden erleben Sie also ein ganzes Menschenalter – einhundert Jahre. Sehen Sie selbst, wie unseren Vorfahren damals zumute gewesen sein muß. Sie erlebten etwas, das sie bis in die tiefsten Tiefen ihrer Seele erschütterte und das bis zum heutigen Tag Grundlage unseres Glaubens und unserer Mentalität geblieben ist.“

Und Rhodan sah.

Die Sternbilder begannen sich allmählich zu verschieben – und sie entfernten sich. Immer mehr rückten sie zusammen, das Gewimmel der Sterne wurde dichter – aber auch lichtschwächer.

Und dann wurde der Sichtwinkel so groß, daß Rhodan einen Überblick erhielt – und er erkannte plötzlich das, worauf er schaute.

Es war jener Spiralarm, aus dem er selbst gekommen war.

Es dauerte fast zehn Minuten, dann war der Arm in seiner ganzen Größe sichtbar geworden. Kaum noch ließen sich die einzelnen Sterne voneinander unterscheiden. Sie bildeten eine längliche und leicht gekrümmte Wolke, die aus sich heraus leuchtete. Aber dieses Leuchten wurde fast zusehends schwächer.

„Sehen Sie dort die etwas hellere Zusammenballung der Sterne?“ fragte Nex und beugte sich zu Rhodan herab. „An jener Stelle stand einst unsere Sonne Barkon. Sie löste sich aus unerklärlichen Gründen aus dem Gravitationsfeld der rotierenden Milchstraße und glitt aus dem Verband der Sterne heraus. Aber nicht etwa in Drehrichtung, und landete. Menschen stiegen aus und ergriffen Besitz von der neuen und noch unbewohnten Welt. Erste Siedlungen entstanden.

Rhodan glaubte zu träumen. Der Unsterbliche gaukelte ihm und den Barkoniden Dinge vor, die niemals Wirklichkeit gewesen sein konnten. Die Terraner, Abkömmlinge der Barkoniden?

Wieder die Erde aus Weitsicht. Die Polkappen verschoben sich und wanderten bis zu den gemäßigten Zonen vor. Dann zogen die mächtigen Gletscher sich wieder zurück. Die Oberfläche des Planeten veränderte sich. Riesige Städte entstanden, Städte, wie es sie auf der Erde nicht gab. Gewaltige Kuppeldome machten den Mond bewohnbar. Raumschiffe eilten von Planet zu Planet und brachten Siedler zum Mars und zur Venus. Aus den Tiefen des interstellaren Raumes kamen die Frachter anderer Völker und landeten auf der Erde, um ihre Waren zum Tausch anzubieten.

Da wußte Rhodan, daß der Unsterbliche den Barkoniden die Geschichte einer möglichen Zukunft erzählte, die diese aber für die Vergangenheit halten mußten. Er berichtete nichts von fürchterlichen Kriegen, er schwieg vom Reich der Arkoniden, das kurz vor dem endgültigen Verfall stand, er zeigte ihnen nichts von den Konflikten, die einstmals eng verwandte Völker zu Todfeinden machten.

Der Unsterbliche belog die Barkoniden, um ihnen ihre grauenhafte Einsamkeit nicht noch unerträglicher zu machen.

Als mit einem Gesamtüberblick sehr deutlich veranschaulicht wurde, daß die gesamten humanoiden Intelligenzen der Milchstraße zu einer großen Gemeinschaft zusammengeschweißt waren, erlosch das Gedankenbild plötzlich. Langsam und zögernd nur kehrte die Beleuchtung in den Saal zurück.

Rhodan sah sich vorsichtig um. Er blickte in die still vor sich hin lächelnden Gesichter zufriedener Barkoniden, die ihr grausames Los vergessen zu haben schienen. Sie waren es gewesen, die eine solche Entwicklung ermöglicht hatten. Ihr Leben war nicht umsonst gewesen. Jemand hatte ihr Werk fortgeführt und beendet.

Nex stand auf und kam zu Rhodan, um ihm die Haube abzunehmen.

Seine Stimme schwankte, als er sagte: „Wir danken Ihnen, Rhodan, für den Bericht. Nun wird es uns leichter fallen, die lange, dunkle Reise anzutreten."

Rhodan stand ebenfalls auf. Er sah in die Gesichter der Versammelten.

„Lange, dunkle Reise? Ich verstehe nicht . . .“

„Morgen werden wir Ihnen unser Geheimnis enthüllen“, sagte Nex und lächelte wissend. „Wenn Sie die Theorie anerkennen, werden wir Ihnen zeigen, wie weit wir in der Praxis sind.“

Zwanglos unterhielt man sich noch eine Weile, aber niemand sprach mehr von der dunklen Reise. Zwei Stunden später war Rhodan wieder in seinem Zimmer.

Als er wohlig ausgestreckt im Bett lag und draußen vor den Fenstern die lichtlose und finstere Nacht ihre Schatten auf die Welt legte, sagte er leise: „Du hast sie belogen, alter Freund. Du hast ihnen die Illusion geboten, die ihnen die Kraft gibt, ihr irrsinniges Unternehmen in die Tat umzusetzen.“

„Ja“, gab der Unsterbliche ebenso leise zurück. „Das habe ich getan.“

Rhodan gab keine Antwort. So auffassungsfähig sein hypnogeschultes Gehirn auch war, es besaß seine Grenzen.

Und er wußte, daß er sie bereits überschritten hatte.

Tagelang war Rhodan über das Vorhaben der Barkoniden unterrichtet worden. Nex selbst hatte ihm die technischen Einzelheiten erklärt und immer wieder versichert, daß man bereits seit vielen Generationen mit diesem Plan vertraut sei und die besten Köpfe einer geeinten Welt ihr möglichstes getan hätten, jede Fehlerquelle auszuschalten.

Das Innere von Barkon II war ausgehöhlt worden. Die gesamte Bevölkerung des Planeten fand darin Platz, zu leben und sich weiterzuentwickeln. Unvorstellbare Transportsysteme garantierten die Verbindung zwischen den einzelnen Wohnzentren. Überall verteilte Atomreaktoren spendeten für Jahrhunderttausende Licht, Wärme und Energie. Lufterzeugungsanlagen würden die verlorengegangene Atmosphäre ersetzen. Und während der vereiste und an der Oberfläche erstorbene Planet seine einsame Bahn durch das Universum ziehen würde, konnte das Leben in seinem Innern weitergehen.

Riesige Anlagen erzeugten alle benötigten Lebensmittel und

sonstigen Bedarfsgegenstände. Das Leben selbst würde sich nicht von dem auf der Oberfläche unterscheiden. Und wenn es Nacht, dunkle und lichtlose Nacht wurde, so geschah das in eigener Regie.

Das Wichtigste jedoch war der Antrieb.

Eine unvorstellbare Maschinerie sorgte dafür, daß der Planet sich aus dem Gravitationsfeld der Sonne Barkon löste und mit ständig steigender Geschwindigkeit Kurs auf die ferne Milchstraße nahm. Eines Tages, so versicherte Nex zuversichtlich, würde das „Raumschiff Barkon II“ mit Lichtgeschwindigkeit durch das Universum ziehen.

Rhodan wurde den Gedanken immer noch nicht los, wie in einem Traum zu leben. Der Unsterbliche gab ihm auf diesbezügliche Fragen einfach keine Antwort. Er ignorierte alle Bemerkungen Rhodans.

Heute wollte Nex seinem Gast diesen einmaligen Antrieb zeigen.

Mit einem Wagen fuhren sie zum Flugplatz, wo eine kleine Maschine sie erwartete. Sie besaß Tropfenform und keine Schwingen.

Nach einem Flug von einer Stunde landeten sie auf einem flachen Felsplateau, das sich aus der fruchtbaren Ebene erhob. Mehrere Kuppelbauten und hohe Türme verrieten, daß Menschen in dieser Einsamkeit existierten. Rhodan sah genauer hin und konnte feststellen, daß gewaltige Schuttablagerungen das Plateau vergrößert hatten.

„Hier ist die Einfahrt zum Antrieb, der einmal von dieser Stelle aus wirksam sein wird.“ Nex deutete nach unten. „Regoon hat die überlieferten Pläne ausgeführt und beendigt. Sie werden ihn unten treffen.“

Unten – das war etwa fünftausend Meter unter der Oberfläche.

Rhodan mußte im stillen die unglaubliche Anlage bewundern, die von den Barkoniden im Lauf der Jahrhunderte angelegt worden war. Unendlich lange Korridore führten in das Innere des Planeten, in regelmäßigen Abständen durch Deckenlampen erleuchtet. Schmale Schienenstränge verrieten die hier unten übliche Beförderungsmethode. Ein stetes Vibrieren erfüllte die warme Luft.

Regoon kam ihnen bereits entgegen. Er trug eine enge Kombination, die ihn bei seinen Arbeiten nicht behinderte.

„Vielleicht sind Sie skeptisch“, sagte er und reichte Rhodan die Hand. „Aber glauben Sie mir, wir werden es schaffen. Viele

Generationen haben an diesem Vorhaben gearbeitet, und wir werden es endlich verwirklichen."

„Sie erleben nur den Anfang", entgegnete Rhodan und lächelte. „Erst Ihre und meine Nachkommen werden wissen, ob es gelungen ist. Wie lange wird Barkon II benötigen, um in die Galaxis zurückzukehren?"

„Wir haben eine Reisedauer von zweihunderttausend Jahren errechnet", gab Regoon zurück. „Gorat ist sich da völlig sicher."

Zweihunderttausend Jahre. Rhodan erschauerte, als er an die Opferbereitschaft dieser großartigen Menschen dachte. Sie zogen sich in das Innere ihres Planeten zurück, um ihren fernsten Nachkommen ein Leben in der großen galaktischen Gemeinschaft zu ermöglichen. Die Terraner waren noch längst nicht soweit. Sie dachten oft nicht einmal an ihre eigenen Kinder.

„Sie werden es schaffen", sagte er und war fest davon überzeugt, daß er recht behalten würde. „Unsere Nachkommen werden sich eines Tages die Hände geben können."

Die Kontrollanlage des Planetenantriebs erwies sich als eine Maschinerie unvorstellbarer Komplexität. Die Fülle der Schalttafeln und Generatoren, Meßinstrumente und Leitungen, Kontrollschirme und Außenstationen war so verwirrend, daß Rhodan es bald aufgab, über ihr Funktionieren nachzudenken. Selbst sein geschultes Gehirn konnte nicht auf Anhieb begreifen, was hier, in der Tiefe eines Planeten, vor sich ging.

Stumm schritt er zwischen Nex und Regoon durch die riesigen Hallen und lauschte den Erklärungen der beiden Wissenschaftler. Sie zeigten ihm alles und waren stolz auf ihr Lebenswerk, das eine ganze Welt für zweihundert Jahrtausende von der Sonne unabhängig machen sollte.

Wenn er, Rhodan, mit der Hilfe des Unsterblichen die Katastrophe verhindern konnte.

Ich weiß, wo der Fehler liegt, sagte in diesem Augenblick die lautlose Stimme in seinem Gehirn. *Wir werden gleich an dem Hauptreaktor vorbeikommen. Verlange keine Erklärung, alter Freund. Ich sagte bereits, es ist nur eine falsche Schaltung, die den Zerfallsprozeß bis ins unendliche beschleunigen würde. Wenn das geschieht, wird die Energie in einer Sekunde frei, die für eine Ewigkeit reichen sollte. Du wirst dich angeregt mit den beiden unterhalten und dich nicht wundern, was deine rechte Hand tut.*

„Sehen Sie, Rhodan, von hier aus wird der Antrieb insofern gesteuert, daß der Atomzerfall reguliert wird“, sagte Regoon in diesem Augenblick. „Es wird Laars Aufgabe sein, in kurzer Zeit hier zu stehen und den Beginn der weiten Reise einzuleiten. Die entsprechenden Vorbereitungen sind bereits angelaufen.“

„Der Antrieb ist somit fertig?“ fragte Rhodan und zeigte mit der linken Hand auf die Anlagen. Regoon und Nex nickten und folgten der Richtung des ausgestreckten Armes. „Sie sind sicher, daß alles funktionieren wird?“

„Ganz sicher“, erwiderte Nex und lächelte. Weder er noch Regoon bemerkten, daß Rhodan mit der rechten Hand zwei Kabel aus ihrer Halterung löste und sie vertauschte. „Wir haben alles tausendfach überprüft. Es ist uns kein Fehler unterlaufen.“

„Das hoffe ich auch“, sagte Rhodan und zog die Klemmen fest. Er spürte, wie sich der Unsterbliche zurückzog. Er kam sich allein und verlassen vor, aber es dauerte nur Bruchteile von Sekunden, dann war die lautlose Stimme wieder da.

Geglückt. Ich war in der Zukunft, alter Freund. Die Barkoniden treten ihre Reise an. Sie gehen nicht in der Glut des eigenen Planeten unter.

Wie kann man die Zukunft ändern? Hast du nicht auch gesehen, wie ihr Planet eine Sonne wurde?

Vielleicht wirst du es später begreifen, alter Freund.

„Wir werfen nun einen Blick in die isoliert angelegte Energieerzeugungsanlage“, sagte Nex und zeigte auf einen im Fußboden der Halle eingelassenen Runddeckel von fünf Meter Durchmesser. „Das Betreten ist zu gefährlich.“

Er drückte auf einen Knopf, und der Deckel, mehr als zwei Meter dick, schwang langsam auf. Rhodan trat an den Rand der so entstandenen Öffnung und sah hinab in den Abgrund, der sich vor ihm auftat.

Der Schacht erweiterte sich nach unten und endete in einer zweiten Halle, in der mächtige Metallgehäuse lagerten. Einzelheiten waren nicht zu erkennen. Ein gleichmäßiges Summen drang nach oben und erfüllte die Luft mit einem intensiven Vibrieren. Irgendwo war der Geruch nach Ozon.

Die Klappe schloß sich wieder.

„Schon morgen beginnen in allen Teilen von Barkon II die Evakuierungsmaßnahmen", sagte Regoon stolz. „Nicht mehr lange, und die Reise des Planeten beginnt."

„Und morgen werde ich Abschied von Barkon nehmen", erwiderte Rhodan. „Ich will den Welten der Galaxis berichten, daß die Urahnen der Menschheit zurückkehren werden."

Nex und Regoon lächelten. In ihren Augen war nichts mehr von der gewohnten Traurigkeit zu sehen. Zuversicht und stilles Glück leuchteten in ihnen – und die Kraft und die Entschlossenheit, den Rest des Lebens in absoluter Einsamkeit ausharren zu wollen.

Die Fahrt zum Flugfeld glich einem Triumphzug. Tausende von Barkoniden säumten die Straßen und jubelten dem Abgesandten der Galaxis zu. Rhodan konnte keine Anzeichen dafür erkennen, daß alle diese Menschen heute zum letztenmal die Sonne sahen, denn noch bevor er dieses System verlassen hatte, würden die Barkoniden in die Tiefe ihrer Welt hinabsteigen – um dort unten zu sterben. Erst ihre fernsten Nachkommen würden eines Tages die neue Sonne sehen, die ihrem Planeten wieder Wärme, Licht und Leben spenden würde.

Während der Wagen ausrollte und schließlich anhielt, senkte sich aus dem Blau des Himmels das kleine Schiff herab, mit dem Rhodan gekommen war. Sanft landete es. Selbsttätig öffnete sich die Luke.

Laar stieg zuerst aus dem Wagen. Er reichte Rhodan die Hand, um ihm aus dem Wagen zu helfen. Nex, Regoon und Gorat folgten.

„Wir danken Ihnen für Ihren Besuch, Rhodan. Nun wissen wir, daß unsere Kinder uns nicht vergaßen. Rhodan, grüßen Sie die galaktische Gemeinschaft von ihren Brüdern."

„Ich werde sie grüßen", versprach Rhodan.

Als er oben in der Luke stand und sich umdrehte, um der Menge ein letztes Mal zuzuwinken, stieg der jubelnde Ruf der Massen in die klare und warme Luft des Planeten empor. Es war wie der befreite

Aufschrei einer lange gequälten Kreatur, die plötzlich von ihren Leiden erlöst wurde.

Rhodan spürte die aufsteigenden Tränen. Abrupt wandte er sich um und verschwand im Innern des Schiffes, das Sekunden später mit einer leichten Erschütterung startete und nach einer letzten Schleife steil in den Himmel emporschoß.

Barkon II fiel zurück in das ewige Schweigen der Einsamkeit.

Für zwei Tage wiederholte sich das Schauspiel der Reise in umgekehrter Reihenfolge. Von Stunde zu Stunde wurde die Galaxis größer, bis das kleine Schiff endlich in das Gewimmel des Spiralarms eintauchte.

„In einer Relativ-Stunde sind wir am Ziel“, sagte der Unsterbliche deutlich vernehmbar. „Vielleicht sagst du mir nun, warum du gekommen bist.“

„Weißt du es nicht?“ wunderte sich Rhodan.

„Trotzdem sollst du es mir sagen.“

„Ich benötige eine ultimate Waffe, um die Bedrohung meines Heimatplaneten abzuwenden. Die Galaktischen Händler haben die Erde entdeckt – und sie werden nicht die letzten sein.“

„Die Kinder der Barkoniden.“ ES lachte spöttisch und wurde plötzlich sehr ernst. „Sie dürfen nicht enttäuscht werden, wenn sie die Galaxis erreichen – und das kann schneller geschehen, als du ahnst. Vielleicht hilft ihnen jemand, die Zeit zu überwinden.“ ES machte eine Pause, um die Bedeutung seiner Worte einsinken zu lassen. „Ich werde dir die Waffe geben, die du wünschst. Nur – mißbrauche sie niemals.“

„Du willst sie mir geben?“ vergewisserte sich Rhodan, der plötzlich mißtrauisch wurde. „Ohne Prüfungen, ohne weitere Aufgaben?“

„Unser Ausflug war die beste Prüfung. Du hast sie doch bestanden, oder etwa nicht?“

„Mit deiner Hilfe – ich denke schon.“

ES kicherte vergnügt. „Natürlich mit meiner Hilfe, was sonst. Also einen Fiktiv-Transmitter möchtest du. Du willst Materie teleportieren.“

„Du wirst mir helfen?“

„Natürlich. Doch nun schlafe, Rhodan. Vor dir liegt ein zweiter

Sprung in die Zeit. Wir wollen doch nicht versäumen, in die Gegenwart zurückzukehren, wo deine Aufgabe dich erwartet. Dein Freund Bully wird sich ohnehin wundern, wo du in dieser einen Sekunde gewesen bist . . .“

Noch während Rhodan über die Worte des Unsterblichen nachdachte, verspürte er eine unwiderstehliche Müdigkeit. Er sah auf den Bildschirm und erkannte das erste Sternbild. Es verschob sich langsam.

Dann schlief er ein . . .

. . . um sofort wieder zu erwachen.

5.

„. . . los? Du wirst ja durchsichtig und – da bist du ja wieder! Versuchst du dich in Teleportation?“

Rhodans Blick fiel auf die Borduhr.

17. August 1982 – 22.53 Erdzeit.

Er hatte nicht einmal eine volle Sekunde versäumt.

„Hallo, Bully“, sagte er mit merkwürdig gebrochener Stimme. „Teleportation? Nein, nicht ganz. Vielleicht ein Scherz unseres alten Freundes.“ Er sah nach vorn durch die Sichtluke. „Ah, das Gebirge. Gleich sind wir da.“

Bully wollte noch etwas fragen, aber dann schwieg er. Auf seiner Stirn stand eine steile Falte. Vielleicht überlegte er sich, wie Rhodan in diesem Bruchteil der Sekunde an ein frisch gewaschenes Hemd gekommen war. Auch machte die Uniform einen frisch gebügelten Eindruck. Aber auf diesem Planeten des ewigen Lebens war alles möglich.

Die Stadt kam in Sicht. Das Landefeld schien größer geworden zu sein. Neue Gebäude erhoben sich. Die Halle stand wie vordem. Der Eingang war geöffnet. Einsam und verloren stand eine menschliche Gestalt unten am Rand des Feldes und sah zu ihnen herauf.

Homunk – die künstliche Schöpfung des Unsterblichen. Sie fungierte als Mittler zwischen ihm, dem großen Unsichtbaren, und den Menschen.

Die STARDUST II landete.

Rhodan und Bully verließen als erste das Raumschiff und gingen auf Homunk zu, der sie lächelnd erwartete.

„Willkommen auf Wanderer“, sagte er und reichte den beiden Männern die Hand. „Diesmal also ist es eine Waffe, die ihr wünscht. Ein Fiktiv-Materietransmitter, wie mein Herr mich wissen ließ. Der Wunsch ist gewährt. Ich erhielt den Auftrag, zwei solcher Geräte in euer Schiff einzubauen. Ihr werdet mir dabei helfen?“

Rhodan war überrascht, wie schnell der Unsterbliche auf sein Verlangen einging. Das paßte nicht zu dem Bild, das er sich von ihm gemacht hatte – wenn man von den zehn Wochen absah, die er nun mit ihm zusammen gewesen war.

„Ja, wir helfen dabei – selbstverständlich.“ Es kostete Rhodan eine ungeheure Anstrengung, Homunk nicht einfach auf die Schulter zu klopfen und „alter Freund“ zu ihm zu sagen. Der künstliche Mensch lächelte.

„Beginnen wir.“

Keine weiteren Umstände, kein Aufenthalt, keine Verzögerung.

Welches Interesse hatte der Unsterbliche daran, keine Zeit zu verlieren – er, der die Zeit beherrschte?

Rhodan hatte für einen Augenblick vergessen, daß ES einen sehr skurrilen Humor besaß.

Die Arbeiten begannen sofort. Die fünfzig an Bord der STARDUST II untergebrachten Arbeitsroboter schafften die in der großen Halle lagernden Einzelteile der beiden Transmitter an Bord des Schiffes und bauten sie dort unter der Anleitung Homunks ein.

Zwei Wochen vergingen.

In Rhodan wuchs die Sorge, daß zuviel Zeit versäumt wurde. Auch Bully brachte es nicht fertig, seinen diesbezüglichen Kummer zu verheimlichen. Zu Beginn der dritten Woche – die Arbeiten waren immer noch in vollem Gange – zog er Rhodan beiseite. Sie standen auf dem Gipfel eines kleinen Hügels und schauten hinüber zu den nachgebildeten Alpen. Links schimmerte die weite Fläche eines

Meeres. Die künstliche Sonne stand fast im Zenit, und es war angenehm warm auf der künstlichen Welt.

„Hast du mit ihm schon darüber gesprochen?“ fragte Bully.

„Du meinst die Zeit“, entgegnete Rhodan, der wußte, worauf Bully hinauswollte. „Ich habe es mehrmals versucht, erhielt aber keine direkte Antwort. Wir versäumen sie doppelt. Hier sind nun schon mehr als zwei Wochen vergangen. Wenn ich an unsere Erfahrungen denke, ist es möglich, daß draußen im Raum und auf der Erde Jahre vergehen. Das würde die Katastrophe bedeuten.“

„Wir sollten . . .“, begann Bully, schwieg aber abrupt.

Rhodan bemerkte sein Zögern und folgte dem Blick des Freundes, der zum Meer hinabschaute. Dort schwebte plötzlich eine farbige Kugel über der schwachen Dünung und kam langsam auf sie zu. Sie schien den Gesetzen der Schwerkraft nicht unterworfen zu sein. Unaufhaltsam segelte sie, wie vom Wind getrieben, auf den Hügel zu. Aus ihr kam die Stimme des Unsterblichen, laut und deutlich – und mit dem üblichen Spott vermischt.

„Eine sehr eindrucksvolle Gestalt habe ich angenommen, findet ihr nicht? Ich hätte auch als Ungeheuer erscheinen können, aber das ist zu unästhetisch. Die farbige Seifenblase ist schöner.“

„Kann sie auch platzen?“ fragte Bully respektlos.

„Sie kann!“ Der Unsterbliche lachte dröhnend und schien sich köstlich zu amüsieren. „Soll ich mal?“

Rhodan wollte die Gelegenheit nicht versäumen.

„Nicht!“ rief er. „Ich wollte dich etwas fragen.“

„Wieder eine Bitte?“

„Ja, eine Bitte, alter Freund. Du weißt, in welcher Situation wir uns befinden. Unsere Gegner sind im Vorteil und belagern unser System. Sie haben Freunde von mir in eine Falle gelockt und werden sie vernichten, wenn wir nicht rechtzeitig zurückkehren. Deine Welt liegt auf einer anderen Zeitebene. Bei meinem ersten Besuch hier vergingen auf ihr mehr als vier Jahre. Das darf diesmal nicht geschehen. Selbst zwei Wochen wären zuviel. Bitte . . .“

„Genügen zehn Minuten?“ fragte der Unsterbliche. Die farbige Kugel schien sich aufzublähen, und noch mehr Farben schimmerten auf ihrer Oberfläche. Rhodan nickte verblüfft.

„Zehn Minuten, ja. Aber wozu?"

„Insgesamt zehn Minuten, alter Freund. Überlege, was du in diesen zehn Minuten alles erlebtest. Du hast einen Ausflug in die Ewigkeit unternommen, das Schicksal eines Volkes miterlebt – und du hast dein Schiff mit einer Waffe ausrüsten können. Ich helfe euch gern. Die Barkoniden sollen nicht enttäuscht werden, wenn sie heimkehren."

Bully machte ein erstauntes Gesicht. „Die Barkoniden? Meint er die Arkoniden?"

Aus dem Himmel herab dröhnte ein homerisches Gelächter. „Eine Phantasie hat der junge Freund – köstlich! Er soll sich nicht den Kopf zerbrechen – er ist zu schön dazu."

Bully wollte etwas erwidern, aber ein heftiger Luftzug hätte ihn fast zu Boden geworfen. Die buntschillernde Blase war in der Tat geplatzt. Von allen Seiten strömte die Luft in das entstandene Vakuum. Dann beruhigte es sich wieder.

„Nun hat er sich den Kopf zerbrochen", murmelte Bully und zog Rhodan mit sich den Abhang hinab. „Wer sind diese Barkoniden?"

„Das ist eine lange Geschichte", sagte Rhodan leise und fügte nach einigem Nachdenken hinzu: „Vielleicht ist es sogar nur eine Sage – ich weiß es nicht. Ich werde sie dir bei Gelegenheit erzählen. Doch unsere Hauptsorge sind wir los. Wir werden keine Zeit versäumen."

„Weißt du das sicher?"

„Ganz sicher!" Rhodan nickte und schritt kräftiger aus. Dort unten auf dem weiten Feld stand die wartende STARDUST II. Morgen würde die Waffe einsatzbereit sein.

Homunk war in die Zentrale gekommen. „Mein Herr läßt sagen, daß Sie nun starten können, Rhodan."

„Er will sich nicht verabschieden?" Rhodan wunderte sich.

„Er tut es durch mich – außerdem ist er hier bei uns, jetzt, in diesem Augenblick."

Bully sah sich um, konnte aber niemand entdecken.

„Wo?" fragte er, als habe er wieder eine bunte Kugel erwartet.

Homunk lächelte. „Mein Herr will, daß ihr in zehn Minuten startet und die Energieglocke senkrecht durchstoßt. Ihr werdet am gleichen Tag zurückkehren, an dem ihr gestartet seid."

Rhodan spürte Erleichterung bei der nochmaligen Bestätigung.

„Und die Waffe? Funktioniert sie auch?"

„Mit Bestimmtheit", versicherte Homunk.

Rhodan schaltete den Interkom ein und gab einige Befehle an die Waffenzentrale durch. Dann sah er auf die Uhr.

„Wir werden ja sehen", meinte er.

„Mein alter Freund wird nicht ungehalten sein, wenn ich in seinem Bereich ein Experiment mache." Ein zweiter Blick auf die Uhr. „Wie tief sind die Ozeane?"

Homunk gab sofort Antwort, als habe er die Frage erwartet. „Viertausend Meter."

„Ausgezeichnet!" Wieder sprach Rhodan mit der Waffenzentrale. Er gab den Befehl: „Fertig? Gut, ich löse aus!"

Er drückte auf einen seitlich angebrachten Knopf.

Einige Sekunden vergingen. Dann entstand weit draußen auf dem Meer ein gewaltiger Wasserberg, türmte sich zu einem riesigen Kegel auf und fiel dann wieder in sich zusammen. Weiße Dämpfe stiegen in wirbelnden Wolken in den künstlichen Himmel empor. Die Flutwelle lief auf das Ufer zu und überschwemmte einen großen Teil der Küste.

Gleichzeitig begann es zu regnen.

Irgendwo lachte jemand.

„Alter Freund, ich warne dich ein zweites Mal. Deine Überlegenheit darf nur der Erhaltung des Friedens dienen – sonst wird sich die Waffe gegen dich selbst richten. Wenn du angegriffen wirst, darfst du sie benutzen. Aber greife niemals selbst an. Ich warne dich, alter Freund. Ich meine es sehr ernst."

„Deine Sorge ist unberechtigt", beruhigte ihn Rhodan. „Unsere Ausrüstung dient nur dazu, den Traum der Barkoniden zu verwirklichen – darin sind wir uns doch einig, alter Freund?"

„Völlig! Und nun lebe wohl, Perry Rhodan. Halt, ehe ich es vergesse – ich habe Bully etwas versprochen. Er findet es in seiner Kabine."

Noch einmal lachte der Unsichtbare, dann war es still.

Homunk schritt zur Tür. „Ich wünsche euch alles Gute. Und einen Rat gebe ich euch noch: Sobald ihr den Schutz dieser Welt verlaßt und in die normale Existenzebene zurückkehrt – seht euch vor! Lebt wohl, Freunde!"

Er war verschwunden, ehe sie ihm eine Antwort geben konnten.

Bully starrte Rhodan an. „In meiner Kabine? Was hat er mir versprochen?"

„Wie soll ich das wissen?" Rhodan zuckte mit den Schultern. „Es ist schon eine Ewigkeit her, daß wir hierherkamen. Alles kann ich auch nicht behalten."

„Ich auch nicht. Zweieinhalb Wochen sind eine lange Zeit."

Rhodan lächelte still vor sich hin. Bully hatte also inzwischen siebzehn Tage gelebt. Und er, Rhodan? Dreizehneinhalb Wochen? Zweimal einhundertfünfzigtausend Jahre? Oder nur zehn Minuten?

Seine Hand hob sich und schaltete den Interkom ein. „Achtung, Schiffspersonal! Wir starten in einer Minute! Anschnallen! In genau drei Minuten durchstoßen wir die Energieglocke! Die Zeit beginnt zu laufen – einhundertneunundsiebzig – einhundert . . ."

Der Roboterzähler übernahm.

Bei „einhundertzwanzig" erhob sich die STARDUST II und strebte langsam und majestätisch in den unnatürlich blauen Himmel empor. Die Wolken der Unterwasser-Atomdetonation hatten sich bereits niedergeschlagen. Hoch oben spendete die künstliche Sonne ihre goldenen Strahlen.

„Ich gehe in die Kabine", sagte Bully, „und lege mich aufs Bett. Rufe mich, wenn die Transition bevorsteht."

Rhodan nickte ihm zu. Er blieb allein in der Zentrale. Der Pilotensessel bot genügend Schutz, auch die stärkste Erschütterung zu überstehen. Mit einer Hand konnte er von hier aus das riesige Kugelschiff steuern, falls er die Kontrolle nicht dem Robot übergab.

Genau zwei Minuten nach dem Start durchstieß die STARDUST II die über Wanderer liegende Glocke aus Energie. Die Erschütterung raste durch alle Räume des Schiffes, wurde aber zum größten Teil durch die Gravitationsfelder kompensiert und aufgefangen.

Sekunden vor dem Ereignis glühte die Ruflampe auf. Über Interkom versuchte Bully die Zentrale zu rufen. Rhodan reagierte nicht. Er durfte sich jetzt nicht ablenken lassen. Die Situation erforderte seine volle Aufmerksamkeit. Außerdem dachte er an Homunks Warnung, nach dem Durchbruch besonders wachsam zu sein.

Rhodan konnte sich zwar nicht vorstellen, warum der prophezeite Zeitsprung eine Gefahr darstellen sollte, aber er dachte nicht daran, die erhaltene Warnung zu ignorieren.

Sein Blick lag auf der Borduhr, die Sekunden vor dem Durchstoß unverändert den 3. September 1982 – 15.47 Erdzeit anzeigte.

Und dann kam die Erschütterung. Sofort verschwand der Planet Wanderer und machte dem gewohnten Anblick des Weltraums Platz.

Vor Rhodans Augen rasten die Zahlen der Uhr. Der Bordkalender ordnete sich in die neue Zeitebene ein. Er stand nun auf dem 17. August 1982 – 22.39 Erdzeit.

Vor genau zehneinhalb Minuten waren sie hier an der gleichen Stelle in die Energiekuppel Wanderers eingedrungen. Vor sieben Stunden waren sie auf der Erde gestartet.

In vierzig Minuten würde der Unsterbliche ihn mit sich nehmen – zu einem Ausflug in die Tiefen der Abgründe zwischen den Spiralnebeln. Zu einem Ausflug in die Unendlichkeit . . .

Rhodan fühlte, wie seine Haare sich sträubten – und in derselben Sekunde schrillte der Alarm durchs Schiff.

Die automatisch arbeitenden Ortungsgeräte hatten Materie entdeckt, obwohl es im Umkreis von fünfzig Lichtjahren keine Materie geben durfte.

Sekunden später kam die Meldung aus der Waffenzentrale: „Feuerleitstand FTM fertig!"

Noch ehe die Luken sich schlossen, erblickte Rhodan die acht walzenförmigen Schiffe der Springer. Sechs davon waren ganz offensichtlich Robotkampfschiffe, die sich nun auf die STARDUST II stürzten.

Gleichzeitig hörte Rhodan in seinen Ohren ein dröhnendes Gelächter, und jemand rief: „Hallo, alter Freund! Nun probiere deine neue Waffe aus."

Rhodan kniff die Augen zusammen und biß sich auf die Lippen.

„Transmitter eins – Aktion!" rief er ins Mikrophon.

6.

Topthor glaubte seinen Augen nicht trauen zu dürfen.

Vor wenigen Minuten erst hatte er die Ruhepause befohlen, da er mit einem längeren Aufenthalt Rhodans auf dem anscheinend unsichtbaren Planeten rechnete. Dann, wenn die riesige Kugel wieder auftauchte, wollte er sie blitzschnell angreifen und vernichten. Den Planeten des ewigen Lebens dann zu finden, konnte nicht schwer sein.

Und nun tauchte die STARDUST II direkt vor seiner Nase aus dem Nichts auf, keine zehn Minuten, nachdem sie verschwunden war.

Er war sofort hellwach. Mit einem Schlag seiner gewaltigen Faust hieb er den Hebel nach unten, der die Bildverbindung mit den anderen Schiffen aktivierte.

„Alarm! Rhodan ist wieder da! Angreifen und vernichten! Ich kümmere mich um die Koordinaten seines Erscheinungsortes."

Grogham war auf dem Posten. In kurzen und abgehackten Kommandos befahl er den Angriff und leitete ihn. Sechs mit Robotern bemannte Kampfschiffe schickte er vor, während sein und Topthors Schiff die augenblickliche Position beibehielten. Das rettete ihm und dem Sippenchef das Leben.

Die sechs Schiffe zogen auseinander und bildeten schließlich einen weiten Ring, in dessen Mittelpunkt abwartend die STARDUST II stand.

„Torpedos!" brüllte Grogham.

Die Kommandanten der sechs Schlachtschiffe, die schon so oft den anderen Sippen der Händler zu Hilfe geeilt waren, nahmen das Kommando auf und handelten entsprechend. Sechs schwere Kampftorpedos mit Fusionsladung verließen die Abschußluken und eilten mit steigender Geschwindigkeit auf die STARDUST II zu.

Gespannt sahen Topthor und Grogham zu, was geschehen würde.

Sie rechneten natürlich mit einem starken Abwehrschirm des Terraners, aber sie hofften beide, daß dieser Schirm die Energieladung von sechs überschweren Atombomben nicht abhalten würde.

Fast gleichzeitig flammten rings um die STARDUST II sechs grelle Detonationen auf, die für einen Augenblick die weit entfernten und nur schwach leuchtenden Sterne zum Erlöschen brachten. Als Topthor geblendet die Augen schloß und abwartete, bis die erste Glut nachließ, konnte er sich eines gewissen Stolzes nicht erwehren. Vielleicht war ihm nun das gelungen, was Etztak und Orlgans vergeblich versucht hatten – Rhodan zu vernichten. Aber nicht nur das war der Preis seiner Mühe gewesen. Zusätzlich hatte er die sagenhafte Welt des ewigen Lebens gefunden – oder doch fast gefunden.

Langsam öffnete er die Augen wieder.

Unbeschädigt schwebte die Riesenkugel majestätisch inmitten der Trümmer der sechs walzenförmigen Schlachtschiffe.

Topthor begann zu ahnen, daß etwas Unglaubliches geschehen war. Es mußte Rhodan gelungen sein, im Verlauf von zehn Minuten eine unheimliche Waffe auf dem Planeten des ewigen Lebens zu erhalten. Obwohl es völlig unmöglich schien, mußte es wahr sein. Wie hätten sonst die sechs Schiffe in zwei Minuten vernichtet werden können? Mit herkömmlichen Waffen hätte Rhodan das nicht geschafft.

Aber Topthor begriff auch etwas anderes.

Rhodan dachte gar nicht daran, jemand anzugreifen, der ihn nicht behelligte. Die letzten zwei Schiffe waren also sicher.

„Grogham! Fertigmachen zur Transition! Irgendwohin! Zweihundert Lichtjahre! Von dort aus orientieren wir uns! In zwei Minuten! Ich gebe inzwischen Funkspruch an Etztak durch.“

Nun machte Rhodan einen geringfügigen Fehler.

Er kümmerte sich nicht weiter um die zwei verbliebenen Gegner, sondern schaltete die Beschleunigung der STARDUST II ein und raste mit irrsinniger Geschwindigkeit in den Raum hinein. Topthor und seine beiden Walzenschiffe weit hinter sich zurücklassend.

„Transition in acht Minuten!“ befahl Rhodan. „Wir werden im System Beta-Albireo materialisieren.“

Bully schüttelte heftig den Kopf. „Nein, warte noch. Wir können sie doch nicht mitnehmen."

„Wen – sie?"

„Na, Mensch, die Rallas."

Für einen Augenblick glaubte Rhodan, Bully habe den Verstand verloren. Mit leicht gerunzelter Stirn betrachtete er seinen Freund, der ein ganz verzweifeltes Gesicht machte. „Die Rallas! Du willst doch damit nicht etwa sagen . . ."

„Doch, das will ich! Sie sitzt in meiner Kabine und ist zu Tode beleidigt, daß ich mir nichts aus ihr mache. Mein Gott, wenn die Mannschaft das erfährt – und insbesondere dieser Redkens! Ich habe keine ruhige Minute mehr in meinem Leben."

Rhodan vergewisserte sich, daß der Navigationsroboter Transitionspunkt und Sprungintensität errechnete und noch gut sieben Minuten Zeit blieben. Dann grinste er. „Beruhige dich, es ist ja nicht die echte Rallas."

„Was ist da für ein Unterschied? Jeder wird sie aber für die echte halten – und im Grunde genommen ist sie das ja auch. Was soll ich nur mit ihr anfangen?"

„Ignorieren. Wie ich die Späße des Unsterblichen kenne, wird er sie verschwinden lassen, wenn wir uns nicht um sie kümmern. Behalte sie vorerst in deiner Kabine."

„In meiner Kabine?" Bully machte ein derart entsetztes Gesicht, daß Rhodan laut lachen mußte. „Aber ich kann doch nicht mit einer Dame zusammen in einer Kabine hausen. Nicht daß ich etwas gegen Damen hätte, aber unter diesen Umständen . . ."

Rhodan sah auf die Uhr. Noch sechs Minuten. „Sie wird im Augenblick der Transition verschwinden, ganz bestimmt. Der Unsterbliche erlaubt sich nur einen Scherz . . ."

Draußen auf dem Gang ertönten Schritte. Das Stimmengemurmel war nicht zu überhören. Jemand lachte.

Bully wurde blaß. Er sah Rhodan einen Augenblick verwundert an, ehe er mit einem entschlossenen Ruck die Tür öffnete.

Draußen auf dem Gang stand die Rallas und verteilte Autogramme. Einige Angehörige des Funkpersonals, darunter auch Redkens von der Navigation, drängten sich um den bekannten Star und redeten auf ihn ein. Insbesondere Redkens verlangte zu wissen, ob die „göttliche Rallas“ die ganze Zeit in Bullys Kabine zugebracht hätte.

Das war Bully denn doch zuviel.

Wütend sprang er mitten unter die Autogrammjäger und stieß sie mit den Fäusten beiseite. Breitbeinig und mit immer noch gesträubten Haaren blieb er vor der Rallas stehen, die ihn aus unschuldsvollen Augen verzückt betrachtete.

„Was fällt Ihnen ein“, zischte Bully wütend, „meinen guten Ruf zu untergraben! Die Leute müssen ja glauben, ich hätte Sie heimlich ins Schiff geschmuggelt, um – um . . .“

„Um was?“ erkundigte sich der Filmstar neugierig.

Bully verdeckte seine Verlegenheit mit Grobheit.

„Sie wissen genau, um was!“ brüllte er und trat Redkens, der zu nahe herangekommen war, auf die Zehen. „Jeder muß das denken!“

„War es denn nicht so?“ säuselte die Rallas errötend. „Haben wir nicht glückliche Stunden verbracht?“

Bullys Gesicht verfärbte sich. Rhodan konnte sich nicht entsinnen, ein so rotes Gesicht gesehen zu haben. Die anderen auch nicht. Unwillkürlich wichen sie zurück, als befürchteten sie, Bully könne platzen.

„Wir – haben . . .“, stammelte Bully und fand keine Worte mehr. Dann aber war er mit seiner Beherrschung am Ende. Mit wutverzerrtem Gesicht richtete er sich auf, seine Hände schossen vor und umkrallten den Hals der Hollywood-Schönen. „Ich bringe dich um! Du willst die Moral unserer Mannschaft untergraben . . .“

Er schwieg verdutzt. Mit weit aufgerissenen Augen starrte er in sein eigenes Gesicht, das ihm plötzlich entgegengrinste. Erstaunte Ausrufe wurden laut. Jemand im Hintergrund schrie entsetzt auf.

Bully war dabei, seinen Doppelgänger zu erwürgen. Die Rallas war verschwunden. An ihre Stelle war ein anderer Bully getreten. Zwei Bullys standen sich gegenüber. Der echte rot vor Wut und bereit, den anderen umzubringen. Der unechte mit einem lässigen Grinsen, wie man es von Bully gewohnt war.

Rhodan konnte nur mit Mühe das Lachen zurückhalten. Bis zur Transition waren es noch drei Minuten.

„Nun siehst du wohl ein, daß der Unsterbliche sich einen Scherz erlaubt hat – und auch die anderen haben es erlebt. Du bist rehabilitiert, Bully. Dein Ruf ist wiederhergestellt. Und nun laß deinen Doppelgänger laufen, er kann nichts dafür."

Bully ließ den Hals seines Opfers los und trat einen Schritt zurück. Seine Gesichtsfarbe wurde langsam wieder normal.

„Wie ist das möglich?" fragte er, in der Stimme eine unwillkürliche Scheu vor dem Unerklärlichen. „Das da – bin doch ich. Oder bin ich es nicht?"

„Eine Nachbildung, genau wie diese Rallas oder wie unser guter Freund Homunk. Genausogut hätte ich dort stehen können. Kümmern wir uns nicht mehr um die Scherze des Unsterblichen, wir haben jetzt Wichtigeres zu tun. Bully, hilf mir beim Überprüfen der Transitionsdaten. Die anderen auf ihre Stationen. Ja, auch Sie, Redkens. Behalten Sie das Autogramm der Rallas ruhig. Sie können jede Wette darauf eingehen, daß es echt ist."

Der Kadett starrte abwechselnd auf das Foto mit Unterschrift und auf das grinsende Gesicht des falschen Bully. Allem Anschein nach konnte Redkens diesem Gesicht nicht die gleiche Verehrung und Liebe entgegenbringen wie vorher der Rallas. Seine Enttäuschung war so offensichtlich, daß Bully, der bereits halb in der Zentrale stand, sich wütend umdrehte und rief: „Verschwinden Sie, Redkens! Sie können schließlich nicht verlangen, daß ich so schön bin wie die Rallas!"

Redkens ging geknickt hinter den davoneilenden Funkern her.

Der falsche Bully aber verwandelte sich in eine weiße Leuchtkugel, die mit einem höhnischen Kichern verschwand.

„Hoffentlich für immer!" stieß Bully hervor und zog die Tür in die Verschalung. „Ich wäre froh, wenn wir schon einige hundert Lichtjahre von hier weg wären."

„Seit wann kannst du keinen Spaß mehr vertragen?" wunderte sich Rhodan. „Du hast den Unsterblichen ja regelrecht herausgefordert."

Kurz vor der Transition meldete sich ES noch einmal bei Rhodan. „Ich will dich noch warnen, bevor du ins Beta-Albireo-System zurückkehrst. Topthor, der Überschwere, der Sippenchef der Schiffe, die dich angegriffen haben, hat soeben einen Funkspruch an Etztak geschickt."

„Welchen Inhalt hat dieser Funkspruch?" fragte Rhodan.

ES antwortete: „An den Patriarchen Etztak! Es ist Perry Rhodan, dem Terraner, gelungen, eine neue Waffe zu erhalten. Er konnte damit sechs meiner Schiffe vernichten. Keine Gegenwehr möglich. Ich warne dich, Etztak! Versichere dich unserer Hilfe! Rhodan wird dich angreifen und vernichten. Nur ein Überraschungsschlag kann ihn unschädlich machen.

Topthor,
Sippe der Überschweren."

„Etztak ist also gewarnt", stieß Rhodan hervor. „Das soll uns nicht hindern, Tiff und seine Begleiter zu retten."

Er erhielt keine Antwort mehr, denn in diesem Augenblick erfolgte die Transition, und damit brach auch die Verbindung zu dem Unsterblichen ab.

7.

Etztak kniff die Lippen zusammen, als er auf dem Bildschirm das Gesicht seines Sippenfreundes Orlgans erkannte, der mit seinem Schiff ORLA XI nur wenige Lichtminuten weit entfernt stand.

„Was ist? Ein neuer Angriff dieser verdammten Terraner?"

Orlgans ähnelte Etztak, nur waren seine Haare nicht grau, sondern braun oder auch schmutzigrot, je nachdem, wie das Licht auf sie fiel.

„Ein neuer Angriff?" dröhnte seine Stimme wütend aus dem Lautsprecher. „Ich weiß nicht, ob es ein neuer Angriff ist – oder noch der alte. Jedenfalls liegen keine großen Pausen dazwischen."

Etztak überprüfte mit einem kurzen Blick auf die Ortungsschirme, daß seine Flotte in vorgeschriebener Kampfposition den zweiten Planeten von Beta-Albireo umkreiste. Auf seiner Stirn erschien eine steile Falte. Er dachte nach, und das Ergebnis schien ihm nicht besonders zu gefallen.

„Es sind nur fünf Terraner dort unten auf der Eiswelt – drei Männer und zwei Mädchen. Soweit wir feststellen konnten, haben sie einen

Roboter bei sich. Einen arkonidischen Kampfroboter. Ich begreife nicht, warum bisher alle unsere Versuche, diese fünf Menschen zu vernichten, ergebnislos blieben."

„Weil wir insgeheim immer noch hofften, sie lebendig zu erwischen. Sie wissen von Dingen, deren Kenntnis für uns von großem Nutzen wäre – deshalb."

Etztak hatte schweigend zugehört. Die Falte auf seiner Stirn vertiefte sich. Ein nachdenkliches Flimmern trat in seine harten Augen. Dann nickte er langsam und hob beide Hände, was in diesem Fall Zustimmung bedeutete.

„Jedenfalls sollten wir noch einmal intensiv versuchen, die fünf Terraner auf der Eiswelt zu fangen – oder zu töten", fuhr Orlgans fort. „Soll ich einige Schiffe damit beauftragen?"

„Drei werden genügen," sagte Etztak. „Sorgen Sie dafür, daß sie die Oberfläche der Eiswelt in eine Gluthölle verwandeln. Wenn wir die Terraner schon nicht finden, soll auch kein anderer an sie herankommen."

Major Nyssen, Kommandant des Schweren Kreuzers SOLAR SYSTEM, stand in permanenter Bild-Funk-Verbindung mit Captain McClears, dem Befehlshaber des Schwesterschiffs TERRA.

Die beiden Kugelraumer hatten einen Durchmesser von zweihundert Metern und waren mit den modernsten Waffen arkonidischer Technik ausgerüstet. Gigantische Reaktoren schufen Schutzschirme, die selbst von den Strahlen der Springerschiffe nicht durchbrochen werden konnten.

„Wir starten einen neuen Angriff, McClears!" rief Nyssen seinem Kollegen zu. „Wenn Rhodan allerdings nicht bald aufkreuzt, erwischen uns die Burschen doch noch. Und wie lange Tiff das Versteckspiel auf der Eiswelt noch aushält, wage ich nicht zu prophezeien."

„Möchte nicht an seiner Stelle sein", gab der Captain zu.

„Ich nehme mir die Riesenwalze dieses Patriarchen Etztak vor. Sie greifen das Nachbarschiff an. Und vergessen Sie nicht: Eine Salve wird abgefeuert, und dann nichts wie ab durch die Mitte. Sie dürfen keine Zeit finden, uns durch einen konzentrierten Einsatz ihrer Strahler unschädlich zu machen – und erst recht sollen sie keine Gelegenheit erhalten, sich zu sehr um Tiff zu kümmern."

„Verstanden", gab McClears zurück und grinste. „Machen wir."

Die beiden Kreuzer beschleunigten, schossen aus dem Planetenschatten heraus und waren in wenigen Sekunden bei den überraschten Schiffen der Springer angelangt. Eine Salve aus den Energiestrahlern prallte gegen die Schutzschirme des Gegners und floß seitlich ab, ohne Schaden anzurichten. Immerhin genügte der plötzliche Überfall, die Absichten des Springerpatriarchen erneut zu verzögern. Außerdem gewann Rhodan Zeit.

Genauso schnell, wie sie angegriffen hatten, zogen die Schweren Kreuzer sich wieder zurück. Auf keinen Fall durften diese beiden Schiffe gefährdet werden, denn sie waren im Augenblick das einzige, was die Erde dem Angreifer aus den Tiefen des Universums entgegenzusetzen hatte. Sicher, die Erde war 320 Lichtjahre entfernt, aber was bedeutete das schon, wenn man noch größere Strecken in sekundenschneller Transition zurücklegen konnte?

Terra stand in diesem Augenblick größter Gefahr vor der endgültigen Einigung. Die Bildung einer Weltregierung konnte jetzt nur noch eine Frage von Tagen sein. Der Vertreter der Dritten Macht, Oberst Freyt, würde alles daransetzen, diese Regierung so bald wie möglich zu verwirklichen.

Etwa 1500 Lichtjahre von Beta-Albireo entfernt, kamen die beiden Schiffe Topthors aus dem Hyperraum. Es dauerte Stunden, bis die Position errechnet war und die Koordinaten für den nächsten Sprung gefunden wurden.

Der Anführer der Sippe der Überschweren, Topthor, beabsichtigte, zu jenem System zurückzukehren, in dem Terra als dritter Planet seine Heimatsonne umkreiste. Insgesamt besaß Topthor immerhin noch zehn Schiffe. Damit konnte er, wenn es sein mußte, mühelos die ganze Erde vernichten.

Aber dann würde er auch gleichzeitig eine ertragreiche Kolonie vernichten. Und Topthor war in erster Linie Kaufmann, wenn seine Sippe sich auch mehr mit dem Geleitschutz als mit Handel befaßte.

Die anderen Händler riefen ihn und seine Kampfflotte zu Hilfe, wenn es irgendwo brannte – und er wurde dafür bezahlt.

Diesmal jedoch bot sich die Gelegenheit, selbst eine Kolonie zu gründen – außerdem war ihm dieser Rhodan sechs Schiffe schuldig.

Topthor befahl also den Rücksprung zum Sonnensystem.

Abgesehen von den geringen Streitkräften der Dritten Macht war die Erde in diesem Augenblick so gut wie hilflos.

8.

Gucky richtete sich plötzlich auf. Sein Nackenfell sträubte sich. Er hielt den Kopf schief, als lausche er auf etwas.

Tifflor hatte es bemerkt. Interessiert beobachtete er den Mausbiber. Schließlich hielt er es nicht mehr aus. „Ist etwas, Gucky?"

„Ja, ich glaube, Tiff. Sie greifen wieder an. Zwei Schiffe diesmal. Und sie fliegen verdächtig langsam. Es ist ein Glück, daß ich in der Zwischenzeit die Gelegenheit nützte, mich nach einem neuen Versteck umzusehen. Ich werde euch dorthin bringen. Sofort. Meinetwegen macht die Augen zu – und die Raumhelme. In der Höhle ist noch keine Schleuse."

„Schleuse?" machte Tiff, war aber im selben Augenblick auch schon spurlos verschwunden. Die beiden Mädchen folgten eine Sekunde später. Dann waren Eberhardt und Hump an der Reihe. Schließlich folgten der Roboter und die Kisten der Ausrüstung.

Tiff fand sich in einem stockfinsteren Raum wieder. Schnell schloß er den Helm, denn es war eisig kalt.

„Wo sind wir hier eigentlich?" fragte er Gucky.

„Etwa fünfhundert Kilometer weiter südlich. Die Eiswelt ist annähernd so groß wie die Erde, hat aber eine geringere Gravitation, was auf eine geringere Dichte schließen läßt. Wir befinden uns jetzt in der Nähe des Äquators in einer natürlichen Felsenhöhle. Es dürfte den

Springern schwerfallen, uns hier zu rösten, denn zweihundert Meter Fels sind kein Pappenstiel."

„Ausdrücke hast du!" beschwerte sich Hump. „Man merkt, daß dir dieser Bully Sprachunterricht gegeben hat."

„Nichts gegen Bully", verteidigte Gucky seinen heimlichen Freund. „Seine Ausdrücke sind schöner als deine."

„Wir sind also unter der Erde?" fragte Tiff.

Gucky schüttelte den Kopf. „Nein, nicht direkt. Wir sind in einem Berg. Aber um uns ist massiver Fels, kein Eis. Hier machen wir es uns bequem, und es wäre doch gelacht, wenn wir hier nicht aushielten, bis Rhodan uns abholt. Übrigens hoffe ich, von hier aus besser Verbindung zu den Halbschläfern aufnehmen zu können."

„Halbschläfer?" fragte Mildred Orsons.

„Ja, Milly. So habe ich die Bewohner dieses Planeten getauft. Bisher haben wir noch keinen zu Gesicht bekommen, aber ich konnte ihre Gedanken auffangen. Es sind verwirrende, aber durchaus intelligente Gedanken. Sie wohnen irgendwo unter der Oberfläche unter dem Eis, und soweit ich bisher erfahren konnte, kommen sie nach oben, wenn das Eis im kurzen Sommer schmilzt. Das aber ist erst in einigen Jahrzehnten der Fall."

Tiff schüttelte den Kopf. „Ich hätte niemals geglaubt, daß es auf dieser Welt Leben geben könnte."

„Ob es Leben in unserem Sinn ist, wird sich noch erweisen", dämpfte Gucky die Erwartungen. „Vielleicht werden wir es bald wissen. Ich will versuchen, Kontakt mit ihnen aufzunehmen. Doch bauen wir zuerst eine Mauer gegen die Kälte. Tun wir es mit unseren Händen, denn Bewegung wird uns guttun. Danach werde ich einen Erkundungsgang in die Tiefen der Höhle unternehmen. Vielleicht entdecke ich etwas Interessantes."

Er ahnte in diesem Augenblick noch nicht, wie sehr sich seine Vermutung bestätigen sollte.

9.

Das Gesicht eines bärtigen Funkers erschien auf dem Bildschirm.

„Eine Hyper-Meldung, Kommandant.“ Etztak bemerkte sofort, daß der Funker so verblüfft war, daß ihm das Sprechen schwerfiel. „Von Topthor.“

Etztak sank in den Sessel zurück. „Der Anführer der Überschweren! Was hat denn das schon wieder zu bedeuten? Ich habe den Überschweren gesagt, daß sie sich zurückziehen sollen. Ich brauche keinen Geleitschutz.“

„Ich glaube, darum geht es auch gar nicht“, wagte der Funker einzuwenden. „Wenigstens nicht direkt.“

„So, meinen Sie? Wie wäre es denn, wenn Sie mir den Funkspruch vorlesen würden? Vielleicht sehe ich dann klarer.“

Der Funker nickte, sah auf ein Stück Folie und las: „An den Patriarchen Etztak! Es ist Perry Rhodan, dem Terraner, gelungen, eine neue Waffe zu erhalten. Er konnte damit sechs meiner Schiffe vernichten. Keine Gegenwehr möglich. Ich warne dich, Etztak! Versichere dich unserer Hilfe! Rhodan wird dich angreifen und vernichten. Nur ein Überraschungsschlag kann ihn unschädlich machen.

Topthor,
Sippe der Überschweren.“

Etztak nickte und befahl, daß man ihm die Botschaft bringen solle. Dann unterbrach er die Verbindung. Ohne sich weiter aufzuhalten, löste er Generalalarm aus. Für den Augenblick war der zweite Planet mit den fünf Leuten Rhodans Nebensache geworden. In erster Linie galt es, sich auf den zu erwartenden Angriff Rhodans vorzubereiten.

Wenigstens versuchte Etztak sich das einzureden. Insgeheim begann ihm die Gewißheit zu dämmern, daß er einen Fehler begangen hatte. Er hatte sich ablenken lassen. Während er glaubte, in diesem Tifflor einen der Hauptakteure zu sehen, war dieser nichts als eine unbedeutende Nebenfigur, nur dazu geschaffen, ihn von Rhodan, dem Planeten des ewigen Lebens und der neuen Waffe abzulenken.

Und diese Absicht seines Gegners war vollauf gelungen.

„Orlgans!“ brüllte er in das Mikrophon, als auf den Bildschirmen die fragenden Gesichter seiner Sippenfreunde erschienen. „Rhodan hat eine neue Waffe. Ich erhielt eine Warnung von Topthor . . .“

„Dem Überschweren?“ warf Orlgans ein.

„Von wem sonst?“ fuhr Etztak ihn zornig an. „Rhodan will uns angreifen. Ich weiß nicht, worum es sich bei der neuen Waffe handelt, aber ich bin davon überzeugt, wir werden damit fertig. Orlgans, Sie werden inzwischen mit Ihrem Schiff auf dem zweiten Planeten einen Atombrand anlegen.“

„Atombrand?“ Orlgans zog die Augenbrauen hoch. „Der Planet soll in eine Sonne verwandelt werden? Sie wissen, daß es gegen alle Gesetze verstößt, eine bewohnbare Welt ohne jeden zwingenden Grund zu vernichten.“

„Liegt vielleicht kein zwingender Grund vor? Ich will mich an Rhodan rächen – und insbesondere an den entflohenen Gefangenen.“

„Ist das Grund genug?“ Orlgans zweifelte.

„Für mich – ja!“ tobte der Patriarch. „Ihm soll ein für allemal die Lust vergehen, sich in meine Angelegenheiten zu mischen.“ Er vergaß, daß es umgekehrt war. Schließlich war er dabei, sich in die Angelegenheiten der Erde zu mischen. Rhodan stand in der Verteidigung. „Dazu gehört, daß ich seine Leute vernichte und die Welt, auf der sie Fuß faßten.“

„Den Atombrand also, den unlöschbaren Atombrand?“

„Ja, mache aus dem zweiten Planeten eine neue Sonne.“

Orlgans nickte und verschwand vom Bildschirm. Es war offensichtlich, daß er mit dem erhaltenen Befehl seines Patriarchen nicht einverstanden war. Aber es blieb ihm keine Wahl, als zu gehorchen. Er bestimmte den Kommandanten eines anderen Schiffes, ihm bei der Aufgabe behiflich zu sein und ihm notfalls Feuerschutz zu geben. Dann scherte er aus dem Verband aus und traf die Vorbereitungen, um den teuflischen Plan in die Tat umzusetzen.

Etztak beriet inzwischen mit den anderen Händlern, wie man Rhodan am besten begegnen konnte. Das war nicht einfach, denn man wußte nicht, wie die neue Waffe arbeitete. Die knappen Angaben Topthors genügten nicht, sich ein Bild machen zu können.

„Wir bleiben dicht beieinander", ordnete Etztak an. „Wenn Rhodan auftaucht, geben wir konzentriertes Energiefeuer. Das hält auch sein Schirm nicht aus. Und laßt euch nicht mehr von den beiden Kreuzern ablenken."

Die STARDUST II, der gigantische Kugelraumer Perry Rhodans, beendete ihre Transition und materialisierte im Normalraum. Mehr als 1750 Lichtjahre waren übersprungen worden.

Rhodan spürte, wie die Schmerzen der Rematerialisation nachließen und das klare Bewußtsein wieder zurückkehrte.

Rhodan richtete sich auf und starrte auf den Bildschirm. Er sah ein Gewimmel von Sternen und wußte, daß sie nicht mehr in der Nachbarschaft des Planeten Wanderer weilten. Allerdings ließ sich mit freiem Auge nicht feststellen, ob die STARDUST II ihr Ziel genau erreicht hatte. Der Planet Wanderer hatte während ihres Aufenthalts ebenfalls eine unbekannte Strecke zurückgelegt.

„Sind wir da?" fragte Bully. Er versuchte ein Grinsen, das mißlang. „Komisch, eben waren wir noch auf der Welt des Unsterblichen, und nun . . ."

„Dort vorn ist die Doppelsonne Beta-Albireo", unterbrach ihn Rhodan. „Entfernung etwa zwei Lichtstunden. Etztak wird unser Auftauchen also bereits registriert haben und sich entsprechend vorbereiten. Wir dürfen nicht vergessen, daß er gewarnt ist, wenn er sich wahrscheinlich auch vergeblich den Kopf zerbrechen wird, was es mit der neuen Waffe auf sich hat."

„Der wird sich wundern", sagte Bully. „Fiktiv-Transmitter, die jede beliebige Materie jede beliebige Strecke weit teleportieren können. Wir können ihnen also jederzeit Atombomben in die Schiffe schmuggeln, ohne daß sie etwas daran ändern können."

„Vergiß nicht, daß ihre gesamte Feuerkraft, simultan auf uns gerichtet, unsere Schutzschirme zusammenbrechen läßt. So ganz wehrlos sind sie also nicht. Es kommt lediglich darauf an, daß wir schneller sind. Außerdem ist Etztak gewarnt. Ich hatte kurz vor der Transition nochmals Kontakt mit ES. Dabei erfuhr ich den Inhalt der Nachricht, die Topthor an Etztak richtete. Topthor ist der Kommandant jener Schiffe, die uns im Wanderer-Sektor angriffen."

„Selbst wenn dieser Topthor sie gewarnt hat, haben wir nichts zu befürchten", prophezeite Bully und sah zu seinem Erstaunen plötzlich, wie Rhodan sehr nachdenklich wurde. Die Gedanken an den Überschweren schienen ihn zu bedrücken.

„Topthor", sagte Rhodan. „Er ist unser Problem."

Bully schüttelte den Kopf. „Verstehe ich nicht. Wir haben sechs seiner Schiffe zerstört, wir haben also von ihm nichts zu befürchten."

Rhodan hatte tiefe Falten auf der Stirn. „Erinnere dich, wie es war. Er muß uns zum Planeten des ewigen Lebens gefolgt sein. Das kann er nur dann getan haben, wenn er von der gleichen Stelle aus sprang wie wir. Aber wir kamen nicht von Beta-Albireo, sondern von der Erde. Also kennt er die Position der Erde. Und ich möchte jetzt fast wetten, er kehrte auch nach dort zurück. Wenn er auf den Gedanken kommt, sich zu rächen – was kann die Erde seinen Schlachtschiffen schon entgegensetzen?"

Bully hatte aufgehört zu grinsen. „Du hast vielleicht eine Art, harmlose Leute zu erschrecken. Aber du könntest recht haben. Was machen wir?"

Rhodan starrte auf den Bildschirm. Er stand vor einer schweren Entscheidung. Dort vorn wartete Tiff auf seine Befreiung. Der zweite Planet war zur Hölle geworden – davon war er überzeugt. Gucky allein schaffte es sicher nicht, die Springer auf die Dauer aufzuhalten. Die beiden Schweren Kreuzer unter Major Nyssen konnten nicht bis in alle Ewigkeit Scheinangriffe führen. Etztak würde den Schwindel bald durchschauen. Wenn er sich entschloß, seine Drohung wahr zu machen, waren Tifflor und seine Freunde verloren. Andererseits konnte Topthor mit seinen Riesenschiffen die Erde inzwischen angreifen.

Rhodan wagte es nicht, jetzt einen Funkspruch an Oberst Freyt zu senden, um ihn zu warnen. Er wollte seine Position nicht verraten. Und sicher waren die Springer in der Lage, einen Funkspruch abzufangen.

Einen Augenblick nur zögerte Rhodan, dann entschloß er sich, zwei Dinge fast gleichzeitig zu tun.

Mit einem Griff schaltete er den Interkom ein. „Achtung, an Besatzung! Waffenzentrale, Achtung! Wir unternehmen einen weiteren Sprung. Entfernung zwei Lichtstunden. Nach Rematerialisation sofort die Fiktiv-Materietransmitter aktionsbereit halten. Zwei Fusionsbomben bereitlegen. Danach erfolgt im Abstand von genau zwanzig Sekunden der Sprung zur Erde. Das ist alles."

Bully sah seinen Freund von der Seite her an, sagte aber nichts. Er war sich darüber im klaren, welche Konsequenzen eine falsche Entscheidung haben konnte.

Die Strukturtaster von Etztaks mehr als siebenhundert Meter langem Kampfschiff liefen auf Hochtouren.

In einer Entfernung von knapp zwei Lichtstunden fand eine Transition statt. Ein Schiff mußte aus dem Hyperraum in den Normalraum zurückgekehrt sein, denn es war eine negative Erschütterung gewesen. Die Positronengehirne begannen zu arbeiten, und bereits nach wenigen Sekunden hatte Etztak das Ergebnis vor sich liegen.

In einer Entfernung von 118,38 Lichtminuten war ein Schiff materialisiert.

Das konnte nur Rhodan sein.

Die Strahlengeschütze waren ausnahmslos feuerbereit. Die Schutzschirme wurden errichtet. Etztak ließ die Schiffe sich so formieren, daß sie einen plötzlich auftauchenden Gegner von allen Richtungen unter Beschuß nehmen konnten.

Die Strukturtaster registrierten eine zweite, diesmal positive Erschütterung des Raumes.

In derselben Sekunde materialisierte die STARDUST II mitten unter den Walzenschiffen.

Etztak eröffnete das Feuer. Aus allen verfügbaren Geschützen blitzten die Energiestrahlen und vereinigten sich auf der schützenden Energieglocke, die sich um die STARDUST II gelegt hatte. Aber noch flossen die Strahlen unschädlich ab. Die Generatoren des Arkonidenraumers erzeugten genügend Energie, die Beanspruchung zu kompensieren.

In zwei von Etztaks Schiffen fanden heftige Explosionen statt. Innerhalb von Sekunden verwandelten sie sich in Wracks. Die Besatzungen flohen panikartig in Beibooten von Bord.

Es verging ein Moment, ehe der schockierte Etztak wieder reagieren konnte – gerade früh genug, um die STARDUST II wieder verschwinden zu sehen. Noch ehe er die furchtbare Enttäuschung verwinden konnte, griffen die beiden Kreuzer an. Major Nyssen handelte instinktiv, als er Rhodan in Aktion treten sah. Er wußte, daß die neue Waffe gefunden worden war, und glaubte, der Generalangriff begänne bereits.

Die SOLAR SYSTEM stürzte sich auf ein etwas abseits postiertes Schiff der Händlerflotte. Es gehörte zu einem kleineren Typ. Dementsprechend waren auch die Energieschirme schwächer. Das konzentrierte Feuer des Kreuzers durchbrach den Schutzschirm und riß die Backbordseite des Frachters auf. Er war damit zu einem unbrauchbaren Wrack geworden, aus dem die Besatzung fliehen mußte.

Nyssen befahl den Rückzug.

Zurück blieb ein verwirrter und im Augenblick ratloser Etztak.

In weniger als zwanzig Sekunden hatte er drei Schiffe verloren.

Topthor saß wie ein gigantischer Fleischklotz in seinem überdimensionalen Sessel und starrte auf die Bildschirme. Die Sternkonstellationen kristallisierten sich aus dem Nichts und wurden zu einem wohlvertrauten Anblick.

Der Sprung war gelungen.

Vor Topthors Schiffen stand das Sonnensystem, dessen dritter Planet ihm jetzt so viel Sorgen bereitete.

Mit einem Handgriff stellte er die Verbindung mit dem anderen Schiff her.

„Grogham, nehmen Sie Kontakt mit unserer Flotte auf. Die acht Kampfschiffe müssen sich auf der anderen Seite der Sonne aufhalten. Wir sammeln uns zehn Lichtstunden von hier entfernt, auf einer Linie, die von der Sonne und dem äußersten Planeten gebildet wird. In zwei Stunden möchte ich eine Bild-Konferenz abhalten."

„Ich werde das erledigen", versprach Grogham, der stellvertretende Kommandant der Geleitschutzflotte. Auch er war ein sogenannter Überschwerer und wog an die elf Zentner. „In zwei Stunden. Werden wir den dritten Planeten angreifen, Topthor?"

„Wenn sie unser Angebot nicht annehmen, diese verrückten Terraner, werden sie es jedenfalls büßen. Rhodan hat genug damit zu tun, sich um Etztak zu kümmern. Wir haben also Zeit."

Hier irrte Topthor gewaltig, aber das ahnte er nicht. Noch während er diese Worte sprach, fielen drei Schiffe Etztaks aus. Und noch während er sprach, glitt Rhodans STARDUST II bereits wieder in die fünfte Dimension, um den weiten Sprung zur Erde anzutreten.

Rhodan war klug genug, in einer Entfernung von zwanzig Lichtstunden von der Sonne zu materialisieren und ohne weitere Transition mit einfacher Lichtgeschwindigkeit in das System einzusteuern. So war die Gefahr einer Ortung am geringsten.

Unbemerkt gelangte er zur Erde und landete in Terrania, der Hauptstadt der Dritten Macht. Oberst Freyt zeigte sich sehr überrascht, ihn so bald wiederzusehen. Er verkniff sich eine bissige Bemerkung hinsichtlich der Tatsache, daß Rhodan keine Funkmeldung geschickt hatte, denn er sah, wie eilig Perry es hatte. Die STARDUST II blieb mit Bully an Bord startbereit auf dem Landefeld zurück. Nur Rhodan war mit einem Wagen in die Kontrollzentrale unter dem Energieschirm geeilt, um die Erde in Alarmzustand zu versetzen. Einige kurze Funksprüche an die entsprechenden Dienststellen in aller Welt genügten, die Regierungen gemeinsam handeln zu lassen.

Man war bereit.

Und man wartete ...

„Es wäre also völlig sinnlos", beendete Topthor seine Ausführungen und sah die Kommandanten der neun übrigen Schiffe beifallheischend an, „wenn wir ohne Warnung angriffen und Terra vernichteten. Was nützt uns ein zerstörter Planet, wenn auf ihm ein Volk wohnt, das uns so viel zu geben hätte?“ Die bärtigen Gesichter auf den Bildschirmen nickten zustimmend. „Es ist also vernünftiger, wenn wir mit ihnen verhandeln. Rhodan weilt in einem System, dreihundertzwanzig Lichtjahre von hier entfernt, und bemüht sich, mit Etztak fertig zu werden. Wenn es uns gelingt, in der Zwischenzeit Fuß auf der Erde zu fassen, erhalten wir die Möglichkeit, hier eine neue und sehr ertragreiche Springerkolonie zu gründen.“

„Und Rhodan?“ fragte jemand.

„Rhodan?“ Ein breites Grinsen überzog Topthors bärtiges Gesicht. „Rhodan wird sich sehr wundern, wenn er nach seiner Schlacht mit Etztak hierher zurückkehrt und feststellen muß, daß sein Planet inzwischen den Besitzer gewechselt hat.“

Grogham räusperte sich.

„Ich fürchte, Sie unterschätzen die Terraner“, warf er ein.

Topthor sah ihn an und hörte auf zu grinsen. „So, meinen Sie das? Wir haben zehn Schiffe, die nur zu dem Zweck gebaut wurden, zu kämpfen. Und was hat Rhodan?“

„Immerhin die neue Waffe.“

Topthor sah nicht gerade glücklich aus, als er daran erinnert wurde, wie Rhodan sechs Robotkampfschiffe vernichtet hatte.

„Wenn wir in Schwierigkeiten geraten, können wir immer noch unseren Stützpunkt verständigen“, lenkte er ein. „Jedenfalls werde ich Terra einzunehmen versuchen. Wir nähern uns dem Planeten bis auf zehn Lichtminuten und versuchen, Funkverbindung aufzunehmen. Wir werden ja sehen, wie die Terraner reagieren. Ich bin sicher, sie haben uns nichts entgegenzusetzen.“

Diesmal erhielt er keine Antwort.

Die Flotte von zehn Schiffen, keines unter dreihundert Meter lang und schwer bewaffnet, nahm Kurs auf die Sonne und raste ihr dann mit Lichtgeschwindigkeit entgegen. Kurz hinter der Bahn des Pluto verringerte Topthor die Geschwindigkeit und pirschte sich regelrecht an die Erde heran.

Doch alle Vorsicht nützte nichts. Die Satellitenspione hatten die Angreifer längst gemeldet. Rhodan war gewarnt. Nachdem er die notwendigen Vorbereitungen getroffen hatte, kehrte er in die STARDUST II zurück und begab sich zu Bully in die Zentrale.

„Nun?“ fragte Bully. „Was ist?“

„Ich habe Oberst Freyt instruiert. Er wird eventuelle Funksprüche der Überschweren weiterleiten. Ich werde sie in seinem Namen beantworten. Sie dürfen nicht ahnen, daß wir bereits hier sind und sie erwarten.“

Zwei Stunden später leuchtete die rote Kontrollampe auf. Der Funkdienst der Dritten Macht funktionierte einwandfrei. Topthor hatte Kontakt mit der Erde aufgenommen, ohne zu wissen, mit wem er sprach.

Mit wenigen Handgriffen war die Verbindung hergestellt. Es war sogar eine Bildverbindung, aber das schadete nichts. Rhodan kannte Topthor zwar, aber dieser hatte Rhodan noch nie in seinem Leben gesehen.

Die wuchtige Gestalt des Riesen war eindrucksvoll, konnte aber Rhodan nicht mehr erschrecken. Er kannte sie – und ihre Schwächen.

„Hier Terra“, meldete er sich sachlich. „Sie haben uns gerufen?“

Topthors Gesicht zeigte Überraschung darüber, daß man nicht erschrocken war.

„Wir wollen mit den Terranern verhandeln“, sagte er in interkosmo. „Die mächtige Sippe der Überschweren hat den Terranern einige Vorschläge zu unterbreiten.“

„Wir hören.“

„Mit wem spreche ich?“ fragte Topthor und sah Rhodan in die Augen.

Ohne mit der Wimper zu zucken, hielt Rhodan den Blick aus. „Oberst Freyt, Stellvertreter Perry Rhodans, Dritte Macht.“

„Warum ist Rhodan nicht zu sprechen?“

So ein schlauer Fuchs, dachte Rhodan, während Bully – außer Reichweite der TV-Funk-Kamera – hämisch grinste. Er will wissen, ob wir eine Ahnung haben, daß . . .

„Im Augenblick nicht zu erreichen“, sagte Rhodan. „Was wünschen Sie von uns?“

„Wissen Sie, wer ich bin?“

„Ein wilder Krieger, soweit ich das von hier aus beurteilen kann“, gab Rhodan zurück.

„Ich bin Topthor, der Älteste unserer Sippe.“

„Auch der Klügste?"

Für einen Augenblick schien Topthor verwirrt über die Fragen, dann wurde er wütend, denn schließlich hörten die anderen Kommandanten seiner Flotte mit, wie man ihn lächerlich machte.

„Wir treiben Handel auf vielen bewohnten Welten der Galaxis, und ich glaube, Sie haben einiges zu bieten. Wir werden landen. Geben Sie uns Ihren Standort bekannt."

„Ich kann die Landung nicht zulassen, solange Rhodan nicht die Erlaubnis dazu gibt. Geben Sie mir lieber Ihre Position."

„Ihre Landekoordinaten, sonst landen wir irgendwo."

„Also eine Drohung? Unterschätzen Sie uns nicht?"

Topthor lachte dröhnend und strich sich über den dichten Vollbart. „Unterschätzen? Wenn wir mit Rhodan fertig geworden sind, dann mit seinem Heimatplaneten schon lange."

„Ach", sagte Rhodan. „Sie sind mit Rhodan fertig geworden?"

„Ja, aber leider konnte er uns entkommen. Geben Sie uns also die Landekoordinaten?"

Rhodan warf Bully einen schnellen Blick zu. Der schob ihm einen Zettel vor die Hände. Rhodan nahm ihn so, daß Topthor es sehen konnte, und las laut vor: „Marsbahn – Richtung Erde. Geschwindigkeit 7653,3 Sek/km. Richtung MX-T4." Rhodan sah auf. „Wir könnten uns in zehn Minuten persönlich sprechen, Topthor, wenn Sie das wünschen."

„Was soll das? Was meinen Sie damit?"

„Das hier sind Ihre augenblickliche Position und Ihre Flugrichtung und Geschwindigkeit. Glauben Sie nur nicht, Rhodan allein besäße die Macht, Sie zu vernichten. Und glauben Sie nur nicht, wir wüßten nicht genau, was beim Planeten des ewigen Lebens geschah. Und glauben Sie schließlich nur ja nicht, wir besäßen nur ein Schiff von der Klasse der STARDUST II."

Das war ein Bluff, aber er wirkte.

Topthor zuckte unwillkürlich zusammen.

„Sie meinen die Riesenkugel?" Aber dann grinste er. „Sie können mich nicht verjagen, Terraner. Nur Rhodan war beim Planeten des ewigen Lebens und holte die neue Waffe. Sie haben nur konventionelle Waffen – und mit denen werden wir schon fertig."

„Ich rate Ihnen noch einmal, uns in Ruhe zu lassen und uns nicht Ihren Handel aufzuzwingen, der uns zu einer Kolonie der Springer machen würde. Haben Sie verstanden?"

„Wir landen in einer Stunde", gab Topthor zurück und unterbrach die Verbindung.

Rhodan starrte auf den leeren Bildschirm und sah dann Bully an. „Nun, was sagst du jetzt? Sie lassen nicht mit sich verhandeln. Sie glauben sich in Sicherheit, solange die STARDUST II mit ihrer neuen Waffe fern ist. Die Feststellung, daß es mehrere solcher Riesenschiffe gibt, wird sie schockieren."

Er gab Oberst Freyt einige Anweisungen, dann schaltete er den Interkom der STARDUST II ein. „Achtung! Wir starten in einer Minute. Sicherheitsmaßnahmen beachten, da wir noch innerhalb der Atmosphäre stark beschleunigen. Achtung, noch fünfzig Sekunden! Keine Transition! Waffenzentrale – bereithalten! Aktion in genau zehn Minuten! Kommando erfolgt! Achtung, noch vierzig Sekunden bis zum Start!"

Bully schnallte sich den breiten Gürtel um seinen Bauch. In seinen Augen funkelte es unternehmungslustig.

10.

Tifflor sah den Mausbiber mit einer Mischung von Neugier und Mißtrauen an. „Willst du damit behaupten, daß du deine sogenannten Halbschläfer gefunden hast?"

„Ihr werdet Augen machen." Gucky nickte eifrig. Er war gerade von seinem Erkundungsgang zurückgekehrt. „Es sind wundervolle Geschöpfe – und außerdem Telepathen. Fast möchte ich sagen: Hypno-Telepathen, denn ihre Gedanken üben einen seltsamen und zwingenden Bann auf den aus, den sie ansprechen."

„Was soll das heißen?" wollte Tiff wissen und fühlte, wie seine Haare sich sträubten. So war ihm oft als Kind zumute gewesen, wenn ihm der Großvater in der Abenddämmerung seine berüchtigten Geistergeschichten erzählte. „Hypno-Telepathen?"

„Wenn sie denken, vermögen sie gleichzeitig, das Bewußtsein anderer zu beeinflussen. Aber keine Sorge, Tiff, sie sind absolut harmlos. Sie fürchten sich vor den Springern."

„Was wissen sie denn von den Springern?" stieg Tiffs Erstaunen. „Was können sie überhaupt von ihnen wissen?"

„Die Halbschläfer verfügen über ein unbegreifliches Ahnungsvermögen. Sie haben Haßgedanken aufgefangen, die aus dem Raum kommen. Es können nur die Gedanken der Springer sein. Wir selbst beunruhigen sie nicht, denn sie haben erkannt, daß wir ihnen nichts tun wollen. Aber vor den Springern und ihren Absichten haben sie Angst."

„Solange sie in der Tiefe des Planeten bleiben, geschieht ihnen nichts", versicherte Tiff verständnislos. „Wie sehen sie denn aus?"

„Ihr werdet Augen machen", wiederholte er seine Ankündigung.

Nachdem sie sich darauf geeinigt hatten, Eberhardt und den Roboter RBO 13 als Wache bei ihrer Ausrüstung zurückzulassen, brachen sie unter Führung Guckys auf. Der Weg führte sie weiter in den Berg hinein, wo sich nach Guckys Angaben die Halbschläfer befinden sollten.

Die Flotte der Überschweren näherte sich dem irdischen Mond.

Topthor, von der Unterhaltung mit dem Terraner, den er für Rhodans Stellvertreter halten mußte, etwas beunruhigt, hatte seine Kommandanten angewiesen, die Ortungsgeräte keine Sekunde aus den Augen zu lassen. Mit Grogham stand er in ständiger Verbindung.

„Ob sie ihre Warnung ernst gemeint haben, Topthor? Was ist, wenn sie wirklich so stark sind, wie sie behaupten? Wenn es außer Rhodans Schiff wirklich noch ein anderes gibt, das genauso bewaffnet ist? Wir können uns ja getäuscht haben . . ."

„Unsinn!" schnitt Topthor ihm das Wort ab. „Auf keinen Fall können wir es zulassen, daß sich uns jemand widersetzt. Wohin sollte das führen? Andere könnten es erfahren und auf den dummen Gedanken kommen, ihre Ausfuhrzölle zu erhöhen oder selbständig zu handeln. Wir würden unser Monopol verlieren. Nein, wenn wir uns nicht durchsetzen, können die Händler einpacken – und wir mit ihnen. Denn was sollen wir beschützen, wenn keine Transporte mit kostbaren Gütern mehr stattfinden?"

Grogham ließ den Blick nicht von seinem Suchschirm. „Sie haben recht, Topthor, aber mir ist nicht wohl dabei zumute. Ich kann nicht vergessen, wie schnell Rhodan unsere sechs Schiffe vernichtete."

Topthor gab keine Antwort. Die Worte Groghams erinnerten ihn an die erste Niederlage seines langen Lebens. Er konnte sich immer noch nicht erklären, wie es Rhodan gelungen war, sechs seiner Kampfschiffe zu erledigen, bevor es überhaupt zu einem richtigen Gefecht kam. Rhodan mußte eine Waffe besitzen, von der sich niemand eine rechte Vorstellung machen konnte. Sie durchdrang alle Energieschirme und löste dann im Zentrum des Objekts eine schreckliche Explosion aus.

Groghams Schrei riß ihn aus seinen Gedanken. „Dort – eine Riesenkugel!"

Die STARDUST II kam mit fast irrsinniger Geschwindigkeit herangeschossen und umkreiste dann die Flotte Topthors in sicherem Abstand. Vorerst sah es nicht so aus, als solle ein Angriff stattfinden.

Topthor warf einen Blick auf die Instrumente und befahl: „Grogham – angreifen! Simultan angreifen! Torpedos und Energiestrahler! Alles Verfügbare einsetzen!"

Dann sah er wieder auf den Bildschirm und harrte der Dinge, die da kommen sollten. Seine Zuversicht wandelte sich schnell in Wut und Enttäuschung, als er hilflos mit ansehen mußte, wie er ein Schiff nach dem anderen verlor.

Sein Verstand weigerte sich, die Realität anzuerkennen. Es war einfach unmöglich, daß etwas so ohne weiteres die Energieschirme durchbrach.

Topthor fand keine Antwort, aber er besaß inzwischen nur noch zwei einsatzfähige Schiffe.

Da überwand der Selbsterhaltungstrieb seinen Ehrgeiz. „Grogham – fort! Transition Notsprung! Treffpunkt Etztak!"

Er hieb auf den Hebel, der ihn aus der Gefahrenzone brachte.

Grogham folgte ihm.

Rhodan beobachtete die Flucht der beiden Springerschiffe auf den Ortungsschirmen der STARDUST II. Obwohl es ihm ein leichtes gewesen wäre, die Verfolgung der Überschweren aufzunehmen, verzichtete er darauf. Rhodan war sich dessen bewußt, daß sich mit Topthor ein weiterer Springerpatriarch im Besitz der Positionsdaten der Erde befand. Er ging aber dieses Risiko ein, weil er hoffte, daß sich die vernichtende Niederlage Topthors herumsprechen und daß die Springer nunmehr für einige Zeit von ihrem Vorhaben, sich die Erde zu unterwerfen, ablassen würden. Zumindest so lange, bis die Erde tatsächlich stark genug war, sich den Eroberungsgelüsten der Springer wirksam zur Wehr zu setzen.

Außerdem vermutete Rhodan, daß die Positionsdaten der Erde inzwischen einem größeren Personenkreis bekannt waren, so daß eine Verfolgung und Vernichtung Topthors ohnedies keinen Geheimhaltungseffekt gehabt hätten. Hier irrte Rhodan jedoch gewaltig. Zwar war es seinen Telepathen bisher nicht gelungen, eindeutig herauszufinden, welche Verbreitung die Position der Erde erfahren hatte, aber es sollte sich bald herausstellen, wie es sich damit tatsächlich verhielt.

11.

Nachdem sie etwa eine halbe Stunde marschiert waren, blieb Tiff stehen und tat einige tiefe Atemzüge. „Ich meine, es ist wärmer geworden. Auch wundere ich mich darüber, daß hier, tief in der Erde, die Luft so erstaunlich gut ist. Gibt es eine Erklärung dafür, Gucky?"

Der Mausbiber schüttelte den Kopf.

„Ich lasse mir meine Überraschung unter keinen Umständen nehmen", verkündete er mit Nachdruck. „Natürlich gibt es eine Erklärung dafür, aber die sollt ihr selbst finden. Laßt euch nur Zeit."

Felicitas zeigte nach vorn in die Finsternis. „Wohin führst du uns, Gucky? Wie weit ist es noch? Ich habe richtige Angst."

„Ja, du hast Angst." Gucky nickte und schien sich zu freuen. „Genau das habe ich erwartet. Du bist am empfindlichsten und daher das beste Versuchsobjekt."

Tiff hatte plötzlich eine steile Falte auf der Stirn. „Nun hör mal gut zu, Gucky. Ich gebe ja zu, daß du einige erstaunliche Fähigkeiten besitzt, aber man kann auch alles übertreiben. Du ergehst dich in geheimnisvollen Andeutungen und denkst überhaupt nicht daran, uns Erklärungen abzugeben. Ich bin sicher, du weißt genau Bescheid, was auf dieser Welt gespielt wird. Warum sagst du uns nicht, was das alles zu bedeuten hat?"

Gucky zeigte vergnügt seinen Nagezahn. Er schien nicht im mindesten von Tiffs Worten beeindruckt zu sein. „Du gönnst mir meinen Spaß nicht, das ist alles. Genügt dir meine Versicherung nicht, daß es absolut ungefährlich ist? Wenn Felic Angst hat, so bestätigt das nur meine Theorie. Ihr alle werdet die gleiche Angst auch noch verspüren. Ich sage euch das schon jetzt, damit ihr gewarnt seid. Es sind die Gedanken der Halbschläfer, die von eurem Gehirn wie von einer Antenne aufgefangen werden, Ihr spürt also nur die Furcht anderer, nicht eure eigene."

Tiff hatte aufmerksam zugehört.

„Einen Teil deiner Überraschung hast du nun ja doch preisgegeben", stellte er fest. „Wie wäre es mit dem Rest?"

Gucky ließ erneut seinen Nagezahn sehen.

„Unter keinen Umständen", wehrte er ab. „Gehen wir weiter. Es kann nicht mehr so weit sein."

Tiff schüttelte den Kopf. „Ich denke, du wüßtest, wo es ist."

„Natürlich weiß ich es, aber ich bin doch nicht den ganzen Weg zu Fuß gelaufen, sondern habe nur Stichproben gemacht. Daher kenne ich die Entfernung nicht. Aber wenn ich mich nicht irre, müssen wir hinter der nächsten Biegung schon das Licht sehen."

Tiff blieb stehen, Hump, der im Schein der einzigen Lampe nicht sehr viel sah und außerdem mit seinen eigenen Gedanken beschäftigt war, rannte gegen ihn. Beide fluchten. Dann faßte sich Tiff.

„Licht?" fragte er.

Gucky nickte. „Ja, Licht. Nun habe ich schon wieder etwas verraten. Von jetzt an halte ich den Mund."

Die angekündigte Biegung kam. Der Gang wurde breiter. Weit vor ihnen schimmerte ein Licht.

„Wahrhaftig“, sagte Milly und erschauerte. „Ein Licht. Gucky, ist es ein künstliches?“

„Ich weiß es nicht“, entgegnete der Mausbiber. Es hörte sich so an, als spräche er ausnahmsweise die Wahrheit.

Sie fragten nicht weiter, sondern folgten Gucky, der mit erhöhter Geschwindigkeit voranwatschelte.

Der Gang wurde breiter und höher. Tiff schätzte, daß sie nun mindestens einen Kilometer weit gegangen waren. Da sich der Boden unter ihnen stets sanft gesenkt hatte, mußten sie nun etwa fünfzig Meter unter der Oberfläche weilen. Sicher aber mehr, wenn der Gang ins Gebirge geführt hatte.

Das Licht wurde heller, dann trat Gucky mit einem Schritt in eine weite Halle, hob mit dramatischer Gebärde seine Arme und machte eine alles umfassende Bewegung.

Auch die anderen waren stehengeblieben und staunten. Sie glaubten zu träumen, aber die Wellen panikartiger Furcht, die über sie hinwegspülten, ließen diese Träume nur allzu realistisch erscheinen.

Sie standen in einer Halle, deren Durchmesser mehrere hundert Meter betragen mochte. Genau in der Mitte schimmerte die Fläche eines kleinen Sees, in dessen Mitte eine Fontäne sprudelte. Sie war nicht sehr hoch, aber der dünne Strahl wurde so zerstäubt, daß ein kaum sichtbarer Sprühregen nach allen Seiten niederging. Die felsigen Wände der Halle waren unregelmäßig und zeigten keinerlei Spuren einer künstlichen Bearbeitung. Die einzelnen Nischen mußten von der Natur geschaffen worden sein, ebenso wie der Brunnen und die Fontäne.

Und wie das Licht.

Die vier Menschen standen da und starrten nach oben, wo mitten in der Decke eine strahlende Sonne stand. Sie war rund, aber keineswegs so gleichmäßig rund, daß sie an eine wirkliche Sonne erinnert hätte. Sie sah vielmehr aus wie ein riesiger Diamant, der von innen heraus glühte – und Licht und Wärme spendete.

Erst jetzt spürte Tiff, wie warm es hier war.

„Wie kommt das Licht hierher, Gucky?“ fragte Tiff.

„Lassen wir das Licht – dafür haben wir noch später Zeit. Sonst hast du nichts bemerkt, Tiff?"

Felicitas hatte sich weniger für das Phänomen des merkwürdigen Lichtes interessiert, für das sie keine Erklärung fand. Sie wandte ihre Aufmerksamkeit den Felsnischen zu – und stieß einen Schrei aus. Aber es war kein Schrei des Entsetzens, sondern ein Ausruf der maßlosen Überraschung.

Die anderen vergaßen die kleine Sonne und folgten der Richtung ihres ausgestreckten Armes. Gucky stand mit gekreuzten Vorderpfoten dabei, stützte sich auf seinen Schwanz und grinste.

„Blumen", stammelte Felicitas und machte ein oder zwei Schritte auf die nächste Nische zu, die keine zwanzig Meter entfernt war. „Richtige Blumen – hier, tief unter der Oberfläche."

Tiff konnte nicht leugnen, daß die junge Botanikerin recht hatte. In den einzelnen Nischen wucherten bunte, tulpenähnliche Gewächse mit einer Üppigkeit, wie man sie nur im tropischen Urwald fand. Sie standen so eng beisammen, daß keine weitere mehr Platz gefunden hätte. Ein starker Duft ging von ihnen aus und erfüllte die Halle. Tiff wunderte sich flüchtig, daß er ihn nicht schon früher bemerkt hatte.

„Kommt!" forderte Gucky sie auf. „Seht euch den botanischen Garten nur näher an. Es lohnt sich."

Hump, unzufrieden wie gewöhnlich, meckerte: „Ich meinte, wir wollten die schlafenden Intelligenzen dieser Welt besuchen, und nun sind wir in einem Tulpengarten gelandet."

„Blumen auf dieser Welt des Eises bedeuten schon an sich ein Wunder", wies Tiff ihn zurecht. „Warum sollten wir es versäumen, ein Wunder zu schauen? Besonders Felic wird sich dafür interessieren."

Gucky schien nicht die Absicht zu haben, eine Erklärung abzugeben.

Tiff folgte Felicitas, die bis zur nächsten Nische vorgegangen war und sich nun hinabbeugte, um die Pflanzen näher zu betrachten.

Sie erinnerten in der Tat an Tulpen, an riesenhaft vergrößerte Tulpen, auf die jeder irdische Züchter stolz gewesen wäre. Die langen Stengel trugen prächtige Blütenkelche, die allerdings geschlossen waren. Unverkennbar war die typische Tulpenform. Die Farben Rot und Orange dominierten, aber es gab auch blaue, gelbe und violette.

Nach unten verschwanden die Wurzeln in der aufgelockerten Erde. Fast sah es so aus, als habe ein vorsorglicher Gärtner den Boden zubereitet.

Felicitas richtete sich wieder auf. „Es sind Blumen – vielleicht sogar eine Abart von Tulpen. Wie mögen sie hierhergekommen sein? Jemand muß sie gepflanzt haben.“

„Die Halbschläfer?“ vermutete Tiff unsicher.

Gucky nickte Tiff zu. „Ich habe das auch zuerst gedacht. Ich hielt die Halbschläfer für Blumenfreunde – aber in gewisser Beziehung irrte ich mich. Sieh dir die Blüten doch genauer an, Felic. Fällt dir daran nichts auf?“

Die Botanikerin beugte sich erneut hinab und nahm die großen Blütenblätter näher in Augenschein. Sehr anzustrengen brauchte sie sich nicht, denn die Blumen waren fast einen Meter hoch. Sie kniff die Augen zusammen, als sie die feinen, jetzt aber fest geschlossenen Spalten bemerkte, die rings um den Kelch angebracht waren. Jedes Blütenblatt, so stellte sie fest, besaß einen solchen Schlitz.

„Vielleicht sind es fleischfressende Pflanzen“, vermutete sie, aber ihr war anzuhören, daß sie nicht fest von ihrer Idee überzeugt war. „Jedenfalls haben sie Öffnungen, die sie nach Belieben schließen können.“

Gucky stieß plötzlich ein quietschendes Gelächter aus und begann, auf seinen kurzen Beinen im Kreis herum zu hüpfen. Dabei gab er schrille Töne von sich, die wohl seine Freude bekunden sollten.

„Erraten!“ prustete er schließlich, während Tiff und Hump sich ansahen und wohl beide den gleichen Gedanken hegten. Sie nahmen sichtlich an, der Mausbiber habe plötzlich den Verstand verloren.

Das aber, so sollten sie bald erfahren, war keineswegs der Fall.

Als Gucky sich beruhigt hatte, sagte er: „Stimmt, sie können die Schlitze nach Belieben öffnen oder schließen. Aber es sind keine Freßwerkzeuge. Im Gegenteil. Paßt genau auf, was jetzt geschieht, dann werdet ihr es endlich erraten.“

Er trat neben Felicitas und berührte eine der Pflanzen mit seinen Samtpfoten. Langsam streichelte er die roten Blütenblätter und ging dabei so vorsichtig zu Werke, als liebkose er eine Geliebte.

Und das Wunder geschah.

Die betreffende Tulpe öffnete die schmalen Schlitze.

Die vier Menschen starrten voller Verwunderung in ein Auge, das sie forschend anblickte.

„Darf ich euch die Halbschläfer vorstellen?“ fragte Gucky und machte eine vollendete Verbeugung.

Nachdem die ORLA XI auf dem Nordpol der Eiswelt gelandet war, wurde die Arkonbombe, deren Reaktionszeit auf 30 Minuten eingestellt wurde, ausgeladen und in die vorbereitete Grube gebracht. Kurz danach stellte Orlgans die Funkverbindung mit Etztak her und meldete die Ausführung des Befehls.

Etztak zeigte sich befriedigt, konnte seine Unruhe jedoch nicht verbergen. „Ich habe soeben einen Funkspruch von Topthor erhalten, in dem er mir mitteilt, daß er im Solsystem eine vernichtende Niederlage erlitten hat. Topthor warnt uns davor, uns noch weiter mit Rhodan einzulassen, zumal dieser über zwei Schiffe der STARDUST-II-Klasse verfügt.“

Orlgans wurde blaß. Ehe er etwas erwidern konnte, sprach Etztak weiter. „Außerdem weigert sich Topthor, uns zu helfen. Er hat beschlossen, zu seinem Stützpunkt zurückzukehren. Sobald du zurück bist, werden wir darüber beraten, ob es sich lohnt, weiter hierzubleiben, oder ob ein vorläufiger Rückzug nicht klüger wäre.“

Damit unterbrach Etztak die Verbindung.

Orlgans ließ das soeben Gehörte durch seinen Kopf gehen. Er hatte es nicht besonders eilig, zur Flotte zurückzukehren. Bis zur Detonation der Bombe blieb noch genügend Zeit, sich rechtzeitig abzusetzen. Dies war der letzte Fehler, den Orlgans in seinem Leben beging. Denn gerade als er den Startbefehl erteilen wollte – bis zur Detonation der Bombe fehlten noch fünf Minuten –, passierte es. Eine unbekannte geistige Kraft griff nach seinem Gehirn und versetzte ihn in Panik.

Orlgans registrierte halb im Unterbewußtsein, daß nicht nur er von dieser Panikwelle betroffen wurde, sondern auch alle anderen Springer, die sich in der Kommandozentrale aufhielten. Wahrscheinlich sah es auf den anderen Stationen der ORLA XI nicht anders aus.

Orlgans war zu keiner vernünftigen Reaktion mehr fähig. Er schrie und tobte. Grauenvolle Angst war alles, was er verspürte. Er wußte nicht, woher diese Angst kam, er wußte überhaupt nichts mehr. Er hatte nur noch den Wunsch, daß dieser schreckliche Zustand vergehen möge. Als einige hundert Meter vom Schiff entfernt die Bombe detonierte, ging sein Wunsch in Erfüllung. Das Schicksal, das er dieser Welt zugedacht hatte, wurde zu seinem eigenen.

„Die Halbschläfer – Blumen?“

Tiff sagte es ungläubig und sah Felic dabei an, als könne die Botanikerin ihm eine Antwort auf seine Frage geben. Aber das übernahm Gucky.

„Ich habe mich mit ihnen unterhalten, Tiff, und ich glaube, ich weiß so ziemlich alles über sie. Im Sommer leben sie auf der Oberfläche, im Winter kehren sie hierher zurück. Der Brunnen gibt ihnen Wasser, der Boden Nahrung. Oben leuchtet die ewige Sonne, von der sie selbst nicht wissen, wie sie dahin gekommen ist. Aber sie wissen wenigstens, daß auch in anderen Höhlen ähnliche Sonnen brennen. Sie sagen, die Götter hätten sie geschaffen. Ich nehme an, es waren ihre Vorfahren, die technisch besser entwickelt waren, später aber untergingen.“

„Wie gelangen sie denn im Sommer an die Oberfläche?“ wollte Hump wissen. In seiner Stimme war ein wenig Spott. „Spazieren sie vielleicht durch die Höhle nach oben?“

Gucky blieb ernst. „Ja, sie gehen. Sie haben zierliche Füße, die sie gleichzeitig als Wurzeln benützen. Es ist ihnen möglich, diese Füße in den Boden zu versenken und mit ihnen Nahrung und Wasser aufzunehmen. Im Sommer führen sie ein regelrechtes Nomadenleben. Sie wandern von Ort zu Ort, und der Sommer ist auch die Zeit ihrer Befruchtung. Die Halbschläfer sind mehrgeschlechtlich. Jeweils fünf – ihr werdet bemerkt haben, daß die Blüten fünf verschiedene Hauptfarben haben – bilden eine Gemeinschaft.“

Tiff beugte sich vor. „Wie unterhältst du dich mit ihnen? Sind sie Telepathen?“

„Ja. Sie empfangen Gedankensendungen und sind in der Lage, auch solche aus den Tiefen des Alls aufzufangen. Das ist ihre einzige Abwechslung während der langen Jahre des Halbschlafs.“

„Wie alt werden sie?"

„Bis zu zweihundert Jahre – Erdzeit. Sie erleben also jeweils einen Sommer und einen Winter." Gucky hielt plötzlich den Kopf schief und schien auf etwas zu lauschen. Sein Nagezahn war verschwunden.

Im nächsten Augenblick raste eine mentale Panikwelle durch die subplanetare Halle. Tiff und seine Freunde wurden von grauenhafter Angst erfaßt. Nur Gucky, der sein Gehirn rechtzeitig abgeblockt hatte, kam einigermaßen heil davon. Als sie glaubten, daß dieser Zustand unerträglich würde, verebbten die Impulse genauso plötzlich, wie sie begonnen hatten.

„Was war das?" brachte Tiff mühsam hervor.

Es dauerte eine Weile, bis Gucky in der Lage war, ihm zu antworten. „Es ist etwas Furchtbares geschehen. Die Springer haben auf dieser Welt einen Atombrand entfacht, der in diesem Moment begonnen hat, seine zerstörerische Wirkung zu entfalten. Das, was wir soeben erlebt haben, war die Todesangst der Halbschläfer."

Entsetzt sahen sich die anderen an.

„Ein Atombrand? Du meinst, daß diese Welt von den Springern vernichtet wird?" fragte Tiff.

„Ja", erwiderte Gucky. „Diese Welt ist verloren. Aber Orlgans, der diesen Brand legte, ist das erste Opfer der Katastrophe geworden. Die Panikwelle, die wir erlebt haben, hat auch ihn und seine Besatzung erreicht und sie handlungsunfähig gemacht. Sie konnten nicht mehr starten und überlebten die Explosion der Bombe nicht. Somit haben die Halbschläfer, ohne es zu beabsichtigen, jene, die für den Untergang dieser Welt verantwortlich sind, mit in den Tod gezogen."

Gucky verschwieg, daß er Orlgans' Gedanken belauscht hatte, als dieser von Todesangst gepeinigt wurde. Dabei hatte er erfahren, daß außer der Besatzung der ORLA XI, die jetzt nicht mehr existierte, nur noch die der ETZ XXI über die Positionsdaten der Erde verfügte. Diese Information würde für Rhodan von größtem Interesse sein.

Tifflor war sichtlich erschüttert. Er wandte sich wieder den Halbschläfern zu. Ein besonders großes und schönes Exemplar dieses Volkes erregte seine Aufmerksamkeit. Plötzlich spürte er, daß dieses Wesen zu ihm sprach. Es war wie ein Tasten in seinem Gehirn, ein vorsichtiges Fühlen nach seinem Bewußtsein.

„Ihr seid keine schlechten Wesen", sagte der Halbschläfer lautlos zu ihm. „Auch habt ihr nicht gewußt, daß diese Welt bewohnt ist. Eure Feinde wollen euch vernichten, darum zerstören sie unsere Welt."

„Sie haben ihre Strafe erhalten", murmelte Tiff und wußte, wie schwach sein Trost war. Er sah, daß auch die beiden Mädchen und Hump reglos standen und lauschten. Sie mußten die lautlose Stimme ebenfalls verstehen können.

„Ja, sie starben – aber mit ihnen stirbt unser Volk. Niemand kann den Atombrand löschen. Die Geschichte der Halbschläfer, wie ihr uns nennt, geht zu Ende."

„Wenn wir ein Schiff hätten und uns selbst retten könnten, würden wir euch mitnehmen können – wenigstens so viele, daß euer Volk nicht ausstürbe", sagte Tiff und erkannte, daß nicht nur diese merkwürdigen Lebewesen verloren waren. Wenn Rhodan nicht zu Hilfe eilte, waren auch er und seine Freunde erledigt. „Vielleicht sollten wir noch nicht alle Hoffnung aufgeben."

„Tiff!" unterbrach Felicitas, die alles verstanden hatte. „Wir sollten auf jeden Fall versuchen, einige der Halbschläfer zu retten. Wenn Rhodan rechtzeitig eintrifft, können wir sie vor dem Aussterben bewahren. Später finden wir sicher eine unbewohnte Welt, auf der sie neu beginnen können."

Tiff nickte und beugte sich zu dem Halbschläfer hinab. „Hast du verstanden? Wir wollen versuchen, eure Art zu erhalten. Aber es wird eine sehr schwere Entscheidung für euch alle sein. Wir können – wenn überhaupt – nur wenige mitnehmen."

Die Welle der Panik drohte wieder einzusetzen, aber die Gedanken der roten Tulpe übertönten sie. „Wir hängen alle am Leben, aber das Weiterbestehen der Art steht über der Existenz des einzelnen. Ich werde zehn Paare bestimmen, die mit euch gehen."

„Gehen?" fragte Tiff unsicher.

„Ihr habt Kisten, wie ich in deinen Gedanken lese. Eine solche Kiste genügt, um die Auserwählten aufzunehmen. Sie sind nicht schwer. Es fällt eurem kleinen Freund Gucky leicht, sie auf seine seltsame Weise zu tragen. Später einmal, in vielen Jahrtausenden, werden die Terraner einen zum Dank verpflichteten Verbündeten haben – unsere Nachkommen."

„Ihr atmet Kohlendioxyd ein?“ fragte Tiff.

„Und Sauerstoff aus“, bestätigte die rote Tulpe. „Aber nur dann, wenn die Sonne scheint – oder unsere künstliche Sonne während der langen Winterzeit.“

„Ihr seid mit den Pflanzen von Terra verwandt“, erklärte Tiff und sah, daß Felicitas von Nische zu Nische wanderte, um hier und dort behutsam eine der Tulpen aus dem Boden zu ziehen. Die Blumen hatten sehr lange Wurzeln, die sich sofort zusammenrollten, wenn sie die Verbindung mit dem Erdboden verloren.

„So nehmen sie am wenigsten Platz ein“, sagte der bisherige Sprecher in seiner lautlosen Art. „Sie halten es viele Tage ohne Nahrung und Wasser aus. Wenn sie nicht besonders extremen Einflüssen ausgesetzt werden, sterben sie nicht.“

„Wenn wir gerettet werden“, versprach Tiff, „werden sie es auch.“

Es war Felicitas inzwischen gelungen, fünfzig Pflanzen aus dem Erdreich zu ziehen und zu bündeln. Die Augen der Betroffenen blieben zumeist verschlossen, aber die vier Menschen verspürten wieder eine Verstärkung der panischen Gedanken. Wie Wellen eines Ozeans spülten diese über sie hinweg, sich in regelmäßigen Abständen abschwächend und dann wieder anschwellend. Es war der verzweifelte Todesgesang der zum Untergang Verdammten.

„Wie lange wird es noch dauern, bis der Atombrand uns erreicht hat?“ fragte Hump, der seine Angst nicht verbergen konnte.

„Ich schätze, wir haben etwa zwei Tage“, sagte Gucky. „So lange können wir aber auf keinen Fall warten, denn bereits in wenigen Stunden wird es eine gigantische Flutwelle geben, die durch die Eisschmelze auf der nördlichen Hemisphäre hervorgerufen wird. Die Höhlen werden dabei bestimmt überflutet. Wir müssen daher auf den Gipfel des Berges, auf dem wir vor der Überschwemmung sicher sind. Aber zuerst werde ich eine passende Metallkiste holen, in der wir die Halbschläfer unterbringen können. Danach werde ich euch der Reihe nach hier herausbringen.“

Im nächsten Augenblick war Gucky verschwunden und kam nach zehn Minuten wieder zurück.

„Ich habe Eberhardt und die Ausrüstung bereits in Sicherheit gebracht“, sagte er. „Moses ist bereits zu Fuß zum Berggipfel unterwegs. Felicitas und Tiff, ihr verstaut inzwischen die Halbschläfer, während ich Hump und Milly hinausbringe. Sobald ich zurückkomme, bringe ich auch euch und die Halbschläfer in Sicherheit."

Die Rettungsaktion dauerte kaum mehr als zehn Minuten, dann waren sie alle auf dem Gipfel versammelt. Inzwischen war auch Moses eingetroffen.

Nun konnten sie nur noch warten, bis die Retter eintrafen. Niemand zweifelte daran, daß sie rechtzeitig abgeholt wurden, zumal Gucky mitgeteilt hatte, daß er telepathisch mit dem Mutanten John Marshall in Verbindung stehe. Außerdem war da noch der Zellsender Tifflors, der Marshall den richtigen Weg weisen würde.

Es fiel Etztak nicht leicht, ruhig zu bleiben.

Die Funkverbindung war plötzlich abgerissen, aber das hatte nicht unbedingt etwas zu bedeuten. Selbst die modernste Technik war nicht frei von Fehlern. Etztak blieb auch keine Zeit, viel über das Ausbleiben von Orlgans nachzudenken. Jedenfalls war sein Befehl ausgeführt worden, denn Planet II begann zu brennen. Das Atomfeuer entstand am nördlichen Pol und breitete sich gleichmäßig nach Süden aus.

Dieser Rhodan sollte merken, daß niemand ungestraft die Absichten der Galaktischen Händler durchkreuzte.

Bei dem Gedanken an Rhodan wurde seine Unruhe noch gesteigert. Die Warnung Topthors war ihm noch zu gut in Erinnerung. Wenn Topthors Worte stimmten – und daran zweifelte er nicht –, dann war es wohl besser, sich zurückzuziehen und den Kampf zu einem späteren Zeitpunkt fortzusetzen. Er wußte, daß er mit seinen Schiffen keine Chance gegen die übermächtige Riesenkugel Rhodans hatte – und davon sollte es sogar zwei geben.

Dazu kamen noch die ständigen Angriffe der beiden 200-Meter-Schiffe, mit denen er bisher noch nicht fertig werden konnte.

Wie groß sind wohl unsere Erfolgsaussichten, einen Kampf gegen Rhodans Riesenschiffe zu gewinnen, wenn es uns nicht einmal gelingt, die beiden kleinen Einheiten zu erledigen, dachte er.

Etztak zögerte keine Sekunde mehr. Mit einem Hebeldruck stellte er die Bildverbindung zu seinen Schiffen her. Als die Kommandanten auf den Schirmen erschienen und ihn erwartungsvoll ansahen, sagte er im sippeneigenen Dialekt: „Wenn Rhodan sogar mit Topthor fertig geworden ist – und alles spricht dafür –, sollten wir so schnell wie möglich von hier verschwinden."

Sehr bald mußte er feststellen, daß alles andere als Einigkeit in der Sippe herrschte. Die Mehrzahl riet dazu, Topthors Schicksal zu ignorieren und Terra selbst anzugreifen, aber es gab auch einige, die besonnener schienen. Sie schlugen vor, sofort zum Stützpunkt der Sippe zurückzukehren, um dort einen regelrechten Feldzug vorzubereiten.

Etztak hörte sich geduldig die Meinungen seiner Kommandanten an, wie es Sitte war. Jeder durfte seine Vorschläge machen, aber zu guter Letzt entschied doch der Patriarch, was getan wurde.

Schließlich einigte man sich darauf, mit allen Einheiten die beiden kleinen terranischen Schiffe anzugreifen. Nur für den Fall, daß Rhodan auftauchen sollte, wollte man den Rückzug antreten.

Der Hyperkom sprach an, und Rhodan beugte sich über die Anlage.

„SOLAR SYSTEM ruft STARDUST II!" kam die aufgeregte Stimme Nyssens aus dem Hyperfunkgerät des mächtigen Raumschiffs. „Tiff und die anderen sind in größter Gefahr. Die Springer haben auf dem zweiten Planeten einen Atombrand ausgelöst. Wir können nichts tun, da wir seit wenigen Minuten einem massiven Gegenangriff der Springer ausgesetzt sind."

Rhodan reagierte blitzschnell. Er aktivierte den Senderteil des Hypersenders und sprach: „Hier Rhodan. Haben Sie Kontakt zu Gucky oder Tifflor?"

„Ja", lautete die Antwort. „Marshall kann Tifflor eindeutig ausmachen, auch zu Gucky besteht eine Verbindung, die aber zeitweise von panikartigen Impulsen überlagert wird. Gucky hat uns wissen lassen, daß die Eiswelt bewohnt ist. Es existiert dort das Volk der Halbschläfer, intelligente Geschöpfe, die das Aussehen von Blumen haben. Es ist der Einsatzgruppe gelungen, einige dieser Wesen zu retten."

„Halten Sie aus“, ermunterte ihn Rhodan. „Wir sind in etwa einer Stunde bei Ihnen.“

Zehn Minuten später ging die STARDUST II jenseits der Plutobahn in Transition, um die Entfernung von 320 Lichtjahren in einem einzigen Sprung zurückzulegen.

Der Patriarch griff an.

Seiner Meinung nach brauchte er in den nächsten Stunden noch nicht mit Rhodan zu rechnen, also wollte er sich wenigstens die beiden Kreuzer vom Hals schaffen. Er setzte seine gesamte Sippenflotte ein, um die beiden Schiffe Rhodans zu vernichten.

Major Nyssen ahnte die Absicht des Patriarchen. Etztak wollte sich seiner beiden Gegner entledigen, bevor der Kampf mit Rhodan begann, aber er wollte auch verhindern, daß man sich um die auf der brennenden Eiswelt verlorenen Menschen kümmerte.

„Captain McClears“, nahm Nyssen Verbindung mit der TERRA auf. „Sie versuchen, die Springer abzulenken und daran zu hindern, mir zu folgen. Ich muß versuchen, Tiff zu finden.“

„Sie können sich auf mich verlassen“, gab McClears zurück und warf einen besorgten Blick auf den anderen Bildschirm. Er sah, wie sich die Schiffe der Springer zum Angriff formierten. Diesmal schien es ernst zu werden. „Ich werde mich schon wehren. Wann kommt Rhodan?“

„Er wird in einer knappen Stunde auftauchen. Falls ich keine Möglichkeit haben sollte, Verbindung mit ihm aufzunehmen, unterrichten Sie ihn bitte, wo ich bin. Alles klar?“

„Alles klar!“ gab McClears zurück und nickte Nyssen mit starrem Lächeln zu. „Wir werden es ihnen schon zeigen.“

Nyssen lächelte zurück. Dann sah McClears, wie die SOLAR SYSTEM plötzlich mit irrsinniger Beschleunigung auf die brennende Welt hinabstürzte und in der dichten Wolkendecke untertauchte, als sei diese ein wogendes Meer.

In derselben Sekunde detonierten die ersten Atomtorpedos in den Schutzschirmen der TERRA. Der konzentrische Angriff der Springer begann.

Und in dieser selben Sekunde verwandelte sich der Schwere Kreuzer in eine Kampfmaschine. Ganze Salven tödlicher Geschosse verließen den gigantischen Leib und ließen die Schirme des Gegners zusammenbrechen, wenn mehr als fünf von ihnen gleichzeitig auftrafen. Dann folgten die gebündelten Energiestrahlen, die bei sorgfältiger Konzentration den gleichen Effekt erzielten.

Aber trotz dieser vereinzelten Erfolge war die Übermacht der Springer zu groß. Sie wichen geschickt dem Angriff der TERRA aus und versuchten ihrerseits, alle zusammen in die richtige Schußposition zu gelangen. McClears erkannte, daß es ihr Ziel war, ihn in ihre Mitte zu bekommen, um den Kugelkreuzer mit einem Energiestoß aus mindestens zwanzig Schiffen zu vernichten, was ohne weiteres gelingen konnte.

Es war genau in diesem Augenblick, daß eine gewaltige Erschütterung des Raum-Zeit-Kontinuums die Strukturtaster ansprechen ließ. Ganz in der Nähe mußte ein Schiff aus dem Hyperraum in den Normalraum zurückgekehrt sein.

Und dann sahen es Freund und Feind zur gleichen Zeit.

Aus den Tiefen des Raumes raste die riesige Kugel heran, blitzend und unheildrohend.

Rhodan war auf dem Schlachtfeld erschienen, um die Entscheidung zu seinen Gunsten zu wenden.

Etztak war für einen Moment überrascht, aber dann zogen sich die Springer fluchtartig zurück.

Kurz darauf registrierte man auf den drei terranischen Schiffen mehrere Dutzend Strukturerschütterungen. Etztak hatte es also vorgezogen zu fliehen, anstatt sich einem überlegenen Gegner zu stellen. Zu sehr war ihm noch Topthors Flotte in Erinnerung.

Nun konnte man sich ungehindert um die Rettung Tifflors und seiner Freunde kümmern. Marshall gab die entsprechenden Anweisungen. Kurze Zeit später hatte die SOLAR SYSTEM die Gruppe ausgemacht und an Bord genommen. Danach zog man sich einige hunderttausend Kilometer zurück und beobachtete den Untergang der Eiswelt, die einem intelligenten Volk zum Grab geworden war. Ein letztes Mal verspürten die Telepathen die Panikwelle der Halbschläfer – dann war nichts mehr.

Die Schiffe kehrten zur Erde zurück, wo kurz darauf eine Lagebesprechung stattfand.

Rhodan faßte in kurzen Sätzen die Ereignisse der letzten Wochen zusammen und schloß mit den Worten: „Wir wissen inzwischen, daß außer Topthor nur noch Etztak im Besitz der Koordinationsdaten der Erde ist. Orlgans, der ein unrühmliches Ende gefunden hat, gab die entsprechenden Daten an Etztak weiter. Unsere Aufgabe wird sein, die Verteidigung der Erde schnellstens auszubauen, da wir nicht wissen, wie lange Topthor oder Etztak mit ihrem Wissen zurückhalten. Es ist anzunehmen, daß sich die Springer mit der erlittenen Niederlage nicht abfinden und früher oder später zurückkommen werden.“

Bully und Gucky, die beiden ungleichen Freunde, standen dicht an der Glaswand, aber sie achteten nicht auf den wunderbaren Ausblick, der sich ihnen von hier aus bot. Terrania, die modernste Metropole der Welt und die Hauptstadt der Dritten Macht, war ihnen nichts Neues mehr.

Was neu war, waren die rings um die Glasveranda angelegten Blumenbeete. In fünf verschiedenen Farben wuchsen hier riesenhafte Tulpen, die ihre wohlgeformten Kelche der irdischen Sonne entgegenreckten. Weit geöffnet waren die mandelförmigen Augen, als wollten sie die neue Heimat in allen Einzelheiten kennenlernen. Ein feiner Duft stieg von den Beeten auf.

„Das also sind deine Halbschläfer, Gucky“, flüsterte Bully und strich mit der Hand über eine der Blüten. Es war eine rote. Jeweils in einem Beet standen fünf verschiedenfarbige Tulpen. „Sie sind die Letzten ihrer Art. Wir hoffen, daß sie sich hier wohl fühlen.“

„Sie sind sehr glücklich, dem gräßlichen Tod entronnen zu sein“, sagte Gucky und schob seinen Nagezahn in den Vordergrund, um vergnügt zu grinsen. „Sie werden sich vermehren und ihre Art erhalten. Allerdings wird es noch an die fünfzig Jahre dauern, bis der erste Ableger gewachsen ist. Sie haben viel Zeit.“

Bully sah Gucky mit neuem Interesse an. „Wie alt wirst du eigentlich, Gucky? Du hast das noch niemand verraten.“

Der Zahn des Mausbibers schimmerte rötlich im Schein der tiefer gesunkenen Sonne.

„Wie alt ich werde? Du meinst, wann ich sterbe?“ Er zuckte mit den Schultern. „Ja, das ist reichlich ungewiß. Es gibt eigentlich nur ein einziges Mittel, meine Lebensspanne exakt zu bestimmen.“

„Wahrhaftig?“ Bully beugte sich vertraulich zu seinem possierlichen Freund hinab. „Und welches Mittel meinst du?“

„Du wartest, bis ich gestorben bin“, sagte Gucky und teleportierte auf die andere Seite des Saales.

Die nächsten Wochen waren erfüllt von fieberhaften Vorbereitungen. In den technischen Fertigungsanlagen entstand ein neuer Kugelraumer von 200 Meter Durchmesser. Niemand wußte, ob und wann mit einem Angriff der Springer zu rechnen war. Man wollte aber auf alle Fälle vorbereitet sein.

Als der neue Kugelraumer, den man auf den Namen CENTURIO getauft hatte, seinen ersten Probeflug absolvierte, kam es zu einem Ereignis, mit dem niemand gerechnet hatte. Hatte man sich bisher damit abgefunden, die nächsten Aktionen der Springer abwarten zu müssen, so bot sich jetzt die Chance, die Initiative zu ergreifen.

Die Großfunkstation auf dem Mond empfing einen Funkspruch, in dem ein gewisser Levtan um Landeerlaubnis auf Terra ersuchte.

Die CENTURIO, die sich unter dem Kommando von Major Deringhouse auf ihrem Jungfernflug befand, wurde aufgefordert, mit diesem Levtan Kontakt aufzunehmen und sein Schiff zur Erde zu geleiten.

Die CENTURIO schoß auf das fremde Schiff zu. Als blitzender Punkt wurde es auf dem Bildschirm schnell größer.

„Ein Walzenschiff der Springer“, sagte jemand in der Zentrale.

„Mein Gott!“ stieß jetzt Deringhouse überrascht hervor. „Es ist ja ein halbes Wrack. Wen haben uns die Händler da geschickt?“ Zum Funker gewandt, fügte er hinzu: „Fordern Sie den Kommandanten des Walzenschiffs auf, uns zur Erde zu folgen und alle Anweisungen zu beachten.“

Er überlegte, wer dieser Levtan sein mochte und was seine Mission war. Es konnte nicht ausgeschlossen werden, daß die Springer einen Bluff versuchten. Doch das würden Rhodan und die Mutanten auf Terra schon herausfinden.

Dicht neben der CENTURIO war Levtans walzenförmiges, 150 Meter langes Schiff gelandet.

Begleitet von zwei Kampfrobotern, die ihn am Ende der Gangway erwarteten, begab Levtan sich zur STARDUST II hinüber, wo ihn Rhodan, Bully und die beiden Arkoniden Crest und Thora erwarteten. Levtan war ein für einen Springer zierlich gebauter Mann. Seine Kleidung befand sich in einem ähnlich verwahrlosten Zustand wie sein Schiff, die LEV XIV.

Als Levtan die Zentrale der STARDUST II betrat, rümpfte Thora die Nase. Crest betrachtete den Händler mit wissenschaftlichem Interesse. Auf Bullys breitflächigem Gesicht zeigte sich alles, was ein Diplomat nie zeigen darf. Nur Rhodan blieb scheinbar ungerührt. Er war nicht bereit, schon jetzt ein Urteil zu fällen, weil er nicht wußte, was Levtan zur Erde getrieben hatte.

Aber bald wußte er alles. Nicht umsonst standen die Mutanten im Hintergrund. John Marshall war schon dabei, Levtans Gedanken zu erfahren.

Da sprach Crest den Springer an: „Sie sind kein Händler, Levtan. Sie *waren* einer. Jetzt sind Sie nur noch ein Paria, ein Ausgestoßener."

Tückisch funkelte es in Levtans Augen. Von unten herauf musterte er den hochgewachsenen Arkoniden.

„Sie sind von Arkon?" fragte er dreist, statt auf Crests Behauptung etwas zu erwidern.

„Sie sind ein Paria", bekräftigte Crest.

Perry Rhodan empfing John Marshalls geflüsterte Botschaft. „Levtan ist ein Verzweifelter und ein Ausgestoßener. Seine Gedanken strotzen vor erpresserischen Motiven. Gerade überlegt er, wie er uns alle am besten betrügen kann."

Perry Rhodan trat einen Schritt vor. Er nannte Levtan seinen Namen.

„Perry Rhodan", wiederholte der ausgestoßene Springer und

den Bluff mit dem anderen STARDUST-Schiff auch kennen, warten nur vierundzwanzig Erdenstunden auf mich. Bin ich bis dahin nicht zurück, dann handeln sie. Also, kommen wir ins Geschäft, Rhodan?"

Marshall flüsterte Rhodan zu: „Levtan blufft, aber er denkt ununterbrochen an die Händler und hin und wieder an eine Versammlung, die von großer Bedeutung ist. Auf einer Welt, die Goszuls Planet heißt, kommen die Händler zu einer außerordentlichen Versammlung zusammen. Sie haben die Eingeborenen, die sie Goszuls nennen, unterworfen."

Perry Rhodan erkannte den günstigen Augenblick. Jetzt übernahm er die Führung in der Verhandlung mit dem Paria.

„Levtan", sagte er ruhig, „Sie brauchen Hilfe. Sie bekommen jede Hilfe, die Ihr Schiff benötigt. Wir bekommen dafür Ihr Wissen über die Versammlung der Galaktischen Händler . . ."

„Ich brauche Waffen!" schnaubte Levtan, und seine Augen glitzerten habgierig.

Im selben Moment schrie er entsetzt auf und wich bis zur Tür zurück. Vor ihm war ein kleiner, schmächtiger Mann urplötzlich aus dem Nichts aufgetaucht.

„Ich brauche Waffen erst an letzter Stelle", verbesserte sich der Paria schnell. Er wollte es wohl nicht darauf ankommen lassen, mit dem schmächtigen Mann nähere Bekanntschaft zu machen. „Bei allen Patriarchen, das ist ja grauenhaft . . ."

„Er ist immer noch nicht ganz ehrlich", flüsterte John Marshall Perry Rhodan zu.

„Ras Tschubai einsetzen!" befahl Rhodan.

Ein zweiter Mann materialisierte unmittelbar vor Levtan. Er war groß, schlank und dunkelhäutig. „Ich heiße Ras Tschubai, Levtan. Soll ich Ihnen meine Freunde vorstellen?"

„Jetzt ist er reif", meldete Marshall.

„Levtan", sagte Rhodan, „ich gebe Ihnen noch eine Minute, mir Ihre Ware anzubieten. Bieten Sie mir nicht *alles* an, sondern nur einen Teil, dann sorge ich dafür, daß die Händler von dieser Zusammenkunft erfahren. Außerdem hätte ich gerne gewußt, woher Sie die Positionsdaten der Erde kennen."

Da schaltete sich John Marshall erregt ein: „In der Versammlung der Galaktischen Händler soll der Springerpatriarch Etztak über *Sie* Bericht erstatten. Es besteht höchste Gefahr, denn Etztak könnte dabei die Koordinaten der Erde weitergeben. Dieser Levtan hat die Erde nur durch Zufall entdeckt. Durch die Ereignisse im Beta-Albireo-System und die Auseinandersetzung mit Topthor im Solsystem – und den damit verbundenen ständigen Strukturerschütterungen – ist Levtan aufmerksam geworden. Nachdem er eine Weile abgewartet hat, beschloß er nun, uns aufzusuchen, um uns über die bevorstehende Konferenz zu informieren. Levtan handelt aus reiner Rache. Er haßt die Springer, weil sie ihn aus ihrer Gemeinschaft ausgeschlossen haben."

Perry Rhodan nickte Marshall zu und sagte, an Levtan gewandt: „Etztak würde sich wohl besonders freuen, Sie von der LEV XIV zu holen? Sind Sie nicht auch meiner Ansicht?"

Da brach der Paria fast zusammen. Nur mit letzter Kraft hielt er sich aufrecht. Er war froh, von dem schwarzen Mann und dem schmächtigen gehalten zu werden, doch als er sich auf sie stützen wollte, griff er plötzlich ins Leere und stand allein an der Tür.

Die beiden, die wie der Blitz von seiner Seite verschwunden waren und sich in nichts aufgelöst hatten, sah er im selben Moment ruhig hinter den vielen anderen stehen.

„Ich – ich . . .", keuchte er und preßte seine beiden Hände gegen die Schläfen. „Ich – ich sage alles. Ich will auch nicht handeln . . ."

„Dann los", sagte Rhodan kurz.

Am Landeplatz der LEV XIV herrschte rege Betriebsamkeit. Rund um das verwahrloste Schiff bewegte sich eine kleine Armee von Arbeitsrobotern, die die Aufgabe hatten, verschiedene Umbauten vorzunehmen. Am äußeren Bild des Schiffes sollte nichts verändert werden. Es sollte nach wie vor einem Wrack gleichen.

Rhodan verfolgte damit einen Plan, den er bei einer Lagebesprechung erläuterte, an der auch alle Mutanten teilnahmen.

Er beabsichtigte, mit Hilfe der Venuspositronik eine Reihe von Informationen zusammenzustellen, die er Levtan aushändigen wollte. Danach sollte der Paria den Versammlungsort der Springer aufsuchen und den Patriarchen diese Unterlagen zuspielen. Die Daten sollten den Beweis liefern, daß Terra zu einer Großmacht geworden war, die über eine große Raumflotte verfügte. Levtan und seinen Leuten sollte jede Erinnerung an den Aufenthalt auf der Erde genommen werden. Vier terranische Mutanten sollten in die Besatzung der LEV XIV eingeschleust werden. Die Aufgabe dieser Mutanten bestand darin, die Parias zu überwachen und herauszufinden, ob Etztak den Standort der Erde bereits verraten hatte.

Marshall, Kakuta, Yokida und Ishibashi wurden mit dieser Aufgabe betraut.

Als die vier Mutanten gegangen waren, um sich auf ihre Mission vorzubereiten (sie erhielten perfekte Springer-Masken), kam Rhodan auf die zweite Phase des Planes zu sprechen. Sie sah vor, eine vor kurzem entwickelte Geheimwaffe auf Goszuls Planet zum Einsatz zu bringen. Mit Hilfe dieser Waffe wollte Rhodan die Springer für immer von diesem Planeten vertreiben und die Goszuls befreien. Von dieser zweiten Phase erfuhren die vier Mutanten vorläufig noch nichts, da es aus Sicherheitsgründen zweckmäßig erschien, sie nicht einzuweihen.

Diese Aktionen sollten natürlich so verlaufen, daß die Springer nicht auf die Idee kamen, Terra hätte sie eingeleitet.

Rhodan wollte vermeiden, daß die Aufmerksamkeit der Springer noch mehr auf die Erde gelenkt wurde. Denn selbst wenn es den Mutanten gelingen sollte, die Positionsdaten der Erde aus Etztaks Schiff zu entfernen, war da noch immer Topthor, auf den die Springer zurückgreifen konnten. Außerdem war nicht auszuschließen, daß es Etztak durch intensives Suchen doch noch gelingen würde, die Erde auch ohne die entsprechenden Daten zu finden. Er wußte die ungefähren Daten des Solsystems, außerdem kannte er die Position des Wegasystems – und von dort war es nicht weit zur Erde.

Rhodan wußte, daß er seinen Plan nur mit Hilfe der Venuspositronik realisieren konnte.

Das P-Gehirn, vor vielen tausend Jahren durch Arkoniden auf der Venus in einem Berg untergebracht und dann vergessen, war von Rhodan wiederentdeckt und schon oft benutzt worden.

Wieder stand er nun allein vor der riesigen Schalttafel und gab in schier unendlicher Folge eine Frage nach der anderen ein.

Auf dem Flug zur Venus hatte er sich stundenlang mit Crest unterhalten und nur über die Galaktischen Händler, deren Sippen und Gesetze gesprochen.

Sie waren als Volk so alt wie die Arkoniden. Sie hatten sich aber in den Räumen zwischen den Sternen zu einer eigenen Zivilisation weiterentwickelt und Gesetze geschaffen, um die Einheit nicht zu verlieren.

Ein uraltes Gesetz besagte, daß ein Ausgestoßener nur dann wieder in den Sippenverband der Händler aufgenommen werden konnte, wenn er eine außergewöhnliche Leistung erbrachte, von der alle Springer profitierten.

Da gab das Gehirn die Lösung des Problems durch und unterbrach Rhodans Gedanken.

Seine Hände zitterten nicht, als er sie las und erkannte, was er noch bewältigen mußte.

Eine Stunde später startete die STARDUST II zur Erde zurück. Rhodan hatte es eilig. Er wollte dabeisein, wenn die Mutanten sich mit Levtan befaßten.

Immer stärker drang Kitai Ishibashis Suggestivkraft auf Levtan ein.

Rhodan beobachtete beide. Er war sich darüber im klaren, daß die gesamte Besatzung der LEV XIV präpariert werden mußte.

Levtan „sah" Perry Rhodans Rüstungszentrum auf der Venus – riesige, in Felsen versteckte Kavernen, eine gigantische Raumschiffswerft, eine gewaltige Fabrik, in der in unglaublicher Stückzahl jede Stunde Kampfroboter und Waffen von den Bändern liefen. Kitai Ishibashis Willen gaukelte ihm Bilder des Venus-Raumhafens vor, geschützt durch Schirme, gewaltige Schleusentore und kilometerdikkes Gestein, mehr als hundert Kreuzer vom Typ der TERRA und SOLAR SYSTEM und zweiundzwanzig Kugelraumer, die ein Abbild der STARDUST II waren.

Weiter suggerierte Ishibashi dem Springer, daß es ihm gelungen war, heimlich in das Solsystem einzudringen, seine Spione abzusetzen, unbemerkt an strategisch wichtiges Material heranzukommen und die verschiedenen militärischen Anlagen zu filmen. Und schließlich suggerierte er ihm, wie er im letzten Augenblick fliehen konnte. Bei dieser Flucht wurde die Positronik der LEV XIV durch Rhodans Mutanten beschädigt, so daß die Koordinaten der Erde nicht mehr abgerufen werden konnten.

Nachdem der Mutant Levtan präpariert hatte, nahm er sich die anderen Parias vor. Nach Stunden zermürbender und kräfteraubender Arbeit war es dann soweit.

Die Aktion konnte beginnen.

Drei Wochen nach ihrer Landung auf der Erde hob die LEV XIV vom Raumhafen Terrania ab und stieg langsam in den wolkenlosen Himmel.

Levtan, der von den Galaktischen Händlern aus ihrem Sippenverband ausgestoßen war, verließ jetzt mit einer um vier Mann vergrößerten Mannschaft die Erde, um Perry Rhodan zu verraten.

Das Ziel war das 221-Tatlira-System. Im Sternenkatalog der STARDUST II war ein System dieses Namens nicht verzeichnet, wohl aber in dem der LEV XIV. Danach war das 221-Tatlira-System 1012 Lichtjahre von der Erde entfernt und bestand aus einer gelben Normalsonne mit sieben Planeten. Die zweite Welt war als Goszuls Planet erfaßt. Dort lebten die von den Springern unterworfenen Goszuls – Nachkommen arkonidischer Kolonisten.

Niemand – außer den vier Mutanten an Bord der LEV XIV – ahnte, daß Rhodan mit der STARDUST II sowie den Kreuzern CENTURIO, TERRA und SOLAR SYSTEM dem Paria-Schiff unauffällig folgte. Rhodan war kein Narr. Er wußte, daß sich die Menschheit auf ein gefährliches Spiel eingelassen hatte – gefährlich sowohl für die vier Mutanten als auch für die weitere Entwicklung der Erde. Deshalb wollte er aus sicherer Distanz die Ereignisse auf Goszuls Planet beobachten und, wenn es die Situation erforderte, direkt eingreifen. Dies sollte jedoch nur dann geschehen, wenn es keine andere Möglichkeit mehr gab, denn die Springer sollten im unklaren darüber gelassen werden, wer hinter all diesen Aktionen stand.

umfaßte den Gründer der Dritten Macht mit einem Blick. „Wo ist denn Ihr *zweites* Arkoniden-Schlachtschiff, Rhodan? Ich habe Ihren Bluff nie geglaubt. *Ich* wußte, daß das Imperium bisher nur ein Schiff dieser Klasse verloren hat, aber bei mir sind Ihre Geheimnisse gut aufgehoben, wenn wir im Geschäft gut zusammenkommen."

Rhodan ließ sich nichts anmerken. Er wunderte sich, wie schnell sich sein Bluff herumgesprochen hatte. „Ich habe es nicht nötig, zu bluffen . . ."

Die Frechheit des verwahrlosten Springers war erstaunlich. Dreist unterbrach er Rhodan. „Ich werde auch nicht jede Lüge, die ich loslasse, gleich zugeben. Ihr Glück, Rhodan, daß die Sippen immer noch glauben, Sie verfügten über zwei Raumer der STARDUST-II-Klasse. Na, lassen wir es . . ."

Da schob sich John Marshall aus dem Hintergrund. Er ging an Rhodan vorbei und blieb erst stehen, als er Levtan fast auf die Zehen trat.

Perry Rhodan hielt es noch für verfrüht, Levtan Manieren beizubringen. Er flüsterte Marshall den Befehl zu, den Springer nur mit einer Tatsache zu schockieren.

John Marshall schaltete sofort, obwohl ein anderer Satz schon auf seiner Zunge lag. „Levtan, würden Sie noch einmal die Gaxtek-Sippe so raffiniert übers Ohr hauen, wie Sie es auf Casters Stern getan haben?"

Alle hörten, wie Levtan nach Luft schnappte. Dann stieß er ein Stöhnen aus und duckte sich wie ein getretener Hund. Voller Haß fragte er: „Woher wissen Sie das?"

„Wollen wir doch endlich zur Sache kommen, Levtan", mischte Rhodan sich wieder ein. „Warum sind Sie zu uns gekommen?"

Mit Absicht hatte er seine Frage so formuliert. Levtans Selbstbewußtsein mußte noch einmal kurzfristig gestärkt werden. Die Mutanten mit telepathischen Fähigkeiten hatten noch nicht alles aus ihm herausgeholt.

Levtan grinste überheblich. „Nun gut, kommen wir zur Sache. Ich habe eine Nachricht zu verkaufen, aber bevor ich nur mit dem Gedanken spielte, Ihnen etwas zu verkaufen, sicherte ich mich zuerst ab. Ich bin nicht der einzige Ausgestoßene. Zwei Freunde von mir, die

12.

Levtan krümmte sich, als er auch den Schock der zweiten Transition überwunden hatte und auf dem Bildschirm das glühende Stern-Auge als 221-Tatlira erkannte.

Panik überfiel ihn, Angst vor den Patriarchen der Galaktischen Händler, die ihn vor vielen Jahren aus ihren Reihen verstoßen hatten, weil sie in ihm einen Betrüger sahen.

Er ließ die LEV XIV mit achtzig Prozent Lichtgeschwindigkeit dem zweiten Planeten entgegenjagen. Was seine Sippenangehörigen ihm zuriefen, hörte er nicht. Unablässig ging sein Blick zur Ortung. Seine Gesichtszüge waren verzerrt. Er wußte nicht, ob er in den Tod flog oder wieder in die Gemeinschaft der Händler aufgenommen würde.

„Laß mich zufrieden!" brüllte er seinen Neffen an, der im Kopilotensitz saß. „*Ich* fliege das Schiff! Das ist *mein* Schiff! Ich bin der Kommandant!"

Sein Brüllen war durch drei Kabinen zu hören. Direkt hinter der Zentrale hockten vier Mann in einem kleinen Raum, der luxuriös ausgestattet war und alle Bequemlichkeiten aufwies.

Rhodans Mutanten hatten ihn bezogen. Kitai Ishibashi war es nicht schwergefallen, den Parias zu suggerieren, ihnen diesen Raum anzubieten.

Unauffällig wechselten sie jetzt kurze Blicke.

„Der Alte dreht langsam durch", sagte John Marshall und spielte an der Feineinstellung eines Bildschirms.

„Wenn das nur gutgeht", nuschelte Kakuta. Er hatte auf dem Schirm einige Punkte entdeckt, die eine Sekunde vorher noch nicht zu sehen gewesen waren.

„Da kommen sie schon!" hörten sie Levtan in der kleinen Zentrale brüllen.

„Sechs zähle ich“, sagte Tako Kakuta.

Darauf wurde nichts erwidert. Dafür schrie Levtan in der Zentrale: „Ein Schlachtraumer! Ein Schlachtraumer . . .“

Der Empfang der LEV XIV stand auf größter Lautstärke. Bis ins Heck des Paria-Schiffes war die Anfrage des Schlachtraumers zu verstehen: „Welche Registernummer? Welche Sippe? Leitzahl und Kennziffer!“

Eine neue Panikwelle überfiel Levtan. Statt zu antworten, eine Erklärung über sein Erscheinen zu geben, drückte er sein Schiff aus dem Kurs, beschleunigte es und drehte nach Backbord ab.

Ein greller Strahl zuckte aus dem Raum und griff nach der LEV XIV.

Nur einem radikalen Kurswechsel hatte Levtan es zu verdanken, nicht mitsamt der LEV XIV zur Gaswolke geworden zu sein.

Auch der nächste Schuß des Schlachtraumers traf nicht.

Levtan stellte sein Schiff fast auf den Kopf. In der Kabine neben der Zentrale sahen vier Männer die Sonne 221-Tatlira über den oberen Rand verschwinden. Aus dem Maschinenraum des Schiffes kam aufgellendes Heulen, die Triebwerke gaben ein Maximum an Energie ab und beschleunigten das Schiff bis fast an die Lichtgeschwindigkeit.

„Ich will einmal draußen nachsehen“, sagte John Marshall und stand auf.

„Ich komme mit“, sagte Kitai Ishibashi und folgte Marshall auf den Gang.

Sie sahen sich nur an.

Mit diesem Zwischenfall hatte niemand gerechnet, auch Perry Rhodan nicht.

Da wurden die Schutzschirme der LEV XIV von einem Kampfstrahl des Schlachtraumers erwischt. Für einen Augenblick war für den Schwerkraftregler des Schiffes keine Energie verfügbar. Jeder im Raumer glaubte unter den gewaltigen Andruckkräften, die urplötzlich vorhanden waren, zu zerbrechen.

Aus dem Maschinenraum kamen Flüche.

„Levtan ist verrückt vor Angst. Er weiß nicht mehr, was er tut“, sagte Marshall zu dem Suggestor und suchte im nächsten Augenblick die Gedanken des Parias wieder zu erfassen.

Kitai Ishibashi stutzte. Lag der Fehler bei ihm? Hatte er Levtan nicht lange genug in der Tiefsuggestion gehabt?

„Ich muß in die Zentrale“, flüsterte Marshall seinem Kameraden zu und wich dabei Levtans Neffen aus, der aus dem Kommandoraum kam und durch den Gang zum Maschinenraum jagte.

Das Schott zur Zentrale hatte sich noch nicht geschlossen, als John Marshall eintrat.

Niemand achtete auf ihn. Alle starrten auf die Bildschirme. Außer Levtan hielten sich noch vier Mann in der Zentrale auf.

Im Gehirn des Paria-Kapitäns las Marshall nur Panik und einen Wirbel verworrener Gedanken.

Kitai Ishibashi mußte eingreifen, oder die LEV XIV war in einer Minute eine Gaswolke.

Auf den Schirmen blitzte es an drei Stellen zugleich auf. Zerstörer griffen in den Kampf ein. Levtans Handelsschiff waren sie in jeder Beziehung überlegen.

Ein Mann aus Levtans nächster Verwandtschaft riß den Paria halb aus dem Sitz und schrie ihm ins verzerrte Gesicht: „Du verdammter Feigling! Sag ihnen doch, warum wir gekommen sind! Los, du Narr! Willst du uns zu einer Sonne werden lassen?“

Zwei Hände packten Levtans Kopf und stießen ihn vor das Hyperfunkmikrophon. „Sag's jetzt!“

Levtan ächzte und begann zu sprechen. Perry Rhodans Name fiel. Von einer Venusbasis war die Rede, von der großen Kreuzerflotte und zweiundzwanzig Raumern des Typs STARDUST II.

Draußen, vor dem Schott zur Zentrale, stand Kitai Ishibashi und schien zu träumen. Kein Zucken in seinem Gesicht verriet, daß er eingriff.

Seine starken Suggestivkräfte übersprangen vierzigtausend Kilometer, durchdrangen die Schirme eines Schlachtraumers und gruben sich in das Hirn des Kommandanten.

Kitai Ishibashi ahnte nicht, daß Levtan in derselben Sekunde zum erstenmal den Namen Perry Rhodan genannt hatte. Er wunderte sich nur, wie leicht dieser Kommandant zu beeinflussen war. Fast körperlich fühlte er das Nachlassen jeglicher geistiger Abwehr und das fast gierige Aufnehmen seiner Suggestivkräfte.

Unablässig hämmerte er dem Schlachtraumer-Kommandanten ein, auch die Zerstörer anzuweisen, keinen Angriff mehr zu fliegen.

Der Kommandant des Händler-Schlachtschiffes glaubte, aus eigenem Entschluß zu handeln, als er über Telekom den Zerstörern den Befehl zurief: „Angriff einstellen! Paria Levtan eskortieren! Landegenehmigung für LEV XIV abwarten!"

Levtans Schrei aus der Zentrale weckte Kitai Ishibashi aus seiner Starre. Er atmete schwer, wischte sich mit der Hand über die Augen und ging wieder in seine Kabine.

Weit vor der STARDUST II und den drei Kreuzern jagten Händlerschiffe die LEV XIV.

Der Rundsichtbildschirm der STARDUST II zeigte den Beobachtern keine Details. Die Entfernung war zu groß, aber die empfindlichen Meßinstrumente verrieten genug.

In der STARDUST-II-Zentrale herrschte Schweigen. Rhodan beobachtete die Instrumente.

Warum greift Kitai Ishibashi nicht ein? fragte er sich beunruhigt. Wie konnte diese Panne passieren und Levtan sich auf den Anruf des großen Händlerschiffs nicht melden?

In diesem Augenblick sprach der Empfänger des Hyperkoms an. Gestammel war zu hören, dann Levtans Stimme.

„Dieser erbärmliche Feigling!" wetterte Bully.

Fünf Desintegratorstrahlen griffen nach der LEV XIV. Unbewußt hielt Perry Rhodan den Atem an. Sein Blick heftete sich auf drei dicht nebeneinander liegende Instrumente. Wann kam endlich der Ausschlag und zeigte damit an, daß aus der LEV XIV eine Gaswolke geworden war?

„Angriff einstellen!" krächzte es aus dem Lautsprecher. „Paria Levtan eskortieren! Landegenehmigung für LEV XIV abwarten!"

Rhodan atmete auf. Die erste Phase des Planes war somit angelaufen. Rhodan ließ seine kleine Flotte in sicherem Abstand in Warteposition bringen. Vorläufig gab es für die STARDUST II und die drei Kreuzer nichts zu tun. Man mußte abwarten, wie die Entwicklung auf Goszuls Planet weiterging.

Stark abgebremst schwebte der Zerstörerverband der Springer mit der LEV XIV in der Mitte in niedriger Höhe über Goszuls Planet. Die Welt trug diesen Namen nach dem Händler Goszul, der von ihr Besitz ergriffen hatte.

Rhodans Mutanten staunten, als ihnen die Bildschirme nicht nur eine reizvolle Landschaft zeigten, sondern auch ein gewaltiges Industriezentrum. Selbst die echten Sippenmitglieder hielten mit ihrem Erstaunen nicht zurück.

„Also hier haben die Händler ihre Werften", sagte ein Mann namens Dorget beunruhigt und kratzte sich seinen kahlen Schädel.

John Marshall war bemüht, die Gedanken der Parias zu erkennen.

Aber ihr Wissen über Goszuls Planet bestand nur aus Gerüchten. Levtan war schon vor vielen Jahren aus der Springer-Gemeinschaft ausgestoßen worden, und zu jener Zeit hatte dieser Planet noch den Kolonisten gehört.

In einer weiten Schleife kehrte der Zerstörerverband zu dem eindrucksvollen Industriezentrum zurück. Die LEV XIV schien Landeerlaubnis erhalten zu haben.

Kaum hatte sie aufgesetzt, als Levtans Befehl durch alle Schiffskabinen ging: „Fertigmachen zum Verlassen des Raumers!"

Die Mutanten ließen die echten Sippenangehörigen vorgehen. Sie zögerten mit dem Aufbruch.

„Alle Besatzungsmitglieder werden verhaftet", informierte John Marshall sie.

Niemand verzog eine Miene, jeder hatte damit gerechnet.

Der Telekinet Tama Yokida blickte zu dem Versteck, in dem Rhodans Roboter Handwaffen untergebracht hatten.

John Marshalls schmales Gesicht wurde um eine Nuance blasser. Er nahm wieder fremde Gedanken auf.

„Wir können nichts mitnehmen", entschied er. „Jeder, der das Schiff verläßt, wird genau kontrolliert."

„Auch mit . . ."

Marshall hatte Ishibashis Gedanken schon verstanden. „Ja, auch damit. Nur die Gehirnwäsche bleibt uns vorläufig noch erspart. Die Springer trauen Levtan nicht über den Weg – ich kann's ihnen nicht einmal verübeln. Aber jetzt müssen wir gehen. Wir sind die letzten."

Goszul, Eroberer des Systems 221-Tatlira, erfreute sich trotz seines Alters noch bester Gesundheit und hörte sich die Nachrichten an, die über die Landung der LEV XIV hereinkamen.

Drei weitere Patriarchen saßen in bequemen Sesseln vor einem runden Tisch und lauschten gespannt auf die Meldungen. Ein paarmal war der Name Perry Rhodan gefallen, und jedesmal hatte ein Patriarch auf seinem Gesicht Haß gezeigt und schwer geatmet.

Dem untersetzten Goszul war Etztaks Reaktion nicht entgangen.

„Gefällt dir Levtans Landung nicht, Etztak", fragte er, „oder bringt dich der Name Rhodan in Wut?"

Mit einem stechenden Blick beobachtete Goszul seinen Freund, der einmal geglaubt hatte, Rhodan vernichten zu können und sich nach diesem Versuch glücklich geschätzt hatte, entkommen zu sein.

„Beides gefällt mir nicht, Goszul", erwiderte Etztak erstaunlich ruhig. „Ich kenne Levtan. Er ist feige und nichts anderes als ein heimtückischer Verbrecher. Außerdem frage ich mich, woher Levtan die Koordinaten der Erde hat. Außer mir und Topthor weiß niemand, wo sich dieser Planet befindet, und ich glaube nicht, daß Topthor sein Wissen an Levtan weitergegeben hat."

„Diese Frage wird uns Levtan beantworten müssen", erwiderte Goszul. „Doch was ist mit Perry Rhodan? Warum sprichst du nicht von ihm? Ich bin sehr interessiert, deine Ansicht zu hören, Etztak."

Etztak warf Goszul einen mißtrauischen Blick zu. Die beiden anderen Patriarchen fühlten eine Auseinandersetzung kommen.

Einer mischte sich hastig ein. „Wollen wir nicht abwarten, was Levtans Verhör erbringt? Dann können wir uns immer noch über jenen Perry Rhodan unterhalten."

Zischend stieß Etztak aus: „Nicht *jener* Perry Rhodan, sondern *der* Perry Rhodan, der die Welt der Unsterblichen gefunden hat."

Goszul grinste.

„Du redest je nach Laune, Etztak. An das Märchen von der Welt des ewigen Lebens habe ich noch nie geglaubt. Aber Schluß mit dieser fruchtlosen Unterhaltung. Wir haben nicht mehr viel Zeit. In zwei Stunden beginnt die Sitzung, in der das Programm der Großen Versammlung festgelegt wird. Ich habe bis dahin noch einige Besprechungen zu führen."

Etztak hielt mit seiner Sippe eine Besprechung ab. „Haltet morgen die Augen auf, wenn Levtan von der Großen Versammlung verhört wird. Vergeßt nicht, daß Rhodan uns um ein Haar vernichtet hätte. Bis jetzt habe ich Goszul noch nicht beibringen können, *wie* gefährlich Rhodan ist . . ."

Sein Sohn unterbrach ihn. Die Unterbrechung war ein grober Verstoß gegen die Sitten, aber Etztak ließ es durchgehen. „Wenn du von Levtan sprichst, meinst du dann gleichzeitig auch Rhodan?"

„Habe ich mich nicht klar genug ausgedrückt?" herrschte der Patriarch seinen Sohn an. „Levtan behauptet, aus Rhodans Rüstungszentrum entkommen zu sein. Ich weiß, wie schwierig es ist, diesem Terraner zu entkommen. Ich glaube Levtan nicht. Er hat gelogen, um uns Rhodan auszuliefern."

„Dann glaubst du doch Levtans Behauptungen, daß Rhodan zweiundzwanzig Superschlachtschiffe . . ."

„Wenn du mich noch einmal unterbrichst, lasse ich dich Lager drei reinigen!" schrie Etztak seinen Sohn an. „Nein – damit nachher keiner dumme Fragen stellt – nein, ich glaube Levtans Angaben nicht. Rhodan besitzt höchstens zwei Kugelriesen, aber keine zweiundzwanzig, und auch keine hundert Kreuzer. Aber Rhodan hat sich den Paria gekauft und versucht nun durch ihn zu erfahren, was wir beschließen. Er weiß, daß er schwach ist . . ."

Selbst auf die Gefahr hin, die riesige Lagerhalle im Schiff des Vaters auf den Knien liegend säubern zu müssen, unterbrach der Sohn ihn nun ein drittes Mal. „. . . so schwach, daß Rhodan unsere Flotte vertrieb? Vater, ist das Schwäche?"

Es wühlte in dem alten Etztak, aber die Vernunft siegte über seinen Zorn.

Widerwillig entgegnete er: „Ich habe es heute Goszul noch einmal gesagt. Perry Rhodan war auf der Welt des ewigen Lebens. Er hat von dort diese unheimliche Waffe mitgebracht. Aber Goszul glaubt nicht daran. Für ihn sind das Märchen."

„Oder er will nicht zugeben, daß er in Perry Rhodan eine Bedrohung sieht", warf sein Sohn schon wieder ein. „Ich glaube, Goszul hat noch nie eine Niederlage einstecken müssen."

Alle waren überrascht, als Etztak seinem Sohn freundlich zunickte und dabei erklärte: „Ich habe ihm im stillen schon oft eine Begegnung mit Rhodan gewünscht. Eine einzige nur, dann würde er anders denken und reden. Aber du – du und du . . .“ Er deutete auf drei Männer. „Ihr nehmt morgen an der Versammlung als Beobachter teil. Haltet die Augen auf, wenn Levtan seine Aussagen macht. Denkt daran, daß er von Rhodan kommt, und vergeßt nie, was Rhodan mit uns gemacht hat.“

Aufmerksam hatten Rhodans vier Mutanten auf der Fahrt zum Gefängnis jede Einheit registriert, die sich ihnen im Vorbeifahren zeigte.

Sie befanden sich in einer Festung. Die schweren Geschützstände waren ihnen von den Kreuzern und der STARDUST II her vertraut. Die Galaktischen Händler hatten sich mit diesem Fort eine Niederlassung geschaffen, die stark genug war, jedem Angriff aus dem Raum Widerstand zu leisten.

Je länger die Fahrt mit den dicht über den Boden schwebenden Fahrzeugen dauerte, um so deutlicher erkannten die vier Mutanten, welch eine gewaltige Aufgabe vor ihnen lag.

Alles war hier zu finden: Raumschiffswerften, riesige Fabriken, Tausende Roboter mit verschiedensten Aufgabenbereichen und Menschen mit rötlicher Haut. Fremdartig aussehende Gestalten, trotzdem menschlich wirkend und sympathisch.

Goszuls wurden sie von den Händlern genannt – und verachtet.

Die Goszuls waren in Primitivität zurückgefallen, in Technik und Wissen nicht weiter, als es die Erde im 17. Jahrhundert gewesen war. Sie glaubten, Götter vor sich zu haben, als der Patriarch Goszul mit seiner Sippe bei ihnen landete. Der aber sah in ihnen und ihrer Welt nur ein Ausbeutungsobjekt – das beste Geschäft seines Lebens. Er nahm Besitz vom zweiten Planeten der Sonne 221-Tatlira. Die Eingeborenen zwang er in die Sklaverei und schuf mit Hilfe des mächtigen Händler-Verbands und der Goszul-Sklaven sein Machtzentrum.

Die Goszuls, die sich selbst Gorrer nannten und ihre Welt Gorr, waren ursprünglich eine arkonidische Siedlergruppe gewesen, die sich auf Gorr niedergelassen hatte. Das war vor mehreren tausend Jahren gewesen. Die Gorrer gehörten also demselben Volk an wie Thora und Crest, die beiden Arkoniden, denen Perry Rhodan im Grunde genommen den ungeheuren technischen Aufschwung der Dritten Macht und der Erde verdankte.

Gewisse klimatische und physiologische Einflüsse des von den Gorrern besiedelten Planeten hatten jedoch zunächst eine Verlangsamung, schließlich einen Stillstand der technisch-zivilisatorischen Entwicklung herbeigeführt. Etwa fünfzehnhundert Jahre nach der Besiedlung begann sich die Gorr-Technik sogar zurückzuentwickeln. Dinge, die vor Jahrhunderten noch in jedermanns Gebrauch gewesen waren, wurden nicht mehr hergestellt, weil man vergessen hatte, wie sie herzustellen waren.

Freilich war die Entwicklung eine langsame, und die Leute auf Gorr wären noch zwanzigtausend Jahre lang eine technisch relativ hochstehende Zivilisation gewesen, hätte nicht der Springer Goszul die Welt schließlich entdeckt und sich dazu entschlossen, die rückläufige Entwicklung künstlich zu verstärken.

Ihm, dem Springer, standen sämtliche Mittel dazu zur Verfügung.

Indem er die retardierende Wirkung der Gorr-Umwelt verstärkte und die Rückwärtsentwicklung beschleunigte, schuf er sich eine Welt, die nur von unterentwickelten Intelligenzen bewohnt war.

Die Springer machten sich den Nordkontinent zum Stützpunkt – alles übrige ließen sie unberührt. Sie veranlaßten die Gorrer, die sie Goszuls nannten, an Götter zu glauben – und die Götter waren sie selbst. Sie machten ihre Robots zu den höchsten Priestern und behielten dadurch die Entwicklung des Planeten in der Hand.

Sie suchten sich die intelligentesten Goszuls aus, gaben ihnen eine kurze Hypnoschulung und verschafften sich auf diese Weise billige, demütige Arbeitskräfte. Alles in allem war Goszuls Planet – oder Gorr – eine lebendige Warnung dafür, wie es der Erde ergehen würde, wenn es den Springern jemals gelang, sie zu erobern.

Dann wurden die Gedanken der vier Mutanten unterbrochen, denn das Gefängnis tauchte auf. Sie passierten ein dreifaches Strahlenfeld, das jeden Fluchtversuch unmöglich erscheinen ließ.

„Da wären wir“, seufzte Marshall.

13.

Stolz richtete Patriarch Goszul sich auf, als ihm das Eintreffen des letzten Teilnehmers der Großen Versammlung gemeldet wurde.

Er führte den Vorsitz der Großen Versammlung. Einstimmig hatte man ihn dazu bestimmt.

Mit wenigen Sätzen eröffnete er die Zusammenkunft der Galaktischen Händler. Doch während er die einleitenden Worte sprach, suchten seine scharfen Augen unter den über eintausendzweihundert Patriarchen einen bestimmten: Etztak.

Er fand ihn nicht, auch als er längst schon wieder saß. Er konnte auch keinen der Etztak-Söhne entdecken, und dann, als er gerade die Anordnung geben wollte, ihm zu melden, in welcher Reihe Etztak saß, fiel zum erstenmal durch Sprecher Kherr der Name Perry Rhodan.

Im selben Moment hatte Goszul seinen Freund Etztak vergessen.

„... der Lebensraum der Galaktischen Händler ist bedroht. Perry Rhodan hat sich arkonidischer Machtmittel bedient, um uns zu vernichten. Arkons Imperium stagniert. Die rechtmäßigen Erben sind wir. Nichts hindert uns daran, alle Überschweren zu Hilfe zu rufen und mit ihnen gemeinsam den Planeten Erde aus der Galaxis zu beseitigen. Etztak kann uns die Koordinaten des Solsystems nennen. Wir sind hundertmal stärker als Rhodan. Wir müssen uns in der Zielsetzung nur einig werden, aber bevor darüber zu debattieren ist, soll der Paria Levtan gehört werden. Wir haben unsere Sippengesetze selbst geschaffen. Wir bestrafen danach, wir vergeben aber auch danach. Doch was Levtan auch vorbringen wird, vergeßt nicht, ihr Patriarchen, daß er von Perry Rhodans Welt kommt. Prüft deshalb, was Levtan aussagt, was er beweist. Prüft genau, bevor ihr ihm nach den Sippengesetzen vergebt und den Makel des Parias von ihm nehmt. Prüft so, als hinge euer Leben davon ab."

Unheimliche Stille folgte den Worten des Sprechers. Er hatte mit Suggestivkraft gesprochen.

Und die Stille hielt noch an, als Levtan, von sechs Robotern begleitet, durch den breiten Mittelgang nach vorn geführt wurde.

Er mußte so Platz nehmen, daß er gleichzeitig den Vorsitz und alle Teilnehmer der Großen Versammlung ansehen konnte. Levtans Blick, in dem sich die nackte Angst widerspiegelte, klammerte sich an Goszul.

Der erhob sich wieder, kreuzte die Arme vor der Brust, musterte den Paria scharf, bevor er die erste Frage an ihn richtete: „Paria Levtan, wo sind die dokumentarischen Beweise für deine Behauptungen über Perry Rhodan?"

„Ich habe die Beweise auf meinem Schiff", erwiderte Levtan beinahe flüsternd.

„Wo?" fragte Goszul scharf und drohte im nächsten Atemzug: „Versprich dir nichts davon, mit dieser Taktik dein Leben zu verlängern."

Mit letzter Verzweiflung bäumte sich Levtan zum Widerspruch auf. „Bin ich nicht freiwillig gekommen?" schrie er. „Bin ich nicht gekommen, um euch den Weg zu zeigen, wie Rhodan zu vernichten ist?"

Goszul überlegte kurz.

„Wo sind die Unterlagen?" herrschte er den Paria an.

„In der Zentrale meines Schiffes, im Führungskristall", erwiderte Levtan unterwürfig. „Im zweiten Führungskristall."

Da blickte Goszul zum Haupteingang hinüber. Dort standen seine Sippenangehörigen. Ihnen rief er herrisch zu: „Ausbauen! Heranschaffen!" und ruhiger zu Levtan: „Erzähle uns über Rhodan und darüber, wie du die Erde gefunden hast und woher du ihre Koordinaten kennst."

Da begann Levtan, der Paria, seinen Bericht.

Er erzählte, wie er durch Zufall auf die Erde gestoßen war, indem er durch die Ereignisse im Beta-Albireo- und im Solsystem angelockt worden war, seine Spione ausgeschickt und Informationen gesammelt hatte, darunter Filmmaterial über die militärischen Einrichtungen Terras. Er berichtete von seiner Entdeckung und der überstürzten

Flucht sowie von der Beschädigung der Positronik, die die Koordinaten der Erde enthalten hatte, durch Rhodans Mutanten.

Levtan sprach über eine Stunde lang, ohne daß die Versammlung seinem Bericht Glauben schenkte. Schließlich bestand er darauf, daß die Filme und Fotos als Beweis vorgeführt werden sollten und daß man auch die anderen seiner Sippe verhörte, damit sie seine Aussagen bestätigten.

Im Gefängnis verfolgte John Marshall das Treffen der Patriarchen telepathisch. Als Levtan auf die Entdeckung der Erde zu sprechen kam, sah Marshall die Chance, nun endlich herauszufinden, wer sich tatsächlich im Besitz der Koordinaten befand. Es fiel ihm nicht schwer, in kurzer Zeit die Wahrheit zu erfahren, denn Levtans Worte veranlaßten die anderen Springer, sich ebenfalls damit gedanklich zu beschäftigen. Aufatmend stellte Marshall fest, daß Etztak bisher die Daten für sich behalten hatte. Das erleichterte natürlich die Arbeit der vier Mutanten. Sie mußten nur eine Positronik beschädigen, die auf der ETZ XXI.

Marshall informierte seine Gefährten über den Stand der Dinge. „Wir müssen also Etztaks Schiff finden und uns um die Positronik kümmern.“

Ehe sie weiter diskutieren konnten, wurde die Zellentür geöffnet, und ein Wachkommando forderte sie zum Mitkommen auf. Sie wußten, daß man sie in die Versammlungshalle bringen würde.

Dort gab es keinen Patriarchen, der trotz Levtans Unterlagen dem Paria ein Wort über Perry Rhodan glaubte.

Vor ihnen, an den Seiten und hinter ihnen – Roboter und zum Schluß schwer bewaffnete Springer.

So wurden sie durch den breiten Mittelgang der frei schwebenden Riesenhalle zum Vorsitz der Großen Versammlung gebracht.

Levtan stand in Schweiß gebadet auf einem kleinen Podest und blickte seiner Sippe entgegen wie ein Ertrinkender.

Er wußte nicht mehr ein noch aus. Niemand glaubte ihm oder seinen Unterlagen – den Aufzeichnungen, den 3-D-Fotos und den Filmen.

„Billige Tricks, raffiniert gemacht!“ hatte ein Patriarch dazwischengerufen, als der Film den Start von zweiundzwanzig Superschlachtschiffen zeigte, die alle den Namen STARDUST trugen und durchlaufend numeriert waren.

Levtan hatte zurückgeschrien. Er wußte, daß sein Film keine Fälschung darstellte. Er hatte diese Aufnahmen eigenhändig auf der Venus gedreht. Damals, als er es wagte, war er um ein Haar Rhodans Abwehrleuten in die Hände gefallen. Er erinnerte sich noch an jede Einzelheit, aber hier stieß er überall auf tödliches Mißtrauen.

Er *wollte* den Springern helfen. Er war der einzige, der ihnen den Weg zeigen konnte, wie man die Gefahr Perry Rhodan ausschalten konnte.

Mit überschlagender Stimme hatte er es ihnen zugerufen, sie beschworen: „. . . und jeden fünften Tag wird ein neuer Schwerer Kreuzer fertig! Perry Rhodan stampft seine Raumer auf der Venus aus dem Boden! Händler, *ich* habe es mit eigenen Augen gesehen – *ich*, der einmal zu euch gehörte. Rhodan wird uns vernichten, wenn wir wagen, ihn anzugreifen. Er wird jede Sippe einzeln jagen . . .“

Da hatte ihn ein Schockstrahl zum Schweigen gebracht, und der Film konnte ablaufen, ohne durch sein Geschrei gestört zu werden.

Etztak, der Patriarch der Orlgans-Sippe, sah die Besatzung der LEV XIV hereinkommen. Tief in seinen Sessel gedrückt, versteckt hinter dem breiten Rücken des riesenhaften Patriarchen Slurd, hatte er mit Aufmerksamkeit alles unbeeindruckt über sich ergehen lassen.

Auch der Film hatte ihn nicht bewegt. Er glaubte den Bildern nicht, noch weniger an zweiundzwanzig Superschlachtschiffe, ganz zu schweigen von Levtans Behauptung, Perry Rhodan würde jeden fünften Tag auf der Venus einen Schweren Kreuzer fertigstellen.

Innerhalb des Vorsitzes wanderte eine Levtan-Unterlage von Hand zu Hand, während sich um den Paria-Kapitän langsam seine Sippe gruppierte. Drei Roboter standen im Hintergrund, bereit, unbarmherzig mit ihren Strahlenwaffen einzugreifen und die Ausgestoßenen zu vernichten.

Etztak reckte sich zum erstenmal in seinem Sessel, sah über Slurds breite Schulter hinweg zum Vorsitz. Er kniff die Augen zusammen. Er glaubte an eine Halluzination. Er sah den Vorsitz mit unerklärlichem Eifer eine von Levtans Unterlagen studieren. Mittelpunkt der eifrig diskutierenden Gruppe war der Patriarch Goszul.

Jetzt blickte er auf und richtete eine Frage an Levtan.

Etztak begann auch seinen Ohren zu mißtrauen.

Was war das für ein Ton, in dem Goszul seine Frage gestellt hatte?

Und dieser Paria sah seine Chancen steigen. Bisher hatte er entweder gekreischt oder in jammerndem, bettelndem Ton geantwortet. Nun trompetete Levtan seine Antwort heraus: „Tagesfertigung von Zerstörern der Klasse C drei Stück, der Klasse G vier Stück und acht Stück der Klasse H, der großen Klasse."

Wieder besprach Goszul sich aufgeregt mit dem Vorsitz der Großen Versammlung. Jetzt entschied er: „Der zweite Film wird gezeigt! Bitte, Projektion!"

Da sank Etztak wieder in seinen Sessel zurück und verschwand hinter den breiten Schultern des Patriarchen Slurd. Er achtete weder auf den ablaufenden Film, noch erwiderte er Fragen seines Nachbarn.

Rhodans Einsatzgruppe stand mitten unter Levtans Sippe. Die Männer sahen sich mit den Patriarchen einen Film an, der sie begeistert hätte, wenn er die Wirklichkeit dargestellt hätte.

Niemand achtete auf jene vier Mann der Levtan-Sippe, die dicht gedrängt nebeneinander standen.

Zwei Mutanten waren am Werk: Kitai Ishibashi, der Suggestor, und John Marshall, der Telepath.

Mit aller Kraft zwang der japanische Arzt und Psychologe dem Patriarchen Goszul seinen Willen auf.

‚Glaube, was der Film zeigt und was die Unterlagen aussagen. Glaube, was Levtan und seine Sippe bereit sind zu beschwören. Perry Rhodan mit seiner Macht ist euch hundertfach überlegen. Gebt jeden Versuch auf, die Erde anzugreifen.'

Levtan glaubte, was er sagte. Er glaubte, alles gesehen und erlebt zu haben. Er glaubte auch an seinen Haß gegen Rhodan, und gerade sein hemmungslos zur Schau getragener Haß machte plötzlich seine Auslassungen glaubwürdig.

Immer mehr Gehirne unterwarfen sich Ishibashi, immer mehr Patriarchen sahen ein, daß sie das eigene Verderben herbeiriefen, wenn sie Rhodan angriffen.

Gellend schrie Levtan: „Ich habe die Waffe gesehen! Als Rhodan sie einsetzte, verschwand eine gewaltige Gebirgskette, ohne eine Gaswolke zu zeigen. Als ich floh, ließ er die Waffe gerade auf allen Schiffen einbauen."

Da meldete sich Goszul. Herrisch verlangte er nach Ruhe. „Haben wir nicht genug gehört? Hat uns der letzte Film aus Rhodans Archiv nicht überzeugt? Und was dem Vorsitz der Großen Versammlung an Unterlagen sonst noch vorliegt ... Patriarchen der Galaktischen Händler, ein Paria warnt uns, den Weg zu gehen, der unser Volk ins Verderben führt. Aber ich will niemand überreden, ich will versuchen zu überzeugen. Allen Patriarchen kann ich nicht Einsicht in die Levtan-Unterlagen gewähren, aber ich bitte die Teilnehmer der ersten drei Reihen aufzustehen und selbst Einblick zu nehmen ..."

Kitai Ishibashi und John Marshall, der mit dem Suggestor eine Psi-Verbindung eingegangen war, leisteten Unvorstellbares. Sie hatten mit ihrer paranormalen Kraft Panik ausgelöst, immer mehr Patriarchen waren plötzlich von Levtans Aussagen überzeugt und begannen Rhodans Stärke zu fürchten.

Teilnahmslos wie die gesamte Paria-Sippe standen Tako Kakuta, der Teleporter, und Tamo Yokida eingekeilt in der Mitte. Sie beobachteten nur, sie registrierten.

Plötzlich konnte Kakuta den Paria nicht mehr sehen.

Immer nur für Bruchteile wurde die Sicht zu der Stelle frei, an der er, auf dem kleinen Podest stehend, seine Aussagen gemacht hatte. Immer wieder versperrten neugierig zum Vorsitz tretende Patriarchen die Sicht.

War Levtan von Goszul aufgerufen worden, dort oben Erklärungen zu seinen Unterlagen abzugeben?

Aber auch dort konnte Tako Kakuta ihn nicht entdecken.

Tama Yokida wurde auf seinen Kameraden aufmerksam.

„Was ist los?" fragte er flüsternd.

„Levtan ist verschwunden", antwortete der Teleporter ebenso leise.

Tama Yokida drehte sich nach den Robotern um. Die Bewacher

standen immer noch am gleichen Platz, ihre Strahlwaffen auf sie angeschlagen. „Er muß hier sein."

„Verdammt, wo denn? Ich sehe ihn nicht. Jetzt müßte man ihn doch sehen können", sagte Kakuta kaum verständlich. Er fühlte, daß ihn Unruhe packte.

Er stieß John Marshall an. Fast schmerzhaft war dem Australier die Rückkehr in die normale Welt, daß er im Moment nicht fähig war, Tako Kakutas Gedanken zu verstehen.

Der Teleporter mußte ihm die beunruhigende Mitteilung zuflüstern.

Marshall, der einen Kopf größer war als der japanische Teleporter, hielt ebenfalls nach Levtan Umschau.

Er fand ihn auch nicht – weder beim Vorsitz, wo sich die Patriarchen immer noch drängten, noch in der Menge, und auch im breiten Mittelgang war er nicht zu sehen.

„Seit wann vermißt du ihn?" fragte Marshall ruhig.

„Vielleicht seit zehn Minuten, vielleicht seit acht. Ich weiß es nicht genau, aber suche ihn, John. Ich habe Angst, daß etwas schiefgegangen ist."

Tako Kakutas Erregung war ansteckend.

John Marshall nickte ihm kurz zu – und dann versuchte er, den Paria zu espern.

Etztak sah, wie sich in den drei Reihen die Patriarchen erhoben und zum Vorsitz eilten, um Levtans Unterlagen zu prüfen.

Etztak, Patriarch der Orlgans-Sippe, erhob sich auch, aber mit einer Schnelligkeit, die man ihm nicht zugetraut hätte. Sein Sessel befand sich in der Nähe des Mittelgangs.

Mit gemurmelten Entschuldigungen zwängte er sich an vier Patriarchen vorbei, stand im Gang und sah zum Hauptausgang hinunter. Seine Sippenmitglieder waren bereit.

Nur einmal nickte er, dann wartete er ab, was geschah.

In der ersten Minute noch nichts, aber zu Beginn der zweiten stand Levtan nicht mehr auf seinem Podest. Dann ging ein Händler, der vom Vorsitz kam, so dicht an ihm vorbei, daß er ihn anstieß.

Der Händler entschuldigte sich.

Etztak verzog sein Gesicht zu einer Grimasse.

Eine Minute später – es war die dritte – drehte er sich langsam um, wie einer, der auf einen Sprung frische Luft schöpfen wollte.

Marshall zuckte zusammen, als seine telepathischen Sinne erfaßten, was geschehen war.

„Levtan ist von der Orlgans-Sippe zur ETZ XXI verschleppt worden", flüsterte er erregt. „Das ist unsere Chance."

In aller Eile erklärte er seinen Plan. Demnach sollte Ishibashi versuchen, Levtan suggestiv zu beeinflussen. Levtan sollte den Befehl erhalten, sobald er in der Kommandozentrale der ETZ XXI erschien, einen Fluchtversuch zu unternehmen. Bei diesem mußte er einem seiner Bewacher den Strahler entreißen und damit herumschießen. Dabei sollte wie durch einen Zufall die Positronik getroffen und vernichtet werden und damit die Positionsdaten der Erde.

Kitai Ishibashi machte sich sofort an die Arbeit. Natürlich war sein Vorhaben nicht ganz einfach und konnte nur deshalb gelingen, weil er die „Wellenlänge" von Levtans Gehirn bereits kannte.

Levtan handelte, wie die Mutanten erwartet hatten. Entsetzt registrierte Marshall, daß ein Besatzungsmitglied der ETZ XXI auf den Paria schoß und ihn tötete. Dieses Schicksal hatten die Mutanten dem Ausgestoßenen ersparen wollen. Immerhin hatte ihr unfreiwilliger Verbündeter die Bordpositronik bereits zerschossen.

Etztak war über den Vorfall außer sich. Nicht nur, daß er in Levtan einen wichtigen Mann verloren hatte, auch die Positionsdaten der Erde besaß er nicht mehr. Er ordnete eine Reparatur der Positronik an und verhängte über den Vorfall strengste Geheimhaltung. Er wollte nicht vor den anderen Springern sein Gesicht verlieren und sich der Lächerlichkeit preisgeben. Die anderen sollten nach wie vor im Glauben belassen werden, daß er die Daten der Erde noch besaß.

Die vier Mutanten sahen ihre Aufgabe als erledigt an. Jetzt galt es, schnell wegzukommen. Ishibashi veranlaßte, daß ihre Bewacher sie nach draußen brachten, wo es ihnen gelang, ein Fahrzeug in ihren Besitz zu bringen, um mit der LEV XIV den Planeten zu verlassen.

Grauenhaft laut heulten die Triebwerke der LEV XIV, als das Schiff sich vom Boden löste und in den klaren Tag hineinjagte.

John Marshall steuerte es.

Kein Wort wurde in der Zentrale gesprochen.

Marshall war immer noch auf Goszuls Planet, wenn er auch körperlich in der in den Raum hineinjagenden LEV XIV saß.

Tama Yokida starrte die Beschleunigungsanzeige wie einen Feind an. Die LEV XIV beschleunigte unheimlich langsam.

Unter ihnen versank Goszuls Planet, wurde aber nur ganz allmählich zu einer Kugel. Auf dem Rundsichtschirm tauchte am anderen Ende des Kontinents im Süden eine große, breitflächig angelegte Stadt auf, dann schob sich allerdings eine Wolkenbank davor und verdeckte sie.

„Ortung!“ sagte Tako Kakuta. „Sie kommen! Und wenn mich nicht alles täuscht, sind Zerstörer dabei.“

„Wie schnell?“ fragte Ishibashi.

„Zum Leben zu langsam, zum Sterben zu schnell. Marshall, hinüber zur Nachtseite. Das ist unsere einzige Chance. In nicht mehr als fünf Minuten sind wir abgeschossen.“ Tama Yokidas Stimme klang immer noch ruhig.

„Raumhelme zu!“ befahl Marshall.

Vier Zerstörer und ein Springerschiff schossen mit irrsinniger Beschleunigung heran. Die LEV XIV jagte in verzweifelter Kurve der Nachtseite von Goszuls Planet zu.

Höhe nur 30 000 Kilometer.

Die Triebwerke gaben nicht mehr her.

Marshall gab einen Rafferspruch über Hyperfunk an Rhodan.

Drei Sätze nur: „Levtan tot. Positionsdaten der Erde gelöscht. Ishibashi hat . . .“

Mehr kam bei der STARDUST II nicht an, die mit den drei Schweren Kreuzern in einer Entfernung von acht Lichttagen zum Tatlira-System Position bezogen hatte und unter Ortungsschutz lag.

Ein schwerer Desintegratorstrahl hatte die Schutzfelder der LEV XIV zerfetzt und das Schiff gestreift.

Das Heck löste sich in eine glühende Gaswolke auf. Die Spitze des Schiffes stürzte über die Nachtseite auf Goszuls Planet herunter.

In dreitausend Kilometer Höhe waren sie „ausgestiegen".

Die arkonidischen Raumanzüge ließen ihr Aussteigen zu keiner wahnsinnigen Verzweiflungstat werden.

Jeder war jetzt ein winziges Raumschiff für sich, mit Schutzschirm, Antrieb und Beschleunigungsvermögen.

In dreitausend Kilometer Höhe über Goszuls Planet stellten sie vier winzige Staubkörner dar, die an der Grenze zum All ganz einfach dahintrieben.

Unter ihnen verglühte die Spitze der LEV XIV in den dichteren Luftschichten.

Sie waren nach dem vernichtenden Treffer nicht panikartig in den Raum gestürzt, sondern hatten doch immerhin noch Zeit gefunden, einen Teil der Ausrüstung, die in Terrania bei der Überholung des Schiffes in raffiniert angelegten Verstecken untergebracht war, mitzunehmen.

Die vier Mutanten bildeten jetzt eine Kette – eine Kette, die sich in die Tiefe stürzen ließ. Erst als sie in die dichteren Luftschichten kamen, begann der Kampf gegen entfesselte Sturmgewalten – Jetströmungen, Stürme mit dreihundert und mehr Kilometern Stundengeschwindigkeit.

John Marshall trieb ab, weiter und weiter. Die Nacht schien ihn verschlungen zu haben, ganz einfach verschlungen, da fand Kitai Ishibashi ihn wieder, und Tama Yokida holte ihn mit seinen telekinetischen Fähigkeiten heran.

Nur schwach arbeiteten die Antigravitationsfelder ihrer Raumanzüge, dafür gaben die Kleinstgeneratoren den Hauptteil ihrer Energie an die Prallschirme ab, denn die Mutanten fielen durch die ersten Wolkenschichten, und die waren hagelträchtig. Wie Geschosse trafen die Hagelkörner die Schirme. Bedrohlich klang das vibrierende Rütteln in den Ohren der Männer, aber es war ihnen angenehmer, als sich an die zischende Auflösung der LEV XIV zu erinnern.

„Achtung! Noch hundert Meter Höhe!" warnte Marshall seine Kameraden.

Das Antigravitationsfeld der Raumanzüge wurde verstärkt, das Absinken der Mutanten zu einem weichen Schweben.

Dann hatte sie Goszuls Planet wieder – als Schiffbrüchige.

Als der Morgen anbrach, schalteten sie die Deflektor-Einrichtung an ihren Raumanzügen ein. Beinahe gleichzeitig verschwanden sie.

Mit rund hundert Stundenkilometern schwebten sie über einen Kontinent, an dessen Ende sie gestern bei der Flucht mit der LEV XIV eine breitflächige Stadt gesehen hatten. Diese Stadt war ihr Ziel, und je länger sie in geringer Höhe mit allgemeiner Marschrichtung Süden über das Land dahintrieben, um so größer wurde ihre Überzeugung, daß die Macht der Springer bis hierher nicht reichte.

Gegen Mittag jagte John Marshall sie mit seinem Ausruf auf: „Die Stadt! Höher steigen, dann kann man sie besser sehen!“

In dreihundert Meter Höhe konnten sie ihr Ziel überblicken und staunten.

„Segelschiffe?“ flüsterte Kitai Ishibashi in seinem Helm, und der Funk übertrug es zu seinen Freunden. „Segelschiffe aus dem achtzehnten Jahrhundert? Und dieses Volk soll von den Arkoniden abstammen? Kaum . . .“

Da zischte Marshall dazwischen: „Ruhe! Ein Spruch!“

Sein tragbares Hyperfunkgerät stand auf Empfang.

Dreihundert Meter über Goszuls Planet schwebend, im Anblick einer beinahe mittelalterlichen Stadt, fing Marshall Perry Rhodans Spruch auf – verschlüsselt, kurz und allgemein.

„Wartet, bis Hilfe kommt! – Wartet, bis Hilfe kommt!“

Zwanzigmal hintereinander der gleiche Spruch, dann schwieg der Empfang des Hyperfunkgeräts.

„. . . damit ist die erste Phase unseres Planes abgeschlossen. Unseren Mutanten ist es gelungen, Etztaks Positronik zu zerstören. Somit weiß nur noch Topthor, wo sich die Erde befindet. Dennoch ist die Gefahr noch lange nicht beseitigt. Niemand weiß, wie lange Topthor mit seinem Wissen zurückhält.“

Rhodan blickte die Männer und Frauen, die sich in der Zentrale der STARDUST II zu einer Lagebesprechung zusammengefunden hatten, aufmerksam an.

„Was gedenkst du nun zu unternehmen?“ fragte Bully. „Willst du jetzt unsere Geheimwaffe einsetzen?“

Jeder der hier Versammelten wußte, was Bully damit meinte. Es handelte sich um eine bakteriologische Waffe, die von terranischen Wissenschaftlern entwickelt worden war und in der zweiten Phase des Planes zum Einsatz kommen sollte. Die Bakterien, einmal freigesetzt, bewirkten, daß jeder, der mit ihnen in Berührung kam, sein Gedächtnis verlor.

Das klang gefährlicher, als es war, denn im Grunde genommen war diese künstliche Seuche völlig harmlos. Auch wenn den Erkrankten kein Gegenserum verabreicht wurde, verschwanden die Symptome der Krankheit nach einigen Wochen, und die Betroffenen erhielten ihre volle Geisteskraft zurück.

„Selbstverständlich", erwiderte Rhodan. „Wir gehen genau nach Plan vor. Sobald sich eine günstige Gelegenheit ergibt, wird Gucky mit dieser Waffe Goszuls Planet aufsuchen. Da die Springer die Harmlosigkeit der Seuche nicht kennen, werden sie fluchtartig den Planeten verlassen und die nächsten Jahrzehnte nicht mehr zurückkehren. Sobald sie verschwunden sind, werden wir landen und den Goszuls helfen, ein neues Leben ohne Sklaverei aufzubauen."

Diese Gelegenheit kam früher als erwartet. Bereits zwei Stunden nach dieser Besprechung meldeten die Ortungsanlagen die Annäherung eines kleinen Patrouillenschiffs der Springer.

Das kleine Schiff war ein Aufklärer – nur leicht bewaffnet, dafür aber stark an Beschleunigungsvermögen und Wendigkeit.

Der Kommandant des Fahrzeugs war Frernad, einer aus der mächtigen Sippe der Frers, und sein Schiff war die FRER LXXII.

Den Auftrag, zehn Lichttage weit in den Raum zu fliegen und nach Gegnern Ausschau zu halten, hatte Frernad Etztak zu verdanken.

Frernad haßte diesen Auftrag, aber nichtsdestoweniger führte er ihn gewissenhaft aus. Die Peilfelder kreisten ständig. Außer ein paar langsam treibenden Gesteinstrümmern hatten sie bisher jedoch noch nichts registriert.

Müde starrte Frernad auf das kleine Instrument, das die Entfernung des Schiffes von seinem Startplatz registrierte und auf dessen Skala der Lichtzeiger langsam auf die Zehn-Lichttage-Marke zuwanderte.

„Noch zwei Tage“, sagte jemand. „Dann haben wir es geschafft.“

Frernad wandte sich um und hob beide Hände zum Zeichen der Zustimmung.

„Ich werde ein Loblied singen“, er lachte bitter, „wenn wir wieder gelandet sind.“

Der Kommandostand der FRER LXXII war klein und nur mit drei Mann besetzt.

Die Mannschaft des Schiffes betrug insgesamt achtzehn Mann.

Frernad wollte etwas sagen, als der Mann am Peilgerät sich hastig meldete.

„Ein Reflex!“ rief er. „Dort!“

Frernad winkte mürrisch ab, stand aber auf und ging zum Peilschirm hinüber. Der Mann vor dem Gerät deutete mit starrer Hand auf eine Stelle des Schirmes, auf der ein ursprünglich großer, heller Fleck inzwischen schnell verblaßte.

Frernad stutzte. „Wie? So einfach aufgetaucht – und jetzt wieder weg?“

Der Mann hob die Hände. Er wollte etwas sagen, aber im selben Augenblick kam vom Kontrollpult her eine fremdartige, harte Stimme: „Zerbrecht euch nicht den Kopf, Freunde. *Ich* war an dem Reflex schuld.“

Sie fuhren herum und starrten den Mann an, der plötzlich neben dem Pult stand. Sie hatten noch nie einen gesehen wie ihn. Er war groß – beinahe so groß wie sie selbst –, aber seine Haut war schwarz.

Er lachte, als er ihren Schreck sah, und zeigte seine schimmernd weißen Zähne. Er trug einen Raumschutzanzug fremdartiger Fertigung und hatte den Helm geöffnet, als er sprach. Er sprach fehlerfreies Interkosmo, allerdings mit eigenartig monotoner Stimme.

Das alles registrierte Frernad sozusagen nebenbei. Die Hauptfrage, auf die er keine Antwort finden konnte, war: Wie war der Kerl hereingekommen?

Frernad öffnete den Mund, um zu fragen. Aber der Schwarzhäutige begann sich zu bewegen, und die Zielsicherheit seiner Bewegungen faszinierte Frernad. Er sah, wie der Fremde mit schnellem Griff in die Tasche seiner Montur langte und einen kugelförmigen Gegenstand hervorbrachte. Er sah, wie er an einer Schraube oder einem Schalter drehte, der oben aus der Kugel herausragte, dann aufsah und Frernad und seine beiden Männer interessiert beobachtete.

„Was soll das alles?“ fragte Frernad schließlich. „Wer bist du, und was ...“

Er kam nicht weiter. Mit einer Plötzlichkeit, wie er sie in ähnlichen Situationen noch nie erlebt hatte, schwand ihm das Bewußtsein. Er hatte nicht einmal mehr Gelegenheit, noch zu erkennen, was ihm das Bewußtsein raubte. Er konnte auch nicht mehr sehen, ob es seinen beiden Leuten neben ihm besser ging als ihm. Er fiel einfach um.

Ras Tschubai betrachtete die drei Bewußtlosen mit einem befriedigten Grinsen. Dann schloß er den Helm seines Raumanzugs. Die Filter, die er in der Nase trug, hätten auch weiterhin ausgereicht, um ihn vor dem Betäubungsgas, das ausströmte, zu schützen.

Aber er mußte damit rechnen, daß es Schwierigkeiten geben würde, wenn sich das Gas nicht schnell genug im Schiff verbreitete, und in einem solchen Fall war es besser, man war einsatzbereit.

Mit dem Fuß schob Ras Tschubai die Kugel, die er auf den Boden gelegt hatte, in die Nähe des Abluftschachts. Die ständige Zirkulation von Zuluft zu Abluft würde die Schwaden des geruch- und farblosen Gases mit sich tragen und, da sie nicht ausgefiltert werden konnten, in kürzester Zeit über das ganze Schiff verteilen.

Ras Tschubai hatte seine Aufgabe gelöst. Die Besatzung des kleinen Springerschiffs würde vier Stunden lang bewußtlos sein. Diese Zeit reichte aus für alles, was Rhodan noch vorhatte.

Mit einem kräftigen Telesprung zog Ras sich an Bord der STARDUST II zurück.

„Du bist an der Reihe, Gucky“, sagte Rhodan ernst. „Schaff deine Sachen hinüber.“

Gucky nickte nach Menschenart. Eine Weile starrte er auf den Bildschirm, auf dem sich das Springerschiff, neben dem sich die STARDUST II in konstantem Abstand von dreißigtausend Kilometern herbewegte, als kleiner Lichtpunkt abbildete. Dann kehrte sein Blick zurück zu den Dingen, die er um sich herum aufgestapelt hatte: Waffen, Ausrüstung, Minikome.

Fast behäbig watschelte er zu dem Stapel hinüber, hob einen schweren Desintegrator telekinetisch an, krallte seine Finger in die Verpackung – und teleportierte.

Nach drei Minuten war der Stapel verschwunden – durch Teletransport in das andere Schiff gebracht.

Der Mausbiber kehrte noch einmal zurück.

Gucky verzog das Gesicht und deutete mit seinem Nagezahn ein Grinsen an.

„Ich gehe jetzt", lispelte er freundlich.

Rhodan nickte und überflog mit flinkem Blick zum letztenmal die Raumschutzausrüstung für den Mausbiber.

„In Ordnung", stimmte er zu. „Mach deine Sache gut. Marshall und die anderen müssen auf jeden Fall gefunden werden. Wir wollen genau wissen, was sie unter den Patriarchen ausgerichtet haben. Und außerdem möchten wir sie retten."

Gucky gab keine Antwort mehr. Er starrte geradeaus und verschwand nach einer Weile auf dieselbe Weise wie kurz zuvor sein Gepäck.

Im Zentralgang der FRER LXXII tauchte er wieder auf. Innerhalb weniger Minuten hatte er sich davon überzeugt, daß durch Ras Tschubais Gasbombe tatsächlich die gesamte Mannschaft außer Gefecht gesetzt worden war, und den Platz gefunden, an dem er die Zeit bis zur Landung auf Goszuls Planet verbringen wollte. Es war ein kleiner, verschlagartiger Raum am hintersten Ende des Zentralgangs. Er stand leer, und Gucky hatte keine Möglichkeit zu erfahren, welchem Zweck er diente.

Gucky schaffte sein Gepäck dort hinein, nahm die Hypnowaffe, die Rhodan ihm zur Verfügung gestellt hatte, zur Hand und bearbeitete damit, indem er zum zweitenmal systematisch jeden Raum besuchte, ein Mitglied der Besatzung nach dem anderen in der Weise, die ihm und der STARDUST II die größte Sicherheit versprach.

Schließlich kam er zum Kommandostand. Auch Frernad und seinen beiden Leuten wurden Anweisungen gegeben.

Einigermaßen befriedigt kehrte Gucky danach zu seinem selbstgewählten Schlupfwinkel zurück, machte es sich inmitten seines Gepäcks bequem und harrte der Dinge, die da kommen sollten. Mit Rhodan war ohnehin vereinbart, daß ein Mikrokomspruch nur dann abgegeben werden sollte, wenn etwas *nicht* in Ordnung war.

Die Wirkung der Bombe, die Ras Tschubai gezündet hatte, erlosch ebenso schnell, wie sie eingesetzt hatte.

Vier Stunden, nachdem Frernad das plötzliche Auftauchen des schwarzhaarigen Fremden mit Entsetzen registriert hatte, ereignete sich im Kommandostand der FRER LXXII folgendes:

Frernad erhob sich – zur selben Zeit wie seine beiden Leute – so schnell vom Boden, als sei er eben erst hingefallen. Seiner Umgebung schenkte er keinen einzigen Blick. Starr schritt er auf das Peilpult zu und sah auf den Schirm. Im selben Augenblick hatte auch der Mann vom Peilgerät seinen alten Arbeitsplatz wieder erreicht und setzte sich vor den Peilschirm. Auch der dritte Mann kehrte an die Stelle zurück, an der er gestanden hatte, bevor Tschubai auftauchte.

„. . . und jetzt wieder weg?“ wiederholte Frernad im gleichen überraschten Tonfall die gleichen Worte, die er als letzte vor dem eigenartigen Zwischenfall gesprochen hatte.

Der Mann am Peilgerät: „Er war deutlich zu sehen, sage ich.“

Frernad lachte ärgerlich. „Du läßt dich schon von Störreflexen an der Nase herumführen, Sifflon. Irgendein Wellenbündel hat einen Reflex hervorgerufen. Das ist alles.“

„Also gut“, murmelte Sifflon ein wenig gekränkt. „Ich habe ja auch gar nicht behauptet, daß es ein feindliches Schiff sei.“

Frernad kehrte zum Kontrollpult zurück. Der dritte Mann, der dem Gespräch aufmerksam zugehört hatte, wandte sich gelangweilt wieder seiner ursprünglichen Beschäftigung zu. Er starrte in die Luft und wartete darauf, daß Frernad abgelöst werden wollte.

Niemand hatte auch nur den kleinsten Rest Erinnerung an den seltsamen Zwischenfall mit Ras Tschubai zurückbehalten. Guckys sorgfältig gewählte PSI-Impulse korrigierten auch den Fehler, der dadurch entstand, daß sich die FRER LXXII seit dem Zeitpunkt, in dem Tschubai hereingesprungen war, in trägem Flug ein beachtliches Stück weiter in den Raum hinausbewegt hatte.

Und selbst die ausgeblasene Bombenhülle, die Tschubai vor den Abluftschacht geschoben hatte, erregte keinerlei Verdacht. Der dritte Mann entdeckte sie beim Umherschauen, hob sie auf und zeigte sie Frernad. Aber Frernad wußte mit dem Ding nichts anzufangen.

„Wirf es weg!" befahl er dem Mann.

Und noch eines hatte Gucky erreicht: Während des ganzen Fluges kam keinem von der Besatzung der FRER LXXII jemals in den Sinn, in jenen kleinen Verschlag am Ende des Zentralgangs hineinzuschauen.

Etwa zwei Tage später hatte die FRER LXXII den Punkt der weitesten vorgeschriebenen Entfernung von Goszuls Planet erreicht und kehrte um. Gucky hatte bei seinem Besuch im Kommandostand die Geräte abgelesen und konnte zudem durch das starkwandige Schott seiner Kammer hindurch die Gedanken der Springer erfassen.

Er wußte, daß noch etwa zehn Tage vergehen würden, bis er auf Goszuls Planet aussteigen konnte.

Nichts außer den Gedanken der Besatzung verriet Gucky, daß der kleine Aufklärer gelandet war. Die Antigrav-Neutralisatoren schluckten jeden Ruck, der ansonsten beim Bremsen und beim Aufsetzen das Schiff durchfahren hätte.

Die Mannschaft bereitete sich zum Verlassen des Schiffes vor, und das gleiche tat Gucky.

In einem weiten Teleportationssprung erforschte er zunächst die weitere Umgebung des gewaltigen Raumhafens, den die Springer auf dem Nordkontinent von Goszuls Planet geschaffen hatten, fand schließlich am Fuß eines kleinen Berges einen Fluß, der ihm als Versteck für seine Geräte geeignet erschien. Danach kehrte er an Bord zurück, um mit dem Transport zu beginnen.

Wie vor zehn Tagen auf der STARDUST II hob er eines der Stücke nach dem anderen telekinetisch an, ergriff es mit seinen kleinen Händen und teleportierte damit in das erwählte Versteck.

Danach stellte er telepathischen Kontakt zu John Marshall und den drei anderen Mutanten auf noszuls Planet her. Er versprach, zu ihnen zu stoßen, sobald er sich weiter umgesehen hatte.

14.

Das Wasser im Hafenbecken war spiegelglatt. Kein Lufthauch kräuselte die Oberfläche, und man konnte den mit bunten Pflanzen bewachsenen Grund deutlich erkennen. Schwärme merkwürdig geformter Fische zogen ruhig dahin und wichen nur den beladenen Frachtkähnen aus, die damit beschäftigt waren, die Ladung des Seglers zu löschen.

Rings um die halbmondförmige Bucht des Hafens lagen die Häuser der Stadt. Sie klebten an den sanften Hängen der Berge, die bald in ein flaches Hochplateau übergingen, das sich bis zum Horizont erstreckte. Somit unterschied sich das Hinterland nicht sehr von dem Ozean, denn auch er bildete mit dem Himmel eine gerade und durch nichts unterbrochene Linie.

Der Segler war zweifellos ein Kriegsschiff, denn an beiden Seiten waren die runden Luken mit den Mündungen der Kanonen zu erkennen. Trotzdem hatte er eine Ladung mitgebracht, die nun von den Bewohnern des Hafens in Empfang genommen wurde.

Die Mannschaft arbeitete emsig, wenn die rotbraunen Männer mit dem dichten Haarwuchs auch oft miteinander tuschelten und scheue Blicke in Richtung des Hecks warfen. Dann aber schleppten sie gehorsam wieder ihre Bündel zur Reling, wo sie von den wartenden Besitzern der Frachtkähne in Empfang genommen wurden.

Auf dem flachen Oberdeck des Seglerhecks saßen vier Männer und beobachteten das Treiben an Bord des Schiffes mit mehr oder weniger geteilter Aufmerksamkeit. Obwohl man im ersten Augenblick fast meinen konnte, das Löschen der Ladung geschehe in ihrem eigenen Interesse, war das ein Fehlschluß. Diesen vier Männern war es völlig gleichgültig, was in dem geräumigen Bauch des Schiffes lagerte und ob es in die rechten Hände kam oder ins Meer fiel.

Diese vier Männer waren die Mutanten John Marshall, Tako Kakuta, Kitai Ishibashi und Tama Yokida. Sie waren erst vor kurzem hierhergekommen. Nachdem ihre Flucht mit der LEV XIV abrupt beendet worden war, hatten sie sich zunächst mit Hilfe ihrer flugfähigen Raumanzüge nach Süden abgesetzt. Als sie erkannt hatten, daß diese Anzüge leicht zu orten waren, hatten sie sie abgelegt, versteckt und waren zu Fuß weitergegangen. Kurz darauf hatten sie die Stadt Saluntad erreicht und dort die Bekanntschaft des einflußreichen Reeders Vethussar gemacht. Dieser hatte ihnen ein Segelschiff zur Verfügung gestellt, mit dem sie in Richtung Norden aufgebrochen waren. Doch die Fahrt war nur von kurzer Dauer gewesen. Kurz nach dem Auslaufen aus dem Hafen waren sie von Patrouillenbooten der Springer entdeckt worden. Es war ihnen gelungen, die beiden Boote in ihren Besitz zu bringen und mit diesen die Fahrt zum Nordkontinent fortzusetzen.

Am Ziel hatten sie die Boote verlassen und ein neues Versteck gesucht. Sie hatten es an Bord eines Segelschiffs gefunden, das im Hafen der Stadt Vintina vor Anker lag. Kurz davor bekamen sie Kontakt mit Gucky, der von Rhodan zur Hilfe geschickt wurde. Gucky hatte ihnen mitgeteilt, daß er mit einer umfangreichen Ausrüstung, die er in einem Fluß in der Nähe des Raumhafens versteckt hatte, angekommen war. Über die Bedeutung seiner Ausrüstung hatte der Ilt sich ausgeschwiegen. Dies war vor ein paar Tagen geschehen.

Nun saßen die vier Mutanten hier und warteten, daß Gucky sie in seine Pläne einweihte. Gucky befand sich seit etwa einer Stunde ebenfalls an Bord des Seglers. Da er keine Springermaske besaß (was aufgrund seiner Statur auch kaum möglich war), mußte er versteckt bleiben. Im Augenblick kauerte er in einer Nische unter dem Oberdeck, unmittelbar neben den vier Männern.

John Marshall betrachtete nachdenklich seine drei Gefährten. Auf Tako Kakuta, dem Teleporter, blieb sein Blick besonders lange hängen.

„Die Goszuls bereiten mir Sorgen", sagte er. „Zwar hat Kitai Ishibashi den Matrosen des Seglers einen Suggestiv-Block verpaßt, aber niemand von uns weiß, wie lange die Behandlung anhält. Wieder selbständig denkend, werden sie Verdacht schöpfen und uns an die sogenannten ‚intelligenten Goszuls' verraten. Vergeßt nicht, Freunde, daß die primitiven Eingeborenen die Springer für Götter halten."

Katai Ishibashi strich sich über seinen falschen Bart.

„Die Dauer einer Suggestiv-Behandlung richtet sich nach der mentalen Widerstandskraft des Patienten", führte er sachlich aus. „Ich kann also nicht sagen, wann die tapferen Matrosen wieder selbständig zu denken beginnen."

John Marshall wollte gerade antworten, als sein geschultes Gehirn fremdartige Gedankenimpulse aufnahm. Er winkte seinen drei Gefährten zu. Fast zwei Minuten lang lauschte er mit halbgeschlossenen Augen, ehe er langsam nickte und Kitai kurz ansah. Während die anderen atemlos zuhörten, gab er fast flüsternd bekannt: „Es sind unsere Goszuls – wenigstens einige von ihnen. Sie haben ihren Hypnoseblock abgeschüttelt, Kitai. Sie machen sich Gedanken, wer wir sind. Wir befinden uns an Bord ihres Schiffes, und sie wissen nicht, wie wir dahin gekommen sind. ‚Intelligente Goszuls', also durch eine Hypnoschulung der Springer gegangene Eingeborene, sind wir nicht, das haben sie schon herausgefunden. Unsere Ähnlichkeit mit den Springern selbst bedeutet ihnen nicht viel, da sie selbst noch keine zu Gesicht bekommen haben. Also halten sie uns für Fremde – was wir ja auch in der Tat sind. Sie wollen uns überwältigen und den ‚Göttern' ausliefern."

Tako, der Teleporter, sah hinab auf das Deck, wo gerade die ersten Götterdiener, so nannten die Eingeborenen ihre intelligenteren Artgenossen, an Bord stiegen, um das Löschen der Ladung für ihre Herren zu beaufsichtigen. Ihnen folgten einige Kampfroboter der Springer als Begleitschutz.

John Marshall gab sich einen Ruck. „Wir müssen etwas unternehmen, und wenn wir die ganze Bande mit einem Suggestiv-Block versehen. Die Gedankenströme werden intensiver. Nicht mehr lange, und die Burschen lassen die Arbeit liegen und stürzen sich auf uns. Einer von ihnen fingert schon nach dem Messer."

„Die verdammten Roboter", sagte Kitai wütend. „Ich habe noch nie in meinem Leben versucht, einen Roboter hypnotisch unter meinen Willen zu zwingen."

John lächelte schwach.

„Damit werden wir auch Pech haben, fürchte ich. Aber die Roboter würden es bemerken, wenn ähnliches mit ihren direkten Untergebenen geschähe. Wir stecken also in einer Zwickmühle.“

Unten auf dem Deck hatte einer der Lastenträger sein fest verpacktes Bündel fallen lassen und stand nun heftig gestikulierend bei einem der „Götterdiener“ und sprach mit diesem. Nicht weit entfernt bezogen zwei der fünf an Bord gekommenen Kampfroboter Stellung. Ihre eingebauten Energiestrahler machten sie fast zu unüberwindlichen Kampfmaschinen. Für die primitiven Goszuls mußten bereits diese Roboter gottähnliche Geschöpfe sein, denn sie kannten ja nicht einmal die Raumfahrt. In ihren Augen „stiegen die Götter vom Himmel herab und fuhren auch wieder in ihn hinauf“.

Der etwas intelligentere Diener der Springer hörte aufmerksam zu, was der Eingeborene ihm zu berichten hatte. Sein Blick wanderte über das Deck des Seglers und blieb schließlich auf der Treppe zum Oberdeck haften.

Dann nickte er, schob den Berichterstatter beiseite und schritt auf die Treppe zu. Wie es schien, gedachte er, den vier verdächtigen Individuen auf dem Oberdeck einen Besuch abzustatten. Glücklicherweise kam ihm nicht der Gedanke, einen der Kampfroboter zum Schutz mitzunehmen.

John Marshall tastete nach dem Gehirn des Goszuls. Man hatte ihm berichtet, an Bord des Seglers befänden sich merkwürdig aussehende Fremde, die vielleicht für die Götter interessant wären. Außerdem konnte John den Namen des Mannes erkennen. Geragk hieß er.

Marshall nickte Kitai kurz zu. Die beiden Mutanten arbeiteten gut zusammen. Geragk würde später von Bord des Schiffes gehen, ohne sich an irgend etwas erinnern zu können.

Der „Götterdiener“ stieg die Holzstufen zum Oberdeck empor und blieb an der Reling plötzlich stehen, als seien seine Füße festgenagelt. Mit weit aufgerissenen Augen starrte er auf die vier Männer, die er für die gefürchteten Springer halten mußte. Noch dachte sein Gehirn normal und konnte die Lage erfassen.

Springer? Hier auf dem Segler der Primitiven? Was hatte das zu bedeuten?

Er verbeugte sich tief, aber in seinen Augen flackerten Zweifel.

John Marshall stellte fest, daß Geragk fieberhaft nach einer Erklärung suchte. Die Springer beherrschten zwar diesen Planeten, aber sie waren viel zu stolz, sich um die Angelegenheiten der Eingeborenen zu kümmern, geschweige denn, sich derart unter sie zu mischen.

„Verzeiht, ihr hohen Herren", begann er zögernd und starrte auf die Holzplanken zu seinen Füßen, als könne er dort den Text zu seiner beabsichtigten Entschuldigung finden. „Aber der Kapitän dieses Schiffes ist verwirrt, so erlauchte Gäste auf seiner winzigen Barke vorzufinden. Darf ich fragen, ob ich behilflich sein kann?"

Nun, das war eine relativ geschickte Formulierung.

John lächelte. „Es ist gut, Geragk, daß du kommst. Wir haben eine Inspektionsreise unternommen, aber wie dir bekannt ist, kennen uns die Primitiven nicht. Wir wollen keine Gewalt anwenden, daher werden die Roboter dafür sorgen, daß wir ungehindert von Bord gehen können."

John erkannte, daß seine Worte den Goszul keineswegs beruhigten. Geragk war fest entschlossen, den unerklärlichen Vorfall zu melden. Es blieb also keine andere Möglichkeit, als ihm die Erinnerung zu nehmen und eine falsche Sinneswahrnehmung zu suggerieren. Kitai übernahm diese Aufgabe.

Der Japaner veränderte seine Stellung nicht. Er blieb sitzen und richtete lediglich seinen Blick auf Geragk, der seinerseits die unbequeme Musterung mit sichtlichem Unbehagen über sich ergehen ließ. Aber nicht sehr lange.

Seine Züge verklärten sich plötzlich. Er lächelte zuvorkommend, verneigte sich noch tiefer und berührte mit der Stirn fast den Boden. Dann machte er wortlos kehrt und stieg wieder auf das Mitteldeck hinab, wo er Kurs auf jenen Goszul nahm, der ihn auf die Fremden aufmerksam gemacht hatte.

John Marshall kniff die Augen zusammen. „Nur eine Atempause, Kitai. Du kannst sie nicht alle der Reihe nach suggestiv beeinflussen, uns hilft nur eine Massenkur, wenn wir nicht handgreiflich werden wollen, und ich möchte es der Kampfroboter wegen nicht. Beim geringsten Verdacht verwandeln die sich in feuerspeiende Festungen."

„Ich lasse sie ins Wasser fliegen!" rief Gucky aus seinem Versteck.

John legte den Finger auf die Lippen. „Pst, nicht so laut, Gucky. Wenn man dich sieht, gibt es Aufruhr. Dich kann man wahrhaftig nicht mit einem Springerpatriarchen verwechseln. Kitai, ist dir an diesem Geragk etwas aufgefallen? Nein, natürlich nicht, denn du kannst keine Gedanken lesen. Bevor du ihm die neue Erinnerung gabst und ihm befahlst, das Vorgefallene zu vergessen, fing ich einige Gedankenfetzen auf. Keine klaren und zusammenhängenden Gedanken, leider, aber doch interessante Einzelheiten."

„Was?" flüsterte Kitai und ließ das Deck nicht aus den Augen, wo der Kapitän des Seglers mit einigen seiner Leute verhandelte.

„Geragk wollte uns zwar seinen Vorgesetzten melden, denn er hegte einen klaren Verdacht, aber er hätte es nicht getan, um den Springern einen Dienst zu erweisen. Er hatte andere Gründe."

„Er wollte sie von einer Loyalität überzeugen, die er in Wirklichkeit nicht fühlt. Genau weiß ich es nicht, aber mir ist so, als habe er für Sekunden an eine geheime Organisation gedacht, die den Springern Schaden zufügen möchte und die Goszuls Planet gern wieder frei und unabhängig sähe."

„Eine Untergrundbewegung?" machte Kitai verwundert. „Es soll auf Goszuls Planet eine richtige Untergrundbewegung geben? Das glaube ich nicht. Wer sollte es wagen, gegen die Götter zu kämpfen?"

„Jene, die sie am besten kennen – ihre Diener. Das ist meist so."

„Jetzt greifen sie an!" schrillte Gucky in die Unterhaltung hinein.

Die vier Männer saßen für einen Augenblick unschlüssig auf ihren Plätzen, dann sagte Kitai: „Ich werde sie alle auf einmal vornehmen. Unser einziges Versteck ist das Schiff hier. Auf keinen Fall können wir uns jetzt an Land sehen lassen, das gäbe unliebsame Verwicklungen." Mit einem schnellen Blick überzeugte er sich davon, daß die Roboter stur an den von ihnen eingenommenen Plätzen stehenblieben. Das Geschehen an Bord eines Eingeborenenschiffs berührte sie nicht, solange die Interessen ihrer Herren nicht beeinflußt wurden. „Bleibt ruhig sitzen, bis alles vorbei ist. Die Burschen werden ihren Kahn entladen, als sei nichts geschehen."

Obwohl John, Tako und Tama die verblüffenden Fähigkeiten ihres Gefährten kannten, überfiel sie immer wieder das Grauen, wenn sie die kaum faßbare Veränderung der Betroffenen erlebten.

Der Kapitän des Seglers schien seine Mannschaft – oder zumindest einen Teil davon – überzeugt zu haben, daß etwas an Bord des Schiffes nicht stimmte. Vielleicht machte er sich Gedanken darüber, daß er nicht wußte, wie die Fremden an Bord gelangt waren. Jedenfalls kümmerte er sich nicht um die beschwichtigenden Worte Geragks, sondern rief seinen Leuten etwas zu. Einige ließen ihre Lasten fallen und griffen zum Messer. Drohend schoben sie sich in Richtung des Oberdecks.

Noch blieben die Roboter passiv.

Kitai konzentrierte sich und schickte dem Mob seine Gedankenströme entgegen.

Der Kapitän blieb plötzlich stehen und faßte sich an den Kopf, als sei ihm etwas eingefallen. Mit der Linken schob er das Messer in den Gürtel zurück. Zögernd folgten die anderen seinem Beispiel. Der erste drehte sich um und kehrte an seinen Arbeitsplatz zurück. Als sei nichts geschehen, nahm er das Bündel wieder auf und warf es in den wartenden Lastkahn hinab.

Kitais Suggestivströme hatten die Diener der Springer noch nicht erfaßt. Trotz ihrer relativen Intelligenz begriffen diese nicht, was an Bord des Seglers vor sich ging. Ehe sie Verdacht schöpfen konnten, gerieten sie jedoch in Kitais Einfluß. Es geschah nicht sehr viel. Sie vergaßen einfach, das war alles.

Die Erfahrung hatte jedoch gelehrt, daß Kitais Begabung ihre Grenzen besaß. Nach einer gewissen Zeit überwand das Bewußtsein der beeinflußten Person die ihr auferlegte Sperre und neutralisierte sie.

Das Wichtigste jedoch war die Tatsache, daß die Roboter von dem Zwischenspiel nichts bemerkt hatten. Unverändert standen sie auf ihren Posten und achteten darauf, daß niemand die Diener ihrer Herren angriff.

Stunden später erst verließ der letzte Ballen die Luke des Seglers.

„Was haben wir eigentlich geladen?“ erkundigte sich Tama, der als Telekinet natürlich keine Gedanken lesen konnte.

Ehe John antworten konnte, sagte Gucky, der sich aus seinem Versteck hervorgewagt hatte: „Hanf – oder so etwas Ähnliches. Die

Springer zahlen gut dafür, weil sie daraus ein berüchtigtes Rauschgift herstellen, das schon viele Planeten in seinen Bann geschlagen hat."

„Woher weißt du das alles?" fragte Kitai erstaunt.

Gucky richtete die spitzen Ohren nach vorn und zirpte: „Gucky weiß alles."

John Marshall sah hinauf zum Himmel. „Es dunkelt bereits. Ich überlege immer noch, ob wir wirklich an Bord des Seglers bleiben sollen oder ob wir an Land gehen. Die Springer halten sich nur auf diesem Kontinent auf, der Rest des Planeten kümmert sie wenig. Wenn wir sie also angreifen wollen, kann das nur hier geschehen."

„Wenn Rhodan wenigstens Anweisungen geben würde", klagte Tako.

John warf dem schmächtigen Japaner einen kurzen Blick zu. „Wenn ich mich nicht irre, schickte er uns Gucky, damit wir seine Absichten erfahren. Bisher hat Gucky aber geschwiegen. Vielleicht ist die Zeit noch nicht reif . . ."

Der Mausbiber hatte den Wink verstanden. Seit er im Auftrag Rhodans zu den vier Mutanten gestoßen war, hatte er noch nichts über seine Pläne geäußert – hauptsächlich deswegen, weil die sich überstürzenden Ereignisse ihm dazu keine Zeit gelassen hatten. Er hielt den Kopf schief, als er munter zwitscherte: „Die Zeit ist bald reif, mein lieber Telepathengefährte, das weißt du so gut wie ich. Denke nur an diesen Geragk, der eben mit seinen Robotern das Schiff verläßt. Er ist nur einer von vielen."

„Was willst du damit sagen?" wollte John wissen, denn Gucky schirmte seine Gedanken erfolgreich ab.

„Es gibt in der Tat einige Goszuls, die sich mit dem Gedanken tragen, die Herrschaft der Springer abzuschütteln und die Galaktischen Händler in das Universum zurückzutreiben. Sie könnten unsere Bundesgenossen werden."

„Fein!" John nickte und machte kein sehr begeistertes Gesicht. „Und wie nehmen wir mit diesen Widerstandskämpfern Verbindung auf? So einfach ist das doch wohl nicht, oder?"

„Doch", erwiderte Gucky vergnügt und sah zu, wie die Matrosen nach beendeter Arbeit unter Deck gingen, um sich von der Anstrengung zu erholen. „Das ist höchst einfach. Ich hatte vor kurzem telepathischen Kontakt mit einem Goszul. Es muß also auf diesem Planeten noch mindestens einen Telepathen geben."

John nickte. „Woher willst du wissen, daß er uns helfen wird?"

„Weil er einer der wichtigsten Männer der Untergrundbewegung ist", sagte Gucky mit einer Selbstverständlichkeit, die John und seine drei Japaner fast umgeworfen hätte. „Wir nehmen Verbindung mit ihm auf, wenn er sich noch einmal meldet. So einfach ist das."

John erholte sich von seiner Überraschung. „Woher willst du das denn wissen?"

„Ich weiß sogar noch mehr", wich Gucky einer Antwort aus. „Der Telepath der Goszuls heißt Enzally."

Tako schloß seinen Mund, als John ihn scharf ansah. Kitai schüttelte den Kopf und murmelte etwas von „hinterhältiger Geheimnistuerei", während Tama ohne besonderes Interesse für die Unterhaltung den inzwischen dunkel gewordenen Himmel beobachtete, auf dem sich die ersten fremdartigen Konstellationen abzuzeichnen begannen. Er war Astronom, und diese Welt war 1012 Lichtjahre von der Erde entfernt. Grund genug also, sich für den Himmel zu interessieren.

„Und das sagst du erst jetzt?" sagte John Marshall vorwurfsvoll.

Gucky nickte selbstbewußt. „Hast du mich vielleicht danach gefragt?" Und völlig übergangslos fügte er hinzu: „Wann holen wir die Sachen, die ich von Rhodan mitgebracht habe?"

„Bei Tag", entgegnete John. „In der Nacht benötigen wir Licht, und das würde den überall postierten Wachrobotern in der Nähe des Raumhafens sicherlich auffallen. Wenn es hell ist, sind unsere Chancen besser. Morgen also – würde ich vorschlagen. Übrigens eine Frage, Gucky: Was hast du mitgebracht?"

Gucky zeigte seinen Nagezahn. Immer, wenn Gucky grinste, kam dieser einsame Zahn zum Vorschein.

„Bomben", flüsterte er mit seiner hellen Stimme. „Einen ganzen Rucksack voller Bomben, niedlicher, kleiner Bomben."

„Bomben?" ächzte John und starrte Gucky mit aufgerissenen Augen an. „Was sollen wir denn damit anfangen? Wir haben nicht einmal ein Flugzeug, mit dem sich Bomben abwerfen ließen. Außerdem haben die Springer uns schnell gefaßt, wenn wir anfangen, Bomben zu werfen."

Gucky schüttelte mitleidig den Kopf.

„Menschen sind schwer von Begriff", beschwerte er sich tiefsinnig. „Wenn sie das Wort ‚Bomben' vernehmen, denken sie unwillkürlich an eine Explosion. Nein, Gefährte John, es handelt sich diesmal nicht um detonierende Bomben, sondern lediglich um solche, die sich selbst auffressen, ehe sie wirksam werden. So einfach ist das."

Ohne zu verstehen, nickte John.

„Ja, so einfach ist das", murmelte er und betrachtete den Mausbiber, als wolle er ihm das Fell über die Ohren ziehen. „Ich schlage vor, du sagst uns jetzt endlich mal, was passieren wird – sonst passiert nämlich wirklich etwas . . ."

Guckys Nagezahn verschwand blitzartig. „Gut, Freunde, dann hört mal aufmerksam zu. Die Bomben des Vergessens wurden auf der Erde entwickelt – gleichzeitig auch das Gegenserum. Kurz: Es handelt sich um ein bakteriologisches Kampfmittel, das nach gewisser Zeit die Plastikhülle der Bomben zerfrißt und sich schnell ausbreitet. Jeder Mensch, der damit in Berührung kommt, zeigt Anzeichen einer unbekannten Krankheit. Rote Flecke auf dem Gesicht, Schmerzen im Genick, Ermüdungserscheinungen und so weiter. Aber das Schlimmste folgt dann: Das Gehirn des Betroffenen arbeitet nicht mehr einwandfrei. Es kann sich nicht mehr erinnern. Es hat alles vergessen. Grob gesagt: Die Betroffenen werden verrückt."

„Das nennst du niedlich?" protestierte John erschrocken. „Du willst die Goszuls verrückt werden lassen."

„Vergiß nicht das Gegenserum. Die Kranken werden sofort wieder gesund. Irgendwelche Nebenwirkungen sind ausgeschlossen. Auch, wenn die Erkrankten das Gegenmittel nicht erhalten, erholen sie sich nach einigen Wochen."

John machte ein ratloses Gesicht. „Das verstehe ich nicht. Warum dann das Theater?"

„Die Springer stammen vom gleichen Volk ab wie die Goszuls. Sie sind gegen unsere Krankheit keineswegs immun. Für uns ist wichtig, daß sie künftig Goszuls Planet meiden wie die Pest. Wenn sie ihn für rettungslos verseucht halten, werden sie mit Sicherheit niemals zurückkehren."

Als der Morgen graute, stieß John Marshall seine Gefährten an. Die

Japaner schlugen die Augen auf und blinzelten in die ersten Sonnenstrahlen, die durch das kleine Bullauge in die Kabine fielen.

„Ist es schon soweit?“ murmelte Tako müde und schwang sich aus der schmalen Koje. „Was macht Gucky?“

Der Mausbiber materialisierte mitten in der Kabine, als habe er die Frage gehört, was in gewissem Sinn ja auch stimmte.

„Hier bin ich“, gab er bekannt und glättete sein Fell. „Ich habe mich ein wenig umgesehen. Die Matrosen schlafen noch. Sie scheinen sich gestern müde gearbeitet zu haben. Alles ruhig – wie geschaffen für unser Unternehmen.“

„Bin ich froh, daß ich kein Teleporter bin“, murmelte Kitai und blieb ruhig im Bett liegen.

„Meint ihr, daß ihr es allein schafft?“

Tako knöpfte seine Jacke zu. „Wir müssen wohl – Gucky und ich. Gemeinsam schaffen wir es schon, wenn auch nicht auf einmal. In der Nähe der Stelle, an der Gucky die Sachen im Fluß versenkte, ist eine Sandbank. Darauf lagern wir das Zeug.“

„Und von dort aus bringen wir Kiste für Kiste aufs Schiff“, fügte der Mausbiber hinzu.

Träge wälzte sich der Fluß dem nahen Meer entgegen.

Er floß fast durch den halben Kontinent, der von den Eingeborenen „Götterland“ genannt wurde.

Die Sandbank erhob sich an ihrer höchsten Stelle kaum einen Meter über die ruhig vorbeiströmende Wasseroberfläche. Die Ufer waren weit entfernt, aber nicht zu weit, um hundertprozentige Sicherheit zu versprechen. Für schwere Kampfroboter bedeutete der Fluß kein Hindernis.

Gucky materialisierte aus dem Nichts und sah zu, wie auch Tako scheinbar aus leerer Luft entstand. Ein schneller Blick überzeugte die beiden davon, daß sie allein waren. Wer hatte auch zu dieser frühen Stunde etwas auf einer Sandbank zu tun?

„Ziemlich kalt, finde ich“, murrte der Japaner mißmutig. „Und bei der Temperatur sollen wir ein Bad nahmen?“

„Da hilft nichts“, sagte Gucky und schüttelte sich. „Wir materialisieren auf dem Grund des Flusses, der an keiner Stelle tiefer als fünf Meter ist. Dann nehmen wir eine Kiste – und springen hierher zurück. Mehr als jeweils zehn Sekunden sind wir nicht unter Wasser."

„Zehn Sekunden sind eine schöne Zeit, wenn man nicht atmen kann."

„Das macht mir weniger aus als die Kälte – und die Angst, jemand könnte inzwischen unsere geheimnisvolle Tätigkeit entdecken."

Tako sah sich forschend um. Das Nordufer war flach und bot keine Deckung. Von dort konnte sich kaum jemand unbemerkt nähern, ganz bestimmt kein Roboter. Das Südufer war waldig und unregelmäßig. Es gab kleine Buchten und vorstehende Landzungen. Wenn ein Angriff erfolgen würde, kam er bestimmt von dieser Seite.

„Solange die Wachroboter uns nicht melden, erfolgt auch kein Angriff", beruhigte der Japaner sich und den Mausbiber. „Beginnen wir, damit wir nicht zuviel Zeit verlieren."

Gucky nickte – und war verschwunden.

Tako wartete.

Zehn Sekunden später materialisierte dicht neben ihm Gucky mit einer schimmernden und triefenden Metallkiste.

Der Mausbiber atmete tief ein. „Ein Glück, daß die Strömung nicht der Rede wert ist, sonst fänden wir die Hälfte nicht mehr vor. Das Zeug liegt in einem Umkreis von fünfzig Metern verteilt. Das Wasser ist trüb, aber zur Not geht es. Wir werden schon alles finden. Die Entfernung von hier ist genau fünfhundert Meter. Richtung exakt Ost. Nun, versuchen wir's?"

Der Japaner nickte – und dann sprangen sie.

Als eine halbe Stunde vergangen war, hatten sie fast alles geborgen. Nicht immer ging alles so glatt wie anfangs, denn einige der Kisten waren vom Treibsand halb vergraben worden. Jedenfalls gelang es ihnen, die Kisten im Verlauf von mehreren Sprüngen vom Sand freizuschaufeln und schließlich zur Sandbank zu bringen. Dort türmten sie sich zu einer beachtlichen Pyramide.

Tako hatte schmale Augen, als er sagte: „Ich würde vorschlagen, daß wir diese hier erst einmal in Sicherheit bringen, ehe wir weitermachen. Auf dem Grund des Flusses ist der Rest in Sicherheit, was man von den Kisten auf der Insel nicht gerade behaupten kann."

„Einverstanden!“ Gucky nickte. „Ein vernünftiger Vorschlag. Ich nehme die Kiste mit den Bomben, du die mit den Lebensmitteln. Los, beeilen wir uns.“

John bekam fast einen Schlag, als mitten in der engen Kabine des Segelschiffs plötzlich eine Kiste stand und ihn hart zur Seite drängte, so daß er in die nächstbeste Koje stolperte und gleich liegenblieb. Gucky materialisierte auf der Kiste und sah sich um wie ein Sieger.

„Expreßgut ist eingetroffen!“ zwitscherte er und machte einen Satz auf das oberste Bett, denn im selben Augenblick materialisierte die zweite Kiste. Tako rutschte an ihr herab und blieb auf dem nassen Holzboden stehen.

„Ist das alles?“ japste John von dem Bett her, sehr froh darüber, daß Kitai und Tama gerade einen Rundgang durch das Schiff machten, um sich von der Harmlosigkeit der Mannschaft zu überzeugen. „Viel hat hier nicht mehr Platz.“

„Ihr könnt auch ein wenig arbeiten“, schlug der Ilt vor. „Bringt die Kisten in einen geeigneten Lagerraum, den man abschließen kann. Wir holen inzwischen die anderen. Es sind insgesamt vielleicht zwanzig.“

„Zwanzig?“ ächzte John und kroch aus dem Bett. „Zwanzig solcher Kisten?“

„Die meisten sind kleiner und waren besser verpackt. Leider haben sie durch meinen Gewalttransport gelitten, aber sie sind wasserdicht geblieben.“ Gucky nickte Tako zu. „Wir müssen weitermachen. Verschwinden wir.“

Und sie sprangen – mitten in die vorbereitete Falle.

RK-071 war einer jener Kampfroboter, die ein gewisses Gebiet abzusichern hatten. Meist standen diese Roboter in ihren Unterschlüpfen und warteten auf das Einsatzsignal. Dieses wiederum wurde drahtlos von den zuständigen Wachrobotern gegeben, deren es wesentlich mehr gab und deren Aufgabe es war, den ihnen unterstellten Sektor ständig zu kontrollieren.

Praktisch handelte es sich nur um eine Vorsichtsmaßnahme, denn mit einer Revolte der Goszuls rechnete niemand, nicht einmal die von

Natur aus mißtrauischen Gouverneure von Götterland. Sie hielten die Eingeborenen für willige Untertanen, die für die Bevormundung noch dankbar sein müßten.

Die Roboter hielten sich nicht an Gefühle und Vermutungen. Sie waren programmiert und taten ihre Pflicht, die ihnen vom positronischen Gehirn diktiert wurde. Sie hielten sich an Tatsachen und sonst nichts.

Die Veränderung auf der Sandbank war eine Tatsache.

Wachroboter RW-895 registrierte diese Veränderung und leitete sie an das Zentralgehirn seiner Kommandostelle weiter. Dort wurde die Meldung ausgewertet und entsprechende Gegenmaßnahmen eingeleitet. Der für das Gebiet zuständige Kampfroboter war der bereits erwähnte RK-071. Er empfing den Aktivierungsbefehl und setzte sich in Richtung Fluß in Marsch.

Aber die Kommandozentrale der Überwachungsstelle mußte sich wohl einiger vorangegangener Ereignisse erinnern, denn sie hielt einen Roboter allein nicht für ausreichend. Man hatte es mit einem rätselhaften und nicht zu unterschätzenden Gegner zu tun, aller Wahrscheinlichkeit nach mit niemand, der auf dieser rückständigen Welt geboren worden war.

Soweit stimmten die logischen Schlüsses des leitenden Positronengehirns, wenn es auch hartnäckig schwieg, wenn man nach dem geheimnisvollen Gegner selbst fragte. Der blieb somit vorerst unbekannt.

Aus verschiedenen Richtungen marschierten somit insgesamt sechs Kampfroboter auf die Sandbank zu, um sich unter das Kommando von RK-071 zu stellen. Eine Kompanie schnell mit Waffen ausgerüsteter Goszuls höherer Intelligenz wurde am südlichen Flußufer stationiert und erhielt den Auftrag, niemand durch die so entstandene Linie zu lassen und verdächtige Personen sofort festzunehmen.

Das alles geschah bereits, während Gucky und Tako nach den versunkenen Kisten tauchten und diese auf der flachen Sandbank aufstapelten. Von den Ufern aus war der Vorgang nicht genau zu erkennen. Hin und wieder erkannten die Späher eine menschliche Gestalt, die genausogut einem Goszul wie auch einem Springer gehören konnte. Lediglich das kleine Wesen mit dem rostbraunen Pelz bereitete dem Positronengehirn der Kommandostelle einiges Kopfzerbrechen.

Und dann verschwanden die beiden Lebewesen plötzlich, als hätten sie sich mitsamt zwei Kisten in Luft aufgelöst.

Das war für die Kampfroboter das Zeichen, die Sandinsel zu besetzen.

Sie marschierten einfach los und verschwanden im Fluß. Da sie auch im freien Weltraum ihre Bewegungsfreiheit keineswegs einbüßten, machte ihnen das Wasser ebenfalls nichts aus. Als sei nichts geschehen, marschierten sie über den Flußgrund und stiegen dann wieder aus dem niedrig werdenden Wasser, um sich auf der Sankbank wiederzufinden.

Hier gruben sie sich ein, um bei der Rückkehr der Fremden nicht sofort gesehen zu werden. Ihr Befehl lautete: nicht vernichten, sondern die Unbekannten lebendig fangen.

Und das war Guckys Glück.

Gucky materialisierte gleichzeitig mit Tako etwa fünf Meter von dem Kistenstapel entfernt. Dieser erstaunliche Vorgang spielte zwar beim Reaktionsvermögen der Roboter keineswegs eine besondere Rolle, denn sie wunderten sich über nichts, auch nicht über das schier unmöglich Erscheinende. Aber der Vorgang an sich ging so schnell und überraschend, daß Tako schon längst seine Kiste gepackt und den Rücksprung angetreten hatte, als die vier auf der Sandbank stationierten Roboter sich in Bewegung setzten und ihre Deckung verließen.

Gucky war gerade dabei, sich eine Kiste auszusuchen.

Das plötzlich in seinem Rücken entstandene Geräusch ließ ihn herumfahren. Die vier Ungetüme schritten unbeholfen und drohend über den losen Sand auf ihn zu. Zwei von ihnen scherten seitwärts aus, um ihm den Rückzug abzuschneiden – bei einem Teleporter ein recht schwieriges Vorhaben, wie sie sehr bald feststellen sollten.

Gucky ließ die Kisten Kisten sein und teleportierte in eine Höhe von zweihundert Metern, wo er erneut rematerialisierte. Seine Fähigkeiten erlaubten es ihm, regelrecht in der Luft stehenzubleiben und die Vorgänge unter sich in aller Ruhe zu beobachten.

Es war nicht schwer, das Geschehene zu erkennen.

Drüben am Nordufer waren drei weitere Kampfroboter in Stellung gegangen und warteten auf ihr Einsatzkommando. Die Goszuls am Südufer des Flusses hatten sich zwar besser getarnt, aber Gucky entdeckte sie sofort, als er einmal Verdacht geschöpft hatte. Er mußte anerkennen, daß die Überwachungsautomatik der Springer tadellos und sehr schnell funktionierte. Innerhalb einer halben Stunde hatten sie seine Tätigkeit auf der Insel entdeckt und entsprechend gehandelt.

Und Tako, der von alledem nichts ahnte, konnte jeden Augenblick zurückkehren.

Gucky entschloß sich zu sofortigen Gegenmaßnahmen.

Er entmaterialisierte nicht, sondern ließ sich einfach fallen. Wie ein Stein stürzte er auf die Roboter zu, wich seitlich ein wenig aus und landete knapp fünfzig Meter von ihnen entfernt am westlichen Rand der Sandbank. Jetzt erst konnte er sich genügend konzentrieren und seine telekinetischen Kräfte richtig einsetzen.

Einer der Kampfroboter erhob sich in die Luft, noch ehe er sich umdrehen und die neue Situation erfassen konnte. Er stieg wild um sich schießend auf einhundert Meter Höhe und trieb seitlich so weit ab, bis er über dem waldreichen und teils auch felsigen Südufer stand, wo die Goszuls in Stellung gegangen waren. Gucky hatte eigentlich keine Zeit, aber er konnte der Versuchung nicht widerstehen.

Und so stürzte der Roboter nicht einfach ab, sondern drehte erst zwei vollendete Loopings, zog eine wunderbare Schleife über die staunenden Goszuls und prallte dann schließlich mit enormer Beschleunigung gegen einen Uferfelsen, der seinen metallenen Kopf zerschmetterte.

Der Rest rutschte als wertloser Schrotthaufen in das langsam dahinziehende Wasser und verschwand darin auf Nimmerwiedersehen.

Der zweite Roboter endete nach einem ähnlichen Kunststück am gleichen Felsen, nur mit dem Unterschied, daß es ihm gelang, ein Stück des Felsens vorher in glühende Lava zu verwandeln. Dieser Umstand jedoch beschleunigte sein Ende nur. Zischend versank er mit einem Klumpen glühenden Gesteins in den Fluten des Flusses.

Gucky konnte seine Aufmerksamkeit gerade dem dritten Roboter zuwenden, als Tako zurückkehrte. Der Japaner materialisierte direkt zwischen den beiden Metallungeheuern, die Gucky angriffen.

Er war so überrascht, daß er sich nicht rührte. Zum Glück waren es die Roboter nicht. Sie kümmerten sich nicht um Tako, sondern sahen wohl mit einigem Recht in dem kleinen Mausbiber den gefährlicheren Gegner, den es unschädlich zu machen galt.

Der einmal erhaltene Befehl mußte eingehalten werden. Noch war das Kommando zum Vernichten nicht erteilt worden. Roboter kennen nur wenig Rücksicht auf ihre eigene Existenz, wenn die Kampfroboter auch eine gewisse Ausnahme bildeten. Wenn sie in Gefahr gerieten, vom Gegner zerstört zu werden, löste sich automatisch das Sperrelais, und sie machten von ihren tödlichen Waffen Gebrauch.

„Zum Schiff zurück!" schrillte Gucky, der noch einige Sekunden Zeit zu haben glaubte. „Ich komme, wenn alles klar ist."

Tako gehorchte und verschwand.

Gucky entschloß sich zu einem besonders eindrucksvollen Schauspiel. Gleichzeitig erhoffte er sich damit eine imponierende Wirkung bei den Goszuls, die ja einmal ihre Bundesgenossen werden sollten.

Die beiden übrigen Kampfroboter verwandelten sich in zwei Kunstflugzeuge. Gerade über den Goszuls, die den Vorgang natürlich keineswegs begriffen und glaubten, die metallenen Götter seien verrückt geworden, drehten sie Loopings, machten Rollen und vollführten die gewagtesten Kapriolen. Schließlich, als Höhepunkt ihrer Darbietung, trennten sie sich, wendeten und rasten mit Höchstgeschwindigkeit aufeinander zu. In der Mitte trafen sie zusammen, infolge eines inzwischen stattgefundenen Kurzschlusses wild schießend. Eng umschlungen stürzten die beiden Kunstflieger halb zerschmolzen in den Fluß, in dem sie zischend versanken.

Die Goszuls waren der Vorstellung mit ungeteilter Aufmerksamkeit gefolgt, wenn sie sich die Vorgänge auch nicht zu erklären vermochten. Sie mußten glauben, daß die beiden „Götter" Streit bekommen und sich gegenseitig vernichtet hatten. Niemand kam auf den Gedanken, das kleine pelzige Wesen auf der Sandinsel dafür verantwortlich zu machen.

Lediglich RK-071 kam auf diesen absurden Gedanken und gab seinen beiden Metallgefährten den Angriffs- und Vernichtungsbefehl.

Von nun an gab es keine Rücksicht mehr. Der kleine Gegner war zu gefährlich, um gefangengenommen werden zu können.

Die Kolosse marschierten auf das Nordufer zu und machten Anstalten, im Fluß zu verschwinden. Gucky erkannte die Gefahr. Er wußte, daß Wasser dem robotischen Mechanismus nichts anhaben konnte. Er nahm eine Kiste und teleportierte zum Schiff.

Tako war gerade dabei, John Marshall die Situation auf der Sandbank zu erklären, als der Mausbiber in der Kabine auftauchte. Es war eng, denn nun waren auch Kitai und Tama zurückgekehrt.

„Da ist er ja!" rief Tako, und man sah ihm die Erleichterung an. „Was ist geschehen? Bist du geflohen?"

Trotz der gespannten Lage hatte Gucky Zeit, sich verletzt zu fühlen.

„Geflohen?" zwitscherte er. „Wie käme ich auf den Gedanken? Mir ist lediglich ein Gedanke gekommen. Kitai, am Fluß wartet eine Kompanie Goszuls darauf, von dir behandelt zu werden. Vielleicht kannst du gute Bundesgenossen aus ihnen machen."

„Eine ganze Kompanie?" Kitai riß die Augen auf. „Was wollen wir damit anfangen?"

„Eine ganze Menge. Du wirst ihnen einsuggerieren, daß sie alle weiteren Befehle zu ignorieren und zum Hafen zu marschieren haben. Wir werden sie dann hier in Empfang nehmen. Ich habe eine lebenswichtige Aufgabe für die Brüder."

Kitai wollte noch etwas fragen, aber ein Wink Johns ließ ihn verstummen. Der Telepath hatte bereits begriffen, was Gucky plante.

„Kitai wird tun, was du sagst", wandte er sich an Gucky. „Und die Ausrüstung ist sicher?"

Gucky machte sich zum Sprung bereit. Er fixierte Kitai, den er mitzunehmen hatte, und nahm seine Hand. Zu John gewandt, sagte er: „Noch nicht. Drei Kampfroboter sind dabei, sie in Besitz zu nehmen. Ich werde ihnen die Suppe versalzen."

„Kampfroboter?" entsetzte sich John. „Wie willst du sie . . ."

„Keine Sorge, Freund. Vier von ihnen habe ich schon durch mangelhafte Pilotenkenntnisse zugrunde gerichtet. Auf drei mehr oder weniger soll es mir auch nicht ankommen."

Mit dieser geheimnisvollen Andeutung verschwand er. Kitai war ebenfalls nicht mehr in die Kabine.

Tako, der sich übergangen fühlte, fragte John: „Und ich? Soll ich auch . . ."

„Warte noch", entschied Marshall. „Gucky wird dich holen, wenn er dich braucht. Wir können jetzt nichts tun als warten."

Gucky materialisierte und ließ Kitai los. Von den Robotern war noch nichts zu sehen. Sie mußten sich noch unter der Flußoberfläche aufhalten und konnten jeden Augenblick das Ufer der Sandbank erreichen.

„Dort drüben am Südufer, Kitai. Die Goszuls liegen da in Stellung und wissen vorerst noch nicht, was sie von den Wundern zu halten haben, die sich vor ihren Augen abspielen. Nimm sie in Behandlung. Kümmere dich nicht um das, was gleich hier geschehen wird. Am besten gehst du in Deckung, damit die Roboter dich nicht entdecken."

„Welche Roboter?"

„Sie werden gleich auftauchen", verkündete Gucky und ließ den Strand nicht aus den Augen. „Mach voran, wir haben nicht viel Zeit."

Er bemerkte in einigen Metern Entfernung ein Kräuseln der Wasseroberfläche. Der erste der Roboter tauchte mit seiner Schädelplatte aus den Fluten.

Gucky liebte die Abwechslung. Nichts war ihm mehr zuwider als die Monotonie. Wenn er diese drei Roboter auf die gleiche Art erledigte wie die ersten vier, so war das zweifellos Monotonie.

Blitzschnell faßte er seinen Plan und führte ihn aus. Drüben am Südufer gab es genug lose Felsen, die er von der Sandbank aus leicht telekinetisch dirigieren konnte. Endlich wieder einmal konnte der Mausbiber nach Herzenslust spielen, wie sein Volk auf dem einsamen Planeten der sterbenden Sonne das telekinetische Bewegen von Materie nannte.

Die Goszuls, die sich kaum von ihrer ersten Überraschung erholt hatten, erlebten nun eine zweite. Statt fliegender Roboter gab es schwebende Felsen in endloser Folge. Sie hoben sich am seichten Ufer aus dem Wasser, segelten in ruhigem Flug dicht über den Fluß dahin und klatschten dann an einer bestimmten Stelle in die Fluten, um gurgelnd zu versinken. Natürlich konnten die Goszuls nicht wissen, daß sie unter sich drei Kampfroboter begruben, denen die Energiewaffen unter Wasser nicht viel nutzten.

Schließlich, schon erhob sich dicht neben der Sandbank eine neue Insel aus Felsen, beendete Gucky seine Vorstellung. Unter der Insel, so wußte er, waren die Roboter vorerst sicher. Mit der Zeit würden sie sich vielleicht befreien können, vielleicht aber auch nicht. Jedenfalls hatte man im Augenblick nichts mehr von ihnen zu befürchten. Daß sie über Funk das Geschehene berichten konnten, störte Gucky nur wenig. Er suchte Kitai in seiner Sanddeckung auf und fragte: „Nun, schon Erfolg?“

„Ja, ich denke schon. Es wird noch einige Minuten dauern. Ich muß das ganze Ufer bestreichen, damit ich niemand übersehe.“

„Gut, dann mach weiter. Ich werde den Transport der Kisten wiederaufnehmen und Tako holen. In einer halben Stunde haben wir es geschafft.“

Er kehrte zu dem Stapel zurück und verschwand Sekunden später mit einer Kiste. Als er mit Tako zurückkehrte, überließ er diesem die Aufgabe, die Ausrüstung zum Schiff zu schaffen, während er selbst die restlichen Behälter vom Grund des Flusses holte.

Kitai hatte inzwischen Erfolg.

Das zeigte sich eindeutig, als die Goszuls unbekümmert ihre schützenden Deckungslöcher verließen und sich zur Marschordnung formierten. Einer von ihnen übernahm das Kommando. Ohne sich weiter um die beiden Menschen und den Mausbiber auf der nahen Insel zu kümmern, nahmen sie Richtung zur Küste und setzten sich in Marsch. Kurz vor der Mündung gab es eine Brücke, wußte Kitai. Von dort war es nicht mehr weit bis zum Hafen.

Gucky kam herbei.

„Sie werden den Hafen morgen mittag erreichen und sich bei uns melden“, sagte der Suggestor grinsend. „Sie handeln aus freiem Willen und werden noch einige Freunde mitbringen, so daß wir morgen mit einer hübschen Menge freiwilliger Helfer rechnen müssen.“

„Die können wir auch gebrauchen.“ Gucky grinste zurück und nahm Kitai bei der Hand. „Und nun schließe deine Augen, Bruder – ich bringe dich zum Schiff.“

Zwei Stunden später lag die gesamte Ausrüstung wohlverstaut in einer der großen Bugkabinen, in die John und seine Mutanten umgezogen waren, um die wertvollen Kisten nicht unbewacht zu lassen. In aller Ruhe konnten sie sich nun daranmachen, den Inhalt der wasserdichten Kisten zu untersuchen.

Gucky half ihnen dabei. Er zeigte auf den Stapel mit den länglichen und verhältnismäßig flachen Behältern aus Metall und sagte: „Der Inhalt ist identisch. Es genügt, wenn wir eine öffnen."

Sie taten es. Als der Deckel aufschwang, starrten die vier Männer verwundert auf die Doppelreihe der Bomben, die so groß wie eine normale Handgranate waren. Die Hülle bestand nicht aus Metall, sondern aus buntem Plastikmaterial. Gucky zeigte auf die roten. „Die wirken am schnellsten. Infektionsspanne nur wenige Tage. Ausbruch der Krankheit in einer Woche. Bei den anderen dauert es länger. Eine genaue Liste ist beigefügt."

„Bakterienkrieg", flüsterte John nicht gerade begeistert.

„Keine Sorge", gab Gucky zurück und sah sehr fröhlich aus. „In den grünen Kisten dort drüben ist das Gegenmittel. Im übrigen wißt ihr, daß die Sache völlig harmlos ist. Nur die Springer wissen es nicht. Das alles wird uns noch viel Spaß bereiten."

„Ein Krieg – und Spaß", sagte Kitai vorwurfsvoll.

Gucky grinste vergnügt. „Dieser – ja."

15.

Geragks hypnotische Beeinflussung durch Kitai blieb nicht sehr lange wirksam. Er war nach der Entladung des Seglers in sein Wohnquartier zurückgekehrt, nachdem er die Erfüllung des Auftrags seinem zuständigen Wachroboter gemeldet hatte. Dieser veranlaßte zugleich den Abtransport der Schiffsladung zur Rampe des Raumhafens.

In seinem Quartier setzte sich Geragk aufs Bett und stützte den Kopf in die Hände. Unter seiner rotbraunen Haut zuckten die Nerven. In den Augen war ein unstetes Flackern.

Hatte er nicht etwas vergessen, was ihm äußerst wichtig erschienen war? Irgend etwas, das seine Stellung bei den Göttern festigte?

Aber sosehr er auch überlegte, noch wich der Bann nicht, der sich wie ein eiserner Reifen um seine Stirn gelegt hatte. Als es an der Tür klopfte, schrak er zusammen wie ein ertappter Sünder. Heute wollte Ralv ja etwas mit ihm besprechen – fast hätte er nicht mehr daran gedacht.

Er ließ den späten Besucher ein und verschloß die Tür wieder.

Ralv war der Anführer der Organisation, die dem Götterspuk ein Ende bereiten wollte, und zwar mit Gewalt. Seine hünenhafte Gestalt überragte die Geragks um gut zwanzig Zentimeter. Seine tiefrote Haut zeigte dunkle Behaarung und starke Sehnen. Ralv mußte über große Körperkräfte verfügen.

„Fühlst du dich nicht wohl?" fragte er, als er sich gesetzt hatte.

Geragk zuckte mit den Schultern. „Ich weiß nicht recht, wie ich mich fühle. Vielleicht waren es auch nur die Arbeit und die Hitze heute. Mir ist, als läge ein Gewicht auf meinem Kopf."

Ralv betrachtete ihn aufmerksam. Dann nickte er. „Rendex geht es ähnlich. Ich war eben bei ihm. Übrigens gehörte er zu deinem Entladekommando. Zufall?"

„Was?"

„Daß ihm so ähnlich wie dir zumute ist."

Geragk sah Ralv an. „Irgend etwas war auf dem Schiff, aber ich weiß nicht mehr, was. Wie kann man das nur vergessen? Es wird mir auch bestimmt wieder einfallen, aber im Augenblick – ich weiß nicht. Alles ist so merkwürdig."

Ralv schnitt ein neues Thema an. „Unseren Verbindungsleuten ist es gelungen, einen der Wachroboter zu fangen und auseinanderzunehmen . . ."

„Ihr habt einen Metallgott getötet?"

„Rede keinen Unsinn! Du weißt genausogut wie ich, daß das ganze Geschwätz von Göttern Unsinn ist. Diese sogenannten Götter sind Humanoide wie wir. Sie haben Schiffe, mit denen sie von Stern zu Stern fliegen können – das ist alles. Mit Hilfe ihrer technischen Überlegenheit haben sie unsere Welt versklavt. Wir werden sie von Goszuls Planet vertreiben, wie sie unsere Welt nennen."

„Aber einen Metallgott – einen Roboter zu fangen . . .? Wird der Verlust die Götter nicht rebellisch machen? Sie schicken uns ihre Kampfmaschinen auf den Hals.“

Ralv machte ein geheimnisvolles Gesicht. „Vielleicht weißt du es noch nicht, aber wir haben unerwartete Bundesgenossen erhalten. Seit unbestimmter Zeit weilen auf unserer Welt Fremde, die ebenfalls die Götter bekämpfen und ihnen Schaden zufügen.“

„Fremde?“ machte Geragk und sah plötzlich sehr nachdenklich aus. „Wie kommt es, daß ich bei diesem Wort etwas spüre? Hatte ich nicht heute mit Fremden zu tun?“

Er schüttelte den Kopf und ballte die Hände zu Fäusten.

„Nun?“ erkundigte sich Ralv neugierig. „Immer noch nichts?“

„Ich muß schlafen, Ralv. Vielleicht fällt es mir morgen wieder ein. Ich habe das Gefühl, es ist wichtig, sehr wichtig sogar. Was ist übrigens aus dem Roboter geworden, den ihr auseinandergenommen habt?“

„Was soll aus ihm geworden sein? Wir haben sein Inneres untersucht und festgestellt, daß er rein mechanischer Natur ist. Notfalls könnten wir solche Gebilde sogar nachbauen, wenn wir die notwendigen Maschinen besitzen – und das wird ja nicht mehr lange dauern. Wenn wir die Götter vertrieben haben, werden wir auch ihre Fabriken übernehmen und selbst solche Schiffe bauen, mit denen man die Sterne erreichen kann.“

„Besitzen wir genaue Unterlagen über sämtliche Anlagen?“

„Alles ist vorbereitet. Wir könnten schon diese Nacht losschlagen, wenn Enzally uns nicht gewarnt hätte.“

„Enzally? Was will der Seher?“

„Eigentlich sollten wir ihn ‚den Lauscher‘ nennen, denn er vermag die Gedanken anderer Menschen zu lesen, aber nicht nur die Gedanken der Menschen, sondern auch die der sogenannten Götter. Und die der Fremden.“

„Die der Fremden? Er hat Verbindung mit den Fremden?“

„Nur ganz kurz und für wenige Augenblicke. Soviel jedenfalls konnte er erfahren: Die Fremden sind die Feinde der Götter und damit unsere potentiellen Verbündeten.“

„Bundesgenossen“, sann Geragk vor sich hin. „Niemals hätten wir mit Freunden rechnen dürfen, und nun haben wir plötzlich welche.

Aber warum melden sie sich nicht? Warum bleiben sie verborgen und zeigen sich uns nicht?“

„Sie werden ihre Gründe haben. Enzally versucht, Verbindung mit ihnen aufzunehmen, bisher ohne Erfolg. Er gibt mir sofort Nachricht, wenn er etwas erfährt. Du siehst, unsere Lage ist nicht hoffnungslos, aber es ist im Augenblick klüger, wenn wir abwarten.“

„Wenn die Götter nur nicht vorzeitig durch das Verschwinden eines ihrer Roboter gewarnt werden.“

„Damit müssen wir rechnen“, sagte Ralv und erhob sich. „Versuche, dich an das zu erinnern, was heute auf dem Segler geschehen ist. Es ist doch merkwürdig, daß alle, die unter deinem Kommando standen, an Gedächtnisschwund leiden. Da steckt doch etwas dahinter.“

Geragk öffnete ihm die Tür.

„Aber was?“ fragte er, ohne eine Antwort zu finden.

Die Kunde von dem merkwürdigen Gefecht zwischen einem kleinen Tier und sieben Kampfrobotern drang auch bis an die Ohren der heimlichen Rebellen. Überall in den Verwaltungszentren saßen Goszuls, die die Arbeit der positronischen Gehirne und der weitverzweigten Automatik dank ihrer erhaltenen Hypnoschulung unterstützten. Einige von ihnen hatten den plötzlichen Angriffsbefehl am Vormittag zur Kenntnis genommen und später von der Vernichtung der sieben Kampfroboter erfahren.

Und noch ein wenig später löste eine weitere Nachricht erhebliches Befremden aus – aber nicht nur bei den Goszuls, sondern auch bei den Gouverneuren, den Springern. Die zum Fluß beorderte Kompanie der Goszuls hatte sich nicht weiter um ihre Aufgabe gekümmert, sondern war nach der Vernichtung der Roboter aufgebrochen und befand sich zur Stunde auf dem Marsch zur Seehafenstadt Vintina. Was sie dort wollte und wer ihnen den Befehl erteilt hatte, war nicht herauszubekommen.

Jedenfalls suchte Ralv, als er von der erstaunlichen Neuigkeit hörte, sofort seinen Gefährten Geragk auf, der heute kein Kommando erhalten hatte und in seiner Wohnung weilte.

„Ich weiß nicht, was geschehen ist, aber ich halte es für unbedingt notwendig, daß wir uns um die Leute kümmern. Ich will nicht hoffen, daß einige unserer Unterführer den Entschluß gefaßt haben, selbständig zu handeln. Gegen die Kampfroboter haben sie keine Chance."

Geragk, der dem Bericht schweigend gelauscht hatte, sagte sinnend: „Wie sah dieses Wesen aus, das gegen die Roboter kämpfte und sie besiegte? War es kein Mensch?"

„Kein Goszul, kein Springer – nichts. Es war ein Tier."

„Ein Tier kann niemals Roboter vernichten", meinte Geragk verständnislos. „Ob es einer dieser Fremden ist, von denen Enzally sprach?"

„Möglich", gab Ralv zu. „Begleitest du mich?"

Die beiden Männer eilten aus dem Haus und nahmen den nächstbesten Wagen, der sie zur Hafenstadt brachte. Die Kompanie befand sich noch auf dem Marsch. Wenn sie ihr Tempo beibehielt, würde sie erst im Morgengrauen des anderen Tages den Hafen erreichen. So lange mußten sie sich gedulden, wenn sie keinen Verdacht erregen wollten.

Der Abend und die Nacht vergingen. Sie waren bei einem Freund untergeschlüpft, der ebenfalls ihrer geheimen Organisation angehörte. Ein Bote war unterwegs, um Enzally zu verständigen. Er konnte in drei Stunden eintreffen, wenn man ihn nicht aufhielt.

Die Zeit verging nur langsam.

Sie bemerkten nichts von der fieberhaften Tätigkeit, die inzwischen die Überwachungszentren ergriffen hatte. Funksprüche rasten durch Götterland und unterrichteten die Springerpatriarchen von dem unerklärlichen Vorfall. Eine soeben fertiggestellte Einheit von Kampfrobotern verließ die Fabrik und marschierte zur Hafenstadt. Weitere Verstärkungen vom Raumfeld abzuziehen, schien den Gouverneuren zu riskant.

Als der Morgen graute, glich der Hafen einem Heerlager. Überall an den wichtigen Ausfallstraßen waren Kampfroboter stationiert, die jedes Fahrzeug kontrollierten. Die Goszuls ließen die Kontrollen geduldig über sich ergehen und verhielten sich erstaunlich diszipliniert.

Es war dem Telepathen Enzally gelungen, unbemerkt in die Stadt zu gelangen. Seine suchenden Gedanken fanden Ralv und Geragk. Wenig später klopfte er an die Tür.

Die beiden Freunde atmeten auf, als sie ihren wichtigsten Mann erkannten. Sie bestürmten ihn mit Fragen, aber der schon ältere Telepath hob beschwörend beide Hände und lächelte wissend. Er setzte sich auf die Kante eines Bettes und sagte: „Gönnt mir eine kurze Pause, Freunde. Ich habe einen langen Weg hinter mir – und er war nicht einfach zu gehen. Die Springer sind unruhig geworden – ihr seht, ich nenne sie auch schon nicht mehr Götter. Der Grund ist einfach zu erklären: Ich erhielt eine neue Verbindung mit den Fremden. Sie weilen hier ganz in der Nähe – vielleicht sogar in der Stadt."

„Hier in der Stadt?" stieß Ralv hervor und hatte Mühe, seine Überraschung zu verbergen. „Wo?"

„Wir werden es bald wissen, denn sie haben mich gebeten, heute früh erneut Verbindung mit ihnen aufzunehmen. Ich weiß nicht, wie viele es sind, aber mindestens zwei von ihnen sind Telepathen wie ich."

Geragk saß in einer Ecke und starrte Löcher in die Luft. Er sah ganz so aus, als denke er angestrengt nach. Enzally warf ihm einen schnellen Blick zu und winkte Ralv plötzlich ab, der etwas sagen wollte. Der Telepath hielt den Kopf ein wenig schief und betrachtete Geragk forschend.

Plötzlich sagte er: „Ich werde dir helfen, Geragk, deine Erinnerung aufzufrischen. Vielleicht erfahren wir dann mehr. Was also war gestern auf dem Schiff?"

Ralv begriff sofort und verhielt sich abwartend. Er wußte, daß Enzally in Geragks Gedanken forschte, und vielleicht gelang es dem Telepathen sogar, in die verschleierte Erinnerung vorzudringen.

„Seltsam", murmelte Enzally plötzlich. „Es ist, als läge vor deinen Gedanken eine Art Schleier – ich kann ihn fast körperlich spüren. Er ist nicht natürlichen Ursprungs. Nur ein anderer Telepath – oder besser ein Suggestor – könnte ihn vor dein Erinnerungsvermögen gelegt haben. Also auf dem Segler warst du gestern, der im Hafen liegt? Und dort geschah etwas? Was geschah? Nein, du brauchst nichts zu reden. Denken, nichts als denken – das genügt. Ja, so ist es besser. Fremde waren an Bord? Der Kapitän sagte es dir? Vier fremde

Männer, die wie Götter aussahen? Und du gingst zu ihnen – und dann war alles vorbei? Du weißt nichts mehr?"

Enzally atmete auf und lehnte sich zurück, Geragk dabei nicht aus den Augen lassend. „Sieh mich an, Geragk! Diese vier Männer – hast du sie deutlich gesehen? Was sagten sie zu dir? Doch, du kannst dich erinnern, wenn du das willst! Ja – du erinnerst dich jetzt. Sie waren es, die dir den Befehl gaben, alles zu vergessen. Dir und allen Leuten des Kommandos. Ihr alle vergaßt das, was ihr sehen konntet. Diese vier Männer sind die Fremden, die wir suchen. Sie sind unsere Verbündeten."

Geragk sah aus, als erwache er aus einem Traum. Seine Augen starrten ins Leere. Dann aber nickte er. „Du hast recht, Enzally. Die vier Fremden sind auf dem Schiff. Ich entsinne mich jetzt wieder. Sie gaben mir und meinen Leuten den Befehl, alles zu vergessen. Warum eigentlich, wenn sie unsere Freunde sind?"

Enzally lächelte. „Du vergißt, daß auch Roboter auf dem Schiff waren. Was wäre geschehen, wenn sie Verdacht geschöpft hätten? Sie sind nur vier Männer, die gegen eine ganze Welt stehen. Sie müssen vorsichtig sein. Aber ich glaube, sie suchen Freunde. Wir werden es bald wissen."

„Wann?" fragte Ralv, der sich bisher schweigsam verhalten hatte.

Enzally hob die rechte Hand.

„Gleich", flüsterte er und bedeutete den beiden Männern, jetzt zu schweigen. Ganz ruhig und unbeweglich saß er auf dem Bett und lauschte in sich hinein.

Es dauerte fast zehn Minuten.

Weder Ralv noch Geragk konnten ahnen, was in diesen zehn Minuten geschah. Sie wußten, daß ihr Telepath sich mit jemand unterhielt, aber sie konnten natürlich kein einziges Wort dieser Unterhaltung verstehen.

Endlich nickte Enzally mehrmals vor sich hin, sah auf und sagte: „Macht euch bereit, Freunde. Ihr werdet mich begleiten. Ich glaube, der Kampf beginnt."

Geragk kannte die Antwort, aber er fragte doch: „Wohin gehen wir?"

„In den Hafen – ein Schiff wartet dort auf uns."

Der Kapitän des Seglers war fest davon überzeugt, aus völlig freiem Willen zu handeln, als er weiterhin im Hafen blieb, statt gleich wieder auszulaufen, wie die Anordnungen es besagten. Er hatte zwar keine Ahnung, warum er so handelte, aber er tat es eben. Kitai hatte dafür gesorgt, daß seine Befehle den notwendigen Nachdruck erhielten und die Wirkung seiner Suggestion eine Weile anhielt.

Die leicht gebeugte Gestalt des Japaners lehnte gegen die Reling. Kitai hielt Wache, während John Marshall und die beiden anderen Mutanten in aller Ruhe die Ausrüstung sichteten, die Gucky gebracht hatte.

Gucky selbst unterstützte Kitai bei seiner Aufgabe, die Ankunft der drei Goszuls rechtzeitig zu bemerken. Er hockte zwischen den Aufbauten und schickte seine telepathischen Fühler aus. Es dauerte nicht lange, bis er unter den Tausenden der auf ihn einströmenden Impulse die richtigen entdecken und isolieren konnte. Mit einiger Hingabe lauschte er der Unterhaltung zwischen Enzally, Ralv und Geragk, als diese zum Hafen gingen und geschickt die Kontrollen der Wachroboter vermieden.

Die Loyalität der drei Goszuls stand außerhalb jeder Diskussion. Allein die leise geführte Unterhaltung, deren Zeuge Gucky war, bewies das zur Genüge.

Der Mausbiber teleportierte zu Kitai, der erschrak, als Gucky neben ihm materialisierte.

„Sie kommen.“

Kitai seufzte. „Ist es notwendig, daß du meine ohnehin schon strapazierten Nerven noch mehr belastest? Kannst du nicht wie ein vernünftiger Mensch die paar Schritte gehen?“

„Ich bin kein Mensch“, erklärte Gucky. Sein Stolz über diese Tatsache war unverkennbar. „Warum soll ich mich anstrengen, wenn es auch einfacher geht?“

Kitai grinste. „Ich werde dir bei Gelegenheit einsuggerieren, du seist ein Huhn. Vielleicht kommen wir dann endlich wieder zu einem frischen Ei.“

Gucky verzog das Gesicht, murmelte etwas Unverständliches und zeigte zum Hafen. „Dort kommen die drei – siehst du sie? Der ältere von ihnen ist der Telepath Enzally, mit dem John sich mehrfach unterhielt. Der rechte muß Ralv, der Anführer der Rebellen, sein. Dann ist logischerweise der linke unser Freund Geragk, den du schon in der Kur hattest."

Kitai sah, wie die drei Männer geschickt einen Wachroboter umgingen und dann ganz so taten, als hätten sie wichtige Geschäfte im Hafen zu erledigen. Vorbei an den Lagerhäusern näherten sie sich dem Kai, an dem der Segler lag. Im Vorbeigehen grüßten sie einige Goszuls, die ihnen neugierig nachblickten.

Gucky ließ freudig erregt seinen Nagezahn sehen und zirpte: „Ich werde die anderen benachrichtigen. Es ist ja nicht gerade notwendig, daß die drei Unterhändler gleich unser ganzes Waffenarsenal zu Gesicht bekommen. Bei dem herrlichen Wetter können wir an Deck verhandeln. Was meinst du?"

„Erkundige dich lieber, was John dazu meint. Er ist unser Boß."

„Auch meiner?" machte Gucky erstaunt – und war verschwunden. Er hatte es mal wieder vorgezogen, seine Kräfte zu schonen.

Kitai wandte nun seine ganze Aufmerksamkeit den Rebellen zu, die ein wenig unschlüssig vor der primitiven Gangway standen, die das Schiff mit dem Kai verband. Er richtete sich auf und winkte ihnen zu.

Enzally gab den Gruß zurück und schritt weiter.

John Marshall und seine Gefährten erwarteten die Gäste auf dem oberen Heckdeck. Mit Hilfe der vorhandenen Hilfsmittel hatten sie ihr Aussehen verändern können. Sie sahen jetzt aus wie ganz normale Goszuls, nicht mehr wie Springer. Schließlich war es ja nicht mehr ihre Aufgabe, sich unbemerkt unter die Galaktischen Händler zu mischen, sondern sie wollten vielmehr als Eingeborene gelten – wenigstens den Springern gegenüber.

Gucky hielt sich ein wenig im Hintergrund. Er sollte erst später in Erscheinung treten.

Enzally und John maßen sich mit abtastenden Blicken und nahmen gedanklichen Kontakt auf. Dann streckte Enzally beide Hände aus und ging auf John zu.

„Willkommen, Sohn einer fremden Welt", sagte er im reinsten Interkosmo, der Verständigungssprache der Springer und auch des arkonidischen Imperiums. „Du bist gekommen, uns zu helfen. Ich sehe, daß du nicht lügst."

„Wir sind glücklich, nicht mehr allein zu sein", versicherte Marshall und begrüßte auch die beiden Begleiter des Telepathen. Danach stellte er die drei Japaner vor. „Setzen wir uns, hier sind wir ungestört und können zugleich den Hafen übersehen. Ich nehme an, Enzally, wir haben uns einiges zu erzählen."

Sie hockten auf Taurollen und Matten. Vom Himmel herab schien eine warme Sonne. Im Hafen war nur wenig Betrieb. Das plötzliche Auftauchen der vielen Wachroboter war zwar nichts Ungewohntes, aber daß auch Kampfroboter an allen wichtigen Punkten stationiert wurden, erregte doch Mißtrauen.

„Ihr wollt einiges über unsere Organisation wissen", stellte Enzally sachlich fest. „Ralv ist der richtige Mann, das zu erläutern – er hat sie gegründet und ist ihr Leiter."

Ralv nickte stolz und sagte: „Stellen Sie Fragen, ich werde antworten."

John winkte ab. „Bleiben wir bei dem vertraulichen Ton, wie er unter Bundesgenossen üblich ist, Ralv. Meine erste Frage an dich lautet: Wie groß ist deine Widerstandsgruppe? Wieviel Mitglieder zählt sie?"

Ralv machte ein betroffenes Gesicht. „Hm – ehrlich gesagt, so genau weiß ich das nicht. Aus Gründen der eigenen Sicherheit haben wir keine reguläre Organisation aufgezogen. Ich weiß nur, daß wir überall Bundesgenossen haben, die lieber heute als morgen sähen, daß die Götter verschwänden. Nicht jeder ist dazu bereit, für diesen Gedanken zu kämpfen und das relativ bequeme und gesicherte Leben aufzugeben oder zu riskieren. Du verstehst, wie ich das meine?"

John nickte.

Ralv fuhr fort: „Wir haben unser Kennwort. Wollen wir sichergehen, so sagen wir es. Erhalten wir eine entsprechende Antwort, so wissen wir, daß wir es mit einem Sympathisanten zu tun haben."

„Ist das nicht ein wenig leichtsinnig?"

„Keineswegs. Es gibt unter den Goszuls keine Verräter, höchstens Feiglinge."

„Würdest du so freundlich sein, mir in diesem speziellen Fall den Unterschied zu erläutern?"

Enzally mischte sich ein. „Darf ich das tun? Kein Goszul wird aus egoistischen Gründen zu den Springern gehen und ihnen verraten, daß es eine Widerstandsgruppe gibt. Abgesehen davon würde ihn die Rache seiner eigenen Landsleute treffen. Aber wir haben genug Leute, denen das augenblickliche Leben gefällt. Sie werden sich niemals gegen die Springer empören, aber sie verraten auch die Widerstandskämpfer nicht. Das sind jene, die wir Feiglinge nennen."

„Und wenn man sie zwingt, ihre Landsleute zu verraten?"

Enzally lächelte kalt. „Wir sind es gewohnt, Schmerzen zu ertragen – und notfalls lieber zu sterben, als den Mund aufzumachen."

Nun lächelte auch John, aber es war ein anerkennendes Lächeln. „Dann würde ich sie aber auch nicht als Feiglinge betrachten, Enzally. Sie sind tapfer – sie können sich nur nicht entscheiden, das ist alles. Verurteilen wir sie also nicht."

„Deine nächste Frage?" wollte Ralv wissen.

„Gibt es nur in dieser Stadt Rebellen, oder sind sie auch in anderen Städten vorhanden?"

„Ganz Götterland ist voller Rebellen, die nur auf ein Kommando warten, um über ihre Herren herzufallen. Sie besitzen sogar schon Werkzeuge, mit denen sie die Roboter angreifen und außer Gefecht setzen können."

„Auch Kampfroboter?"

Ralv machte ein betrübtes Gesicht. „Noch nicht – leider. Aber wenn wir erst einmal die Fabriken und Maschinen besitzen, werden wir . . ."

„Die Fabriken werden durch Kampfroboter bewacht", unterbrach John ernst. „Du siehst, es ist somit unmöglich, diesen Fall als realisierbar anzunehmen. Wir müssen anders vorgehen, wenn wir die Springer und ihre Roboter erledigen wollen."

„Wir?" staunte Ralv. „Soll das heißen . . ."

„Warum, glaubst du, sind wir zusammengekommen? Also, die Roboter sind eure Herren, aber sie sind wiederum nur die Diener der Springer, die ihr Götter nennt. Vertreiben wir die Springer von dieser Welt, dann lassen sie die Roboter zurück, die infolge ihrer Programmierung unsere erbitterten Feinde bleiben. Das jedoch ist kein unlösbares Problem, da sich Roboter unter gewissen Umständen umprogrammieren lassen. Hauptsache ist lediglich, daß die Springer verschwinden."

Ralv lächelte ungläubig, ebenso Geragk. Lediglich Enzally lauschte in sich hinein und machte ein nachdenkliches Gesicht.

„Wir haben die Mittel und einen Plan, der das Unglaubliche verwirklichen kann“, fuhr John fort und sah Ralv an. „Ich benötige zur Ausführung jedoch deine Unterstützung und dein Vertrauen.“

„Wenn Enzally dir vertraut, dann tun wir es auch“, bestätigte Ralv einfach. „Er kann deine Gedanken lesen, und er weiß, daß du nicht lügst.“

„Ich bin ebenfalls Telepath und kann meine Gedanken abschirmen“, warnte John. „Ich kann ihm sogar falsche Gedanken vorgaukeln. Mein Freund Kitai ist Suggestor. Er kann euch allen seinen Willen aufzwingen, so daß ihr meint, es sei euer eigener. Du siehst, euer Vertrauen muß noch viel größer sein, als ihr annehmt. Bist du immer noch gewiß, in uns deine echten Bundesgenossen zu sehen?“

Ralv nickte, ohne zu zögern. „Sicher, denn würdest du uns das alles verraten, wenn du falschspielen wolltest? Sage uns also, was wir tun sollen.“

John Marshall brauchte nicht in den Gedanken seines Gegenübers zu forschen, um die Wahrheit seiner Worte zu erkennen.

„Es könnte sein“, fuhr er fort, „daß meine Befehle dir unmenschlich und grausam vorkommen, besonders darum, weil sie deine eigenen Freunde betreffen. Viele von ihnen werden sich dazu bereit erklären müssen, freiwillig zu erkranken.“

„Zu erkranken?“ stammelte Ralv verständnislos.

John nickte. „Du wirst schon längst eingesehen haben, daß es völlig unmöglich ist, die Springer mit Gewalt von dieser Welt zu vertreiben. Mein Volk, das mit den Springern im Kriegszustand liegt, darf sich offiziell nicht in die Angelegenheiten dieser Händler einmischen, daher müssen wir unerkannt bleiben. Ihr wiederum seid zu schwach, um offen gegen sie vorzugehen. Was uns also bleibt, ist die List.“

„Bisher kann ich nur zustimmen“, gab Ralv zu. Auch Geragk nickte. Enzally hockte bewegungslos und lauschte in sich hinein.

„Eine List also“, fuhr John fort und suchte nach Worten, den Goszuls sein Vorhaben möglichst schonend beizubringen. „Die Springer kennen nur die Gewalt, wenn es gilt, ihr Ziel zu erreichen. Sie würden auch diesen Planeten mit Gewalt verteidigen, wenn sie ihn gegen einen Angriff schützen müßten. Was aber sollen sie tun, wenn sie von etwas angegriffen werden, das ihnen unbekannt ist – sagen wir mal, von einer Krankheit, einer fürchterlichen Seuche?"

„Einer Seuche?" Ralv erschrak nun doch. „Du meinst, eine Seuche könnte sie vertreiben? Und wenn schon, was nützt uns ein verseuchter Planet? Wir würden alle sterben."

„Es handelt sich um eine Seuche ohne tödlichen Ausgang", tröstete John. „Mehr noch: Wir besitzen ein sofort wirkendes Gegenmittel. Eine einzige Injektion genügt, um den Betroffenen unmittelbar darauf wieder gesunden zu lassen."

Langsam nickte der Rebellenführer. „Wenn ich recht verstehe, wollt ihr einen bakteriologischen Krieg gegen die Springer führen?"

„Nicht nur gegen die Springer – in gewissem Sinn auch gegen die Goszuls."

Ein Schatten huschte über das Gesicht des anderen. Er schüttelte den Kopf. „Das begreife ich nicht. Warum auch gegen uns, wenn es nur darum geht, die Springer zu vertreiben?"

„Das ist ja die List. Wenn die Springer auch nur ahnen, daß es sich um eine künstlich hervorgerufene Seuche handelt, die lediglich dazu dienen soll, sie zu verjagen, werden sie Gegenmittel suchen und auf keinen Fall das Feld räumen. Nein, bei unserer Aktion muß unter allen Umständen der Eindruck entstehen, als handele es sich um eine plötzlich auf dieser Welt ausgebrochene Krankheit, für die es keine Heilung gibt. Nur so werden wir erreichen, daß sie fluchtartig Goszuls Planet verlassen, um niemals mehr wiederkehren zu wollen. Ihre Flucht muß sogar so panikartig vonstatten gehen, daß sie ihre technischen Anlagen und ihre Roboter einfach zurücklassen, um die Seuche nicht in den Weltraum zu tragen."

Ralv und Geragk sahen sich an.

Schließlich sagte Ralv: „Aber es wird niemand sterben – und später kann man geheilt werden?"

„Selbstverständlich. Die Seuche ist äußerst ansteckend, und es ist damit zu rechnen, daß fast die Hälfte der Bevölkerung davon ergriffen wird, wenn man für entsprechende Verbreitung sorgt. Niemand wird sterben."

Enzally sah plötzlich hoch. „John Marshall, willst du Ralv und

Geragk nicht sagen, worin diese Seuche besteht? Ich meine, sie haben ein Recht darauf, es zu erfahren."

„Natürlich habe ich die Absicht, es ihnen zu verraten. Aber es wäre im Sinn unserer Taktik günstig, wenn außer uns niemand wüßte, wie harmlos im Grunde genommen diese Seuche ist. Nur echte Angst der Eingeborenen kann die Springer überzeugen, daß die Krankheit natürlichen Ursprungs ist." Er nickte Enzally zu und fuhr, zu den beiden anderen Goszuls gewandt, mit veränderter Stimme fort: „Zuerst zeigen sich auf dem Gesicht des von der Seuche Betroffenen farbige Stellen, die sich über den ganzen Körper ausbreiten. Eine Woche später etwa läßt das Erinnerungsvermögen nach, bis es vollständig erlischt. Weitere Krankheitserscheinungen gibt es nicht. Sobald die Injektion mit dem Heilserum erfolgt, treten eine Normalisierung und Gesundung nach drei Tagen ein. Die Erinnerung kehrt zurück, die Farbstellen verschwinden."

Ralv sah seinen Gefährten Geragk lange an, ehe er sagte: „Es ist also nur ein vorübergehender Zustand – wie eine Erkältung etwa?"

„Ja, damit läßt es sich vergleichen, wenn die äußeren Merkmale auch wesentlich erschreckender sind – aber das müssen sie sein, um ihren Zweck zu erreichen. Ich frage dich also, ob du bereit bist, diese Krankheit unter dein Volk zu tragen. Die einrückende Kompanie wird dir dabei helfen."

Ralv erstarrte und wurde blaß. „Was? Du willst, daß ich meine Landsleute infiziere?"

„Es ist die einzige Möglichkeit, die Springer davon zu überzeugen, daß sie verschwinden müssen, ehe es auch sie erwischt."

Ralv starrte nachdenklich in das trübe Hafenwasser.

Endlich nickte er. „Also gut. Dann erkläre mir, was ich zu tun habe."

16.

Es dauerte ganze vier Wochen, dann stand die Widerstandsgruppe Ralvs als hervorragend organisierte Einheit da. Ihre Agenten saßen überall, auch in den Verwaltungszentralen und Schaltanlagen der Springer und ihrer Roboter.

Götterland war ein kleiner Kontinent von vielleicht 120 000 qkm Fläche. Seine Länge betrug 500 km, während er im Schnitt nur 250 km breit war. Die Gouverneure der Springer saßen an verschiedenen Orten und standen durch Funkstationen miteinander in Verbindung. Der Kontakt zu den übrigen Kontinenten des Planeten war nur gering. Die Springer hatten ja keineswegs die Absicht, sich hier anzusiedeln. Ihnen ging es in erster Linie um einen Stützpunkt.

John Marshall ließ sich jeden Tag von Enzally, mit dem er in telepathischer Verbindung stand, über den Stand der Dinge unterrichten. Auch das Unternehmen „Totenschiff" gehörte zu diesen Dingen, mit denen die Aktion gegen die Springer eingeleitet wurde.

Gerade vom Gelingen dieses Unternehmens „Totenschiff" hing es ab, ob die Springer so unvorsichtig waren, sich infizieren zu lassen – infizieren von einer Panik nämlich, die sie ein für allemal von dieser Welt vertreiben sollte, die ihnen nicht gehörte.

Von Westen her näherte sich Götterland ein Segler. An den beiden Masten hingen die Segel schlaff herab, denn es wehte nur eine schwache Brise aus West, die das Schiff kaum vorantrieb.

Es bewegte sich nun in einer Entfernung von zweihundert Kilometern vor der Küste von Götterland und näherte sich langsam dem Festland.

Einige Gestalten lungerten auf Deck herum. Sie waren offensichtlich ohne jede Beschäftigung, obwohl ein Blinder hätte sehen können, daß es genug zu tun gab. Überall lagen Schmutz und Dreck umher. In den Aufgängen herrschte Unordnung. Achtlos hingen einige Wäschestücke an einer Leine und bewegten sich träge im leichten Wind, der keine Kühlung brachte.

Unter Deck sah es nicht viel anders aus.

In den Kabinen lagen einige Matrosen faul auf ihren primitiven Kojen und dämmerten vor sich hin. Niemand kümmerte sich um sie, und auch dem Kapitän des verwahrlosten Schiffes schien es völlig gleichgültig zu sein, welchen Kurs sein Kahn nahm. Er stand auf dem Oberdeck hinter dem Rundsteuer und hielt die Speichen lässig mit einer Hand. Sein Steuermann lag unten auf seinem Bett und schlief. Aber auch ohne das Steuer wäre das Schiff weiter nach Osten getrieben.

Was wollte er überhaupt in Götterland?

Der Kapitän strich sich über die Stirn und ließ das Steuer dabei los. Was machte es schon?

Ja, was wollte er in Götterland? Er wußte es nicht mehr. Vage nur erinnerte er sich an den Ausbruch der Seuche vor gut zwei Wochen, als sie gerade den Hafen auf dem West-Kontinent verlassen hatten – mit welchem Ziel eigentlich?

Zuerst hatte es den Koch gepackt – ausgerechnet den Koch. Er bekam rote Flecke im Gesicht und im Nacken. Sie hatten ihn sofort isoliert, aber es war wohl doch bereits zu spät gewesen. Zwei Tage später zeigten sich die merkwürdigen Flecke bei allen Besatzungsmitgliedern. Leichtes Fieber stellte sich ein, aber sonst traten keine Beschwerden auf.

Erst eine Woche danach verlor der Koch sein Gedächtnis.

Sosehr sie sich auch bemühten, er konnte sich einfach nicht mehr darauf besinnen, wer er eigentlich war. Er wußte überhaupt nichts mehr, nur, daß er auf einem Segler und krank geworden war. Von diesem Zeitpunkt an funktionierte sein Gedächtnis wieder. Alles, was vorher gewesen war, existierte einfach nicht mehr.

Und dann, zwei Tage später, verloren sie alle ihr Erinnerungsvermögen.

Für jeden Mann auf dem Schiff war es so, als sei er erst vor einer

Woche geboren worden. Genau vor acht Tagen war er auf die Welt gekommen, mit einem funktionierenden Verstand ohne Erinnerung. Das war alles. Oder war es mehr? Wahnsinn vielleicht?

Der Kapitän zuckte mit den Schultern. Ihm war es ziemlich gleich, was nun geschehen würde. Er wußte nicht, warum er nach Osten segelte. Die Laderäume waren leer, als sollte er etwas in Götterland abholen. Aber wo? Und was? Er wußte plötzlich auch nicht mehr, aus welchem Hafen er ausgelaufen war.

Er sah hinab aufs Deck und beobachtete die herumlungernden Gestalten, die seine Mannschaft darstellten. Was sollte er mit ihnen noch anfangen? Ein Mann ohne Erinnerung ist wie ein Kind – nur unvernünftiger. Konnte er ihnen deswegen einen Vorwurf machen? Was stand ihnen bevor? Würde man sie nicht wie die Pest meiden, wenn sie einen Hafen anliefen? Würde man sie nicht einsperren oder gar verschwinden lassen, um eine Verbreitung der rätselhaften Seuche zu verhindern, gegen die es kein Gegenmittel geben konnte?

Fern am östlichen Horizont tauchte ein Punkt auf und näherte sich schnell.

Der Kapitän des Seglers kniff die Augen zusammen und versuchte zu erkennen, wer da auf ihn zukam. Ein Segelschiff konnte es auf keinen Fall sein, dann also nur eins dieser Boote der Götter, die ohne Wind fuhren.

Ausgerechnet das.

Wenn sie entdeckten, was sich hier auf seinem Schiff ereignet hatte, würden sie vielleicht sogar auf den Gedanken kommen, ihn an Ort und Stelle zu versenken, um einer Ansteckung zu entgehen.

Als das schlanke Torpedoboot herbeigekommen war und an Backbord beilegte, wußte der Kapitän bereits, wie er sich und seine Mannschaft retten konnte.

Doch seine Befürchtungen waren grundlos gewesen.

Der Springer, der sich an Bord des Torpedoboots befand, dachte nicht daran, den Segler mit seiner verseuchten Mannschaft zu versenken. Dazu war er viel zu neugierig und wißbegierig. Die Informationen, die er von seiner Überwachungszentrale erhalten hatte, erregten sein ganzes Interesse. Er wußte nicht, was ihn erwartete, aber er ahnte, daß es etwas sehr Bedeutendes sein mußte.

Eine große Gefahr nähere sich von Westen, hatte der Robotsender gemeldet. Sie befände sich auf einem kleinen Segelschiff, dessen Position bekannt sei. Unbedingte Untersuchung sei unerläßlich.

Mehr hatten die Roboter auch nicht gewußt.

Der Gouverneur, sein Name lautete übrigens Gorlap, hatte keine Sekunde gezögert, ein Torpedoboot bereitstellen zu lassen. Er würde höchstpersönlich dem geheimnisvollen Segler entgegenfahren und herausfinden, was an ihm so gefährlich war. Pah, ein Segelschiff und gefährlich für die Springer. Lächerlich.

Er ahnte noch nicht, wie schnell er seine Meinung ändern würde.

Er befahl zehn Kampfrobotern, als Vorkommando an Bord des angehaltenen Seglers zu gehen, der keinerlei Absicht zeigte, sich gegen das Enterkommando zu wehren. Teilnahmslos sahen die an der Reling stehenden Seeleute der Enteraktion zu und rührten keinen Finger.

Die zehn Roboter gingen an Bord des Segelschiffs und trafen auf keinen Widerstand.

Gorlap ging kein Risiko ein. Er ließ zehn Wachroboter folgen. Wenn etwas faul an der Geschichte war, würden sie es sofort bemerken.

Und sie bemerkten in der Tat etwas. Einer von ihnen funkte zurück: „Die Leute hier an Bord sind krank."

Gorlap konnte seine Überraschung nicht verbergen.

„Krank?" funkte er zurück und starrte zu den Matrosen hinüber, die an der Reling lungerten. „Was soll das heißen: krank?"

„Wir können die Krankheit nicht identifizieren", gab der Robot zurück.

Niemand konnte behaupten, daß Gorlap ein Feigling war. Er bewaffnete sich mit einem Energiestrahler und kletterte über die Reling, um sich an Bord des eigenartigen Seglers zu begeben. Sein rötlicher Vollbart, Kennzeichen seines Volkes, zitterte vor Erregung.

Untätig hatten die Kampfroboter Stellung bezogen. Sie hatten keinen Widerstand registriert und verhielten sich passiv.

Als Gorlap die fleckigen Gesichter der Matrosen erblickte, erschrak er doch. Die Springer konnten sich zwar über die Fortschritte ihrer medizinischen Wissenschaft nicht beklagen, aber tief in ihrem Innern war die Furcht vor unbekannten Krankheiten lebendig geblieben. Wie oft schon war es geschehen, daß sie auf fremden Planeten landeten und von einem Bazillus befallen wurden, gegen den ihr Organismus wehrlos war. Ganze Sippen waren dahingerafft worden, ehe die Aras, die Galaktischen Mediziner, ein Gegenmittel entwickeln konnten.

Hier auf Goszuls Planet gab es keine unbekannten Krankheiten – wenigstens nicht bis heute.

Der Mann hinter dem Ruder ließ das Rad los und kam zu Gorlap, der unbeweglich an der Reling stehenblieb, als könne er sich plötzlich nicht mehr rühren.

„Was – was ist geschehen?“ fragte der Springer würgend, als er auf die roten Flecke starrte. „Seid ihr krank?“

Kurz nur überlegte der Kapitän, wie es möglich sei, daß er die Sprache der Götter noch verstand, wo er doch die Erinnerung verloren hatte. Er fand keine Antwort, und er zerbrach sich auch nicht weiter den Kopf.

„Eine Seuche“, sagte er schleppend. „Sie brach vor zwei Wochen aus. Keiner auf diesem Schiff blieb gesund.“

„Tote?“

„Niemand. Die Krankheit scheint nicht tödlich zu sein.“

Gorlap atmete innerlich auf. Vielleicht war es nur eine harmlose Infektion, nicht mehr. „Wie heißt der Bestimmungshafen des Schiffes?“

Der Kapitän zuckte mit den Schultern. „Ich weiß es nicht.“

„Du weißt es nicht? Du mußt doch wissen, wie dein Auftrag lautet.“

„Vielleicht wußte ich es einmal, aber ich vergaß es. Wir haben alles vergessen. Die Seuche hat uns die Erinnerung genommen. Ich weiß nur noch, daß ich Kapitän dieses Seglers bin und vor acht Tagen – erwachte.“

„Erwachte?“

„Ja, wie aus einem Traum. Alles, was vorher war, versank im Nichts. Wenig blieb zurück. Ich kenne nicht einmal mehr meinen Namen. Niemand auf diesem Schiff weiß seinen Namen.“

Gorlap wich einen Schritt zurück und streckte dem Kapitän abwehrend die Hände entgegen. Nicht weit entfernt machte sich ein Kampfroboter einsatzbereit.

„Ihr habt alle den Verstand verloren?" ächzte Gorlap entsetzt.

„Nicht den Verstand", verteidigte sich der Kapitän, „nur die Erinnerung – aber das ist wohl genauso unangenehm. Die Seuche ist ansteckend. Sie sollten sich nicht zu lange hier aufhalten."

Gorlap wich weiter zurück.

„Wir haben Gegenmittel", versuchte er sich selbst Mut einzureden. „Dein Schiff darf jedenfalls den Hafen von Götterland nicht anlaufen. Kehre zurück."

„Wohin zurück? Ich weiß nicht, von wo ich komme."

Gorlap biß sich auf die Lippen. „Du segelst nach Westen zurück, oder meine Roboter werden euch alle töten und das Schiff verbrennen. Nur so kann ich sicher sein, daß die Seuche nicht nach Götterland kommt."

Langsam schüttelte der Kapitän den Kopf. Ein kaltes Lächeln huschte über sein Gesicht.

„Du irrst", sagte er, „wenn du Götterland vor der Seuche des Vergessens schützen willst, mußt du nicht nur mein Schiff, sondern auch deine Roboter und dich selbst vernichten. Ihr alle tragt den Keim der Krankheit bereits in euch."

Der Springer kletterte über die Reling und turnte an Bord seines Torpedoboots zurück. Er zögerte, aber dann wandte er sich wortlos um und verschwand unter Deck. Sekunden später drehte das Boot ab und fuhr mit hoher Geschwindigkeit in östlicher Richtung davon.

Gorlap hatte den unheimlichen Segler nicht vernichtet, aber er hatte auch seine zwanzig Roboter zurückgelassen. Vielleicht trugen sie wirklich die Erreger der unbekannten Krankheit an ihren metallenen Körpern.

Und er, Gorlap?

Der Springer verscheuchte den Gedanken. Er war mit dem kranken Kapitän nicht in direkte Berührung gekommen.

Berührung?

Ja, er hatte mit den Schuhsohlen die Planken des Seglers berührt und mit den Händen die Reling.

Verdammt, er hätte den Segler vielleicht doch versenken sollen. Wenn der Wind so blieb, würde das Seuchenschiff den Hafen in einer Woche erreichen. Bis dahin mußten die notwendigen Vorbereitungen getroffen sein. Noch war nichts verloren. Jede Steuerzentrale konnte den Kampfrobotern auf dem verseuchten Segler den Befehl zufunken, das Schiff zu versenken. Die Roboter würden sofort gehorchen, auch wenn sie selbst dabei auf den Grund des Meeres hinabsanken. Nicht zu weit von der Küste konnten sie sich dann noch retten, wenn der Wasserdruck sie nicht vorher zerstörte.

Gorlap betrachtete seine Hände. Die Haut war tiefbraun und gesund.

Wie lange würde es dauern, bis die ersten roten Flecken sich zeigten – wenn überhaupt?

Etwa eine Woche später wurde das Segelschiff mit den erkrankten Matrosen dicht vor der Hafeneinfahrt der Stadt versenkt. Die Roboter erhielten den entsprechenden Befehl dazu von Gorlap, noch bevor dieser seine Erinnerung verlor.

Die Besatzungsmitglieder retteten sich schwimmend an Land. Gorlap hatte sie in seinen Überlegungen nicht mehr bedacht, denn er hielt sie längst für tot. Es war seine letzte bewußte Tat – danach versank die Vergangenheit für ihn. Hilflos und ohne jedes Interesse dafür, was um ihn geschah, dämmerte er in fruchtlosem Grübeln dahin, bis der Gouverneur des benachbarten Bezirks ihn endlich aufsuchte.

Damit griff die Seuche nach ihrem zweiten Opfer unter den Springern.

Inzwischen trafen die ersten Katastrophenmeldungen aus den primitiven Kontinenten ein. Ralv und seine Organisation sorgten dafür, daß diese beunruhigenden Nachrichten über die Überwachungszentren bis zu den Ohren der Springer gelangten.

Damit wurde zweierlei erreicht. Zuerst einmal sorgte ein Erlaß dafür, daß ab sofort die Häfen für jedes Schiff gesperrt wurden, um die Verbindung zu den anderen Kontinenten abzubrechen. Zweitens bemächtigte sich der Springer eine ständig größer werdende Unsicherheit. Sie beriefen in aller Eile eine Konferenz der noch auf Goszuls Planet weilenden Patriarchen ein, um zu beratschlagen, was nun geschehen sollte.

Man hatte Gorlap in eine durch Roboter geleitete Krankenstation geschafft, wo man versuchte, der Ursache der Seuche auf die Spur zu kommen. Aber die Erreger konnten nicht entdeckt und somit auch kein Gegenserum entwickelt werden. Als einige Tage später der Gouverneur des Nachbarbezirks ebenfalls erkrankte, als den anfänglichen Flecken das dunkle Vergessen folgte, ergriff die übrigen Springer Entsetzen. Krankheit und Tod waren ihnen keine unbekannten Begriffe, denn sie waren nicht unsterblich. Aber bei vollem Verstand plötzlich ohne jede Erinnerung dazustehen, das schien ihnen schlimmer als der Tod.

17.

John Marshall hielt es für klug, das Hauptquartier auf dem Segler im Hafen zu belassen.

Schon längst hatten er und seine Mutanten die Injektion erhalten, die sie vor der Seuche des Vergessens schützte. Auch die Rebellenführer waren gegen die nur scheinbar so fürchterliche Seuche gefeit, die in Wirklichkeit nicht einmal die Gefährlichkeit einer normalen Grippe erreichte. Was bedeutete schon der Verlust der Erinnerung, führte John mehrmals aus, als sie darüber sprachen, wenn man sie jederzeit zurückerhalten konnte? Es ist wie eine schmerzliche Narkose, sagte er, aus der man gesund erwacht.

Der Segler lag etwa hundert Meter vom Kai entfernt auf Reede. Tako kehrte gerade von einem Einsatz zurück. Wie üblich materialisierte er mitten zwischen den Mutanten, die auf dem Oberdeck saßen und mit Ralv die nächsten Maßnahmen besprachen. Gucky lag neben Tama auf dem Rücken und ließ sich den Bauch kraulen.

Lediglich Ralv erschrak. Er hatte sich noch nicht an die außergewöhnlichen Fähigkeiten seiner neuen Freunde gewöhnen können.

John sah auf. „Nun, hast du etwas erreicht, Tako?“

Der Japaner nickte und setzte sich zu ihnen. „Ich muß gestehen, daß in diesen letzten Wochen die Organisation der Widerstandsbewegung großartige Fortschritte gemacht hat. Der Name Ralv ist zu einer Art Zauberwort geworden. Voller Vertrauen gehorcht man ihm und befolgt seine Anordnungen. Die Kiste mit den Erregerbomben brachte ich zum Ost-Kontinent. Dort gelangt der Inhalt zur Verteilung."

„Du warst lange fort."

Tako zuckte mit den Schultern. „Die Rebellengruppe dort drüben lebt sehr isoliert. Ich mußte einige Fragen beantworten. Sosehr man Ralv auch vertraut, die Neugier läßt sich nicht immer ganz unterdrükken. Du wirst das verstehen, Ralv."

Der rothäutige Rebell nickte. „Meine Anweisungen sind knapp und erklären praktisch nichts. Die Leute werden natürlich die Gelegenheit nutzen, um ein wenig hinter die Kulissen zu schauen. Was hast du ihnen gesagt?"

„Die Wahrheit, was sonst?"

John zog die Augenbrauen in die Höhe. „Du hast ihnen gesagt, was ihnen bevorsteht? Sie wissen also, daß sie sich und andere infizieren – daß sie die Erinnerung verlieren werden?"

„Ja – und ich erklärte ihnen auch, warum das so sein müsse. Wenn sie wollen, daß die Springer ihre Welt kampflos und in panischer Flucht verlassen, müssen sie tun, was wir von ihnen verlangen. Vielleicht durchschauen die Goszuls unseren Plan nicht vollständig, aber sie fühlen doch, daß es keinen anderen Weg gibt. Die Bomben werden noch heute abend in verschiedenen Städten des Ost-Kontinents platzen und die Bakterien verbreiten."

„Wir können also in einer Woche damit rechnen, daß die äußeren Anzeichen der Seuche dort ebenfalls auftreten. Damit ist der erste Teil unserer Aufgabe abgeschlossen." John schien erleichtert. „Es ist nicht leicht, eine ganze Welt erkranken zu lassen, auch dann nicht, wenn man das Heilmittel bei sich führt."

Für einige Augenblicke entstand Schweigen. Heiß brannte die Sonne aus dem wolkenlosen Himmel herab und ließ das fast unbewegte Wasser im Hafen wie flüssiges Blei schimmern. Drüben am Kai lungerten untätig einige Goszuls und warteten auf Gelegenheitsarbeit. Die Robotzentralen hatten schon lange keine neuen Aufträge mehr erteilt.

Noch wußten diese Goszuls nicht, daß der Keim der Seuche bereits in ihnen arbeitete und vielleicht schon morgen die roten Flecke auf ihre Wangen zaubern würde.

Tako seufzte. „Ich möchte ein wenig schlafen, John. Wie lautet der nächste Auftrag?“

„Heute abend wird Enzally Verbindung mit mir aufnehmen, eher kann ich nichts sagen. Es wird von ihm abhängen, wann und wo wir eingreifen. Die Springer verhalten sich abwartend. Seitdem zwei Gouverneure erkrankt sind, scheinen sie vorsichtig geworden zu sein. Jeder Kontakt mit den Eingeborenen wird vermieden. Übrigens haben die Robots unser ‚Totenschiff‘ versenkt. Zum Glück konnte sich die Besatzung schwimmend retten.“

„Das also hatten sie nicht vergessen?“ wunderte sich Tako.

John lächelte nachsichtig. „Die Erinnerung setzt aus, aber nicht die Fähigkeit, eingeübte Handlungen auszuführen. Außerdem sind die Erinnerungen nicht etwa gelöscht. Wie wäre das auch möglich, wenn später einmal alles wieder vorhanden sein soll? Irgendwo muß die wahre Erinnerung ja bleiben. Sie schwammen also zum Ufer – und steckten die anderen an.“

Ralv erhob sich. „Ich habe noch einiges zu erledigen. Sollte sich etwas Neues ergeben, werde ich euch eine Nachricht übersenden.“

Er schritt zur Reling des mittleren Decks und kletterte an der Strickleiter in sein Boot hinab, das wartend neben dem Segler lag. Mit ruhigen Ruderschlägen entfernte sich dann das Boot und strebte dem Kai zu. Einmal noch winkte Ralv zurück, dann war er zwischen den Lagersilos verschwunden.

Kitai seufzte. „Ein feiner Bursche, dieser Ralv. Er muß uns wirklich voll und ganz vertrauen, sonst würde er das nicht alles für uns tun. Schließlich trägt er seinem Volk gegenüber die Verantwortung.“

„Ohne uns würden die Goszuls noch eine Ewigkeit von den Springern unterjocht und ausgebeutet werden. Ralv weiß das genau.“

„Du hast recht, John, aber ich bewundere den blinden Mut dieses Burschen deshalb nicht weniger. Sein Einfluß ist groß. Ich habe es nicht mehr nötig gehabt, jemand unseren Willen aufzuzwingen.“

John wollte gerade antworten, als er plötzlich die Hand hob und den Japaner bat, nichts mehr zu sagen. Auch Gucky richtete sich abrupt auf und lauschte mit geschlossenen Augen. Die drei Japaner verhielten sich still, denn sie wußten, daß die beiden Telepathen eine Gedankenbotschaft empfingen. Sie konnte nur von Enzally kommen, denn soweit ihnen bekannt war, gab es keinen anderen Telepathen auf diesem Planeten.

Es war ein merkwürdiger und auch unheimlicher Anblick.

Der Mensch und der Mausbiber hockten reglos auf dem Holzdeck in der prallen Sonne und hörten schweigend zu, was ihnen eine stumme Stimme zu sagen hatte. Johns Gesicht zeigte einen gespannten Zug. Einmal huschte ein Schatten darüber, um sofort einem amüsierten Lächeln Platz zu machen.

Guckys Reaktionen liefen erstaunlich synchron. Sein Nagezahn zeugte davon, daß die Langeweile der vergangenen Wochen ein Ende zu haben schien. Zwar sträubte sich sein Nackenfell gelegentlich und wies darauf hin, daß die bevorstehende Abwechslung mit Schwierigkeiten verbunden war, aber sonst war weder ihm noch John anzusehen, woraus diese Abwechslung bestand.

Enzally mußte viel zu berichten haben, denn das unnatürliche Schweigen dauerte mehr als fünfzehn Minuten, dann richtete sich John endlich aus seiner verkrampften Haltung auf und holte tief Luft. Mit einem kurzen Blick zu Gucky sagte er: „Das war Enzally. Er wird uns noch heute aufsuchen, wahrscheinlich gegen Abend, wenn er nähere Einzelheiten erfahren hat. Drüben beim Raumhafen ist einiges los. Du solltest dir das einmal ansehen, Tako. Die Springer, die sich mit ihren Raumschiffen im Tatlira-System aufgehalten haben, landen. Und wir haben geglaubt, sie würden eilends verschwinden, wenn sie von der Seuche erführen. Sie stehen noch mit den Gouverneuren in Verbindung und wissen somit, was auf Goszuls Planet vor sich geht. Ich verstehe das nicht ganz.“

„Was ist eigentlich passiert?“ wollte Kitai wissen.

John sah nachdenlich zum Himmel empor, als könne er dort die Antwort finden. Aber Rhodan war zu weit entfernt.

„Die Springer landen“, wiederholte er. „Wir wissen ja, daß noch etwa dreißig von ihnen in der Nähe weilen und den Planeten umkreisen. Doch hofften wir, daß sie fliehen würden. Aber unsere Rechnung geht nicht auf. Sie tun genau das Gegenteil von dem, was wir erwarteten. Sie landen auf einer in ihren Augen verseuchten Welt."

„Das verstehe ich nicht", gab der Suggestor zu. „Freiwillig begibt sich niemand in Gefahr, das Gedächtnis zu verlieren. Sie müssen also einen Grund haben, wenn sie landen."

„Den haben sie auch." John nickte grimmig. „Es ist Enzally gelungen, einige von ihnen telepathisch zu belauschen. Den Planeten und die noch darauf regierenden Gouverneure haben sie längst abgeschrieben, nicht aber die technischen Einrichtungen und die Roboter. Um sie geht es in erster Linie."

Kitai machte ein verständnisloses Gesicht. „Das begreife ich nicht – ehrlich gesagt. Sie müssen doch wissen, daß die Erreger der Krankheit überall haften, auch an Metall. Sie begeben sich freiwillig in die Gefahr, infiziert zu werden?"

„Sie unterschätzen die Gefahr", klärte John ihn auf. „Ihre Habgier ist größer als alle Vorsicht. Ein Kampfroboter ist fast soviel wert wie ein kleines Raumschiff. Goszuls Planet erinnert in diesem Augenblick an eine Stadt, die zur Plünderung freigegeben wird. Jeder wird versuchen, sich nach Möglichkeit zu bereichern. Die Springer sind Krämer."

„Leider sind die Springer auch Kämpfer", murmelte Tama tiefsinnig.

„Wir wissen das nur zu gut." John nickte zustimmend. „Und darum glaube ich auch nicht, daß Enzally alles erfahren konnte. Ich möchte jede Wette darauf eingehen, daß noch etwas anderes hinter ihren Absichten steckt, als nur Roboter und Maschinen zu bergen."

„Aber was?"

„Warten wir ab, bis Enzally kommt. Vielleicht erfahren wir dann mehr. Er wird in einigen Stunden hier sein."

Gucky, der bisher geschwiegen hatte, fragte lispelnd, weil er zu faul war, den Nagezahn zurückzuziehen: „Hat jemand etwas dagegen, wenn ich mich umsehe?"

Etwas ratlos stellte John die Gegenfrage: „Wo willst du dich umsehen?"

„Na, wo schon? Auf dem Raumhafen natürlich. Es ist ja nur ein Mausssprung bis dort."

„Aber nur für Teleporter", schränkte John ein und dachte einige Sekunden nach. Vier Augen sehen mehr als zwei – und zwei telepathische Gehirne erfahren auch mehr als nur eins. Also gut – aber laß dich nicht bei den Springern sehen. Das würde unsere Pläne erheblich stören."

„Niemand wird mich sehen", versprach Gucky und verbarg keineswegs seine Vorfreude auf das Abenteuer. „Ich werde bald zurück sein und euch berichten, was die Springer vorhaben – außer Roboter klauen."

John starrte auf die Stelle, an der Gucky eben noch gesessen hatte. Schließlich seufzte er auf und meinte: „Ich bin ja recht froh, ein Mensch zu sein, aber manchmal wünsche ich mir doch, ich wäre ein Mausbiber. Diese kleinen Kerle haben es gut."

„Gucky ist ein außergewöhnliches Exemplar", erinnerte ihn Kitai. „Gucky unterscheidet sich von seinen Artgenossen genauso wie ein ausgewachsener Telepath von der übrigen Menschheit."

„Also gut", räumte John ein. „Dann wäre ich eben manchmal froh, Gucky zu sein. Ist *das* wenigstens korrekt?"

Kitai grinste. „Ich verstehe dein Verlangen. Mir wäre es auch lieber, ich könnte außer suggerieren auch noch Gedanken lesen. Der Mensch ist nun einmal so veranlagt, daß er niemals zufrieden ist."

„Und das wiederum ist die Triebfeder seines Strebens", philosophierte Tako und starrte auf seine Zehen. „Ich habe Hunger."

Sie lachten über den Gedankensprung und sahen John an. Der Telepath nickte und erhob sich. „Gehen wir nach unten, da ist es kühler. Im übrigen habe ich ebenfalls Hunger. Hoffentlich kommt Gucky rechtzeitig zurück."

Leider war das eine Hoffnung, die sich nicht so schnell erfüllte . . .

Nicht daß Gucky unvorsichtig gewesen wäre, aber seine Neugier war eben größer als alle Bedenken.

Sein erster Teleportersprung brachte ihn zum Rand des riesigen Raumfelds, wo er sich zwischen einigen Schuppen verbarg, die nicht viel mit den langgestreckten Verwaltungsgebäuden gemeinsam hatten, in denen die Robotanlagen untergebracht waren. Ganz in der Nähe patrouillierte ein Wachroboter hin und her. Gucky wußte, daß zwischen ihm und dem nächsten Kampfroboter eine drahtlose Verbindung bestand. Er hütete sich also, dem Ungetüm unter die Linsen zu geraten.

Was ihm zuerst auffiel, waren die vielen Raumschiffe der Händler, die auf dem Feld gelandet waren. Es waren mindestens zwanzig dieser mehr als zweihundert Meter langen Schiffe, deren metallische Hüllen silbern in der Sonne schimmerten und eindringlich die Macht der Springer verkörperten. Jedes dieser Schiffe war durchaus in der Lage, Goszuls Planet in eine glutflüssige Hölle zu verwandeln, auf der kein Leben mehr möglich sein würde.

Die Habgier der Springer, so wußte Gucky, würde das jedoch verhindern. Solange es auf dieser Welt noch einen funktionsfähigen Roboter gab, würde man sie nicht vernichten.

Gucky duckte sich tiefer in eine Bodenfalte. Der eigentliche Rand des Landefelds war fünfzig Meter von ihm entfernt, aber es gab dort vorn so gut wie keine Deckungsmöglichkeiten. Es war also besser, von hier aus zu operieren.

Der Mausbiber überzeugte sich davon, daß der Wachroboter seine gewohnte Runde ging und sich dabei immer mehr von der Hütte entfernte.

Fast zwei Minuten mühte er sich damit ab, in dem Gewirr der auf ihn einströmenden Impulse Enzallys Gedanken zu identifizieren, aber dann gab er es auf. Wahrscheinlich schirmte der Goszul sein Gehirn instinktiv ab, wenn er bei der Arbeit war. Er, Gucky, machte das ja schließlich auch. Also blieb nichts weiter übrig, als die gelandeten Springer aufs Korn zu nehmen.

Gucky fiel es nicht schwer, ihre Gedanken zu lesen. Die Aufgabe war nur insofern nicht einfach, weil sich an Bord jedes Springerschiffes mindestens zwanzig Personen aufhielten, von denen aber nur der Kommandant oder Patriarch für Gucky interessant war. Sozusagen blind mußte der Mausbiber mit seinen Gedanken in das erste Schiff springen und so lange sondieren, bis er den Patriarchen fand.

Sein Körper blieb indessen mit stark geminderter Reaktionsfähigkeit zurück, ein Umstand, der Gucky ein wenig die Freude nahm. Aber es war nichts daran zu ändern. Außerdem nahm er an, hier verhältnismäßig sicher zu sein.

Als er die auf ihn einströmenden Gedanken isolierte und nur einen einzigen auf sich einwirken ließ, mußte er erkennen, daß er Zeuge einer Unterhaltung wurde, denn es waren zwei Gedanken, die da auf gleicher „Frequenz" sprachen.

... nehme ich sowieso an, daß mal wieder reichlich übertrieben wird. Nicht einmal Landurlaub genehmigen sie uns, aber selbst wollen sie noch heute abend das Schiff verlassen.

Immerhin handelt es sich um eine Besprechung ...

Und wenn schon! Es ändert nichts daran, daß diese angebliche Seuche für uns gefährlich ist, während sie ihnen anscheinend nichts ausmacht. Am liebsten würde ich mich selbständig machen.

Du kennst die Strafe, die sie dafür verhängen, Holflersy. Ich würde dir nicht raten, deine Küche im Stich zu lassen.

Gucky grinste zufrieden. Immerhin hatte er erfahren, daß die Kommandanten der Schiffe heute noch eine Zusammenkunft planten. Es wäre nun sehr vorteilhaft, die Gedanken eines solchen Kommandanten lesen zu können, um keine Überraschung zu erleben. Selbst Enzally hatte nicht gewußt, was die Springer mit ihrer Konferenz diesmal planten.

Ja, das war eine andere, lautlose Stimme. Jemand dachte angestrengt nach, aber niemand antwortete. Der Betreffende mußte also allein sein.

Gucky lauschte und hatte Glück. Er spürte die Gedankenimpulse eines Patriarchen namens Ralgor. Gucky schienen es zum Teil recht habgierige Gedanken zu sein.

Ralgor saß in seiner privaten Kabine und überlegte, was er auf der Sitzung der Springerpatriarchen sagen wollte. Er arbeitete seine Rede aus, wie man so schön zu sagen pflegte.

Dabei murmelte er auch halblaut vor sich hin.

„Wenn ich nur Etztak überzeugen kann", knurrte er mißmutig und dachte weiter: *Ich muß seine ganze Aufmerksamkeit auf Rhodan lenken und dafür sorgen, daß Goszuls Planet mehr in den Hintergrund tritt. Die Gouverneure allein haben kaum noch die Energie, sich an die*

Stützpunkte zu wenden und um Hilfe zu bitten. In wenigen Wochen hat die Seuche sie geholt. Eigentlich ist die Seuche des Vergessens ein Segen für jene, die sich ihrer im Rahmen des Geschäftes bedienen.

„Ich kann meine beiden anderen Schiffe per Hyperfunk herbeiholen", fuhr er dann murmelnd fort, als sei das bloße Denken nicht mehr ausreichend. „Ihre Laderäume fassen mindestens zweihundert Kampfroboter und Wachautomaten. Ganz abgesehen von den technischen Einrichtungsgegenständen der Raumschiffswerft, mache ich das Geschäft meines Lebens, wenn ich ..."

Zu Guckys Bedauern wurde der Gedankengang des ehrbaren Patriarchen an dieser Stelle jäh unterbrochen. Jemand mußte die Kabine betreten haben.

„Herr, hier ist die gewünschte Sternkarte." Das mußte der Navigator sein, vermutete Gucky. „Die Sprungkoordinaten sind errechnet. Und Sie glauben, wir schaffen das?"

„Bestimmt", entgegnete Ralgor, dachte aber mit keinem Gedanken an das, was etwas mit einem Hypersprung zu tun hatte. „Geben Sie diesen Zettel dem Funker. Er soll sofort einen verschlüsselten Spruch an die beiden Schiffe der Sippe absenden. Sobald die Antwort eintrifft, möchte ich unterrichtet werden."

Dann war er wieder allein, aber Guckys Hoffnungen erfüllten sich nicht. Ralgor kam nicht auf seine geheimsten Pläne zurück. Eins jedoch war Gucky klar: Ralgors beabsichtigte Plünderung von Goszuls Planet stand in engem Zusammenhang mit seinen Plänen für Terra und der eben gebrachten Sternkarter. Auch das Herbeiholen der Springerschiffe seiner eigenen Sippe war ein Teil seines gefaßten Planes. Wie dieser Plan jedoch im einzelnen ausah, wußte auch Gucky nicht. Er mußte es erfahren.

Hm, dieser Ralgor kannte ihn nicht und hatte ihn noch nie zuvor gesehen. Wenn er ihm also in der Tat begegnete, war das weiter nicht so gefährlich. Außerdem würde Ralgor vorsichtig sein müssen, um seine geheimen Pläne seinen Kollegen nicht zu verraten. Wenn er also ahnte, daß Gucky etwas mit diesem Perry Rhodan und Terra zu tun hatte, würde er erst recht eine Begegnung verschweigen müssen.

Gucky holte tief Luft und teleportierte.

Er landete haargenau in Ralgors Zentrale, hatte aber Glück. Der

Springer wandte ihm gerade den Rücken zu und studierte die vom Navigator überbrachte Sternkarte. Er saß auf einem Stuhl und ahnte nicht, daß knapp einen Meter hinter ihm ein kleines unscheinbares Etwas aus dem Nichts entstand und blitzschnell hinter die geöffnete Tür des Wandschranks schlüpfte.

Von hier aus hatte Gucky eine gute Übersicht und war gleichzeitig gut getarnt. Er mußte unbedingt feststellen, für welchen Sektor der Galaxis Ralgor so großes Interesse zeigte.

Ralgor dachte in fremden Begriffen, und da Gucky keine Ahnung hatte, mit welchen Namen die Springer Sterne und Sonnensysteme bedacht hatten, fand er natürlich auch auf Anhieb nicht heraus, mit welchen Systemen Ralgor sich so intensiv befaßte.

Plötzlich spürte Gucky das Näherkommen anderer Gedanken. Draußen vor der Tür blieb jemand stehen und trat dann nach kurzem Anklopfen ein. Es mußte der Navigator von vorhin sein.

„Der Funkspruch wurde ordnungsgemäß aufgefangen, und die Antwort traf soeben ein, Herr. Die RAL III und RAL V treffen noch diese Nacht hier ein. Befehlsgemäß werden sie in zwei Lichttagen Entfernung das System Tatlira umkreisen."

Ralgor sah auf und grinste hämisch.

„Es ist die längste Zeit das Tatlira-System gewesen", verriet er einen Teil seines geheimen Planes. „Vielleicht wird man es eines Tages Ralgors System nennen."

Der Navigator grinste zurück. „Ein gutes Geschäft?"

„Natürlich, würde ich mich sonst damit befassen?"

Das Gesicht des Navigators wurde ernst. „Was soll unsere Sippe mit einem verseuchten Planeten anfangen?"

Ralgor reagierte unerwartet abweisend. „Ich bin froh, daß Sie auf diese Frage selbst keine Antwort finden. Dieser Umstand beweist mir nämlich, daß auch die anderen Patriarchen mit großer Wahrscheinlichkeit nicht hinter meine Absichten kommen. Sie können gehen, Gromsk. Um Sonnenuntergang herum möchte ich das Schiff verlassen. Sie sorgen für die notwendigen Wachablösungen. Ich möchte, daß die RAL II startbereit wartet, bis ich an Bord zurückkehre."

Der Navigator zog sich ohne Antwort zurück.

Noch zehn Minuten hockte Ralgor an seinem Tisch über den

Sternkarten und überprüfte die aufgezeichneten Sprungkoordinaten, dann stand er plötzlich auf, blickte auf den in der Wand eingelassenen Zeitmesser und verließ die Kabine. Er schloß nicht einmal die Tür, sondern ließ sie angelehnt.

Gucky wartete einen Augenblick, dann huschte er hinter seinem Versteck hervor und eilte zum Schreibtisch. Er war so klein, daß er sich auf einen Stuhl stellen mußte, um einen Blick auf die Karte werfen zu können.

Sternkarten sind schwer zu lesende Schriftstücke. Man muß sie gründlich studieren, um aus ihnen klug zu werden, besonders dann, wenn die Berechnungen unverständlich sind.

Gucky erblickte ein Gewimmel winziger Punkte, die miteinander durch gestrichelte Linien verbunden waren. Daran standen Zahlen, dicht darunter Namen, die keine Bedeutung für ihn hatten.

Eine zweite Karte zeigte eine Vergrößerung. Die wenigen Sonnensysteme bestanden nun nicht mehr bloß aus winzigen Punkten, sondern in der Tat aus Sonnen und den dazugehörigen Planeten. Es war nun nicht mehr schwer, eines dieser Systeme zu identifizieren. Besonders deshalb nicht, weil ein rotes Kreuz es deutlich hervorhob.

Mit einem Blick erkannte Gucky, daß Ralgor sich für eine Sonne mit fünf Planeten interessierte. Wahrscheinlich wollte er sich nach seinem Beutezug erst einmal dorthin zurückziehen.

Hinter Gucky war ein Geräusch. Noch ehe er sich umdrehen konnte, wußte er, daß er in den vergangenen Sekunden nicht genügend aufgepaßt hatte. Ralgor war zurückgekehrt.

Der Springer stieß einen erstaunten Ruf aus, als er das merkwürdige Wesen über seine Karten gebeugt vorfand. Es dauerte mindestens zwei Sekunden, ehe er seiner Überraschung Herr wurde. Seine Rechte fuhr zum Gürtel und kam mit dem Strahler wieder hoch. Der Lauf richtete sich auf den Mausbiber.

Gucky hätte teleportieren können, aber es wäre ihm feige vorgekommen. Außerdem dauerte es mindestens eine Sekunde, ehe er entmaterialisierte. Der Springer würde seinen tödlichen Schuß noch anbringen können. Da gab es auch andere Mittel.

„Guten Tag“, sagte Gucky in reinem Interkosmo und entblößte freundlich seinen Nagezahn. „Wie geht es dir, Ralgor?“

Der war so verblüfft, daß sein Unterkiefer um einige Zentimeter nach unten sank. „Du – sprichst? Wer bist du?"

„Du sprichst ja auch, nicht wahr?" entgegnete Gucky und konzentrierte seine Aufmerksamkeit auf die Pistole. Seine telekinetischen Geistesströme erfaßten die Materie behutsam, und der Lauf der Waffe zeigte plötzlich gegen die Decke. Der Springer war derart überrascht, als ein unbelebter Gegenstand plötzlich Neigung zeigte, sich selbständig zu machen, daß er keiner Aktion fähig war. Staunend sah er zu, wie der Strahler seinen verkrampften Fingern entglitt und gegen die Decke schwebte, als sei er ein Ballon geworden. An der Decke angekommen, hielt der Strahler an und richtete seinen Lauf auf Ralgors Kopf.

„Nun, jetzt bist du aber artig?" fragte Gucky. „Mach die Tür zu!"

Ralgor fiel nicht ein, dem Befehl Folge zu leisten. Er stieß einen zweiten, diesmal aber wutentbrannten Schrei aus und stürzte sich auf den Eindringling. Gucky dachte an die Ermahnungen John Marshalls und verzichtete auf weitere Experimente. Er entmaterialisierte und verpaßte somit den eigentlich amüsanten Teil des Abenteuers.

Ralgor wurde von der Wucht des Sprunges jäh nach vorn gerissen, als seine mächtigen Fäuste ins Leere griffen. Er prallte mit dem Schädel gegen den Bordkommunikator und holte sich eine farbenprächtige Beule, deren Vorhandensein er später bei mitfühlenden Fragen seiner Sippengenossen niemals befriedigend erklären konnte.

Fassungslos starrte er auf die Karten.

Mit brummendem Schädel und einer unwilligen Handbewegung wischte er sie vom Tisch.

Dann sank er schwer in den Stuhl, auf dem noch vor drei Sekunden Gucky gestanden hatte.

Verdammt. Es gab also *doch* Geister.

Nachdem Gucky zurückgekehrt war, berichtete er seinen Freunden in allen Einzelheiten, was er von Ralgor über die bevorstehende Konferenz erfahren hatte.

„Wir sollten nicht versäumen, einen Beobachter zu der Konferenz zu entsenden", sagte er.

„Enzally wird uns berichten“, erwiderte Marshall.

„Das genügt nicht“, meinte Gucky und fügte schnell hinzu: „Achtung, ich fühle Enzally kommen.“

Enzally begrüßte die vier Männer mit der gleichen Verbeugung, mit der er auch Gucky bedachte, nahm Platz und sagte mit einem etwas nachsichtigen Lächeln: „Die Versammlung der Springer beginnt jeden Augenblick. Ich kam mit einem Dienstwagen der Raumhafenverwaltung hierher, um euch zu unterrichten. Ihr seid verwundert wegen des Wagens? Nun, wir haben unsere Freunde jetzt überall. Aber um auf die Springer zurückzukommen: Was ist Ihre Absicht?“

„Wir wollen die Springer belauschen“, sagte John.

Über das Gesicht des alten Goszuls huschte ein kleines Lächeln. „Ausgezeichnet. Die Händler haben gesehen, was aus Wesen wird, die von dieser Seuche des Vergessens befallen werden. Sie werden voller Panik fliehen. Uns jedenfalls werden sie künftig in Frieden lassen.“

„Gucky und Tako werden sich zur Versammlung begeben“, entschied Marshall.

„Du kannst dich auf uns verlassen“, beruhigte Gucky den Telepathen, nahm Tako bei der Hand und nickte ihm zu.

Eine Sekunde später waren sie verschwunden.

Die beiden Teleporter materialisierten nicht weit von dem ihnen bereits bekannten Gebäude am Rand des Raumhafens, in dem die Verhandlung heute stattfinden sollte. Enzally hatte ihnen die Lage genau beschrieben. In der näheren Umgebung war niemand zu sehen, auch keine Wachroboter. Vor dem Eingang des Gebäudes allerdings standen zwei wuchtige Kampfroboter mit schußbereiten Strahlarmen. Es war völlig aussichtslos, an ihnen vorbeikommen zu wollen.

„Also direkt hinein in die Höhle des Löwen“, stellte Tako wenig begeistert fest. Er sah aus wie ein echter Goszul und war von den Eingeborenen dieser Welt nicht mehr zu unterscheiden. „Wir wissen nicht, wo wir landen, und wenn das mitten im Verhandlungssaal geschieht, gibt es einige Aufregung.“

„Besonders dann, wenn sie mich sehen“, vermutete Gucky nicht zu Unrecht. „Aber auf der anderen Seite kann ich mir besser helfen als du. Schließlich bin ich außerdem noch Telekinet. Ich werde ihre Nasen verbiegen.“

Tako grinste flüchtig. „Also gut, dann springst du zuerst und kommst sofort zurück, um mir die Daten bekanntzugeben. Dann springen wir gemeinsam.“

Gucky sah sich um. „Verbirg dich, so gut es eben geht. Aber wer sollte schon kommen? Ein Goszul wird dich nicht verraten, und Wachroboter sind nicht in Sicht. Ich glaube kaum, daß ein Risiko besteht.“

„Außerdem kommst du gleich zurück“, beruhigte sich Tako selbst.

Gucky nickte zustimmend und entmaterialisierte.

Der Japaner blieb allein zurück und bereitete sich heimlich darauf vor, jederzeit verschwinden zu können. Aber alles blieb still. Das Raumfeld mit seinen riesigen Schiffen lag wie ausgestorben. Weit drüben an seinem Rand patrouillierte ein Roboter. Die Sonne war bereits unter den Horizont gesunken, und es wurde allmählich dämmerig.

Es dauerte fünf Minuten, ehe Gucky zurückkam.

„Ich habe einen ausgezeichneten Platz gefunden“, sagte er mit seiner hellen Stimme. „Eine Art Galerie über dem Verhandlungssaal. Niemand sieht uns, und wir haben eine wunderbare Aussicht. Wir können sogar alles hören, was gesprochen wird. Und da die Springer verschiedene Dialekte besitzen, unterhalten sie sich auf interkosmo.“

„Nimm mich bei der Hand, das ist sicherer.“

Sie sprangen und landeten den Bruchteil einer Sekunde später in einem dunklen Raum, der nur dürftig von einem aus der Tiefe dringenden Licht erhellt wurde. Stimmengemurmel wurde hörbar.

„Die Galerie“, flüsterte Gucky. „Vorsichtig bewegen jetzt, wenn wir auf den Gang gelangen. Früher, so stelle ich mir vor, saßen hier oben auch Zuhörer, aber jetzt sind so viele Springer krank, daß sie mit dem Saal dort unten auskommen.“

Sie verließen den Raum, in dem allerhand Gerümpel lagerte, darunter auch ein außer Dienst gestellter Roboter. Auf der eigentlichen Galerie war es heller. Sie mußten sich eben darauf verlassen, daß niemand kam. Bis dicht an den Rand des Geländers krochen sie vorsichtig auf Händen und Füßen, dann richteten sie sich halb auf.

Was sie sahen, ließ ihr Herz rascher schlagen.

An die zwanzig Springer saßen oder standen in Gruppen beisammen und unterhielten sich angeregt miteinander. Wie es schien, waren die Beratungen durch eine Pause unterbrochen worden, um den einzelnen Springern Gelegenheit zu geben, über das Thema frei zu diskutieren.

Vorn an einem langen Tisch hockte Ralgor.

Etztak bat die versammelten Patriarchen, ihre Plätze wieder einzunehmen. Er wartete, bis Ruhe eingetreten war, dann begann er zu sprechen: „Wir kamen ursprünglich zu Goszuls Planet, um über die Möglichkeiten zu beraten, der wachsenden Bedrohung durch einen gewissen Perry Rhodan entgegenzutreten, der die Terraner vertritt. Leider wurde unser Vorhaben durch einige Ereignisse hinausgeschoben. Jetzt ist wieder etwas eingetreten, mit dem wir nicht rechneten. Auf Goszuls Planet ist eine Seuche ausgebrochen, deren Natur völlig unbekannt ist. Zu unserer Bestürzung müssen wir feststellen, daß wir nicht immun dagegen sind. Nach den letzten Meldungen sind bereits sieben der zwanzig Gouverneure erkrankt und haben das Gedächtnis verloren. Wir, die wir bisher mit den Goszuls nicht in Berührung kamen, blieben gesund. Aber es ist selbstverständlich, daß wir so schnell wie möglich von hier verschwinden sollten, um der Gefahr der Ansteckung nicht auch noch ausgesetzt zu werden."

Etztak wartete, bis die allgemeine Unruhe sich legte. Mit veränderter Stimme fuhr er dann fort: „Wir müssen diese Welt verlassen, Partner, das steht fest. Und so wie die Dinge stehen, werde ich beim Rat der Händler eine fünfzigjährige Quarantäne vorschlagen."

Ein junger Springer in der ersten Reihe hob die Hand. „Wollen wir die Gouverneure auf Goszuls Planet zurücklassen?"

Ralgor neben Etztak wurde unruhig, aber er beherrschte sich ausgezeichnet und überließ die Antwort dem Älteren.

„Haben wir eine andere Wahl?" Etztak fragte es mit hochgezogenen Augenbrauen. „Unsere Desinfektionsmittel sind gegen die Seuche des Vergessens unwirksam. Auf keinen Fall dürfen wir diese furchtbare Krankheit ins Universum tragen. Unvorstellbare Folgen müßten von uns verantwortet werden. Die intelligenten Völker des Universums ohne Gedächtnis – eine grauenhafte Vision."

Ralgor war das Thema unangenehm. Er unterbrach Etztak: „Noch Einwände? Wenn nicht, würde ich Etztak vorschlagen, zur Abstimmung zu schreiten."

Der alte Graubart nickte.

„Beginnen wir", sagte er.

Die Abstimmung erbrachte, daß niemand noch länger auf dieser Welt bleiben wollte. Etztak nickte befriedigt.

„Kommen wir auf Rhodan zurück", meldete er sich wieder zu Wort. „Ich schlage vor, daß wir die Absicht, Terra anzugreifen, vorläufig zurückstellen. Ich halte es für notwendig, unsere Kampfkraft wesentlich zu verstärken, ehe wir uns wieder näher mit Rhodan befassen. Daher plädiere ich dafür, daß wir uns hier trennen und zu einem späteren Zeitpunkt wieder zusammentreffen. Ich denke vor allem daran, die Überschweren in unsere Planung einzubeziehen. Ort und Zeit des Treffens werden noch bekanntgegeben."

Etztak verstummte und beobachtete die Reaktion der Patriarchen. Er war nicht erstaunt darüber, daß sein Vorschlag allgemeine Zustimmung fand. Kein Wunder, hatten doch alle Levtans Berichte noch gut in Erinnerung und somit kein Verlangen danach, sich an die Erde der Zähne auszubeißen.

Etztak war mit dieser Entwicklung sichtlich zufrieden, entband sie ihn doch von der Notwendigkeit, zuzugeben, daß an eine Aktion gegen die Erde ohne die entsprechenden Positionsdaten, die er nicht mehr besaß, überhaupt nicht zu denken war. Er beglückwünschte sich nachträglich zu seinem Entschluß, die Vernichtung der Positionsdaten geheimgehalten zu haben. Nicht auszudenken, was geschehen wäre, wenn die anderen Patriarchen dies erfahren hätten. Die Blamage wäre perfekt gewesen. Er ahnte nicht, daß oben auf der Galerie zwei ungebetene Zuschauer sich soeben zufrieden zurückzogen.

Bereits eine Stunde nach dieser Konferenz verließen die ersten Springerschiffe den Planeten und transitierten in Richtung ihrer Stützpunkte. Kurz darauf befand sich kein einziges Springerschiff mehr auf Goszuls Planet. Ralgor selbst hatte seine Pläne, den Planeten betreffend, zurückgestellt.

18.

Entsprechend den Funkanweisungen Rhodans begann John Marshall damit, das Heilserum in die verseuchten Kontinente zu schicken. Dort wurde es von Ralvs Leuten in Empfang genommen und verteilt. Schon zwei Tage nach der Behandlung verschwanden die Farbflecke von der Haut, und nach der dritten Nacht kehrte auch das Gedächtnis zurück.

Am selben Tag, an dem die Flotte der Springer startete, verließen John und seine Mutanten den Segler, um in der Nähe des Raumhafens ein neues Quartier zu beziehen. Es handelte sich um den Amtssitz des „Obersten Gouverneurs" der Springer, der augenblicklich im Krankenhaus lag und sich vergeblich zu erinnern versuchte, wer er eigentlich war.

Das nicht sehr große Gebäude war von außerordentlichen Sicherheitsvorrichtungen umgeben. Ein einziger Druck auf einen Alarmknopf genügte, um einen Energievorhang um das ganze Haus zu legen. Selbst die Kampfroboter konnten dann nicht mehr eindringen.

Hier erst fühlte John sich sicher, denn nachdem fast die Hälfte der Gouverneure ausgefallen war, begannen die Roboter unruhig zu werden. Es kam John zum Bewußtsein, daß der Kampf noch nicht beendet war. Ralv traf zur Berichterstattung ein.

Während Gucky auf dem flachen Dach des Hauses hockte und nach allen Seiten sicherte, erwarteten John und die drei Japaner ihren Verbündeten. Der Rebellenführer hatte sich in den vergangenen Tagen verändert. Aus dem anfänglichen Widerstandskämpfer, der stets im verborgenen leben mußte, war ein verantwortungsbewußter Staatsmann geworden. Er trug ein selbstsicheres und zielbewußtes Wesen zur Schau, betrachtete seine von einer anderen Welt stammenden Freunde als gleichberechtigte Partner und vergaß doch niemals, ihnen seine Dankbarkeit zu beweisen.

„Es gelang uns in der vergangenen Nacht, eine Nebenstelle der automatischen Steuerzentrale zu besetzen. Zehn Wachroboter, die von dieser Stelle aus geleitet wurden, zerstörten sich selbst.“

John horchte auf.

„Zerstörten sich selbst? Wie konnte das geschehen?“

„Keine Ahnung. Wir besetzten die außerhalb der Stadt gelegene Zentrale, nachdem wir den dazugehörigen Kampfroboter vernichtet hatten. Das war gar nicht so schwer. Einer unserer Leute rammte ihn mit einem Wagen. Leider starb er an den Folgen des Unfalls, aber der Roboter wurde so hart gegen eine Wand geschleudert, daß nur Schrott von ihm übrigblieb. Als wir in der Zentrale waren und die Art der Schaltungen begriffen – Enzally half uns dabei –, gaben wir den zehn zugeteilten Wachrobotern den Befehl, die dreizehn im Verwaltungsgebäude versammelten Gouverneure anzugreifen und sie zu töten.“

„Eine verrückte Idee“, meinte John und begann zu ahnen, was geschehen war.

Ralv fuhr fort: „Die zehn Roboter blieben stehen und rührten sich nicht. Dann begannen sie plötzlich von innen heraus zu glühen – und schmolzen. Von ihnen blieb nichts als einige Klumpen unförmigen Metalls.“

„Kurzschluß.“ John nickte. „Der eingebaute Sicherheitsfaktor. Sie können niemals einen Springer angreifen, wenn sie nicht vorher umprogrammiert werden. Das aber kann nur durch die zentrale Befehlsstelle geschehen, die fest in der Hand der Kampfroboter und der restlichen Gouverneure ist. Was werden diese letzten Springer tun, Ralv? Die Flotte ist geflüchtet, und Goszuls Planet steht unter Quarantäne, mit anderen Worten: Niemand darf mehr landen.“

„Auch da arbeiten unsere Leute gut“, sagte Ralv stolz. „Enzally belauschte eine der ersten Sitzungen. Die Gouverneure wissen, daß sie auf einem verseuchten Planeten sitzen, von dem sie niemand abholen wird, um nicht selbst zu erkranken. Nun haben die Gouverneure natürlich keine Lust, den Rest ihres Lebens hier isoliert zu verbringen. Sie benötigen also ein Raumschiff, um der Seuche des Vergessens zu entfliehen – *bevor* sie vergessen.“

„Sehr einleuchtend. Fragt sich nur, woher sie ein Schiff erhalten wollen. Soweit mir bekannt ist, stehen ihnen keine intergalaktischen

Schiffe zur Verfügung, nur kleine Boote, mit denen sie zur Not den benachbarten Planeten erreichen können. Damit ist ihnen aber auch nicht geholfen."

„Irgendwo müssen sie ein Schiff haben, ein großes Schiff. Leider konnte Enzally nicht mehr erfahren, da sie nicht weiter darüber sprachen."

„Ein großes Schiff der Springer ...", dehnte John und dachte fieberhaft nach. Hatte Rhodan nicht einmal den Wunsch geäußert, die technischen Einzelheiten eines Springerschiffs in aller Ruhe studieren zu können? Bot sich hier vielleicht eine Gelegenheit dazu? „Wir müssen erfahren, was die Gouverneure planen."

Ralv winkte ab. „Die Roboter bereiten mir mehr Sorgen. Wie sollen wir Herren unseres eigenen Planeten werden, wenn die Roboter uns daran hindern? Schon haben wir eine provisorische Regierung zusammengestellt und sind bereit, mit der Aufbauarbeit zu beginnen, da treten neue Schwierigkeiten auf. Die Roboter müssen den Befehl erhalten haben, uns zu verjagen, wo immer sie uns sehen."

„Wie meinst du das?" fragte John neugierig.

„Früher waren wir die Diener der Götter. Wir arbeiteten mit den Robotern zusammen und nahmen Befehle von ihnen entgegen. Heute können wir uns ihnen nicht einmal mehr nähern, ohne von ihnen angegriffen zu werden. Auch dann, wenn wir keine feindlichen Absichten haben."

„Das müssen die Gouverneure gewesen sein. Um eine weitere Ansteckung zu vermeiden, haben sie den Robotern die Anweisung gegeben, mit den Eingeborenen nicht in Berührung zu kommen. Sehr verständlich. Du siehst, Ralv, es hat alles seine natürliche Erklärung."

Der Rebell wollte gerade etwas entgegnen, als er unterbrochen wurde.

Auf dem einzigen Tisch des Raumes stand ein kleiner Metallkasten, der plötzlich zu summen begann.

John sprang auf und eilte zum Tisch. Er drückte einige Knöpfe und sagte dann: „Einsatzkommando Marshall."

„Rhodan hier", kam die prompte Antwort. „Wir landen in zehn Minuten."

Für zwei Sekunden verschlug es John die Sprache, dann erwiderte er hastig: „Der Planet steht noch unter Kontrolle der Springer. Die Roboterzentrale ist im Besitz der Gouverneure, die ihre Kampfroboter angewiesen haben . . .“

„Wir landen, um die Kontrollzentrale lahmzulegen“, gab Rhodans ruhige Stimme zurück. „Wo sind Sie mit Ihren Leuten?“

„Beim Raumhafen, am Westrand. Sie erkennen das einzelne Gebäude sehr leicht an seinem flachen Dach . . .“

„Schalten Sie Ihren Apparat nicht aus, dann kann ich Sie nach der Landung anpeilen. Was wollen die Roboter gegen unsere vier Schiffe unternehmen?“

„Ich wüßte nicht, was“, gab John zu und wußte zugleich, daß Rhodan niemals unnötige Risiken einging. Sein Leben war ihm genauso lieb wie jedem anderen.

„Erwarten Sie uns also“, endete Rhodans Botschaft.

Ralv hatte interessiert zugehört. Er verstand die in der Sprache der ehemaligen „Götter“ geführte Unterhaltung, die im Klartext aus dem Gerät gekommen war. John sah sich zu einer Erklärung veranlaßt.

„Das sind meine Freunde, wir stammen von der gleichen Welt. Sie sind gekommen, um deinen Planeten endgültig zu befreien.“

Ralv verlor ein wenig seine Sicherheit. „Befreien? Warum sollte uns jemand ohne selbstlose Ziele befreien? Warum habt *ihr* es getan? Ich fragte noch niemals danach.“

„Rhodan wird es dir erklären“, vertröstete John ihn. „Doch jetzt bleibt uns keine Zeit zur Unterhaltung, wir müssen handeln. In wenigen Minuten werden die restlichen Springer zu ahnen beginnen, mit wem sie es zu tun haben – wenn sie jemals von der Erde hörten.“

Acht Minuten später verdunkelte sich über dem Raumhafen der Himmel, als die gigantische Kugel der STARDUST II sich langsam herabsenkte und zum erstenmal den Boden von Goszuls Planet berührte. Die drei Kreuzer TERRA, SOLAR SYSTEM und CENTURIO landeten so, daß die STARDUST II zwischen ihnen lag und abgedeckt wurde.

Ein Prallfeldgleiter brachte Rhodan und Bully zu dem Haus, in dem John sie erwartete.

Sie begrüßten die Mutanten und wurden dann Ralv vorgestellt, der trotz seiner neuen Würde als künftiges Regierungsoberhaupt plötzlich eine unerklärliche Scheu verspürte, als er in Rhodans Augen blickte. Aber dann wußte er, daß er keinem Eroberer, sondern einem Freund gegenüberstand. Impulsiv nahm er Rhodans Hand und drückte sie fest.

Danach informierte sie Marshall kurz über die Ereignisse der letzten Tage und erwähnte schließlich den Verdacht des Telepathen Enzally, daß die Springer irgendwo auf dieser Welt noch ein Raumschiff versteckt haben könnten.

Kaum hatte er seinen Bericht beendet, materialisierte Gucky zwischen ihnen.

„Die Roboter – sie marschieren!" schrillte er atemlos. „Sie werden in fünfzehn Minuten hier sein. Zweihundert Stück!"

Rhodan wurde blaß. Er wußte, daß allein die STARDUST II diese zweihundert Roboter in wertlose Schrotthaufen verwandeln konnte, aber diese Tatsache konnte ihn nicht beruhigen. Die Goszuls würden diese Roboter benötigen, ihre Welt aufzubauen – oder sie mußten auf die einmalige Gelegenheit verzichten, bereits vorhandene technische Errungenschaften in Anspruch zu nehmen.

„Die Gouverneure", sagte John, der Rhodans Erschrecken falsch deutete. „Sie sind verantwortlich. Eine einzige Bombe würde genügen . . ."

„Nein", widersprach Rhodan. „Ich möchte mit den Springern verhandeln. Aber vorher erledigen wir die Roboter. Gucky, Tako! Ihr seid Teleporter. Springt in die Kontrollzentrale und schaltet die Impulszentralisierungsgeräte aus. Gucky, lies meine Gedanken, dann weißt du, was ich meine. Ich will die Roboter retten. Wenn sie passiviert werden, sind sie harmlos und können später beliebig neu programmiert werden. Kapiert, Gucky?"

Der Mausbiber nickte. „Wir sind gleich zurück. Komm, Tako, deine Hand."

Sie entmaterialisierten, aber Tako kam schon Sekunden später allein zurück.

Der schmächtige Teleporter atmete heftig, ehe er hervorstieß: „Kampfroboter in der Station. Sie griffen uns an. So einfach ist es doch nicht, wie wir gehofft hatten."

„Was ist mit Gucky?" Das war Bully.

„Er hält die Stellung. Ich soll euch sagen, es dauert mindestens drei Minuten – *wenn* er es schafft.“

Rhodan schaltete seinen Armbandsender ein und stellte die Verbindung mit der STARDUST II her. „Fisher! Schutzschirm errichten. Wenn Kampfroboter angreifen, nicht das Feuer eröffnen. Geben Sie identische Anweisungen an die drei Kreuzer. Ende.“ Zu Tako gewandt, fuhr er fort: „Helfen Sie Gucky. Hier, nehmen Sie meinen Strahler mit. Auf ein paar Roboter soll es nicht ankommen.“

Der Japaner nahm den Strahler und verschwand.

Rhodan eilte mit den anderen auf das Dach des Gebäudes. Von hier aus hatten sie eine vorzügliche Übersicht und konnten das ganze Feld übersehen, bis hinüber zum Verwaltungsgebäude, wo sich die Gouverneure aufhielten. Etwas isoliert davon und abseits der Häuser stand die Kontrollzentrale für die Roboter. Eine Kugelantenne sandte die Befehlsimpulse in alle Richtungen.

In breiter Front näherten sich die Kampfroboter mit gesenkten Strahlern. Sie stellten eine fast unvorstellbare Streitmacht dar.

„Hoffentlich schafft Gucky es“, flüsterte Bully neben Rhodan. Man konnte spüren, daß seine ernste Sorge nicht nur den angreifenden Robotern, sondern in erster Linie seinem Freund, dem Mausbiber, galt. „Wir sollten ihm helfen.“

„Dazu ist es zu spät, Bully. Gucky muß allein sehen, wie er mit den Maschinen fertig wird.“

Die ersten Roboter erreichten die Energieglocke, die sich um die vier Schiffe gelegt hatte. Sie blieben mit einem Ruck stehen und begannen aus allen verfügbaren Waffen zu feuern. Farbige Strahlenbündel prallten gegen die unsichtbare Mauer, flossen nach allen Seiten auseinander und glitten wirkungslos ab. Einige der Roboter wurden von ihren eigenen Energiebündeln getroffen und schalteten ihre Schutzschirme ein.

Und dann erstarrte die Armee plötzlich zur Bewegungslosigkeit.

Fast in derselben Sekunde materialisierten Tako und Gucky am Rand des Daches, starrten einige Sekunden auf die unbeweglichen Kampfmaschinen und kamen dann zu der wartenden Gruppe. Der Mausbiber warf Bully einen triumphierenden Blick zu und sagte zu Rhodan: „Ich mußte die Sammelleitung zur Antenne zerstören, anders war es nicht zu machen. Sie läßt sich leicht reparieren. Die Robots stehen nun ohne Impulse da und wissen nicht, was sie tun sollen. Ich nehme an, sie werden bald zu ihren Quartieren zurückkehren, um neue Anordnungen abzuwarten. Sobald die Antenne wieder klar ist, können wir sie umprogrammieren."

„Gut gemacht, Gucky", lobte Rhodan und legte seine Hand auf den pelzigen Kopf seines kleinen Freundes. „Sie ebenfalls, Tako. Überhaupt darf ich dem Kommando John Marshall meinen Dank und meine Anerkennung aussprechen. Ohne Sie hätte alles länger gedauert und wäre nicht so harmlos abgegangen."

„Und was ist mit den dreizehn Springern, die drüben in ihrer Befehlszentrale sitzen und böse Pläne schmieden?" fragte Bully.

„Mit ihnen werden wir verhandeln", sagte Rhodan. „Ich möchte herausfinden, ob sie tatsächlich irgendwo ein Schiff versteckt haben."

19.

Helles Sonnenlicht fiel durch die breiten Fenster des großen Raumes. Es wurde von der blanken Fläche des langen Tisches reflektiert, hinter dem dreizehn Männer saßen. Es gab verschiedene Dinge, die diese dreizehn Männer gemeinsam besaßen und die ihre Zusammengehörigkeit deutlich dokumentierten.

Sie hatten alle einen dichten Vollbart, der ihr halbes Gesicht verdeckte. Unter buschigen Augenbrauen fielen die ernsten und etwas bedrückt blickenden Augen auf. Gemeinsam waren ihnen auch die kräftige Nase und die schmalen Lippen über dem bartbedeckten Kinn.

Die massigen Köpfe saßen auf Körpern, die im Augenblick zusammengesunken wirkten und nicht viel von der Kraft verrieten, die sonst in ihnen steckte. Den nervigen Fäusten, die vor ihnen auf der Tischplatte lagen, fehlte die gewohnte Energie.

Sie, die besiegten Herren, warteten auf ihren Bezwinger.

Patriarch Ragor, Gouverneur auf Goszuls Planet, saß in der Mitte der dreizehn Männer. Genau wie sie war er in das verlassene Verwaltungsgebäude geflohen, als die Seuche des Vergessens zuschlug und die versammelten Kommandanten der Springerflotte in panischer Furcht flohen und über Goszuls Planet die fünfzigjährige Quarantäne verhängten.

Wie es schien, hatten die Springer einen wichtigen Stützpunkt verloren.

Ragor räusperte sich.

„Man läßt uns lange warten", bemerkte er düster und versuchte, seine Ungeduld durch äußerliche Ruhe zu verbergen.

„Das Recht des Siegers", sagte sein Nebenmann nickend. Er war ein dunkelhaariger Riese mit hervorstehenden Backenknochen. „Wir dürfen das Gebäude nicht verlassen, sie lassen uns keinen Spielraum."

„Dafür Zeit zum Nachdenken", knurrte Ragor und ballte die Fäuste. „Sie haben die Kommandozentrale unserer Roboter besetzt – damit sind wir wehrlos geworden. Wir dreizehn haben eine ganze Welt gegen uns."

„Eine Welt, die wir bisher beherrschten", murmelte der schwarzhaarige Riese. „Welche Bedingungen werden die Goszuls uns wohl stellen?"

Er bekam keine Antwort. Auf dem Gang ertönten Schritte, dann wurde die Tür aufgestoßen, und drei Männer betraten den Raum, von einem mehr als zwei Meter großen Roboter begleitet, der ohne besondere Aufforderung neben der Tür Stellung bezog.

Die Neuankömmlinge unterschieden sich erheblich von den dreizehn wartenden Männern. Sie waren Menschen wie sie, aber ihre Haut fiel durch die rote Farbe auf. Außerdem fehlten der typische Vollbart und der grobknochige Körperbau. Sie waren schlank und fast zierlich, aber genauso groß wie die Springer. Bisher die verachteten Eingeborenen dieser Welt, waren sie nun plötzlich die Herren geworden und traten als Sieger vor das Angesicht der ehemaligen Gouverneure.

Sie hatten sympathische Gesichter, in denen die Freude über die errungene Freiheit den Stolz über den Sieg noch überwog. Die Kleidung verriet deutlich den primitiven Stand der Zivilisation, zu deren Niederhaltung die einstigen Herren viel beigetragen hatten.

Ragor betrachtete die drei Männer aus zusammengekniffenen Augen und machte keine Anstalten, sich von seinem Platz zu erheben. Mit einer lässigen Handbewegung zeigte er auf die freien Stühle, die ihm gegenüber auf der anderen Seite des Tisches standen. Er betrachtete die Goszuls zwar als Sieger, nicht aber als seine eigentlichen Bezwinger.

Dabei irrte er sich gewaltig.

Die drei Männer blieben stehen. Der mittlere von ihnen, der alte Telepath Enzally, forschte in den Gedanken der Gouverneure und fand neben Resignation und Verzweiflung auch Widerstand und heimliche Hoffnung. Worin diese Hoffnung bestand, vermochte er nicht so schnell festzustellen.

Ralv, der Führer der Rebellion gegen die Springer und künftiges Regierungsoberhaupt des geeinten Planeten, verhielt sich vorerst abwartend. Er überließ es Enzally, die ersten Worte zu sagen.

Der dritte Mann aber war kein Goszul.

Er hatte eine helle Haut, und seine hagere Gestalt überragte die Enzallys und Ralvs um einige Zentimeter. In seinen Augen blitzte das Bewußtsein eigener Stärke, verbunden mit der Gewißheit geistiger Überlegenheit. Die schlichte Uniform war den dreizehn Gouverneuren unbekannt. Sie hatten auf dieser Welt noch niemand mit einer solchen Uniform gesehen.

Es konnte nur eine Erklärung geben: Der Mann war kein Eingeborener, sondern er war mit einem dieser vier arkonidischen Raumschiffe gekommen und gehörte somit zu jenen, die den Springern die Niederlage beigebracht hatten.

Auch Ragor kam zu diesem Schluß, und er war nicht sehr beglückt darüber.

Aber er wäre noch weniger beglückt gewesen, wenn er gewußt hätte, daß er Perry Rhodan gegenüberstand, der sich aus verschiedenen Gründen hütete, seine Identität preiszugeben. Die Aufgaben auf Goszuls Planet waren noch nicht alle erfüllt. Wenn auch diese dreizehn Gouverneure keinerlei Verbindung zu ihren in den Raum geflohenen Artgenossen zu haben schienen, zog Rhodan es vor, sicherzugehen.

Er nickte Enzally zu, der auf das Zeichen gewartet hatte.

„Danke, wir ziehen es vor, stehen zu bleiben“, sagte der Telepath, der einzige, der je auf dieser Welt geboren worden war. „Wenn Sie unsere Bedingungen annehmen, können wir uns sehr schnell einigen. Sie haben verloren und sind hilflos. Selbst die Roboter verweigern Ihnen künftig den Gehorsam, denn sie wurden umprogrammiert. Was das bedeutet, wissen Sie selbst. Sie dienen nun uns und werden auch für uns arbeiten. Die anderen Springer flohen mit ihren Schiffen und ließen Sie hilflos zurück. Wir haben nicht die Absicht, Sie zu töten, aber wir werden Sie isolieren. Auf einer Insel im West-Ozean – groß genug für Sie und mit gutem Klima – können Sie den Rest Ihres Lebens in Ruhe und Frieden verbringen. Eine Rückkehr zu Ihrer eigenen Welt ist unmöglich, weil Sie kein Schiff besitzen.“

Enzally schwieg und sah Ragor an. Ohne daß der ehemalige Gouverneur es wußte, wurden seine Gedanken genauestens studiert. Nichts blieb dem forschenden Telepathen verborgen.

Durch die dreizehn Männer ging ein Raunen. Mehrere sprachen, aber Ragor brachte sie mit einem einzigen Wink zum Schweigen.

„Was ist mit jenen sieben Gouverneuren, die von der Seuche des Vergessens befallen wurden?“ fragte er. „Sollen wir sie zurücklassen?“

„Sie kommen mit Ihnen auf die Insel.“

„Damit sie auch uns anstecken?“ empörte sich Ragor. „Wenn jene Insel wirklich noch frei von der Seuche ist, wird sie es nicht mehr lange sein.“

Perry Rhodan gab Enzally einen Wink und ergriff das Wort. „Wir brachten ein Heilserum mit, Ragor. Die Seuche ist zu einer harmlosen Krankheit geworden. Sie erhalten eine Injektion und werden niemals erkranken. Auch die sieben Gouverneure, die wir im Hospital fanden, sind inzwischen gesundet. Sie werden Sie zur Insel begleiten.“

Ragor betrachtete Rhodan aufmerksam. „Sie sind nicht von dieser Welt?“

„Nein.“

„Warum mischen Sie sich in den Konflikt ein?“

„Weil wir daran interessiert sind, daß Völker, die unterdrückt werden, sich künftig selbst regieren. Wenn Sie so wollen – wir haben den Goszuls geholfen, den Kolonialismus zu überwinden.“

„Und – und Sie profitieren nichts dabei?“

„O doch, Ragor. Aber Sie werden nicht erwarten, daß ich Ihnen das verrate. Sie sollen nur eine Frage beantworten: Fügen Sie sich freiwillig dem Beschluß der neuen Regierung dieser Welt, ins Exil zu gehen?“

Ragor warf seinen Gefährten einen schnellen Blick zu, ehe er antwortete: „Wenn wir ein Schiff besäßen, dürften wir dann Goszuls Planet verlassen?“

Rhodan nickte. „Dann ja. Aber Sie haben kein Schiff.“

Noch einmal zögerte Ragor, aber es wäre ohnehin zu spät gewesen.

Enzally lächelte plötzlich und sagte zu Rhodan. „Ich weiß, wo das Schiff ist. Wir können die Unterredung beenden.“

Ragor starrte fassungslos auf den Telepathen, der ihr Geheimnis enthüllt hatte. Ihm war, als stürze plötzlich die ganze Welt zusammen und begrübe alle seine Hoffnungen. Es war ihm darum gegangen, eine kleine Atempause und vielleicht einige Arbeitsroboter zu erhalten. Dann hätte es nur wenige Tage gedauert, und das gewaltige Schlachtschiff auf der verborgenen Werft in den Bergen wäre startbereit gewesen. Nach einer Vergeltungsaktion wäre er dann mit seinen Artgenossen in den Raum geflohen.

Und nun . . .

Enzally hörte auf zu lächeln. Kalt sagte er: „Danke, Ragor, das genügt. Ich sehe, wir meinten es zu gut mit Ihnen. Sie werden noch heute zur Insel verschifft.“ Er wandte sich an Rhodan. „Sie wollten das Schlachtschiff nehmen, Goszuls Planet vernichten und dann in ihren Sektor der Milchstraße zurückkehren. Wahrhaft liebenswerte Wesen.“

„Ihre Mentalität verträgt keine Niederlage, daher kann die Denkungsart Ragors nicht als Maßstab für alle Springer angelegt werden. Ich bin davon überzeugt, daß wir eines Tages mit ihnen zu einer Vereinbarung gelangen werden. Nicht hier und nicht mit diesen Gouverneuren, aber mit anderen von ihnen. Es ist besser, wir schließen dieses Kapitel ab. Ralv, du kannst deines Amtes walten. Enzally, gehen wir. Uns geht das, was nun folgt, nichts mehr an.“

Hoch aufgerichtet verließen Rhodan und Enzally den Raum. Sie schritten an dem unbeweglichen Roboter vorbei, dessen Kristallinsen starr auf die dreizehn Springer gerichtet waren, denen er einmal gehorcht hatte.

Nun würde er sie in die Verbannung bringen.

Die Einsatzbesprechung fand in der geräumigen Kommandozentrale der STARDUST II statt. Die achthundert Meter große Raumkugel lag, umgeben von den drei Kreuzern TERRA, SOLAR SYSTEM und CENTURIO, auf dem Landefeld des „Götterlands“, wie die Eingeborenen jenen Kontinent nannten, auf dem die Springer ihre Stützpunkte errichtet hatten.

Neben Perry Rhodan hatte Reginald Bull Platz genommen. Seine rötlichen Haarborsten zeigten einen unwiderstehlichen Drang, sich senkrecht aufzurichten.

Die Mutanten John Marshall, Tako Kakuta, Kitai Ishibashi und Tama Yokida saßen etwas seitlich auf zwei Sitzen. Ihnen gegenüber hatten die Vertreter von Goszuls Planet Stellung bezogen. Ralv, der Anführer der Rebellion gegen die Springer, war schon heute ganz Regierungsoberhaupt der befreiten Welt. Neben ihm saß der Telepath Enzally. Als dritter Vertreter der Eingeborenen präsentierte sich Geragk, einer der Unterführer der Widerstandsgruppe, die Ralv geleitet hatte.

Ebenfalls anwesend waren die Kommandanten der drei Kreuzer, die mit ihren zweihundert Metern Durchmesser neben der STARDUST II wie Zwerge wirkten und doch Gebilde von kaum vorstellbarer technischer Vollendung darstellten. Captain McClears saß zwischen Major Nyssen und Major Deringhouse.

„Die zwanzig Gouverneure sitzen bereits auf ihrer Insel und dürften damit ausgeschaltet sein“, begann Rhodan und streifte Ralv mit einem kurzen Blick. „Ich rechne gleichzeitig damit, daß man ihnen weder zur Flucht verhilft noch sich an ihnen zu rächen versucht. Damit ist Goszuls Planet frei und in der Hand seiner rechtmäßigen Besitzer. Hoffentlich werden Sie eine schöne Welt daraus machen.“

Ralv fühlte sich angesprochen. Er nickte selbstbewußt. „Sie können sich auf uns verlassen. Unser Dank wird darin bestehen, unserem Volk die Freiheit zu erhalten. Auch haben wir nichts dagegen einzuwenden, daß Sie hier einen Stützpunkt errichten und Handel mit uns treiben."

„Dann können wir uns ja eigentlich jetzt empfehlen", sagte Bull mit großartiger Handbewegung. „Nur noch das Schiff der Springer . . ."

„Nur!" unterbrach Rhodan mit starker Betonung. „Das Schiff bereitet mir ernste Sorgen. Enzally überwachte die Gouverneure und fand heraus, daß die Werft etwa fünfzig Kilometer von hier entfernt in den Bergen liegt. In ihr arbeiten etwa dreißig Spezialroboter. Sie sind völlig selbständig und von keiner Kommandozentrale abhängig. Geschützt werden sie und die Werft von hundert Kampfrobotern, die so programmiert wurden, daß sie gegen alles vorgehen, was nicht wie ein Springer aussieht. Es ist somit völlig aussichtslos, sie durch Ausschalten einer Zentrale außer Gefecht zu setzen. Sie müssen einzeln überwältigt und desaktiviert werden. Eine hübsche Arbeit."

„Warum legst du solchen Wert darauf, das Schiff der Springer in unseren Besitz zu bringen?" fragte Bully.

„Wir wissen von Enzally, daß dieses Schiff an Einrichtung, technischen Raffinessen und Bewaffnung alles übertrifft, was wir uns auch nur vorstellen können. Gut, wir halten die arkonidische Zivilisation für maßgeblich, aber du solltest nicht vergessen, daß die Arkoniden in den vergangenen acht Jahrtausenden geschlafen haben. Nicht so die Springer, die sich damals aus ihrem Imperium lösten. Sie entwickelten ihre Technik weiter und sind in einigen Dingen den Arkoniden nun überlegen. Ganz bestimmt bedeutet dieser Schiffsbau eine Überraschung für uns alle. Ich bin einfach neugierig, das ist alles."

Bully grinste. „Wirklich nur neugierig?"

Rhodan grinste zurück, wurde aber sofort wieder ernst. „Es steht also fest, daß wir dieses Schiff haben müssen, und sei es nur, um es zu untersuchen. Aber wir dürfen keine Gewalt anwenden, um die Kampfroboter nicht zu veranlassen, es zu vernichten, wenn sie keinen anderen Ausweg mehr sehen. Ich bin davon überzeugt, daß sie bei der Programmierung einen entsprechenden Befehl erhielten."

„Und wie sollen wir sie daran hindern?"

„Indem wir sie überraschen und bluffen. Wie, das weiß ich noch nicht genau. Wir müssen zuerst wissen, woran wir sind. Gucky wird uns berichten. Er hält sich seit heute früh in der Werft auf."

Rhodans Worte erregten ziemliches Aufsehen, denn niemand der

Anwesenden wußte, daß der Mausbiber einen solchen Auftrag erhalten hatte.

„Gucky?“ ächzte Bully. „Gucky ist in der Werft?“

Rhodan nickte. „Wer wäre dafür besser geeignet als unser kleiner Freund? Erstens ist er der vollkommenste Mutant, den wir kennen. Außer Telepathie beherrscht er Telekinese und Teleportation. Er kann sich also wehren und jederzeit in Sicherheit bringen, wenn die Situation zu brenzlig wird. Dann sieht er nicht wie ein Mensch aus, sondern wie eine übergroße Maus. Vielleicht glauben die Roboter sogar, es mit einem harmlosen Tier zu tun zu haben, und kümmern sich überhaupt nicht um ihn.“

„Wie ich Gucky kenne“, sagte Bully, „wird er sich totärgern, wenn die Roboter ihn einfach ignorieren.“

„Ich glaube, dazu ist er zu klug“, widersprach Rhodan. „Nun, wie dem auch sei, ich erwarte Gucky jeden Moment zurück. Er weiß, daß wir hier in der STARDUST II auf seinen Bericht warten.“

Im Hintergrund räusperte sich einer der drei Offiziere.

„Ja?“ forderte Rhodan ihn auf, seine Meinung zu sagen.

Major Deringhouse, Kommandant des neuen Kreuzers CENTURIO und gleichzeitig Kommandeur der wendigen und lichtschnellen Raumjäger in den Hangars der Kreuzer, lächelte ein wenig verkniffen. „Wenn ich mir eine Bemerkung erlauben darf, dann diese: Warum so viel Umstände? Ich kann die Werft jederzeit mit fünfzig Raumjägern angreifen und die Roboter außer Gefecht setzen.“

Rhodan schüttelte den Kopf. „Das wäre nicht ratsam. Nur ein einziger Roboter genügt, um eine vielleicht vorbereitete Sprengladung zu zünden, die Werft und Schiff in die Luft jagt. Nein, uns kann nur eine List helfen – und in *der* Beziehung haben wir doch einige Erfahrung, wie Sie sicher zugeben werden, Major.“

Deringhouse wollte etwas erwidern, aber als er Bullys hämisches Grinsen sah, zog er es vor, nichts mehr zu sagen. Der rothaarige Kerl neben Rhodan schien wieder mehr zu wissen, als er zugeben wollte.

„Und wann soll Gucky zurückkehren?“ erkundigte sich John Marshall.

Rhodan zuckte mit den Schultern. „Ich erwarte ihn jeden Augenblick, aber es gibt viele Ereignisse, die seine Ankunft verzögern können. Notfalls muß Tako ebenfalls den Sprung wagen und nach ihm sehen."

Tako lächelte sein stilles, bescheidenes Lächeln, als er sagte: „Wenn es sein muß, gehe ich sofort. Vielleicht ist Gucky in eine Falle geraten und hofft auf Hilfe."

„Wir warten noch eine halbe Stunde, Tako." Rhodan schüttelte den Kopf. „Dann ist die Frist abgelaufen, die Gucky und ich vereinbart haben."

Gucky war klug genug, erst einmal abseits von der geheimnisvollen Raumschiffswerft in der Wildnis der Berge zu materialisieren.

Er hatte Glück. Sein Sprung ins Ungewisse brachte ihn auf eine mit Geröll übersäte Hochebene, die spärlich mit verkrüppelten Bäumen bewachsen war und genügend Deckung bot, falls sich jemand sehen ließ. Seiner Schätzung nach konnte die Werft höchstens zwei oder drei Kilometer entfernt sein. Da er zum Laufen viel zu bequem war, wollte er diese Entfernung mit genau berechneten Sprüngen zurücklegen.

Wenn man Gucky sah, konnte man auch verstehen, warum er keinen gesteigerten Wert darauf legte, viel zu laufen. Gucky sah in der Tat wie eine riesige Maus mit abgeflachtem Biberschwanz aus. Die großen Ohren liefen oben spitz aus und standen meist senkrecht hoch. Das rostbraune Fell war glatt und schmiegsam. Unbeholfen wirkten die kleinen Beinchen des gut einen Meter hohen Wesens, dessen Intelligenz wesentlich größer als die eines normalen Menschen war.

Daheim auf seiner kalten Welt, die eine sterbende Sonne umkreiste, galt er als Phänomen, denn sein Volk beherrschte lediglich die Telekinese, während Gucky außerdem noch die Gabe der Telepathie besaß und sich mit Hilfe der Teleportation fortbewegen konnte.

Nach allen Seiten sichernd, hockte der Mausbiber auf den Hinterpfoten und durchforschte das unübersichtliche Gelände mit seinen scharfen Augen. Gedanken fing er keine auf, aber das war auch nicht gut möglich. Roboter dachten nicht wie organische Lebewesen. Ihre Impulse waren nicht aufzufangen. Wenigstens nicht mit einem telepathischen Gehirn.

Die Sonne brannte heiß auf die steinige Fläche herab, und Gucky begann zu schwitzen. Um eine bessere Übersicht zu erhalten, stieg er einige Meter empor und blieb in zwanzig Meter Höhe bewegungslos in der Luft hängen. Hier war es auch kühler.

Die Werft mußte irgendwo im Norden liegen. Gucky sah nichts als schroffe Felsen und zerrissene Schluchten. Daß die Springer sich aber auch in diese Wildnis zurückziehen mußten, um ein Schiff zu bauen! Wahrscheinlich fühlten sie sich hier sicherer.

Weit vorn blitzte es plötzlich auf, als habe ein Sonnenstrahl schimmerndes Metall getroffen.

Gucky strengte seine Augen an und erkannte einen Roboter, der knapp tausend Meter vor ihm langsam auf und ab patrouillierte. Genau vor dem Eingang zu einem der vielen Täler.

Das war kein Zufall.

Der Mausbiber merkte sich die Richtung und ließ sich auf den Boden zurücksinken. Mit aller Sorgfalt konzentrierte er sich auf einen spitzen Felskegel, der nicht weit vom Taleingang entfernt war – und sprang.

In derselben Sekunde materialisierte er hinter dem Felsen, holte tief Luft und watschelte in die Ebene hinaus, als sei er ein hier heimisches Riesenkarnickel auf der Futtersuche. So ungewöhnlich war diese Methode absolut nicht, denn die Roboter waren höchstwahrscheinlich darauf programmiert, nur die eingeborenen Goszuls als Feinde zu behandeln.

Das metallene Ungeheuer patrouillierte weiter vor dem knapp fünfzig Meter breiten Taleingang und kümmerte sich nicht um Gucky, für den diese Vorstellung ein lebenswichtiges Experiment darstellte. Reagierte der Kampfroboter nicht auf seine Annäherung, dann konnte er sich ungehindert frei bewegen. Zwar regte sich in ihm das unangenehme Gefühl, nicht ganz für voll genommen zu werden, aber dafür würde er sich bei Gelegenheit schon revanchieren.

Knapp dreißig Meter von dem Robot entfernt blieb Gucky einige Minuten sitzen und studierte seinen Gegner aufmerksam. Die angewinkelten Arme endeten in den spiraligen Läufen tödlicher Energiestrahler. Der Mausbiber wußte, daß sie ihn in Sekundenschnelle verdampfen würden, wenn das positronische Gehirn des mehr als zwei Meter hohen Giganten ihn als Feind betrachtete. Das aber war zum Glück nicht der Fall. Der Roboter wußte überhaupt nicht, was ein Mausbiber war. Und solange Gucky sich friedlich verhielt, würde er niemals als möglicher Gegner identifiziert werden.

Die eingezogene Empfangsantenne des Roboters deutete darauf hin, daß er nicht mit einer Kommandozentrale in Verbindung stand, sondern individuell durch eine gespeicherte Programmierung gesteuert wurde. Wenn man an ihn herankam, konnte man ihn ohne weiteres desaktivieren und lahmlegen. Das aber wiederum war nicht so einfach, denn sobald der Robot bei einem Lebewesen Intelligenz feststellte und es sah nicht wie ein Springer aus, würde er feindlich reagieren.

Gucky wurde im Augenblick nicht mit dem Problem fertig und beschloß, zuerst einmal grundlegend festzustellen, ob er von dem positronischen Gehirn als „unintelligentes Lebewesen" registriert wurde.

Er ließ sich auf seine vier Füße nieder und hoppelte auf den stummen Wächter zu, der unbeirrt seine Runde ging. Dabei bereitete er sich auf einen eventuellen Teleportersprung vor, um möglichst schnell in Sicherheit zu gelangen, wenn es notwendig sein sollte.

Wenn Bully seinen kleinen Freund in dieser Situation hätte sehen können, wäre ein höhnisches Gelächter die Folge gewesen. Der allmächtige Mutant Gucky als besseres Kaninchen – welch urkomische Vorstellung. Aber zum Glück war Bully nicht in der Nähe und kam so um den Genuß des Schauspiels, an dem wiederum der Kampfroboter nicht das geringste Interesse zeigte.

Gucky wurde ignoriert.

Am liebsten hätte der Mausbiber ihn dafür mit Hilfe seiner telekinetischen Fähigkeit fünzig Meter hochgehoben und zu Boden fallen lassen, wie er es schon mehrmals mit anderen Robotern getan hatte, aber er mußte sich an seinen Auftrag halten, den Rhodan ihm gegeben hatte. Also ignorierte er seinerseits auch den Roboter und hoppelte an ihm vorbei in das Tal hinein.

Als er an dem Metallungetüm vorbei war, hoppelte er rückwärts, um nicht unversehens von hinten erledigt zu werden. Aber seine Sorge war unnötig. Der Robot hielt ihn für ein harmloses Tier, das im Tal sein Futter suchen wollte oder vielleicht eine Quelle kannte, deren es in diesem öden Gebiet wenig genug gab.

Das Tal verbreiterte sich bald, blieb aber trocken. Lediglich vermehrter Pflanzenwuchs verriet größere Feuchtigkeit des Bodens. Gucky hoppelte weiter, bis ihn eine Biegung außer Sichtweite des Roboters brachte.

Erleichtert konnte er nun seine Aufmerksamkeit nach vorn richten – und das lohnte sich in der Tat.

Das Tal verbreiterte sich zu einem fast runden Kessel mit einem Durchmesser von gut einem Kilometer. Steile Felswände bildeten für unliebsame Besucher ein unüberwindliches Hindernis. Hier konnte niemand herein, aber auch niemand heraus, wenn er nicht gerade Flügel besaß. Flache Hallen beherbergten die Maschinen und Werkstätten, aber das alles bemerkte Gucky erst in zweiter Linie.

Das Loch in der mehr als fünfhundert Meter hohen Felswand nahm seine ganze Aufmerksamkeit in Anspruch.

Es besaß eine Höhe von mehr als zweihundert Metern und war mindestens auch genauso breit. Helles Licht flutete aus dem dunklen Berginnern und ließ die schimmernde Metallhülle des fast fertigen Raumschiffs erkennen, das in seiner ganzen Länge durch das schützende Gebirge den Augen Unbefugter verborgen war. Wenn Rhodans Informationen stimmten, dann mußte der riesige Tunnel in den Berg mindestens achthundert Meter lang sein.

Die Springer hätten sich kein besseres Versteck aussuchen können.

Eine Kette von Kampfrobotern sperrte den Talkessel in Richtung des einzigen Ausgangs ab. Sie standen bewegungslos auf ihrem Posten, die Frontseite gegen Gucky gerichtet, der zwischen einigen Büschen hockte und ganz so tat, als weide er das dürftige Gras zwischen den Steinblöcken ab und interessiere sich nicht im mindesten für Raumschiff oder Roboter.

Vegetarier schienen selbst von positronischen Gehirnen als harmlose Naturen angesehen zu werden. Wenigstens mußte Gucky wieder einmal voller Bitterkeit erkennen, daß man ihn nicht für voll nahm.

Allerdings konnte er nun nicht teleportieren, denn eine solche Tätigkeit wäre von den wachsamen Robotern unbedingt als Zeichen von Intelligenz gewertet und entsprechend beantwortet worden. Es blieb dem Mausbiber also nichts weiter übrig, als sich grasend der metallisch schimmernden Absperrfront zu nähern.

Vielleicht gelang es ihm sogar, bis an das Raumschiff selbst heranzugelangen. Je mehr Informationen er Rhodan bringen konnte, desto einfacher mußte später die beabsichtigte Aktion gegen die Werft durchzuführen sein.

Er hoppelte also mit gemischten Gefühlen weiter.

Etwa dreißig Roboter riegelten das Tal ab. Da ihre Formation einen nach außen gewölbten Halbkreis bildete, betrug der jeweilige Abstand etwa fünf Meter. Das war ein ungeheuerlicher Aufwand, wenn man bedachte, was diese Roboter für gigantische Abwehrkräfte entwickeln konnten. Ein einziger von ihnen konnte das Tal gegen eine ganze Armee verteidigen, wenn es darauf ankam.

Das Raumschiff mußte den Springern also wirklich sehr viel bedeuten.

Gucky blieb nicht viel Zeit zum Überlegen. Mit Widerwillen stopfte er sich ein Bündel vertrocknetes Gras hinter den Nagezahn und hoffte, es bei nächster Gelegenheit wieder ausspucken zu können. Aber der Schein mußte ja gewahrt bleiben. Es gab auf Goszuls Planet tatsächlich eine Art von Kaninchen. Diese galt es mit Erfolg zu imitieren.

Ohne es verhindern zu können, sträubten sich Guckys Nackenhaare beim Anblick der nun so nahen Kampfmaschinen, deren Energiestrahler stur nach vorn gerichtet waren. Vielleicht standen die Roboter schon seit Monaten unbeweglich am gleichen Fleck, aber das machte ihnen natürlich nichts aus. Sie würden auch noch in tausend Jahren hier stehen, wenn sie keinen gegenteiligen Befehl erhielten.

Nun, Gucky konnte das alles ziemlich egal sein, wenn sie nur keine Notiz von ihm nahmen. Er hoppelte einige Meter weiter und hielt bei einem saftiggrünen Grasbüschel an.

Der nächste Robot war zwanzig Meter entfernt und richtete fast träge seine blitzenden Linsen auf den Eindringling. Seine Nachbarn reagierten nicht.

Gucky hatte ein komisches Gefühl in der Magengegend, was nicht nur dem Genuß des heruntergeschluckten Grasbüschels zugeschrieben werden konnte. Tapfer machte er sich daran, mehr von der ungewohnten Kost zu verschlingen, um seiner Rolle als Kaninchen treu zu bleiben.

Wenn er doch jetzt einfach teleportieren könnte. Aber das konnte alle Pläne Rhodans zunichte machen. Die Roboter würden wissen, daß die Werft von intelligenten Gegnern entdeckt war. Sie würden entsprechend handeln und vielleicht sogar das Schiff vernichten, wenn sie keinen anderen Ausweg wußten. Gucky war sogar davon überzeugt, daß ihnen die Flucht der Springer-Kommandanten längst bekannt war.

Das Gras schmeckte scheußlich.

Das nächste Büschel wuchs genau zwischen den beiden vor Gucky postierten Robotern. Der Mausbiber gab sich innerlich einen Ruck und hoppelte darauf zu. Er hielt dabei den Atem an und konzentrierte sich, um jederzeit entmaterialisieren zu können. Wenn möglich, mußte diese allerletzte Rettungsmaßnahme jedoch vermieden werden.

Der nächste Roboter drehte sich schwerfällig in seine Richtung. Der linke Arm winkelte sich unmerklich an und zeigte nun genau auf Gucky, der immer noch nicht zu atmen wagte und entschlossen weiterhoppelte, um zu dem Grasbüschel zu gelangen.

Es waren Sekunden fast unerträglicher Spannung. Würde der Robot schießen? Wenn ja, dann sah die Programmierung ein Verbot für *alle* Lebewesen vor, das Tal zu betreten.

Warum aber hatte der Roboter am Eingang nicht entsprechend gehandelt?

Gucky nahm sich vor, die Frage später zu untersuchen, wenn er Zeit dazu hatte.

Er kam bei dem Grasbüschel an und begann zu fressen.

Es schmeckte durchaus nicht besser als vorher, aber es kam Gucky doch so vor, als habe er niemals etwas Schmackhafteres gegessen. Dieser Eindruck blieb allerdings nur so lange bestehen, bis sein einziger Nagezahn mit seinen vergeblichen Versuchen begann, das Gras zu zermahlen.

Der Roboter betrachtete Guckys Äsen mit sichtlichem Interesse. Sein Waffenarm blieb gestreckt und schußbereit, aber wenn er die Absicht gehabt hätte, den kleinen Nager zu vernichten, hätte er nicht gezögert, es zu tun. Es hätte einfach keine logische Begründung für eine solche Verzögerung gegeben.

Gucky erfaßte das mit seinem schnell arbeitenden Verstand und verschluckte in heroischer Selbstüberwindung das unzerkaute Büschel. Sein Magen schien revoltieren zu wollen, aber auch das ging vorüber. Mit innerlichem Schaudern ignorierte er den wachsamen Roboter und fraß weiter.

Das positronische Gehirn des metallenen Wächters registrierte: ein Lebewesen, das nicht wie ein Springer, aber auch nicht wie ein Goszul oder ein anderes intelligentes Wesen aussieht. Ein Tier, das keinen Verstand besitzt, sonst würde es die Nähe der kampfbereiten Maschinen vermeiden. Es denkt nicht, ist somit auch ungefährlich. Außerdem frißt es Gras, ist somit auf dieser Welt beheimatet. Und da die Goszuls die einzigen Feinde der Springer auf diesem Planeten sind . . .

Der Schluß war logisch: Der Grasfresser war harmlos.

Gucky bemerkte mit Erleichterung, wie der Waffenarm herabsank und der Roboter wieder zum Talausgang blickte. Die Probe aufs Exempel war bestanden.

Nur nichts überstürzen.

Nach diesem Grundsatz handelnd, graste er gemächlich weiter und verdarb sich dabei fast den Magen. Dann setzte er sich erneut in Bewegung und hoppelte auf das Werksgelände zu.

In seinem Rücken verspürte Gucky ein merkwürdiges Kribbeln, aber er widerstand der Versuchung, sich umzudrehen. Was würde passieren, wenn der Roboter nun doch plötzlich anders schaltete und es sich neu überlegte? Es war für den Mausbiber keine sonderliche Beruhigung, festzustellen, daß er von seinem überraschenden Tod nichts spüren würde.

Er ignorierte die nächste Grasinsel und hoppelte weiter, um schließlich mit unvorstellbarer Erleichterung um die Ecke eines langgestreckten Gebäudes zu biegen und somit außer Sicht der Roboter zu gelangen.

Aufatmend blieb er sitzen.

Der Eingang zur Felsenwerft war noch zweihundert Meter von seinem jetzigen Standort entfernt. Dazwischen lagen einige Hallen und frei gestapelte Lagerbestände: Metallgerippe, schimmernde Hüllenteile, kleinere Gerüste und große Kisten. Arbeitsroboter mit festgelegter Programmierung bewegten sich überall zwischen den Hallen und gingen ihren Pflichten nach. Aus dem Tunnel kamen verschiedenartige Geräusche, die unzweifelhaft darauf schließen ließen, daß noch immer an dem Schiffsneubau gearbeitet wurde.

Die Roboter hatten keinen gegenteiligen Befehl erhalten, und sie würden ihr Werk vollenden.

Niemand aber konnte ahnen, was dann geschah.

Rhodan durfte nicht riskieren, daß die Roboter womöglich mit dem fertiggestellten Schiff ins Weltall entflohen und einen bereits festgelegten Treffpunkt anflogen.

Gucky wußte das. Er mußte herausfinden, zu welchem Zeitpunkt das kritische Stadium begann.

Zehn Meter zur Linken öffnete sich plötzlich eine Tür, und ein Arbeitsroboter trat ins Freie. In der Hand trug er einige Skizzen, die ganz offensichtlich einen Teil des fast fertiggestellen Schiffes wiedergaben. Er war nicht bewaffnet wie die Kampfroboter, von denen Gucky überall welche entdecken konnte. Aber deswegen war er nicht weniger gefährlich.

Gucky saß aufrecht auf den Hinterpfoten und kaute auf einigen Grashalmen herum, die für ihn der Inbegriff der Seligkeit zu sein schienen. Die Werftanlagen, die Lagerbestände, die Hallen und die Roboter – das alles interessierte ihn nicht. Für ihn gab es nur das köstliche Gras, das er hier im Tal gefunden hatte.

Das mußte sich der Roboter wohl auch gedacht haben, denn er nahm von Gucky kaum Notiz, sondern schritt mit seltsam ruckartigen Bewegungen auf den Tunneleingang zu, wo er mit einigen anderen Robotern zusammentraf und mit ihnen eine Unterhaltung begann.

Gutgegangen, dachte Gucky und spuckte das Gras erleichtert wieder aus. Wenigstens hatte er es diesmal nicht schlucken müssen. Er ließ dabei das Werftgelände zwischen seinem Standort und dem Tunneleingang nicht aus den Augen und achtete dabei leider zu wenig auf das, was hinter ihm vorging.

Er hörte die Schritte zwar, aber ehe er sich umdrehen konnte, traf ihn mit aller Gewalt eine harte Stiefelspitze in die Seite und schleuderte ihn einige Meter durch die Luft. Für einen Augenblick glaubte Gucky, sich sämtliche Knochen gebrochen zu haben, besonders dann, als er hart auf dem felsigen Boden landete und nach Atem ringend liegenblieb. Er war viel zu überrascht, sich in diesem Moment der Gefahr einfach in Sicherheit zu teleportieren, außerdem erblickte er jetzt denjenigen, dem er den Tritt zu verdanken hatte.

Es war ein Springer.

Unverkennbar wies der rötlich schimmernde Vollbart darauf hin, daß es sich nicht etwa um einen Goszul handelte. Auch der stämmige Körperbau wies ihn als Galaktischen Händler aus. Er trug schwarze Stiefel und eine enge Hose. Der weiße Kittel kennzeichnete ihn als Wissenschaftler. Unordentlich wucherte eine wilde Haarmähne auf seinem Kopf.

In einem Gucky unbekannten Dialekt murmelte er etwas vor sich hin und schritt weiter, ohne sich um sein Opfer zu kümmern. Aber endlich konnte der Mausbiber seine telepathischen Fähigkeiten einsetzen, die er noch Sekunden zuvor so fahrlässig mißachtet hatte. Wäre das nämlich nicht der Fall gewesen, hätte er die Annäherung des Springers rechtzeitig bemerkt.

Das fehlt uns noch, daß die Viecher ins Tal kommen! Das war es, was der Springer in der unbekannten Sprache sagte. Und auf interkosmo setzte er hinzu: „Ich werde den Robots neue Anweisungen geben müssen, sonst stolpert man noch über die Grasfresser." Während er weiterschritt, verfolgte Gucky seine Gedanken weiter und erfuhr noch, daß der Mann Borator hieß und der technische Leiter des Projekts und auch der einzige Springer hier war.

Außerdem erfuhr Gucky noch einige Einzelheiten. Demnach hatte Patriarch Etztak, bevor er und die anderen Springer von Goszuls Planet geflohen waren, Borator den Auftrag gegeben, das Schiff nach der endgültigen Fertigstellung in etwa sechs Tagen in einen bestimmten Raumsektor zu bringen und dort auf Anweisungen zu warten.

Langsam richtete Gucky sich auf. Die Seite schmerzte noch immer. Nur mühsam beherrschte er sich, dem Rohling die Gemeinheit jetzt gleich heimzuzahlen, aber aufgeschoben war auf keinen Fall aufgehoben. Der Springer würde seine Herzlosigkeit noch bitter bereuen, das versprach Gucky sich, um sein Gemüt zu beruhigen. Er würde diesen Borator fünfzig Meter hoch in die Luft steigen und dort einen ganzen Tag hängen lassen. Und dann würde er ihn . . .

Erneute Schritte unterbrachen seine Rachevision. Ein Arbeitsroboter marschierte dicht an ihm vorbei, ohne ihn zu beachten. Da sah man es mal wieder, dachte der Mausbiber bitter. Die Roboter waren humaner als intelligente Lebewesen. Sie ließen ihn wenigstens in Ruhe.

Gucky überlegte nicht mehr lange, sondern konzentrierte sich auf die fünfzig Kilometer entfernte STARDUST II und deren Zentrale – und sprang.

Er materialisierte ausgerechnet auf Bullys Schoß.

Als Gucky bei seinem Bericht erwähnte, daß er Gras gefressen habe, um die Roboter von seiner Harmlosigkeit zu überzeugen, brach Bully in homerisches Gelächter aus. Er wand sich vor Lachen, bis es dem Mausbiber zuviel wurde.

Guckys Stimme klang plötzlich schrill. „Glaubst du vielleicht, das habe mir Spaß gemacht? Und wenn du jetzt nicht aufhörst, dich über meine verzweifelte Lage lustig zu machen, dann kannst du etwas erleben, du rothaariges Scheusal! Nun?"

Das „Nun?" klang so erwartungsvoll, daß Bully sofort stutzig wurde und sich an ähnliche Situationen erinnerte, in denen er stets den kürzeren gezogen hatte. Schließlich war er ein normaler Mensch ohne telekinetische Fähigkeiten. Er schnappte nach Luft, hörte auf zu lachen und japste mühsam: „War ja nicht so gemeint. Und was geschah dann? Fielen die Roboter darauf herein und hielten dich für ein Karnickel?"

Gucky nickte ernsthaft. „Für so etwas Ähnliches. Jedenfalls konnte ich die Postenkette passieren und in die Werft gelangen. Ein gewisser Borator leitet das Projekt. Ein Springer."

Das war immerhin eine Überraschung.

„Also haben wir es nicht nur mit Robotern zu tun", meinte Rhodan. „Das erschwert die Aktion, aber nur geringfügig. Wir müssen zuerst diesen Borator ausschalten, ehe wir uns daranmachen, die hundertdreißig Roboter möglichst unauffällig außer Gefecht zu setzen. Mit Hilfe des neuen Umprogrammierungs-Impulsstrahlers sollte uns das gelingen. Leider wirkt das Gerät nur individuell, das heißt, wir können die Roboter nur einzeln angehen und neu programmieren. Wenn die anderen das merken, und sie merken es todsicher, gibt es Schwierigkeiten."

„Ich bin immer noch dafür, die Werft überraschend mit einigen Jägern anzugreifen und die Roboter zu vernichten", warf Major Deringhouse ein.

Rhodan gab ihm nicht einmal eine Antwort, sondern verteilte die Rollen für das geplante Unternehmen.

„Gucky führt das Kommando an. Der Teleporter Tako Kakuta und der Telekinet Tama Yokida gehen mit ihm. Ihr nehmt das neue Gerät mit und sorgt vorerst dafür, daß die Roboter lahmgelegt werden. Zuvor muß jedoch dieser Borator ausgeschaltet werden. Gucky, du sorgst dafür, daß wir den Springer hier an Bord der STARDUST II begrüßen können."

Gucky entblößte seinen Nagezahn. „Begrüßen? Willst du ihn zum Kaffeeklatsch einladen?"

„Gewiß nicht." Rhodan lächelte. „Kitai Ishibashi wird sich seiner annehmen. Danach wird die Fertigstellung des Springerschiffs in *unserem* Sinn möglich sein."

„Sehr gut!" lobte der Ilt.

Bully warf sich in die Brust. „Und ich? Was habe ich zu tun?"

„Ich fürchte", sagte Rhodan, „ich muß dich enttäuschen. Du bleibst bei mir – und bei mir wird wahrscheinlich nicht viel passieren."

„Also wieder einmal Hauptquartier", knurrte Bully verärgert. „Während die anderen Abenteuer erleben und als strahlende Helden aus der Schlacht heimkehren, versauern wir hier."

20.

Es dunkelte bereits, als Gucky und seine beiden Begleiter dicht bei dem Kistenstapel materialisierten. Zu ihrem Glück weilte niemand in der Nähe. Schnell huschten sie in den Schatten der Kisten und verbargen sich. Hier waren sie vorerst sicher.

„Ob auch in der Nacht gearbeitet wird?" fragte Tama flüsternd. Die fremde Umgebung war ihm unheimlich, und er hatte das Gefühl, ständig von unsichtbaren Augen beobachtet zu werden.

„Roboter kennen keine Müdigkeit", wurde er von dem Mausbiber belehrt. „Ich bin sicher, daß Borator keine Pause eintreten läßt. Er weiß, was auf Goszuls Planet geschehen ist, und wird darauf bedacht sein, sich so schnell wie möglich in Sicherheit zu bringen. Aber still, ich höre jemand kommen." Er wartete einige Sekunden, dann flüsterte er: „Es ist der Springer, ich kann seine Gedanken auffangen. Also schläft er doch noch nicht."

Die drei wurden zu bewegungslosen Schatten, die hinter den Kisten kauerten. Gucky aber lauschte in das Dunkel hinein.

Noch fünf Tage, dachte Borator mit einer Mischung von Genugtuung und Ungeduld. *Dann endlich ist es soweit.*

Gucky grinste zufrieden vor sich hin. Flüsternd informierte er die Gefährten und setzte hinzu: „Borator geht nun zu Bett. Vielleicht kann ich noch einiges erfahren."

Mit sichtlich gemischten Gefühlen nahmen die beiden Japaner zur Kenntnis, daß sie allein in der ihnen unbekannten Umgebung zurückbleiben sollten. Sie versprachen, sich auf keinen Fall von der Stelle zur rühren. Solchermaßen beruhigt, teleportierte Gucky hinter Borator her.

Der Springer bog gerade um die Ecke einer Lagerhalle und schritt zwischen einigen patrouillierenden Kampfrobotern seinem kleinen

Wohnhaus zu, das ein wenig abseits gelegen war. Gucky hielt es für ratsam, die Gleichgültigkeit der Roboter gegenüber Kaninchen nicht auf eine neue Probe zu stellen, und teleportierte gleich zum Wohnhaus, wo er den Springer im Schatten einiger Büsche erwartete.

Borator dachte ununterbrochen, während er über den durch einige Lampen erhellten Vorhof schritt. Er dachte an alles mögliche, nur nicht daran, was er exakt plante. Nur wenige Meter ging er an Gucky vorbei, öffnete die Tür seines Bungalows und schaltete das Licht ein. Der helle Schein fiel auch auf den Busch, hinter dem sich der Mausbiber verbarg. Aber Borator hatte jetzt nur den einzigen Gedanken, sich schlafen zu legen. Er war müde. Ein Glück, dachte er flüchtig, daß die Roboter keine Müdigkeit kannten. Vielleicht schafften sie es sogar, das Schiff schon in vier Tagen startbereit zu machen.

Gucky wartete geduldig. Wenn er sich besonders stark konzentrierte, konnte er fast durch Borators Augen sehen und feststellen, was dieser tat. Eine kleine Mahlzeit, eine kalte Dusche, dann das Bett.

Die Gedanken wurden verwirrender. Dann glitten sie ins Irreale ab.

Borator war eingeschlafen.

Nun zögerte Gucky nicht mehr länger. Er verzichtete darauf, seine besonderen Fähigkeiten einzusetzen, sondern kletterte schlicht und einfach durch das geöffnete Fenster und ließ sich vorsichtig auf den Fußboden des dahinterliegenden Raumes hinab. Borator schnarchte und verbreitete einen Lärm, der dem Mausbiber nur recht sein konnte. Bevor er den Springer weckte, wollte er noch einige Vorsichtsmaßnahmen treffen. Außerdem glaubte er, draußen im Flur ein Geräusch gehört zu haben.

Sollte sich Borator einen speziellen Wachroboter zugelegt haben?

Die Tür war nur angelehnt. Gucky huschte in das Halbdunkel. Durch einen Türspalt fiel Licht in den Flur – und reflektierte auf dem metallenen Rücken eines unbeweglich dastehenden Kampfroboters.

Gucky aktivierte den Impulsstrahler. Nun würde sich das neue Gerät bewähren können. Hoffentlich taugte es etwas. Er zielte genau auf den Hinterkopf des Ungetüms und drückte einen Knopf ein. Das tat er genau fünf Sekunden lang, dann ließ er den Knopf wieder los.

Wenn der Kasten funktionierte, dann war der Roboter jetzt

desaktiviert. Er würde nicht mehr reagieren und konnte jederzeit und ohne Schwierigkeiten umprogrammiert werden. Auf keinen Fall würde er noch in die Geschehnisse eingreifen können.

Wer aber sollte das tun, wenn nicht Borator?

Bevor Gucky sich um den Springer kümmerte, mußte er sich davon überzeugen, daß seine Kur von Erfolg gewesen war.

Den Kasten fest an sich drückend, spazierte er in den Flur und baute sich vor dem Roboter auf. Er sah ihm in die starren Linsen und versuchte, in ihnen eine Spur von Leben zu entdecken. Aber das positronische Gehirn nahm ihn nicht wahr. Es reagierte nicht.

Von dem Ergebnis höchst befriedigt, beschloß Gucky, sich nun um Borator zu kümmern.

Und genau in dieser Sekunde fiel ihm auf, daß der Springer nicht mehr schnarchte. Blitzschnell verstärkte er seine telepathische Empfangsbereitschaft, um die Gedanken Borators aufzunehmen. Ja, es stimmte. Der Springer war erwacht und mißtrauisch geworden. Er wollte nach dem Rechten sehen. Soweit Gucky beurteilen konnte, war der andere mit einem Energiestrahler bewaffnet.

Natürlich hätte der Mausbiber sich in Sicherheit teleportieren können, aber das widersprach seiner Natur und hätte außerdem die Gefahr heraufbeschworen, daß der Springer gewarnt war und entsprechende Vorbereitungen treffen konnte.

Licht flammte auf. Im Türrahmen stand Borator und blinzelte verstört auf die Szene, die sich seinen Augen bot. Da stand sein Roboter mitten im Flur, und vor dem Koloß hockte doch das Vieh, dem er heute einen Fußtritt versetzt hatte. Und was hielt es in den Pfoten? Einen Kasten? Seit wann besaßen Tiere Verstand genug, um mit einem Kasten nachts in fremde Häuser einzudringen?

Borator stellte sich zu viele Fragen und vergaß zu handeln. Das besorgte dann auch Gucky für ihn.

Mit unwiderstehlicher Gewalt entwand sich die Strahlpistole den Fingern des Springers und stieg schwerelos zur Decke empor, wo sie in der obersten Ecke verharrte, den Lauf genau auf Borator gerichtet, der dem Vorgang mit weit aufgerissenen Augen folgte. Seine wirren Gedankenfetzen verrieten Gucky, daß er an seinem eigenen Verstand zu zweifeln begann. Nun, *der* Eindruck ließ sich noch verstärken.

Gucky dachte verbittert an den erhaltenen Fußtritt und beschloß, das Nützliche mit dem Angenehmen zu verbinden. Borator wußte nicht, wie ihm geschah, als er plötzlich den Boden unter den Füßen verlor. Er hing nach einer Drehung um neunzig Grad waagerecht über dem Boden und konnte sich nicht rühren. In hilfloser Faszination starrte er auf den blitzenden Nagezahn des „Kaninchens" und überlegte mit erlöschendem Verstand, ob es für das Unbegreifliche verantwortlich gemacht werden konnte. Es mußte schon so sein, denn nun hoppelte das Tier direkt unter ihm hinweg und machte sich daran, die Decke auf dem Bett in Streifen zu zerreißen und eine Schnur daraus zu knoten. Den merkwürdigen Metallkasten stellte es solange auf den Boden.

Gucky kehrte zurück und begann Borator kunstgerecht zu fesseln, was ihm nicht schwerfiel, denn der Springer schwebte immer noch scheinbar schwerelos in einem Meter Höhe über dem Fußboden.

Tatenlos stand der Roboter dabei, als ginge ihn das alles nichts an, was ja auch in gewisser Beziehung stimmte.

Borator wurde zusammengeschnürt. Vorsichtshalber sorgte Gucky dafür, daß ein Stück der Schnur frei blieb, an dem er den Springer festhalten konnte. Dann klopfte er dem Roboter freundschaftlich auf das Hinterteil, nahm seinen Kasten unter den einen, die langsam herabschwebende Strahlpistole unter den anderen Arm – und spazierte aus dem Haus.

Borator folgte ihm wie ein Luftballon, scheinbar nur durch die Schnur von Guckys Hand gehalten. Die telekinetischen Kraftströme des Mausbibers hielten ihn starr und steif, aber Gucky war davon überzeugt, daß dieser Effekt schon allein durch die gräßliche Angst hervorgerufen werden konnte.

Tako und Tama erschraken, als sie das schwerelose Paket erblickten, das durch die Nacht auf sie zugeschwebt kam. Gucky hielt die Leine fest, als fürchte er, seine Beute würde davonfliegen. Sein Nagezahn blitzte vor Vergnügen.

„Den haben wir sicher", zwitscherte er zufrieden. „Tama wird ihn bewachen. Tako und ich werden die Roboter unschädlich machen."

Der zusammengeschnürte Borator sank zu Boden und blieb dort bewegungslos liegen. Seine Augen waren geschlossen. „Schade, er ist ohnmächtig geworden. Ich werde mich später mit ihm befassen. Bleib wach, Tama."

„Ich kann schon vor Aufregung nicht schlafen", behauptete der Telekinet. „Bleibt nur nicht zu lange."

„Neunundneuzig Kampfroboter! Glaubst du, das wäre im Handumdrehen erledigt?"

Gucky nahm Tako bei der Hand – und dann waren sie verschwunden.

Zurück blieben Tama, der sich nicht gerade sehr behaglich fühlte, und ein Springer, der im Augenblick überhaupt nichts mehr fühlte.

Der erste Kampfroboter stellte kein Problem dar. Er war dicht neben der größten Lagerhalle postiert und bildete den Anfang einer lang auseinandergezogenen Kette metallener Wächter. Gucky und Tako konnten sich ihm bis auf wenige Meter nähern, ohne gesehen zu werden. Zu ihrem Glück richteten sich die Linsen der Roboter in Richtung des Talausgangs, da man im Kessel selbst keinen Gegner vermutete.

Rhodan hatte darauf hingewiesen, daß die Reichweite des Gerätes noch beschränkt und nur bis dreißig Meter zuverlässig erprobt war. Aber die Sache hatte einen nicht zu unterschätzenden Vorteil. Die Roboter handelten zwar unabhängig voneinander, aber sie richteten sich in ihrer Handlungsweise doch nach den anderen. Wenn einer von ihnen Gucky passieren ließ, ohne ihn aufzuhalten, bedeutete das für den nächsten Posten, daß Gucky unverdächtig war.

Auf dieser Erfahrung baute Gucky seinen Plan auf.

„Du bleibst hier stehen", zischelte er Tako zu, als sie im Schatten des Schuppens anhielten. „Von hier aus hast du eine gute Übersicht. Sollte etwas Unvorhergesehenes geschehen, teleportiere zurück zu Tama. Sorge dafür, daß der Springer zu Rhodan geschafft wird. Dann hole Tama. Ich sorge schon für mich."

Die wenigen Bogenlampen erleuchteten nur dürftig das unübersichtliche Gelände. Die Roboter mit ihren schimmernden Rüstungen waren natürlich besser zu erkennen als Gucky, dessen rostbraunes Fell wie eine speziell angebrachte Tarnung wirkte.

Wie gesagt, der erste Roboter bedeutete keine Schwierigkeit.

Gucky verwandelte ihn nach kurzer Bestrahlung in eine nutzlose Statue. Da stand er nun und wartete auf neue Impulse, die jedoch vorerst ausblieben.

Ebenso erging es dem zweiten und dritten und dann allen weiteren, die verstreut im Werksgelände umherstanden und darauf warteten, daß etwas passierte. Ja, und als dann endlich etwas passierte, da bemerkten sie es nicht.

Nach knapp einer halben Stunde hatte Gucky fünfzig Kampfroboter außer Gefecht gesetzt. Die Hälfte also. Blieben außer weiteren fünfzig noch die dreißig Arbeiter, die er mit Recht in der Werft vermutete, wo sie auf Hochtouren damit beschäftigt waren, das Schiff startklar zu machen.

„Wir nehmen uns jetzt die eigentliche Postenkette am Talkessel vor. Sie versperrt den Ausgang. Leider stehen sie nur jeweils fünf Meter auseinander, aber irgendwie werde ich schon dafür sorgen, daß sie sich einschläfern lassen."

Sie bezogen Ausgangsstellung, dann begann der Mausbiber mit seinem Werk. Er näherte sich der Postenkette von hinten und sorgte dafür, daß er nicht gesehen wurde. Da es hier dunkler als in der Nähe der Werft war, bedeutete das kein Problem.

Bis zur Hälfte ging alles gut, aber dann, als Gucky gerade Robot Nr. 15 in Behandlung hatte, drehte sich Nr. 16 schwerfällig um und richtete den Strahl seines eingebauten Stirnscheinwerfers auf die Ursache des Geräusches, das er gehört haben mochte.

Gucky fand sich in Licht gebadet.

Der Robot registrierte in einer Zehntelsekunde, daß dies das gleiche Tier wie am Tage war und somit harmlos sein mußte. Lediglich hielt es nun in den Pfoten einen kleinen, schimmernden Kasten, dessen Kristallinse in sehr verdächtiger Weise auf den Nachbarrobot gerichtet war.

Das Tier mußte intelligent und somit ein Gegner sein.

Der Kampfroboter reagierte blitzschnell, aber sein vernichtender Energiestrahl traf nichts als ausgetrockneten Boden und von der Sonne verbranntes Gras.

Gucky materialisierte neben dem erschrockenen Tako.

„Pech gehabt", zischelte er dem Japaner zu. „Hoffentlich schlagen sie keinen Alarm. Mal sehen, was sie tun."

Die ersten fünfzehn Roboter kümmerten sich nicht um das, was nun geschah. Sie blieben reglos stehen, während die restlichen fünfzehn ihre Scheinwerfer anstellten und das Gelände absuchten. Sie fanden natürlich nichts, aber das beruhigte sie keineswegs. Allerdings machte keiner von ihnen Anstalten, seinen Platz zu verlassen.

„Ich kann mich dort nicht mehr sehen lassen", murmelte Gucky enttäuscht, stieß dann aber einen leisen Pfiff aus „Tako, ich bin ja Telekinet!" Das war in der Tat keine besonders umwerfende Feststellung.

Tako reagierte entsprechend. „Das wissen wir schon lange – na und?"

„Ja, begreifst du denn nicht? Ich kann das Gerät, diesen Impulsstrahler, doch allein auf die Reise schicken. Die sturen Roboter suchen nur den Boden ab, aber der Kasten hier kann fliegen. Ich werde sie ferngesteuert unter Narkose setzen. Daß ich nicht eher auf den Gedanken gekommen bin."

„Not macht erfinderisch", kommentierte Tako. Mit Bewunderung sah er zu, wie Gucky sich aus der Affäre zog.

Gucky selbst tat nicht viel. Er hockte sich im Schatten des Schuppens nieder und starrte angestrengt auf das schimmernde Kästchen, das plötzlich schwerelos wurde und in einigen Metern Höhe langsam auf die Postenkette der Roboter zustrebte.

Nr. 16 gab seine bisherige Suchtätigkeit abrupt auf und gefror zur Bewegungslosigkeit. Sein Nachbar tat es ihm nach. Und keine fünf Minuten später bestand die gesamte Postenkette der Kampfroboter aus ungefährlichen Metallfiguren, die kein eigenes Leben mehr besaßen. Sie würden in stoischer Gelassenheit auf den Augenblick warten, in dem ihnen neue Befehle auch neues Leben verleihen würden.

Und wenn es tausend Jahre dauerte.

Gucky holte sich das Gerät zurück, bedeutete Tako, an Ort und Stelle zu warten, und war in derselben Sekunde verschwunden. Als er eine Minute später zurückkehrte, gab es auch am Eingang des Tales keinen Wächter mehr.

„Nun sind es noch neunzehn Stück innerhalb der Werft. Mit denen werden wir auch noch fertig. Die Spezialroboter lassen wir vorerst ungestört. Sollen sie erst ihr Schiff fertigbauen. Also los! Auf zur letzten Runde!“

Es war bereits Mitternacht, als Gucky seine Arbeit beenden konnte. Neunundneunzig Roboter waren ausgeschaltet worden. Den letzten hatte er trotz intensiver Suche nicht finden können. Irgendwo auf dem Gelände der Werft gab es also noch eine dieser gefährlichen Kampfmaschinen, aber die Zeit war zu kostbar, um weitere Stunden für die Suche nach ihm zu vergeuden.

Die Arbeitsroboter ließen sich indessen nicht aufhalten. Durch die Ereignisse unberührt, gingen sie ihren Aufgaben nach und bemühten sich, den Termin einzuhalten, der ihnen von Borator, dem Leiter des Projekts, gestellt worden war.

Gucky war der letzte, sie daran zu hindern.

Tama atmete erleichtert auf, als Tako und Gucky zurückkehrten. Er hatte sich seit einer Stunde das Gerede Borators anhören müssen, der aus seiner Starre erwacht war. Zuerst hatte der Springer Drohungen hervorgestoßen, war dann jedoch dazu übergegangen, verlockende Angebote zu machen, wenn man ihn freiließe. Tama hatte auf jede Antwort verzichtet. Sollte sich Borator nur den Kopf darüber zerbrechen, in wessen Hände er da gefallen war.

Als der Springer Gucky erblickte, schwieg er abrupt. Wahrscheinlich hatte er wegen des Fußtritts doch ein schlechtes Gewissen.

„Wir könnten verschwinden“, gab der Mausbiber bekannt und verheimlichte seine Sorge wegen des verbliebenen Roboters, der noch kampfbereit war. „Alles Weitere wird Rhodan entscheiden. Tako, du kümmerst dich um Tama, den wir Gott sei Dank nicht einzusetzen brauchten. Ich nehme Borator mit.“

Sie trafen ihre Vorbereitungen.

Und dann war die Stelle plötzlich leer, an der sie eben noch gestanden hatten. Lediglich das festgetretene Gras zeugte davon, daß hier eben noch Lebewesen geweilt hatten.

21.

Der kleine Raumjäger bewegte sich mit mäßiger Geschwindigkeit zwischen den Planeten des 221-Tatlira-Systems. Er war, mit einigen anderen Schiffen gleichen Typs, vor der Landung der STARDUST II ausgeschleust worden, mit dem Auftrag, den Raum zu beobachten und Rhodan rechtzeitig zu warnen, falls die Springer wider Erwarten zurückkehren sollten. Als Pilot fungierte Sergeant Harnahan, Harn, wie er von seinen Bekannten genannt wurde. Harn verspürte wieder einmal das erregende Gefühl des absoluten Alleinseins in der Unendlichkeit. Das hinderte ihn natürlich nicht daran, seine Umgebung in allen Einzelheiten zu studieren und in sich aufzunehmen. Im übrigen gehörte das ja auch zu seinem Auftrag.

Er zog die Spezialkarte aus der Tasche, die ihm Rhodan gegeben hatte. Sie gab eine schematische Darstellung des gesamten Systems zum augenblicklichen Zeitpunkt wieder.

Der vierte Planet fiel ihm sofort auf. Er mußte mindestens fünfzig kleinere Monde besitzen, die ihn auf verschiedenartigen Bahnen umkreisten.

Dieses Kleinsystem war Harn auf den ersten Blick unsympathisch.

Er korrigierte erneut seinen Kurs und jagte mit annähernd Lichtgeschwindigkeit auf sein neues Ziel zu.

Bereits nach einer knappen Stunde mußte er verzögern, um nicht mit einem der Kleinmonde zusammenzustoßen. Zu vergleichen war das System etwa mit einer Mischung aus Saturnringen und Asteroidengürtel. Wahllos umkreisten die Bruchstücke eines ehemaligen Zwillingsplaneten – vielleicht auch die eines großen Mondes – den vierten Planeten. Sie bildeten keinen geordneten Ring wie die Trümmer des ehemaligen Saturnmondes, aber sie kreisten auch nicht wie die Asteroiden um die Sonne. Sie blieben bei ihrem Muttergestirn.

Es war nicht leicht, sich hier zurechtzufinden.

Viele der Trümmerstücke hatten kaum einen Durchmesser von einem Kilometer, andere wiederum waren bis zu fünfzig Kilometer dick. Behutsam manövrierte er die kleine Rakete durch das Gewirr langsam dahinziehender Gesteinsbrocken und genoß in vollen Zügen das Bewußtsein, das einzige Lebewesen in dieser Einöde zu sein.

Nein, hier konnte nichts und niemand ohne die notwendigen Hilfsmittel existieren. Hier war er der alleinige Herrscher. Rhodan und die Freunde waren fern – dort drüben auf dem kleinen Lichtpunkt, mehr als eine Lichtstunde entfernt.

Längst schon hatte er die metallenen Schutzplatten zurückgefahren und saß nun frei unter der Beobachtungskanzel. Er flog auf Sicht und benötigte keine Instrumente. Das kleine Schiff reagierte auf den geringsten Druck seiner Hand. Natürlich war es eng in der Kabine, aber die vorzügliche Klimaanlage machte den Aufenthalt erträglich.

Harn nahm einige Energietabletten aus der Notverpflegung und trank einen Schluck Wasser. Luft- und Lebensmittelvorräte reichten für drei Monate, und das war eine beruhigende Zeitspanne.

Ein verhältnismäßig großer Mond trat seitlich in das Sichtfeld. Seine zerrissene und unregelmäßig geformte Oberfläche zeigte lange Gebirgszüge und tiefe Täler, in die niemals das Licht der fernen Sonne oder der nur schwach im Widerschein schimmernden Planeten drang. Sein Durchmesser betrug nach erster Schätzung Harns etwa achtzig Kilometer. Er hatte also die Größe eines recht ansehnlichen Asteroiden. Die Anziehungskraft war minimal, vielleicht 0,01 g.

Der Sergeant umkreiste den Mond zweimal, ehe er ein günstiges Gebirge fand.

Vorsichtig lenkte er den Raumjäger der Oberfläche entgegen und landete dann auf dem flachen Gipfel eines Berges, der alle anderen um etliche hundert Meter überragte.

Es kam ihm gar nicht in den Sinn, daß er eigentlich gegen den Befehl Rhodans, den Raum zu beobachten, verstieß. Wenn Harnahan später dazu befragt wurde, sagte er aus, daß er aus einem inneren Zwang heraus gelandet war. Er konnte jedoch nicht sagen, woher dieser Zwang kam. Er war einfach da, in Form eines übermächtigen Wunsches, gerade auf *diesem* Asteroiden zu landen, ohne sich weiter um Befehle zu kümmern.

Nachdem er den Helm seines Druckanzugs geschlossen hatte, begab er sich nach draußen, um die Umgebung zu besichtigen.

Eine Waffe nahm er nicht mit. Wozu auch? Hier konnte es niemand geben, der ihn bedrohte.

Harn war schon oft im freien Raum gewesen, und auch die geringe Schwerkraft des Mondes bedeutete ihm nichts Neues. Aber diesmal war es doch erheblich anders. Kaum war er unter der Rakete hervorgekrochen und richtete sich auf, da sackte der Berggipfel auch schon unter ihm weg, als habe er ihn mit einem einzigen Fußtritt fortgestoßen. Er stieg fast fünfzig Meter hoch und überschlug sich dabei langsam. Der Himmel drehte sich um ihn, und für einen schrecklichen Augenblick verlor er die Orientierung und glaubte, in das Universum hineinzufallen. Mit einigen wohlberechneten Bewegungen verlangsamte er seine Eigendrehung. Nun lag die Mondoberfläche wieder genau unter ihm und kam auch allmählich wieder näher. Er fiel.

Knapp zweihundert Meter neben der Rakete landete er sanft auf dem Abhang des Berges und klammerte sich unwillkürlich an einigen Felsbrocken fest. Dann aber lachte er – und es war ein fröhliches, unbekümmertes Lachen. Das Lachen eines Jungen, dem ein Streich gelungen war.

Er visierte den schräg über ihm liegenden Berggipfel an und stieß sich vorsichtig ab. In zwei oder drei Meter Höhe glitt er wie ein Geschoß über die Halde hoch und war wieder über dem Plateau. Dicht bei der Rakete landete er.

Nun war er sicher, sich auf dieser Welt zielbewußt bewegen zu können. Es war nur eine Sache der Gewohnheit und der Anpassung.

Harn sah auf die Uhr. Vielleicht sollte er Verbindung mit der STARDUST II aufnehmen und Fisher davon unterrichten, wo er sich niedergelassen hatte. Aber sollte er nicht lieber die einmalige Gelegenheit nutzen, sich eine fremde Welt anzusehen, auf der das Spazierengehen ein Vergnügen sein mußte?

Einen Moment dachte er daran, sich eine kleine Strahlpistole aus dem Schiff zu holen, mit der er Rückstoß und somit Geschwindigkeit oder Richtung seiner Sprünge korrigieren konnte, aber dann ließ er es sein. Wenn er sich wirklich einmal verkalkulierte, so war das weiter nicht gefährlich. Die Gravitation war so gering, daß selbst der tiefste Fall nicht mit einer Verletzung enden konnte.

Nach einem letzten Blick auf seine Rakete stieß Harn sich leicht vom Boden ab und schoß schräg hinein in den schwarzen Himmel, selbst ein eigener Weltkörper und fast frei von jeglicher Schwere, die ihn an eine andere Welt fesselte. Er hatte den Sprung so berechnet, daß er das Tal überquerte, das seinen Berg vom etwas niedrigeren Nachbargipfel trennte. Tief unter ihm glitten schroffe Felsen und zerklüftete Schluchten vorbei. Es würde nicht angenehm sein, dort zu landen, aber ein einziger Abstoß würde ihn ja wieder in Sicherheit bringen.

Seine geringfügige Befürchtung war unberechtigt. Er hatte seinen Flug so genau berechnet, daß er wohlbehalten auf dem Gipfel des benachbarten Berges landete.

Es sah hier nicht viel anders aus als auf seinem Gipfel. Mit zwei weiteren Sätzen, von denen der letztere ihn mehr als dreihundert Meter Luftlinie voranbrachte, kam er in der Ebene an. Zehn Minuten vergnügte er sich damit, einfach immer wieder senkrecht emporzusteigen, und jedesmal stieß er sich – mutig geworden – kräftiger ab.

Seine Versuche brachten ihn in die Nähe eines merkwürdig glatten Gebirgszugs, der sich wie eine Wand in das Gesichtsfeld schob. Er war vielleicht zwei Kilometer hoch. Da Harn nach aufmerksamem Studium einige Vorsprünge entdecken konnte, beschloß er, zur Krönung seines Abenteuers auch noch dieses Hindernis zu nehmen und vom Kamm aus einen Weitflug zu starten.

Ganz so einfach war es aber dann doch nicht. Er stieg nach dem Absprung zwar fast senkrecht in die Höhe, näherte sich jedoch nicht genügend der Wand, um einen Halt finden zu können. Als der Auftrieb nachließ, sank er langsam wieder in die Tiefe – die Wand zum Greifen nahe.

Erfahrung macht klug. Beim zweiten Versuch landete er auf einem schmalen Felsband, hundert Meter über der Ebene. Die gleiche Situation in einem Berg auf der Erde – und Harn hätte sich niedergekauert und gewartet, bis die Bergwacht ihn aus seiner Not befreit hätte. Hier aber war das etwas anderes. Ohne jedes Schwindelgefühl starrte er hinab in die grausige Tiefe.

Die Wand über ihm war nicht so glatt, wie er zuerst geglaubt hatte. Fünzig Meter über ihm war ein Vorsprung. Er visierte ihn an und sprang. Mit den Fingern klammerte er sich an den nackten Felsen und zog sich mühelos hoch.

Der nächste Sprung.

In knapp einer halben Stunde stand er auf dem Gipfelgrat. Die Aussicht übertraf alles, was er sich vorgestellt hatte. Es gab keine Luft, die den Horizont trübte. Die Spitzen der unter der Rundung versinkenden Berge waren so klar und so nahe, als könne man sie mit einem einzigen Satz erreichen. Zwei Kilometer unter Harn lag die weite Ebene. Wenn er wollte, konnte er jetzt seinen Jugendtraum wahrmachen – und einfach in die Tiefe springen. Wie oft hatte er sich das früher gewünscht, wenn er mit viel Mühe und Schweiß einen Gipfel bestiegen hatte und Seen und Täler weit unter sich liegen sah. Einfach die Arme ausbreiten und fliegen. Jetzt konnte er es, wenn er wollte.

Jenseits der Ebene erkannte er seinen Berg. Ein weiter Weg, wenn man ihn gehen wollte. Aber er würde ihn fliegen.

Es war wie ein Rausch, der Harn packte. Mit einem kleinen Aufschrei des Glücks stieß er sich kräftig ab und glitt in geringer Höhe längs des Kamms dahin, der nur geringe Zerklüftungen aufwies. Aber er war auch nicht sehr breit. Der Abfall auf der anderen Seite war nicht so steil, dafür jedoch voller Klippen und Schluchten.

Das Gebirge endete abrupt in einer Steilwand.

Harn näherte sich vorsichtig dem Abbruch und schaute dann in die Tiefe. Ihm schien, als läge der von Bergen umgebene Talkessel noch tiefer als die Ebene, aus der er aufgestiegen war, aber es konnte auch Einbildung sein, hervorgerufen durch die nahezu senkrechten Hänge, die den runden Kessel fast gänzlich einschlossen.

Etwa zehn Minuten stand Harn vor dem Abgrund und weidete sich an dem Anblick, der ihm auf der Erde zumindest ein leichtes Gruseln eingeflößt hätte. Dann erst entschloß er sich, den alten Traum wahrzumachen.

Er breitete die Arme aus und nahm einen kurzen Anlauf. Dann stieß er sich an der Kante des Abbruchs ab und segelte wie ein Vogel in das Nichts hinein.

Langsam nur begann er zu fallen. Weit hinter ihm glitt die Felswand nach oben, während er selbst in immer steilerem Fall in das runde Tal hinabschwebte, das nur langsam näher kam.

Es dauerte sehr lange, ehe seine Füße endlich den Boden berührten. Sie taten es mit einer Eleganz, die jeden zufälligen Zuschauer sicherlich beeindruckt hätte. Harn hatte bereits einige Übung darin erworben, sich während des nahezu schwerelosen Falls in jede gewünschte Lage zu dirigieren.

Er stand fast in der Mitte des Kessels etwas näher zu dem anschließenden Gebirge. Der Boden war glatt und eben. Rechts lag ein Ausschnitt der großen Ebene, durch die er gesprungen war.

Aber der Berg vor ihm war interessanter. Es war ein regelmäßiger Kegel von geringer Höhe. Der Gipfel war stumpf und erinnerte an den Bug eines Raumschiffs. Sonst war der Berg glatt und ohne Vorsprünge. Irgendwie wirkte er so, als sei er künstlich bearbeitet worden, was natürlich völliger Unsinn sein mußte. Niemand konnte hier leben und niemand würde sich die Arbeit machen, einen Berg umzuformen.

Am Fuß des pyramidenförmigen Kegels erkannte Harn nach längerem Hinschauen etwas Regelmäßiges. Genau in der Mitte. Es war rechteckig, etwa wie eine Tür.

Eine Tür, die in das Innere des Felsens führte?

Harn schalt sich einen Narren und machte den ersten Satz mit verhaltener Kraft. Er segelte nur knapp dreißig Meter, ehe er wieder landete.

Die Tür blieb.

Noch ein Satz. Nun war die verrückte Tür noch hundert Meter entfernt. Harn holte tief Luft, erinnerte sich flüchtig daran, daß er noch einen Vorrat für etwa drei Stunden mit sich führte – und sprang zum letztenmal.

Er landete auf einer Metallplatte.

Von der Platte führten drei Stufen in die Tiefe eines Berges. Sie endeten vor der Tür.

Auf der Schwelle der Tür lag eine in allen Farben schimmernde Kugel.

Willkommen, Harnahan, sagte es in Harns Gehirn. *Ich habe sehr lange auf dich warten müssen.*

Im ersten Augenblick war Harn davon überzeugt, daß er den Verstand verloren hatte und halluzinierte.

Doch die schillernde Kugel blieb existent. Wie abwartend lag sie vor Harns Füßen, etwa doppelt so groß wie ein normaler Fußball.

Sie schien aus Metall zu sein, aber wenn jemand Harn gesagt hätte, sie bestünde aus Gips, so wäre er keineswegs abgeneigt gewesen, auch das zu glauben.

Es war ihm plötzlich, als geschehe etwas mit seinem Gehirn. Er spürte, daß es nichts Böses war, auch lag keine Drohung in dem vorsichtigen Forschen. Und dann war die lautlose Stimme wieder da, die er schon einmal zu hören geglaubt hatte.

Nein, Harnahan, du bist völlig normal. Das, was du siehst und wahrnimmst, ist Wirklichkeit. Ich spürte deine Gedanken schon, als du dich dieser Welt nähertest. Ich wollte dich nicht ängstigen, darum wartete ich, bis du mich entdecktest.

Harn war, als verändere die Kugel die Farbreflexe ihrer glattpolierten Oberfläche. Sie wurde allmählich schwarz wie das All. Die fernen Sterne spiegelten sich darin wie in dem ruhigen Wasser eines unergründlichen Bergsees. Und dann, als Harn aufmerksamer hinsah, konnte er bemerken, daß die Sterne sich vergrößerten und näher kamen.

Wundere dich nicht, Harnahan, aber ich kann meine Gedanken auch optisch wiedergeben. Was willst du sehen? Dein Schiff, mit dem du kamst?

Harn sah, wie die Sterne auf der schwarzen Spiegelfläche sich verschoben, dann starrte er fassungslos auf die blitzende Glaskuppel seines Jägers. Es war, als schwebe er in zwanzig Meter Höhe über dem Berggipfel.

„Das ist unglaublich!" stieß er hervor. „Wie ist so etwas nur möglich? Welche Technik vermag das . . ."

Die Natur ist viel reichhaltiger an Schätzen als jede Technik.

Wie mit Feuer brannte sich der Satz in sein Gehirn ein. Das fremde Wesen mußte ihn gedacht haben. Langsam nur begann Harn zu begreifen, daß die Kugel da vor ihm kein technisches Meisterwerk irgendeiner ihm unbekannten Rasse – sondern ein Angehöriger dieser Rasse selbst war.

Die Kugel lebte.

Natürlich lebe ich, Harnahan, aber ich bin allein. Es gibt keine anderen meiner Rasse, es sei denn, der Zufall habe sie erschaffen – so wie mich. Jedes erste Leben entsteht durch einen göttlichen Zufall, Harnahan. Deiner Zeitrechnung nach bin ich etwa fünf Millionen Jahre alt.

Ich bin doch verrückt, dachte Harn verzweifelt, aber die Kugel blieb. Sie lag dicht vor seinen Füßen und zeigte auf der stark gewölbten Oberfläche wieder die Sterne. Und die Kugel dachte auch, so daß er es verstand. Sie war intelligent und ein Telepath. Wenn er dachte, würde sie ihn verstehen.

Ja, ich verstehe dich – und ich kenne auch den Grund deines Hierseins. Die Galaktischen Händler. Ich werde dir und Perry Rhodan helfen.

Harn war starr.

„Was weißt du von Rhodan?" fragte er laut in seinen Helm. Ihm kam plötzlich der irrsinnige Gedanke, die kleine Kugel zu seinen Füßen könne ein Miniaturraumschiff sein, in dem sich unvorstellbar kleine Intelligenzen aufhielten.

Ich weiß so ziemlich alles über Rhodan, Harnahan. Aber sei unbesorgt. Alles Wissen ist gut bei mir aufgehoben. Noch etwas: Ich kann überall leben, also auch im Vakuum. Meine Kugelform stellt die günstigste aller Formen dar. Drucklosigkeit oder höchster Druck – sie kann beides am leichtesten ausgleichen.

Harnahan stand auf der atmosphärelosen Welt vor dem größten Wunder, das je ein Menschenauge erblickt hatte. Über ihm funkelte das ungebrochene Licht der Sterne und machte ihm seine grenzenlose Einsamkeit deutlich klar. Er war allein und mußte mit dem Unmöglichen fertig werden.

Dein Volk ist mächtig, Harnahan, unterbrachen ihn die Gedanken der Kugel, als wären sie gesprochene Worte. *Aber selbst der Mächtigste hat seine Schwächen. Auch ich. Seit sieben Jahrhunderten bin ich auf diesem Mond und speichere Energien, um meine Reise fortzusetzen. Die Sterne strahlen nur schwach. Sie genügen, mich am Leben zu erhalten und einen winzigen Teil abzuzweigen. Ich werde noch ein Jahrtausend warten müssen, ehe ich weiterreisen kann.*

„Das verstehe ich nicht – ich verstehe überhaupt nichts", stöhnte Harn, über sein Unvermögen, das Unbegreifliche zu begreifen, aufs äußerste verbittert.

Er beugte sich hinab, als wolle er die Kugel mit den Händen berühren, aber dann wagte er es doch nicht.

„Was bist du für ein Wesen?" stieß er hervor. „Was vermagst du?"

Ich bin ich, Harn. Mehr kann ich dir nicht verraten. Und was ich kann? Sieh nur, was ich dir zeige . . .

Harn sah, wie er das System verließ – wenigstens vermittelte ihm das Bild diesen Eindruck. Mit millionenfacher Lichtgeschwindigkeit raste er in die Unendlichkeit hinein – und dann starrte er fassungslos auf das sich drehende Rad der Galaxis. Er mußte bereits Zehntausende von Lichtjahren zurückgelegt haben . . .

Dann stürzte er wieder zurück und war plötzlich wieder auf dem Mond. Er wußte, daß er sich nie von der Stelle gerührt hatte, und doch . . .

Ich kann jeden Punkt der Galaxis sehen und andere sehen lassen. Leider aber kann ich nur bis zu zweihundert Lichtjahren mit jemand in Verbindung treten. Manchmal auch mehr. Du siehst, meine Fähigkeiten sind begrenzt.

Harn war, als würde es plötzlich ganz kalt in seinem geheizten Anzug. Er begann zu begreifen, welche Macht dieses Kugelwesen besaß, das aus fester Energie zu bestehen schien und sich von dem Licht der Sterne ernährte. Zugleich wußte er, daß er mit Sicherheit niemals einem wohlwollenderen Lebewesen gegenübergestanden hatte.

Und nun kehre zu deinen Freunden zurück, Harnahan. Berichte Rhodan von mir, aber schweige den anderen gegenüber. Ich muß ruhen und Kräfte sparen, denn die Sterne sind fern. Lebe wohl, Harnahan, eines Tages sehen wir uns wieder.

Harn sah noch einige Sekunden auf die Kugel hinab, dann wandte er sich mit einem Ruck ab und schritt zu der Rakete zurück. Er schleuste sich ein und schloß die Luke.

Als er das Antigravfeld einschaltete und langsam emporschwebte, lag sein Blick auf der schwarz schimmernden Kugel vor der Metalltür, die offensichtlich in das Innere des Berges führte. Er hätte danach fragen sollen. Aber dann schüttelte er den Kopf. Eines Tages würden sie alle es erfahren, was hinter dieser Tür lag – wenn es eine Tür war.

Dann, als das Tal unter ihm versank und der sternenbesäte Himmel ihn aufnahm, war er wieder allein in seiner engen Kabine.

22.

Gucky hatte höchstpersönlich den telepathisch gründlich „verhörten“ und danach von dem Suggestor Kitai behandelten Borator in das Tal der Werft zurückgebracht. Der Springer hatte seine Richtlinien erhalten.

Er würde dafür sorgen, daß das Raumschiff in der Geheimwerft der Springer möglichst schnell fertiggestellt und Perry Rhodan übergeben wurde. Und schon einige Tage später war es soweit . . .

Langsam glitt der Gigant aus seinem unterirdischen Gefängnis heraus. Die Antigravfelder hielten ihn gewichtslos in einigen Metern Höhe. Zu beiden Seiten sorgten Goszuls und Arbeitsroboter dafür, daß die schimmernde Hülle nicht die Felsen berührte. Borator lief aufgeregt hin und her. Er redete mit Händen, Füßen und manchmal auch mit dem Mund, denn dieses Schiff war sein Lebenswerk, wenn er auch nicht alles verstand, was die Techniker durch die Spezialroboter hatten ausführen lassen.

Rhodan erging es ähnlich. Er war sich darüber klar, daß erst ein eingehendes Studium der von Borator erhaltenen Pläne einen Überblick über das geben konnte, was das Innere des Schiffes an Geheimnissen barg.

Eines jedoch war klar: Der Antrieb beruhte auf dem arkonidischen Prinzip und hatte nur geringfügige Änderungen erfahren. Es war also nicht schwer, das neue Schiff zu fliegen. Die Experimente mußten bis später warten, wenn Zeit dazu vorhanden war.

Und Rhodan hatte es sehr eilig, von Goszuls Planet fortzukommen.

Nur ein einziger Mensch weilte in dem Riesenzylinder, der sich nun in seiner ganzen Länge – und das waren immerhin 780 Meter – in den Talkessel schob.

Reginald Bull.

Rhodan hatte ihn zum Kommandanten des eroberten Kreuzers ernannt. Bully war alles andere als scharf darauf, mit unbekannten Kräften zu spielen. Dann aber, als man ihn darauf aufmerksam machte, man könne dieses überaus wertvolle Schiff niemand anderem als ihm anvertrauen, hatte er sich breitschlagen lassen.

Das Schiff hatte einen Durchmesser von 200 Metern. Noch fehlte ein Teil der Inneneinrichtung, aber das war Rhodan nur recht. Er hätte nicht gewußt, wen er in die riesenhaften Sessel der Überschweren setzen sollte. In Terrania, der Hauptstadt der Erde, würden sich Techniker und Ingenieure um diese Dinge kümmern.

Bully schaltete die Schwerefelder aus und atmete auf, als er den leichten Ruck spürte, der ihm anzeigte, daß er wieder festen Boden unter den Füßen hatte. Er verließ die Zentrale und stand Minuten später an der Ausstiegsluke, durch die man leicht einen Elefanten schieben konnte. Er strahlte über das ganze Gesicht. „He, Borator, du hast da ein feines Schiffchen gebaut. Gratuliere!"

„Sie sind zufrieden?" freute sich der Springer, der immer noch unter Kitais Einfluß stand und fest davon überzeugt war, völlig Herr seiner Entschlüsse zu sein. Er würde sich in einigen Tagen sehr wundern, wenn ihn auf einer einsamen Insel zwanzig Springer mit merkwürdigen Fragen bestürmten. Genauso wie sie würde er keine Antworten darauf zu finden wissen.

„Ja, ein feines Schiff." Rhodan, der ein wenig abseits stand und sich mit Ralv unterhielt, nickte. „Wir werden es mitnehmen."

„Kommt ihr wieder?" fragte Ralv, der inzwischen zum Regierungschef seiner befreiten Welt avanciert war. „Ihr habt versprochen . . ."

„Wir errichten hier einen Handelsstützpunkt", beruhigte ihn Rhodan. „Meine Beauftragten werden bereits in einigen Wochen eintreffen. Die Kampfanlagen der Springer werden euch schützen. Ihr könnt damit jeden Gegner abschlagen, der es noch einmal versuchen sollte, eure Welt zu versklaven. Aber ich glaube, vor den Springern habt ihr in den nächsten fünfzig Jahren Ruhe. So lange dauert die Quarantäne."

Bully kam herbei.

„Also gut, ich fliege den Kahn." Er nickte und grinste. „Wann starten wir?"

„In drei Stunden. Ich würde dir raten, den ‚Kahn' zum Raumfeld bei der Stadt zu bringen. Unternimm bei der Gelegenheit einen kleinen Probeflug. Gucky wird dich begleiten, damit er dich im Notfall zurückbringen kann – schließlich bist du kein Teleporter."

„Gucky", murmelte Bully verbittert. „Immer dieser Gucky! Aber meinetwegen, soll er mitkommen, wenn er keine Angst hat."

Der Mausbiber stand schon längst in der Luke.

„Pah, Angst!" schrillte seine Stimme über den erschrockenen Bully hinweg. „Ich – und Angst! Wenn ich jemals im Leben Angst habe, dann höchstens davor, daß du endlich mal vernünftig wirst, Borsten-Bully."

Bully machte ein Gesicht, als wollte er weinen. Fast flehend sagte er zu Rhodan: „Was soll ich nur mit ihm machen, Perry?"

„Mitnehmen – zur Erde. Ihr fliegt zusammen. Vielleicht habt ihr dann endlich Zeit, euch besser anzufreunden. So ein Alleinflug durch das Universum soll sehr heilsam sein . . ."

Bully ging breitbeinig davon. Seine roten Haarborsten, die während des ganzen Abenteuers flach auf dem Kopf gelegen hatten, standen senkrecht in die Höhe.

Ohne sich noch einmal umzusehen, verschwand er hinter Gucky im Schiffskörper. Die Luke schloß sich mit einem dumpfen Laut.

John Marshall, der in der Nähe gestanden hatte, kam herbei.

„Hm", knurrte er. „Wenn das nur gutgeht. Schließlich ist Gucky auch Telepath."

Rhodan lächelte siegessicher.

„Er wird Bully bei Gelegenheit daran erinnern", sagte er schadenfroh und sah zu, wie das riesige Schiff schwerelos vom Boden abhob und senkrecht in die Höhe stieg. Als es den Rand des oberen Plateaus erreichte, schoß es plötzlich mit irrsinniger Beschleunigung in den blauen Himmel hinein und war Sekunden später verschwunden.

Borator schaute nachdenklich hinterher.

Rhodans Flotte kreuzte die Bahn des vierten Planeten und näherte sich mit Lichtgeschwindigkeit dem errechneten Transitionspunkt.

Die STARDUST II wurde von den Kreuzern TERRA und CENTURIO flankiert. In einem Abstand von 0,00001 Lichtsekunden folgten die SOLAR SYSTEM und Bully mit seiner neuen Errungenschaft, dem erbeuteten Schlachtkreuzer der Springer.

In der Zentrale der STARDUST II war außer Rhodan nur noch ein Mensch anwesend: Sergeant Harnahan.

Links zog der vierte Planet schnell vorbei. Die vielen Monde waren winzige Lichtpünktchen, und niemand hätte zu sagen vermocht, welcher jener war, auf dem Harnahan gelandet war.

Rhodan zeigte keine Zweifel, als er fragte: „Ihre Kugel – wie groß war noch ihre telepathische Reichweite?"

„Zweihundert Lichtjahre – sagte sie wenigstens."

„Merkwürdig", sann Rhodan vor sich hin. „Man hat immer geglaubt, Telepathie sei hinsichtlich der Reichweite unbegrenzt. Das ist anscheinend nicht allgemein der Fall. Auch Marshall kann nicht von hier aus mit der Erde in Verbindung treten. Immerhin – zweihundert Lichtjahre . . ."

Und dann fühlte er es. Es war wie eine sanfte Hand, die sich auf seinen Kopf legte und einen zarten Druck ausübte. Dann war etwas Fremdes in seinen Gedanken, verdrängte die eigenen. Mit einem schnellen Blick überzeugte sich Rhodan davon, daß es seinem Jagdpiloten genauso erging.

Das unbegreifliche Kugelwesen nahm Kontakt auf.

Du glaubst es nun, Perry Rhodan? Hat er dir gesagt, daß ich auf dich warte? Nein – kehre erst zur Erde zurück, das ist wichtiger. Aber vergiß mich nicht, Perry Rhodan, auch wenn du unsterblich bist. Ich warte auf dich – wenn es sein muß, warte ich eine kleine Ewigkeit.

„Wer bist du?" fragte Rhodan.

Harnahan „fühlte" das heitere Lächeln genauso wie Rhodan.

Ihr Menschen seid neugierig – und Neugier ist die Triebfeder eures zivilisatorischen Fortschritts. Ich glaube also, daß die Neugier es sein wird, die dich eines Tages zu mir führen wird. Bis dahin – lebe wohl, Perry Rhodan. Und vielen Dank . . .

Rhodan stutzte. „Dank? Wofür Dank?"

Wieder das gedankliche Lachen. *Für die Energie, die ich euren Schiffen abzapfen konnte. Nein, ich nahm mir nicht zuviel. Für einen langen Flug reicht es nicht. Aber ich glaube, du wirst mich besser und weiter hören können. Viel Glück für dich – und für Terra.*

Der vierte Planet blieb zurück – und mit ihm die Monde.

„Wie soll ich dich nennen?" fragte Rhodan.

Keine Antwort. Die seltsame Intelligenz blieb stumm. Rhodan versuchte es noch einmal, aber der Kontakt blieb aus. Er sah Harnahan an.

„Ihre Meinung, Sergeant. Sagen Sie mir ehrlich Ihre Meinung. Was ist dieses Wesen? Lebt es wirklich? Ist es nur Energie oder Geist? Mann, Sie haben es doch gesehen! Kann es eine Gefahr bedeuten?"

Harnahan sah hinaus in die sternenfunkelnde Weite des Raumes. Ein weicher Zug umspielte seine Lippen. In seinen Augen schimmerte es feucht, als er langsam den Kopf schüttelte.

„Ich kann keine Ihrer Fragen beantworten, Sir, bis auf eine. Die letzte. Niemals bedeutet dieses Wesen für uns eine Gefahr. Ja, ich habe es gesehen und gefühlt. Ich habe aber nichts Böses gefühlt und auch keine Furcht verspürt. Nein, Sir, eine Gefahr bedeutet dieses Kugelwesen nicht für uns. Im Gegenteil."

Perry Rhodan starrte ebenfalls hinein in das Gewimmel der Sterne. Dort vorn, noch einige Stunden entfernt, war der Transitionspunkt. Mit einem Schlag würde das All verlöschen und alle Sterne verschwinden – um Sekunden später neu zu erstehen. Mehr als tausend Lichtjahre entfernt – im Solsystem.

23.

Die Rückkehr zur Erde wurde für Perry Rhodan und seine Begleiter zu einem Triumph, obwohl sich, sehr zu Bullys Leidwesen, die Anzahl der offiziellen Feierlichkeiten in Grenzen hielt. Dabei hatte man allen Grund zum Feiern: Die Aktion auf Goszuls Planet war ein voller Erfolg gewesen, und man konnte davon ausgehen, daß außer dem Überschweren Topthor kein Springer mehr die Koordinaten der Erde besaß. Für Rhodan war das jedoch kein Grund, sich in Sicherheit zu wiegen und die Hände in den Schoß zu legen. Immerhin mußte man damit rechnen, daß ein paar mutige Springer *vor* Ablauf der Quarantänezeit von fünfzig Jahren ins Tatlira-System zurückkehrten und dabei herausfanden, daß sie von Rhodan hinters Licht geführt worden waren. Diese Überlegung und die Existenz Topthors veranlaßten Rhodan, weitere Maßnahmen zur Sicherung des Solsystems zu ergreifen. Er faßte den Entschluß, endlich den Wunsch Crests und Thoras zu erfüllen und nach Arkon zu fliegen. Von dort erhoffte er sich als Gegenleistung Hilfe für die Erde in ihrem seiner Ansicht nach noch nicht abgeschlossenen Kampf gegen die Galaktischen Händler.

Als Rhodan den beiden Arkoniden gegenübertrat, um ihnen seine Pläne zu eröffnen, war er überrascht über die Intensität ihrer Reaktion. Bei der temperamentvollen Thora wunderte ihn das weniger, aber Crests Erregung traf ihn unerwartet. Die schlanken Hände des alten Wissenschaftlers ballten sich zu Fäusten.

„Arkon", flüsterte er überwältigt. „Das ist wirklich eine unerwartete Überraschung."

Thora musterte Rhodan mit einer Mischung aus Mißtrauen und Dankbarkeit.

„Wie ich unseren Freund kenne", sagte sie zu Crest gewandt, „wird er eine Reihe von Bedingungen an sein Angebot knüpfen."

Rhodan unterdrückte ein Lächeln. Unwillkürlich dachte er daran, daß ein Besuch auf Arkon vielleicht gleichbedeutend mit einem Abschied von Thora sein würde – und diese Vorstellung berührte ihn tiefer, als er geglaubt hatte.

„Ich möchte Sie lediglich bitten, die galaktischen Koordinaten der Erde zu vergessen", sagte er zu den beiden Arkoniden. „Einer der Mutanten, Kitai Ishibashi, wird Ihnen in Sekundenschnelle zu dieser mir notwendig erscheinenden Gedächtnislücke verhelfen."

„Sie verdammter Barbar!" brauste Thora auf. „Wenn Sie denken, daß auch nur einer dieser PSI-Begabten an mich herankommt, täuschen Sie sich."

„Es ist eine Notwendigkeit", beharrte Rhodan. „Verstehen Sie doch meinen Standpunkt. Es schadet Ihnen weder körperlich noch seelisch, und für eine von Milliarden von Menschen bewohnte Welt ist es eine notwendige Schutzgarantie. Nicht, daß ich Ihnen mißtrauen würde, aber was wollen Sie dagegen unternehmen, wenn man Sie auf Arkon mit Mitteln verhört, von denen wir nicht einmal etwas ahnen?"

Crest sah seine Artgenossin an.

„Er hat recht", sagte er gelassen.

„Es wird nur mit Ihrer Billigung geschehen", versprach Rhodan.

Crest starrte ins Leere. „Um nach Arkon zu gelangen, würde ich alles vergessen, was wir hier erlebt haben."

„Vielleicht", sagte Thora spöttisch, „sollten wir wirklich auf die Erinnerung an die Begegnung mit einer barbarischen Zivilisation verzichten."

Rhodan sah sie an.

„Das bedeutet, daß Sie auch *mich* vergessen möchten", sagte er gedehnt.

Zu seiner Überraschung reagierte sie kühl.

„Dazu bedarf es keiner paranormalen Anstrengung", meinte sie.

Rhodan nahm an, daß sie ihn nur verletzten wollte, aber er war nicht sicher. Schließlich war Thora eine Arkonidin. Auch Rhodan konnte nicht ahnen, was sie wirklich fühlte. Wieder wurde Rhodan von widersprüchlichen Gefühlen zu dieser Frau überwältigt. Während er sich einerseits zu ihr hingezogen fühlte, stieß ihn ihre herablassende Art ab.

Vielleicht würde er sich während des Fluges nach M-13 darüber klarwerden, was er von ihr hielt.

Und sie von ihm.

„Sie ist ein Alptraum von einem Schiff“, sagte Reginald Bull andächtig, als er am Rumpf des schlanken, hohen Raumschiffes hinaufschaute.

GANYMED – so hatten sie den auf Goszuls Planet erbeuteten Schiffsriesen getauft. Schlank nur für den, der von unten her hinaufsah, weil ihm so die Perspektive verlorenging. In Wirklichkeit eine Riesenwalze von achthundertundvierzig Metern Höhe und zweihundert Metern im Durchmesser. Der ehemals stumpfe Bug war in der Werft von Terrania durch einen kegelförmigen, spitz auslaufenden Aufsatz um sechzig Meter verlängert worden. Vorher betrug die Gesamtlänge siebenhundertachtzig Meter. Auf vier Tragbeinen stehend, die aus den mächtigen Heckflossen ragten; in den Boden gerammt wie ein Koloß, dem niemand zutraut, daß er sich jemals von seiner Stelle würde rühren können.

„Wenn man sie nicht mit der STARDUST II vergleicht“, fügte Bully hinzu.

Aber die STARDUST II stand zehn Kilometer entfernt, und ihr gewaltiger Kugelleib zeichnete einen verhältnismäßig unscheinbaren Kreis gegen den violetten Himmel des späten Abends.

„Wir fliegen also nach Arkon“, begann Bull ein neues Thema, ohne den Blick von der GANYMED zu wenden. „Mit diesem Schiff.“

„Mit diesem Schiff“, bestätigte Rhodan.

„Warum nicht mit der STARDUST II?“

„Weil die STARDUST II ein arkonidischer Schiffstyp ist. Wenn ich Mister Thompson, den ich zuvor nie gesehen habe, einen Besuch mache, dann komme ich nicht in einem Anzug, der früher einmal Mister Thompson gehörte, und sage: Ich weiß, daß das eigentlich Ihr Anzug ist, aber da ich ihn nicht Ihnen, sondern einem Dritten abgenommen habe, darf ich ihn ja wohl behalten. Nicht wahr, das widerspräche den Regeln der Diplomatie?“

Bulls Blick sank an der GANYMED herunter bis auf den Boden.

„Und ob", gab er mit Betonung zu. „Also schön, wir fliegen mit der GANYMED nach Arkon. Wir landen dort und sagen: Wir kommen von der Erde, hier haben wir euch zwei eurer verunglückten Leute mitgebracht. Nun helft uns, daß die Erde nicht in die Hände der Springer gerät. Ja?"

Rhodan lachte. „Ich wollte, ich wüßte, wie es vor sich gehen wird. Wenn alles unkompliziert genug ist, werde ich mich an deinen Vorschlag erinnern."

Der Start wurde auf den 10. Mai 1984 festgesetzt.

Thora und Crest, die beiden Arkoniden, waren die ersten, die ihre neuen Wohnräume an Bord des Riesenschiffs GANYMED bezogen. Es sah aus, als wollten sie durch ihren frühzeitigen Umzug das Schicksal bannen und verhindern, daß der Starttermin noch einmal verschoben werde.

Das war eine neue Thora, wie Perry Rhodan sie in diesen Tagen zu sehen bekam. Übersprühend vor Temperament, mit den leuchtenden, roten Augen ihres Volkes, schön wie eine fremde Göttin.

Die Widerspenstigkeit, die in den vergangenen dreizehn Jahren der prägnanteste Zug ihres Charakters gewesen war, hatte Rhodan oft darüber hinweggetäuscht, daß er die Arkonidin liebte. Jetzt aber wurde es ihm mit drängender Deutlichkeit bewußt.

Die Leitung der rein technischen Vorbereitungen lag in Reginald Bulls Händen. Bull besorgte sie mit dem unermüdlichen Eifer des Mannes, der das nächste große Abenteuer nicht schnell genug erleben kann.

Bull besorgte den Umbau eines der beiden Fiktivtransmitter – der gewichtigsten Waffe – aus der STARDUST II in die GANYMED: Er überzeugte sich davon, daß der Strukturkompensator, ein Gerät, das sich an Bord befand, als die GANYMED erbeutet wurde, wirklich hielt, was er versprach. Durch ein Schirmfeld absorbierte er die Erschütterungen des Raum-Zeit-Gefüges, die die Transition des Schiffes verursachte. Niemand würde die GANYMED anhand der Strukturerschütterungen orten können, solange sich der Kompensator in Betrieb befand.

Bull besorgte die Einschleusung der 27 dreisitzigen Zerstörer in den frisch aufgesetzten Bug des Riesenschiffs und die Verladung der beiden Fernaufklärer vom Typ Gazelle, flacher, diskusförmiger Boote mit ellipsoidem Querschnitt, dreißig Meter lang und achtzehn Meter breit.

Oberst Freyt, nominell Kommandant der GANYMED, überwachte die Einschleusung der tausend Mann Besatzung und sorgte dafür, daß jedermann sich zurechtfand und wußte, wo sein Posten war.

Die Vorbereitungen zum Start nahmen eine Woche in Anspruch. Angesichts der Größe und Gewichtigkeit des Unternehmens war das eine knappe Zeit. Aber Rhodan war gezwungen, einen Kompromiß zu schließen zwischen der zur Eile treibenden Bedrohung der Erde durch die Springer und der Umsicht, mit der der Verantwortliche ein Unternehmen wie dieses vorbereiten sollte.

Der Starttermin wurde eingehalten. Trotz der Kürze der Vorbereitungszeit ergab eine allgemeine Funktionskontrolle fünf Stunden vor dem Start, daß alles an Bord des Schiffes in Ordnung und einsatzbereit war.

Arkon lag inmitten des Kugelsternhaufens M-13, rund 34 000 Lichtjahre von der Erde entfernt.

Die GANYMED war nicht in der Lage, diese gewaltige Entfernung mit einem einzigen Hypersprung zu überbrücken. Rhodan setzte insgesamt fünf Sprünge an, von denen der letzte an der Peripherie des Kugelsternhaufens enden sollte. Die ersten vier Sprünge würden unter dem Ortungsschutz des Strukturkompensators verlaufen, der fünfte nicht mehr. Niemand in Arkon sollte den Eindruck haben, ein Feind versuche sich ans Zentrum des Großen Imperiums anzuschleichen. Der letzte Sprung *sollte* angemessen werden.

Vier Transitionen verliefen ohne Zwischenfall. Die Abstände, die einen Transitionsendpunkt vom anderen trennten, waren gleich bemessen. Jeder Sprung legte 6800 Lichtjahre mehr zwischen die GANYMED und die Erde. Nach Erdzeit und Terrania-Länge war es 22.15 Uhr am 10. Mai 1984, als die GANYMED zur letzten Transition ansetzte. Rhodan befahl Alarmbereitschaft für das Schiff.

Der Schmerz verebbte.

Das schrille Pfeifen der Warner riß die Leute ins Bewußtsein zurück. Ein Schrei stieg auf – niemand wußte, wer geschrien hatte. Ein Schrei der Bewunderung.

„Die Bildschirme! Seht doch!"

Der große Panoramaschirm erfaßte den ganzen Raumwinkel. Dort, wohin die Längsachse des Schiffes zeigte, ballte sich gleißende Helligkeit. Ein Teppich aus Licht, in dem die einzelnen Strahlquellen nicht mehr voneinander zu unterscheiden waren. Eine Wolke von Sternen, gewaltig groß und herrlicher, als je eines Menschen Auge Sterne gesehen hatte.

M-13.

Kernstück des Großen Imperiums, mit Hunderttausenden von Sonnen das Herz des Imperiums schützend: Arkon.

Leer und öde wirkten dagegen die anderen Sektionen der Schirme. Die übliche Sterndichte der Galaxis verblaßte und wirkte finster gegen die Helligkeit des Sternhaufens.

Minuten verstrichen. Die Menschen nahmen sich Zeit, das Wunder zu bestaunen. Sie hatten fast vergessen, weshalb sie hierhergekommen waren.

Bis ein hartes Knacken zwischen die Stille fuhr und aus dem Telekom eine krächzende Stimme sagte: „Da ist etwas nicht in Ordnung!"

Perry Rhodan reagierte sofort. Vergessen war das Wunder auf den Bildschirmen. „*Was* ist nicht in Ordnung?"

„Die Hyperkomempfänger sprechen dauernd an. Wir haben, mit Verlaub zu sagen, einen ganzen Wellensalat in den Geräten."

„Peilung?"

„Keine. Intensitätspeilung ist nicht möglich, weil die Sendungen sich überlagern. Und zur Dreieckspeilung brauchen wir einen dritten Bezugspunkt."

Rhodan nickte.

„Beobachten Sie weiter!" befahl er dem Funker.

Dann kamen seine Kommandos an die Schiffsführung, knapp und präzise. „Schiff stop! Schutzschirme volle Energie! Geschützstände bleiben besetzt!"

Die GANYMED kam zur Ruhe.

In fünfzig Lichtminuten Entfernung stand fast genau in der Richtung der Schiffsachse die am weitesten aus dem Sternverband herausragende Sonne, ein roter Riese ohne Planeten.

Stille breitete sich im Kommandostand aus. Gebannt starrten die Augen auf den großen Panoramaschirm und versuchten zu erfassen, was draußen vor sich ging.

Dort draußen, in einem fremden, unheimlichen Raum.

„Photometer registriert schwache Lichtreflexe in Phi einhundertzweiundachtzig, Theta einundzwanzigstes Sternspektrum, aber leichte Blauverschiebung. Der Reflex nähert sich uns."

Blicke fixierten den angegebenen Punkt. Er lag „hinter" der GANYMED, wenn die Richtung des Kugelsternhaufens als „vorne" angesehen wurde.

Die Augen fanden nichts. Augen sind keine Photometer.

Rhodan befahl der Funkstation, die ankommenden Sendungen auf einen Empfänger des Kommandostands zu leiten. Eine Sekunde später erfüllte ein Wirrwarr von Geräuschen den Raum. Vom tiefen, monotonen Brummen bis zum kaum mehr hörbaren, hysterischen Zwitschern war die ganze Skala des Lärms vertreten.

Hypersendungen, kodifiziert und gerafft. Niemand konnte sie entziffern, der den Kode nicht kannte und den Raff-Faktor nicht wußte.

Die Richtungsantenne wies nach, daß ein Teil der Sendungen aus jener Gegend kam, in der die Photometer den schwachen Reflex festgestellt hatten.

Etwas näherte sich dem Sternhaufen mit beachtlicher Geschwindigkeit. Aber was?

Crest, der Arkonide, wurde zum Kommandostand gebeten. Aber auch ihm gelang es nicht herauszufinden, was dort draußen herumflog.

Eine Stunde verging. Der Lichtreflex war bis auf eine Entfernung von zwanzig Lichtminuten herangekommen. Mittlerweile stand fest, daß er, wenn er seine Bewegung nicht änderte, in beachtlichem Abstand an der GANYMED vorbeigehen würde.

Rhodan atmete auf.

Der Aufmarsch galt nicht ihnen.

Da erschien in der oberen Hälfte des Bildschirms ein Lichtblitz, nur für den Bruchteil einer Sekunde, aber so grell, daß jedermanns Augen aufmerksam wurden. Von der Stelle des Blitzes aus lief ein hauchdünner, grünlicher Faden mit beachtlicher Geschwindigkeit quer über den Schirm, verschwand vor der Helligkeit der Sterne, tauchte wieder auf und löste schließlich einen zweiten Blitz aus.

Aus der Nähe des zweiten Blitzes löste sich ein zweiter Lichtfaden und eilte den Weg zurück, den der erste gekommen war. Atemlos warteten Rhodan und seine Männer auf die Detonation, aber sie kam nicht. Über Millionen Kilometer hinweg zog der Faden in den Raum und verblaßte schließlich vor der Helligkeit des Sternhaufens.

„Danebengeschossen“, knurrte Reginald Bull, und seine Bemerkung löste den Bann, der über den Männern lag.

Es gab keinen Zweifel mehr daran: Die GANYMED hatte ihre fünfte Transition inmitten einer Raumschlacht beendet.

„Wir verhalten uns ruhig!“ ordnete Rhodan an. „Wir wissen nicht, wer sich da draußen mit wem herumschlägt. *Wir* sind auf jeden Fall nicht gemeint.“

Die Lage war gespenstisch. Bunte Lichtfäden huschten über die Bildschirme, grelle Detonationen leuchteten auf.

Crest war ratlos.

Die Ungewißheit dauerte an, und das Verlangen nach Informationen wuchs. Rhodan spürte Nervosität in sich aufsteigen und wußte, daß es seinen Männern nicht besser erging.

„Bully?“

Reginald Bulls Kopf ruckte hoch. Seine Augen leuchteten draufgängerisch. „Ja. Soll ich ...“

Rhodan nickte. „Wir können hier nicht tagelang warten. Wir brauchen Informationen. Nimm die Gazelle I und versuch herauszufinden, was da los ist.“

Mit flinken Händen bediente Bull den Interkom, informierte Leutnant Tifflor, unter dessen Kommando das Beiboot Gazelle I stand, und forderte das Boot mitsamt Besatzung in fünfzehn Minuten ausschleusbereit.

„Keine Eigenmächtigkeit!“ warnte ihn Rhodan. „Wir wollen nur wissen, nicht schießen.“

Bull schüttelte verächtlich den Kopf. „Keine Sorge. Ich bin der vorsichtigste Mann der Welt.“

Was die Männer im Kommandostand, die Bulls hitziges Temperament kannten, zu einem Grinsen veranlaßte.

Die Gazelle I mit ihren zehn Mann Besatzung besaß alle Kennzeichen eines Kleinraumschiffs. Sie war mit Hypertriebwerk ausgerüstet, konnte Transitionen kleineren Umfangs durchführen und hatte mit ihren Energievorräten einen Aktionsradius von ungefähr fünfhundert Lichtjahren.

Bull bezweifelte, daß man die Ereignisse am Rand des Kugelsternhaufens M-13 mit irdischen Maßstäben messen konnte.

Die Gazelle I hatte den Riesenleib der GANYMED vor ein paar Minuten verlassen, war mit höchstzulässiger Beschleunigung auf 0,8 Lichtgeschwindigkeit gegangen und durchstieß den Raum in Richtung des schwachen Lichtreflexes, der von den Photometern der GANYMED weiterhin angezeigt wurde und sich auf den Sternhaufen zubewegte.

Bull saß an der Seite des jungen Leutnants Tifflor. Tifflor flog das Boot, während Bull es übernommen hatte, die Peilgeräte zu beobachten und abzulesen.

Aus einer Entfernung von fünf Lichtminuten sprach der Mikrowellenorter zum erstenmal an. Er erfaßte zunächst ein Objekt undefinierbarer Kontur und löste bei weiterer Annäherung das Objekt auf in eine Wolke von Raumschiffen, die sich mit großer Geschwindigkeit bewegten.

„Hundert Lichtsekunden Abstand“, meldete Tifflor.

„Weiter ’ran!“ befahl Bull. „Ich will sie auf den Bildschirmen sehen. Gehen Sie mit der Geschwindigkeit herunter!“

Tifflor sah ihn von der Seite her an.

„Sie werden auf uns schießen“, gab er zu bedenken.

„So, werden sie das?“ brummte er. „Haben Sie Angst davor?“

Tifflor fuhr in die Höhe, daß ihm die Gurte in die Schultern schnitten.

Mit der freien Hand winkte Bull ab. „Schon gut, entschuldigen Sie! War nicht so gemeint. Natürlich haben Sie keine Angst. Also nehmen Sie schon die Fahrt weg.“

Tifflor gehorchte.

Auf den Bildschirmen tauchten blasse Schatten auf, die Rümpfe von Schiffen, die das Licht der Sternwolke reflektierten. Bull beugte sich nach vorn.

„Mein Gott“, murmelte er, „was sind das für Fahrzeuge.“

Reginald Bull besaß infolge intensiver Schulung die ganze Fülle arkonidischen Wissens. Er kannte die Schiffstypen des Imperiums so gut wie ein Arkonide.

Aber was er hier vor sich sah, war mehr, als er in wenigen Sekunden registrieren konnte. Der Verband umfaßte nach grober Schätzung etwa dreihundert Schiffe, das größte von ihnen etwa halb so groß wie die GANYMED, das kleinste nur ein schwach leuchtender Punkt, sicherlich nicht größer als die Gazelle I.

Es gab Schiffstypen, wie sie vor tausend Jahren in der arkonidischen Raumfahrt modern gewesen waren, und andere, die Bull überhaupt nicht kannte, weil sie offenbar aus nichtarkonidischer Konstruktion stammten.

Arkoniden waren es auf keinen Fall, die die Gazelle I dort vor sich hatte.

Das Boot flog nach Tifflors kurzem Bremsmanöver nur noch 0,07 Lichtgeschwindigkeit. Es dauerte ein paar Sekunden, bis es die ganze Breite des Flottenverbands überflogen hatte. Die Fremden operierten vorsichtig. Sie machten dem Gegner das Zielen schwer, indem sie große Lücken zwischen ihren Schiffen ließen.

Die Gazelle I wurde nicht beschossen. Tifflor atmete leise auf, als die Lichtpunkte der dreihundert Schiffe bis zum Heckbildschirm gewandert waren. Bull sah ihn an und grinste.

„Ich kann's Ihnen nicht ersparen“, meinte er. „Wir müssen noch einmal durch.“

Tifflor antwortete knapp: „Jawohl, Sir!“

Und dann fing er an zu manövrieren. Innerhalb von fünf Minuten brachte er die Gazelle I auf Gegenkurs. Mit noch geringerer Geschwindigkeit als zuvor ließ er das Boot dicht über die weit auseinandergezogene Formation dahinstreichen.

Einer der Leute, die an den Wänden des Raumes in Geschütznischen saßen, schrie plötzlich auf: „Wir bekommen Feuer!"

Eine breite, grelleuchtende Bahn zog sich über den Bildschirm. Tifflors Hand schoß nach vorn, um das Ausweichmanöver einzuleiten. Aber das Energiebündel schoß harmlos vorbei, brachte die Schutzschirme nur schwach zum Ansprechen und traf ein paar tausend Kilometer entfernt eines der fremden Schiffe voll.

Der Effekt war ungeheuerlich. Für Bruchteile von Sekunden blähte sich das fremde Fahrzeug auf wie ein Luftballon, in den jemand heftig Luft hineinstößt, die Rumpfwände begannen zu glühen, und schließlich platzte das glühende Bündel auseinander, versprühte einen Regen weißleuchtender Splitter nach allen Seiten und ließ die Stelle leer, an der es vor kurzem noch gestanden hatte.

„Weg hier", keuchte Bull.

Tifflor reagierte blitzschnell. Mit Höchstbeschleunigung und in einer engen Kurve entfernte sich die Gazelle I aus der gefährlichen Nähe des fremden Verbands.

Weitere Energiebündel kamen durch den Raum heran, zeichneten ihre glühende Bahn über den Bildschirmen und fanden ihre Opfer unter den fremden Schiffen. Unaufhörlicher Funkenregen sprühte nach allen Seiten und änderte die Farbe, während die Gazelle I mit wachsender Geschwindigkeit immer weiter in den Bereich des Dopplereffekts hineingeriet.

„Stoppen Sie!" befahl Bull.

Die Gazelle I war zweieinhalb Lichtminuten von dem beschossenen Verband entfernt. Der Mikrowellenorter zeigte an, daß die Fremden sich zu rühren begannen. Was von ihren Schiffen noch übriggeblieben war, änderte Geschwindigkeit und Richtung, um dem heftigen Feuer zu entgehen. Der Verband stob nach allen Richtungen auseinander. Die glänzenden Energiebündel griffen ins Leere und verschwanden in der Schwärze des Raumes. Der unsichtbare Feind stellte das Feuer ein.

„Was befehlen Sie?“ fragte Tifflor.

„Warten!“ antwortete Bull knapp. „Funkempfänger auf Integralfrequenz.“

Tifflor nickte. Es war klar, was Bull beabsichtigte. In jedem Kampf gab es Überlebende, auch in einer Raumschlacht. Wenn einer aus der Besatzung der zerstörten Schiffe den Volltreffer überlebt hatte und jetzt hilflos im Raum trieb, dann würde er den Notsender seines Schutzanzugs in Betrieb setzen und um Hilfe rufen.

Vier Minuten später empfing die Gazelle I den ersten Notruf. Gestammelte Worte in unverständlicher Sprache, untermalt vom Rauschen der Funkstörungen, drangen aus dem Empfänger. Die Peilwache brauchte nur ein paar Augenblicke, um mit der automatisch arbeitenden Antenne den Standort des Senders auszumachen. Die Gazelle I startete von neuem.

Langsam und vorsichtig pirschte sie sich an den Ort des gerade beendeten Kampfes heran.

Bull starrte auf den Reflexschirm des Mikrowellenorters. Die Strahlantenne pendelte ununterbrochen und zeichnete grüne Bänder auf den Schirm.

Da.

Ein heller Punkt leuchtete aus dem grünen Band, verblaßte, als die Antenne weiterwanderte, und leuchtete von neuem auf, als sie zurückkam.

Tifflor änderte den Kurs. Mit der Geschwindigkeit eines irdischen Autos näherte sich das Boot dem Punkt. Ein schwacher Reflex tauchte auf dem Bildschirm auf. Tifflor, sorgfältig geschulter Offizier der Raumakademie in Terrania, manövrierte ihn schnell und zielsicher an wie ein erfahrener Kapitän.

Das hier war sein Revier. Bull hatte die allgemeinen Leitregeln gegeben, jetzt gab *er* die Befehle. „Zwei Mann ausschleusen! Holt Mann über!“

Die beiden, die der Schleuse am nächsten saßen, verließen ihre Plätze, schlossen die Raumanzüge und verschwanden in dem kleinen Schleusenraum. Eine Minute später tauchten sie auf dem Bildschirm auf, unförmig aufgeblasene Gestalten, die gemächlich zu dem Reflex hinüberschwebten.

Tifflor hielt Funkverbindung. Die beiden ausgeschleusten Soldaten gaben Meldungen in regelmäßigen Abständen.

„Abstand noch zweihundert Meter. Können Mann deutlich sehen."

„Beeilt euch!" befahl Tifflor.

Besorgt fuhr sein Blick über den Bildschirm. Die Gegend war gefährlich. Jederzeit konnte der ferne Unbekannte die Gazelle orten und den Beschuß wieder eröffnen.

„An Ort, Sir!" meldete die Stimme eines der beiden Soldaten.

„Bringt den Mann ein!"

„Ja, aber . . ."

„Was, aber?"

Keuchen, Husten. „Es ist – gar kein Mann."

„Was ist es sonst?"

„Ein – na, ein Etwas."

Tifflor wurde zornig. „Ist es ein intelligentes Wesen oder nicht?"

„Wahrscheinlich, nur – es sieht so komisch aus."

Tifflor hatte ein paar heftige Worte auf der Zunge. Aber er behielt sie schließlich für sich und befahl statt dessen: „Einbringen! Schnell!"

Auf dem Bildschirm nahm die Leuchtkraft der drei Punkte wieder zu. Konturen wurden erkennbar: zwei unförmige, plumpe, aber nichtsdestoweniger menschliche und eine dritte, kastenförmige.

Schweigen herrschte im Boot, bis die Geräusche der einsteigenden Männer von der Schleuse herklangen.

Bull beobachtete die Kontrollampen über dem Innenschott und nickte Tifflor zu, als eine Reihe grüner Lichter aufleuchtete. „Fliegen Sie zurück! Auf dem schnellsten Weg!"

Tifflor begann zu hantieren. Während die Gazelle I sich in Bewegung setzte, kamen die beiden Soldaten aus der Schleuse herein und setzten das mächtige Paket, an dem sie keuchend trugen, vorsichtig auf den Boden.

Bull löste die Gurte, stieg um das Kontrollpult herum und betrachtete das Etwas von allen Seiten. Er stellte fest, daß die hellgraue, lederartige Umhüllung wahrscheinlich nicht zu dem Wesen selbst, sondern zu seinem Raum-Schutzanzug gehörte, obwohl er nirgendwo einen Verschluß entdecken konnte. Beim Weitersuchen fand er die etwa einen Viertelquadratmeter große Stelle, an der eine

Art Plexiglasfolie die lederne Haut durchbrach und einen Blick ins Innere erlaubte. Darunter sah Bull eine unförmige, in breiten Streifen hell- und dunkelgrau gemusterte Kontur – das, was die beiden Soldaten einen „Mann“ zu nennen sich geweigert hatten.

Bull pochte gegen die kleine Scheibe, aber darunter rührte sich nichts. Das Wesen war entweder bewußtlos oder tot.

„Machen Sie schnell“, sagte Bull leise zu Tifflor.

Tifflor nickte mit verbissenem Gesicht.

Rhodan war informiert, als die Gazelle I sich einschleuste. Crest stand neben ihm und beobachtete gespannt das Manöver. Tifflor bewies seine Fähigkeit als Raumpilot, er agierte schnell und überaus sicher.

Um die GANYMED herum tobte die Raumschlacht weiter. Die Zerstreuung des fremden Flottenverbands war innerhalb des großen Kampfes offenbar nur eine Einzelaktion gewesen.

Rhodan wandte sich an Crest. „Wollen Sie die Untersuchung übernehmen? Ich glaube, sie liegt in Ihren Händen am besten.“

Crest nickte.

„Geben Sie mir Bescheid, sobald Sie etwas wissen“, bat Rhodan.

Crest ging hinaus und wartete auf dem Rundgang vor dem Kommandoraum, bis zwei von Tifflors Leuten das fremde, unförmige Wesen durch den Antigravlift herunterbrachten.

„Bringen Sie ihn dort ins Labor, bitte“, sagte Crest.

Während das Paket hereingebracht wurde, setzte Crest die Geräte in Betrieb, die er für die folgende Untersuchung brauchte.

Insbesondere füllte er eine der kleinen Untersuchungskammern, die an der Rückwand des Labors eingebaut waren, mit einer Methanatmosphäre von beachtlichem Druck.

Denn er kannte das Volk, dem das hilflose, hellgrau und dunkelgrau gestreifte Wesen angehörte.

Er öffnete den ledernen Raumanzug in der Nähe der Untersuchungskammer, bugsierte den schlaffen, formlosen Körper mit höchster Geschwindigkeit in die kleine Schleuse, saugte die Luft ab und ließ einen frischen Methanstrom das fremdartige Wesen umspülen.

In der Kammer gab es eine Reihe von Geräten, die die Funktionen des fremden Körpers erfaßten und anzeigten. Crest las ab, daß von allen Organen nur noch das, das in seiner Funktion dem menschlichen Herzen glich, nennenswerte Tätigkeit ausübte.

Der Fremde lag im Sterben. Der Körper war unterkühlt. Wahrscheinlich hatte die Heizung des Raumanzugs ausgesetzt.

Crest nahm die nächsten Schaltungen mit einem Höchstmaß an Geschwindigkeit und Zielsicherheit vor. Tiefes Summen erfüllte den Raum, als das Aggregat des Enzephalographen zu arbeiten begann, dessen Aufgabe es war, die letzten schwindenden Gehirnschwingungen des Methan-Wesens zu registrieren und in ein positronisches Programm umzudeuten.

Die Tendenz, mit der die Raumschlacht sich entwickelte, war unverkennbar: Die Schiffsformationen rückten dichter zusammen, ein Dutzend weiterer Reflexe wurde von den Photometern angemessen.

Und im Mittelpunkt aller Formationen lag die GANYMED.

Noch war sie zum Warten verurteilt. Noch konnte sie nichts anderes tun, als ihren Schutzschirmen die höchstmögliche Leistung zuzuführen, so daß ein Zufallstreffer aus den mächtigen Energiegeschützen der sich bekämpfenden Flotten ihr nichts anzuhaben vermochte.

Nach einer Stunde kam Crest zurück. Rhodan fiel auf, daß er ernster war als üblich. Er hatte ein paar bunte Plastikstreifen in der Hand, wie die positronischen Rechenmaschinen sie als Impulsträger verwendeten, und legte sie vor Rhodan auf das Schaltpult.

„Was?“ fragte Rhodan knapp.

„Es war ein Motuner“, antwortete Crest knapp.

„Was?“

„Ja.“ Crest nickte. „Er ist an Unterkühlung gestorben. Ich konnte ihm nicht mehr helfen.“

Rhodan dachte nach und suchte aus dem Wust seiner Erinnerungen, die er durch Hypnoschulung erworben hatte, heraus, was er über die Motuner wußte.

Sie waren nichthumanoide Methan-Atmer, die am Rand des großen Kugelsternhaufens die Planeten eines ausgedehnten Sonnensystems bevölkerten. Sie besaßen, als sie dem Großen Imperium unterworfen wurden, schon eine hochentwickelte Technik und waren niemals in ihrer Geschichte die folgsamsten Mitglieder des Reiches. Die hohe Stufe der eigenen Zivilisation und die natürliche Abneigung des Nichthumanoiden gegenüber dem Humanoiden hatte die Motuner dazu veranlaßt, von Zeit zu Zeit um die Freiheit ihres Teilreichs zu kämpfen.

„Mit wem schießen sie sich herum?" fragte Rhodan.

„Mit einer großen Arkon-Flotte", antwortete Crest. „Dieser Motuner wußte zu berichten, daß der Aufstand kaum begonnen hatte, als eine gewaltige arkonidische Flotte vor der Hauptwelt Motun auftauchte und ihre Oberfläche in ein Meer von geschmolzenem Gestein verwandelte. Die auf den übrigen Planeten stationierten Flottenverbände der Motuner stellten sich zum Kampf. Das ist das, was wir auf den Bildschirmen sehen. Es besteht aber kein Zweifel daran, daß dieser Aufstand mit dem endgültigen Untergang der Motuner enden wird."

Rhodan sah zornig auf. „So geht also Arkon mit seinen Verbündeten um, nur weil sie das fordern, was jedem Volk recht und billig sein muß: Freiheit. Sind *das* die Arkoniden, von denen Sie mir erzählt haben? Ist *das* jenes herrliche Imperium, von dem Sie schwärmten?"

Crest ließ sich in einen der freien Sessel fallen. Die Bewegung wirkte mutlos und resigniert. „Ich verstehe das alles nicht. Als wir von Arkon aufbrachen, wäre diese Grausamkeit gegenüber anderen Imperiumsvölkern völlig undenkbar gewesen. Die Arkoniden haben sich längst damit abgefunden, daß das Imperium zerfällt. Die Zeit der blutigen Eroberungsfeldzüge ist längst vorbei. Wir hatten längst eingesehen, daß ein Bündnis, das dem Bündnispartner weitgehendste Handlungsfreiheit einräumt, dem Imperium mehr nützt als grausame Unterwerfung. Hinzu kommt, daß die Arkoniden aufgrund der fortschreitenden Dekadenz kaum mehr in der Lage waren, Kriege zu führen. Außerdem fühlten wir uns im Arkon-System ziemlich sicher. Automatische Sicherheitsmaßnahmen sorgen dafür, daß niemand ungebeten nach Arkon vordringen kann. Streitigkeiten, die ja immer wieder vorkommen, hat man noch während meiner Anwesenheit auf Arkon auf dem Verhandlungsweg beigelegt."

Rhodan ließ eine Weile verstreichen.

„Seit Ihrem Start sind viele Jahre vergangen, Crest", gab er dann zu bedenken. „Glauben Sie nicht . . ."

„Glauben Sie, daß diese Zeit ausreicht, um die Natur eines uralten Volkes so grundlegend zu verändern?"

Rhodan dachte nach.

„Keine natürliche Entwicklung brächte das zustande", gab er zu. „Aber vielleicht ein gewaltsamer Eingriff in die arkonidische Geschichte?"

Mit traurigem Lächeln winkte Crest ab. Er hatte die Erwiderung schon auf der Zunge – die Erwiderung, daß ein dem Untergang geweihtes Volk nicht mehr von seinem Weg abweicht und lieber untergeht, als sich zu wehren –, aber bevor er das erste Wort noch sagen konnte, brach die Hölle los.

Alarmpfeifen erfüllten das Schiff ein paar Sekunden lang mit schmerzendem Lärm. Als die Pfeifen verstummten, schrie aus dem Interkom eine Stimme: „Starker Schiffsverband in direktem Anflug auf die GANYMED! Entfernung drei Lichtsekunden, Geschwindigkeit 0,05 Licht. Berührung in sechzig Sekunden!"

Rhodans erster Blick galt der Anzeige der Schutzschirm-Leistung. Die Lichtmarke zitterte auf dem roten Fleck: Größere Leistung konnte den Schirmen nicht zugeführt werden.

Die GANYMED war gegen jede denkbare Kampfbelastung geschützt. Aber der Flottenverband, der sich aus dem Nichts heraus näherte, bestand aus mehr als dreitausend Schiffen, und dem Feuer aus dreitausend Schiffsgeschützen konnte selbst der leistungsfähigste Schutzschirm nicht standhalten.

Crest war aufgestanden und hatte sich in den Hintergrund des Raumes geflüchtet. Er wußte, daß er in solchen Situationen das Handeln anderen überlassen mußte.

In Sekundenschnelle wuchs die Besatzung des Kommandostands zu jener verschworenen Kampfgemeinschaft zusammen, die sie jedesmal in der höchsten Gefahr gewesen war. Jeder der Offiziere stand oder saß an seinem Platz und wartete mit mühsam unterdrückter Erregung auf Rhodans Befehle.

Rhodan verlor seinen Sinn für Konsequenz auch in der Eile nicht.

Zehn Sekunden brauchten die Mikrowellenorter, um die Form der heranbrausenden Schiffe abzutasten und festzustellen, daß die Flotte arkonidischen Ursprungs war.

Zehn weitere Sekunden brauchte Rhodan, um den Koderuf abzusetzen, der nach Crest und Thoras Meinung jede arkonidische Schiffsbesatzung davon überzeugte, daß sie einen Landsmann vor sich hätte.

Weitere zwei Sekunden brauchte er, um zu erkennen, daß die arkonidischen Schiffe die Sendung nicht registrierten und noch viel weniger daran dachten, von ihrem gefährlichen Kurs abzuweichen.

Zwanzig Sekunden nach der ersten Meldung eröffnete der arkonidische Flottenverband das Feuer auf die GANYMED. Hunderte scharfgebündelter Strahlschüsse glitten durch den Raum heran, verfehlten ihr Ziel zum Teil und brachten zum anderen Teil die Schutzschirme zum Aufglühen.

„Geschützstand Eins feuerbereit!“ befahl Rhodan.

Geschützstand Eins war der Fiktiv-Transmitter, die wirkungsvollste Waffe des Schiffes. Die Bestätigung kam innerhalb einer Sekunde.

„Feuer in Richtung Phi Null mit mittlerer Energie!“ ordnete Rhodan an. „Feuer!“

Mit der rechten Hand schob er den Fahrtregler auf „Volle-Fahrt“-Stellung. Die GANYMED setzte sich in Bewegung, eilte mit höchster Beschleunigung dem riesigen Flottenverband entgegen und fraß sich ihren Weg durch die feindlichen Linien mit Hilfe der rätselhaften Energien des Fiktiv-Transmitters. Der Transmitter erfaßte sein Ziel, schleuderte es durch den Hyperraum und brachte es an einem Punkt, dessen Entfernung und Richtung nach Maß und Polarität der eingesetzen Energie gewählt werden konnten, wieder zum Vorschein.

Eine breite Gasse bahnte sich vor der GANYMED, während die Schutzschirme weiter unter dem konzentrierten Feuer der arkonidischen Schiffe leuchteten.

Aber die Arkoniden erkannten schnell, welche Gefahr da auf sie zustürmte. Der Verband riß auseinander, die Schiffe stürmten nach allen Richtungen davon, um dem Gegner das Zielen zu erschweren. Die Treffer, die auf den Prallschirmen der GANYMED aufleuchteten, wurden seltener.

In voll beschleunigter Fahrt schoß das irdische Schiff durch die Lücke, brachte die arkonidischen Zielrichtungen in Verwirrung, als sie über den Null-Grad-Winkel hinausdrehen mußten, und befand sich knapp zwei Minuten nach der ersten Alarmwarnung jenseits der feindlichen Linien in Sicherheit.

Der arkonidische Verband formierte sich von neuem und setzte seinen Flug in der ursprünglichen Richtung fort. Wenige Sekunden später wurden die ersten Strahlschüsse beobachtet, die in der Tiefe des Raumes funkelnde Explosionen auslösten. Die Arkoniden erhielten Gegenfeuer. Aber allein aus dem Verhältnis der Schußzahlen war leicht zu errechnen, daß die Motuner hoffnungslos unterlegen waren.

Die dreitausend Schlachtschiffe – minus der, die der Fiktiv-Transmitter an eine andere Stelle des Raumes befördert hatte – fuhren wie eine Feuerwalze über die motunischen Restverbände hinweg und ließen hinter sich einen Funkenregen glühender Schiffswracks, die sich auf den Bildschirmen zu gelblichroten Lichtwolken vereinigten.

Nach einer halben Stunde entschloß sich Rhodan, die Fahrt fortzusetzen. Angesichts des Aufruhrs, der in den Außenbezirken des Kugelsternhaufens herrschte, erschien es ihm angebracht, die GANYMED keiner weiteren Gefahr auszusetzen, sondern die restliche Entfernung von etwa fünfundvierzig Lichtjahren in einem einzigen Hypersprung zu überwinden.

Hier konnte er ohnehin nicht mehr helfen. Auf Arkon konnte er die Verantwortlichen für diesen Vorfall vielleicht kennenlernen und ihnen klarmachen, was er von ihnen und ihrer Strategie hielt.

Wegen der hohen Materiekonzentration besonders im Zentrum des M-13 erforderte die Vorausberechnung der Sprungdaten diesmal eine erhöhte Zahl von Einzelinformationen und dementsprechend auch längere Zeit.

Währenddessen blieb das Schiff in Alarmbereitschaft. Es war schwer vorauszusehen, ob die arkonidische Flotte, nachdem sie mit den Motunern so rigoros aufgeräumt hatte, sich nicht des ersten Gegners erinnern und nach ihm zu suchen anfangen würde.

In die Vorbereitungen zur Transition und in Rhodans schwere

Gedanken hinein platzte Thora. Etwas schien sie über alle Maßen aufgeregt zu haben. Ihr langes, weißes Haar flog hinter ihr her, während sie mit raschen Schritten durch die Länge des Kommandoraumes kam.

Rhodan lächelte ihr entgegen.

„Das waren arkonidische Schiffe, nicht wahr?“ fragte Thora.

O ja, dachte Rhodan, sie hat auf ihrem Bildschirm die Vorgänge verfolgt, und jetzt kommt sie, um dir zu sagen, wie du deine Sache hättest besser machen können.

„Ja“, gab er zu.

„Warum haben Sie sich nicht zu erkennen gegeben?“

„Das habe ich. Mit Kodespruch.“

Thora war verblüfft. Das Feuer in den roten Augen wurde ein wenig sanfter. „Und sie haben nicht . . .“

„. . . geantwortet? Nein, das haben sie nicht. Im Gegenteil: Sie fingen an zu schießen.“

Thora ließ die Arme schlaff sinken. Zorn und Eifer waren verflogen, übrig blieb die Hilflosigkeit.

Crest erhob sich aus seiner Ecke, in der er die vergangene halbe Stunde wort- und reglos die erstaunlichen und ungeheuerlichen Ereignisse draußen im Raum beobachtet hatte, und kam heran. Thora wandte sich zu ihm, in den Augen die große, unausgesprochene Frage.

Crest blieb neben ihr stehen und nickte gewichtig.

„Es geht uns nicht besser als dir“, sagte er auf arkonidisch. „Wir haben keine Ahnung, was geschehen ist.“

„Aber . . .“

„Irgendeine tiefgreifende Änderung“, fügte Rhodan ein, „muß in der Zeit Ihrer Abwesenheit mit Arkon und dem Imperium vor sich gegangen sein. Seit dieser Änderung sind die arkonidischen Schiffskommandanten offenbar gehalten, alles als Feind zu betrachten, was ihnen in den Weg kommt. Nicht einmal die alten Kodesignale gelten mehr.“

„Und – was haben Sie jetzt vor?“

Thoras entsetztes Gesicht nahm die Antwort vorweg: Umkehren, nach Hause fliegen.

Rhodan lachte leise. „Nein, keine Angst. Nach Arkon wollten wir, und nach Arkon wollen wir immer noch. Wir machen eine sechste Transition bis ins Zentrum des Kugelsternhaufens hinein. Aber eines will ich Ihnen sagen: So, wie die Dinge jetzt aussehen, ist es weitaus wahrscheinlicher, daß wir von Ihren Landsleuten vernichtet werden, als daß wir Arkon unangefochten erreichen."

„König Salomo dringt Schritt für Schritt und Tagereise für Tagereise in das geheimnisvolle Land Ophir ein und nähert sich dem herrlichen, goldstrotzenden Palast der Königin von Saba!"

Rhodan sah lächelnd zur Seite und betrachtete seinen Kopiloten und Freund, der den Vers von Salomo und der Königin von Saba nun zum drittenmal vor sich hin murmelte.

„Romantisch angetan, wie?" spottete Rhodan.

Bull nahm den Blick nicht vom Bildschirm.

„O ja", antwortete er ernsthaft. „Ich komme mir vor wie im Kino. Sieh dir das an", dazu machte er eine weitausladende Handbewegung über die ganze Fläche des Panoramaschirms hinweg, „und hör dir *das* an." Dazu wies er auf den Telekomempfänger, der vor ihm aufgebaut war und der auf Integralfrequenz alle Sendungen auffing, die in diesem Teil des Raumes von allen möglichen Sendern ausgestrahlt wurden.

Der Anblick, den der Bildschirm bot, war in der Tat märchenhaft. Sterne standen so dicht, daß sie stellenweise scheinbar ununterbrochene Lichtwände bildeten, und an anderen Orten formten sie die Kreuzpunkte eines Sternennetzes von unerhörter Leuchtkraft.

Es war ein Himmel, wie ihn eines Erdenmenschen Auge noch nie gesehen hatte.

Was aus dem Hyperkomempfänger kam, war eine Überlagerung von mindestens hunderttausend gleichzeitig geführten Gesprächen. Wenn man bedachte, daß ein normaler Hyperkom üblicherweise nur auf eine Reichweite von etwa fünfzehn Lichtjahren eingestellt war, dann mußte angenommen werden, daß der größte Teil dieser Gespräche in einem Umkreis von fünfzehn Lichtjahren um die GANYMED herum geführt wurde. Wenn man weiterhin annahm, daß von allen unterwegs befindlichen Schiffen jeweils höchstens der zehnte Teil gleichzeitig sendete, dann ergab das für die um GANYMED beschriebene Raumkugel von dreißig Lichtjahren Durchmesser einen „Inhalt“ von mindestens einer Million Schiffen.

Eine beeindruckende Zahl.

Rhodan deutete auf den Schirm. „Wir warten auf die Auswertung. Nach unseren Berechnungen sind wir dreißig Lichtstunden von der Sonne Arkon entfernt aus der Transition herausgekommen. Was wir hier vor uns sehen, stimmt mit den Angaben auf Crests alten Karten überein. Da sich aber in der Zwischenzeit soviel geändert hat, möchte ich kein Risiko eingehen, sondern die Karten noch einmal überprüfen lassen. Vielleicht haben die Arkoniden ein neues Raumfort gebaut, und wir rennen mit der Nase darauf, wenn wir uns nicht vorsehen.“

Bull runzelte die Stirn. „Da gibt es ohnehin den sogenannten ‚äußeren Festungsring‘, nicht wahr?“

„Ja, aber nicht in dieser Gegend. Der äußere Ring liegt außerhalb der von Arkon am weitesten entfernten Planetenbahnen des Systems, also in etwa fünfzehn bis zwanzig Lichtstunden Entfernung vom Zentralgestirn.“

Bull las eine Reihe von Instrumenten ab.

„Wir machen eine Fahrt von 0,2 Licht“, stellte er fest. „Wir sind in Empfängerreichweite des äußeren Ringes. Funken wir sie an?“

Rhodan nickte. „Selbstverständlich. Wir funken alles, was ihnen zu erkennen geben kann, daß wir in freundlicher Absicht kommen.“

„Hoffentlich hilft das was.“

Die Überprüfung der Karten hatte nichts Neues ergeben. Die Arkoniden hatten ihren Raumstationen keine neuen hinzugefügt.

Ein Teil der fünftausend mit schwersten Geschützen bestückten Plattformen, die den äußeren Festungsring ausmachten, war erkannt worden. Die GANYMED näherte sich jetzt dem Ring mit sechzig Prozent Lichtgeschwindigkeit. Unablässig spien die Antennen des Schiffes Kodesprüche und Funksendungen den Empfängern auf den Plattformen entgegen.

Die Plattformen hätten antworten müssen – wenigstens unter normalen Umständen, wie Crest behauptete –, aber sie taten es nicht.

Schweigend zogen sie ihre Bahn, und niemand konnte vorhersagen, was sie tun würden, wenn die GANYMED ohne das Freizeichen der automatischen Sender versuchte, den Ring zu durchstoßen und ins Herz des Großen Imperiums vorzudringen.

Eine der riesigen Kampfplattformen wuchs langsam ins Bild. In der seltsamen Perspektive des freien Raumes, die keine Entfernungsschätzung ohne Instrumente gestattete, sah es aus, als wüchse sie in wenigen Sekunden vom kleinen, schimmernden Punkt bis zum riesigen Ungeheuer, neben dem die GANYMED ein kleines, unscheinbares Schiffchen war.

Für Bruchteile von Sekunden erfaßten die Augen die drohenden Öffnungen der Strahltürme.

Dann brach der Feuersturm aus allen Rohren. Eine gleißende Wand ungeheurer Energieballung schoß auf die GANYMED zu. Die Schirmfeldgeneratoren heulten unter dem Aufprall fürchterlicher Gewalten, das Schiff wurde hin und her geschleudert wie ein alter Holzkahn auf stürmischem Meer.

Nacktes Entsetzen griff nach den Herzen der Männer.

Die letzten Energien, die dem Triebwerk noch blieben, rissen das Schiff nach vorn. Ein wuchtiger Beschleunigungsstoß ließ die unaufhörlichen Strahlschüsse der Geschütztürme sekundenlang hinter der GANYMED ins Leere verpuffen, und als die automatischen Zielvorrichtungen ihren Irrtum erkannten und die Strahlrohre neu einrichteten, da war das irdische Schiff schon mehr als zweihunderttausend Kilometer entfernt, und die Schutzschirme, die dem ersten Anprall aus nächster Nähe gerade noch standgehalten hatten, absorbierten die hinterhereilenden Schüsse nun ohne Mühe.

Das Schaukeln hörte auf. Mit leuchtenden Schutzschirmen brauste die GANYMED in das fremde System hinein und ließ den verderbenbringenden Ring der Kampfplattformen hinter sich.

Rhodans harte Stimme jagte die Männer aus ihrem Schrecken hoch: „Weiterhin höchste Alarmbereitschaft! Mit neuen Angriffen ist zu rechnen! Ausfallmeldungen sofort an Kommandostand!"

Es hatte jedoch keine Ausfälle gegeben.

Crest kauerte schreckensbleich in seinem Sessel an der Seitenwand des Kommandoraums. Rhodan drehte sich nach ihm um und zwang sich zu einem kleinen Lächeln, um den Arkoniden zu beruhigen. Crest erwiderte nichts. Die Angst stand ihm ins Gesicht geschrieben.

Aber der Raum vor der GANYMED schien frei. Das mächtige Imperium gab den fremden Eindringlingen eine kleine Verschnaufpause.

Rhodan stand auf, ging an den Arbeitsplätzen seiner Offiziere vorbei und gönnte jedem der Männer ein aufmunterndes, beruhigendes Wort. Vor Crest blieb er stehen, wartete, bis der Arkonide in seiner Furcht seine Anwesenheit überhaupt bemerkt hatte, und sagte: „Ich stelle Ihnen und Thora den gesamten Funkraum zur Verfügung. Sie kennen sich mit den Instrumenten aus. Versuchen Sie, mit Arkon zu sprechen. Machen Sie Ihren Leuten klar, daß wir nicht als Feinde kommen. Und tun Sie es so, daß Sie Erfolg damit haben. Sonst sind wir alle miteinander verloren."

Crest nickte verwirrt, stand auf und ging zum Schott hinaus. Rhodan sah ihm nach. Dann rief er Thora an und bat sie, Crest zu helfen.

Allerdings sah Thora so aus, als brauche sie selbst Hilfe sehr nötig.

Rhodan hatte die Geschwindigkeit des Schiffes gedrosselt, nachdem die letzten Fernschüsse des äußeren Festungsrings hinter der GANYMED zurückgeblieben waren. Es war sinnlos, mit neunzig Prozent Lichtgeschwindigkeit in das System hineinzurasen.

Vorsicht war notwendig, auch wenn Vorsicht auf der anderen Seite Zeit beanspruchte und die Gefahr vergrößerte, daß die GANYMED vor Erreichen der Arkon-Bahn noch einmal angegriffen würde.

Thora und Crest versuchten seit Minuten, ihre Heimatwelt über Hyperfunk zu erreichen.

Bis jetzt war noch kein Erfolg zu verzeichnen. Arkon meldete sich nicht.

Ein Verdacht stieg in Rhodan auf. Arkon meldete sich nicht. War die Welt der Arkoniden einer Katastrophe zum Opfer gefallen? Hatte ein Krieg die arkonidische Menschheit ausgelöscht?

Unsinn, verwarf Rhodan seine eigene Furcht. Woher dann die Riesenflotten, die in anderen Teilen des Raumes so furchtbar unter den Motunern aufgeräumt haben?

Oder vielleicht doch kein Unsinn?

Konnten nicht robotgesteuerte Schiffe dem allgemeinen Untergang entronnen sein und mit der Sturheit gefühlloser Maschinen die Aufgaben weiterführen, die man ihnen aufgegeben hatte – obwohl die Auftraggeber schon längst nicht mehr am Leben waren?

War die GANYMED zu spät gekommen?

Rhodan verschaffte sich Gewißheit. Mit Hilfe des kleinen Programmrechners, der neben seinem Pult stand, kodifizierte er die Frage: „Handelt es sich bei den Schiffen arkonidischen Typs, mit denen die GANYMED es in den vergangenen zehn Stunden zu tun gehabt hat, um robotgesteuerte Einheiten?"

Die Frage wurde dem Rechenzentrum übermittelt. Rhodan erbat sich Antwort in kürzestmöglicher Zeit.

Er nahm an, daß die Positronik nicht vor fünfzehn Minuten zu einem eindeutigen Ergebnis kommen könne.

In diesen fünfzehn Minuten ...

Das Knacken der Interkomverbindung schreckte Rhodan auf. Die schreiende Stimme des Ortungsoffiziers fuhr durch den Raum: „Transition in unmittelbarer Nähe! Ein Schlachtschiff der STARDUST-II-KLASSE! Direkt-optisch sichtbar!"

Über einen Teil des leuchtenden Sternenteppichs hatte sich ein drohender, schwarzer Schatten geschoben – ein kleines Loch zuerst, dann ein Ball und schließlich eine gewaltige, kreisrunde Scheibe, die der GANYMED nach einer Richtung hin den Blick völlig versperrte.

Rhodan straffte die Muskeln, als müsse er den ersten Schuß persönlich ertragen. Da kam er schon, der grünlich leuchtende Bündelstrahl eines Desintegrators, traf die Schutzschirme der GANYMED dicht oberhalb der Steuerflossen und brachte die Schirmfelder zum grellen Aufleuchten.

Rhodan ließ die GANYMED ausweichen. In blitzschnellem Manöver brach sie zur Seite aus und ließ die nächste Desintegratorsalve hinter sich zurück.

Aber der Schiffsriese flog das Manöver mit. Leicht, fast spielerisch, heftete er sich der GANYMED an die Fersen, holte bis auf einen Abstand von zwanzig Kilometern auf und bombardierte das irdische Schiff mit einer Folge von Salven aus allen möglichen Geschütztypen.

Das heulende Inferno der Schirmfeldgeneratoren begann aufs neue. Neue Stöße schüttelten die GANYMED, als die Antigrav-Neutralisatoren die Prallschocks der fremden Schüsse nicht mehr absorbieren konnten. Männer wurden aus ihren Sitzen gerissen, durch die Räume geschleudert und prallten gegen die Wände.

Rhodan flog ein Manöver nach dem anderen. Mitunter lastete der Druck so schwer auf seinem Arm, daß er einen Hebel betätigte, ohne es zu wollen, und der GANYMED so eine neue, völlig unvorhergesehene Richtung gab.

Etwa einem Viertel aller Schüsse entging das Schiff auf diese Weise. Aber auch drei Vierteln der vollen Feuerkraft des Raumriesen würden die Schutzschirme nur noch ein paar Minuten standhalten können.

Rhodan entschloß sich.

„Alle Geschützstände feuerbereit! Geschützstand Eins: Vorsicht bei Entfernungswahl!"

Die Männer atmeten auf. Endlich. Endlich geschah etwas.

Endlich konnten sie dem arkonidischen Koloß dort draußen zeigen, mit wem er sich da angelegt hatte.

Was denn? Kommando zurück? Kein Feuer?

Warum?

Weil im Augenblick der höchsten Not Thoras Stimme sich im Interkom gemeldet hatte, dünn hinter all dem Lärm, der das Schiff durchtobte, aber doch verständlich: „Nicht schießen, um Gottes willen! Nehmen Sie den Befehl zurück! Wir haben Verbindung mit Arkon!"

Ein letzter Stoß traf die GANYMED und brachte sie in ihren flammenden Schirmfeldern zum Rotieren. Die Bilder der Sterne verwischten sich zu langen Streifen.

Rhodan bremste durch geringen Gegenschub, brachte das Bild auf den Schirmen wieder in Ordnung und hielt Ausschau.

Wo war das Schlachtschiff?

Fort. Verschwunden. Die Sternenmasse des Kugelhaufens glänzte ruhig und mit all ihrer verschwenderischen Pracht. Aber der Koloß war nicht mehr da. Die GANYMED hatte wieder freie Sicht nach allen Richtungen.

„Ich hab's doch gewußt", brummte Reginald Bull, „es war alles nur ein Traum."

Die Leute lachten, ein wenig hysterisch zwar, aber doch befreiend.

Für die GANYMED begann eine neue Warteperiode. Rhodan nahm eine kleine Kurskorrektur vor, denn die Serie der Ausweichmanöver hatte das Schiff dem äußeren Festungsring wieder näher gebracht.

Auf dem Bildschirm glänzte die Sonne Arkon in blendender Pracht. Schwarzfilter mußten über die Aufnahmegeräte geschoben werden, um den Anblick erträglich zu machen.

Die GANYMED war von der Bahn des Planeten Arkon noch neun Lichtstunden entfernt.

Aber selbst so dicht vor dem Ziel konnte noch niemand die Frage beantworten: Was war auf Arkon geschehen? Welcher Einfluß hatte aus den lethargischen Arkoniden so blutrünstige Leute gemacht, die auf fremde Gäste und Aufständische ohne Warnung schossen?

Thora und Crest hatten mit Arkon ein Direktgespräch geführt und es auf Band aufgenommen. Das Bandstück brachten sie mit in den Kommandostand, um es Perry Rhodan vorzuspielen.

Rhodan beobachtete sie, während sie an dem Bandgerät hantierten. Crest schien immer noch so furchtsam und verwirrt wie vor einer halben Stunde, als er den Kommandostand verließ. Und Thoras Hände flatterten. Das Einschalten des Geräts besorgte sie mit einem zornigen Ruck, der den Schalter fast abbrach. Rhodan wunderte sich.

Tiefe Stille herrschte im Kommandostand, als die Stimmen aus dem Lautsprecher drangen, die das Band festgehalten hatte. Jeder der Offiziere verstand die arkonidische Sprache auf Grund der Hypnoschulung so gut wie seine eigene.

Crest: „Hier spricht Crest aus dem Geschlecht der Zoltral, Mitglied der Expedition Aetron, vor elf Jahren (Arkon-Jahren) von Arkon aufgebrochen. Ich befinde mich mit Thora aus demselben Geschlecht, dem zweiten Überlebenden der Expedition, an Bord des Schiffes einer fremden Macht, das uns nach Arkon zurückbringen will. Wir erbitten Landeerlaubnis."

Das ist vorsichtig gesprochen, dachte Rhodan. Wäre Crest überzeugt davon gewesen, daß es auf Arkon noch so aussah wie zur Zeit seines Aufbruchs, dann hätte er Landeerlaubnis gefordert anstatt erbeten. Die Familie der Zoltral war das regierende Geschlecht.

Crests Anruf wurde ein paarmal wiederholt. Nach der zweiten Wiederholung wurde vom Band das Getöse hörbar, das die Ausweichmanöver vor dem arkonidischen Schlachtschiff verursachten. Man hörte das Heulen der Generatoren und ab und zu Rhodans kommandierende Stimme über das Interkomgerät, das während des Alarmzustands in jedem Raum des Schiffes ständig eingeschaltet sein mußte.

Crest mußte fünfmal wiederholen, bevor er das erste Zeichen einer Antwort bekam, und seiner Stimme war anzumerken, daß er schon fast alle Hoffnung verloren hatte.

Eine fremde, unbeteiligte Stimme sagte: „Arkon an Crest von der Familie der Zoltral. Sie werden in den Suchlisten nicht mehr geführt. Warten Sie auf Begleitschiff!"

In diesem Augenblick hatte sich Thora eingemischt. Ihrer Stimme nach waren ihre Energiereserven noch weitaus größer als die Crests.

„Ein Begleitschiff!" fauchte sie wild. „Was Sie uns hierhergeschickt haben, ist ein Schlachtschiff, und wenn Sie es nicht sofort zurückholen, wird der Kommandant unseres Schiffes es vernichten müssen."

Rhodan sah verwundert auf. Sein Blick suchte Thora, aber Thora sah zu Boden.

Aus dem Lautsprecher meldete sich wiederum die unbeteiligte Stimme: „Das ist unmöglich. Niemand kann ein arkonidisches Schlachtschiff vernichten."

„Das werden Sie gleich sehen, Sie Narr!"

In diesem Augenblick hörte man aus dem Hintergrund Rhodans Kommando an die Geschützstände.

„Aber wir werden das Schlachtschiff zurückrufen", fuhr die fremde Stimme fort. „Unternehmen Sie nichts, bevor unser Begleitschiff bei Ihnen angekommen ist. Ende!"

Den Rest wußte Rhodan selbst. Thora hatte ihn dazu veranlaßt, den Feuerbefehl zurückzunehmen. Das Schlachtschiff war verschwunden.

Rhodan sah die beiden Arkoniden an.

„Das ist nicht, was Sie erwartet haben?" fragte er auf arkonidisch.

Crest rührte sich nicht, aber Thoras Kopf fuhr in die Höhe.

„Das wissen Sie so gut wie wir!" zischte sie aufgebracht.

Rhodan nickte. „Ja, aber vielleicht ist der mangelnde Respekt Ihrer Abstammung gegenüber ein gutes Zeichen – für das ganze arkonidische Volk, meine ich. Allein aus der Tatsache, daß einem die Anrede ‚Erlauchte' oder ‚Erhabener' verweigert wird, sollte man keine allzu finsteren Schlüsse ziehen."

Thora winkte ab.

„Das sagen Sie, um uns zu trösten", erwiderte sie. „Aber Sie wissen so gut wie ich, daß die ganze Welt einstürzen muß, bevor ein untergeordneter Arkonide einem Mitglied der herrschenden Familie die Anrede mit dem angemessenen Titel verweigert."

Rhodan sah sie nachdenklich an.

„Vielleicht *ist* eine Welt eingestürzt", sagte er leise.

Wahrscheinlich hätte sich daraus eine Diskussion ergeben, wenn der Ortungsoffizier, der von dem Gespräch mit Arkon noch nichts wußte, nicht mit überschnappender Stimme eine weitere Transition in unmittelbarer Nachbarschaft der GANYMED gemeldet hätte.

Bull fuhr dem aufgeregten Mann in die Parade.

„Beruhigen Sie sich", sagte er. „Das Schiff kommt planmäßig."

Rhodan rief die Leute von den Geschützständen ab. Nur Stand 1, der Fiktiv-Transmitter, blieb besetzt. Rhodan wollte nicht das Risiko eingehen, daß in diesen wichtigen Augenblicken – den wichtigsten vielleicht in der Geschichte der Menschheit – einer der Männer die Nerven verlor. Auf der anderen Seite *mußte* er wenigstens eine Waffe besetzt halten, um dem fremden Schiff nicht vollständig ausgeliefert zu sein.

Die gewaltige Kugel kam schnell heran. Rhodan beobachtete das Manöver. Der arkonidische Pilot war ein Meister seines Faches. Fast meterweise rückte er heran, bis zwischen der Äquatorlinie seines Schiffes und der Außenhaut der GANYMED nur noch ein Spalt von achthundert Meter Tiefe klaffte.

Reginald Bull konnte seine Ungeduld nicht mehr zähmen.

„Ich hab' noch selten einen so unverschämten Kerl gesehen", knurrte er böse. „Warum rückt er uns so dicht auf den Hals?"

Rhodan zuckte lächelnd mit den Schultern. „Frag ihn."

Bull ließ es sich nicht zweimal sagen. Zornig hieb er die Sprechtaste des Telekoms nach unten, ließ die Bündelantenne sich in Richtung des Kugelschiffs drehen und gab das arkonidische Sendezeichen.

Der Bildschirm leuchtete auf, surrende Fäden wollten sich zu einem

Bild formen. Bull begann auf arkonidisch zu reden, noch bevor er sah, wen er vor sich hatte. „Raumkreuzer GANYMED an fremdes Arkon-Schiff! Was ist das für ein närrisches . . . Oh!"

Das Bild auf dem Schirm war deutlich geworden. Bull wich entsetzt einen Schritt zurück und starrte es an. Aus zusammengekniffenen Augen sah er ein Wesen, das, nach den Geräten zu urteilen, die sich neben ihm abbildeten, wenigstens drei Meter groß sein mußte. Das Wesen stand ein gehöriges Stück weit vom Aufnahmegerät entfernt, so daß es in seiner ganzen Größe zu erkennen war.

Ohne Zweifel gehörte es einem humanoiden Volk an. Es hatte zwei Beine, dick wie ägyptische Tempelsäulen, und zwei Arme, die lang und seltsam schlaff vorne am Körper herabbaumelten. Der Kopf – nun, es war ein Kopf, wenn er auch aus einer geometrisch exakten, haarlosen Kugel bestand, in deren Frontseite drei Augenöffnungen und ein breiter, aber lächerlich dünnlippiger Mund eingetrieben waren. Eine Nase gab es nicht.

Während Bull noch der Schreck gefangenhielt, stöhnte Thora plötzlich auf: „Es sind Naats! Sie haben Naats an Bord der arkonidischen Schiffe gelassen!"

Reginald Bull hatte sich von seinem Schrecken erholt.

„Ich wollte wissen", setzte er von neuem an, „wozu Ihr närrisches Manöver gut sein soll. Sie bringen beide Schiffe in Gefahr."

Der riesige Naat hatte die Szene, die sich auf seinem Bildschirm bot, ein wenig stupide beobachtet. Auf Bulls Frage antwortete er so beiläufig, als führe er jeden Tag mehrere Gespräche mit Erdenmenschen: „Weil ich Sie nicht anders abschleppen kann."

Er sprach das klobige Arkonidisch, das die Verkehrssprache seiner Heimatwelt war.

„Abschleppen?" protestierte Bull. „Wir können uns von allein bewegen! Wir brauchen Ihren Schleppdienst nicht."

„Wissen Sie denn, wo Sie landen sollen?" fragte der Naat.

„Wir *wollen* auf Arkon landen, und genau das werden wir tun!"

Rhodan winkte Bull. Dieser trat zornbebend zurück und überließ seinem Kommandanten den Platz.

„Rhodan, Kommandant der GANYMED", meldete sich Rhodan auf arkonidisch. „Wer sind Sie, und welche Anweisungen haben Sie?"

Der Naat wirkte plötzlich eine Spur interessierter, als er Rhodans im Vergleich zu Bull hochgewachsene Figur sah und die knappe, ruhige Frage hörte.

„Ich bin Novaal", antwortete er bereitwillig. „Leiter dieses Imperium-Schlachtschiffs. Ich habe den Auftrag, Ihr Schiff sicher nach Naat zu bringen und auf dem Raumhafen Naatral zu landen."

Rhodan erinnerte sich an seine Schulung. Naat war eine Welt von Jupitergröße, mit einer mörderischen Schwerkraft und marsähnlichem Klima. Eine Staubwelt, von der die Arkoniden sich wunderten, daß sie überhaupt Leben hervorgebracht hatte.

„Ich habe zwei arkonidische Passagiere an Bord", warf Rhodan ein und stellte sich so, daß Thora und Crest ins Blickfeld kamen. „Ich glaube, Sie werden Schwierigkeiten bekommen, Novaal, wenn Sie den beiden nicht die Möglichkeit verschaffen, auf dem schnellsten Weg nach Arkon zu kommen. Ich nehme an, daß Ihnen der Name der Familie Zoltral ein Begriff ist."

Novaal deutete eine Bewegung an, die eine Verneigung hätte sein können. Tatsächlich gab es im arkonidischen Kulturkreis eine Geste der Ehrfurcht und Hochachtung, die der irdischen Verneigung sehr ähnelte.

Aber die Stimme des Naats klang immer noch unbeteiligt, ein wenig lässig sogar, als er sagte: „Es tut mir leid, daß ich Ihre Bitte nicht erfüllen kann. Ich bin angewiesen, Sie nach Naat zu bringen. Die zuständigen Behörden auf Arkon sind über die Anwesenheit zweier Arkoniden an Bord Ihres Schiffes informiert."

„Und womit bringen Sie uns nach Naat?"

„Traktorstrahl", antwortete Novaal einfach.

Rhodan überlegte nur eine Sekunde lang. Dann nickte er zustimmend. „Gut, ich habe vorläufig keine Einwände. Sicherlich ist das, was Sie tun sollen, notwendig. Aber ich warne Sie: Wird festgestellt, daß Sie Böses gegen uns im Schilde führen, dann lasse ich Sie mitsamt Ihrem Schiff verschwinden."

Es war nicht zu sehen, ob den Naat die Drohung beeindruckte. Er sagte: „Einverstanden!" und unterbrach das Gespräch.

Thora ließ Rhodan noch nicht einmal Zeit, sich umzudrehen. „Warum haben Sie nicht verlangt, daß wir unverzüglich nach Arkon gebracht werden? Warum sind Sie so bereitwillig auf seine Forderung eingegangen? Warum haben Sie ihm nicht gedroht? Warum . . .“

„Warum hätte ich es tun sollen?“ unterbrach Rhodan sie knapp. „Soll ich unser aller Leben nutzlos aufs Spiel setzen?“

„Nutzlos? Ich will nach Arkon, nicht nach Naat!“

„Das wollen wir alle. Aber offensichtlich ist unsere Anwesenheit auf Arkon im Augenblick nicht erwünscht.“

„Was kümmert mich das?“ tobte Thora weiter. „Kein lächerlicher, schwarzhäutiger Naat hat mir zu sagen, was ich tun soll! Rufen Sie ihn an und sagen Sie ihm . . .“

Aber Rhodans Blick war so zwingend, daß der Eifer ihrer Rede mittendrin versagte und sie den hochgewachsenen Mann furchtsam anstarrte.

„Warum wollen Sie nicht verstehen“, fragte er eindringlich und besänftigend zugleich, „daß dreizehn Erdenjahre verstrichen sind, seitdem Sie Arkon zum letztenmal sahen? Warum möchten Sie nicht einsehen, daß in dreizehn Jahren ungeheuer viel geschehen kann und im Fall Arkon offenbar auch geschehen ist? Mir liegt nichts daran, Ihren Stolz zu verletzen, aber könnte es nicht sein, daß die Zoltral längst nicht mehr so angesehen sind wie zur Zeit Ihres Starts?“

Thora senkte den Blick. Eine Weile stand sie starr, bis Rhodan Crest aufmunternd zunickte und der weißhaarige Arkonide die Frau zu einem Sessel führte.

Rhodan kehrte zu seinem Sitz zurück und informierte in knappen Worten die Besatzung des Schiffes von dem Vorgefallenen. Er ließ weiterhin Geschützstand 1 als einzigen besetzt und schärfte den Männern höchste Wachsamkeit ein.

Um diese Zeit schien Novaal seinen Traktorstrahl in der richtigen Stellung und mit der richtigen Leistung appliziert zu haben. Die Meßinstrumente meldeten leichte Fahrt, ohne daß die Leistung der GANYMED-Triebwerke sich verändert hätte.

Rhodan beobachtete das Manöver sorgfältig. Nach einigen Minuten war er jedoch gewiß, daß Novaal ein vorsichtiger Mann war und daß der im Traktorstrahl gefangenen GANYMED nichts geschehen würde, wenn Novaal weiterhin so behutsam agierte.

Rhodan schien jedoch der einzige zu sein, der sich mit den Dingen abgefunden hatte. Den Offizieren im Kommandostand war der Unmut über die Beschwichtigungstaktik ihres Kommandanten am Gesicht abzulesen. Aber der einzige von ihnen, der ein Wort sagte, war Reginald Bull.

Seufzend stieß er hervor: „Wer hätte das gedacht! Von einem Triumphzug hatten wir geträumt, aber in Wirklichkeit werden wir abgeschleppt wie ein defektes Auto.“

24.

Novaal ließ sich mehrere Stunden Zeit, um die miteinander verketteten Schiffe so weit zu beschleunigen, daß mit einer Ankunft auf Naat nach Ablauf weiterer zehn Stunden zu rechnen war.

Thora hatte den Kommandoraum verlassen und ihre Kabine aufgesucht. Crest war zurückgekehrt, nachdem er sie beruhigt hatte.

Der Arkonide wirkte, seitdem Rhodan das Gespräch mit Novaal geführt hatte, weniger niedergeschlagen als zuvor. Offenbar hatte die Menge der Geheimnisse, die Arkon umgaben, das Maß überschritten, in dem sie ihn nur zu bedrücken vermochten, und statt dessen sein wissenschaftliches Interesse geweckt.

„Wissen Sie“, sagte er zu Rhodan, der vor seinem Kontrollpult saß und die Anzeigen der Fahrtinstrumente aufmerksam ablas, „eines ist mir besonders aufgefallen.“

Er sprach englisch. Rhodan machte eine Zwischenablesung, notierte sie sich der Eile halber auf einem Abfallzettel und wandte sich um. „Was, bitte?“

„Novaal gebrauchte, um seinen Rang zu bezeichnen, das Wort ‚reekha‘, also ‚Leiter‘ in Ihrer Sprache. Zu meiner Zeit gab es einen solchen Rang nicht. Der wirkliche Befehlshaber eines Schlachtschiffes war ein ‚has'athor‘, also ein Admiral, oder ganz allgemein der

‚verc'athor', der Kommandant. Ein Leiter ist ein Mensch, der einer Bodenstation vorstehen könnte – aber auf einem Raumschiff?"

Crest schüttelte den Kopf.

„Und was schließen Sie daraus?" fragte Rhodan.

Crest breitete die Hände aus. „Was soll ich da sagen? Novaal, der sogenannte Leiter, ist vielleicht noch einem höheren Offizier an Bord des Schlachtschiffs unterstellt, der bisher jedoch nicht in Erscheinung getreten ist."

Rhodan blickte skeptisch drein.

„Ist das die Folgerung", fragte er, „die man daraus ziehen sollte? Kann man nicht annehmen, daß auf Arkon ein Machtumschwung stattgefunden hat und die neuen Machthaber allen alten Dingen neue Namen gegeben haben?"

Crest erschrak. „Um Gottes willen! Denken Sie schon so weit? Ein Machtwechsel in ..."

Er wurde unterbrochen. Der Interkom meldete sich. Eine makabre Stimme sagte: „Sektion Positronik an Kommandant. Die Antwort auf Ihre Frage ist *ja*, und zwar mit 89,5 Prozent Wahrscheinlichkeit."

Rhodan runzelte die Stirn.

„Die Antwort auf meine ...", murmelte er nachdenklich. „O ja! Die Frage, ob es sich bei den arkonidischen Flottenverbänden um robotgesteuerte Einheiten handelte. Richtig! Ich hätte es fast vergessen. Danke."

Er unterbrach und sah Crest an.

„Was halten Sie davon?" wollte er wissen. „Die Positronik ist davon überzeugt, daß die arkonidischen Schiffe, die die Flotte der Motuner angriffen, Robots sind."

Crest hatte schon aufgehorcht, als er das Wort „Positronik" hörte.

„Robots?" staunte er. „Natürlich gibt es Robotschiffe. Sie sind nicht schwierig zu bauen. Aber die Schlacht gegen die Motuner fand in sechsundvierzig Lichtjahren Entfernung von Arkon statt. Um ferngesteuerte Schiffe in dieser Entfernung sicher zu lenken, bedürfte es wesentlich besser entwickelter Steuermechanismen, als ich sie kenne." Er schüttelte den Kopf. „Nein, ich glaube, die Positronik irrt sich."

Rhodan hob die Schultern.

„Immerhin läßt sie 10,5 Prozent Wahrscheinlichkeit für eine andere Erklärung", antwortete er mit hintergründigem Lächeln.

Er stand auf.

„Wir wollen einen Test machen", sagte er so laut, daß es jedermann im Raum hören konnte. „Er betrifft das Imperium-Schlachtschiff, in dessen Schlepp wir uns befinden, und seinen Kommandanten."

Staunende Gesichter sahen ihn an.

„Mit welcher Leistung arbeitet der Traktorstrahl?" fragte Rhodan.

Bull hatte die Anzeige der Meßgeräte vor sich. „Zwanzig Millionen Megawatt."

Rhodan kehrte zu seinem Platz zurück.

„Wir werden für eine Tausendstelsekunde mit rund dreißig Millionen Megawatt in entgegengesetzter Richtung beschleunigen", gab er bekannt. „Was wir wissen wollen, ist, wie das Imperium-Schiff darauf reagiert. Die Reaktionen sind mit zeitlicher Zuordnung zu registrieren. Wohlgemerkt: Wir haben *nicht* die Absicht, dem Burschen dort drüben auszureißen."

Er setzte sich und befestigte die Haltegurte über den Schultern.

„X minus fünf Minuten", sagte er hart.

Niemand wußte, worum es ging.

Nervosität schlich in den Kommandostand.

Eine Beschleunigungsperiode von einer Tausendstelsekunde Dauer war etwas, was Rhodan nicht von der Hand aus regulieren konnte. Er programmierte also den kürzestmöglichen Beschleunigungsstoß in die Steuerautomatik und ließ das Programm nach der genannten Zeit anlaufen.

Im Kommandostand herrschte atemlose Stille. Die Blicke hingen an Rhodans hartem, aber ruhigem Gesicht.

Das Experiment selbst war alles andere als eine Offenbarung. Es geschah weiter nichts, als daß die Kontrollampen der Triebwerksaggregate blitzschnell aufflammten und wieder erloschen – so rasch, daß das Auge den Lichtblitz kaum wahrnehmen konnte. Den Beschleunigungsdruck absorbierte der Neutralisator, am Abstand zwischen GANYMED und dem Traktor-Schiff änderte sich nichts.

Rhodan löste die Gurte.

„Aufzeichnungen der Geräte!" befahl er.

Geräteklammern klapperten, Plastikfolie riß unter kräftigen Händen mit schnalzendem Geräusch. Folienstücke mit den bunten Linien der Schreibgeräte sammelten sich auf Rhodans Pult.

Rhodan sortierte sie auseinander.

„Abstand der beiden Schiffe?“ fragte er dazwischen.

„Dreizehnhundert Meter von Schwerpunkt zu Schwerpunkt.“

Rhodan markierte ein paar von den Folienstücken und schob die anderen beiseite. Crest und Bull standen mittlerweile hinter ihm und schauten ihm über die Schulter.

„Hier“, deutete Rhodan, „ist der Beschleunigungsimpuls, den wir abgegeben haben. Der Zeitmaßstab ist stark gedehnt, zwanzig Zentimeter entsprechen einer Tausendstelsekunde. Dieses zwanzig Zentimeter lange Dach ist also unser Impuls. Jetzt sehen wir uns an, was der Traktor getan hat. Bis hierher arbeitete er mit zwanzig Millionen Megawatt, an dieser Stelle – knapp neun Mikrosekunden nach Beginn unseres Impulses, also neun Millionstelsekunden – wächst die Traktorleistung sprunghaft auf fünfzig Millionen Megawatt. Merken Sie etwas? Das sind die alten zwanzig Millionen und noch dreißig Millionen dazu, um unsere dreißig Millionen zu kompensieren. – Hier sinkt die Traktorleistung wieder auf den alten Wert – abermals neun Mikrosekunden nach dem Ende unseres Impulses. Ist das klar?“

Reginald Bull war nur wenig beeindruckt. Während Crest die Aussage des Experiments in Sekundenschnelle verstand, stülpte Bull die Lippen nach vorn und brummte: „Klar ist das schon. Aber was soll's?“

Rhodan sah ihn ernst an und klopfte auf den Meßstreifen aus Plastikfolie. „Neun Mikrosekunden ist genau die Zeit, die ein Lichtstrahl brauchen würde, um von der GANYMED zu dem Traktor-Schiff und wieder zurückzulaufen. Die Zeitspanne, innerhalb deren der Traktor auf unser Manöver reagiert hat, läßt sich gar nicht mehr auflösen. Das bedeutet: Zumindest die technische Lenkung des arkonidischen Schiffes befindet sich in Händen eines Roboters.“

Bull atmete schwer und starrte Rhodan mit weit aufgerissenen Augen an.

„Dieser – dieses Monstrum“, schnappte er, „ist ein . . .“

„Nicht Novaal“, verbesserte Rhodan. „Aber der, der an Bord des Traktor-Schiffes wirklich etwas zu sagen hat, ist ein Robot.“

Er ließ Bull mit offenem Mund stehen und wandte sich lächelnd an Crest. „Vielleicht stehen Sie jetzt der Meinung der Positronik etwas weniger skeptisch gegenüber. Es sieht so aus, als habe irgend jemand auf Arkon von seinen dekadenten, trägen Landsleuten genug gehabt und die Kriegsschiffe an ihrer Statt mit Robotern und Kolonialsoldaten bemannt.“

Novaal selbst schien von dem Zwischenfall nichts bemerkt zu haben, wenigstens meldete er sich nicht. Das war für Rhodan ein Hinweis mehr, daß er mit seiner Vermutung recht hatte.

Innerhalb der nächsten zehn Stunden näherte sich das Schiffsgespann der fünften Welt des Systems Naat so weit, daß der Planet auf dem Bildschirm der GANYMED vom Lichtpunkt zur leuchtenden Scheibe und von der Scheibe zum schmutziggelben Globus wurde, in den die beiden Schiffe geradewegs hineinzufallen schienen.

Rhodan hatte eine gewisse Erregung gepackt, die er nach außen hin zu verbergen versuchte, weil sie ihm kindisch und überromantisch zu sein schien. Er fieberte vor Aufregung, den Fuß zum erstenmal auf eine Welt zu setzen, die dem arkonidischen Sternensystem selbst angehörte.

Hier lag es vor ihm, das Herz des Großen Imperiums, mächtigstes Reich der galaktischen Geschichte, soweit die Erinnerung intelligenter Wesen reichte.

Hier lag zwar nur der fünfte Planet, eine Staubwelt mit affenähnlichen Zyklopen-Bewohnern, die alles andere als echte Arkoniden waren. Aber von Naat bis nach Arkon, der innersten Kammer des Herzens, waren es nicht mehr als ein paar Astronomische Einheiten.

Rhodan war zumute, als solle er den Vorhof eines gewaltigen, von Geheimnissen umschlossenen Palasts betreten, und eben das schien ihm, wenn er richtig überlegte, sentimental und kindisch. Deswegen behielt er es lieber für sich selbst.

Er sah, daß es seinen Männern anders erging. Mit gefurchten Stirnen und unverhohlener Abneigung betrachteten sie das Bild der

Staubwüste, die sich zu ihren Füßen ausbreitete und über die ein Sturm von beachtlicher Stärke dicke Wolken rotgelben Staubes dahinblies.

Gebäude waren kaum zu sehen. Das Traktor-Schiff mußte zunächst ein Lenkmanöver durchführen, damit die ersten deutlichen Zeichen intelligenter Besiedlung auf den Bildschirmen der GANYMED auftauchten.

Eine Stadt wurde sichtbar, gelb und grau wie der ganze Planet. Halbkugelförmige Häuser, manche mit turmartigen Auswüchsen am Zenit, manche ohne, standen in Reihen und zogen langweilige, schnurgerade Straßen zwischen sich daher. Zeichen einer Zivilisation, die zu schnell gewachsen war.

Ein gewaltiges Landefeld, von den Gebäuden der üblichen Raumfahrttechnik umgrenzt, dehnte sich jenseits der Stadt.

Auf der anderen Seite, nur mit einem Zipfel sichtbar, schien es grünes Land zu geben. Vom Staub und dem Sturm unversehrt, schimmerte die frische Farbe eines Parks auf den Bildschirmen. Rhodan nahm an, daß dort die Arkoniden lebten, die es unternommen hatten, auf Naat den Machtanspruch des Imperiums zu vertreten.

Novaal – oder vielmehr der Robot, den er an Bord hatte – bugsierte die GANYMED sicher auf das Landefeld. Die empfindlichen Geräte des Schiffes registrierten nicht die kleinste Unregelmäßigkeit, als der gewaltige Torpedo schließlich, die Säulenbeine unter den Heckflossen fest gegen den fremden Boden gestemmt, aufrecht auf dem Feld stand.

Die Neutralisatoren überwanden ohne Schwierigkeit die mörderische Schwerkraft des Planeten. Erdenschwere herrschte in allen Räumen.

Novaals gewaltiges Traktor-Schiff verharrte eine Weile reglos über dem Flugfeld, dann schwebte es mit einem plötzlichen Ruck davon und setzte mehrere Kilometer von der GANYMED entfernt ebenfalls auf.

Rhodan wandte sich vom Bildschirm ab.

„Wir sind da“, sagte er.

Stunden vergingen, ohne daß etwas geschah. Während der ersten Zeit hatte Rhodan ständig vor dem Panoramaschirm gesessen und darauf gewartet, daß irgend jemand sich um das fremde Schiff kümmern werde. Die Telekomgeräte und der Hyperkom standen ohne Unterbrechung auf Empfang.

Aber es kam niemand, und der Telekom blieb schweigsam bis auf weit entfernte Gespräche, die die GANYMED nichts angingen.

Rhodan richtete schließlich reguläre Wachen vor dem Bildschirm und an den Empfängern ein und legte sich schlafen, nachdem er seinen Vertreter angewiesen hatte, ihn auf jeden Fall zu wecken, wenn sich etwas ereignete.

Er hatte jedoch ungestört schlafen können. Nach sechs Stunden stand er wieder auf und fand noch alles so, wie er es verlassen hatte: den Bildschirm leer, die Empfänger tot. Jemand hatte die GANYMED auf ein fast leeres Raumlandefeld gestellt und sie dort offenbar vergessen.

Rhodan erfüllte diese Tatsache nur mit gelinder Ungeduld. Da war aber jemand an Bord des irdischen Schiffes, der war mit den augenblicklichen Verhältnissen gar nicht einverstanden und suchte seit Stunden nach einem Verantwortlichen, um ihm den ganzen Kummer zu klagen.

Thora. Als sie Rhodan fand, war sie den Tränen nahe.

„Warum tun wir denn nichts?" schluckte sie, hilflos und mit großen bettelnden Augen.

„Was sollen wir tun?" fragte Rhodan sanft.

„Wieder starten, eine Rufsendung ausstrahlen, einen Warnschuß abgeben – was weiß ich."

Rhodan wandte sich um. An seinem Pilotenpult saß Oberst Freyt, der Kommandant der GANYMED.

„Versuchen Sie, das Traktor-Schiff dort drüben über Telekom zu erreichen", bat er.

Freyt regulierte die Strahlantenne und gab einen Rufspruch auf Integralfrequenz ab. Der Ruf mußte fünfmal wiederholt werden, bevor das Schiff sich meldete.

Novaals Gesicht erschien auf dem Bildschirm.

Freyt stand auf und ließ Rhodan an seine Stelle.

„Warum kümmert sich niemand um uns?“ fragte Rhodan.

„Das weiß ich nicht“, antwortete Novaal. „*Soll* sich denn jemand um Sie kümmern?“

Die Frage reizte Rhodan zum Lachen. „Natürlich. Ich will wissen, warum ich hier stehe und wie lange das dauern soll.“

„Sie stehen hier, weil es die arkonidische Administration so angeordnet hat“, sagte Novaal.

„Das ist kein Grund“, gab Rhodan scharf zurück. „Wenigstens für mich nicht.“

„Dann rufen Sie Sergh an“, riet ihm Novaal.

„Wer ist Sergh?“

„Der Administrator auf Naat, Arkonide.“

„Antwortet er auf Integralfrequenz?“

„Wenn er es nicht tut, ist es Ihr Pech. Ich kenne nämlich seine Amtsfrequenz nicht.“

„Na schön“, murmelte Rhodan. „Danke!“

Er beendete das Gespräch und wandte sich zu Thora um. „Kennen Sie jemand namens Sergh?“

Thora schüttelte den Kopf. Rhodan gab der Antenne eine neue Richtung. Er lenkte sie etwa in Richtung des grünen Flecks, den er kurz vor der Landung jenseits des Landefelds gesehen hatte, und vergrößerte die Bündelöffnung, um kein Risiko wegen des Empfangs einzugehen, und sprach ins Mikrophon: „Der Kommandant des Schiffes GANYMED wünscht den Administrator Sergh zu sprechen.“

Den Ruf wiederholte er in regelmäßigen Abständen.

Nachdem er es dreißigmal getan hatte, ohne daß der Empfänger auch nur den leisesten Pieps von sich gab, schrie er wütend: „Der Kommandant des Schiffes GANYMED wünscht den Administrator Sergh zu sprechen, und wenn dieser Narr sich nicht auf der Stelle meldet, dann wird die GANYMED es vorziehen, diesen Planeten wieder zu verlassen, anstatt auf die Arkoniden zu warten!“

Aber der Administrator war offenbar so beschäftigt, daß er selbst auf die massive Beleidigung hin nichts von sich hören ließ.

Rhodan schaltete den Telekom aus und wandte sich an seine Offiziere. „Bereiten Sie den Start vor! Freyt, informieren Sie die Mannschaft! Ich gebe das Programm ein.“

Das Schiff wurde lebendig. Die Mannschaften eilten auf ihre Plätze. Zehn Minuten später war die GANYMED startbereit, um dieselbe Zeit war Rhodans Startprogramm fertig.

Der fruchtlose Versuch, den Administrator zu erreichen, und die Unverschämtheit, daß man die GANYMED mehrere Stunden lang auf einem Landeplatz warten ließ, auf dem sie von sich aus gar nicht hatte landen wollen, hatte Rhodans Zorn erregt. Im Augenblick handelte er spontan und machte sich keine Gedanken darüber, was geschehen würde, wenn er – doch offensichtlich gegen den Willen der Arkoniden – das Schiff wieder starten ließ.

Die Geschützstände waren besetzt, und solange der Raumhafen so leer blieb, wie er jetzt war, hatte die GANYMED gute Chancen, den ungastlichen Planeten hinter sich zu lassen.

„Achtung, Start!" rief Rhodan.

Kontrollampen flackerten auf. Das Summen der Aggregate wurde im ganzen Schiff hörbar. Ein Warngerät begann zu pfeifen. Rhodan führte den Triebwerken größere Energie zu. Ein anderer Warner mischte sich ein, das Geräusch der Aggregate veränderte sich, es stieg an zu zornigem, hellem Singen, setzte für Bruchteile einer Sekunde aus und kam heulend wieder, als Rhodan auf Maximalleistung schaltete.

Eine Minute lang ließ Rhodan die Aggregate arbeiten. Eine Minute lang tobten und heulten sie, als gelte es, eine ganze Welt zu bewegen.

Die GANYMED aber rührte sich nicht von der Stelle.

Mit wütendem Faustschlag hieb Rhodan den Aggregatschalter wieder in Nullstellung.

„Aus!" schrie er. „Kein Start! Daten über das Saugfeld, das uns festgehalten hat!"

Der Offizier der Startwache meldete sich prompt: „Wechselnde Leistung. In jedem Augenblick fünfzig Prozent mehr als der Schub unserer Triebwerke."

Rhodan hatte den Kopf vornüber sinken lassen.

Was für ein Narr bist du gewesen, dachte er mutlos. Die Arkoniden haben dich nicht hierherbringen lassen, damit du ihnen ein paar Stunden später wieder davonfliegst. Wie konntest du glauben, sie hätten keine Mittel, dich festzuhalten? Dich und dein schönes Schiff!

Er hob den Kopf und starrte auf den Bildschirm. Das Landefeld in der Umgebung der GANYMED war eben und konturlos. Und doch mußte es dicht unter der Bodendecke des Feldes mächtige Aggregate geben, die Saugfelder unvorstellbarer Energien hervorbringen und projizieren konnten.

Was jetzt?

Die Waffen einsetzen? Das Landefeld so lange bombardieren, bis alle Projektoren vernichtet waren?

Nein, das nicht. Es gab noch andere Dinge, die man tun konnte.

Rhodans Niedergeschlagenheit legte sich im gleichen Maß, wie ein neuer Plan in ihm wuchs und Gestalt annahm.

Nacht senkte sich über Naat.

Sie hatte sich zunächst angemeldet durch einen brausenden Sturm mit Windgeschwindigkeiten bis zu 400 Kilometern pro Stunde, der in den Außenmikrophonen des Schiffes schauerlich heulte, und durch Temperaturstürze bis zu minus achtzig Grad Celsius hinunter.

Die Finsternis, die die Nacht begleitete, war vollkommen nur wegen der undurchdringlichen Staubschicht, die der Sturm mit sich führte. Unter anderen Umständen, glaubte Rhodan, wären die Nächte in dieser Gegend der Galaxis so hell wie eine schwedische Mittsommernacht – wegen des ungeheuren Sternenreichtums.

Rhodan hatte sein Unternehmen gründlich vorbereitet. Von Crest und Thora wußte er wenigstens in großen Zügen, wie die Stadt der Naats angelegt war und wie es in jenem parkähnlichen Gebiet aussah, in dem die wenigen Arkoniden lebten. Oberst Freyt war in seine Aufgabe eingeweiht. Er wußte, daß er zumindest ein paar Stunden lang, unter Umständen auch für einige Tage, die ganze Last der Verantwortung für Wohl und Wehe der Leute trug – und obendrein noch die Verantwortung für die drei, die sich nun anschickten, das Schiff zu verlassen.

Perry Rhodan, Reginald Bull und Tako Kakuta.

Rhodan hatte keinen anderen als sich selbst und denen von seinen Leuten, die er am besten kannte, diesen Gang überlassen wollen: den Gang zu Sergh, dem arkonidischen Administrator.

Rhodans Plan war heftig diskutiert worden. Thora und Crest waren der Ansicht gewesen, die Idee sei lebensgefährlich. Offenbar betrachteten die Arkoniden die GANYMED mitsamt Besatzung als Gefangene. Sie würden etwas dagegen haben, wenn die Gefangenen sich selbständig machten, und sei es nur, um dem Gefangenenwärter einen Besuch abzustatten.

Das war die Ansicht der beiden Arkoniden gewesen. Rhodan hatte zugegeben, daß sie wahrscheinlich recht hätten, und ihnen klargemacht, daß er trotzdem gehen wolle. Und natürlich hatte er in Reginald Bull einen Mann gefunden, der seinen Plan voll und ganz unterstützte.

Tako Kakuta, der kleine Japaner mit dem Kindergesicht, hatte Rhodans Vorschlag mit vertrauensvollem Lächeln zugestimmt und sich im übrigen an der Diskussion nicht mehr beteiligt.

Drei Stunden nach Einbruch der Dunkelheit waren Rhodan und seine beiden Begleiter marschbereit. Sie trugen arkonidische Transportanzüge – jene Wundergeräte, die den Träger wie ein Kleidungsstück umhüllten und mit leistungsfähigen Mikrogeneratoren ihr eigenes Schwerefeld, einen Deflektorschirm zum Ablenken des Lichtes und einen Prallschirm zum Auffangen von Strahl- und Geschoßtreffern erzeugten.

Sie verließen das Schiff durch die Heckschleuse, verzichteten jedoch verständlicherweise darauf, die breite Rollway auszufahren und den Boden auf dem bequemen Weg zu erreichen, sondern vertrauten ihr durch die hohe Gravitation dieser Welt um den Faktor 2,8 vergrößertes Gewicht den künstlichen Schwerefeldern ihrer Anzüge an.

Die Leistungsfähigkeit der Neutralisatoren war beschränkt. Mit Anzügen dieser Fertigung konnten Schwereeinwirkungen bis zu drei Gravos neutralisiert werden. Das, was Naat den Mikrogeneratoren zumutete, lag an der Grenze dessen, was sie überhaupt leisten konnten.

Rhodan hatte das in Rechnung gezogen. Auf das bequeme und ungefährliche Schweben würden sie während dieses Unternehmens verzichten müssen – um so eher, als eines der Aggregate im Fall der Überbelastung auf die Energiereserven der anderen übergriff. Hatte der Prallschirm zum Beispiel mehr Schüsse aufzufangen, als er mit seiner Leistung eigentlich konnte, wandte er sich an den Generator des Deflektor- und des künstlichen Gravitationsfeldes. Einem, der beim Schweben beschossen wurde, konnte passieren, daß er plötzlich absackte und auf den Boden stürzte oder wieder sichtbar wurde.

Noch eindringlicher aber als der Befehl, die mehr als dreißig Kilometer von der GANYMED bis zum Sitz des Administrators im Fußmarsch zurückzulegen, war Rhodans Warnung gewesen: „Bisher waren wir gewohnt, daß unsere Transportanzüge überall wie Wunderwaffen wirkten. Es gab ihresgleichen nicht bei den Gegnern, mit denen wir bisher zu tun hatten – die Springer ausgenommen. Es sind aber *arkonidische* Geräte, und mit *Arkoniden* haben wir es zu tun. Die Arkoniden empfinden ihre eigenen Transportanzüge sicher nicht als Wunderdinge. Glaubt also niemals, ihr wäret allein auf Grund eurer Unsichtbarkeit oder durch den Prallschirm sicher."

Aus diesem Grund erwartete Rhodan die erste mögliche Krise dieser waghalsigen Unternehmung in dem Augenblick, in dem er mit seinen Begleitern aus dem Sichtschatten der GANYMED heraustrat.

Sie entfernten sich etwa dreißig Meter weit vom Schiff, die Waffen schußbereit in der Armbeuge, und warteten.

In den Außenmikrophonen der Helme hörten sie den Sturm heulen und den Staub knistern. Das Geräusch machte sie nervös, weil es jedes andere übertönte. Aber Rhodan ließ sie volle zehn Minuten lang auf der Stelle stehen, so daß sie Zeit hatten, sich daran zu gewöhnen.

Nichts geschah in diesen zehn Minuten. Entweder hatte sie niemand bemerkt, oder man verzichtete darauf, ihnen den Weg an dieser Stelle schon zu verbauen.

An irgendeinem anderen Ort würde man es nichtsdestoweniger tun – davon war Rhodan überzeugt.

Rhodan meldete an Freyt: „Phase B!"

Das war vereinbarter Kode. Phase A des Unternehmens war in dem Augenblick beendet, in dem feststand, daß Rhodans und seiner beiden Leute Abmarsch nichts mehr im Weg stand. Hinter dem Kode und der ganz allgemeinen Anweisung, sich stets so knapp wie möglich auszudrücken, stand eine äußerst nützliche Überlegung: Die Arkoniden – oder auch die Naats – würden die Telekomgespräche abhören können, wenn sie erst einmal die Frequenz herausgefunden hatten, auf der die irdischen Geräte arbeiteten. Aber sie kannten die Sprachen nicht, deren Rhodan sich bediente, und selbst ihre leistungsfähigsten Geräte würden erst dann in der Lage sein, aus dem Aufgefangenen die englische Sprache zu rekonstruieren, wenn genügend Wortinformationen vorhanden waren. Das zu verhindern, dazu dienten die Kodesprechweise und die Beschränkung auf knappste Meldungen.

Die Verständigung der drei Wagemutigen untereinander war davon allerdings nicht betroffen. Sie wurde von konventionellen elektromagnetischen Sendern und Empfängern besorgt, die, außer im Notfall, auf kürzeste Reichweite eingestellt waren.

Rhodan führte seine Leute quer über das weite Landefeld. Als Hinweis darauf, wie er sich verhalten solle, besaß er nur die Erinnerung aus seiner Hypnoschulung, daß nämlich Arkoniden, auf Kolonialwelten als Beamte der Administration tätig, sich recht sorglos zu geben pflegten. Sie wohnten, von den Eingeborenen abgegrenzt, in den künstlich und mit jedem erdenklichen Aufwand geschaffenen Parks, aus deren Grünflächen sich die eigenartigen Gebilde arkonidischer Architektur erhoben. Es gab, wie Rhodan wußte, an den Grenzen des Parkgeländes ein Monitorsystem, das jeden Eintretenden einer zentralen Registriermechanik anzeigte. Dieses Monitorsystem galt es mit Hilfe Kakutas zu überwinden.

Weitaus mehr Sorgen machten ihm die Sicherheitsvorrichtungen der einzelnen Häuser – wenn man sie „Häuser" nennen wollte, denn nach außen hin sahen sie wie Trichter aus, die auf ihrem Stiel balancierten. Es war leicht, sich auszurechnen, daß das Gebäude des Administrators besonders sorgfältig gesichert war. Tako Kakuta, der Teleporter, war der einzige, der ungehinderten Zutritt finden konnte. Deswegen hatte Rhodan ihn mitgenommen.

Nach zweieinhalbstündigem Marsch erblickte Rhodan durch das Ultrarot-Zielsystem seiner Strahlwaffe – sie hatten keine anderen Suchgeräte mitnehmen können, weil ihre Beweglichkeit darunter gelitten hätte – die flachen Rundbauten, die den Rand des Landefelds markierten, und dahinter die dicht und kraftstrotzend aufragende Wand der Büsche und Bäume, mit denen das arkonidische Wohngebiet eingefriedet war.

Die Rundbauten waren weder bewacht, noch schien sich in ihnen jemand aufzuhalten. Sie verstärkten den Eindruck, den jedermann von dem ganzen Landefeld gewann, daß nämlich die Zeiten, in denen dieser gewaltige Raumhafen für große Zwecke gebaut worden war, längst vergangen sein müßten.

Ungehindert passierte der kleine Trupp zwischen zwei kreisrunden, flachen Gebäuden und verhielt etwa dreißig Meter vor der Buschgrenze.

„Phase B, zweiter Teil“, sagte Rhodan.

Von Oberst Freyt aus der GANYMED kam anstelle einer Antwort das verabredete Pfeifgeräusch: zweimal kurz und einmal lang.

Rhodan wandte sich an den Japaner. „Tako, Sie sind an der Reihe.“

Kakuta nickte und brachte die beiden Männer mit Hilfe seiner Teleporterfähigkeiten auf die andere Seite des Monitorsystems. Danach verschwand er wieder, um sich die Gebäude anzusehen.

„Phantastisches Bild“, murmelte Rhodan.

Bull sah sich um. Er legte sich flach auf den Boden, postierte die schwere Desintegrator-Automatik so bequem, wie es eben ging, und schaltete die Ultrarot-Optik ein.

Das Bild, das er sah, war nicht farbecht. Der reflektierte Strahl bildete sich in grellem Weiß ab, das übrige Bildfeld war schwarz. Um so fremdartiger wirkte der Anblick.

Bull hatte gewußt, was er zu sehen bekommen würde. Er besaß das arkonidische Wissen. Er wußte, daß die Arkoniden ihre Häuser in der Form riesiger Trichter bauten, weil sie in ihre Architektur eine beachtliche Portion Psychologie bewußt hineingemischt hatten und die Trichterform für diejenige hielten, die dem Hausbewohner ein Höchstmaß an Individualität und Abgeschiedenheit gewährleistete.

Aber Wissen und Sehen sind zweierlei Dinge. Bull auf jeden Fall stockte bei dem phantastischen Anblick eine Zeitlang der Atem. Er sah, in mattleuchtendem Weiß, die fremdartigen Umrisse der Büsche und Bäume, die aus dem grasigen Boden wuchsen, und hier und dort, wie willkürlich hingestreut, in greller Beleuchtung die arkonidischen Trichterbauten. Sie unterschieden sich in der Größe voneinander wie die Steine im Sand. Es gab kleine pavillonartige Gebäude, die sich anmutig hinter Büschen zur Hälfte versteckten, Wohntrichter, die zwischen zehn und dreißig Meter hoch sein mochten, und schließlich riesige Bauten, deren oberer Rand vom Boden mehr als hundert Meter entfernt war.

Auf verhältnismäßig dünnen, manchmal beachtlich langen Stielen stehend, waren die Trichter Wunderleistungen der Statik und des verwendeten Baumaterials. Sie waren außerdem ein weiterer Hinweis darauf, wie sehr die arkonidische Zivilisation dazu übergegangen war, sich gerade im privaten Bereich nicht mit dem abzufinden, was die Technik von sich aus anbot, sondern die Technik nach den eigenen Wünschen zu formen.

Plötzlich tauchte der Japaner vor Rhodan und Bully auf.

„Fertig?“ fragte Rhodan.

„Ja“, antwortete Tako. „Ich habe mir die meisten Gebäude aus der Nähe angesehen. Wenn Sergh, wie wir vermuten, im größten von ihnen lebt, dann müssen wir uns halb rechts halten.“

„Wie weit?“

„Ungefähr sechs Kilomter.“

„O verflucht!“ schimpfte Bull. „Sechs Kilometer auf des Teufels Präsentierteller.“

„Wir wollen hoffen, daß die Arkoniden schlafen“, beruhigte ihn Rhodan. „Da das Monitorsystem nicht angesprochen hat, sind sie sorglos. Kritisch wird die Lage erst, wenn wir in Serghs Haus eindringen.“

Serghs Palast, wenn er das war, konnte einem Mann die Platzangst beibringen, wenn er in der Nähe des Trichterstiels stand und an den schräg nach außen hin ansteigenden Wänden hinaufschaute.

Serghs Gebäude war das einzige, dessen Wände in sanft opalisierendem Licht schimmerten. Schon aus drei Kilometern Entfernung war es Rhodan und seinen Begleitern ein deutlicher Wegweiser gewesen. Serghs Trichter war auch einer der wenigen, von dessen Schrägwänden hier und dort Hochstraßen ausgingen, die, durch Säulen gestützt, quer durch den Park zu anderen Gebäuden oder zur Stadt Naatral hinüberführten.

Der Trichter war nach Rhodans Schätzung etwa einhundertundachtzig Meter hoch, und sicherlich beherbergte er nicht nur Serghs private Wohnung, sondern auch die wichtigsten Büros der Administration.

Rhodans Marsch war gefahrlos verlaufen. Die Außenmikrophone hatten ein paarmal Geräusche übertragen, die von arkonidischen Fahrzeugen herzurühren schienen, aber weder hatten die Eindringlinge jemals eines der Fahrzeuge zu Gesicht bekommen, noch waren sie gar einem Arkoniden begegnet.

Die GANYMED meldete nichts Neues.

Serghs Trichter besaß außer den Hochstraßen, die ihn mit der Außenwelt verbanden, noch den in dieser Architektur üblichen Eingang im Trichterstiel, ein breites Portal, mit der Unterkante etwa zwei Meter über dem Boden liegend, so daß es wohl durch das übliche Falt-Transportband zu erreichen war.

Eine Sekunde lang spielte Rhodan mit dem Gedanken, sich dem Portal so weit zu nähern, bis der Melder ansprach, und darauf zu warten, daß der Hausherr unbefangen genug sei, um das Band herunterzulassen und die Tür zu öffnen.

Dann verwarf er den Gedanken wieder.

Keine Spielereien, ermahnte er sich.

Sie standen dreißig Meter von der Wand des Stiels entfernt. Rhodan wußte, daß der Melder erst ansprach, wenn der Besucher sich ihm bis auf zwölf Meter genähert hatte.

Eine Viertelstunde lang beobachteten sie schweigend den gewaltigen Bau, aber es gab kein Zeichen dafür, ob die Leute in seinem Innern schliefen oder wachten. Die Trichterwände hielten die Umwelt ab, und in demselben Maße sorgten sie dafür, daß nichts, was drinnen geschah, nach draußen drang.

„Worauf warten wir noch?“ fragte Bull schließlich ungeduldig. „Wir vergeuden unsere Zeit.“

Rhodan nickte. „Tako . . .“

„Ich bin bereit.“

„Hören Sie gut zu, Tako. Ich gebe Ihnen in Stichworten noch einmal die wichtigsten Hinweise: Der Trichter ist hohl, Innenwände terrassenförmig. Auf den untersten Terrassen gewöhnlich Gärten. Darüber Verwaltungs- und Wohnräume, zum Teil zum Trichterinnern hin offen, zum andern Teil durch Wände abgeschirmt. Gehen Sie nicht mit der Vorstellung, Sie kämen in ein Wohnhaus irdischer Prägung. Der Trichter ist eine ganze Welt für sich, und von innen sieht er wahrscheinlich noch größer aus als von außen. Und vor allen Dingen: Gebrauchen Sie Ihre Waffe erst dann, wenn es Ihnen wirklich ans Leben geht und Sie aus irgendeinem Grund nicht mehr springen können. Alles klar?"

„Alles klar!"

„Gut. Ich erwarte Sie in einer Viertelstunde zurück zum ersten Rapport."

Die letzte Silbe des Wortes klang noch in den Empfängern, da war Tako schon verschwunden.

Der erste Eindruck, den Tako Kakuta jenseits der Trichterwände empfing, war der, daß ihn eine stürmische Gewalt in die Höhe trieb und mit dumpfem Aufprall gegen die Decke einer der in die Wand eingelassenen Terrassenetagen schleuderte.

Ein wenig benommen, wurde ihm klar, daß die Arkoniden innerhalb ihrer Wohnungen für arkonidische Gravitationsverhältnisse gesorgt hatten – also etwa Erdschwere. Der Transportanzug aber war auf die draußen herrschenden 2,8 g eingestellt.

Tako beseitigte den Fehler und sank hinunter auf ein weiches Blumenbeet.

Er kroch zur Seite bis in die Deckung eines Busches und nahm sich Zeit, sich umzusehen.

Das Trichterinnere war hell erleuchtet. Tako war in der untersten Etage gelandet – an der Stelle also, wo der Trichterstiel endete. Die unterste Etage machte sozusagen die Basis der darüber ansteigenden Terrassengeschosse aus. Sie war kreisförmig und hatte denselben Durchmesser wie auch der Trichterstiel, den sie wie ein Deckel abschloß.

Der etwa dreißig Meter durchmessende Kreis war als Garten angelegt. Wenn Tako den Helm ein wenig lüftete – und das tat er, weil er seinen Eindruck vervollständigen wollte –, drangen tausend Düfte auf ihn ein, verschlugen ihm den Atem und reizten zum Niesen.

Schmale Pfade durchzogen das Gewirr von Blumen, Büschen und Bäumen. Tako hörte von irgendwoher Wasser plätschern. Wahrscheinlich hatte man einen künstlichen Bach angelegt.

Takos Blick wanderte nach oben, als er sich an den Schönheiten des Gartens satt gesehen hatte. Mächtig und doch zierlich strebten die Trichterwände auseinander, wuchsen in Höhen, zu denen ihnen das Auge wegen der überall gleichmäßigen Beleuchtung kaum folgen konnte, und verloren sich am Rande eines tiefschwarzen Kreises.

Der Himmel. Der finstere Nachthimmel von Naat. Der Japaner spürte eine gewisse Beruhigung, als er feststellte, daß er auch inmitten dieser überzüchteten Pracht von der natürlichen Umgebung nicht völlig abgeschnitten war. Der Anblick des Himmels, und wenn es auch nur ein schwarzer Fleck war, verscheuchte einen Teil der Beklemmung, die Tako zuvor empfunden hatte.

Sorgfältig studierte er den Aufbau der Terrassenetagen. Er schätzte die mittlere Höhe der einzelnen Terrassen auf vier bis fünf Meter, dementsprechend sollten die Trichterwände in vierzig bis fünfzig übereinanderliegende Terrassen geteilt sein.

Der Anblick, den die Etagen boten, war überaus abwechslungsreich. Offene Nischen wechselten mit Glas- und Fensterwänden ab. Einzelne Plattformen ragten aus dem Gefüge der Terrassen heraus, Plätze, um Ausschau zu halten, oder auch solche, auf denen Luftfahrzeuge, von oben hereinkommend, niedergehen konnten.

Der Park, in dem Tako gelandet war, bedeckte auch die drei untersten Terrassenetagen, und zwar teilweise in der Form von Hängegärten, so daß die Konturen der Terrassen hinter dem üppig herabfließenden Grün verschwanden. Eigenartige Plastikkonstruktionen schauten an manchen Stellen zwischen den Pflanzen hervor, und Tako zweifelte nicht daran, daß sie Teile von Stegen waren, die die Arkoniden in das Grün hineingehängt hatten, um auch sozusagen in der freien Luft spazierengehen zu können.

Er hielt nach Treppen oder Vertikalgängen Ausschau, die die einzelnen Terrassen untereinander verbanden, aber er fand keine. Wahrscheinlich waren sie im Hintergrund der Räume, an der eigentlichen Trichterwand, angebracht, so daß man sie von Takos Standort aus nicht sehen konnte.

Tako sah auf die Uhr. Knapp zehn Minuten hatte er damit verbracht, Umschau zu halten. Er wußte jetzt, wie es im Innern des Trichters aussah, wenigstens oberflächlich, aber bisher war ihm noch kein einziger Arkonide zu Gesicht gekommen.

Schliefen sie alle?

Tako wagte einen zweiten kurzen Sprung und landete auf dem Rundgang der fünften Terrasse, von unten an gerechnet. Der Park und die Hängegärten blieben unter ihm zurück. Von oben aus konnte er den Bach und den kleinen Weiher sehen, dessen Plätschern er zuvor gehört hatte.

Er stand auf einem Gangstück, dessen dem Trichterinnern zugewandte Seite bis auf ein etwa meterhohes Geländer offen war. Rechts und links von ihm begannen jedoch hohe Wände, die bis zum Anschluß an die nächsthöhere Terrasse hinaufreichten. Dementsprechend war das offene Gangstück durch Türen von den angrenzenden Räumen abgeschlossen.

Tako wandte sich nach rechts und war befriedigt, als die Tür sich vor ihm öffnete, als er bis auf drei Schritte herangekommen war.

Der Raum hinter der Tür war beleuchtet. Tako sah an der Fensterwand ein paar Pulte stehen, deren Schalter- und Meßskalenanordnung darauf hindeuteten, daß es sich um Telekomsender handelte. Mitten im Raum standen verloren ein paar arkonidische Gliedersessel. Die gegenüberliegende Wand bedeckte eine Reihe von Bildschirmen. Ebenfalls in der Nähe der den Fenstern gegenüberliegenden Wand gab es in der Decke eine kreisrunde Öffnung. Tako schritt rasch zu der Wand hinüber, postierte sich unter dem Loch und fühlte augenblicklich, wie er erwartet hatte, den sanften Zug künstlicher Gravitation. Er hätte sich nur schwach abzustoßen brauchen, und das Feld hätte ihn sicher und schnell in die nächste Etage hinaufgetragen. Ein Antigravlift, wie er auch in den irdischen Raumschiffen verwendet wurde.

Ein Blick auf die Uhr mahnte Tako zur Rückkehr. Vierzehn Minuten waren vergangen, seitdem er Rhodan und Bull verlassen hatte.

Mit geschlossenen Augen memorierte er die Stelle, an der die beiden auf ihn warteten, dann sprang er.

Sergh von Teffron aus dem Geschlecht der Hugral hatte im allgemeinen keine Ahnung davon, welche Tageszeit augenblicklich außerhalb der Wände seines Trichters herrschte. Als Arkonide und dazu noch Angehöriger eines hochangesehenen Geschlechts hätte er es als lächerlich oder widerwärtig – je nach Stimmung – empfunden, sollte jemand auch nur auf den Gedanken kommen, daß er, Sergh, den Ablauf seines Tages nach der von der Natur willkürlich geschaffenen Teilung zwischen Helligkeit und Dunkelheit einrichten könne.

Sergh richtete sich nach seinen eigenen Wünschen und Bedürfnissen. Er hatte nicht einmal eine Vorstellung davon, wie groß der Vorteil war, den er den Naats, aber auch vielen niedriger stehenden Arkoniden gegenüber genoß: Er war Inhaber eines Amtes, dessen Tätigkeiten von gut funktionierenden Maschinen und einem großen Untergebenenstab ausgeübt wurden. Er wohnte in einem Trichter, wie es ihn selbst auf Arkon nicht überall gab – das betraf nicht nur die Größe, sondern auch die Einrichtung der Wohnmaschine. Er hatte nichts anderes zu tun, als eben dazusein, und im übrigen verbrachte er seine Zeit damit, seinen Neigungen nachzugehen.

„Nachzugehen" war ein irreführender Ausdruck, „nachzuliegen" wäre besser gewesen. Denn die Hauptbeschäftigung des Arkoniden jener Tage, das Simultanspiel, wurde im Liegen ausgeübt. Welche Körperstellung wäre der Dekadenz und der Lethargie jener Wesen angemessener gewesen?

Einige Stunden am Tag pflegte Sergh jedoch die prachtvollen Gärten der untersten Etage aufzusuchen und sich dort, im Gras liegend oder auf einem Hängesteg schaukelnd, mit irgendeinem seiner Untergebenen oder auch einem Gast zu unterhalten.

So auch an diesem Tag. Als Gesprächspartner hatte Sergh sich seinen jungen Stellvertreter Ghorn ausgewählt. Ghorn war keineswegs entzückt davon gewesen, daß er seine bequeme Liege und den Fiktivbildschirm verlassen mußte, auf dem sich die von seinen Gedanken geschaffenen abstrakten geometrischen Spuren, nach den Regeln des Simultanspiels tanzend, gleitend und bunt abbildeten. Aber Sergh war der einzige Mann, der in diesem Palast wirklich etwas zu sagen hatte, auch bei aller Lethargie hütete sich Ghorn, einen seiner Wünsche unerfüllt zu lassen.

Gemeinsam schwebten sie durch eine Reihe von Antigravschächten bis zur untersten Etage hinunter. Am Rand des Teiches, in den der kleine Bach plätschernd mündete, legten sie sich nieder, und Sergh fragte: „Warum, meinst du, läßt sich beim Simultanspiel ein blaues Dreizehneck zwar leicht erzeugen, ein rotes aber niemals?"

Ghorn atmete heimlich auf. Er hatte ein langweiligeres Thema befürchtet.

„Natürlich weiß ich es nicht, Herr", antwortete er bereitwillig. „Aber ich nehme an, daß sich ein entsprechender Gedanke mit unserem Gehirn eben nicht formulieren läßt. Ein rotes Dreizehneck entspricht einer Konfiguration der Denkzentren, die in einem arkonidischen Gehirn nicht möglich ist."

Sergh verriet Eifer.

„Interessant, interessant", brachte er hervor. „Fast genau meine eigene Ansicht. Ich bin überzeugt", auf den Armen stemmte er sich ein paar Zentimeter in die Höhe und sah zu einem Beet mit langstieligen Fareh-Blumen hinüber, „es ließen sich eine Menge neuartiger Aspekte gewinnen, wenn man fremde Intelligenzen dazu bewegen könnte, sich an einem Simultanspiel zu beteiligen. Oder", er richtete sich ein zweites Mal auf, „man müßte fremde Wesen dazu zwingen können, einem zum Simultanspiel zur Verfügung zu stehen. Ich denke da an die Naats . . ."

Er hing seinen Gedanken nach, und als Ghorn die vom Respekt geforderte Zeit hatte verstreichen lassen, fügte er hinzu: „Man könnte auch daran denken, nichtintelligente Lebewesen so zu konditionieren, daß ihre primitiven Gehirnregungen für den Simulator aufnehmbar werden."

Sergh gratulierte sich insgeheim zu dem Geschick, mit dem er bei diesem Mal Ghorn als Begleiter ausgewählt hatte. Ghorn hatte ohne Zweifel heute seinen guten Tag. Seine Ideen waren faszinierend.

Welch ein prachtvolles Farben- und Formenspiel würde entstehen, überlegte Sergh blitzschnell, wenn man die Gedanken, die Ghorn im Augenblick hatte, dem Simulator übermittelte.

„Ja", antwortete Sergh, „die Idee scheint nicht schlecht zu sein. Man wird herausfinden müssen, ob sie sich verwirklichen läßt. In der Tat, ein frappierender Gedanke . . ."

Das war alles von seiner Begeisterung, was er zeigte.

Ghorn dagegen dachte: Du wirst es schon herausfinden, alter Fuchs. Und wenn es ein Erfolg wird, darf niemand mehr wagen, daran zu zweifeln, daß die Idee von dir stammt.

„Das Instinktmuster eines vnatolischen Schlangenfisches müßte eine Sensation auf dem Bildschirm sein . . .“, murmelte Sergh.

Ghorn, da er nun schon einmal dabei war, seine besten Gedanken zu verraten, wandte ein: „Ich bin da weniger anspruchsvoll – oder auch mehr, wie man's nimmt. Mich würde interessieren, die nervliche Tätigkeit einer Blume auf dem Schirm zu sehen. Welch ein herrliches Bild muß es sein, wenn das Spiel der Sinneszellen eines so harmonischen Geschöpfs, wie eine Blume es ist, vom Simulator erfaßt und aufgezeichnet wird.“

Wenn Ghorn damit gerechnet hatte, daß er Sergh mit diesem Vorschlag zu noch größerer Begeisterung verlocken könne, dann sah er sich rasch enttäuscht. Sergh nämlich erhob sich ein drittes Mal auf die Unterarme, sah zu dem Beet hinüber und behauptete mit einer unerwarteten Portion Unfreundlichkeit in der Stimme: „Da hat mir jemand das Fareh-Beet zertrampelt. Wenn ich wüßte, wer es war, ließe ich ihn mit einem Naat einen Ringkampf austragen.“

Ghorn schauderte. Ringkämpfe mit Naats, wenn der andere Kämpfer ein Arkonide war, der wegen irgendeines Vergehens seine Immunität verloren hatte, bedeuteten den Tod. Für die Naats waren Ringkämpfe eine Art heiliger Sport, und alle Zivilisationsversuche der Arkoniden – inzwischen längst aufgegeben – hatten nichts daran zu ändern vermocht, daß die Naats den besiegten Ringkämpfer in jedem Fall töteten.

Ghorn erhob sich, um nach dem Beet zu sehen.

Er ging hinüber, während Sergh, auf die Ellbogen gestützt, neugierig hinter ihm hersah.

Das Beet war in der Tat verwüstet. Es sah so aus, als sei jemand aus beachtlicher Höhe rücklings hineingefallen. Ghorn verstand Serghs Erregung um so mehr, als er wußte, daß Fareh-Blumen mit zu den teuersten Zierpflanzen überhaupt gehörten. Sie kamen über eine Entfernung von mehr als zehntausend Lichtjahren von der Oberfläche eines giftigen Sumpfplaneten, und die Männer, die eigens wegen der begehrten Fareh-Blumen dorthin flogen, wollten ihren Lohn dafür haben.

Ghorn ging bis zu der Stelle, an der der Unbekannte beim Sturz seine Füße liegen gehabt hatte. Von dort aus konnte er wegen der umstehenden Büsche Sergh nicht mehr sehen. Er hörte nur noch das Plätschern des kleinen Baches, der sich in den Weiher ergoß.

Er sah Fußstapfen in dem weichen Boden des Beetes, und sie waren so seltsam geformt, daß Ghorn sich zu erregen begann, wie er sich seit Jahren schon nicht mehr erregt hatte.

Die einzelne Fußspur war etwa anderthalb Handspannen lang. Das war weitaus weniger, als ein arkonidischer Fuß zu messen pflegte. Außerdem war sie für ihre ungewöhnliche Kürze ausgesprochen häßlich breit.

Das mag daran liegen, daß der Fremde Schuhwerk getragen hat, überlegte Ghorn.

Aber das Gegenargument meldete sich sofort: *Wer* trägt solch häßliches Schuhwerk?

Kein Arkonide, entschied Ghorn.

Anderen als Arkoniden aber war das Betreten des Trichters nicht erlaubt. Es hatte sich also jemand ohne Erlaubnis hereingeschlichen.

Melder funktionierten immer. Es gab auch keine Möglichkeit, sie von außen zu zerstören – es sei denn, man zerstörte das ganze Haus.

Mit einer Geschwindigkeit, die Sergh offenbar erschreckte, lief Ghorn um die Büsche herum und erstattete dem Administrator Bericht. Sergh erhob sich ächzend und mißmutig brummend. Gemächlichen Schrittes, wie es ihm zustand, ging er zu dem Beet, besah sich den Schaden und die Fußspuren.

Die Spuren schienen ihn zu erheitern. Er verfolgte sie bis zu der Stelle, nicht weit von dem zertrampelten Beet, an der sie plötzlich verschwanden, wandte sich um und sagte mit maliziösem Lächeln zu Ghorn: „Ein Fremder hat sich in unser Haus eingeschlichen. Ein *kluger* Fremder, mein Freund. Wir werden unser Vergnügen daran haben, ihn bei seiner Tätigkeit zu beobachten. Wie schade, daß er arkonidischen oder wenigstens arkonidoiden Körperbau zu haben scheint. Wie gesagt, ein vnatolischer Schlangenfisch wäre mir lieber gewesen. Aber natürlich kann man von einem Schlangenfisch nicht verlangen, daß er Intelligenz besitzt und dazu noch klug ist. Komm mit, mein Freund! Wir wollen sehen, wo unser Unbekannter sich im Augenblick aufhält."

Da Perry Rhodan nun wußte, daß das Trichterhaus wenigstens im Augenblick keinerlei Aktivität oder Leben enthielt, zögerte er nicht, die Kenntnisse anzuwenden, die ihm die arkonidische Hypnoschulung vermittelt hatte.

Er wußte, daß die automatisch arbeitenden Pförtnermechanismen der Trichtergebäude im oberen Ende des Trichterstiels untergebracht waren – unter dem Boden jenes Gartens also, den Tako Kakuta als erstes inspiziert hatte.

„Im großen und ganzen ist es ein Maschinenraum", erklärte Rhodan dem Japaner, „und da die Arkoniden ihre Maschinen von alters her so vorzüglich auszustatten verstehen, daß eine Reparatur niemals notwendig wird, ist auch nicht vorgesehen, daß sich in dem Raum jemand aufhält. Wenn Sie also auftauchen und feststellen, daß Sie rechts oder links recht unbequem von Maschinen eingeklemmt sind, dann machen Sie sich nichts daraus. Finden Sie den Kontakt, den ich Ihnen beschrieben habe, und lösen Sie ihn wenigstens für eine halbe Minute."

Tako wiederholte den Auftrag fast wortgetreu. Dann verschwand er.

Rhodan meldete an die GANYMED: „Phase D."

Und zu Bully sagte er: „Wenn Tako den Kontakt löst, wird das Portal drüben auffahren. Solange es offensteht, ist der Melder außer Betrieb. Also nimm deine Beine unter den Arm und sieh zu, daß du hineinkommst, solange Tako seine Finger an der Maschine hat."

Bull antwortete mit zustimmendem Brummen.

„Ich bin schon so nervös", fügte er bissig hinzu, „daß ich starten werde wie eine Superrakete, wenn das Ding dort drüben sich auch nur um einen Zentimeter rührt."

Die Sekunden krochen dahin. Im Helmempfänger hörte Rhodan, daß Bull zu einer wahrscheinlich ungeduldigen Bemerkung ansetzte, aber noch bevor er zum ersten Wort kam, war im fluoreszierenden

Schein der Trichterwände zu bemerken, wie zwischen dem Portal und der Wand des Trichterstiels sich ein schwarzer Riß abzeichnete.

Bull hatte nicht zuviel versprochen. Er startete und war so schnell drüben, daß Rhodan für einen Augenblick befürchtete, der Melder könne den Anfang seines Spurts noch mitbekommen haben.

Das Portal war noch nicht ganz aufgefahren, aber Bull zwängte sich mitsamt der schwarzen Desintegrator-Automatik hastig durch den Spalt, regelte mit mechanischer Handbewegung den Neutralisator auf die geringere Schwerkraft ein und keuchte, als er drinnen war: „Mach schnell, sonst ist Feierabend."

Rhodan nahm sich Zeit. Er wußte, wie lange eine halbe Minute für den war, der sich darum sorgte, er könne die Zeit verpassen. Gemächlich trat er durch das Portal, postierte sich neben Bull und wartete, ohne daß die Ungeduld ihm anzumerken war, bis über ihnen Tako in der Maschinenkammer dafür sorgte, daß die beiden Portalflügel sich wieder ineinanderschoben.

Dann sah er sich um.

Das Innere des Trichterstiels – immerhin ein dreißig Meter durchmessender kreisrunder Saal – entsprach dem Bild, das er von seiner Schulung her in Erinnerung hatte. Kostbare Wandbehänge, eine Flut verschiedenfarbigen Lichts, das aus unsichtbaren Quellen kam, plastisch erscheinende Gemälde an der zehn Meter hohen Decke, die einer ausschweifenden Phantasie entsprungen zu sein schienen – ein Raum, der, bevor der eintretende Gast auch nur einen einzigen von den eigentlichen Wohnräumen zu Gesicht bekommen hatte, von der Wohlhabenheit seines Besitzers zeugte.

Ein Loch indes störte das Gleichmaß der Decke. Es lag etwas exzentrisch, war ebenfalls kreisrund und hatte einen Durchmesser von drei Metern. Weit genug, dachte Rhodan spöttisch, um innerhalb von Sekunden eine ganze Kompanie hindurchzulassen.

Bull sah fragend zu dem Loch hinauf. „Ich warte ja nur darauf, daß du etwas sagst."

Mit vier, fünf weiteren Schritten stand er unter dem Loch, sah wie zielend hinauf und stieß sich mit dem rechten Bein sanft ab. Der Sog des Antigravfelds erfaßte ihn und zog ihn nach oben. Vier Sekunden später war er durch das Loch hindurch verschwunden.

Rhodan folgte ihm ohne Zögern. Das bunte Licht in der Eingangshalle erlosch, als er das Loch in der Decke passierte.

Bull wartete auf ihn. Neben ihm stand Tako, der sich weisungsgemäß eingefunden hatte. Rhodan nahm sich Zeit, ihn wegen seines fehlerfreien Arbeitens zu loben. Tako bedankte sich mit seinem typischen Lächeln.

Der Raum, in dem sie sich nun befanden, stellte die zweite, fortgeschrittene Stufe der Einführung des Gastes in die finanziellen und sozialen Verhältnisse des Gastgebers dar. Hier gab es Möbel, die unten völlig gefehlt hatten. Einige Gliedersessel, willkürlich verteilt, luden die Gäste zur ersten Rastpause ein. Kreisrunde Rillen, kaum sichtbar in den Fußboden eingegraben, verrieten die Anlagen automatischer Serviertische, denen ein nur halbwegs deutlich geäußerter Wunsch des Gastes genügte, damit sie mitsamt dem Gewünschten bis zu bequemer Greifhöhe – diese reguliert durch die jeweilige Einstellung des Gliedersessels – hinauffuhren.

Der Raum war dreieckig. Er nahm längst nicht den ganzen Querschnitt des Trichterstiels ein, und die Decke lag auch nur dreieinhalb Meter über dem Boden – ein Zeichen dafür, daß hinter den Wänden die Vielzahl der Servomechanismen untergebracht war, die es dem Arkoniden ermöglichten, das Leben zu führen, das er sich wünschte.

Das Loch des Antigravschachts lag wiederum nicht in der Mitte der Decke, nicht einmal senkrecht über dem Loch, durch das Rhodan und Bull heraufgekommen waren.

Es folgten eine Reihe weiterer Räume – ein jeder kleiner, intimer und reicher ausgestattet als der vorherige. Die Absicht des Hausherrn, den Gast stufenweise auf die Herrlichkeit des eigentlichen Hausinnern vorzubereiten, war nicht zu verkennen.

Insgesamt sechs solcher Hallen, Säle und Kammern passierten Rhodan und seine Begleiter, dann drangen sie durch die Decke eines kleinen Gemachs zum untersten Geschoß des eigentlichen Trichters vor, und der Duft der Blumen, zwischen denen sie auftauchten, drang durch die Filter hindurch bis in ihre Helme.

„Wir wissen", sagte Rhodan ruhig, nachdem er die Inspektion beendet hatte, „daß die Arkoniden ihre Wohnräume gerne in die obersten Etagen eines solchen Gebäudes hinauf verlegen. Auch den Administrator werden wir irgendwo dort oben zu suchen haben. Wir werden jetzt also zusehen, daß wir so schnell wie möglich bis wenigstens über das dreißigste Stockwerk hinauskommen. Um Zeit zu sparen, wird es nötig sein, daß wir getrennt operieren – wenigstens so lange, bis wir den Administrator gefunden haben. Laßt euch also von der Pracht und dem Reichtum nicht beeindrucken. Sucht nach Sergh und bleibt nirgendwo stehen, wo ihr von vornherein wißt, daß ihr ihn nicht finden werdet. Ihr wißt beide, es geht um mehr als nur darum, das Innere eines arkonidischen Trichters zu studieren. Die GANYMED liegt fest. Wir wollen sie freibekommen, um nach Arkon zu fliegen. Wir wollen nach Arkon fliegen, weil die Erde Hilfe braucht. Richtet euch danach."

Die Mahnung war so eindringlich, daß nicht einmal der respektlose Bull etwas darauf erwiderte.

Die Unruhe, die Sergh durch seine Ideen in das sonst so ruhige Haus getragen hatte, war beträchtlich, Ghorn, der die Überwachung des Trichterinnern leitete, hatte mehr zu tun, als ihm recht war.

Aber als er Sergh suchte, um ihm eine wichtige Neuigkeit zu überbringen, da führte Sergh gerade ein Hyperkomgespräch, das noch wichtiger und noch erregender zu sein schien, denn Ghorn hatte kaum den Mund aufgemacht und mit seiner Meldung begonnen: „Sie haben sich getrennt, Herr! Wollen Sie . . ."

Da winkte Sergh heftig ab und zischte: „Ruhe! Ich spreche mit Arkon."

Ghorn zog sich zurück. Er war sich nicht darüber im klaren, was er nun tun solle. Hyperkomgespräche mit Arkon waren so selten wie grüne Blüten an Pflanzen. Es mochte sein, daß Sergh nach diesem Gespräch keinen Spaß an der Beobachtung der Fremden mehr hatte. Und Ghorn, da die ganze Arbeit auf seinen Schultern lag, war natürlich gerne bereit, die Beobachtung einzustellen und die Fremden den automatischen Fallen zu überlassen, die nun, nachdem sie durch Ghorns Beobachtung vorbereitet waren, fehlerfrei arbeiten würden.

Aber bei Sergh konnte man nie wissen.

Während Ghorn zu seinem Beobachtungsplatz in der vierzigsten Etage zurückkehrte, dachte er mit einiger Wehmut darüber nach, wie gut es ihm anstände, selbst Administrator zu sein. Es hätte nicht gleich auf einer so wichtigen Welt wie Naat sein müssen, Ghorn verstand durchaus, daß die Administratorenposten auf solchen Planeten den Mitgliedern der angesehensten Familien vorbehalten waren. Aber schon Vnatol wäre ihm recht gewesen. Dann hätte er Sergh mit seinen vielgeliebten Schlangenfischen beliefern können und wäre im übrigen sein eigener Herr gewesen.

Aber die Zeiten, in denen das Imperium sich ausdehnte und an jedem Tag ein neuer Administrator gebraucht wurde, waren längst vorbei. Solche Posten, wie Ghorn sich einen wünschte, wurden nur noch selten frei.

Ghorn war mit seinen Gedanken so beschäftigt, daß er, zum Kontrollraum zurückgekehrt, nicht sogleich bemerkte, daß auf der Leuchttafel, die das Funktionieren der Geräte anzeigte, ein ganzer Balken von Lichtern ausgefallen war. Er setzte sich an das Pult, stellte fest, daß die automatischen Suchgeräte die Fremden inzwischen aus den Augen verloren hatten, und versuchte, ihre Spur zu finden.

Rein zufällig sah er, während er an den Knöpfen drehte und auf den Bildschirmen Raum an Raum, Etage auf Etage an sich vorbeiziehen ließ, zur Leuchttafel hinüber. Die Reihe der erloschenen Lichter machte ihn stutzig. Er beugte sich über seine Geräte und stellte verwundert fest, daß sie alle einwandfrei arbeiteten, obwohl die Leuchttafel zumindest für einige von ihnen das Gegenteil behauptete.

Einigermaßen verwirrt und ein wenig hilflos stand er auf, um an der Leuchttafel nach dem Rechten zu sehen. Aber als er von der Tafel noch zwei Schritte entfernt war, leuchteten die Lampen wieder auf.

Ghorn fuhr sich mit der Hand über die Stirn. Er trat einen Schritt zurück – die Lampen verloschen. Er trat einen Schritt nach vorne – und sie brannten wieder.

Die Gesetzmäßigkeit ließ sich nicht leugnen. Ghorns Verwirrung wich einem leisen Schrecken. Aber ruhig, als sei nichts geschehen, kehrte er zu seinem Pult zurück und fuhr mit seiner Arbeit fort. Daß die brennenden Kontrollampen jetzt auch von seinem Platz aus gut zu sehen waren, täuschte ihn nicht.

Er hantierte so lange an Knöpfen, Druckschaltern und kleinen Hebeln, bis plötzlich das Licht im Raum erlosch, eine schwere Jalousie sich vor das zum Trichterinnern gerichtete Fenster legte und undurchdringliche Finsternis sich in der kleinen Kabine ausbreitete.

Ghorn hatte nur ein undeutliches Gefühl von der Gefahr, in die er sich begab. Er wußte, daß die automatischen Rettungsgeräte, die in jedem Raum des Hauses untergebracht waren, vielleicht zu langsam reagieren mochten, wenn das Bild richtig war, das Ghorn sich von der augenblicklichen Situation machte.

Aber wie alle Arkoniden – darin unterschied er sich nicht von Sergh, seinem Herrn und Meister – liebte er zuallererst den Nervenkitzel, und in zweiter Linie fragte er nach der Gefahr.

Was, mit irdischen Augen betrachtet, allerdings mehr ein Symptom der Hysterie als ein Zeichen von Tapferkeit war.

Ghorn hantierte weiter. Er kannte die Einrichtung der kleinen Kontrollkabine so gut, daß er sich auch im Finstern zurechtfand. Die Bildschirme und die Anzeigelampen waren mit der Beleuchtung erloschen.

Fahles Flimmern durchdrang plötzlich die Dunkelheit. Es kam von nirgendwoher und schien eine Weile nirgendwohin zu gehen, aber dann formte sich auf der Wand, die Ghorn gegenüberlag, plötzlich ein kreisrunder, drei Meter hoher Fleck irisierenden Lichtes, der vom Boden bis fast zur Decke reichte.

Inmitten des Flecks erschien der Umriß einer abenteuerlichen Gestalt. Sie war zu klein, um einem Arkoniden zu gehören – obwohl sie zwei Arme, zwei Beine und einen Kopf an der richtigen Stelle besaß –, zu dick, um anziehend zu wirken, und so formlos, daß Ghorn schließlich zu dem Schluß kam, der Umriß, den er sah, könne nicht der Umriß der Gestalt selbst, sondern nur der eines Kleidungsstücks sein.

Ghorn sah, daß der Fremde etwas im Arm trug. Es hatte einen gedrungenen, kurzen Stiel. Ghorn glaubte, daß es eine Waffe war. Der größte Teil seines eingebildeten Mutes verließ ihn wieder.

Er wollte etwas sagen – etwas Beruhigendes womöglich, damit der Unbekannte nicht zu schießen anfing. Aber im selben Augenblick machte die Gestalt eine rasche Armbewegung zum Kopf hin, das formlose Ding, das Ghorn bisher für den Kopf gehalten hatte, kippte zur Seite, und darunter kam ein ziemlich runder Schädel zum Vorschein, der, das registrierte Ghorn trotz der wachsenden Angst mit Verwunderung, anstelle des langen Haupthaars kurze, starre Borsten trug.

Ghorn machte einen neuen Ansatz zum Sprechen, aber im selben Augenblick sprach der Unbekannte: „In Ordnung! Machen Sie schon Licht!"

Ghorn stellte fest, daß er ein grobes, aber fehlerfreies Arkonidisch sprach. Gehorsam brachte er ein paar Schalter zum Kippen. Die Jalousie vor dem Fenster verschwand, das Licht flammte wieder auf.

Ghorn sah sich um. Der Fremde, der dadurch, daß er sich in zu geringer Entfernung vor die Leuchttafel stellte, die Lichter zum Erlöschen gebracht hatte und dann zur Seite getreten war, als er fühlte, daß der Arkonide mißtrauisch wurde, stand jetzt schräg hinter ihm.

Ghorn sah in ein rundes, grimmig lächelndes Gesicht. Über der Stirn standen schmutzigrote Haarborsten streitlustig in die Höhe. Ghorn sah, daß der Fremde die Waffe nicht in Anschlag gebracht hatte. Er schien sich sicher zu fühlen.

„Was – was wollen Sie?" stotterte Ghorn.

Der Fremde grinste weiter. „Mit dem Administrator reden. Sind Sie das?"

Ghorn machte mit beiden Händen hilflos das Zeichen der Verneinung.

„Ich bin Ghorn", antwortete er eingeschüchtert.

Der Fremde senkte den Kopf zu einer leichten, ironischen Verneigung.

„Ich heiße Bull", gab er zurück. „Reginald Bull."

Er sprach die fremdartigen Laute seines Namens so geläufig aus, daß Ghorn endgültig die Vermutung aufgab, er könne trotz allem – und besonders wegen seiner Bekleidung, die offenbar arkonidischer Herkunft war – ein körperlich mißratener Arkonide sein.

Der Mann kam von weit her. Aber woher?

Der Fremde, der sich Bull nannte, zog einen Sessel heran und ließ sich hineinfallen.

„Wissen Sie was?" begann Bull von neuem. „Sie rufen jetzt den

Administrator hierher. Und dann werden ich und noch zwei andere, die bald hierherkommen, sich mit Sergh unterhalten, einverstanden?"

Ghorn verneinte voller Verzweiflung.

„Wenn Sie nur die undeutlichste Vorstellung von unserer Lebensart haben", flehte er, „dann können Sie sich vorstellen, was mir geschähe, wenn . . ."

Bull winkte ab.

„Richtig", sagte er ein wenig verächtlich. „Das hätte ich fast vergessen. Sergh würde Sie in die Wüste jagen. Na gut, dann melden Sie sich eben bei ihm an. Meine Freunde und ich werden mit Ihnen kommen."

Ghorn griff nach dem Vorschlag wie ein Ertrinkender nach dem Seil, das man ihm zuwirft.

Der Fremde schien ihm eine Bedrohung zu sein, und Ghorn war sicher, daß Sergh auch so denken würde, wenn er ihn erst zu Gesicht bekommen hatte. Es war ein Fehler gewesen, daß der Administrator sich auf die reine Beobachtung hatte beschränken wollen. Kreaturen dieser Art waren gefährlich. Sie hatten in einer Minute soviel neue Ideen wie ein Arkonide an einem ganzen Tag, und sie rochen förmlich nach übernatürlicher Aktivität.

In Serghs Privaträumen aber gab es eine solche Menge von automatischen Sicherheitsvorrichtungen, daß der Fremde – und seine Freunde ebenso, wenn sie dumm genug waren, auf der Unterredung mit dem Administrator zu bestehen – in dem Augenblick verloren sein würde, in dem er über die Schwelle schritt.

Ghorn versuchte, den Administrator zu finden. Er fieberte vor Ungeduld und hoffte, daß Sergh sich im Augenblick nicht etwa in einem seiner Privaträume aufhielt, denn dort reichte kein Suchgerät hin.

Währenddessen zog Bull, wie Ghorn aus den Augenwinkeln bemerkte, seinen Helm wieder über. Ghorn hörte ihn murmelnd ein paar Worte einer fremdartigen Sprache sagen und nahm an, daß er sich mit seinen beiden Freunden verständigte.

Dann wurde Ghorns Aufmerksamkeit durch Serghs Gesicht abgelenkt, das müde und gelangweilt auf dem Bildschirm erschien. Ghorn hörte die rasche Bewegung hinter seinem Rücken und wußte, daß er um seines Lebens willen vermeiden mußte, das eigene Aufnahmegerät so einzurichten, daß Sergh etwa auch den Fremden zu sehen bekäme.

Sergh sah also nur seinen Stellvertreter.

„Was gibt es?“ fragte er gedehnt.

Ghorn sah ihn noch vor demselben Hyperkomgerät sitzen, an dem er vorhin mit ihm gesprochen hatte.

Vorsichtig formulierte Ghorn: „Wenn es Ihre Zeit gestattet, Herr, hätte ich Ihnen gerne ein wichtiges Problem unterbreitet.“

So müde schien Sergh noch nicht zu sein, daß ihn diese Aussicht etwa mißmutig stimmte. Er erinnerte sich an die guten Gedanken, die Ghorn zwei Stunden zuvor gehabt hatte, und zeigte Interesse.

„Ich habe nichts dagegen“, antwortete er mit unterdrücktem Gähnen. „Wir können uns in meinem Schirm-Raum unterhalten. Kommst du gleich?“

„Selbstverständlich, Herr“, antwortete Ghorn beflissen. „Ich werde Sie nicht warten lassen.“

Sergh unterbrach die Verbindung, und hinter Ghorns Rücken knurrte Bull: „Machen Sie's nur nicht so übereilig, Freund. Meine beiden Leute müssen erst hier sein.“

Ghorn gab keine Antwort, blieb still sitzen und rührte sich nicht.

Eine Weile später rollte die Tür auf, aber niemand war zu sehen. Die Tür schloß sich wieder, und zwei fremde Gestalten wuchsen aus dem Nichts.

Ghorn war herumgefahren und starrte sie an.

Er sah einen kleinen Mann mit gelblichbrauner Haut, geschlitzten Augen und einem steten Lächeln auf dem Gesicht. Er sah einen zweiten, der fast so groß war wie ein Arkonide, dessen Gesicht ernst war und der Ghorn mit seinen grauen Augen Furcht einflößte.

Ghorn verstand im selben Augenblick, daß dies der gefährlichste von den dreien war.

Der Mann mit den grauen Augen sah Ghorn an und sagte in fehlerfreiem, akzentfreiem Arkonidisch: „Also gehen wir!“

25.

Seit der Einleitung der Phase D hatte Oberst Freyt kein Wort mehr von Rhodan gehört. Er ängstigte sich deswegen jedoch nicht, denn für den Fall, daß Rhodan ernsthaft in Not geriet, war ein entsprechender Notruf vereinbart, und es hätten schon Umstände sein müssen, die Freyt im höchsten Maß für unwahrscheinlich hielt, wenn Rhodan nicht einmal mehr dazu gekommen sein sollte, den Notruf abzugeben.

Immerhin war Freyt ständig auf dem Posten, um sofort alles veranlassen zu können, was notwendig war, wenn Rhodan in Gefahr geriet. Er war so müde, daß die Augen ihm brannten und der Kopf ihm manchmal vornüber sank, aber er hielt an seinem Platz aus.

Als der Telekom sich meldete, schnellte die Hand nach vorn, traf zielsicher den roten Auslöseknopf, und die rotumränderten Augen starrten sorgenvoll auf das Bild, das sich auf dem Schirm formte.

Aber es kam nicht das Kein-Bild-Zeichen, das von Rhodan zu erwarten war, da er kein Aufnahmegerät mit sich herumtrug, sondern ein kugelförmiger, haarloser Schädel mit ledriger, schwarzer Haut erschien auf dem Schirm und starrte Freyt mit drei Augen uninteressiert an.

„Hier ist Novaal", sagte der Naat mit tonloser Stimme. „Ich habe eine Nachricht für Sie."

Freyt nickte. „Ich höre."

„Der erhabene Administrator weist mich an, Ihnen auszurichten, daß ihm ein Besuch der beiden Arkoniden, die Sie an Bord haben, gelegen käme. Sie möchten den beiden das ausrichten."

Freyt wußte, was er seiner Stellung schuldig war.

„Ich werde es ihnen sagen", antwortete er. „Sie mögen selbst darüber entscheiden, ob ihnen der Besuch ebenso gelegen kommt wie dem Administrator."

Novaal verzog das dunkle Gesicht zu einer Fratze. Freyt war nicht sicher, ob die Grimasse ein Grinsen sein sollte. Auf jeden Fall war ihm der Naat für diesen einen Augenblick sympathischer als je zuvor.

Wortlos beendete Novaal das Gespräch.

Freyt unterrichtete Thora und Crest, die sich in ihren Privaträumen aufhielten, von dem Gespräch. Crest nahm die Nachricht ruhig und nachdenklich auf. Thoras Augen begannen Blitze zu sprühen, wie Freyt es erwartet hatte.

Freyt war ziemlich überrascht, als die beiden Arkoniden sich nach einer halben Stunde wieder meldeten und ihm erklärten, daß sie die Einladung annehmen wollten.

Freyt machte ein finsteres Gesicht und erwiderte: „Von einer Einladung war, soviel ich hören konnte, mit keinem Wort die Rede. Aber ich will Ihren Entschluß gern weitermelden."

Sergh lag auf einer Art Couch, mit kostbarem Sevelot-Fell von Uthalla überzogen, die mit Vibrationen stetig wechselnder Frequenz und Intensität dem Körper ein Höchstmaß an Wohlgefühl bereitete, und projizierte ein paar gelangweilte Gedanken auf den Fiktivschirm.

Das Ergebnis war armselig. Langeweile und mangelnde Konzentration erzeugten zusammen ein eintöniges, stumpfes Grün, das mit einschläfernder Armut an Konfigurationen über den Schirm zog.

Sergh war mit sich selbst nicht zufrieden.

Zuviel Arbeit in den letzten Stunden.

Der Türmelder summte. Serghs Hand fiel links neben der Couch hinab auf den Auslöseknopf. Auf einem kleinen Bildempfänger neben dem großen Fiktivschirm erschien Ghorns Gesicht. Völlig überflüssigerweise bemerkte das Warngerät auf der anderen Seite der Wand, daß er keinerlei Waffen bei sich trage.

„Ach, du", seufzte Sergh mit einem beleidigenden Mangel an Begeisterung. „Du hattest dich angemeldet?"

Ghorn nickte mit erstaunlichem Eifer. „Ja, Herr!"

„Komm herein!"

Das Bild erlosch. Die Tür öffnete sich auf Serghs Wortimpulse hin automatisch. Sergh hörte Ghorn den Vorraum betreten.

War das nur Ghorn? Das klang nach . . .

Sergh richtete sich auf den Ellbogen auf und sah nach der Tür. Das Simultanspiel endete mit einer Disharmonie an Farben und Formen.

Die Innentür öffnete sich. Ghorn kam herein – das Gesicht eine Mischung aus Verschmitztheit und schlechtem Gewissen.

Und hinter ihm . . .

Sergh fuhr mit einem empörten Schrei in die Höhe. Es war seit seiner Kinderzeit der erste Schrei, den man überhaupt von ihm zu hören bekam, aber dieser Einmaligkeit wurde Sergh sich im Augenblick nicht bewußt.

Nach dem Schrei fehlte dem Administrator vorläufig die Kraft zu weiteren Äußerungen. Mit offenem Mund starrte er die drei Männer an, die mit Ghorn zusammen hereingekommen waren.

Erst nach einer Weile entsann er sich, daß er Ghorn den Auftrag gegeben hatte, den Unbekannten zu überwachen, der so schändlich mit den Fareh-Blumen umgesprungen war, und daß Ghorn irgendwann einmal gemeldet hatte, es seien drei Fremde anstatt des einen, mit dem Sergh zunächst gerechnet hatte.

Inzwischen war das Gespräch aus Arkon angekommen, und Sergh hatte sich über andere Dinge den Kopf zerbrechen müssen.

Aber jetzt, da er sich erinnert hatte, gewann er sein seelisches Gleichgewicht ziemlich schnell wieder.

Er lächelte die Fremden an und sagte: „Ich freue mich, Sie aus der Nähe zu sehen. Es war ziemlich amüsant, zu beobachten, wie Sie sich durch das Haus vorwärts tasteten.“

Einer von den dreien, der mittelgroße Dicke, war gerade dabei, seinen Helm vom Kopf zu schieben. Sergh hörte ihn zischend die Luft einsaugen und nahm es als Zeichen dafür, daß es ihm gelungen war, den Mann zu überraschen.

Aber keiner von den anderen beiden ließ ein ähnliches Zeichen sehen. Der kleinste, gelbhäutige, lächelte nach wie vor, und in den Augen des großen stand die gleiche erschreckende Härte wie in dem Augenblick, da Sergh ihn zum erstenmal gesehen hatte.

„Sie haben uns beobachtet?“ fragte er, scheinbar uninteressiert.

Sergh empfand es als ärgerlich, daß der Fremde ihm den gebührenden Titel verweigerte. Aber das Vergnügen und die Nervenanspannung, die Sergh im Augenblick empfand, ließen ihn über diesen Mangel hinwegsehen.

„Ja“, gestand er, „wir haben Sie beobachtet. Von dem Augenblick an, da einer von Ihnen mein Fareh-Beet zertrampelte.“

Rhodan sah Bull und den Japaner an. Tako verneigte sich ein wenig und sagte auf englisch mit niedergeschlagener Stimme: „Das war wahrscheinlich ich. Ich fiel in ein Beet, als ich zum erstenmal hereinkam.“

Rhodan winkte ab.

„Also schön“, sagte er zu dem Administrator. „Dann wissen Sie mittlerweile, wer wir sind, und wahrscheinlich können Sie sich denken, weshalb wir kommen.“

Sergh war ehrlich verblüfft.

„O nein“, erwiderte er. „Von beidem habe ich keine Ahnung. Wir beide – mein Stellvertreter Ghorn und ich – haben ein außerordentliches Vergnügen dabei empfunden, Sie zu beobachten . . .“

„Das sagten Sie bereits“, unterbrach ihn Rhodan so scharf, daß Sergh zusammenzuckte. „Ich bin der Kommandant des Schiffes, das Sie widerrechtlich auf Ihrem Raumhafen festhalten. Ich verlange, daß das Schiff sofort wieder freigegeben wird.“

Sergh empfand Angst. Er hatte noch nie einen Mann in seiner Nähe so scharf und so energisch sprechen hören. Der Mann mit den grauen Augen strahlte eine Tatkraft aus, die Sergh fast körperlich zu spüren glaubte und die ihn erschreckte.

„*Ich* halte kein Schiff fest“, gab Sergh zurück, und es wurde ihm kaum bewußt, daß er auf dem besten Weg war, eine Entschuldigung von sich zu geben. „Ich bekam die Anweisung, Ihr Schiff festzuhalten, und gegen Anweisungen gibt es . . .“

Bull trat nach vorn. Rhodan ließ ihn gewähren. Sergh war inzwischen aufgestanden. Bull postierte sich so dicht vor ihn, daß Sergh den Kopf ein wenig zurückbog.

„Hören Sie gut zu, lieber Mann“, grollte Bull in seinem ungeschlachten Arkonidisch. „Uns interessiert nicht, wer in Wirklichkeit den Befehl gegeben hat, die GANYMED auf den Boden zu leimen. Uns interessiert nur, wer die Möglichkeit hat, sie wieder frei zu machen. Und das sind *Sie*! Deswegen werden wir hier so lange warten, bis wir von unserem Schiff die Nachricht bekommen, daß es wieder manövrierfähig ist und daß es *hierher* kommt, um uns abzuholen und mit uns nach Arkon zu fliegen."

Sergh spürte den Atem des Fremden im Gesicht, das war ihm zuwider. Gleichzeitig hörte er die laute, kräftige Stimme und empfand Furcht. Nur mit halbem Bewußtsein nahm er wahr, daß Ghorn, auf den niemand mehr zu achten schien, zur Seite trat.

Er empfand ein wenig Erleichterung. Denn Ghorn würde ohne Zweifel die Notanlage . . .

Bull fuhr auf dem Absatz herum, als er sah, daß Serghs Blick für einen Augenblick an ihm vorbeiging.

„He, bleiben Sie stehen!" schrie er Ghorn wütend an. Ghorn hatte die Hand schon erhoben, um auf den Knopf zu drücken. „Ja, ich weiß, wenn Sie niemand daran gehindert hätte, dann würde dieser Knopf dafür sorgen, daß die Bude voller Gas läuft und gleichzeitig irgendwo Alarm geschlagen wird."

Ghorn wurde blaß. Als sei sie ihm zu schwer geworden, ließ er die Hand sinken.

Sergh fühlte sich so schwach, daß er sich wieder auf die Couch gleiten ließ. Der Vibrator begann automatisch zu arbeiten, aber in diesen Sekunden machten die sanften Schwingungen den Administrator nervös.

„Sie haben verstanden, was wir wollen", sagte Rhodan hart. „Also richten Sie sich danach. Für uns steht mehr auf dem Spiel, als Sie ahnen. Uns macht es nichts aus, dem erhabenen Administrator so lange auf die Füße zu treten, bis unser Ziel erreicht ist."

Sergh machte beschwichtigende Handbewegungen.

„Warten Sie!" keuchte er. „Warten Sie ein paar Minuten. Ich erwarte Gäste, in deren Beisein will ich Ihnen gern erklären, was los ist. Aber lassen Sie einem alten Mann eine kleine Verschnaufpause."

Rhodan nickte.

„Gut", sagte er. „Wir warten."

Es war in Wirklichkeit nicht die augenblickliche Lage, die Sergh soviel Furcht einflößte. Als Arkonide war er auf die Dauer gesehen mit den

Möglichkeiten, die ihm zur Verfügung standen, jeder Situation gewachsen.

Daß er im Augenblick kapitulierte, lag daran, daß er niemals in seinem Leben mit Wesen zu tun gehabt hatte, die ihr Ziel mit so viel Tatkraft und so wenig Neigung, vom geraden Weg abzuweichen, verfolgt hatten wie diese hier.

Nicht, daß Sergh geglaubt hätte, er könnte der unerwünschten Eindringlinge nicht Herr werden.

Aber er brauchte einen Augenblick Ruhe. Das arkonidische Gehirn hatte die Jahrhunderte der fortschreitenden Dekadenz nicht unbeschadet überstanden. Der Denkvorgang war langsamer geworden. Sergh brauchte eine Pause, sich der Möglichkeiten zu erinnern, die er besaß, um sich die Fremden vom Hals zu schaffen.

Aber die Überzeugung, daß er schließlich ihrer Herr werden würde, hatte ihn nie verlassen.

Die Behauptung allerdings, daß er Gäste erwarte und daß er diesen etwas erklären wolle, was auch an die Fragen der Fremden rührte, entsprach der Wahrheit.

Sergh streckte sich vollends auf der Couch aus, legte die Arme behutsam neben den Körper, schloß die Augen und begann nachzudenken.

Ghorn und die drei Fremden hatten Sitzplätze gefunden. Ungemütliches Schweigen kehrte in Serghs Simultan-Raum ein.

Nach allem, was sie in den vergangenen Stunden und Tagen gesehen hatten, betraten Thora und Crest Serghs Trichterpalast nicht in der Erwartung, hier die Aufnahme zu finden, die Mitgliedern des berühmten Geschlechts der Zoltral zustand.

Aber die mechanische Stimme, die ihnen, kaum daß sie die Eingangshalle betreten hatten, barsch auftrug, sich auf dem schnellsten Weg zur fünfunddreißigsten Etage zu begeben, belehrte sie darüber, daß ihre Hoffnungen immer noch zu hoch geschraubt gewesen waren.

Selbst den Willkommenstrunk – mehr ein Symbol als ein wirklicher Trunk –, der selbst dem geringsten aller Gäste gereicht wurde, verweigerte man ihnen. Durch die Antigravschächte schwebten sie nach oben, empfanden angesichts der heimatlichen Pracht, die sie umgab, als sie ins Trichterinnere gelangten, nichts als den stechenden Schmerz der Wehmut und waren, nachdem sie die fünfunddreißigste Etage, wie aufgetragen, erreicht hatten, nahezu ebenso mutlos und niedergeschlagen wie damals, als das Kollektiv-Wesen auf Wanderer ihnen die Zelldusche und damit das ewige Leben verweigert hatte.

Türen öffneten sich automatisch vor ihnen und wiesen ihnen auf unpersönliche Weise den Weg. Niemand von den Bewohnern des Hauses ließ sich sehen. Sie passierten den kleinen Vorraum zu Serghs Simultan-Zimmer, und Thora stockte überrascht, als die Tür aufrollte und sie den ersten Blick in das Zimmer hineingeworfen hatte.

Rhodan war aufgestanden, als er die Schritte kommen hörte, und hatte sich neben der Tür postiert. Er fürchtete, daß Ghorn die Verwirrung, die beim Eintritt der Gäste für einen Augenblick entstehen mußte, nützen würde, um irgendeine Alarmvorrichtung in Gang zu setzen.

Aber Ghorn steckte der Schrecken viel zu tief in den Gliedern. Er rührte sich nicht.

„Rhodan – Sie . . .?“ staunte Thora.

Rhodan nickte und wies auf seinen Sessel.

„Nehmen Sie Platz!“ forderte er sie auf arkonidisch auf. „Dieser Mann dort drüben auf der Couch hat uns etwas zu sagen, und ich nehme an, daß er mittlerweile genug Kräfte dazu gesammelt hat.“

Sergh rührte sich nicht. Er drehte sich auf die Seite und musterte die beiden Arkoniden.

„Stehen Sie auf“, befahl Thora hart, „wenn Sie mit einer Zoltral sprechen!“

Sergh verzog das Gesicht zu einem müden Lächeln und blieb liegen.

„Das ist eines von den Dingen“, sagte er beiläufig, „die ich Ihnen erzählen wollte. Die Zoltrals sind auf Arkon nichts mehr wert.“

Etwas Ähnliches mochten Thora und Crest erwartet haben. Thora sank in den angebotenen Sessel.

„Berichten Sie der Reihe nach!“ verlangte Thora.

„Und haben Sie wenigstens die Füße auf dem Boden!“ knurrte Bull dazu. „Es macht mich nervös, wenn jemand im Liegen mit mir redet.“

Überraschenderweise gehorchte Sergh. Rhodan warf Bull einen warnenden Seitenblick zu: Es hat keinen Zweck, die Lage künstlich zu verschärfen.

„Auch die Zoltrals“, begann Sergh mit gelangweilter Stimme, „haben nicht gewußt, daß eine Reihe weiser Männer vor langer Zeit schon Arkon und das Imperium mit einem Mechanismus versehen haben, der in dem Augenblick in Aktion tritt, in dem der Zerfall der Lebenskräfte unseres Volkes und die Lethargie einen solchen Grad erreicht haben, daß der Bestand des Imperiums dadurch gefährdet ist. Dieser Augenblick“, Sergh räusperte sich und machte eine kleine Pause, „ist vor etwa sechs Jahren gekommen. Anhand von Hinweisen und besonderen Auswertungsmethoden, die zu erforschen sich niemand die Mühe machte, hat vor sechs Jahren die größte aller positronischen Rechen- und Kombinationsmaschinen, die jemals in der Galaxis gebaut wurden, es übernommen, die Geschicke Arkons und des Imperiums zu lenken. Diese Übernahme der wichtigsten Amtsgeschäfte durch eine Maschine führte auch zu einer Ablösung des herrschenden Geschlechts. Die Zoltrals traten ab, ein neuer Imperator bestieg den Thron. Die Zoltrals sind, da gerade unter ihrer Dynastie die Positronik sich einschaltete, äußerst nachhaltig in Mißkredit geraten – und auch Sie beide sind seit jenem Tag nichts anderes mehr als Geduldete. Das merken Sie sich am besten, damit Sie nicht noch einmal versuchen, einen alten Mann zum Aufstehen zu bewegen, nur weil Sie dem Geschlecht der Zoltral angehören. Trotzdem habe ich vor kurzem die Nachricht von Arkon bekommen, daß Ihnen ein Besuch der Heimatwelt gestattet wird. Auf dem Flottenhafen von Naatral wird in ein paar Sekunden ein Schiff landen, das Sie nach Arkon bringt. Nähere Einzelheiten, wie lange Sie dort bleiben und was Sie dort tun können, werden Sie an Ort und Stelle erfahren.“

Völlig erschöpft sank Sergh in sich zusammen, ließ sich zur Seite sinken und schloß die Augen. Thora saß starr und kerzengerade aufgerichtet in ihrem Sessel, Crest stand schräg hinter ihr und hielt sich an der Lehne fest.

„Eine Maschine . . .“, stöhnte Crest.

Sergh nickte gelangweilt. „Ja, und sie verrichtet die Arbeit besser, als je ein Imperator aus dem Geschlecht der Zoltral es getan hat. Sie versieht alle Raumschiffe mit Robotautomatiken und hat keine Sorgen mit den Mannschaften, weil sie unter den wachsamen Augen des Robots Naats und andere Leute ebenso an Bord nehmen kann wie Arkoniden."

In Thora kehrte der alte Zorn zurück. „Wir haben bereits erlebt, *wie* die Positronik ihre Arbeit verrichtet. Mit Morden und Brutalität. Wir wissen, daß das Imperium zerfällt. Aber es kann nicht die Aufgabe einer Maschine sein, das zu ändern. Schon gar nicht mit derartigen unmenschlichen Mitteln. Von einer Maschine regiert, wird sich das Imperium selbst den Todesstoß versetzen. Die Imperiumsvölker werden es nicht dulden, daß jede Freiheitsbewegung brutal niedergeschlagen wird. Unter den alten Imperatoren wäre eine derartige Entwicklung undenkbar gewesen."

Sergh interessierte das nicht.

„Beeilen Sie sich lieber", riet er müde, „daß Sie das Schiff nach Arkon nicht verpassen. Die Positronik wartet nicht, und wenn Sie diese Gelegenheit versäumen, werden Sie niemals mehr nach Arkon dürfen."

„Und was wird aus dem Schiff, mit dem wir hierhergekommen sind?" fragte Thora aufgebracht.

„Ist das *Ihre* Sorge?" war Serghs Gegenfrage.

Thora sah zu Rhodan hinüber.

Rhodan beruhigte sie auf englisch: „Denken Sie nicht an uns. Versuchen Sie, nach Arkon zu kommen. Vielleicht schaffen wir's in der Zwischenzeit allein, wenn nicht, dann setzen Sie sich für uns ein."

Thora nickte knapp und stand auf.

„Wir gehen", sagte sie zu Sergh, und Rhodan hörte an ihrer Stimme, daß ihr das Weinen nahestand.

„Ja, gehen Sie", murmelte Sergh und sah nicht einmal hin.

Rhodan versuchte, Thora aufmunternd zuzuwinken, während sie mit Crest hinausging, aber sie schauten nicht mehr zurück. Die Geste blieb in der Luft hängen.

Dann waren sie mit dem müden Administrator und seinem furchtsamen Stellvertreter wieder allein.

Sergh wandte sich ächzend auf die Seite.

„Ich dachte, Sie wären mit den beiden gegangen", sagte er mit einem Blick auf Rhodan und seine beiden Begleiter.

Rhodan stand auf.

„Da haben Sie sich geirrt", sagte er scharf. „Sie wissen, weshalb wir hier sind, und Sie wissen auch, daß wir nicht früher gehen, als bis unsere Forderung erfüllt ist."

Von seinem Sessel her warf Bull lässig ein: „Er würde es vielleicht eher begreifen, Perry, wenn du ihm ein paar kräftige Ohrfeigen gäbest. Sonst ist er möglicherweise in fünf Stunden noch nicht ganz wach."

Rhodan nickte und betrachtete Serghs Gesicht sorgfältig, als wolle er den Platz aussuchen, an dem er die Schläge am besten anbringen könne.

„Ja, das ist eine gute Idee, Bully", antwortete er.

Sergh wurde plötzlich erstaunlich aktiv. Mit einer Schnelligkeit, die niemand ihm zugetraut hätte, fuhr er in die Höhe und stand auf.

„Nein, nein – so war es nicht gemeint!" protestierte er und lächelte verlegen. „Zwar wäre es ohne Zweifel interessant zu erfahren, wie einem Geschlagenen zumute ist – atavistische Methode, jemand ins Gesicht zu schlagen –, aber ich fürchte, es ist mit Schmerzen verbunden, und da möchte ich doch lieber . . ."

„Nur zu", ermunterte ihn Rhodan. „Aber wenn wir den Raum verlassen müssen, dann kommen Sie und Ihr Stellvertreter mit uns. Ich bin sicher, daß uns niemand an den Kragen gehen wird, solange ich den erhabenen Administrator vor dem Lauf habe."

Sergh stimmte zu. „Die Schaltstation für die Saugfeldgeneratoren liegt unten im Trichterstiel. Wir müssen hinunter."

Rhodan verteilte seine Leute. Reginald Bull marschierte voran, hinter ihm kam der Administrator, dann Ghorn, den Abschluß bildete der Japaner. Perry Rhodan bemühte sich, überall zugleich zu sein.

Das Trichterinnere war nach wie vor ausgestorben. Rhodan bedauerte es plötzlich, daß er keinen Telepathen mitgenommen hatte, der ihm Serghs Gedanken jederzeit hätte offenbaren können.

Aber zu Beginn des Unternehmens war nicht vorauszusehen gewesen, daß vier Mann in Serghs gewaltigem Trichter ebenso unbemerkt hätten vorwärts kommen können wie drei.

Durch eine Reihe von Antigravschächten glitten sie Terrasse um

Terrasse hinunter. Rhodan begann zu glauben, daß Sergh in Wirklichkeit eingeschüchtert war und keinen Hinterhalt plante.

Aus diesem Grund war Rhodans Vorsicht offenbar ein wenig zu tief eingeschlafen. Zudem kam die Überraschung an einer Stelle, an der niemand sie erwartet hätte – mitten in einem Liftschacht.

Sergh selbst nahm sehr viel Unannehmlichkeiten auf sich, um sich der lästigen Gäste zu entledigen. Schließlich befand er sich, ebenso wie Ghorn und die drei Terraner, mitten in dem langen Schacht, als das Antigravfeld plötzlich aussetzte, umpolte und mit unwiderstehlicher Wucht alles nach unten zog und auf den Boden des nächsten Raumes schleuderte, was sich zur Zeit der Umpolung im Schacht befand.

Ein Mento-Monitor, einer der wenigen, die sich im Haus befanden, hatte Serghs besorgte, drängende Gedanken aufgenommen und darauf reagiert. Sergh hatte den Weg mit Absicht durch diesen Schacht genommen, in dessen Wand der Monitor eingebaut war.

Sergh und Ghorn verloren über dem heftigen Sturz das Bewußtsein, ebenso der zierliche Japaner. Rhodan und Bull waren lediglich benommen, aber bevor sie sich noch aufgerichtet hatten, versprühten haarfeine Düsen aus Decke, Boden und Wänden lähmendes Nervengas, das die drei Bewußtlosen und die beiden Benommenen in vollen Zügen einatmeten. Sie hatten die Helme offen, um mit den Arkoniden sprechen zu können, und die Düsen arbeiteten geräuschlos.

Wenige Sekunden später konnten auch Rhodan und Bull sich nicht mehr rühren. Sie verloren das Bewußtsein nicht völlig. Mit umnebelten Sinnen konnten sie wahrnehmen, was um sie herum geschah. Aber die bewußte Gedankentätigkeit und die Nervenarbeit, die die Glieder zum Rühren brachte, waren blockiert.

Ein paar Minuten vergingen, dann tauchten aus den vier Antigravschächten, die insgesamt in diesen Raum mündeten, ein Dutzend behelmter Gestalten auf. Rhodan nahm undeutlich wahr, daß die Helme in Wirklichkeit Atemmasken waren, die das Eindringen des Nervengases verhinderten.

Die fünf Reglosen wurden aufgenommen und wieder hinauftransportiert. Rhodan konnte nicht feststellen, an welcher Stelle die Männer, die Sergh und Ghorn trugen, sich von den übrigen trennten. Aber er nahm sehr wohl wahr, daß der Raum, in dem er mit seinen beiden bewußtlosen Begleitern schließlich deponiert wurde, finster und von der Umwelt abgeschlossen war.

Müdigkeit – eine Folge des Nervengases – überkam ihn, und wenige Augenblicke später war er, obwohl er sich dagegen sträubte, eingeschlafen.

Rhodan hatte, als er erwachte, keine Ahnung, wieviel Zeit inzwischen vergangen war, aber er stellte fest, daß der Schlaf ihn gekräftigt hatte.

Zwar bereitete es ihm Mühe, Arme und Beine zu bewegen, und die Bewegungen waren nicht schneller als die eines kranken alten Mannes, aber schließlich waren langsame und mühevolle Bewegungen immer noch besser als gar keine.

Der Raum, in dem Rhodan sich befand, war nach wie vor stockfinster. Es gab nicht einmal einen einzigen Lichtstrahl, an den das Auge sich hätte gewöhnen können. Rhodans Gymnastikübungen verursachten auf dem Boden ein heftiges Rascheln, woraus zu schließen war, daß die Arkoniden ihre Gefangenen auf den nackten Plastikbelag gebettet hatten.

Eine murmelnde, schwerfällige Stimme sagte aus der Finsternis: „Wenn ich diesen klapprigen Administrator jetzt vor mir hätte, ich würde ihm so richtig – Perry, bist du das?"

„Ja, das bin ich."

Lachen schüttelte Rhodan und bereitete dem müden Körper Schmerzen. Wenn Bully schon wieder Rachegedanken hegte, dann konnten die Dinge nicht allzu schlecht stehen. „Was ist mit Tako?"

„Weiß nicht. Ist der auch hier?"

„Ja. Kannst du dich bewegen?"

„Mal probieren. Ja, ein bißchen geht es schon."

„Dann suche Tako. Ich muß nachdenken."

„Nicht nötig", antwortete im selben Augenblick eine schwache Stimme aus der Finsternis. „Ich bin schon wieder wach."

„Schon wieder!" polterte Bull. „Erst schläft er bis in den hellen Mittag, und dann . . ."

„Ruhe!" verlangte Rhodan. „Wir haben Wichtigeres zu reden. Tako, sind Sie bewegungsfähig?"

„Ja."

„Gut. Hört zu: Wir haben erfahren, wie schwer es ist, einem Arkoniden gegenüber den Kopf durchzusetzen. Diese Leute haben, so hinfällig sie auch aussehen, immer noch eine Menge Tricks mehr zur Hand, als wir uns ausmalen können. Wir wissen nicht, was Sergh mit uns vorhat. Vom Verschmachten in diesem Loch hier bis zur plötzlichen Freilassung sind alle Möglichkeiten vorhanden. Ich glaube aber, daß Sergh, bis er seine Entscheidung getroffen hat, sicher sein will, daß wir ihm nicht durchbrennen. Sicher kann er nur sein, wenn er die Nervenlähmung sich ständig wiederholen läßt. In den Decken dieses Raumes gibt es ohne Zweifel eine ebensolche Berieselungsanlage wie dort unten, wo wir Sergh in die Falle gegangen sind. In jedem Augenblick kann die Berieselung von neuem einsetzen. Wir müssen also schnell sein, wenn wir fortkommen wollen. Tako, Sie werden herausfinden, wo wir hier stecken und wie wir hinauskommen können. Sie gehen kein Risiko ein. Bedenken Sie: Die Arkoniden haben vorläufig keine Ahnung, daß sich unter uns ein Teleporter befindet. Ihre Begabung ist also Waffe genug. Lassen Sie Ihren Thermostrahler hier. Und beeilen Sie sich."

Tako verschwand.

„Und was haben wir sonst noch vor?" wollte Bully wissen.

„Wir wollen die GANYMED freibekommen – oder hattest du das vergessen?"

„Jetzt immer noch?"

„Jetzt erst recht. Ich weiß nicht, ob Sergh uns angelogen hat, als er behauptete, die Schaltstation für die Saugfeldgeneratoren liege unten im Trichterstiel. Ich glaube aber, er war seiner Sache so sicher, daß er sich nicht die Mühe machte, eine Lüge zu erfinden."

„Aha. Wir werden also hinunterkriechen und Serghs Schaltkästen so demolieren, daß er nie im Leben mehr ein ehrliches Schiff damit festnageln kann."

„So ungefähr. *Du* wirst allerdings etwas anderes zu tun haben."

„Ich? Was?"

„Einer von uns muß sich in Serghs Privatgemächern aufhalten, während die anderen beiden an der Schaltstation arbeiten. Sergh hat irgendwo einen Raum, von dem aus er den ganzen Trichter überwachen kann. Tako wird den Raum finden, und du wirst dich dort hinsetzen und aufpassen, daß uns keiner in den Rücken fällt. Verstanden?"

„Hm. Das gefällt mir nicht. In jedem Trichter gibt es Suchgeräte. Wenn jemand mit dem Administrator sprechen will, wird er ein solches Ding in Betrieb setzen und Raum für Raum absuchen. Kommt er dann an diese Überwachungsstelle, dann ist der Ballon schon geplatzt."

„Kein Suchgerät reicht bis in die Privatgemächer des Hausbesitzers, das solltest du wissen. Und erst recht ein Mann wie Sergh läßt sich nicht gern in seinen privaten Dingen herumschnüffeln."

„Also gut", seufzte Bull.

Ein paar Sekunden später kehrte Tako zurück. Er berichtete: „Wir befinden uns im dreiundvierzigsten Stockwerk. Diese Terrasse ist tiefer gebaut als alle anderen. Dem Trichterinnern zugekehrt ist ein geländerbewehrter Rundgang. Nach außen hin schließen sich zwei Ringreihen von Räumen an. Die erste Reihe hat Fenster zum Rundgang hin, die äußere Reihe ist fensterlos. In einem dieser Räume liegen wir."

„Aha. So etwas Ähnliches wie ein Gefängnis. Türen?"

„Die üblichen. Aber die Schlösser sind verriegelt. Sie öffnen sich nicht."

„Wachen?"

„Keine. Das Haus ist leblos wie zuvor."

„Und wie spät ist es?"

„Der Himmel ist noch dunkel."

Rhodan stand auf. Die Bewegung bereitete ihm Schmerzen. Die Wirkung des Nervengiftes war noch längst nicht vorüber, und Rhodan hätte eine Menge dafür gegeben, hätte er in Ruhe warten können, bis er wieder völlig in Ordnung war.

Aber im Augenblick war Eile geboten.

„Nehmen Sie Ihren Strahler wieder zur Hand, Tako. Springen Sie hinaus und schießen Sie das Schloß entzwei. Treffen Sie gut, denn in dem Augenblick, in dem das Schloß ausfällt, wird ohne Zweifel irgendwo Alarm geschlagen."

Tako verschwand aufs neue. Wenige Augenblicke später erfüllte ein häßliches Zischen plötzlich den Raum, aus der Finsternis leuchtete ein winziger Lichtpunkt, dann war es ein Loch und schließlich die breite Öffnung einer Tür.

Rhodan und Bull stürmten hinaus. An der Fensterwand, die auf den Rundgang hinausblickte, machten sie halt. Nirgendwo war ein Arkonide zu sehen.

„Das Wichtigste ist, so schnell wie möglich von hier wegzukommen“, erklärte Rhodan. „Irgend jemand weiß im Augenblick schon, daß bei uns hier oben nicht alles so ist, wie es sein sollte. Sie werden nachsehen kommen. Bis dahin müssen wir verschwunden sein. Bully, du gehst mit Tako. Er soll den Überwachungsraum für dich finden. Tako, Sie kommen hinter mir her, sobald Sie Bull eingewiesen haben. Wir treffen uns im obersten Raum des Trichterstiels, diesem kleinen Zimmer, erinnern Sie sich?“

„Ja.“

„Gut. Los mit euch!“

Rhodan wartete, bis Tako und Bull durch den Antigravschacht im Hintergrund des Raumes verschwunden waren. Erst dann machte er sich selbst auf den Weg.

Um den Gegner irrezuführen, benutzte er nicht den gleichen Schacht, sondern schoß eines der Fenster entzwei – was ohne Zweifel wiederum eine Alarmwarnung auslösen würde –, umrundete auf dem Sims, das draußen vor den Fenstern entlanglief, den halben Trichter, betrat einen anderen Raum auf die gleiche gewalttätige Weise, wie er den vorigen verlassen hatte – was zum drittenmal einen Alarmgeber auslöste –, und benutzte erst dort den Antigravschacht nach unten.

Er hoffte, daß es ihm dadurch, daß er so oft vom geraden Weg abwich und die Defektmeldungen, die er durch Zerschießen von Fenstern, Schlössern und Türen irgendwo in einer zentralen Sammelstelle hervorrief, so konfus durcheinanderlagen, gelingen würde, die Arkoniden zu verwirren. Wo nicht, mußten sie wenigstens davon überzeugt sein, daß sie es an Stelle von dreien plötzlich mit einem Dutzend Eindringlingen zu tun hatten.

Bis zum zehnten Stockwerk hinunter gelangte Rhodan, ohne einem einzigen Bewohner des Trichters zu begegnen. Von da an aber schien sich das Schicksal gegen ihn verschworen zu haben.

Auf dem Weg von einem Antigravschacht zum anderen schoß aus der Mündung des tiefer liegenden mit erstaunlicher Schnelligkeit ein Mann hervor, der ein uniformähnliches Gewand trug. Wahrscheinlich gehörte er zu Serghs Palastgarde. Rhodan sah ihn vor Entsetzen den Mund weit aufreißen, er bemerkte auch den raschen Griff zur Seitentasche, in der entweder eine Waffe oder ein kleines Sprechgerät aufbewahrt war.

Rhodan schoß nach vorn – was man so schießen nennt. Immer noch steckte ein guter Teil des Nervengifts in seinem Körper, und dem von Natur und Überzeugung aus langsamen Arkoniden wäre es um ein Haar gelungen, das Gerät herauszubringen, bevor ihn Rhodan erreichte. Mit einem grimmigen Fluch, zornig über die eigene Langsamkeit, landete Rhodan einen krachenden Schlag, der den Mann auf die Fußspitzen hob, gegen die Wand schleuderte und dort bewußtlos zu Boden sinken ließ.

Im nächstunteren Stockwerk begegnete Rhodan einer Frau. Sie begann zu schreien, und das Schreien lockte einen weiteren Arkoniden herbei.

Rhodan betäubte erst den Mann – welch ein Glück, daß die Arkoniden noch weniger behende waren als er im Augenblick –, dann versetzte er der Frau, alles mit Gewalt vergessend, was er jemals über die Pflichten eines Kavaliers gelernt hatte, eine schallende Ohrfeige, woraufhin sie, wahrscheinlich mehr aus Entrüstung als aus physischer Wirkung, augenblicklich in Ohnmacht fiel.

Ein wenig schneller als zuvor – aber längst noch nicht so schnell, wie er es gewohnt war – stürmte er weiter, hatte sich in jeder Etage mit mindestens einem Arkoniden herumzuschlagen und erreichte schließlich die Antigravabfahrt zum Trichterstiel.

Mit einem letzten, beinahe wehmütigen Blick auf den duftenden, schönen Garten vertraute er sich dem Antigravfeld an, stieß sich mit den Händen an den Wänden des Schachtes ab und schoß hinunter in den Raum, in dem er sich mit Tako Kakuta treffen wollte.

Der Japaner war noch nicht da. Also galt es zu warten.

Tako fand den Raum, den Rhodan gemeint hatte, im Lauf weniger Minuten. Er lag in der gleichen Etage wie Serghs Simultan-Zimmer. Tako beschrieb den genauen Weg, und Bull meinte, er werde schon hinfinden, egal, was sich ihm in den Weg stellte.

Tako verschwand.

Bully durchquerte eine Reihe von Serghs Privatgemächern und fand schließlich den Raum, den Tako ihm beschrieben hatte. Er setzte die Geräte in Gang – allerdings waren ein paar darunter, die er nicht kannte – und fühlte sich erleichtert, als die Bildschirme der Reihe nach aufleuchteten. Er ließ einen der Sucher im Trichterstiel, oberstes Geschoß, arbeiten und fand Rhodan mit dem Japaner nach wenigen Augenblicken.

Da er nicht wußte, ob mit dem Sucher ein akustisches Gerät gekuppelt war, zog er den Helm seines Anzugs über und sagte in das Mikrophon: „Ich habe euch gut im Bild."

Rhodan hörte die Worte in seinem Empfänger und schloß ebenfalls den Helm.

„In Ordnung", antwortete er. „Bleib uns auf den Fersen."

„Wird gemacht!" rief Bully.

Der Trichterstiel beherbergte insgesamt etwa fünfzig verschiedene Aggregaträume. Rhodan war sicher, daß der, den sie suchten, einer der größten sein mußte. Er schickte also Tako aus und ließ den Japaner von dort, wo er jeweils auftauchte, eine möglichst genaue, aber knappe Schilderung der Maschinen geben, die er vor sich sah.

Rhodan wußte, was er suchte: eine Kollektion von Geräten, mit denen einer oder mehrere Saugfeldgeneratoren geregelt werden konnten, und zwar ferngeregelt.

Das erforderte in erster Linie einen Telekomanschluß, über den die Steuersignale ausgestrahlt werden konnten. Das erforderte zweitens einen Generator für besonders hohe Sendeenergien, denn die Saugfeldgeneratoren dort auf dem Landefeld von Naatral erzeugten solch starke Randfelder, daß ein übliches Steuersignal überhaupt nicht bis zu den Maschinen vorgedrungen, sondern von den Randfeldern überlagert oder dort absorbiert worden wäre.

Mit diesen Kenntnissen war es keine Schwierigkeit, das Gesuchte zu finden. Schon nach dem sechsten Sprung lieferte Tako Kakuta aus einer großen Halle eine Beschreibung, die dem, was Rhodan im Sinn hatte, so exakt entsprach, daß es keinen Zweifel mehr geben konnte.

Takos Stimme klang infolge der vielen Störungen, die die Masse der Maschinen auf den Funkverkehr ausübte, so verzerrt, daß sie kaum noch zu verstehen war.

Rhodan schrie: „In diesem Raum muß außerdem noch ein Telekomgerät sein, ein ziemlich leistungsstarkes! Finden Sie es!"

Takos Antwort war nicht zu verstehen. Aber nach einer Weile kam seine Stimme recht deutlich: „Ich stehe davor. Was soll ich jetzt tun?"

„Treten Sie drei Schritte zurück und schießen Sie das Ding entzwei."

Reginald Bull hatte sie beide auf dem Bild: Perry Rhodan und den Japaner. Voll atemloser Spannung verfolgte er, wie Tako die Waffe hob, auf die breite Front des Telekom-Kastens zielte . . .

Er hörte das Rauschen in seinen Bildempfängern, als der Telekom seine Energiereserven aktivierte. Er sah, wie sich die Bilder plötzlich violett färbten.

Er fing an zu schreien: „Perry! Tako! Aufhören! Das Ding hat eine Mento-Sicherung! Nicht . . ."

Es war zu spät. Rhodan und der Japaner, beide reagierten zu langsam. Die Kraft des jähen Entsetzens, die Bull geholfen hatte, die Folgen des Nervengifts zu überwinden, stand ihnen nicht zur Verfügung. Tako Kakuta hatte den Finger schon am Abzug, und die Waffe entlud sich, bevor er Zeit hatte, auf Bulls Schrei zu reagieren.

Etwas explodierte mit der Wucht einer Bombe in Takos Gehirn.

Etwas blendete Perry Rhodan, ließ ihn aufschreien vor mörderischem Schmerz und warf ihn bewußtlos zu Boden.

Etwas schoß Reginald Bull durch den Schädel, hinterließ eine glühende Spur und schleuderte Bull ohnmächtig aus seinem bequemen Sessel.

Etwas sorgte dafür, daß in diesem Augenblick alles bewußte Leben im Hause des erhabenen Administrators Sergh erlosch.

Was es auch immer gewesen war – die Nachwirkungen waren weniger häßlich als die des Nervengases, das Perry Rhodan ein paar Stunden zuvor eingeatmet hatte.

Er schlug die Augen auf und stellte mit Verwunderung fest, daß er sich in einer Hospitalkabine der GANYMED befand.

Zwei Gesichter beugten sich über ihn: das von Dr. Manoli – alter Freund, Kampfgenosse noch von der ersten Fahrt des Mondraumschiffs STARDUST her – und das von Thora.

Manoli sagte grinsend: „Gib nicht so an, Chef. Ist dir ja gar nichts passiert."

Rhodan protestierte: „Ich hab' noch kein Wort gesagt!"

Thora fragte sorgenvoll: „Wie geht es Ihnen, Perry?"

„Danke, gut. Was ist los? Wo sind Bully und Tako? Wie sind wir hierhergekommen?"

Manoli wehrte ab. „Langsam, immer der Reihe nach. Erstens: Was los ist, wollen wir gern von euch erfahren. Zweitens: Bully und Tako liegen in den Nebenräumen. Wie ich Bully kenne, wird er ebenfalls gleich zu sich kommen, bei dem Japaner kann es länger dauern. Drittens: Hierhergekommen seid ihr sozusagen auf den Armen von Robotern. Unbemannte Gleiter setzten euch vor der GANYMED ab. Sie hatten sogar die Neutralisatoren an euren Anzügen so eingestellt, daß ihr die Gravitation von Naat ohne Schaden überstanden habt."

„Hm. Und was . . ."

Er wischte sich mit der Hand über den Kopf, weil er sich erinnerte, daß der Schmerz, der ihm das Bewußtsein geraubt hatte, aus dem Schädel gekommen war.

Manoli verstand die Geste. „Soweit ich es beurteilen kann, hat euch ein mentaler Schock von den Beinen geholt. Wahrscheinlich war er künstlich erzeugt. Er muß so stark gewesen sein wie ein Impuls von tausend gehässigen Suggestoren."

Rhodan starrte nachdenklich vor sich hin.

„Sagt dir das etwas?" fragte Manoli.

„Ich denke, ja", antwortete Rhodan. „Wie ist es? Kann ich aufstehen? Ich fühle mich . . ."

„Ja, ja, ich weiß schon. Du fühlst dich stark wie zwei Kodiakbären. Von mir aus kannst du aus dem Bett."

„Vorzüglich. Was macht die GANYMED? Liegt sie noch fest?“

„Was dachtest du?“

„Richtig, was dachte ich! Kannst du dafür sorgen, daß alle Offiziere sich in einer halben Stunde in der Messe versammeln?“

Manoli nickte. „Kann ich. Übrigens noch etwas.“

„Ja?“

„Die Erlaubnis, daß Thora und Crest nach Arkon fliegen, ist zurückgenommen worden.“

Rhodan stutzte. „Wie kam das?“

„Einfach. Freyt bekam einen Anruf mitsamt Kein-Bild-Zeichen. Eine ziemlich hochnäsige Stimme sagte, die Erlaubnis sei zurückgezogen und kein Schiff würde kommen, um die beiden abzuholen. Das war alles. Keine Begründung, keine Möglichkeit zurückzufragen.“

Rhodans Blick ging zu Thora hinüber.

„Ich fürchte, daran bin ich schuld“, sagte er leise. „Sie wissen, daß wir die Saugfeldgeneratoren ausschalten wollten, und haben Sie damit in Verbindung gebracht. Es tut mir leid.“

Thora winkte ab. Auf englisch sagte sie: „Vergessen Sie's wieder. Vielleicht wäre es gar nicht gut gewesen, wenn wir auf so erniedrigende Weise nach Arkon zurückgekehrt wären.“

Rhodan zog die Brauen in die Höhe. „Glauben Sie denn, daß Sie nun noch auf irgendeine andere Weise nach Arkon kommen können?“

Thora lächelte – ein wenig spitzbübisch, wie Rhodan schien.

„Ja, ich glaube“, antwortete sie.

„So, und *wie* wollen Sie es arrangieren?“

Thora kam einen Schritt näher. „Sie werden schon einen Weg finden, nicht wahr?“

Perry Rhodan hatte noch nie eine Zuhörerschaft gehabt, der die Spannung deutlicher im Gesicht geschrieben stand als dieser. Die GANYMED hatte, außer den Mutanten, ein Offizierskorps von achtundachtzig Mann. Die Messe, so eingerichtet, daß hundert Mann bequem Platz fanden, wirkte ziemlich leer bis auf das Halbrund dichtgedrängter Menschen, das den Platz des Redners umgab.

Bull war zugegen. Er behauptete zwar, daß ihm der Kopf dröhne, aber Rhodans Ansprache wollte er sich trotzdem nicht entgehen lassen.

Zugegen waren natürlich auch Thora und Crest. Thora mit einem Lächeln, das Rhodan viel zu optimistisch zu sein schien – angesichts der augenblicklichen Lage.

Rhodan begann: „Dreizehn Jahre nach dem Start der ersten kümmerlichen Rakete, die vier Menschen zum Mond der Erde bringen sollte, haben es Menschen – Terraner, um es treffender zu formulieren –, durch die Umstände begünstigt, unternommen, zum Herzen des mächtigsten Reiches vorzustoßen, von dem die galaktische Geschichte weiß. Vor dreizehn Jahren war die Menschheit noch sicher, daß ihr die Begegnung mit der Bruderintelligenz erst in ferner Zukunft, wenn überhaupt, beschieden sein würde. Die Menschheit hat sich getäuscht. Der erste Raumflug brachte die Begegnung. Die Dinge gerieten in Fluß, mit der Großmäuligkeit und Unbekümmertheit, die dem Terraner zu eigen ist, bestand er in einer Reihe wichtiger Entscheidungen, drang sogar Tausende von Lichtjahren weit in die Galaxis vor und glaubte eines Tages – wiederum von den Umständen gezwungen –, nun sei der Tag gekommen, da er zum Herzen des Galaktischen Imperiums fliegen und dort wie ein langersehnter Freund aufgenommen werden müsse. Unsinn war's natürlich, Hybris – oder wie man's auch immer nennen mag. Der Maßstab versagte. Der Terraner stellte sich unter dem Großen Imperium etwas Ähnliches vor wie das Reich Alexanders des Großen oder Dschingis-Khans. Er kam mit dem Bewußtsein: So schlimm kann's nun auch wieder nicht sein. Und prompt bekam er seine erste Lehre. Man brachte ihm bei, daß ein Volk, das es in seiner Blütezeit fertiggebracht hatte, ein Reich aufzubauen, das ganz M-13 und sogar einen gewissen Teil der eigentlichen Galaxis umfaßt, auch dann noch über alle Maßen mächtig ist, wenn anstatt roten Blutes nur noch lauwarmer Dampf durch seine Adern fließt und seine Menschen so müde, lethargisch geworden sind, daß sie kaum mehr von ihren Betten aufstehen. Die arkonidische Technologie sichert dem arkonidischen Volk den Fortbestand. Die Technologie hat es sogar übernommen, die Arkoniden zu regieren. Zum kritischen Zeitpunkt übernahm eine *Maschine* die Lenkung des

Imperiums und ließ Imperatoren und Administratoren nur noch als Marionetten bestehen.

Wir hätten von Anfang an wissen müssen, Freunde, daß wir eine solche Welt nicht im ersten Anlauf erstürmen können. Aber wir konnten es uns einfach nicht vorstellen. Wir stürmten drauflos – und rannten uns beinahe die Schädel ein. Wir wollten nach Arkon, aber wir sitzen fest auf Naat. Noch schlimmer: Unseren beiden arkonidischen Freunden, Thora und Crest, ist wegen unseres ungestümen Vorgehens versagt worden, nach Arkon zu fliegen. Wir haben versucht, unser Schiff freizubekommen, aber das einzige, was wir statt dessen bekommen haben, ist ein mentaler Schock, unter dessen Nachwirkungen Tako Kakuta noch immer bewußtlos liegt. Nicht der Arkonide hat das bewirkt, der hier auf Naat eine Schattenherrschaft führt. *Er* hätte uns nicht im Ernst daran hindern können, die GANYMED zu befreien. Die Maschine auf Arkon hat es für ihn besorgt. Naatral ist ein Hafen der arkonidischen Kriegsflotte und untersteht der Positronik, die auf Arkon die Macht übernommen hat. Die Steuergeräte für die Aggregate des Raumhafens sind zwar in Serghs Trichter untergebracht, aber bedient werden sie von der Positronik aus. Ich bezweifle nicht, daß in dem Augenblick, in dem die Positronik feststellte, daß ein wichtiges Gerät bedroht war, nicht nur wir drei automatisch ausgeschaltet wurden, sondern auch alle anderen Bewohner des Trichterhauses. Roboter haben uns hierhergebracht, Roboter werden wahrscheinlich auch Sergh und seine Leute wieder zum Leben erweckt haben. Die Maschine weiß sich zu schützen, und um des Imperiums willen nimmt sie dabei weder Rücksicht auf Fremde noch auf Arkoniden."

Rhodan machte eine Pause und sah, daß seine Worte die Zuhörer offenbar tief beeindruckt hatten.

Er fuhr fort: „Wir sitzen also immer noch fest, weil wir den einzelnen Arkoniden zwar richtig, nämlich als dekadent und träge, die arkonidische Technologie aber falsch einschätzten. Wir werden die Hoffnung deswegen nicht verlieren. Wie rücksichtslos diese Maschine vorgeht, haben wir alle am Beispiel der Motuner erlebt. Zu unserem ursprünglichen Vorhaben, Arkon um Hilfe für die Erde im Kampf gegen die Springer zu bitten, gesellt sich nun die Pflicht, den unterdrückten Völkern von M-13 gegen diese Maschine zu helfen."

Rhodan unterbrach sich, fuhr mit der Hand über das Haar, sah seine Offiziere der Reihe nach an und schloß: „Das war's eigentlich, was ich Ihnen sagen wollte. Glauben Sie vorläufig noch nicht, daß wir bedingungslos dieser superperfekten Maschine auf Arkon ausgeliefert seien. Ohne unsere Freunde, die die Arkoniden doch letzten Endes sein sollen, betrügen zu wollen, haben wir immer noch wenigstens *einen* Trumpf im Ärmel stecken."

„Es hat mir prächtig gefallen", gab Bully zu, als Perry und er später allein waren. „Es war sehr pathetisch und sehr eindrucksvoll. Mir ist direkt der Kamm geschwollen – wenn ich nur wüßte, worüber."

„Was meinst du?" fragte Rhodan unschuldig.

„Ich meine: Welchen Trick haben wir noch im Ärmel?"

Rhodan verzog das Gesicht. „Ooh – das weißt du nicht?"

Bully schüttelte den Kopf.

Rhodan schlug ihm lachend auf die Schulter. „Denk darüber nach, Bully! Und mach dich für ein lebensgefährliches Unternehmen bereit."

26.

Das vor einigen Stunden noch so leere Landefeld des Raumhafens von Naat hatte sich urplötzlich in einen betriebsamen Ameisenhaufen verwandelt. Es sah ganz danach aus, als wolle das Große Imperium zu einem gewaltigen Schlag gegen die aufständischen Kolonialplaneten ausholen.

Die Einschiffung der Naats war jedoch ein deutliches Anzeichen dafür, daß die nach Milliarden zählende Bevölkerung Arkons nicht mehr fähig war, die zahllosen Raumschiffe des Imperiums so zu besetzen, wie das einige Jahrtausende zuvor noch selbstverständlich gewesen wäre.

Perry Rhodan schauderte innerlich, als er das Flottenaufgebot mit Hilfe der Bildgeräte beobachtete. Was da an kleinen bis hinauf zu den allerschwersten Einheiten aufgeboten wurde, war nahezu sagenhaft.

Es waren allein über hundert Schlachtschiffe der Imperium-Klasse gezählt worden. Jedes einzelne war so stark und so mächtig wie die STARDUST II, die Rhodan im heimatlichen Sonnensystem als Rückgrat der dort stationierten Abwehrflotte zurückgelassen hatte.

„Wenn sie wollen, schicken sie uns mit einem Fingerdruck in die ewigen Jagdgründe", murmelte Oberst Freyt gepreßt. Freyt fungierte offiziell als Kommandant der 840 Meter langen und 200 Meter durchmessenden GANYMED.

Rhodan wandte langsam den Kopf von den Bildschirmen ab. Freyt schaute in ein angespanntes Gesicht.

Er ist hager geworden, dachte der Oberst flüchtig. Irgendwie empfand er diese Tatsache als beunruhigend.

„Wer, sie?" erkundigte sich Rhodan.

Freyts Zungenspitze huschte über die Lippen. Etwas unsicher sah er sich um.

„Ich meine natürlich das steuernde Robotgehirn aus Arkon", bekannte er.

„Also haben Sie eine unrichtige Ausdrucksform gewählt. Mir scheint überhaupt, als gäbe es betreffs der Sachlage noch einige irrige Meinungen. Es ist sinnlos, die Maßnahmen einer Riesenmaschine mit den Begriffen Recht oder Unrecht zu belegen. Wie sollte der Robot dazwischen unterscheiden können? Für ihn existieren nur sein Programm und die praktischen Gegebenheiten. Der Galaktische Rat von Arkon ist ausgeschaltet worden. Was Sie sehen und was wir erlebt haben, wurde von der Maschine veranlaßt. Unsere Erfahrungen mit Arkoniden aus vornehmen Familien beweisen, daß diese Leute bestenfalls noch dazu fähig sind, sich über ein zertrampeltes Blumenbeet aufzuregen. Sie sind vom Robotgehirn abgeschrieben worden."

„Ahnen Sie, was das heißt?" warf ein Mann des mathematischen Teams ein.

Rhodan nickte zögernd. Seine Augen umschatteten sich. „Allerdings. Es werden furchtbare Dinge geschehen. Der Robot wird überall zuschlagen, wo er Unbotmäßigkeiten gegen die Imperiumsgesetze vermutet. Die Programmierung der Maschine ist uralt. Die Daten wurden unter Voraussetzungen geschaltet, die heute längst überholt sind. Also wird der Robot versuchen, auf der Basis einer längst vergangenen Kolonial- und Expansionspolitik in die Geschicke der Galaxis einzugreifen. Es kann passieren, daß ganze Welten infolge nichtiger Ursachen vernichtet werden. Die Macht dazu hat die Maschine nach wie vor. Die eingemottete Imperiumsflotte ist praktisch über Nacht erwacht."

„Viel Vergnügen! Da sind wir ja genau im richtigen Moment gekommen", spöttelte Reginald Bull. „Darf man nun endlich erfahren, wie du bis zur Hauptwelt Arkon vordringen willst? Das Maschinenbiest läßt uns in der Luft verhungern."

„Was für eine Wortwahl", murmelte Rhodan. Dann drehte er sich auf dem Absatz herum. „Leutnant Tifflor!"

Tiff, wie er genannt wurde, sah Rhodan an. Diesen Gesichtsausdruck kannte er nur zu gut. So hatte Rhodan gelächelt, als er ihn, Tifflor, in einen unglaublichen Agenteneinsatz geschickte hatte.

„Machen Sie bitte einen Fernaufklärer vom Typ Gazelle startklar!" befahl Rhodan. „Ausrüsten für lange Fahrt, volle Bewaffnung. Die Außenschleusen bleiben geschlossen! Mister Marshall! Stellen Sie neun Mutanten aus dem Korps zusammen. Ergänzende Fähigkeiten. Mit Ihnen möchte ich zehn gute Leute an Bord haben. Bully, suche vierzig erfahrene Männer aus dem alten Einsatzkommando ‚Wegasektor' heraus. Leutnant Tifflor, achten Sie darauf, daß Sie etwa 55 Leute an Bord der Gazelle mitnehmen müssen. Oberst Freyt, die GANYMED bleibt unter Ihrem Kommando zurück. Volle Gefechtsbereitschaft. Lassen Sie Ihre Männer auf den Stationen schlafen und essen. Wenn mein Signal kommt, müssen Sie innerhalb von zehn Sekunden startklar sein. Schaffen Sie das?"

Freyt staunte.

„Startklar?" fragte er. „Mit der GANYMED? Das haben wir schon einmal probiert. Wenn wir auf zwei Millionen Tonnen Schub hinaufgingen, sprangen die Fesselfelder auf einen Absorptionswert von wenigstens drei Millionen Tonnen. Starten?"

„Wenn mein Zeichen kommt, ja!“ bestätigte Rhodan kühl. „Das setzt lediglich voraus, daß es uns gelingt, vorher auf Arkon zu landen. Wissen Sie, es paßt mir nicht, nach der Pfeife einer Maschine zu tanzen. Nach meinen Erfahrungen mit Robotgehirnen arkonidischer Konstruktion enthalten sie alle einen Sicherheitssektor, der ihnen verbietet, gewisse Grenzen zu überschreiten. Es wäre unwahrscheinlich, wenn es bei dem hiesigen Gehirn anders sein sollte.“

„Sie vergessen, daß eben diese Maschine dem arkonidischen Administrator Sergh einen Lähmungsschock versetzte“, warf Crest erregt ein.

„Sicher, aber daran waren wir schuld. Ich war mit Bully und Tako in den Palast eingedrungen. Ich werde mir jedenfalls diesen seltsamen Imperator ansehen, darauf können Sie sich verlassen.“

Thora staunte. Das war wieder der Mann, der ihr dreizehn Jahre zuvor zum ersten Mal auf dem irdischen Mond begegnet war.

Tifflor verschwand. Der Dienstbetrieb an Bord der GANYMED wurde schlagartig hektisch.

Bis dann die grollende Frage aus Bulls Kehle brach: „Darf man jetzt endlich erfahren, großer Meister, wie du mit der Gazelle zu entkommen gedenkst und wie du auf Arkon landen willst? Ich kann mich erinnern, daß wir im Zentrum eines ganzen Haufens von Feldprojektoren stehen.“

„Die aber nicht auf fünfdimensionale Energieschwingungen reagieren“, meinte Rhodan trocken. „Man nehme also einen Fiktiv-Transmitter und sause mit dessen Hilfe los. Du wirst zugeben, daß noch nicht einmal die Arkoniden solche technischen Errungenschaften ihr eigen nennen.“

Bully schloß krampfhaft die Augen. Natürlich, das Gerät vom Planeten *Wanderer*.

„Kommen Sie mit?“

Thora und Crest fühlten sich angesprochen. Sie tauschten einen kurzen Blick aus.

John Marshall, der Telepath, wurde plötzlich aufmerksam. In hölzerner Haltung blieb er dicht vor dem aufgleitenden Zentralschott stehen.

Rhodans Augen verengten sich. Was hatte Marshall entdeckt?

„Sie wollen auf Arkon direkt landen?“ erkundigte sich Crest zögernd.

„Wo sonst? Ich muß die richtigen Leute sprechen. Was haben Sie?“

Marshall kam langsam näher. Er gab Rhodan ein warnendes Zeichen. Das war der Moment, in dem sich Thora zur Preisgabe ihres letzten Geheimnisses entschloß.

„Weiteres Schweigen wäre sinnlos“, sagte sie. „Perry, wenn Sie auf Arkon landen wollen, dann müssen Sie sich entscheiden, auf welchem der Planeten Sie Ihr Vorhaben in die Tat umsetzen möchten.“

Rhodans Spannung verlor sich. Marshall nickte kurz. Das war es.

„Auf welchem Planeten?“ wiederholte Rhodan etwas hilflos. „Ich verstehe nicht recht. Arkon ist Arkon, oder?“

„Das ist etwas, was Sie trotz der erfolgten Hypnoschulung nicht erfahren haben“, warf Crest ein. „Perry, Arkon besteht aus drei Welten, die alle Arkon heißen. Nummer eins, die Kristallwelt, ist ausschließlich Wohnzwecken vorbehalten. Nummer zwei dient dem galaktischen Handel, der Industrie und internen Ernährungswirtschaft. Nummer drei ist der Planet des Krieges, der Flotte, der Werften und Sitz des Robotgehirns. Es war das letzte Geheimnis meines Volkes, das ich Ihnen hiermit enthülle.“

Rhodan setzte sich langsam.

„Drei Welten?“ flüsterte er. „Guter Gott, wieso das? Arkon ist der dritte Planet Ihrer Sonne, nicht wahr? Wo sind die beiden anderen Himmelskörper zu finden?“

Greifbare Stille legte sich über die große Zentrale. Es war ein neues Wunder, das man aus Crests Mund vernommen hatte.

Gepreßt erklärte der Arkonide: „Es ist ein Dreiersystem auf genau der gleichen Umlaufbahn und in konstant bleibender Sonnenentfernung von sechshundertzwanzig Millionen Kilometern. Die Position der drei Synchron-Welten, wie man auch sagt, ist identisch mit den Eckpunkten eines gleichschenkligen Dreiecks. Die Jahreszeiten auf den Planeten ändern sich nie, da keine Achsenneigung besteht und die Umlaufbahnen ideal kreisförmig sind. Das Temperaturmittel beträgt nach Ihren irdischen Werten etwa vierunddreißig Grad Celsius. Arkon ist ein einmaliges Phänomen in der gesamten Milchstraße. Bis vor einigen Wochen war ich noch sehr stolz darauf.“

Crest senkte den Blick. Rhodans Gesicht hatte sich verfärbt. Damit hatte er nicht gerechnet. Sein Gehirn begann automatisch zu rechnen. Es waren ungeheure astronautische und mathematische Probleme, die sich mit dieser mehr als eigenartigen Konstellation von drei synchron geschalteten Himmelskörpern aufwarfen.

Ein Gedanke überfiel ihn. Nach Sekunden wurde die flüchtige Idee zur Gewißheit. „Sie wollen doch hoffentlich nicht behaupten, Crest, diese unglaublich genauen Übereinstimmungen von drei Planeten in Kreisbahn, Sonnenentfernung, Feldlinienausgleich und was der zahllosen Dinge mehr sind, wären natürlich entstanden?"

Crests düsteres Gesicht erhellte sich. Seine Haltung wurde würdevoller. Unter den gegebenen Umständen wirkte sie erbarmungswürdig.

„Sie haben es erfaßt", erklärte er feierlich. „Arkon, die Kristallwelt, war vor etwa dreißigtausend Jahren Ihrer Zeitrechnung der dritte Planet der Sonne. Er wurde zu klein. Durch die gewaltige Ausdehnung des Arkonidenreichs war es erforderlich geworden, Wirtschaft, Industrie, Wohngebiet und Raumflotte voneinander zu trennen. Da meine Vorfahren eine Zentralisierung der bedeutendsten Einrichtungen erstrebten, wurden die ehemaligen Planeten Nummer zwei und vier mit den größten Impulstriebwerken aller Zeiten versehen. Im Laufe von dreitausend Jahren wurden sie sehr vorsichtig und behutsam aus ihren ursprünglichen Bahnen gezerrt und auf der Umlaufbahn des eigentlichen Arkon eingeordnet. Dies geschah nach genau festliegenden Berechnungen. So entstand die Synchronisierung, die Gleichschaltung von insgesamt drei Planeten, die aber nach wie vor Arkon hießen. Sie müssen verstehen, Perry – das ist Arkon. Die drei Planeten sind nach der erfolgten Angleichung rein äußerlich kaum voneinander zu unterscheiden. Nur sehr wenige Arkoniden waren über das Geheimnis orientiert. Sie erfahren es nun ebenfalls. Die früheren Herrscherdynastien hielten es für psychologisch wirkungsvoll, die Einmaligkeit einer solchen Konstellation als natürlich hinzustellen."

Rhodan entgegnete: „Ich muß gestehen, daß ich vor Ihren Vorfahren einen gewaltigen Respekt empfinde. Immerhin bin ich Ihnen sehr dankbar, daß Sie sich zur Preisgabe dieser Tatsachen überhaupt entschlossen haben. Andernfalls hätten wir uns bei unseren anlaufenden Transitionsberechnungen erheblich gewundert. Etwas früher haben Sie das wohl nicht sagen können, wie?“

Rhodan versandte einen vorwurfsvollen Blick. Thora antwortete mit einem winzigen Lächeln, das in seiner Aussage mehr bedeutete als die erregte Diskussion unter den Männern der Zentralbesatzung.

Fünf Minuten später begann die Programmierung des astronautischen Rechengehirns. Die dünnen Plastikstreifen mit den eingestanzten Symbolen verschwanden im unersättlichen Schlund der Maschine.

„Arkon eins steht ausgerechnet auf der anderen Seite der Sonne“, brummelte Bully. „Pech, das kann man sagen. Wird es der Fiktiv-Transmitter schaffen, uns durch den grellweißen Glutball zu jonglieren?“

„Wenn ein bestimmter Körper für eine bestimmte Energieart gegenstandslos ist, kann der Körper als vernachlässigbar angesehen werden“, erklärte Rhodan knapp. „Crest, ich brauche Werte über die Neigung der Bahnebene gegen die Ekliptik, genaue Bahngeschwindigkeit und Schwereverhältnisse.“

Der arkonidische Wissenschaftler machte sich an die Arbeit. Über der Zentrale, innerhalb der neuen Bugspitze, wurde von einem nervösen Offizier der GANYMED ein Fernaufklärer vom Typ Gazelle startklar gemacht.

Die neuen diskusförmigen Boote besaßen Impulstriebwerke und Sprungfeldgeneratoren.

Das Innentor der großen Luftschleuse stand offen. Daß die Außenschotte geschlossen bleiben sollten, erschien Tifflor vorerst noch als selbstverständlich. Wenn er aber darüber nachzudenken begann, wie Rhodan die umfangreiche Gazelle aus dem Bughangar bringen wollte, überfiel ihn ein leichtes Schwächegefühl.

Blinzelnd schaute er den vorbeihastenden Männern des technischen Teams nach. Als sie in jenem Raum verschwanden, wo Rhodan den von der STARDUST II übernommenen Fiktiv-Transmitter hatte installieren lassen, ging ihm ein riesengroßes Licht auf.

„Großer Jupiter!“ flüsterte er verstört vor sich hin. „Damit?“

27.

Sie hockten, lagen und kauerten dicht an dicht.

Die alten Kämpen aus den Schlachten im fernen Wegasektor waren an allerhand gewöhnt, also auch an eine Unterkunft, die mehr der Bleibe eines eingefangenen Heringschwarms glich als einem von stabilen Wandungen umschlossenen Hohlraum. So hatten sie sich wenigstens ausgedrückt.

Ihrem Naturell entsprechend, hatten sie sehr hitzig über den Erfolg des Unternehmens diskutiert. Über die Tatsache, daß dieser Kommandoeinsatz mehr als gefährlich war, hatten sie kein Wort verloren.

So hatten sie sich fluchend in dem engen Laderaum der kleinen Gazelle verstaut. Anders konnte man zu dem Vorgang des Sichhineinschraubens kaum sagen.

Die Steuerzentrale des Kleinraumschiffs bot eben einigermaßen Platz für die Kommandanten.

Der Sekundenanzeiger der Borduhr zuckte über das Zifferblatt. Auf den Bildschirmen der eingeschalteten Objekterfassung leuchteten die Stahlwände einer Röhrenschleuse. Obwohl die G-1 dicht vor dem Abschuß stand, waren die Außentore nach wie vor geschlossen. Es hatte niemand an den erforderlichen Druckausgleich gedacht.

Dafür aber war die seltsame „Mündung“ eines noch seltsameren Geräts genau auf den Kleinraumer gerichtet worden. Der Fiktiv-Transmitter vom Planeten „Wanderer“ besaß die Eigenschaft, materiell stabile Körper mit einem übergeordneten Entmaterialisierungsfeld zu erfassen, um ihn in der Form einer sechsdimensionalen Energieeinheit nach einem vorherbestimmten Ort abzustrahlen.

Der Fiktiv-Transmitter benötigte kein eingepoltes Empfangsgerät der gleichen Art. Er verwandelte das zu transportierende Objekt an Ort und Stelle in eine feste, körperliche Verbindung zurück.

Rhodans Blicke klebten förmlich an dem Sekundenanzeiger. Das Mikrophon der Bordsprechanlage hing vor seinen Lippen.

„Achtung, an alle", dröhnte es aus den allerorts angebrachten Lautsprechern. „Abschuß erfolgt in fünfundvierzig Sekunden. Wenn alles klappt, kommen wir in den obersten Luftschichten von Arkon eins aus dem Hyperraum heraus. Eine Ortung während der Transition ist nicht zu befürchten. Bereiten Sie sich darauf vor, daß während des Landemanövers eventuell einige Gravos durch den Absorber kommen. Wir müssen schnell nach unten. Denken Sie bitte daran. Ende."

Ein dumpfes Heulen klang auf. Die separate Kraftstation des Transmitters hatte eingesetzt. Was in dem Gerät geschah, hätte noch nicht einmal Rhodan genau sagen können. Es war eine Technik, die weit jenseits des menschlichen Begriffsvermögens lag.

Bull hatte mitgezählt. Das Wort Null konnte er nicht mehr aussprechen, da eine ungeheure Gewalt über die Menschen herfiel. Sie spürten nur noch das Ziehen einer beginnenden Entmaterialisierung.

Auf den Bildschirmen der Bordbeobachtung entstand an der Stelle der eben noch gut erkennbaren G-1 eine fluoreszierende Energiespirale, die im nächsten Augenblick spurlos verschwunden war.

Die donnernden Triebwerke der GANYMED stotterten in den Leerlauf hinab. Draußen, in den automatischen Schaltstationen des Raumhafens von Naatral, gewann man den Eindruck, als hätte sich der Kommandant erneut und völlig sinnloserweise bemüht, den magnetischen Sog der Fesselfelder zu überwinden.

Der Leitende Ingenieur ließ die Reaktoren auslaufen. Die Gazelle war und blieb verschwunden.

„Wenn das gelingt, schlafe ich demnächst auf einem Nagelbrett", sagte Oberst Freyt fassungslos. „Sind sie wirklich fort? Mitsamt der Riesenkiste?"

Er sah sich verstört um. Ja, die kleine Gazelle war so spurlos verschwunden, als hätte sie niemals in dem Abschußhangar gelegen.

„Okay", knirschte Freyt aufgewühlt. „Klar Schiff zum Gefecht. Wenn sie überhaupt noch einmal zurückkommen, dann erhalten wir auch unser Zeichen. Fertigmachen zum Alarmstart!"

Die Rückkehr in die körperliche Verstofflichung geschah schneller und abrupter als bei einer normalen Raumschiffstransition. Es war so, als wäre überhaupt nichts geschehen. Das kurze, schmerzhafte Ziehen in der Nackengegend war nicht mehr als ein nachklingender Nervenreflex.

Julian Tifflor vernahm in seinem Helmlautsprecher das keuchende Atmen wiedererwachter Männer. Niemand schrie, niemand stöhnte, doch alle sahen sie das grellweiße Flammen auf den Bildschirmen der G-1.

Tiffs Hand ruckte nach vorn. Der Stufenschalter des Prallschirm-Projektors war aber bereits auf der Höchstwert-Marke eingerastet. Dies waren Dinge, die man noch vor dem Abschuß beachtet hatte.

Das aufgewühlte Medium „Luft" umtobte die in rasender Fahrt abstürzende Gazelle. Weit unter dem Boot, aber schon klar erkennbar, erstreckten sich die Landschaften eines Planeten, den man bisher nur vom Hörensagen gekannt hatte.

„Die Kristallwelt", kam Crests Stimme durch den Lärm der laufenden Stromaggregate. „Wir sind über dem Äquatorialkontinent. Überfliegen Sie das sichelförmige Meer und landen Sie irgendwo in den Schluchten des auftauchenden Küstengebirges."

Es war erstaunlich, mit welcher Sachlichkeit der Arkonide seine Heimkehr begrüßte.

Aus den vorderen Umlenkdüsen des Kleinraumschiffs zuckten violette Impulsbündel. Innerhalb von zwei Sekunden wurde die G-1 abgebremst, womit sie den übermächtig werdenden Schwereeinflüssen des Planeten unterlag.

„Wenn sie uns jetzt orten, geht für uns die Welt unter", versprach Bully tonlos. „Das muß man doch sehen. Wir leuchten heller als ein Meteor."

„Wir sind über der Tagesseite", fiel Rhodan ein. „Ruhe an Bord. Tiff, gehen Sie auf Normalfahrt und tun Sie ganz so, als wären Sie hier zu Hause. Höhe fünftausend Meter, keinen mehr. Fünffach überschallschnell. Vornehme Arkoniden fliegen nicht rascher, wenn sie sich ihre Welt von oben betrachten wollen."

„Hier muß es doch Ortungsstationen geben", betonte Bully nochmals.

„Sicher, aber die sind für uns nicht mehr zuständig. Da wir bereits innerhalb der Lufthülle sind, dürften wir für die automatischen Peiler kaum noch interessant sein. Robotstationen handeln auf Grund ihrer Programmierungen. Demnach ist für sie ein jeder Körper ungefährlich, wenn er sich in erlaubten Höhen bewegt. Wären wir im Normalflug aus dem Raum gekommen, hätte es jetzt schon geknallt."

Rhodan verstummte. Er wußte sehr genau, was er auf Arkon I zu erwarten hatte. Ausgeschlossen, daß sich jemand oder etwas über das Luftfahrzeug wundern konnte, auch wenn es noch so unverhofft aufgetaucht war.

Die Dreier-Planeten mit dem Sammelnamen Arkon verfügten über einen äußeren und inneren Festungsgürtel. Dabei wurde der Außenring von etwa 5000 riesenhaften, plattformartigen Raumforts gebildet, deren unheimliche Feuerkraft die GANYMED bereits zu fühlen bekommen hatte.

Der innere Abwehrbereich war identisch mit den Planeten 5, 6, 7 und 8, die bei der augenblicklichen Einflugsperre nach Arkon selbst auch als Umschlaghäfen für den intergalaktischen Handel dienten.

Demnach war es von dem Robotgehirn auf Arkon III folgerichtig „gedacht", wenn es Luftfahrzeuge innerhalb der Arkon-Atmosphäre als unwesentlich ansah.

Genau das waren die Überlegungen gewesen, die Rhodan in letzter Konsequenz zu dem Unternehmen verführt hatten.

Tifflor hatte die Eintauchfahrt der Gazelle endgültig abgedrosselt. In aerodynamischem Flug glitt sie über die Küste des kleinen Meeres hinweg.

Es wurde still an Bord des Fernaufklärers. Die Bildschirme bannten die Blicke der Männer. Sogar im Laderaum war es ruhig geworden.

Der eingeschlagene Kurs folgte der südlichen Meeresküste. Wohin sie auch sahen – nirgends waren Städte oder größere Siedlungen zu sehen.

Das Gelände glich einer gigantischen Parklandschaft. Hier waren schöpferisch begabte Künstler und offenbar Verrückte tätig gewesen, die die ehemalige Wildnis verwandelt hatten.

Rhodan begann erstmals zu seufzen, als ein mehr als vier Kilometer breiter Flußlauf auftauchte. Dicht vor der Mündung stiegen die gewaltigen Wassermassen entgegen allen Naturgesetzen elegant in den wolkenlosen Himmel empor. Sie folgten einer steilen Parabel, wodurch sie einen riesenhaften „Torbogen" aus wirbelnden, gischtenden Fluten bildeten, deren milliardenfältige Lichtreflexionen in irrlichternder Pracht die Bildschirme überfluteten.

„Den Wasserbogen mehrmals umkreisen!" rief Thora hastig. „Schnell, beeilen Sie sich, Tiff! Kein Arkonide versäumt es, während eines Spazierflugs das Tor der Zoltral gebührend zu bewundern."

Reginald Bull fluchte heftig. Rhodan wischte sich wortlos über die schweißbedeckte Stirn. Tifflor leitete mit einem entsagungsvollen Blick die Kurve ein und ging mit der Fahrt herunter.

„Die Form der Gazelle wird auffallen", beschwerte sich Marshall. „Thora, handeln Sie auch richtig?"

„Niemals wird die Flugscheibe auffallen. Man wird sie bestenfalls als neue, ideenreiche Konstruktion bewundern. Niemand regt sich darüber auf. Sie kennen Arkon nicht, John."

Das Tor aus einer vier Kilometer breiten Wasserflut war mehr als dreitausend Meter hoch. Direkt unter ihm erhob sich ein Trichterpalast mit traumhaft schönen Innengärten und einer schwebenden Aussichtsplattform, die im Moment des Näherkommens anscheinend schwerelos aus dem von dem trichterförmig umschlossenen Innenhof nach oben glitt.

Niemand unterzog sich der Mühe, den langsam gewordenen Fernaufklärer gebührend zu begrüßen.

Tiff riskierte es, unter dem Wasserbogen hindurchzutauchen. Auch Rhodan zog instinktiv den Kopf ein, als das blendende Licht der weißen Arkon-Sonne plötzlich gespalten und in tausendfältigen Farbreflexen abgestrahlt wurde.

Thora war still geworden. Stumm sah sie nach unten, bis sie gebrochen sagte: „Meine Heimat, Perry. Dort bin ich aufgewachsen. Dies ist der Stammsitz der Zoltral."

Rhodan hatte es bereits vermutet, nachdem sie ihre Dynastie schon vorher mit dem technischen Wunderwerk verknüpft hatte.

Tifflor zog die Maschine bereits wieder nach oben, als Rhodan ablenkend einwarf: „Ich nehme an, dieser Wasserbogen wird von einem Antigravitationsfeld erzeugt."

„Wenn das Feld zusammenbricht, ersaufen die Leute in dem Trichterhaus wie die Ratten", sagte Bully in treffender, jedoch unschöner Konsequenz.

„Barbar", sagte Thora mit einem wiederkehrenden Lächeln. „Können Sie nicht verstehen, daß eine kulturell hochstehende Zivilisation nach immer neuen Schönheiten sucht? Das auf der Erde noch gültige Gesetz der Vereinheitlichung und Stilisierung wurde bei uns vor achttausend Jahren abgeschrieben. Man will um nichts in der Welt in ein Schema gepreßt werden, was vordringlich für die privaten Wohnsitze zutrifft. So wird es niemals geschehen, daß dieses einmalige Wassertor der Zoltral nachgeahmt wird. Man empfände es als Verstoß gegen ungeschriebene Sitten. Nie sieht ein Park wie der andere aus, nie wird man das gleiche Haustier halten wie der Nachbar."

Das Wunderwerk einer überspitzten Zivilisation verschwand. Tifflor nahm ungerührt seinen alten Kurs auf. Bully grinste hinterhältig.

„Dann werden Ihre Chirurgen wohl auch nie auf die gleiche Art einen entzündeten Blinddarm entfernen, wie? Wenn ich so etwas absolut ungewöhnlich machen sollte, finge ich an der Fußsohle an zu schneiden. Verrückt!"

„Arkoniden besitzen keinen Blinddarm." Crest lächelte. „Es ist aber so, daß man sogar in der medizinischen Wissenschaft zur Entstilisierung neigt. Ein individueller Operateur wird bei genau dem gleichen Eingriff wenigstens eine andere musikalische Untermalung wählen. Tifflor, umfliegen Sie bitte die Urlandschaft. Dort unten habe ich als junger Weisheitsschüler meinen ersten Saurier gejagt."

Tiff riß die Maschine in die nächste Kurve. Eine mächtige Halbinsel glich einem dampfenden Venusdschungel. Vögel flogen gegen einen unsichtbaren Energieschirm an, der die flatternden Geschöpfe sanft in ihren Lebensbereich zurückdrängte.

„Auch künstlich angelegt, was?" fragte Bully verstört.

„Haben Sie nicht auch Schutzgebiete auf der Erde?" fuhr Thora gereizt auf. „Erscheint es Ihnen so eigenartig, die natürliche Umgebung nach persönlichen Wünschen umzuformen? Auf Arkon eins gibt es kaum einen Felsblock, der noch genau an der Stelle liegt, wo ihn die Natur abgelegt hatte."

Bully verstummte. Hilflos sah er sich um, aber er bemerkte nur mehr oder weniger verstörte Gesichter. Die Eindrücke waren zu überwältigend. Wesentlich schwerwiegender für die Gefühle der Menschen war aber die Tatsache, daß man sich in keiner Weise um sie kümmerte. Es sah ganz danach aus, als hätte Arkon niemals Kriege geführt und einen ganzen Kugelsternhaufen erobert. Arkon I, die Kristallwelt, war das abgekapselte Wohnheiligtum eines Volkes, das es bereits vor einigen zehntausend Jahren als unwürdig und widernatürlich empfunden hatte, das eigene Heim neben Industriewerken zu errichten.

Rhodan gab einige knappe Anweisungen durch. Die Männer des Einsatzkommandos rechneten noch immer mit einem Angriff aus heiterem Himmel.

Es geschah nichts. Entgegenkommende Luftfahrzeuge glitten so still und ruhig vorüber, als wäre der irdische Fernaufklärer ein Bestandteil des Planeten selbst.

Die östliche Küste des Sichelmeers tauchte auf. Vorgelagerte Inseln dienten als völlig in sich abgeschlossene Wohngebiete. Auf Arkon I gab es keine Städte. Rhodan war es rätselhaft, wo hier die zehn Milliarden Arkoniden wohnten. Erklärbar war die scheinbare Öde allein mit der Größe des Planeten, dessen Oberfläche nur den Zwecken des Wohnens und Erholens diente.

Sie überflogen einige der seltsamen Gebäude, die – von außen betrachtet – gewaltigen Sektgläsern glichen, die mit ihren schmalen Stielen im Boden verankert waren. Wuchtig und doch elegant, zeugend von genial beherrschter Statik, wölbten sich die Wände schräg nach außen.

Auch hier wurde wieder der Hang zur Abgeschlossenheit erkennbar. Die Gärten und Terrassen waren prinzipiell dem von der Trichterwandung umschlossenen, inneren Hohlraum zugekehrt. Rhodan hatte einen ähnlichen Palast auf der fünften Welt des Sonnensystems näher begutachten können.

In der Außenform gab es keine sonderlichen Unterschiede, was in einem sehr eigenartigen Gegensatz zur Lehre von der Entstilisierung stand. Die Bauten auf den Inseln waren anscheinend der breiten Volksmasse vorbehalten. So weit ließ sich die Individualisierung also doch nicht verwirklichen, als daß man es hätte wagen können, einer jeden Familie ein ganzes Haus zu geben.

Rhodan schüttelte unmerklich den Kopf. Etwas stimmte nicht auf dieser Welt. Arkon I erinnerte ihn überhaupt sehr lebhaft an den Planeten Wanderer, dessen Bewohner noch weiter gegangen waren. Sie hatten gar nicht erst damit angefangen, einen bereits vorhandenen Planeten nach ihren Wünschen umzuformen. Sie hatten sich ihre Welt selbst gebaut. Die Arkoniden schienen davon aber nicht mehr sehr weit entfernt zu sein, zumal sogar die Wohnungen für Familien ohne besonderen Status einen überspitzten Hang zur Abgeschlossenheit bewiesen. Die riesigen Appartementpaläste wimmelten von winzigen Hängegärten und Terrassen, die alle von der Eigenart ihrer Bewohner zeugten.

Tifflor reihte sich in den stärker werdenden Flugverkehr ein. Die ersten Schnellstraßen wurden erkennbar. Die glitzernden, traumhaft schön geschwungenen Bänder wanden sich über das Wasser hinweg, als müßte dies von Natur aus so sein. Nirgends waren stützende Pfeiler sichtbar, was erneut bewies, daß man auch hier tragende und haltende Kraftfelder angewendet hatte.

Die Küste wurde überflogen. Das von Crest angekündigte Gebirge war kein normaler Höhenzug mehr, da die verschiedenartigen Felsmassen längst nach dem Geschmack der Arkoniden umgeformt worden waren.

Riesige Köpfe und Halbfiguren aus Stein tauchten auf. Die Krönung bildete eine mehrere Kilometer lange Plastik von abstrakter Form. Sie zierte den Kamm des größten Höhenzugs.

Rhodan schloß vor dem strahlenden Glanz die Augen. Die in langsamer Fahrt heranschwebende Gazelle wurde von reflektierenden Lichtfluten überschüttet.

„Die Versinnbildlichung über die Eroberung der Galaxis“, erklärte Crest feierlich. „Erschaffen vom bedeutendsten Künstler seiner Zeit. Eukolard arbeitete sein Leben lang mit einem gewöhnlichen Energiestrahler zum Herausschmelzen der einzelnen Szenen. Er verwendete keine Düsenvorsätze, wie dies andere Künstler tun. Als sein Werk vollendet war, benötigte er für 8,3 Stunden das gesamte Energievolumen des Planeten Arkon, um das Gestein in einem vorsichtigen

Prozeß umzuwandeln. Seitdem besteht die Plastik aus reinstem Diamant. Die Berechnung über den effektvollsten Schliff wurde von dem Robotgehirn vorgenommen. Vibrationsgeschütze der Flotte beendeten unter Eukolards Leitung die Aussage über unsere Geschichte."

„Diamant!" stöhnte Tifflor gegen seinen Willen.

„Eine alltägliche Sache. Auf der Erde gilt dieser reine Kohlenstoff noch als Kostbarkeit", hüstelte Crest.

„Weiter, nicht ablenken lassen!" befahl Rhodan rauh. „Crest, wo ist der Landepunkt?"

Er kam zweihundert Kilometer weiter östlich. Als Tifflor die Maschine in einer Felsenschlucht landete, wußte er, daß das arkonidische Regierungszentrum nur noch dreihundert Kilometer entfernt war.

Die enge Schlucht wurde von einer Kristallstraße überbrückt. Rhodan verließ als erster die Luftschleuse. Zu seinen Füßen rauschte das korallenrot gefärbte Wasser eines Baches. Ein weit überhängender Felshang bot dem Kleinraumschiff eine gute Deckung.

Rhodan sah sich prüfend um. Dies war ein einsamer Platz, zu dem sich Arkoniden sicherlich niemals verirren würden. Langsam lockerte er seine angespannte Haltung, um die reine, würzige Luft in vollen Zügen einzuatmen.

Die Männer des Einsatzkommandos stiegen schweigend aus. Es war sehr warm. Die Bordgeräte zeigten auf dem Grund der Schlucht 25 Grad Celsius an. Hundert Meter über ihnen flimmerte das Band der an dieser Stelle rein energetischen Autostraße. Thora erklärte dazu: „Wir lieben es, hier und da mit bodengebundenen Fahrzeugen von Ort zu Ort zu fahren, wobei sich die besonderen Schönheiten besser bewundern lassen. Das Netz der Straßen wurde nur zum Zwecke der Entspannung und Erholung angelegt. Wenn man es eilig hat, werden sie natürlich niemals benutzt."

Perry Rhodan hatte das Gefühl, als begänne sein Gehirn allmählich zu rotieren. Es hatte alles längst gewußt. Die Hypnoschulung hatte genaue Auskünfte darüber erteilt, wie man auf Arkon lebte. Theoretisches Wissen und direktes Schauen waren jedoch zweierlei Dinge. Rhodan fühlte sich überwältigt. Die irdischen Probleme fielen ihm ein.

Dort stritt man sich noch über den dringend erforderlichen Bau von Schnellstraßenverbindungen. Hier waren zahllose Milliarden lediglich zum Zweck einer gelegentlichen Erholungsfahrt mit altertümlichen Bodenfahrzeugen investiert worden.

Die Gegensätze waren zu groß, um von einem menschlichen Verstand sofort verarbeitet werden zu können. Rhodan wandte sich an seine Begleiter. „Das Regierungszentrum, die sogenannten ‚Hügel der Weisen', ist von hier aus etwa dreihundert Kilometer entfernt. Der Sonnenuntergang erfolgt in vier Stunden. Ruhen Sie aus und versuchen Sie, die Eindrücke abzuschütteln. Sie können sich hier in der Schlucht frei bewegen. Halten Sie aber trotzdem die Waffen besetzt. Man kann nie wissen, obwohl es völlig unwahrscheinlich ist, daß wir hier entdeckt werden. Vergessen Sie auch nicht, daß diese so friedfertig erscheinende Welt nur der Teil eines großen Ganzen ist. In geringer kosmischer Entfernung kreisen zwei ganz ähnliche Planeten um ihre Sonne. Dort sieht es anders aus. Dort hätten wir auch nicht nach Gutdünken herumfliegen können. Nehmen Sie also um Himmels willen nicht an, die Gefahren wären vorüber. Wir können nur dann zur GANYMED zurück, wenn man uns eine reguläre Startgenehmigung erteilt. Ich werde mich in einigen Stunden auf den Weg machen, um den Imperator persönlich zu sprechen. Crest und Thora werden mich begleiten. Und . . .", Rhodan zögerte für eine Sekunde, „. . .und glauben Sie ja nicht, daß ein unerlaubter Start ebenso glücken würde wie unsere Landung auf Arkon. Wenn wir gegen den Willen des Robotgehirns nur die Nase in den freien Weltraum stecken, dann werden wir von hundert gleichzeitig feuernden Schiffsgeschützen in Asche verwandelt. Entweder unsere Verhandlungen haben Erfolg, oder wir sind so gut wie verloren. Das wäre alles. Schlafen Sie, unterhalten Sie sich oder gehen Sie spazieren. Konzentrieren Sie sich aber auf Ihr Unternehmen."

Rhodan streifte den hinderlichen Raumanzug ab. Tiefe Schatten senkten sich in die Schlucht hinab. Weit über den schweigenden Männern huschte ein seltsames Fahrzeug über das leuchtende Band der Straße hinweg. Seine Insassen hatten nicht angehalten. Bei all diesen Wundern war dieser Felsriß nicht bewundernswert genug.

28.

Imperator Orcast XXI, bekannt als geistvoller Spötter, liebenswürdiger Zyniker, bezaubernder Gesprächspartner und Schöpfer bemerkenswerter Kunstwerke, entschloß sich, die erhobene Rechte mit der Handkante nach vorn auszustrecken, was zur Folge hatte, daß der robotgesteuerte Individualtaster der Wasserspiel-Automatik um eine Nuance aus seiner mechanischen Fassung geriet.

Der Imperator runzelte in verständnisvoller Ironie die sorgsam gepflegten Augenbrauen, als der Chef des Protokolls verzweifelt ächzte: „Die Handfläche nach vorn, Euer Erhabenheit. Die Tasterpositronik benötigt den vollen Impulsstrom aus Euer Erhabenheit Innenhand."

Orcast gab auf, so, wie er unter drängenden Worten oder Befehlen generell aufgab. Seine Rechte glitt herum. Das dumpfe Tosen im Innern der schwebenden Wasserkugel mäßigte sich zu einem rhythmischen Brausen, das sich Sekunden später in zahllosen harmonischen aufeinander abgestimmten Tonfolgen verlor.

Die tausend Meter durchmessende Wasserkugel begann unter dem Zug der Antigravitationskomposition zu zerstäuben. Wundervolle Farbreflexe entstanden in dem flutenden und wogenden Element, das getreu nach dem neuen Meisterwerk geometrische Figuren zu bilden begann.

Die Masse der geladenen Gäste wurde ob des gebotenen Kunstgenusses aufmerksam. Man entschloß sich, die Haltung so zu verändern, daß man nach oben sehen konnte. Dicht über dem Innenhof des Kristallpalasts entfaltete sich das kunstvolle Spiel.

„Überwältigend", gestand Orcast seinen bevorzugten Gästen. „Ich frage mich jedoch ernsthaft, warum es der Gottheit aus dem Geschlecht der Weltältesten nicht gestattet wird, nach Belieben die

Hand auszustrecken. Mir scheint, als wäre es mit meiner gepriesenen Göttlichkeit nicht weit her."

Gemäßigtes Gelächter belohnte die Betrachtungen des Herrschers. Orcast ergötzte sich mit einem ironischen Lächeln an der Verlegenheit seines Protokollchefs.

„Wie dem auch sei", fuhr er fort, „mein alles wissender Geist sieht sich außerstande, die barbarischen Hungergefühle meines offenbar weniger geistvollen Organismus nach den Regeln des Anstands zu unterbinden. Mein Gruß dir, Offentur. Deine Komposition sollte in die Geschichte der neueren Kunstfertigkeiten eingehen."

Orcast erhob sich von dem pulsierenden Lager. Sein Blick streifte das weite Rund des Parks. Weit über ihm wurden gebändigte Wassermassen von einer plötzlich aufstrahlenden Atomsonne in fluoreszierende Dämpfe verwandelt.

Das Fest dauerte bereits drei Stunden. Man verstand, daß der Imperator allein zu speisen beliebte. Die jüngeren Philosophen vertraten ohnehin die Ansicht, das In-den-Mund-Schieben und Zermalmen sogenannter Genußmittel wirke ebenso anstößig und sittenwidrig wie der organisch bedingte Vorgang der Verdauung. Nach Epfantrin dem Älteren seien beide Tätigkeiten so eng miteinander verwandt, daß ein wirklich reiner Geist nicht umhin käme, während der Essenszeremonie Vergleiche und Folgerungen anzustellen.

Orcast gehörte zu den Verfechtern der neuen Philosophie. So zog er sich gemäßigten Schrittes zu seinem Palastgleiter zurück, der ihn unter den Zurufen der Gäste um etwa 800 Meter nach oben trug.

Orcasts gewohntes Lächeln verlor sich. Sorgenschwer blickte er auf die 1500 Meter durchmessende Bodenrundung seines Palasts hinunter. Noch pulsierte in dem wundervollsten Park des Planeten Arkon das Leben. Noch unterhielt man sich begeistert über die nebensächlichsten Nebensächlichkeiten. Wie lange noch?

Orcast fühlte sich müde und erschöpft. Eine vierstündige Festfolge verlangte zu viel von Körper und Verstand. Er war es seinem Ruf schuldig, geistreich und witzig zu sein.

Sein ergebener Leibsklave, ein Naat, bettete den Herrscher auf seine starken Arme.

Ein transparenter Energieschirm wich unter den Körperimpulsen der Näherkommenden zurück.

Orcast war nun weit von dem bunten Treiben entfernt. Wortlos ließ er sich von dem dreiäugigen Titanen entkleiden und in weiche, duftende Umhänge hüllen.

Wohlig genoß er das hautaktive Vibrieren des Ruhelagers.

„Es war langweilig, Tranto", beschwerte er sich vorwurfsvoll. „Gehört es nicht zu deinen Pflichten, mir dilettantische Komponisten vom Rang eines Offentur vom Leib zu halten? Er beleidigt meine Sinne mit seiner schwachen Gabe, wobei zu erörtern wäre, ob das, was er bot, überhaupt als Gabe anzusprechen ist. Ich gestatte mir, etwas zu ruhen. Es dürfte mit das einzige sein, was ich, die imperialistische Glorifizenz, noch zu gestatten habe. Eine bedauerliche Tatsache, die nur der Spötter über sich selbst ohne totalen Verlust seiner restlichen Energien überwinden kann."

Der Zyklop zog sich zurück. Er wußte, daß Orcast keine Antwort erwartete.

Draußen, vor der offenen Aussichtswand des kleinen Ruheraums, klang helles Gelächter auf. Robotgleiter mit köstlichen Getränken huschten von Terrasse zu Terrasse.

Orcast wunderte sich einen Augenblick über die merkwürdige Haltung seines Leibsklaven. Seit wann rannte der Zyklop wie benommen gegen die Tür an?

Orcast verfing sich in müden Gedankengängen über Sinn oder Unsinn des Daseins. Er wurde erst munter, als ein kleines, pelziges Geschöpf vor ihm erschien. Gucky grinste mit seinem einzigen Nagezahn.

„Hallo, alter Junge!" piepste der Mausbiber in einwandfreiem Interkosmo. „Leutnant Guck, wenn Sie gestatten. Mitglied eines Spezialkommandos der Dritten Macht."

Gucky rutschte auf seinem breiten Hinterteil näher. Sein Mausegesicht war eitel Wonne. Orcast war beherrscht genug, um seiner panikartigen Überraschung nur mit einem leichten Räuspern Ausdruck zu geben.

„Köstlich!" Er lächelte in gewohnter Maske. „Mir scheint, ich sehe in Euch das intelligente Lebewesen eines meiner Planeten."

„Irrtum", bedauerte der Mausbiber gänzlich unkonventionell. „Sie gestatten?"

Für den Bruchteil einer Sekunde richtete sich sein Blick auf die hinter wunderschönen Pflanzen verborgene Schaltanlage des Ruheraumes. Orcast empfand erstmals die drohende Gefahr, als der Schalter für die Errichtung der schützenden Energiefelder ruckartig nach unten klappte.

Orcast wollte sich erheben. Im selben Augenblick wurde er von unsichtbaren Kräften auf sein Lager gepreßt.

„Ich bin nämlich Leutnant Guck vom Mutantenkorps", betonte der Mausbiber nochmals. „Noch nie davon gehört, wie? Wieso ich hier hineinkam, denken Sie? Einfach, alter Junge. Ich bin nämlich – ach so, ich soll ja nichts wiederholen. Nun ja, ich bin nebenbei auch ein Teleporter. Sie werden sich doch nicht aufregen? Es ist mir verboten worden, Sie aufzuregen."

Gucky grinste noch freundlicher. Seine Mausenase runzelte sich weit nach oben, und die zierlichen Vorderpfoten mit den kleinen Greifhänden fuchtelten in der Luft herum.

Orcast kämpfte um seine Beherrschung. Er wußte genügend über die Bemühungen der parapsychischen Wissenschaft, um das so jähe Auftauchen des kleinen Wesens verstehen zu können. Hier waren Kräfte am Werk, die von der ausgefeilten Sicherheitsautomatik nicht mehr erfaßt werden konnten.

Gucky lockerte seine geistige Umklammerung. Orcast begann, in tiefen Zügen die Luft einzusaugen. Sein Geist war plötzlich hellwach, was auch der telepathisch begabte Mausbiber erfaßte.

„Machen Sie keine Dummheiten, alter Junge", bat er rasch. „Wir haben fast vier Stunden darauf gewartet, bis Sie wieder allein waren. Es geht um eine kleine Besprechung, das ist alles. Der Chef will Ihnen bestimmt nicht an den Kragen. Äh – haben diese Tücher überhaupt einen Kragen?"

Guckys große Augen inspizierten die duftigen Kleidungsstücke.

„Anscheinend nicht", stellte er fest. „Sie denken zuviel, alter Junge. Sie werden bestimmt nicht auf den Knopf drücken können, der hinter Ihnen in der Wand eingelassen ist."

Orcast XXI gab auf. Er ahnte, daß er hier einer unbegreiflichen

Macht gegenüberstand. Seinem Sinn für das Neue, Abwegige und Abstrakte entsprechend, begann er Neugierde zu empfinden. Wer wagte es, den Imperator in dieser Form zu überraschen?

Gucky registrierte den Gedankeninhalt des Liegenden. Orcast fuhr nochmals zusammen, als es dicht vor ihm zu flimmern begann und eine kleine, gelbhäutige Gestalt materialisierte.

Tako Kakuta, ebenfalls Teleporter, verneigte sich lächelnd. In seiner kleinen Hand baumelte eine schwere Impulswaffe, die im nächsten Augenblick unter dem weiten Schulterumhang verschwand. Das bot Orcast Gelegenheit, festzustellen, daß dieser Fremde die Kleidung der Palastdienerschaft trug. Unter anderem konnte sich der Imperator vorstellen, daß das rauschende Fest wohl genügend Gelegenheit zu einem unbemerkten Eindringen geboten hatte. Seine Neugierde wallte erneut auf.

„Seine Exzellenz, Präsident Perry Rhodan, bittet um ein wenig Geduld", sagte der schmächtige Mann an Stelle einer Begrüßung. „Seine Exzellenz haben einige Schwierigkeiten zu überwinden, die speziell Ihre ausgezeichnet funktionierenden Robotwachen betreffen, Euer Erhabenheit. Zugleich bin ich beauftragt worden, Ihnen zu versichern, daß dies kein Überfall ist. Uns ist lediglich an einer kurzen Unterredung gelegen, die wir im Rahmen der gebotenen Höflichkeit und des schuldigen Respekts zu absolvieren trachten. Im Auftrag Seiner Exzellenz bitte ich um Ihr Verständnis, Euer Erhabenheit."

Orcast lauschte den Worten nach. Noch wußte er nicht, was er mit diesen eigenartigen Leuten anfangen sollte. Sie paßten in kein Schema hinein. Irgendwie waren sie außergewöhnlich, was nicht nur auf die anscheinend übersinnlichen Fähigkeiten zutraf.

„Ihr seht mich in erwartungsvoller Stimmung." Er lächelte fahrig. „Wie nanntet Ihr Euren Gebieter? Rhodan?"

Tako Kakuta stellte befriedigt fest, daß er in der dritten Person angesprochen wurde. Dies war immerhin ein Zeichen gewisser Höflichkeit.

Er bestätigte, worauf sich die Haltung des Imperators noch mehr lockerte.

Er wartete.

Das flimmernde Energiefeld vor der Eingangspforte war verschwunden. Es dauerte nur noch Minuten, bis eine hochgewachsene Gestalt im diffusen Licht der indirekten Beleuchtung erschien.

Rhodan warf den hellroten Schulterumhang eines nichtarkonidischen Dieners ab. Die einfache Uniformkombination der Dritten Macht wurde sichtbar.

André Noir, der dickliche, gemütlich wirkende Franzose mit den hypnotischen Fähigkeiten, verzichtete darauf, den ohnehin von Gucky gefesselten Imperator unter seinen geistigen Zwang zu nehmen. Dieser Mann war ungefährlicher als ein Kind, vorausgesetzt, man verstand es, die Sicherheitseinrichtungen rechtzeitig abzuschalten.

„Bleiben Sie im Vorraum, Noir", flüsterte Rhodan rasch. „Halten Sie den Naat in Schach. Ich brauche zehn Minuten. Wo ist Kitai Ishibashi?"

„Zusammen mit Marshall und Anne Sloane in der großen Schaltzentrale. Sie beaufsichtigen die Wachen."

Rhodan nickte kurz. Hinter ihm standen Thora und Crest in fieberhafter Erwartung. Es war relativ einfach gewesen, den Palast zu betreten, nachdem die Teleporter die Lage erkundet hatten.

Rhodan umfing den ruhenden Imperator mit prüfenden Blicken. Orcast war ein noch jüngerer Arkonide, dessen ganze Haltung aber bereits Spuren der Dekadenz zeigte. Er fühlte sich anscheinend erschöpft, was Gucky mit einem kurzen, telepathischen Impuls durchgab.

Orcast XXI verkörperte trotz seiner etwas unglücklichen Lage Aufstieg und Untergang eines bewunderungswürdigen Volkes. Rhodan sah sich gezwungen, instinktive Scheu und die unbewußte Neigung zur Ergebenheit von sich abzuschütteln.

Er grüßte kurz und exakt. Dann trafen sich die Augen der Männer. Orcast musterte die hochgewachsene Gestalt mit nur einem einzigen Blick. Von da an ahnte er, daß dieser Fremde all das besaß, was er, Orcast, niemals sein eigen genannt hatte. Ein Strom individueller Energie und Entschlußkraft drohte den Imperator zu überwältigen. Langsam richtete er sich mit Guckys Billigung auf die Ellbogen auf.

Rhodan machte es sehr kurz. Seine Entschuldigung über den unerlaubten Eintritt beseitigte zwar nicht dieses Vergehen, jedoch gab er damit zu verstehen, daß er über die ungebührliche Form sehr wohl unterrichtet war. Orcast nickte wortlos. Sein überall bekanntes Lächeln hatte sich verloren. Immer hastiger durchforschte er die Züge des Unbekannten.

„Ich bedaure, Euch zu dieser Stunde belästigen zu müssen", betonte Rhodan nochmals. „Ich sah leider keine andere Möglichkeit."

„Ihr hättet um eine Audienz ersuchen können", hüstelte Orcast mit einem Blick zu Gucky hinüber.

„Es gehört zu unseren Eigenschaften, unmögliche Dinge von vornherein zu unterlassen, Euer Erhabenheit. Da ich leider kein Wasserspiel-Komponist bin, sondern nur ein Mann mit ernsthaften Anliegen, das Wohl Eures Imperiums betreffend, wäre es sinnlos gewesen, Eure Hofbeamten zu belästigen."

Rhodans feiner Spott war wohl verstanden worden. Orcast ließ sich seufzend auf sein Lager zurücksinken.

„Auch das noch", stöhnte er. „Versprüht Euren ätzenden Hohn nicht im Ruheraum eines Herrschers, der außerhalb dieser Wände kaum noch zu herrschen hat. Ich glaube, Euer ungewöhnliches Anliegen zu erraten. Das Reich wird von einem Automaten verwaltet. Was also gedenkt Ihr zu tun, wenn ich Euch mit dem besten Willen nicht behilflich sein kann?"

Rhodan fuhr innerlich zusammen. Er spürte die tiefe Resignation des Imperators. Gucky strahlte einen Impuls des Erschreckens aus.

„Er ist wie Staub im Orkan", empfing Rhodan auf englisch geflüstert die Nachricht des Ilts.

Rhodan fing sich. Sein Lächeln drückte Bedauern aus. Als er die wartenden Arkoniden herbeiwinkte, ahnte er bereits, daß das gefährliche Vordringen zu Orcast XXI sinnlos gewesen war. Dieser Mann hatte nicht die Macht, die Entscheidung des Robotgehirns zu beeinflussen.

Thora und Crest betraten den Raum. Sie in stolzer, hochaufgerichteter Haltung, er etwas schlurfend. Orcast fuhr erneut hoch. Erstaunen zeichnete sich in seinen jungen und trotzdem seltsam alt wirkenden Zügen.

„Wir kennen uns, Orcast", sagte Thora kalt. „Der Palast meiner Familie ist zu dem deinen geworden. Ich bin gekommen, um mein Recht zu fordern. Crest, Erster Wissenschaftler des Rates, hielt dies allerdings für zwecklos. Ich bitte um eine Sofortentscheidung. Wir haben keine Zeit zu verlieren."

Rhodan verfolgte die entbrennende Diskussion sehr aufmerksam, bis ihn das Gefühl der Müdigkeit überfiel.

Orcast sagte die Wahrheit, was Gucky laufend bestätigte. Dieser Scheinherrscher wußte noch nicht einmal, daß Thora und Crest vor 13 Jahren irdischer Zeitrechnung ausgeschickt worden waren, um den Planeten des ewigen Lebens zu finden.

Ebensowenig war Orcast darüber informiert, daß Rhodans Raumschiff auf Naat festgehalten wurde. Er bedauerte zutiefst, auch nicht die geringste Hilfe leisten zu können.

Thora brach innerlich zusammen. Wortlos sank sie auf einem anderen Lager nieder.

Orcast war verstört. Die Eröffnung über Thoras Notlandung auf dem irdischen Mond und die Heimkehr mit einem terranischen Raumschiff waren zu überraschend gekommen. Niemals zuvor hatte der Imperator so deutlich gespürt, wie hilflos er persönlich war. Dies ging auch aus seinen Worten hervor: „Es wäre ein Vergnügen, Euch die Landung zu gestatten und den Zeitpunkt der Heimreise in Euer Ermessen zu stellen. So aber bleibt mir keine andere Wahl, als Euch Dank zu sagen für die Errettung wertvoller Angehöriger meines Volkes. Ich kann nichts für Euch tun, es sei denn, Ihr wolltet sicheres Geleit aus dem Palast als Hilfeleistung auffassen. Es liegt nicht in meiner Macht, die Beschlüsse des Robotgehirns aufzuheben."

„Veranlassen Sie eine vernünftige Programmierung", fiel Rhodan etwas heftig ein.

Orcast zeigte ein müdes Lächeln. „Ihr besitzt die Tatkraft der Vorfahren. Wahrscheinlich könnt Ihr Euch nicht vorstellen, was auf Arkon geschieht."

„Berufe den Galaktischen Rat ein", meldete sich Thora. „Das Gehirn muß sich dem einstimmigen Beschluß unterwerfen."

„Es wird sich noch nicht einmal zur Speicherung des Beschlusses bereit finden", lehnte Orcast ab.

Rhodan sah sich um. Gucky bestätigte die Wahrheit der Aussage. Die Situation wurde unwirklich. Tiefste Hoffnungslosigkeit drohte Rhodans Verstand zu überwältigen. Mit einer gewissen Machtfülle des

Imperators hatte er immerhin noch gerechnet, zumindest aber hinsichtlich solcher Beschlüsse, die für die Existenz des Großen Imperiums nebensächlich waren.

Die fundamentale Situationsberechnung an Bord der GANYMED hatte ausgesagt, daß dem Herrscher wenigstens noch die Möglichkeit offenstehen müsse, Staatsbesuche zu empfangen und außenpolitische Formsachen ohne entscheidenden Wert innerhalb des prunkvollen Hofrahmens abzuwickeln. Daß dem nicht so war, hatte auch Rhodan nicht ahnen können. Andernfalls hätte er sich niemals dazu entschlossen, die Kristallwelt anzufliegen und die Unterredung zu erzwingen. Er sah sich plötzlich vor einer unüberwindlichen Mauer stehen.

„Ich verlange die Einberufung des Großen Rates", forderte Thora erneut.

„Sinnlos und gefährlich", fuhr Rhodan auf. „Lassen Sie doch diese fruchtlosen Gedankenspielereien. Sobald der Rat erfährt, daß Sie und Crest hier sind, wird das Gehirn automatisch wissen, daß wir entgegen seiner Anordnung die GANYMED verlassen haben. Dann ist alles verloren."

Er drehte sich um. „Euer Erhabenheit, liegt es wirklich nicht in Eurer Macht, uns den Rückflug zum fünften Planeten zu gestatten? Bedenkt bitte unsere Situation."

Orcast breitete hilflos die Hände aus. „Wenn Ihr geht – und Ihr werdet gehen müssen –, nehmt die Gewißheit mit, daß Ihr mit einem machtlosen Scheinherrscher gesprochen habt. Ich verpflichte mich zum Stillschweigen über Euren Besuch. Da ich der Auffassung bin, daß Euer Anliegen den Interessen des Imperiums nicht schaden kann, kann ich Euch wenigstens einen kleinen Hinweis geben."

Orcast begann zu lächeln. Interesse und verhaltene Spannung glommen in seinen rötlichen Augen auf. Er suchte Thoras Blick. „Es gibt noch immer Männer von deiner Art. Erinnere dich an Admiral Kenos, Angehöriger des Rates und Sieger in der letzten Schlacht des Imperiums. Kenos ist meiner Einladung zum heutigen Fest nicht gefolgt. Für dich dürfte es wichtig sein zu wissen, daß Kenos vom Robotautomaten als Musterungs-Koordinator eingesetzt wurde. Es obliegt ihm, fremde Hilfsvölker und aktiv gebliebene Arkoniden zu erfassen, um sie zur Ausbildung nach Arkon drei zu senden."

Rhodan kam langsam näher. Unsicher schritt er auf den Herrscher zu. Die Erregung drohte ihn zu überwinden. Rauh sagte er: „Euer Erhabenheit – ist das ein Hinweis? Ich bitte um eine ehrliche Antwort."

„Ich bin immer ehrlich, wenn ich es sein darf", belehrte Orcast sanft. „Geht zu ihm und schildert die Lage. Kenos diente unter Imperator Zoltral. Nie besaß das Imperium einen besseren Flottenbefehlshaber. Mehr kann ich nicht für Euch tun. Ihr solltet nun aber wirklich gehen. Ich werde von meinen Gästen erwartet."

Rhodan zögerte keine Sekunde mehr. Thoras Einwände und Crests besorgte Fragen überging er mit einer Handbewegung. Orcast verfolgte fassungslos die blitzschnellen Reaktionen seines ungebetenen Besuchers.

Gucky setzte die Befehle telepathisch ab. Innerhalb von wenigen Augenblicken waren die wartenden Leute des Einsatzkommandos informiert.

„Zurückziehen, am Treffpunkt sammeln", lautete die generelle Anweisung. Anschließend hielt es Rhodan für seine Pflicht, Orcast über die weiteren Sicherheitsmaßnahmen zu informieren.

„Ich bitte um Euer Verständnis ob meiner Vorsicht, Euer Erhabenheit. In unserem Interesse bin ich gezwungen, Euch mit einem Hypnoblock versehen zu lassen. Wie leicht könnte eine unbedachte Äußerung alles verraten. Eure offizielle Erlaubnis würde mir den notwendigen Entschluß erleichtern."

Orcast XXI sah lange in das schmale, markante Gesicht des schlanken Mannes. Mit einem schmerzlichen Lächeln meinte er: „Ihr bringt mich um das einzigartige Vergnügen, während meiner inhaltslosen Tage über Euer Erscheinen nachzudenken. Dennoch habt Ihr mein Einverständnis unter der Bedingung, Euch nach einer eventuellen Änderung in Ehren empfangen zu dürfen."

Rhodan verneigte sich knapp. Dieser Arkonide, den man noch nach der Landung als Gegner angesehen hatte, war zu einem Freund geworden. Der Hypno André Noir trat in Aktion. Orcast versank im überstarken Willensfluidum des Mutanten.

Als er den Vorraum betrat, war der Imperator in einen kurzen Schlaf versunken. Nach seinem Erwachen würde er vergessen haben, daß er jemals seltsame Besucher in seinen privaten Räumen gehabt hatte.

Rhodan und seine Begleiter zogen sich unangefochten bis zur Schaltzentrale des riesenhaften Palasts zurück. Das Fest näherte sich seinem Ende. Immer mehr Gäste verließen die prächtige Umgebung.

Rhodan passierte den unter einem Suggestivblock stehenden Wächter aus der Leibgarde der Naats. Von ihm hatte man die leuchtenden Eintrittsmarken erhalten. Rhodan gab sie zurück, da eine Kontrolle fraglos stattfinden würde.

Die weite Pforte im 1500 Meter durchmessenden Sockel des größten Trichterhauses auf Arkon I war geöffnet. Die Männer verschwanden in der Dunkelheit.

Der große Feldgleiter des öffentlichen Wagenparks wartete an der verabredeten Stelle. Bully und die anderen Mutanten waren schon da. Zischend schwang die Tür vor den Näherkommenden zurück.

Der Wagen war von Thora über das öffentliche Rufnetz angefordert worden. Jedem Arkoniden stand es zu, solche Fahrzeuge nach Belieben zum eigenen, kostenlosen Gebrauch abzurufen.

Rhodan blickte für einen Augenblick in die flimmernde Kraftfeldmündung eines Energiestrahlers.

„Endlich", stöhnte Bulls rauhe Stimme aus dem Innern. „Es wird bald hell. Was war los?"

„Aussteigen, sofort!" befahl Rhodan knapp. „Los schon, 'raus aus der Karre! Wir haben eine zu große Entfernung zu überwinden. Nein, keine Frage bitte. Marshall, geben Sie an Betty durch, das Einsatzkommando unter Leutnant Tifflor solle sich weiterhin versteckt halten. Übermitteln Sie dazu einen kurzen Bericht über den Mißerfolg der Unterredung. Aussteigen! Thora, senden Sie den Wagen zu seinem Stützpunkt zurück."

Erregt nahm sie die Schaltung vor. Nach einem kurzen Summzeichen setzte sich das Fahrzeug in Bewegung. Mit steigender Fahrt verschwand es in der Nacht.

„Mißerfolg?" wiederholte Bully gedehnt. „Wieso?"

Crest schritt bereits in die Nähe der Außenmauern zurück. Die Bänder der kühn geschwungenen Hochstraßen waren prächtig erleuchtet.

Rhodan erklärte das Ergebnis des Besuches. Er schloß mit den Worten: „Crest wird ein größeres Luftfahrzeug herbeirufen. Auch dafür gibt es öffentliche Hangarstationen. Uns bleibt keine andere Wahl, als Admiral Kenos noch vor Tagesanbruch aufzusuchen. Er ist der letzte Trumpf."

Thora sah still in den sternflimmernden Himmel Arkons hinauf. Zahllose, dicht zusammenstehende Sonnen verdeckten das Band der Milchstraße. Der Kugelhaufen M-13 schien eine Galaxis für sich zu sein.

Einige Minuten später kam Crest mit dem Luftgleiter an. Es war ein Fahrzeug von typisch arkonidischer Bauart. Die zehn Personen stiegen ein. Crest saß hinter dem Druckknopfsteuer.

Rhodan orientierte sich kurz. Dann schaltete er die Automatik ab. „Okay, fliegen Sie los. Sie wissen, wo Kenos' Heim zu finden ist?"

„Ein weiter Weg. Wir müssen den halben Planeten umrunden. Kenos ist ein Einsiedler. Sein Haus steht auf dem Gipfel eines hohen Berges. Er wollte den Sternen so nahe wie möglich sein."

„Ein sympathischer Zug. Klären Sie mich bitte über den Mann auf."

Der Gleiter stieg mit summender Maschine in die Luft und nahm Fahrt auf. Noch einmal war das Gelände der Hügel ganz zu übersehen. Die Lichtflut aus den Palästen des Regierungszentrums erhellte Arkons Nacht. Dann flogen sie in die Finsternis hinein, die tiefer und undurchdringlicher werden mußte, je weiter sie nach Westen auswichen. Sie liefen der aufgehenden Sonne davon.

Das Einsatzkommando unter Julian Tifflor war vor zehn Minuten angekommen. Die Einpeilung der Maschine war nicht einfach gewesen, da man auf normale Funkzeichen hatte verzichten müssen. Gucky war es gewesen, der Tiff genau die Richtung gewiesen hatte.

Thora, die den einer alten Trutzburg gleichenden Palast von Kenos allein betreten hatte, war seit fast vier Stunden verschwunden.

Unter Rhodans Hinweisen hatten sich die Männer des Einsatzkommandos im Gelände verteilt. Mit schußbereiten Waffen sicherten sie die Umgebung des gewaltigen Trichterhauses, das kühne Architekten mit dem schmalen Sockel in einer steilen Felsklippe eingebettet hatten. Es war ein seltsamer Anblick, ebenso unwirklich wie dieser fremde Planet.

Das Gebirge erschien öde und trostlos. Hier hatte man darauf verzichtet, die Wildheit der Natur abzuschleifen. Eher war man noch darum besorgt gewesen, das Grandiose zu vertiefen.

Kenos' Haus lag in etwa 4000 Meter Höhe. Die Atmosphäre des etwa erdgroßen Arkon I war schon reichlich dünn.

Die Telepathen bemühten sich, Thoras Bewußtseinsschwingungen aufzufangen. Es kam jedoch nur hier und da ein schwacher Impuls durch. Sie blockte sich ab, hatte Marshall erregt erklärt.

Nach etwa viereinhalb Stunden kam der Alarm. Ein Posten hatte das heranschwebende Gebilde mit der Ultrarot-Optik seiner Impulswaffe entdeckt.

„Nicht schießen!" ließ Rhodan von Mann zu Mann durchgeben. „Abwarten!"

Die Maschine landete dicht auf dem kleinen Felsplateau, an dem die normale Straße endete. Wer von hier aus Kenos' Palast betreten wollte, mußte schon eine kleine Luftreise unternehmen.

Eine ältere Arkonidin stieg aus. Rhodan vernahm ihre tiefe Altstimme. Sie fragte nach ihm.

Augenblicke später legte er die Hand grüßend an die Mütze. „Ich bin Perry Rhodan, Madam. Dürfen wir eintreten?"

„Mein Mann bittet darum. Sie haben Ihre Leute bereits nachgezogen?"

„Sie haben die Maschine geortet?" antwortete Rhodan mit einer Gegenfrage.

„Natürlich." Die ältere Frau lächelte. „Benutzen Sie bitte meine Plattform. Willkommen, alter Freund. Nie wird ein Zoltral vergeblich vor unsere Pforte treten."

Crest verneigte sich stumm. Marshall nickte kaum merklich. Man meinte es ehrlich.

„Tiff, Sie kommen mit der Gazelle nach", ordnete Rhodan leise an. „Tempo, beeilen Sie sich. Alle Mann an Bord. Auch hier wird es bald hell."

Der kleine Schwebegleiter der Arkonidin glitt an den senkrecht in den Himmel wuchtenden Felswänden empor. Der Trichterpalast kam näher. Im Vorüberfliegen erkannte Rhodan die ausgefahrenen Panzertürme einiger Energiegeschütze. Kenos schien ein einsames Überbleibsel aus der großen Vergangenheit des Imperiums zu sein.

Sie überflogen die nach außen gewölbten Ringmauern und glitten sanft in den großen Innenhof hinein. Hier herrschte die übliche individuelle Prachtentfaltung vornehmer Arkoniden, jedoch hatte man auf jede Beleuchtung verzichtet.

Tifflor landete die Gazelle sanft auf einer weit vorspringenden Plattform. Wie die Wiesel flitzten die Männer des Kommandos ins Freie, wo sie auf Anweisungen Rhodans warteten.

„Keine Erkundung?“ fragte Ras Tschubai, der Teleporter, zutiefst beunruhigt.

„Keine! Mißtrauen ist ein übles Gastgeschenk. Bully, du kommst mit.“

Die Arkonidin hatte aufmerksam zugesehen. Als ihr Blick Rhodans Augen fand, nickte sie. „Kommt, bitte. Mein Mann erwartet Euch. Verzichtet bitte auf nähere Erklärungen. Wir sind von Thora bis ins Detail informiert worden.“

Das hatte Rhodan vermutet. Innerlich aufatmend folgte er der Arkonidin. Es war ein gutes Zeichen, daß der Admiral seine Gattin geschickt hatte.

Dicht vor der breiten Pforte flammte helles Licht auf. Rhodan bemerkte einen Arkoniden in der Uniform der Imperiumsflotte. Selten hatte Rhodan ein derart eindrucksvolles Gesicht gesehen. Es war alt und lederig. Schlohweißes Haupthaar bedeckte seine Stirn, unter der große Augen in ungebrochenem Feuer glühten.

Perry Rhodan grüßte. Thora stellte vor. Die Gattin des alten Admirals zog sich unauffällig zurück.

Kenos kam schweren Schrittes näher.

Rhodan fühlte seinen Herzschlag ansteigen, als ihn der Blick des Alten traf. Dies war ein Mann, der trotz seines hohen Alters keine Spur von Dekadenz zeigte. Die stumme Musterung dauerte fast eine Minute. Dann klang die tiefe, rollende Stimme auf: „Ich heiße Euch willkommen, Exzellenz. Eure Lage ist unangenehm, also reden wir nicht lange. Hier seid Ihr vorläufig in Sicherheit. Ich werde sehen, was ich für Euch tun kann.“

Er blickte hinüber zu den wartenden Männern. Danach wandte er sich wieder Rhodan zu. „Wie ist Eure Meinung über unseren intelligenten Schwächling, den man Imperator nennt?"

Rhodan konnte ein leises Auflachen nicht unterbinden. Kenos war in seiner Art herzerfrischend.

„Ausgebrannt, möchte ich sagen. Auf keinen Fall fähig, ein gewaltiges Reich zu regieren. Die harte Hand, die hier und da erforderlich ist, fehlt ihm ebenso wie der sichere Instinkt zum Nachgeben, das in letzter Konsequenz doch den Erfolg bringt."

Kenos schwieg einige Zeit, bis er grollend sagte: „Ihr seid gefährlich, Terraner. Wäre diese Maschine nicht an die Macht gekommen, würde ich Euch als Gegner des Imperiums ansehen. So aber hoffe ich auf Eure Hilfe und Freundschaft. Ich möchte es noch erleben, daß Arkoniden in den Raum starten."

Mehr sagte Kenos nicht. Anschließend besah er sich interessiert die Leute des Mutantenkorps. Er verlangte Beweise für die besonderen Fähigkeiten.

Gucky allein brannte ein ideenreiches Feuerwerk ab, das – unter anderem – den ehrwürdigen Admiral zu einer pfeilschnellen Luftreise quer über den Abgrund des Innenhofs veranlaßte.

Als er sanft zu Boden gesetzt wurde, sagte er wieder keinen Ton. Bully grinste breit und wohlwollend, was Kenos endlich bewegte, seine Schritte zur Pforte zu lenken.

„Kommt mit", sagte er. „Eure Unterkunft ist vorbereitet. Könnt Ihr mit einem Schlachtschiff der Imperiums-Klasse umgehen? Saubere Transitionen!"

„Die machen wir im Halbschlaf", behauptete Bully.

„Aha! Hypnoschulung, nicht wahr? Ihr werdet morgen zur Musterung gehen. Ich schleuse Euch und Eure Männer als Hilfsvolk der Klasse eins in die Erfassung ein. Das Robotgehirn ist verzweifelt bemüht, intelligente organische Besatzungen für die großen Einheiten der Flotte zu finden. Alles können diese Roboter nun doch nicht."

Haß schwang in den letzten Worten mit.

„Wir stehen zu Eurer Verfügung", betonte Rhodan.

„Gut. Ihr werdet Euch als Nachkömmlinge früherer Arkon-Auswanderer ausgeben müssen. Andere Intelligenzen werden unter der

Geistesquote eins nicht anerkannt. Da Ihr die Position Eurer Welt wahrscheinlich geheimhalten wollt, werden wir uns einen Sektor im inneren Zentrumsbereich aussuchen. Auf Zeklon fünf gibt es Leute von Eurem Aussehen. Ich habe Euch und Eure Leute dem Anschein nach aus der Leibgarde der Zoltral herausgeholt. Es ist bekannt, daß die ehemals herrschende Dynastie hervorragende Kämpfer privat beschäftigt. Seid Ihr damit einverstanden, oder erscheint Euch das als Zumutung?"

Rhodan maß den Alten mit einem letzten Blick, ehe er nach Erdsitte die Hand ausstreckte. „Wird die Familie der Zoltral mit Eurem Vorhaben einverstanden sein? Es könnte zu Nachprüfungen durch das Gehirn kommen."

„Das laßt meine Sorge sein. Eure Leute sollen bei Sonnenaufgang zur Lagebesprechung erscheinen. Wir haben keine Zeit zu verlieren."

„Endlich mal einer, der auf Arkon keine Zeit hat", murmelte Bully. „Mein Respekt. Mit dem hätte ich während der arkonidischen Blütezeit nicht aufeinandertreffen wollen. Du etwa?".

„Ich hätte es nach Möglichkeit vermieden", gestand Rhodan.

29.

„Transporter achtzehn, tretet an!" plärrte die unmodulierte Lautsprecherstimme aus der stählernen Waffenkuppel des großen Registrationsautomaten.

Dreiundfünfzig Beinpaare, steckend in kniehohen, wadenengen Schnürstiefeln aus dunkelrotem, reichbesticktem Naturleder, begannen im Takt einer rollenden Musik zu stampfen.

Die Registrationskontrolle war beendet. Nachdem die Männer von Kenos die Identifizierungsmarken erhalten hatten, waren sie von Luftgleitern zum großen Militärraumhafen des Kristallplaneten gebracht worden. Es war auf Arkon I der einzige Platz, der nicht der

Erholung und den schönen Künsten vorbehalten war. Hier herrschte die kalte Zweckmäßigkeit, was zur Folge hatte, daß das nächste Wohnhaus mehr als 300 Kilometer entfernt errichtet worden war.

Kenos stand mit den Arkoniden seines Stabes hinter der Energiesperre. Es wurde ihm nicht gestattet, den gigantischen Raumhafen zu betreten. Nur Thora und Crest, die von Kenos als Kommandantin und Chefingenieur bestimmt worden waren, hatten die Kontrolle ebenfalls passieren dürfen. Jedoch wurde ihnen noch nicht einmal von dem Robotgehirn zugemutet, sich in die Formation der 53 angeworbenen Männer vom Kolonialplaneten Zeklon V einzugliedern.

Die beiden vornehmen Arkoniden, weit über den „Zeklonen" stehend, folgten in einem kleinen Dienstwagen.

Rhodan, Bull und Tifflor eingeschlossen, waren es genau 53 Personen, die auf den fugenlosen Metallbelag des Raumhafens hinausschritten.

Iwan Iwanowitsch Goratschin, der grünhäutige, doppelköpfige Mutant mit der Fähigkeit, Kalzium- und Kohlenstoffverbindungen durch die Kraft seines Geistes zum Miniatur-Kernprozeß anzuregen, wankte auf seinen unförmigen Säulenbeinen hinter der Gruppe her. Auf seinen starken Armen ruhte Gucky, dessen kurze Hinterpfoten das Tempo nicht zu halten vermochten.

Der Mausbiber war das einzige Wesen, das man nicht in die bunte Phantasieuniform der Zoltralschen Leibgarde hineingezwängt hatte. Auch hatte Kenos darauf verzichtet, dem nur 100 Zentimeter hohen Geschöpf einen ebenso langen Energiestrahler über die abfallenden Schultern zu hängen.

Goratschin und Gucky waren von dem Gehirn als Fremdwesen mit besonderen Eigenschaften anerkannt worden. Dabei war es erforderlich gewesen, Guckys telepathische Gabe hervorzuheben. Goratschin galt als Datenspeicherer, da die beiden Köpfe zusammen über eine beachtliche Gedächtniskapazität verfügten.

Rhodan marschierte links neben der Front her. Über den roten Stiefeln trug er zartgrüne, hautenge Hosen und darüber eine weite, von einem Waffengürtel geraffte Bluse, deren Schultern von fremdartigen Symbolen bedeckt waren. Auf den Köpfen der Männer saßen wulstige Kunstfaserhelme mit eingebauten Funksprechanlagen.

Nach dem zehnten Schritt bemerkten sie den ersten Schweißausbruch. Nach fünfminütigem Marsch unter der glühenden Arkonsonne waren sie völlig durchnäßt.

Verwünschungen klangen auf. Sie schritten mit steigendem Zorn und anwachsender Erschöpfung auf den kleinen Transporter Nr. 18 zu, dessen untere Mannschleuse bereits geöffnet war.

„Ruhe!" klang Rhodans Stimme auf. „Zum Teufel, beherrscht euch gefälligst. Es ist nun mal kein Vergnügen, über hitzeglühende Metallplatten zu schreiten."

„Diese dünnsohligen Stiefel wirken wie ein Kurzwellengrill", sagte Bully unterdrückt. „Noch fünf Minuten, und ich beginne zu tanzen."

Rhodan zeigte ein flüchtiges Grinsen.

Arkonidische Kampfroboter tauchten vor dem gelandeten Schiff auf. Es war ein Beiboot der bekannten GOOD-HOPE-Klasse. Rhodans Kommandos schallten über das menschenleere Gelände. Dicht vor der Schleuse hielt die Marschkolonne.

Thora entstieg elegant und selbstbewußt dem Wagen. Ihr Blick war spöttisch. Rhodan sah ihr zornig nach.

„Ich werde sie bei nächster Gelegenheit durch die Luft fliegen lassen", versprach Anne Sloane, die Telekinetin.

Thora hatte ihre Meldung abgegeben. Zusammen mit Crest verschwand sie im Schiff.

„Einzeln eintreten, ID-Marken in die linke Hand nehmen", hallte eine mechanische Robotstimme auf.

Mann für Mann schritten sie durch die zweite Kontrollerfassung. Die Impulse der Marken wurden abgetastet, ehe sich jeweils das Sperrgitter hob.

Rhodans Gesicht straffte sich, als Iwan an die Reihe kam. Der Automat zögerte jedoch keine Sekunde. Für ihn war es nebensächlich, wie der Mann aussah. Er hatte seine Marke, das genügte. Rhodan folgte als letzter.

Ein schneller Blick flog zu den wartenden Arkoniden hinüber. Unter ihnen war nur Admiral Kenos über den Betrug informiert. Wahrscheinlich gratulierten sie sich nun, der Zoltralschen Familie diese hervorragend ausgebildeten Männer von Zeklon V entrissen zu haben.

Rhodan glitt im Antigravlift nach oben. Sie wurden von einem Robot in die große Mannschaftsmesse geschickt, wo sie zu warten hatten. Der Start erfolgte Augenblicke später.

„Wo ist Thora?“ flüsterte Rhodan. „Sieh dich um!“

Wuriu Sengu, der Späher, verlor seinen klaren Blick. Er starrte gegen die massiven Stahlwände, die seiner besonderen Gabe keinen Widerstand leisten konnten. Vor seinem geistigen Auge entstanden klare Bilder. „In der Zentrale. Crest ist bei ihr. Das Schiff wird ferngesteuert.“

„Gut, alles herhören. Wenn wir unter uns sind, sprechen wir englisch. Das Boot geht nach Arkon drei, dem Kriegsplaneten. Wir sind als Quote-eins-Besatzung für ein Schlachtschiff vorgesehen. Wenn wir die nochmaligen Kontrollen heil überstehen, gibt es kein langes Warten mehr. Die Hypnoschulung geben wir zu. Anders wären unsere hohen Intelligenzquotienten auch nicht zu erklären. Wahrscheinlich sind sie teilweise viel zu hoch. Der Automat dürfte hier und da stutzig werden. Es gilt, dieses Gefahrenmoment durch individuelle Entscheidung und Antworterteilung zu überbrücken. Wenn wir erst einmal an Bord eines Raumers der STARDUST-Klasse sind, sieht die Sache besser aus. Da auf Arkon eins alle diesbezüglichen Voraussetzungen fehlten, müssen wir nach Nummer drei kommen. Ich finde es von dem Gehirn sehr nett, daß es uns sogar selbst transportieren läßt. Unsere Gazelle ist bei dem Admiral in Sicherheit. Bei Gelegenheit werden wir das Boot holen. Richten Sie sich also darauf ein und gehen Sie nochmals alle Anweisungen durch. Behalten Sie Ihre neuen Namen. Sie sind auf den Marken vermerkt. Wir fungierten als Garde im Zoltral-Palast. Noch besondere Fragen?“

Bully raunte blaß: „Du bist ja wieder einmal sehr bescheiden. Muß es gleich ein Raumer der Imperium-Klasse sein? Wir können keinen einzigen Geschützstand besetzen. Warum nicht kleiner?“

Rhodan blickte zu den Mutanten hinüber. Sengu schüttelte den Kopf. Es erfolgte demnach keine fernbildliche Beobachtung.

„Du scheinst Arkon drei grenzenlos zu unterschätzen. Wenn wir überhaupt entfliehen können, dann nur mit einem überstarken Schiffsriesen. Ich sehe auch nicht ein, warum wir uns mit einem kleinen Kahn zufriedengeben sollten.“

„Und die GANYMED?“ warf Marshall sachlich ein.

Rhodans Stirn umwölkte sich. Damit war das große Problem wörtlich ausgedrückt worden.

„Abwarten“, entschied Rhodan. „Freyt hat seine Anweisungen. Wenn wir überhaupt vor Nummer fünf ankommen, wird es mit einem Paukenschlag geschehen. Keiner mechanischen Einrichtung tut es gut, wenn in nächster Nähe ein Schiffsriese aus dem Hyperraum donnert. Außerdem hat Freyt seinen Fiktiv-Transmitter. Zu früh angestellte Überlegungen und Planungen haben die unangenehme Eigenart, in neunundneunzig von hundert Fällen schiefzugehen. Wir werden sehen, was man uns auf Planet drei anvertraut. Wenn wir nicht wenigstens in einen Schweren Kreuzer einsteigen können, dann . . .“

„. . . geben wir auf, nicht wahr?“ unterbrach Bull.

Rhodans Augen funkelten.

„. . . sehen wir weiter“, vollendete er seinen Satz. „Ein kluger Mann sagte einmal, es wäre nichts leichter zu täuschen als eine Maschine, vorausgesetzt, man ist mit der Mechanik des betreffenden Robots vertraut. Wir werden uns das Ding ansehen.“

Ein Bildschirm blendete auf. Thora wurde erkennbar.

„Landung in fünfzehn Minuten“, gab sie mit der reservierten Kühle einer arkonidischen Kommandantin durch. „Tan'Ro, du übernimmst die Ausschleusung deiner Männer. Nähere Anweisungen ergehen noch.“

Rhodan, der laut ID-Marke Tan'Ro hieß, salutierte exakt. Eine Fernbeobachtung war von nun an wahrscheinlich.

Der Bildschirm erlosch wieder. Stille legte sich über die Messe. Rhodan sah in Augen, in denen fieberhafte Spannung glomm.

„Na also, dann wollen wir gleich einmal“, räusperte sich der Kommandant. „Es lebe das Imperium, zu dessen Dienern wir geworden sind. Iwan, fangt keinen Streit an, klar?“

Die beiden Köpfe des 2,50 Meter hohen Mutanten drehten sich einander zu.

„Abgemacht, Bruderherz“, sagte Iwanowitsch der Jüngere mit hoher Stimme.

„Ich will vergessen, daß du es warst, der eine halbe Sekunde nach mir zur Welt kam.“

„Wir hatten uns auf eine Drittelsekunde geeinigt", fauchte der zweite Kopf. „Außerdem habe ich neue Beweise, daß ich zuerst erwachte. In Ordnung, keinen Streit, aber wir reden noch darüber."

Der Körper, der unter dem Einfluß beider Köpfe stand, blieb ruhig.

„Mann, das gibt ein Spielchen!" jubelte Gucky unterdrückt. Sein löffelförmiger Biberschwanz klatschte auf den Boden. „Das gibt eine Sache."

„Angeber", flüsterte Bully. „Als wenn das so einfach wäre."

Gucky entblößte seinen riesigen Nagezahn.

„Ruhe", fiel Rhodan in die entstehende Diskussion ein. „Wuriu, sehen Sie schon etwas?"

„Eine Planetensichel wird sichtbar. Wir müssen gleich da sein."

Rhodan griff wortlos nach seinem Impulsstrahler. Die leichten Gürtelwaffen hatten sie zurücklassen müssen, da sie nicht zur Ausrüstung gehörten. Dafür hatten sie die letzten Modelle der arkonidischen Flotte erhalten.

„Etwas zu heiß für Nahgefechte", murmelte Rhodan mit einem unangenehmen Lächeln. „Oh, wir sind soweit."

Das dumpfe Donnern anlaufender Feldprojektoren erschütterte die Zelle. Heulen und Rauschen wurden vernehmbar. Das Beiboot raste mit hoher Fahrt in die Atmosphäre eines Himmelskörpers hinein.

Sekunden später blendeten sämtliche Bildschirme auf. Die Männer fuhren herum.

„Es wird euch gestattet, Arkon drei zu besichtigen", erklärte Thora. „Ich stehe mit dem Großen Koordinator in Verbindung. Er heißt euch willkommen. Ende."

Nur die Fernbilder blieben. Die Männer sahen sich verblüfft an. Nun wußten sie auch, wie sich das Robotgehirn auf der Welt des Krieges selbst nannte.

„Großer Koordinator, wie?" echote Rhodan trocken. „Hm! Ob das Ding einen gewissen Ehrgeiz besitzt? Ruhe, keine Diskussion. Seht euch um. Großer Gott . . ."

Rhodan unterbrach sich selbst. Fassungslos starrte er auf die Schirme. Unter dem stürzenden Beiboot huschten Landschaften vorbei, die keine Landschaften waren. Fabrik reihte sich an Fabrik, ein Kraftwerk folgte dem anderen. Nirgends war eine Pflanze zu sehen, nirgends eine Bodenerhebung, die die Bezeichnung „Höhenzug" hätte beanspruchen können.

Dies war eine völlig eingeebnete Oberfläche, die in ihrer Gesamtheit aus Stahl, Plastik und anderen Kunststoffen zu bestehen schien. Nur die ursprünglichen Meere hatte man bestehen lassen.

Auf Arkon III sollte es allein über 25 000 Raumschiffswerften geben. Diese Welt war nur dem Flottenbau vorbehalten. Es war, als reihte sich eine Großstadt übergangslos an die andere.

Nur die zahllosen Raumhäfen mit ihren mächtigen Funkzentralen lockerten das Bild technifizierter Fugenlosigkeit auf. Dabei stand es fest, daß Arkon III zum größten Teil unterhöhlt war. Wichtige Werke der Raumschiffsindustrie, darunter jene der Triebwerksfertigung, lagen bis zu 5000 Meter unter dem Boden.

Hier und da tauchten die fluoreszierenden Halbkugeln riesenhafter Energieschirme auf. Arkon III war etwas größer als die Erde. Seine mittlere Schwerkraft betrug 1,3 g.

Auf den Raumhäfen wimmelte es von kleinsten bis hinauf zu den allergrößten Kugelkörpern. Hier war eine riesige Flotte vereint.

Weit voraus erschien der größte Energieschirm, den sie bisher gesehen hatten. Er bedeckte eine Bodenfläche, die man von der gering gewordenen Höhe aus nicht mehr voll überblicken konnte. Die obere Grenze der abschirmenden Glocke reichte bis hinauf in die höchsten Schichten der Atmosphäre.

Rhodan wußte, daß sie den Sitz des Zentralgehirns umflogen, das sich „Großer Koordinator" nannte. Kenos hatte erklärt, die Schaltanlagen beanspruchten etwa zehntausend Quadratkilometer, und das bei der bekannten arkonidischen Mikrotechnik.

Mehr als 8000 Jahre lang sollten die Technikergenerationen daran gearbeitet haben. Sektor auf Sektor war hinzugeschaltet worden, bis es schließlich nichts mehr gab, was man an Wissen und Können in positronischen Speicherbänken abrufbereit verankern konnte. Wie tief das Gehirn in den Boden eingebettet war, konnte niemand genau sagen. Es war völlig autark. Seine Energiestationen würden noch Jahrmillionen laufen.

„So lange können wir kaum warten", murmelte Rhodan vor sich hin.

Das Beiboot umflog die Energiekuppel in weitem Bogen. Dann tauchte ein weiterer Raumhafen auf.

Minuten später erfolgte eine vorbildliche Landung. Die Maschinen liefen aus. Fauchend glitten die Sicherheitsschotte der Mannschaftsmesse zurück.

„Aussteigen und sofort formieren", kam eine Robotanweisung über die Lautsprecher.

Die Leute drängten hinaus. Diesmal erfolgte keine Kontrolle mehr. Vor dem einen Landebein der 60 Meter durchmessenden Schiffskugel traten sie an, bis Thora und Crest erschienen.

Selbst wenn die Menschen Lust und Laune zum Gedankenaustausch verspürt hätten, in dieser Umgebung wäre ihnen der Sinn zum Diskutieren, Planen oder Hoffen vergangen.

Vor, neben und hinter ihrem Landeplatz reihte sich Schiff an Schiff. Weiter rechts ragten mehr als 50 gigantische Gebilde in den wolkenlosen Himmel, in dem die weiße Arkonsonne flammte.

Achthundert Meter durchmessende Kugelriesen von der bekannten Imperium-Klasse standen in Reih und Glied. Dies war es aber nicht, was Rhodan die Sprache verschlug, auch wenn solche Großraumschiffe durchaus dazu geeignet waren, menschliche Raumfahrer in Minderwertigkeitskomplexen versinken zu lassen.

„Nein!" stammelte Rhodan vor sich hin. „Nein!"

Dicht hinter den Schiffen der Imperium-Klasse ragten zwei andere Gebilde von Kugelgestalt in den Himmel. Wenn die Imperium-Raumer als sehr groß bezeichnet werden durften, so waren die beiden anderen Einheiten Überriesen.

Ihre mächtigen Ringwülste, bestimmt zur Aufnahme der Triebwerke und gelegen in der genauen Äquatorebene der Kugelzellen, begannen in jener Höhe, wo die oberen Polkuppeln der Imperium-Schlachtschiffe endeten. Es waren zwei Gebirge, die trotz der großen Entfernung nicht in voller Höhe überschaut werden konnten. Rhodan schloß die Augen, um sie danach weit aufzureißen.

„Ich dachte, die Riesen der Imperium-Klasse wären ihre stärksten Schiffe", bemerkte er stockend. „Thora, um Himmels willen – was ist das? Die beiden Giganten dürften etwa fünfzehnhundert Meter durchmessen. Wer hat sie gebaut?"

Die Arkonidin war sehr blaß geworden. Hastig gab sie zurück: „Noch unter der Herrschaft meiner Dynastie bestand die Planung, Superschlachtschiffe dieser Größe herzustellen. Universum-Klasse, glaube ich. Es war nie dazu gekommen, wenigstens noch nicht, als ich vor dreizehn Jahren abflog. Aber in den vergangenen Jahren ist unendlich viel geschehen."

Rhodan konnte den Blick von den beiden Superschlachtschiffen nicht lösen. Er ahnte nicht, daß er von seinen Männern in fieberhafter Spannung beobachtet wurde, bis Bully stöhnte: „Eben drehe ich durch! Diesen Blick kenne ich. Freund, werde nicht größenwahnsinnig! So einen Kahn bekommen wir nie!"

„Fünfzehnhundert Meter wenigstens", flüsterte Rhodan gedankenverloren. „Fünfzehnhundert ohne die Höhe der Landebeine. Unfaßlich! Wir reden noch darüber."

Thora stieg bereits in einen kleinen Wagen, der auf seinem unsichtbaren Prallfeld dicht über dem Boden schwebte.

Das grelle und lautstarke Einsetzen einer rhythmischen Musik riß Rhodan aus seinen Gedanken. Sein Gehirn arbeitete bereits fieberhaft an einer neuen Planung. Immer wieder huschten seine Blicke zu den Gebirgen aus Arkonstahl hinüber. Dagegen waren die Schiffe der Imperium-Klasse niedliche Raumfahrzeuge.

„Ich heiße die Verteidiger des Imperiums auf Arkon drei willkommen", dröhnte eine Stimme auf. Dann kam wieder die Musik. Sie sahen dem näher kommenden Großfahrzeug entgegen. Die weite Ladefläche bot Platz für mehr als 50 Leute.

Diesmal brauchten sie also nicht mehr in der Sonnenglut zu marschieren.

„Sprechen, unterhalten", ließ Rhodan durchgeben. „Freude und Neugierde zeigen, lachen. Das gehört dazu. Los schon! Benehmt euch nicht wie Narkotisierte. Einmal muß die Überraschung überwunden werden."

Eine ausgelassene, schwatzende Männermeute kletterte auf das niedere Gefährt. Ehe es sich in Bewegung setzte, schaute Rhodan nochmals zu den Schlachtschiffen der Überklasse hinüber. Dann blickte er dem fernen Ziel entgegen.

30.

Die Achsendrehung des dritten Synchron-Planeten im Arkon-System entsprach einem Wert von 28,4 Stunden irdischer Zeitrechnung.

Wenn es auf den meisten Welten des Universums einmal Nacht oder wenigstens dämmerig werden konnte, so traf es für diesen außergewöhnlichen Himmelskörper nicht zu.

Roboter benötigen keinen Schlaf, keine Ruhepausen und keine Erholung. Das dumpfe Stampfen von Millionen vollautomatischer Maschinen und Fertigungsanlagen bildete den Rhythmus einer Welt, auf der der Begriff Dunkelheit unbekannt war.

Atomsonnen ersetzten auf der jeweiligen Nachthalbkugel das Licht des natürlichen Gestirns. Mehrere Milliarden stationärer Schaltstationen und beweglicher Robot-Reparaturkommandos waren unablässig an der Arbeit.

Arkon III, auf dem vor dem Eingreifen des riesigen Zentral-Steuergehirns die tödliche Ruhe eines sterbenden Imperiums geherrscht hatte, war sechs Jahre Erdzeit zuvor zu neuer Tatkraft erwacht. Die Maschine hatte die Raumschiffs-Serienfertigung mit Elan aufgenommen.

Rhodan hatte versucht, allein das Problem der Rohstoffversorgung durchzurechnen. Arkon III selbst war völlig ausgebeutet. Hier gab es kein Erzklümpchen mehr, das des Förderns wert gewesen wäre.

Eine planvoll gesteuerte Handelsflotte war unablässig unterwegs, um die erforderlichen Güter herbeizuschaffen. Auf den Raumhäfen der zugelassenen Umschlagplaneten 5, 6, 7 und 8 wurden Waren eingehandelt, die oftmals aus größten galaktischen Entfernungen herbeigeschafft wurden.

Auf Arkon II, der Welt zur Erzeugung wertvollster Industriegüter, waren ebenfalls die Werke angelaufen.

Rhodan hatte es sehr schnell aufgegeben, nur ein einziges Teilproblem dieser wahrhaftigen Riesenorganisation verstandesgemäß zu erfassen. Es war unmöglich.

Immerhin hatte er damit die logische Begründung für den Bau eines derart großen Robotgehirns gefunden. Selbst die alten, noch aktiven Arkoniden waren anscheinend nicht mehr fähig gewesen, die millionenfältigen Aufgaben zu übersehen. Dies konnte nur noch eine Maschine, die demgemäß infolge zahlloser Detail-Spezialschaltungen immer größer geworden war.

Das Einsatzkommando befand sich nun seit 32 Stunden auf der Welt der totalen Mechanisierung. Arkoniden waren kaum in Erscheinung getreten, dafür aber Lebewesen aus allen Teilen der vom Imperium beherrschten Galaxis.

Der Robot-Gigant war drauf und dran, selbst unterentwickelte Völker einer arkonidischen Hypno-Schnellschulung zu unterziehen, damit er seine Raumschiffe besetzen konnte.

Fast stündlich dröhnten große Geschwader in den Raum. Ein jedes hatte sein bestimmtes Ziel. Es wurden Berichte laut, wonach im Raum des Kugelsternhaufens M-13 große militärische Aktionen stattfanden.

Aufständische Kolonialwelten, die seit mehr als 500 Jahren mehr und mehr den Bann des schwach werdenden Reiches abgeschüttelt hatten, sahen sich plötzlich vor die Alternative gestellt: bedingungslose Unterwerfung oder kompromißloser Angriff. Das Robotgehirn fragte nicht danach, wieviel Lebewesen dabei getötet wurden oder ob schreiendes Unrecht geschah.

Rhodan fühlte sich dem seelischen Zusammenbruch nahe, wenn er nur an die Möglichkeit einer zufälligen Entdeckung der Erde dachte.

Die Halle war flach, weiträumig und ohne jede persönliche Note. Hier gingen die frisch angeworbenen Besatzungen ein und aus. Jede Gruppe hatte ihren bestimmten Aufenthaltssektor, der möglichst nicht verlassen werden sollte. Getränke und Speisen wurden auf Wunsch mit außerordentlicher Schnelligkeit bereitgestellt.

Vordringlich waren es die zyklopenhaften Naats, die sich hier ein Stelldichein gaben. Ihr Sektor grenzte an den, der Rhodans Männern zugewiesen worden war.

Die Mutanten waren wachsam. Unwirklicher Lärm erfüllte den

großen Raum. Streitigkeiten waren an der Tagesordnung. Die Mentalitäten waren zu verschieden. Besonders die Naats suchten Händel, da dies ihrem Naturell entsprach.

Weiter hinten hockten blauhäutige, großköpfige Gestalten auf dem Boden. Nichtmenschliche Geschöpfe waren nicht vertreten. Es war bekannt, daß auch der Robotautomat nach den Grundsätzen der alten Arkon-Eroberer handelte.

Die Zone der Menschen war mit bequemen Gliedersesseln ausgestattet worden. Das Gehirn tat alles, um seine angeworbenen Besatzungen nach Möglichkeit zufriedenzustellen.

Bully schielte mißtrauisch zu den dreiäugigen Zyklopen hinüber. Sie stritten schon wieder, bis sie von plötzlich auftauchenden Kampfrobotern getrennt wurden. Dabei gingen die Maschinen durchaus nicht sanft vor.

Das tiefe Brüllen der Dreimeterriesen legte sich etwas, um einem dumpfen Murren Platz zu machen.

„Wenn mir einer vor dreizehn Jahren gesagt hätte, wo ich mich zur Stunde aufhalten würde, hätte ich einen Schreikrampf bekommen", bemerkte Bully trübsinnig. „Jetzt verstehe ich langsam, warum wir so freundlich aufgenommen worden sind."

Ein wuchtig gebauter Mann aus dem Einsatzkommando pfiff schrill durch die Finger. Breit grinsend sah er dem heranflitzenden Bedienungsrobot entgegen, der die Bestellung dienstbeflissen aufnahm.

„Übertreibt nicht", warnte Rhodan beunruhigt. „Ich habe das Gefühl, als säße uns das Messer schon an der Kehle. Tifflor, haben Sie sich von der Untersuchung erholt?"

Tiff griff kläglich lächelnd an seinen Schädel, der nahe der Schläfen zwei bläuliche Druckstellen aufwies.

„Das mache ich nicht noch einmal mit", stöhnte er. „Die Maschine wollte wissen, wieso jeder von uns einen so überragend hohen Intelligenzquotienten hätte. Ich habe das Gefühl, als hätte die Maschine Verdacht geschöpft."

Es wurde etwas stiller in der engen Runde der Männer.

„Dichter zusammenrücken", brummte Rhodan. „Wenn Kakuta zurückkommt, erhebt euch sofort zu einem Trinkspruch. Meinetwegen tanzt, aber deckt ihn gegen Sicht ab."

„Ich vermute stark, daß man Sie nochmals in den Hirnwellendetektor stecken wird“, sagte Sergeant Rous unruhig. „Wir sind ja alle drangekommen, aber bei Ihnen hat es am längsten gedauert. Jeder von uns ist gefragt worden, wieso ein Mann von Zeklon fünf den doppelten IQ eines arkonidischen Spitzenwissenschaftlers besitzen könnte.“

Rhodans Gesicht war ausdruckslos. Er ahnte, daß er nochmals zur Wellenmuster-Aufnahme zu erscheinen hatte. Natürlich hatte der Automat von seinen Einrichtungen Gebrauch gemacht, um die von Admiral Kenos geschickten Leute auf deren Geistesgaben zu überprüfen. Es war knapp zwölf Stunden nach der Ankunft geschehen.

Rhodan fühlte seine Handflächen feucht werden, wenn er an den metallisch blitzenden Saal mit den reihenweise aufgestellten Detektoren dachte. Bullys Augen waren groß und fragend. Auch er war durch einen überhohen Quotienten aufgefallen.

„Abwarten“, beschied Rhodan erneut. „Wir brauchen noch einige Zeit. Thora wird alles tun, damit man uns ein großes Schiff anvertraut. Da das Gehirn nur logisch und praktisch, niemals aber gefühlsmäßig denkt, dürfte es klar sein, daß es den weitaus besten Besatzungen auch die besten Schiffe übergibt. Seiko, Sie sollen in der Reihe bleiben. Wo bleibt Tako?“

Marshall senkte lauschend den Kopf.

„Keine Impulse“, gab er leise durch. „Die vielen Energieschirme stören die klare Verbindung.“

Rhodan nickte. Niemals zuvor waren die Männer so wach und aufmerksam gewesen. Es lag etwas in der Luft.

Tako Kakuta, der japanische Teleporter, kehrte mit einem raschen Sprung in den luxuriös eingerichteten Schlafraum zurück, als der Dienstroboter das Wohnzimmer betrat.

Thora beherrschte sich vorbildlich. Sie sprach die Maschine nicht an. Leise und geräuschlos verließ die positronisch gesteuerte, ewig lächelnde Nachahmung eines Arkoniden den Raum.

„Kommen Sie!“ rief Thora leise.

Tako schob sich durch die Tür. Sein kleiner Desintegrator aus dem Waffenlager der Gazelle verschwand unter dem Umhang.

„Wenn Sie damit erwischt werden, haben wir ausgespielt", stellte Thora beiläufig fest. „Springen Sie nun zurück, aber vergessen Sie nicht die Anweisungen. Perry muß unter allen Umständen dabei bleiben, von mir persönlich eine Hypnoschulung erster Klasse erhalten zu haben. Ich bin als Kommandantin aus der Dynastie der Zoltral anerkannt worden. Die Wahrscheinlichkeit, daß ich als Thora identifiziert werde, ist kaum vorhanden. Die Unterlagen sind einwandfrei."

Tako winkte ihr zu, ehe er verschwand und bei den anderen materialisierte.

Rhodan schnellte in die Höhe. Ein lauter Zuruf ließ die Männer die Hände erheben. Tako war einwandfrei abgesichert.

„Du kommst spät", flüsterte Rhodan hastig. „Was war los? Schwierigkeiten?"

„Thora ist heute ein zweites Mal vernommen worden. Sie versteht nicht, warum das so ist. Auf alle Fälle hat sie das Kommando über die VEAST' ARK erhalten. Wir werden morgen an Bord geschickt. Die Ausbildung soll von Crest vorgenommen werden, der zur Zeit in einer Hypnoschulung liegt."

„Welches Schiff?" fieberte Rhodan. „Ein Kreuzer? Oder gar ein Imperium-Raumer?"

Takos kleines Kindergesicht zeigte Spuren von Angst und Unsicherheit. „Schlechter! Die VEAST' ARK ist einer der neuen Superriesen. Es ist das eingetreten, was Sie erwartet haben. Unsere überhohen Quotienten und der erstklassige Ausbildungsstand haben das Gehirn bewogen, uns auf die neue Kiste zu schicken."

Rhodan schloß krampfhaft die Augen. Also doch.

„Ich habe es gewußt", murmelte er. „Es mußte so kommen, oder das Gehirn wäre unfähig gewesen, konsequente und logisch fundierte Schlüsse zu ziehen. Wir wären nur dann nicht an Bord gekommen, wenn bereits eine gleichrangige Besatzung existiert hätte. Warum empfindest du das als schlecht?"

„Thora warnte besorgt. Die neuen Superschlachtschiffe der Universum-Klasse enthalten die letzten Erkenntnisse arkonidischer Wissenschaft. Es sind Maschinen eingebaut worden, die wir überhaupt noch nicht kennen. Dazu existiert eine vollpositronische Sicherheitsautomatik, die direkt mit dem Großrobot in Verbindung steht. Es dürfte kaum möglich sein, mit nur fünfzig Leuten einen Start einzuleiten."

„Das mache ich notfalls mit dreißig Männern", erklärte Rhodan kalt. „Wenn eine Direkt-Katastrophenschaltung wie in der STARDUST II vorhanden ist, steuere ich sämtliche Triebwerke von der Zentrale aus. Es geht."

Er stand auf und griff nach seinem Helm. Die Naats sahen neugierig herüber.

Die Männer waren plötzlich sehr still geworden.

In loser Ordnung marschierten sie aus der Halle hinaus und ihren Unterkünften entgegen. Draußen blendete das Licht einer hochstehenden Atomsonne. Ein ferngesteuerter Antigravgleiter brachte einen riesenhaften Impulsformer zur nahen Reparaturwerft hinüber.

„Schlafen und die Nerven beruhigen", lautete Rhodans Devise. „Wir bleiben so lange an Bord, wie es irgend möglich ist. Marshall, halten Sie Ihre Leute klar. Wenn wir hier herauskommen wollen, müssen Sie alle Kräfte einsetzen."

Sie ließen eine Formation tosender Ungetüme vorbei. Die mächtigen Panzer für bodengebundene Landeunternehmen rollten zu den fernen Schlachtschiffen der STARDUST-Klasse hinüber.

„Der Große Koordinator meint es aber sehr gut", spöttelte Bully. „Jetzt bin ich nur noch neugierig, wen man uns an Bord vor die Nase setzt."

Rhodan schaute zum wuchtigen Gebilde der Energieglocke hinüber. Darunter lag ein mechanisches Etwas, das sich mit dem Verstand nicht mehr erfassen ließ.

„Wir werden sehen, Großer Koordinator", flüsterte Rhodan vor sich hin. „Wir werden sehen."

31.

Es war ein Labyrinth von vielen tausend Gängen, kleinen und größten Räumen, das die erfahrensten Schiffsbauer der Galaxis im äußerlich so fugenlosen Gebilde des 1500 Meter durchmessenden Kugelkörpers eingebettet hatten.

Hier gab es keinen Winkel, kein Fleckchen, das nicht für irgendeinen Zweck ausgenutzt worden wäre.

Nur der große Zentrallift, der die Kugelzelle von Pol zu Pol in gerader Linie durchzog, bot einen unübersehbaren Anhaltspunkt zur Orientierung. Es war ein Schlachtschiff, in dem eine tausendköpfige Besatzung einfach verschwinden konnte. Die riesenhaften Säle der Kraftwerke waren nochmals in verschiedene Ebenen unterteilt. Allein hier konnte man sich schon verirren.

Rhodan stand vor einem Problem, dessen Lösung unwiderruflich eine bestimmte Zeitspanne beanspruchte. Es lag in der Natur der Dinge, daß sie nicht mit einem einzigen Blick übersehen werden konnten.

Sie befanden sich seit nunmehr vier Arkontagen an Bord der VEAST' ARK. Crest, der hier unter einem anderen Namen identifiziert worden war, hatte sich alle Mühe gegeben, die Kosmonauten und Techniker aus dem Einsatzkommando zu unterrichten.

Die wichtigsten Räume waren bereits bekannt. Man bemühte sich, niemals sehr weit vom Zentrallift wegzugehen, da man sich sonst verirren würde.

Rhodans Hypnoschulung hatte sich als ungenügend erwiesen. Hier gab es Hallen und Säle von oftmals so eigenartiger Formgebung, daß an ein rasches Erfassen überhaupt nicht gedacht werden konnte.

Belastet von der Ahnung, daß der Betrug nicht mehr lange gutgehen könne, hatten sie sich fieberhaft darum bemüht, wenigstens die lebenswichtigen Schaltstationen ausfindig zu machen und die darin installierten Geräte zu inspizieren.

Die Steueranlagen waren mit denen der STARDUST II fast identisch. Die im Mittelpunkt des Schiffes eingebaute Zentrale enthielt eine synchronisierende Vollpositronik von solcher Vollendung, daß die Beherrschung der Triebwerke, Energiezentralen und Nebenaggregate fraglos von dort aus vorgenommen werden konnte, vorausgesetzt, das inmitten der Zentrale montierte Kontrollaggregat war damit einverstanden.

Halbrund gebuckelt, äußerlich verziert von einigen Bildschirmen, lastete der schwergepanzerte Koloß direkt hinter den halbrunden Schaltbänken der Pilotensitze.

Es handelte sich um eine Relaisstation des Großrobots. Vorsichtige Untersuchungen durch die Mutanten hatten ergeben, daß dieses kleine Robotgehirn speziell auf die Belange der Schiffsführung abgestimmt war. Es konnte zu jeder Zeit unterbrechend in die vorgenommenen Normalschaltungen eingreifen.

Der „Große Koordinator" hatte dafür gesorgt, daß er auch hier nicht die Kontrolle verlor. Rhodan hatte längst eingesehen, daß ein Gewaltstart völlig unmöglich sein mußte, solange diese hochwertige Kontrollstation existierte.

Die Männer und Frauen des Einsatzkommandos waren innerhalb des Superschlachtschiffs nicht mehr als ein Staubkorn in der Wüste. Sie verliefen sich einfach. Man mußte die Funksprechgeräte beanspruchen, um einen irgendwo Herumirrenden wieder aufzufinden und ihm den richtigen Weg zur Zentrale zu weisen.

In dieser Hinsicht wirkte sich der Schiffsriese tatsächlich katastrophal aus, auch wenn die mit ihm verbundene Machtfülle noch so verführerisch erschien.

Vor einer Stunde hatte Thora darum gebeten, einen Probelauf der achtzehn Riesentriebwerke einleiten zu dürfen. Die Genehmigung war erst dann erteilt worden, als auch Crest und Rhodan bestätigt hatten, sie könnten die Schaltungen beherrschen.

Zur Zeit flammte und toste es aus den 18 Felddüsen des äquatorialen Ringwulstes, in dem sämtliche Antriebsaggregate nach Arkonidenbauart untergebracht waren.

Die Schubleistung der Maschinen lag in Leerlaufschaltung nur fünf Prozent unterhalb jenes Gewichts, das der Schiffsriese bei den herrschenden Schwerebedingungen auf den Boden brachte.

Dies hatte zur Folge, daß die ausgefahrenen Auflageteller der turmstarken Landebeine meterweit über den glatten Metallbelag des Raumhafens gezerrt wurden. Stärkste Vibrationen kamen durch.

Rhodan saß in vollster Konzentration im Sessel des zweiten Astronauten. Vor ihm waren genau die gleichen Kontrollorgane eingebaut, wie sie auch Thora zur Verfügung standen.

Es handelte sich um die Katastrophen- oder Gefahrenschaltung, die für kurze Zeit eine Zweimannkontrolle zuließ. Naturgemäß ergaben sich recht hohe Toleranzwerte, die bei einem längeren Flug nicht verantwortet werden konnten.

Immerhin hatte Rhodan damit erfahren, daß es durchaus möglich war, die VEAST' ARK auf diese Weise in den Raum zu bringen. Die Anzeigen der zahllosen Korrekturautomaten vermochten jedoch von zwei Leuten allein niemals übersehen zu werden. Ein Flug mit der Katastrophenschaltung konnte immer nur ein leicht ungewisses Hineintappen in Situationen sein, deren Beherrschung nun einmal ein geschultes Zentraleteam erforderte.

Rhodan war kurz nach dem Anlaufen der Triebwerksreaktoren herumgefahren. Nach dem ersten Zündimpuls hatte sich hinter ihm eine grelle Leuchterscheinung bemerkbar gemacht. Das Panzerungetüm, unter dem sich der Nebenautomat des Großrobots versteckte, hatte sich in ein offenbar hochwertiges Energiefeld gehüllt.

Es waren fünf Minuten seit der Zündung vergangen. Der Hauptstufenschalter für die Synchronisationsautomatik der Leistungsregelung stand nur einen Strich über Nullwert.

Trotzdem rutschte der Schiffskoloß unter dem Zug der Vibrationen mehr und mehr von seinem ursprünglichen Standort hinweg.

Crest hatte die Maschinen-Hauptzentrale mit 15 anderen Technikern besetzt. Von dort kamen saubere Meßergebnisse durch.

„Eins bis achtzehn einwandfrei", dröhnte Bullys Stimme aus den Lautsprechern. „Gute Koordination, Toleranz plus minus nur 0,001 Prozent. Schubausgleich-Regler fallen ein bei Abweichung 0,002 Prozent. Triebwerke funktionsklar. Ende."

Bullys auf dem Bildschirm erkennbares Gesicht zeigte einen gespannten Ausdruck. Rhodan schüttelte kaum merklich den Kopf. Es war noch viel zu früh für eine gewaltsame Flucht in den Raum.

Bullys Lippen verkniffen sich. Wortlos schaltete er ab.

„Probelauf beendet, Nullstellung", schallte Thoras Stimme über die Sprechanlage.

Rhodan schaltete ab. Das tiefe rumorende Donnern im Ringwulst des Superschlachtschiffs erstarb. Trotz der partikelabsorbierenden Ablenkfelder glühte 700 Meter unterhalb der Felddüsen der Boden.

Es wurde ruhig in der Zentrale. Nur die Kontrollen arbeiteten noch. Thora warf einen Blick zu Rhodan hinüber.

Während sie den Sitz herumschwang und aufstand, suchte Rhodan den Mutanten Wuriu Sengu.

Der Probelauf hatte seinen Zweck erfüllt. Sengu, dessen Gabe weder schenkelstarker Arkonstahl noch hochverdichtete Energiefelder beeinflussen konnten, hatte den Auftrag erhalten, festzustellen, in welcher Art die bordgebundene Überwachungsstation mit dem Zentralgehirn in schalttechnischer Verbindung stand.

Ausdruckslos wandte Rhodan den Blick ab. Da dröhnte die metallische Stimme des „Großen Koordinators" auf: „Bleibt außerhalb der roten Gefahrenlinie, Kommandantin."

Thora stockte im Schritt. Das halbrunde, übermannshohe Etwas inmitten der Zentrale hatte seinen Schutzschirm noch nicht abgeschaltet. Rhodan bemerkte den flatternden Diagrammimpuls auf einer winzigen, kaum erkennbaren Bildfläche. Er sah näher hin, bis ihm klar wurde, daß irgendwo in den riesigen Eingeweiden des Schlachtschiffs eine Kraftstation mit knapp 80 000 Kilowattstunden lief. Das Rumoren war kaum zu hören. Es ging in den vielen anderen Geräuschen unter.

Also bezog das Kontrollgerät seinen Arbeitsstrom aus den Schiffsaggregaten. In Rhodan erwachte brennendes Interesse. Die kleine Zahl unter dem Diagrammschirm merkte er sich sehr genau. Es konnte sich nur um eine kleine, nebensächliche Energieanlage handeln. Die großen Kraftwerke liefen mit anderen Werten.

Tifflor hatte es ebenfalls bemerkt. Erblassend sah er Rhodan an.

„Probelauf beendet", sprach Thora ruhig in die unsichtbare

Tonaufnahme des Automaten. „Ich werde in etwa zehn Tagen den ersten Start wagen können. Meine Leute haben so ausgezeichnet reagiert, wie es von hypnogeschulten Zeklonen aus der Garde der alten Imperatoren zu erwarten ist. Ich möchte anschließend einen Probelauf der Kraftwerke vornehmen."

Sie wartete auf die Antwort. In der Stahlkuppel summte es leise.

„Genehmigt", entschied das Gehirn in seiner knappen, kompromißlosen Art.

Thora kam zurück. Rhodan nahm Bildverbindung mit dem zweiten technischen Team auf, das unter Rous' Leitung die Hauptenergiezentrale besetzt hatte.

Damit waren die wichtigsten Stationen bemannt. Der Sergeant meldete sich.

„Kraftwerke eins bis acht klar, Vorwärmung läuft an", gab er durch.

Sekunden später begannen die arkonidischen Atomreaktoren mit ihrem komplizierten Kernprozeß auf der Basis der Kohlenstoffkatalyse. Künstliche Sterne entstanden in den haushohen Ungetümen, deren Energie von den gekuppelten Umformern aufgenommen und direkt in drahtlos abgeleiteten Arbeitsstrom umgewandelt wurde.

Eins bis acht setzten in Abständen von zehn Sekunden ein, bis das Superschlachtschiff einem energiegeladenen Ungeheuer glich.

Rhodan fand die Teleportermeldungen bestätigt, wonach die VEAST' ARK voll ausgerüstet und startklar auf dem Hafen liegen sollte. Störend war nur das starke Kampfroboterkommando, das zusammen mit den Menschen das Raumschiff betreten hatte.

Rhodan wechselte einen schnellen Blick mit Thora. Sie erblaßte, als er die Gravitationsabsorber einfallen ließ. Wildes Tosen drang bis in die Zentrale vor. Die Meßwerte zeigten an, daß die Leistungsabgabe an die Projektoren durch die Automatschaltungen auf den Wert von 1,3 Gravos eingeregelt wurde.

Im nächsten Augenblick erstarb das Arbeitsgeräusch der Kraftwerke. Ein schrilles Klingelzeichen zerriß die eintretende Stille. Auf den Verbindungsschirmen des Kontrollautomaten zeichneten sich grellrote Linien ab.

„Es ist nicht gestattet worden, die Absorber zu benutzen", dröhnte es aus dem Gerät.

Sonst erfolgte kein Hinweis. Es hatte auch nicht sonderlich drohend geklungen, aber die Tatsache des abrupten Unterbrechens allein bewies eindeutig genug, wie unglaublich wachsam dieses Gehirn war, das sich gleichzeitig noch mit vielen Millionen anderweitiger Probleme zu beschäftigen hatte.

Thora meldete das heutige Versuchsprogramm als beendet an.

„Gestattet", kam der stereotype Hinweis. „Achtung. Auswertung über Eure Tätigkeit: Unter Berücksichtigung der ausgezeichneten Dienstleistung Eurer Besatzung ist es angebracht, die bereitstehenden Hilfstruppen zu übernehmen. Fünfzehnhundert vorgebildete Naats werden in vier Stunden an Bord kommen. Sie unterstehen Eurem Kommando. Die theoretische Ausbildung Eurer Zeklonen soll fortgesetzt werden. Ende".

Rhodan konnte eine lautstarke Verwünschung nicht unterbinden. Blaß sah er zu dem wenigstens zehn Meter durchmessenden Nebenautomaten hinüber, der die Befehle seiner übergeordneten Schaltstation so prompt und sauber ausführte.

„Die haben uns noch gefehlt", zischelte Rhodan der Arkonidin zu. „Können Sie das nicht verhindern?"

Thora hob hilflos die Schultern. Für eine Arkonidin war es eine menschliche Geste.

Tifflors lautstarke Kommandos übertönten das kurze Gespräch. Die zwanzig Personen der Zentralebesatzung erhoben sich aus ihren Sitzen. Marshall schielte sehnsüchtig zur Funkzentrale hinüber. Sie wurde von einer transparenten Panzerwand abgeschlossen.

Dort hatte man nichts zu suchen, die Ausbildung betraf vorläufig nur die wichtigsten Abteilungen.

Thora schritt an den salutierenden Männern vorbei. Der flammende Energieschirm rings um die eingebaute Schaltstation sank in sich zusammen. Rhodan riskierte einen kurzen Blick auf die Leistungsanzeige des kleinen Kraftwerks. Die Kurve war erloschen.

Vor ihnen schwangen die meterstarken Sicherheitsschotte aus Arkonstahl zurück. Das mechanisierte Innere des Schiffsriesen gähnte den hinaustretenden Männern entgegen.

Zwei Robotwachen grüßten mit blitzartig nach oben zuckenden Waffenarmen. Wuriu Sengu schob sich an Rhodans Seite. Die anderen

Männer begriffen sofort. Lauter und heftiger wurden die Diskussionen über diesen und jenen Vorgang.

„Seltsam", sagte der wuchtig gebaute Japaner aufgeregt, „sehr seltsam. Ich habe den Kasten von vorn bis hinten durchgeblickt. Es führt kein einziges Kabel zu ihm hin."

„Keine Kabelverbindungen?" staunte Rhodan betroffen. „Wieso? Ich habe festgestellt, daß der Robot Kraftstrom aus dem Schiff abzog."

„Kein einziges Kabel", beharrte der Späher auf seiner Feststellung. „Das Gerät hat aber noch eine eigene Versorgung. Ich habe ein Miniaturkraftwerk deutlich gesehen."

Rhodan verschluckte eine Verwünschung. Nervosität begann an seinen ohnehin strapazierten Nerven zu zerren.

„Ich habe die Erklärung", flüsterte der näher kommende Peiler Tanaka Seiko. „Als der Schirm aufgebaut wurde, registrierte ich einen drahtlosen Energiefluß. Er kam von unten. Die Unterbrechung der laufenden Maschinen geschah durch Interkom-Funkimpuls auf einer völlig ungewöhnlichen Frequenz. Es ist eine hypermodulierte Schwingung, die mit hohen Intervallwerten über die Frequenzskala springt. Es läßt sich kein Schema hineinbringen."

Rhodan blieb verblüfft stehen. So war das also.

„Und die eingebaute Energiestation, was war mit der? Ist die in Tätigkeit getreten?" forschte er gespannt.

„Nein, bestimmt nicht. Ich nehme an, daß sie nur in Notfällen einsetzt."

Rhodan schob sich mit den anderen Männern in den weiten Rundgang hinein, der die Zentrale in weitem Bogen umlief. Von hier aus führten weitere Verbindungen strahlenförmig auf das Mitteldeck hinaus, dessen Größe völlig ausreichte, um sämtliche Mannschaftsunterkünfte aufzunehmen.

Sie passierten den flimmernden Antigravschacht des Zentralelifts und folgten den Voranschreitenden. Rhodan fand sich inmitten seiner Männer wieder.

„Herhören", sagte er rasch und leise. „Es ist sinnlos, die Stromzufuhr zu unterbrechen. Der Kontrollrobot hat eine eigene Notstromanlage. Iwan, nach dem Essen mußt du dir in der Zentrale ein Versteck suchen, das von keinem Bildgerät eingesehen werden kann. Von nun an dort bleiben. Wenn etwas schiefgeht, dürfte dieser wichtige Raum abgeriegelt werden. Ein Mikrofunkgerät mitnehmen. Wenn mein Befehl kommt, zerstörst du das Ding mitsamt der Kuppel, aber so, daß nicht sämtliche Einrichtungen demoliert werden."

Der doppelköpfige Mutant erhob beide Hände. Nur er konnte es schaffen, den Kontrollmechanismus gänzlich überraschend zu zerstören.

Noch ehe sie die Messe mit ihren zahlreichen Bildschirmen betraten, waren die Männer informiert. Jeder wußte, an welchem Platz er sich einzufinden hatte.

Rhodan betrat den großen, komfortabel eingerichteten Speiseraum. Gucky, der seit vier Tagen Arkon-Zeit lediglich damit beschäftigt war, die einzelnen Räume, besonders aber die Waffenmagazine abzuspringen, hockte trübsinnig neben dem Ausgabeschalter auf dem Boden. Rhodan faßte den kleinen Kerl wortlos um die Hüften und schwang ihn auf den linken Arm. Gucky zwitscherte vor Vergnügen.

Unsinniges Zeug plappernd, gab er zwischendurch flüsternd bekannt: „Voll ausgerüstet, Perry. Arkonbomben, Impulsstrahler und Desintegratoren. Nur die Lebensmittellager sind nicht voll. Ich war praktisch überall."

„Wo stecken die eingeschifften Kampfroboter?"

„In Deck zwei, ganz unten über der großen Bodenschleuse. Ich habe dreihundert Stück gezählt, dazu kommen noch etwa fünfundzwanzig, die hier oben als Wachen abgestellt sind. Schwere Maschinen."

Rhodan nahm an einem größeren Tisch mit den Offizieren Platz. Thora und Crest waren in ihrer eigenen Messe verschwunden. Sie konnten es sich als Arkoniden nicht erlauben, mit den „Zeklonen" im gleichen Raum zu speisen.

Rhodan aß rein mechanisch. Seine Gedanken waren weit entfernt.

„Marshall?" hauchte er in sein Kehlkopfgerät, ohne die Lippen zu bewegen. Der Telepath meldete sich. „Achten Sie auf meine Gedanken. Ich bin noch nicht soweit, um einwandfrei senden zu können. Verstehen Sie mich?"

Marshall erhob unauffällig die Hand. Rhodan aß ruhig weiter.

„Schicken Sie Ihre drei Teleporter aus und lassen Sie tragbare Desintegratorgeschütze bereitstellen. Mit einem Roboterangriff sollte gerechnet werden. Wenn es soweit ist, müssen die Teleporter und Telekineten zuerst angreifen. Halten Sie mir mit Ihren Leuten das Zentraledeck sauber, bis wir im Raum sind. Schaffen Sie das?"

Wieder winkte der Telepath kurz herüber.

Die Gespräche wurden verkrampfter und inhaltsloser. Das erste unechte Lachen brandete an diesem und jenem Tisch auf. Niemand hatte die stumme Unterhaltung übersehen können, und alle hatten sie gehört, daß in vier Stunden 1500 zyklopenhafte Naats an Bord kommen sollten.

Es war klar, daß diese zusätzlichen Schwierigkeiten nicht mehr in Kauf genommen werden konnten.

Thora meldete sich kurz über Bildsprech, wie üblich in der Form einer unverdächtig wirkenden Anweisung. „Tan'Ro, mir wird soeben die baldige Ankunft von fünftausend schweren Kampfrobotern aus der neuen Serie mitgeteilt. Der ‚Große Koordinator' hält es für erforderlich, die kurz darauf eintreffenden Naats rechtzeitig darüber zu belehren, daß Streitigkeiten sofort geahndet werden. Es obliegt dir als stellvertretendem Kommandanten, die Roboter sachgemäß in den dafür vorgesehenen Magazinen unterzubringen. Alles verstanden?"

„Verstanden, Erhabene", sagte Rhodan blaß und tonlos. Niemand konnte den Schimmer der Verzweiflung in Thoras Augen übersehen.

„Noch etwas", fügte sie brüchig hinzu. „Du wirst aufgefordert, nach beendeter Verladeaktion in der Halle der Erfassung zu erscheinen. Es ist eine Sonderuntersuchung deines Gehirns angeordnet worden. Es wird nicht schmerzhaft sein. Anschließend kommst du sofort zurück. Ich beabsichtige eine weitere Maschinenerprobung. Ende."

Ihr Fernbild verblaßte. Rhodan setzte sich sehr langsam. Es war für einige Sekunden still geworden in dem großen Raum, der mehr als 500 Mann aufnehmen konnte.

„Die Roboter dürften demnach in spätestens drei Stunden eintreffen. Essen beenden, alles vorbereiten."

Sergeant Rous schob zuerst das Kunststoffgeschirr zurück. Betont hüstelnd erhob er sich und rief die Männer seines technischen Teams auf. Es war klar, daß man die Ankunft von 5000 schweren Kampfmaschinen noch weniger abwarten konnte als die Einschiffung der 1500 Naats. Mit denen hätte man im äußersten Notfall noch fertig werden können, niemals aber mit so vielen Maschinen, die prompt jeden Befehl des steuernden Zentralegehirns befolgen würden.

Bully griff bedächtig an die Innentasche seiner farbenfrohen Bluse. Es bedeutete, daß die Unterlagen über eine Kurztransition hinüber zum fünften Planeten programmiert waren. Es war mit Hilfe des Mikroelektronenrechners geschehen, den er trotz der damit verbundenen Gefahren aus dem Lager der zurückgelassenen Gazelle mitgenommen hatte.

Man hatte es nicht riskieren können, eines der zahlreichen Bordgeräte zu benutzen. Es war ein verzweifelter Plan, der um so gefahrdrohender wurde, je mehr man in zeitliche Abhängigkeit geriet.

„Schneller", drängte Rhodan. „Empfangen wir sie gebührend."

Sie hatten kaum den breiten Verbindungsgang zur Zentrale betreten, als etwas geschah, womit weder Rhodan noch die anderen Männer gerechnet hatten, bestimmt aber nicht mehr zu diesem kritischen Zeitpunkt.

Das Minikomgerät unter Rhodans Bluse begann schrill zu summen. Da es nur für eine bestimmte Frequenz geschaltet war, konnte es sich kaum um einen zufälligen Empfang handeln. Dreimal kam das Summzeichen, eine kurze Pause und dann fünfmal.

Rhodans Finger rissen das Kleidungsstück auf. Das kleine Gerät erschien.

„Die Dritte Macht spricht", meldete er sich hastig. Nur Oberst Freyt, Kommandant der fernen GANYMED, kannte das ausgemachte Rufsignal. Er hatte die Anweisung erhalten, lediglich im äußersten Not- oder Gefahrenfall die starken Sender seines Schiffes in Betrieb zu nehmen.

Auf dem winzigen Bildschirm erschien Freyts Gesicht.

„Gott sei Dank, Sie leben noch", klang es aus dem Mikrolautsprecher. „Fall Abenddämmerung ist eingetreten. Ein Suchkommando unter dem Naat Novaal hat entdeckt, daß Sie, Crest und Thora nicht mehr an Bord sind. Novaal will Meldung erstatten. Ich habe meine Richtantennen genau auf Arkon eins, zwei und drei eingepeilt. Irgendwo hoffte ich Sie zu finden. Wenn das Robotgehirn logisch denkt, dann ist es vorbei."

Rhodans Gesicht hatte sich unmerklich verzerrt.

„Danke", keuchte er. „Erwarten Sie mich in etwa dreißig Minuten. Es kann auch etwas später werden. Wir kommen mit einem Überschlachtschiff. Bereiten Sie Plan Vesuv vor. Alles riskieren."

Die Männer standen sprungbereit. Plötzlich tauchten aus den Unterkünften die dort abgelegten Waffen auf. Sie flogen von Hand zu Hand.

„Nicht mehr zögern, es ist soweit", sagte Rhodan hastig. „Alle Mann auf Position. Iwan, sause los. Du mußt unbedingt noch in die Zentrale kommen. Das Gehirn wird in wenigen Augenblicken herausgefunden haben, wer wir wirklich sind. Gucky, springe mit den anderen Teleportern zu den Waffenmagazinen. Bully, den Programmierungsstreifen an Tifflor. Er macht die Transition. So renne doch, Iwan!"

Der letzte Ruf wurde zu einem Brüllen. Weit vorn schaukelte die mächtige Gestalt des Mutanten um eine Ecke.

Gucky, Ras Tschubai und Tako Kakuta lösten sich plötzlich auf. Sie wußten genau, welche Waffen zur Abwehr eines Roboterangriffs erforderlich waren.

Die anderen Männer rasten fast wortlos davon. Es war ein Wettlauf mit der Zeit. Wenn der Naat schon Bericht erstattet hatte, mußte das Robotgehirn in unfehlbarer Konsequenz handeln.

Rhodan rannte mit keuchenden Lungen auf die ferne Zentrale zu. Thora und Crest erschienen aus einem Seitengang. Es war der Moment des Alarms. Irgendwo begann eine Lärmpfeife zu schrillen. Andere fielen ein.

Als Rhodan am Hauptlift vorbeikam, glitten weiter vorn die Panzerschotte der Zentrale zu. Mit einem Krachen entfalteten sich die zusätzlichen Energie-Schutzschirme, deren bläuliches Glühen die normale Beleuchtung verblassen ließ.

„Zurück!" schrie Thora entsetzt.

Rhodan stoppte eben noch seinen Sprung ab.

„Iwan ist drinnen!“ rief Wuriu Sengu aus dem Hintergrund. „Ich sehe ihn.“

Keuchend stieß Rhodan die Männer bis zum Lift zurück. Das Gejaule der Alarmanlage erfüllte noch immer die weiten Hallen des Superschlachtschiffs.

Iwan Goratschin war von den zuschlagenden Schotten zu Boden geschleudert worden. Beide Köpfe hatten sich mit einem Zuruf verständigt. Weit vor ihnen, etwa 40 Meter entfernt, war der separate Schutzschirm des Kontrollautomaten aufgeflammt. Helles Brummen brach aus seinem Innern hervor. Das Gerät hatte auf Notstromversorgung umgeschaltet.

Die Köpfe konzentrierten sich. Bannender wurde der Blick großer Augen. Unsichtbare, übergeordnete Geistesimpulse durchdrangen spielerisch leicht das energetische Gefüge des Abwehrschirms.

Die erste Kohlenstoffverbindung wurde in der Panzerschale selbst entdeckt. Iwan verzichtete darauf, diese massierten Atomballungen anzugreifen. Es hätte zu einer verheerenden Explosion führen müssen.

In der Lötstelle einer Leiterverbindung entdeckten sie winzigste Kalziumspuren.

„Da!“ stöhnte der linke Kopf. „Nicht zuviel. Fertig?“

Ein machtvoller Impuls durchbrach Energiesperre und Panzerkuppel. Nur einige wenige Kalziumatome traten in den Prozeß.

Iwanowitsch der Jüngere schrie gellend auf. Gegen den Willen des anderen Gehirns zuckten beide Arme des klobigen Körpers vor die geblendeten Augen. Schwer fiel der Koloß nach vorn.

Weißglut schoß aus dem explodierenden Automaten. Die Stichflamme zuckte bis zur gewölbten Zentraledecke hinauf, erfaßte dort die umlaufende Brüstung mit einigen Geräten der astronomischen Auswertung und richtete schwere Schäden an.

Die Panzerkuppel aus Arkonstahl löste sich nicht in ihre Bestandteile auf. Dafür zeigte sie in der Mitte einen schenkelbreiten Riß, in dem vernichtende Gluten wallten. Der Energieschirm war flackernd in sich zusammengebrochen. Die automatische Feueralarmanlage begann sofort mit ihrer hektischen Tätigkeit.

Die bisher schrillenden Signalpfeifen setzten aus. Über den

geschlossenen Panzertoren der Zentrale leuchteten wieder die roten Lampen auf. Die Normalschaltungen des Schiffes, die von dem zerstörten Automaten nun nicht mehr beeinflußt werden konnten, nahmen sofort ihren Dienst auf.

Iwanowitsch schrie. Kaum vermochte sein Bruder den schweren Körper aus der Bahn der aufgleitenden Innentür zu zerren.

Rhodan sprang mit schußbereiter Waffe herein. Der Öffnungsmechanismus hatte nach dem plötzlichen Verschwinden des Energievorhangs einwandfrei funktioniert.

Aus der zerrissenen Panzerkuppel brachen noch immer zuckende Blitze hervor. Fürchterliche Hitze schlug den näher springenden Männern entgegen. Der Gestank verkohlender Isolationen ließ nun die Klimaanlage auf höchsten Touren laufen.

Rhodan schlug die Hände vor das Gesicht und sprang in den hochlehnigen Pilotensessel hinein. Dicht hinter ihm tauchten harmlose Reparaturroboter auf, die lediglich der schiffseigenen Funktionsautomatik unterstanden.

Das Zischen sprühender Chemikalien, die direkt bei Berührung eine Vereisung der Brandstelle bewirkten, klang aus den Düsen der Löschanlage. Es wurde schlagartig kühler in der Zentrale.

„Thora, die Energiestationen überwachen!“ schrie Rhodan. „Schutzfelder aufbauen, Tempo!“

Sie schaltete mit bebenden Fingern.

Die Klarmeldung von Sergeant Rous kam an. Er hatte längst den Maschinenleitstand erreicht. Aus den Lautsprechern der Bordanlage dröhnte das erste Grollen hochenergetischer Strahlschüsse.

Marshall und Sengu zerrten den stöhnenden Goratschin auf die Beine.

Vor Rhodan leuchteten die riesenhaften Bildschirme der Rundumerfassung auf. Zugleich liefen die Kraftwerke eins bis vier an.

Lautstark jaulten sie auf Maximalleistung hinauf.

Kraftwerke fünf bis acht liefen nun ebenfalls. Rous schaltete die Stromreaktoren rücksichtslos hoch. Rings um den Raumer begann ein Lavasee zu kochen, aber es kam keine einzige Druckwelle durch.

Rhodan hörte sich brüllen. Er wußte nicht, was er schrie. Die Erregung der letzten Tage brach sich Bahn.

Thora meldete Antigravfeld und Andruckabsorber klar. Die volle Kraftwerkleistung stand nun endgültig zur Verfügung.

Wesentlich langsamer liefen die Triebwerke an. Bully und Crest gaben aus dem Leitstand in höchster Erregung ihre Meldungen durch. Triebwerk 16 hing stotternd nach. Die Fusionszündung war vor Erreichen der Vorlauftemperatur erfolgt.

Sekunden später fiel auch dieses völlig in sich abgeschlossene Aggregat in das Dröhnen der leer laufenden Maschinen ein.

Rhodan hieb die Schaltplatte der Startautomatik nach unten und legte um auf Katastrophen-Manuellsteuerung.

Das giftgrüne Aufleuchten der Notkontrollen bestätigte, daß die Hauptautomatik eingefallen war. Von nun an arbeitete die hochwertige Ausgleichspositronik. Rhodan konnte starten, wie er wollte – immer würden die unerläßlichen Nebenmaschinen kontinuierlich auf die entsprechenden Leistungswerte gebracht werden. Dies traf besonders auf den Mechanismus zur Aufhebung der beim Start entstehenden Beharrungskräfte zu.

„So starten Sie doch!“ schrie Thora.

Rhodan zog den Koppelschalter für alle Triebwerke auf Startleistung. Es dauerte drei Sekunden, bis die Synchronschaltung Grünwert zeigte. Mit einem dumpfen Aufbrüllen löste sich der Kugelriese aus dem kochenden und verdampfenden Glutsee, der einmal aus dicken Stahlplatten bestanden hatte. Schwerelos durch das sauber mitschaltende Antigravitationsfeld, hatten die Triebwerke lediglich die Masse des Riesen zu bewegen und den vorhandenen Luftwiderstand zu überwinden.

Der Platz fiel zurück. Nach zwei Sekunden war eine Höhe von fünftausend Metern erreicht.

„Vorsicht!“ schrie Tifflor, um sich blitzschnell hinter seinem Gerät in Sicherheit zu bringen.

Aus der erkennbaren Energieglocke des Großrobots hatte sich ein blendend heller Thermostrahl gelöst. Als ihn das Auge erfaßte, war er auch schon da.

In den Außenschirmen der VEAST' ARK flammte es grell auf. Lautes Donnern durchbrach das Arbeitsgeräusch der Triebwerke. Das Superschlachtschiff hatte den vernichtenden Strahlschuß so spielerisch leicht abgewehrt, daß der Treffer kaum registriert werden konnte.

„Welch ein Schiff!" schrie Rhodan. „Tifflor, schalten Sie die Transitionsautomatik ein. Ich gehe auf Sprungkurs."

Rhodans zweite Beschleunigung genügte, um das Schiff zu einem davonzuckenden Gebilde zu machen. Er startete mit einem Wert von 100 Kilometern pro Sekunde, was die brutal verdrängten Luftmassen zu einem Orkan veranlaßte.

Das grelle Glühen vor den Schutzschirmen verschwand abrupt nach knapp zwei Sekunden. Die VEAST' ARK hatte die obersten Luftschichten durchstoßen und trat in den freien Raum ein.

Rhodan ging auf vollste Schubleistung.

Unter Abstrahlung lichtschneller Impulse ruckte das Superschlachtschiff erneut an. Mit einem Beschleunigungswert von 6000 Kilometern pro Sekundenquadrat raste es in den Raum.

Tifflor arbeitete fieberhaft an der Programmierung, die jetzt erst vorgenommen werden konnte.

Neben ihm gab Thora den ebenfalls vorausberechneten Anflugkurs in die Selbststeuerpositronik. Zur Zeit jagte das Schiff noch planlos in den leeren Raum hinaus.

„Wo bleiben die Daten?" schrie Rhodan zu den Arbeitenden hinüber.

Etwas wurde auf den Bildschirmen erkennbar. Die sofort einfallende Tasterautomatik zeigte zwei Schlachtschiffe der Imperium-Klasse an.

Die Raumer eröffneten mit allen Waffen das Feuer. Fünf Treffer, die jedes andere Schiff restlos vernichtet hätten, peitschten gleichzeitig in die Schutzschirme. Ein kurzes Rütteln der nachschwingenden Zelle war alles, was von dem kläglichen Mißerfolg zeugte.

Dann waren sie schon verschwunden. Imperium-Raumer konnten nur mit 500 km/sec beschleunigen. Dieser Riese schaffte 600 km/sec.

Auf den endlich klarer werdenden Bildschirmen wurde die tiefe Schwärze des Raumes erkennbar. Es dauerte noch einige Augenblikke, bis die geblendeten Augen das strahlende Feuerwerk eng zusammenstehender Sonnen erfassen konnten.

„Automatik ein!" rief Thora. Sie war dem Zusammenbruch nahe.

Rhodan wartete auf das Grünzeichen des Autopiloten. Als es kam, gab er die Manuellsteuerung mit einem Schalterdruck auf.

Ein ungeheures Tosen ließ die VEAST' ARK erbeben. Hart, beinahe zu hart für die mit Höchstleistung laufenden Andruckabsorber wurde die Kugel aus ihrem bisherigen Kurs gerissen.

Beim nächsten Angleichmanöver kamen etwa vier Gravos durch. Thora stürzte unter dem plötzlich wirksam werdenen Schwereeinfluß zu Boden. Tiff ging ruckartig in die Knie.

„Schon vorbei", ächzte Rhodan mit einem ersten Lachen, das sein verkrampftes Gesicht auflockerte. „Schon vorbei."

Ein letzter Korrekturschub erfolgte. Die Kursmarke schwenkte langsam auf den Programmierungskreis ein, in dem sie unbeweglich stehenblieb. Das Superschlachtschiff aus der Universum-Klasse lag genau auf Kurs.

Rhodan wollte sich eben den Schweiß abwischen, als die Meldung von unten kam. Es war Bully, der seine Station verlassen hatte.

Er tat, als wäre überhaupt nichts geschehen. Gedehnt meinte er: „Oben sind wir. Fragt sich nur, wie lange. Unsere vierarmigen Freunde reagieren schlecht auf den Beschuß. Sie kommen durch die Decken nach oben. Alle Augenblicke taucht einer genau da auf, wo man ihn nicht erwartet. Die Antigravlifts habe ich stillgelegt. Wenn du noch einige Leute entbehren könntest, wäre es ganz nett."

Rhodan kannte diese betont lässige Sprache. Wenn sich Bully so ausdrückte, stand er dicht vor einem Gefühlsausbruch.

Rhodan schickte alle verfügbaren Männer nach unten. Die Mutanten standen bereits im harten Abwehrkampf gegen seelenlose Roboter.

Die wichtigen Schaltstationen des Schiffes wurden von Männern entblößt.

„Sie sollen aber stabile Raumanzüge überziehen", gab Bully noch durch. Sein unter dem geschlossenen Helm erkennbares Gesicht war geschwärzt. „Wir haben hier Durchschnittstemperaturen von dreihundert Grad – trotz der Klimaanlage."

Rhodans Befehle überstürzten sich. Es war etwa vier Minuten vor Transitionsbeginn. Tiff hatte klargemeldet. Die ermittelte Programmation war vom Hypersprungautomaten übernommen worden.

„Thora, bitte einen Kurzimpuls über Hyperkom an Oberst Freyt absetzen. Viermal das Wort ‚Tatzelwurm'. Bestätigung einholen."

Als sie den Sender betriebsklar hatte, gab sie nur noch dreimal das ausgemachte Kodewort durch. Freyt bestätigte mit einem Piepser von einer Zehntelsekunde Dauer.

Von da an wußte er, daß Rhodan in drei Minuten Standardzeit in die Transition gehen würde.

In den unteren Decks tobte die Roboterschlacht. Knapp vierzig Menschen und ein Mausbiber kämpften gegen blitzschnell reagierende Kampfmaschinen.

Die Teleporter und Telekineten leisteten unersetzliche Dienste. Iwan Goratschin allein ließ eine Maschine nach der anderen in greller Glutentwicklung vergehen. Er wußte genau, an welcher Schaltung der lenkenden Gehirne winzigste Kohlenstoffspuren zu finden waren. Dafür hatte man sich schließlich rechtzeitig genug interessiert.

„Dreißig Sekunden bis zur Transition", kam Rhodans Stimme über die eingeschalteten Helmlautsprecher der Raumanzüge durch. „Zwölf, sieben, eins, ab."

Das schlagartig entstehende Strukturfeld hüllte den Raumer ein. Die dicht auf folgenden Schiffe der Robotflotte registrierten das harte Rütteln einer beginnenden Strukturveränderung. Wieder wurden kleinere Einheiten beschädigt.

Die nagelneue VEAST' ARK, die gerade einige Probeflüge hinter sich hatte, ging in ihre erste Transition.

32.

Freyt sauste auf quietschenden Plastiksohlen durch die Panzerschleuse der Funkabteilung zur Zentrale der GANYMED hinüber. Augenblicke später vernahmen die auf den besetzten Gefechtsstationen dösenden Männer ein Gebrüll. Freyts hektisch gerötetes Antlitz erschien auf allen Verbindungsschirmen.

„Kommandant an alle!“ dröhnte es aus den Geräten. „Volle Gefechtsbereitschaft, Waffentürme klar zum Ausfahren! Plan Vesuv ist ab sofort wirksam! Raumanzüge schließen, umschalten auf Helmfunk! Ausbruch erfolgt in zirka dreißig Minuten Bordzeit! Achtung, Maschine: Fertigmachen zum Alarmstart! Wenn wir die im Boden eingebauten Fesselfeldprojektoren nicht in einem Feuerüberfall vernichten, kommen wir nie hoch! Achtung, Transmitterbesatzung: Den wichtigsten Fernsteuerturm südlich des Hafens einpeilen! Energiezentrale: Alle Stationen anlaufen lassen! Wenn Rhodan ankommt, müssen die Schutzschirme innerhalb von einer Sekunde stehen. Er wird mit einer Kurztransition aus dem Hyperraum donnern, wahrscheinlich sehr dicht über dem Planeten. Sie wissen, was wir dabei ohne Abwehrschirme erleben können. Zur Information: Rhodan sprach von der Ankunft mit einem Überschlachtschiff. Wenn er diesen Ausdruck gebraucht, ist wenigstens ein Raumer der Imperium-Klasse zu erwarten. Verlieren Sie also nicht die Nerven.“

Seitdem die GANYMED von menschlichen Wesen besetzt war, hatte es noch niemals ein solches Rennen und Hasten gegeben.

Kartenspiele flogen in die Ecke, angebissene Rationen klatschten auf den Boden. Infolge der schon bestehenden indirekten Gefechtsbereitschaft meldeten alle Stationen knapp drei Minuten nach dem Befehl klar.

Desintegratorgeschütze drehten sich in ihren Kuppeln. Wenn sie ausgefahren wurden, war eine Zielerfassung nicht mehr nötig.

Der I. Geschützoffizier tastete mit den Fingerspitzen seine „Feuerorgel“ ab. Immer mehr grüne Lämpchen leuchteten auf.

Der Fiktiv-Transmitter arbeitete getrennt. Auf dem Bildschirm erschien der mehr als 500 Meter hohe Fernlenk- und Nachrichtenturm, in dem man die Schaltzentrale für die Fesselfeldprojektoren entdeckt hatte.

Noch vor Rhodans Abflug hatten die Mutanten genau die Stellen bezeichnet, wo die Geräte im Boden eingebaut waren. Inmitten dieses Kreises stand die gewaltige GANYMED.

Maschinen begannen zu brummen. Zehn Minuten nach Rhodans Durchsage über Hyperkom gab es nichts mehr, was man noch hätte berichtigen oder besser machen können.

Fast tausend Mann lauerten auf den entscheidenden Augenblick. Die Funksprechverbindung zu jedem einzelnen Besatzungsmitglied gewährten die Helmgeräte. Freyt ließ den laufenden Empfänger auf die Sendeanlage des Funkverkehrs schalten. So konnte jedermann mithören, wenn die entscheidende Nachricht ankam.

Freyt wußte, daß Rhodan vor dem Sprung noch Hinweise geben würde. Die Sekunden wurden zu Ewigkeiten, die in sich nochmals dehnbar erschienen. Ausgerechnet in den Augenblicken sprach die Sonderschaltung zum Verbindungsoffizier des Planeten Naat an.

Freyt flüchtete hastig in eine Ecke und gab ein Zeichen. Leutnant Tanner, ein dunkelhaariger Mann, trat seelenruhig vor die Aufnahme. Auf dem Schirm erschien das dreiäugige Rundkopfgesicht des Naats Novaal. Er trug wieder die Uniform eines Schlachtschiffskommandanten.

„Ist Ihr Kommandant Perry Rhodan inzwischen von dem fraglichen Ausflug zurückgekommen?“ erkundigte sich der Fremde ironisch.

„In etwa einer Stunde“, entgegnete Tanner unbewegt. „Sie dürfen glauben, daß sich der Kommandant lediglich die Füße vertritt. Er hielt es im Schiff nicht mehr aus.“

„Wir werden sehen. Wo ist Rhodans Stellvertreter?“

„Er nimmt gerade ein Bad.“

„Ein was?“

„Saubermachen. Dreck von der Haut abkratzen. Das geschieht bei uns mit Wasser und Lösungsmitteln.“

„Verrückt!“ staunte der Naat, Kind einer zundertrockenen Welt. „Wasser trinkt man. Sie haben die Schiffsmaschinen in Gang gesetzt. Warum?“

„Damit sie nicht verrosten. Die Mannschaft muß in Bewegung gehalten werden.“

Der Naat schaltete ohne Antwort ab.

„Der weiß auch noch nichts von seinem Glück“, murmelte Tanner humorlos. Drei Minuten später kam der nächste Impuls durch.

„Dreimal ‚Tatzelwurm‘!“ brüllte der Funker.

Freyt winkte nur hinüber. Dann begann er zu zählen. Nach drei Sekunden registrierten die Strukturtaster einen Absprung. Eine halbe Sekunde später drückte Freyt auf alle erreichbaren Knöpfe. Die

Kraftstationen der GANYMED brüllten auf. Knallend entstand ein sehr schmales, jedoch hochverdichtetes Energiefeld längs der hohen Außenhülle.

Waffentürme zuckten aus zurückklappenden Blenden hervor. Noch ehe das fürchterliche Tosen eines in nächster Nähe stattfindenden Eintauchmanövers die Strukturtaster erschütterte, eröffnete der Geschützoffizier das Feuer.

Tosende Impulsstrahlen zuckten aus den Wandungen. Wo die sonnenheißen Gluten auftrafen, begann das Gelände zu kochen. Blasige Krater entstanden genau dort, wo die Fesselfeldprojektoren tief im Boden verankert waren.

Im selben Augenblick schoß eine grellweiße Glutsäule aus dem von Robotern besetzten Schaltturm hervor. Der Fiktiv-Transmitter hatte das Abwehrfeld mühelos überwunden und die Bombe im Innern des Bauwerks abgesetzt.

Glühende Überreste wurden mit dem typischen Pilz der atomaren Detonation in den Himmel gerissen. Die GANYMED ignorierte den heißen Wirbelsturm der Druckwelle, da in diesem Sekundenbruchteil noch viel größere Gewalten wirksam wurden, als sie von einer Zwanzig-Kilotonnen-Bombe entfacht werden konnten.

Dicht über der Lufthülle des fünften Arkonplaneten kehrte das Schiff in den Normalraum zurück.

„Freyt, sind Sie klar?“ brüllte eine vertraute Stimme, der man noch den Transitionsschock anhörte. „Starten Sie. Ich bin in zehn Sekunden über dem Hafen.“

Freyt schlug den Stufenschalter nach unten. Das Inferno in der engeren Umgebung der GANYMED hatte seinen Zweck erfüllt. Die Fesselfelder waren plötzlich nicht mehr vorhanden.

Als das Schlachtschiff mit flammenden Heckdüsen vom Boden abhob und langsam zu steigen begann, brach neues Unheil über den Flottenstützpunkt von Naatral herein.

Eine glühende Feuerkugel gigantischen Ausmaßes kam aus östlicher Richtung herangeschossen. Die GANYMED, die plötzlich mit höchsten Beschleunigungswerten anruckte und in den Himmel zuckte, kam eben noch aus der entstehenden Druckwelle heraus, ehe ein fürchterlicher Orkan zu toben begann.

Das neue Superschlachtschiff flog in nur zehn Kilometern Höhe. Die von ihm erzeugte Stoß- und Sogfront war ungeheuer.

Niemals zuvor hatte die fünfte Welt einen solchen Orkan erlebt. Schwere Raumschiffe wurden aus den Verankerungen gerissen. Technische Anlagen brachen haltlos zusammen.

Dann war es schon vorbei. Ein winzig erscheinender Glutpunkt schoß in weiter Entfernung in den Raum hinaus. Nach Durchstoßen der Atmosphäre hörte jenes Glühen auf, das die VEAST' ARK mit einem Mehrfachen ihres normalen Durchmessers umwabert hatte.

Sekunden später wurde die GANYMED ausgemacht. Zugleich erschien der Überriese auf den Tasterschirmen des irdischen Schiffes.

„Großer Gott!" ächzte der Kommandant. „Was ist das?"

Bildschirme leuchteten auf. Rhodans verzerrtes Gesicht erschien. „Freyt, dieses neue Riesenschiff muß ich mit zehn Mann fliegen, da alle anderen in der Abwehrschlacht gegen Kampfroboter stehen. Keine Fragen. Thora gibt Ihnen die Koordinaten durch. Schalten Sie direkt auf Autopilot, gleichen Sie an und gehen Sie auf Höchstbeschleunigung. Transition über runde drei Lichtjahre ins Zentrum des Sternhaufens hinein erfolgt in etwa elf Minuten. Sprungdaten bekommen Sie nach Kursangleichung. Schnell. Ich brauche Verstärkung."

Die Männer der GANYMED handelten. Rhodan brauchte ihnen nicht zu sagen, wie schwer es war, ein solches Schiff nur mit der Katastrophenschaltung zu fliegen.

Die Daten kamen an. Mit brüllenden Triebwerken ging die GANYMED auf genauen Angleichskurs. Nach der letzten Korrektur lag sie praktisch im Düsenstrom der voranfliegenden Einheit.

Die Sprungkoordinaten wurden direkt vom Automaten aufgenommen. Eine umständliche Programmierung entfiel.

„Ortung in Grün zweiunddreißig Grad, etwa hundert Schiffe", kam die Meldung aus der Tasterzentrale. „Weitere Ortung in Rot, fünfzig schwere Einheiten. Transitionen erfolgen ständig."

Freyt ließ den Strukturkompensator anlaufen. Wenn er in Transition ging, konnte er keinesfalls angemessen werden. Wohl aber würde es mit Rhodans Schiff geschehen können. Freyt begann zu schwitzen. Rhodan setzte wieder einmal alles auf eine Karte. Wahrscheinlich rechnete er mit der maßlosen Verwirrung im Arkon-Sektor.

„Noch zwanzig Sekunden“, kam Rhodans Stimme durch. Sie war kaum noch zu erkennen. „Zehn, sechs, eins, ab.“

Zwei mächtige Körper verschwanden in grellen Leuchterscheinungen. Im selben Augenblick begann es im planetarischen Bereich des fünften Planeten zu tosen. Mehr als 200 Schlachtschiffe und Schwere Kreuzer waren fast gleichzeitig in den Normalraum eingetaucht.

Rhodans Transition war kurz.

Dicht neben dem Superschlachtschiff stieß die GANYMED mit genau gleicher Eintauchfahrt von nur elf Prozent Unterlicht in die normale Dimension.

„Schnell, Freyt!“ rief Rhodan in das Mikrophon. „In einer halben Stunde sind wir erledigt. Messen Sie Transitionen an?“

„Ununterbrochen“, kam die erregte Antwort. „Glück gehabt! In dem unheimlichen Rummel konnte man garantiert nicht feststellen, wo wir herausgekommen sind. Vor uns steht eine sehr große, rote Sonne. Keine Ortungsergebnisse. Können Sie mich mit einem Traktorstrahl heranholen?“

„Nein, keine Leute dafür“, flüsterte Rhodan erschöpft. „Ich schalte die Schutzschirme ab. Versuchen Sie, ob Sie das Schiff einfangen können.“

Rhodan nahm die nötigen Handgriffe vor. Thora hing besinnungslos in ihrem Pilotensitz.

Ein Kraftwerk nach dem anderen lief aus. Die 18 Triebwerke stellten auf einmal den Dienst ein. Nur die kleinen Aggregate zur internen Stromversorgung blieben auf Leistung.

Schutzlos und im freien Fall raste das Superschlachtschiff durch den leeren Raum auf die noch ferne, rote Sonne zu.

Rhodan schob sich taumelnd aus seinem Sessel und half Tifflor auf die Beine.

Tiff lächelte schwach. „Zwei Transitionen auf einmal waren etwas zuviel.“

„Bleiben Sie hier!“ befahl Rhodan ruhig. „Öffnen Sie die oberen Polschleusen, sobald Freyts Männer übersetzen. Ich sehe mich unten um.“

„Nein!“ gellte ihm der Ruf des jungen Mannes nach. Tiff hatte entsetzt aufgerissene Augen.

Rhodan winkte ab. Als er den Bogengang von der Zentrale betrat, vernahm er das Donnern feuernder Waffen. Immer wieder klangen grelle, peitschende Detonationen auf.

Iwan, dachte Rhodan mit wiedererwachender Aktivität.

Zwei Decks tiefer fand er die ersten Männer des Einsatzkommandos. Hier hatte Sergeant Rous den Befehl übernommen. Glutende Hitze herrschte in allen Räumen. Rhodan sah sich gezwungen, den Helm fest zu schließen.

„Wir konnten sie noch halten", kam Rous' Stimme über den Helmsender. „Wir haben etwa zweihundertdreißig Stück abgeschossen, die meisten kommen auf Iwans und Guckys Konto. Es wäre alles nicht so schlimm, wenn die Maschinen nicht Löcher in die Decke schössen, um somit eine Etage höher zu kommen."

„Halten Sie hier den Zentralelift. Bully, wo steckst du?"

Jähe Angst um das Leben des Freundes stieg in Rhodan auf. Verzweifelt rief er nach dem Gefährten.

„Deck zweiunddreißig, vor dem Schott einer Maschinenhalle", kam rauh und krächzend die Antwort. „Hier greifen sie wie die Wilden an. Hast du die GANYMED mitgebracht? Wir haben nur die beiden Sprünge bemerkt."

„In spätestens zwanzig Minuten sind etwa achthundert Mann Verstärkung hier. Freyt fährt eben sein Anpassungsmanöver."

Rhodan schlitterte die steilen Nottreppen hinunter. Je tiefer er kam, desto unerträglicher wurde die Hitze.

Dem Werkstoff machte es nichts aus. Auf diesem Schiff gab es keine Tür und keine Strebe, die nicht aus Arkonstahl bestanden hätte. Das Material war gut für mehr als dreißigtausend Grad.

Hinter der stützenden Säule eines weiten Raumes entdeckte er Bullys Leute. Es waren sechs Männer, die mit zwei tragbaren Desintegratorgeschützen und schweren Impulsstrahlern den wichtigen Knotenpunkt hielten.

„Vorsicht!" schrie jemand.

Rhodan sprang hinter die nächste Deckung. Dort, wo er eben noch gestanden hatte, entwickelte sich ein weißer Glutfleck, aus dem versprühendes Metall auf den Boden zischte.

Rhodan schoß automatisch. Im sonnenhellen Bündel seiner Impulswaffe begann der körpereigene Schutzschirm eines Kampfroboters zu flammen. Ein zweiter Treffer ließ die so plötzlich aus einem Seitengang aufgetauchte Maschine niederbrechen.

Wie rasend tobte das Gebilde auf dem Boden herum. Aus dem breiten Glutfleck auf der Brustplatte züngelten helle Flammen hervor. Es war ein unwirklicher, nervenzermürbender Kampf. Niemand konnte genau sagen, wo sich die restlichen hundert Kampfroboter aufhielten. Man mußte darauf gefaßt sein, daß sie ihnen in den Rücken fielen. Wenn ihre schweren Waffen feuerten, gab es kein Halten mehr. Der Mensch hatte zu beweisen, daß er die überlegene, mechanische Behendigkeit seelenloser Maschinen durch den Einsatz seines Verstandes ausgleichen konnte.

Bisher hatte man es gekonnt. Rhodan durfte jedoch nicht an die Männer denken, die trotzdem überrascht worden waren.

Gucky erschien für einen Augenblick. Die beiden Teleporter und er waren praktisch die einzigen unangreifbaren Lebewesen. Unter ihnen hatte der Mausbiber noch den Vorteil, außer der Teleportation auch noch die Kunst der Telekinese zu beherrschen.

Schneller als Bulls Leute ihre Geschütze schwenken konnten, hatte das Pelzwesen die heranhuschende Metallgestalt gesehen.

Rhodan hörte sich laut lachen, als der Robot plötzlich emporflog und mit solcher Wucht gegen die Decke gerissen wurde, daß sein stoßempfindliches Mikrogehirn sofort unbrauchbar wurde. Noch zweimal wurde er mit fürchterlicher Wucht auf den Boden geschleudert, bis er mit sinnlos wirbelnden Metallgliedern zu kreiseln begann.

„Mann, das ist ein Spielchen“, hörte Rhodan Guckys zirpende Stimme. Schon war der Mausbiber wieder verschwunden.

Die 840 Meter lange GANYMED wirkte so dicht neben dem Superschlachtschiff wie ein etwas groß ausgefallenes Rettungsboot.

Wenn die Männer des Einsatzkommandos aus den Luftschleusen quollen, um die knappen 50 Meter bis zu den klaffenden Außenpforten des Riesen zu überspringen, mußten sie all ihren Verstand aufbieten, um vor der ungeheuren Masse nicht Furcht zu empfinden.

„Trupp Tanner zweite Schleuse links“, hallte es aus den Helmgeräten. „Nach Eintritt in Normalluft Abwehrfelder der Einsatzanzüge auf volle Leistung schalten. Nicht öffnen. Hohe Temperaturen."

Überschwere Desintegratoren, Geräte, die man eben noch tragen und mit zwei Händen bewältigen konnte, kamen mit den 800 Männern an Bord.

Freyt hatte sich dazu entschlossen, auch die Pforten der unteren Polkuppel als Einstieg zu verwenden. Wenn die noch intakten Kampfroboter logisch reagierten, mußten sie auch der zweiten Front entgegentreten.

Die GANYMED-Leute kamen mit einer Ausrüstung an, über die Rhodans Kommandotrupp nicht verfügte. Wenn es an Bord des Überschiffs arkonidische Einsatzanzüge mit eingebauten Energiestationen und Abwehrschirmen gab, so waren sie bisher noch nicht gefunden worden.

Tifflor, dicht vor dem großen Zentrallift stehend, wies die ankommenden Trupps ein.

Die völlig ausgelaugten Männer des Einsatzkommandos zogen sich sofort aus den Auffangpositionen zurück, die von da an durch ausgeruhte Leute besetzt wurden.

Nur die Mutanten blieben weiterhin im Einsatz. Nach einer knappen halben Stunde kam Ordnung in das Gequirle. Die Abwehrschirme der Einsatzanzüge waren stark genug, um Einzeltreffer abzuleiten.

Rhodan, Crest und Thora hatten die Einweisung in den unteren Regionen übernommen. Unaufhaltsam drangen die 800 Mann nach oben beziehungsweise nach unten vor.

Nach einer Stunde konzentrierte sich das Geschehen auf die Räumlichkeiten von Deck 32, das immer wieder von hochragenden Maschinenhallen unterbrochen und aufgeteilt wurde.

„Achtung, an alle!" klang Rhodans Stimme über Sprechfunk auf. „Beachten Sie, daß Robots, die hinter wertvollen Maschinen in Deckung gegangen sind, nicht von Ihnen angegriffen werden. Wenn Sie welche sehen oder mit tragbaren Energietastern orten, benachrichtigen Sie sofort John Marshall, der einen Mutanten schicken wird. Nur dann schießen, wenn Sie keine unersetzlichen Anlagen vernichten."

Rhodan fuhr herum, als kleine, zierlich gebaute Gestalten vorbeihuschten. Es waren die medizinisch ausgerüsteten Roboter der GANYMED, deren Spürzellen einen Verwundeten sicherer entdekken konnten als menschliche Augen.

Rhodan biß sich auf die Lippen, als die ersten Opfer der ungleichen Schlacht vorbeigetragen wurden.

„Das kriegen wir alles wieder hin", rief Haggard herüber. „Ich brauche zwanzig ausgeruhte Männer zum Transport."

Rhodan erließ augenblicklich die entsprechenden Anweisungen. Die Verletzten wurden zur GANYMED hinübergebracht, wo ärztliche Hilfe unter Einsatz aller Mittel gewährt wurde.

„Es war hart", stöhnte Bully. Seine rötlichen Haarborsten waren dicht über der Stirn versengt. „Diese Robots müssen Neukonstruktionen sein. Sie reagierten schneller als unsere Modelle. Wenn wir von der Sorte noch fünftausend an Bord bekommen hätten, wäre es Nacht geworden."

Nach dem letzten Wort schlief er in sitzender Haltung ein. Er wachte auch nicht auf, als er vorsichtig vom Antigravheber eines Medo-Robots angelüftet und abtransportiert wurde.

Es dauerte nochmals vier Stunden, bis die letzten Kampfmaschinen durch die Mutanten zerstört waren. Rhodan ließ Suchtrupps bilden, die die unangenehme Aufgabe erhielten, je einen Teilsektor des Schiffes zu durchkämmen.

„Passen Sie auf, aber geraten Sie nicht in Panikstimmung. Es liegt nicht in der schalttechnischen Natur von Kampfrobotern, sich nach menschlicher Art zu verstecken. Sie greifen an, solange sie noch können. Nehmen Sie daher als ziemlich gewiß an, daß Sie keine aktiven Maschinen mehr finden werden. Wenn noch welche da wären, würden sie sich ebenfalls in das Feuer stürzen."

Rhodan wandte sich müde um. Dr. Eric Manoli schaute in trübe, rötlich geäderte Augen, die alle Anstrengungen und Sorgen widerspiegelten.

„Du mußt sofort ruhen", warnte Manoli besorgt. „Das hält auch dein Körper auf die Dauer nicht durch."

„Erst das Schiff. Wo steckt Freyt?"

„Oben in der Zentrale."

Sie schwebten in den wieder funktionsklaren Antigravaufzügen hinauf.

Als Rhodan die Zentrale betrat, schlief Thora tief und fest in ihrem Pilotensessel.

Rhodan blieb einen Augenblick vor ihr stehen und sah hinab in das gelöste Gesicht. Manoli atmete innerlich auf, als sich Rhodans verkniffene Lippen langsam entspannten.

Die Bildschirme der Rundumerfassung waren in Tätigkeit. Spezialisten, die mit den Schaltanlagen der STARDUST II vertraut waren, hatten bereits die wichtigsten Positionen eingenommen.

Julian Tifflor, der plötzlich keine Müdigkeit mehr zu kennen schien, gab Erklärungen ab.

Die Funkzentrale war besetzt worden, ein Großkraftwerk lief auf Minimalleistung.

Auf den Polkuppeln des Riesenschiffs drehten sich die Tasterantennen. Die Ortungs- und Funkstation unterschied sich von der der STARDUST II nur durch ihre beeindruckende Größe.

Rhodan lauschte auf das dumpfe Donnern, das unablässig aus den eingeschalteten Strukturtastern klang.

„Sie suchen uns fieberhaft", sagte Freyt leise. „Hören Sie sich nur einmal den Hyperkom-Funkverkehr an. Der Großrobot scheint außer sich zu sein, falls das bei einer Maschine überhaupt möglich ist."

Rhodan durchschritt die Panzerschleuse. Eine neue Transition erschütterte die Geräte. Er lauschte einige Augenblicke, warf einen Blick auf die leeren Schirme der überlichtschnellen Objekttaster und ließ sich dann in einen Gliedersessel fallen.

„Meine Ahnung. Es wäre ja auch mehr als ein Zufall gewesen, wenn das Gehirn inmitten dieser zahllosen Hypersprünge ausgerechnet den unseren genau angepeilt hätte. Wir haben den richtigen Zeitpunkt gerade erwischt. Wenn wir jetzt sprängen, hätten wir Minuten später eine ganze Flotte auf dem Hals."

„Wo sind wir überhaupt?"

Rhodan schaute zu den Rundumbildschirmen hinauf. Die rote Sonne hob sich bereits gegen das Sterngefunkel des Haufens M-13 ab.

„Keine Ahnung. Ich weiß nur, daß wir rund drei Lichtjahre überwunden haben. Thora hat die zweite Transition allein berechnet.

Sie wird sich schon einen relativ einsamen Fleck inmitten dieser galaktischen Verkehrszentrale dazu ausgesucht haben. Freyt . . ."

Der Oberst trat näher.

„Ihre Warnung kam eben noch rechtzeitig. Andernfalls hätte ich wenigstens noch zwei Stunden gewartet. Wie kam es zu der Untersuchung?"

„Dieser seltsame Administrator auf Naat wollte Sie plötzlich sprechen. Es ging, glaube ich, um einen Einsatz, den wir für das Gehirn fliegen sollten."

„Ach!" Rhodan lachte humorlos auf.

„Novaal kam an Bord, und da begannen wir zu schwitzen. Er vermißte Sie und schließlich auch Thora und Crest. Wir wurden gezwungen, mit der gesamten Mannschaft vor dem Schiff anzutreten. Da kam die Sache heraus. Ich habe sofort den Notspruch abgesetzt. Es kann sich praktisch nur noch um Minuten gehandelt haben, da Novaal sofort eine Nachricht an das Gehirn absetzte. Wir haben sie aufgefangen."

Rhodan nickte bedächtig.

„Welches Datum schreiben wir heute?" fragte er leise.

„3. Juni 1984", sagte Manoli.

Rhodan nickte abermals. Dann meinte er unvermittelt: „Ich glaube, wir werden dieses prächtige Raumschiff TITAN nennen. Wissen Sie auch, daß die Erde nun über den wahrscheinlich stärksten und mächtigsten Schiffsriesen der Milchstraße verfügt?"

Er sah sich um. „Unser Ausflug zum Arkon-System war eine diplomatische und politische Pleite ersten Ranges. Der praktische Erfolg besteht einzig und allein in der Erkenntnis, was im sogenannten Großen Imperium gespielt wird. Damit können wir nicht einverstanden sein, denn es geht nicht an, daß eine Maschine über das Schicksal von Milliarden von Lebewesen bestimmt. Freunde – wenn die Erde heute von einer Robotflotte entdeckt werden sollte, gehen wir fürchterlichen Zeiten entgegen. Bisher ist es noch nicht geschehen, da ich einfach nicht glauben kann, daß dieser Topthor die Position eines so wertvollen Sonnensystems einfach einem Robotgehirn ausgeliefert hat. Das ließe diesem Burschen nämlich keine reelle Chance mehr."

Neues Tosen drang aus den Strukturtastern. Für einige Augenblicke wurde auf den Diagrammschirmen der Fernortung ein leuchtender Punkt erkennbar.

Rhodan verlor erst wieder seine angespannte Haltung, als der ausgemachte Fremdkörper aus der Erfassung verschwand.

„Eine unruhige Ecke", stellte Freyt nervös fest. „Was haben Sie vor?"

Rhodan erhob sich bedächtig. Wieder suchte sein Blick die rote Sonne. „Ich übernehme siebenhundert Ihrer Leute. Mit dreihundert Leuten können Sie die GANYMED einwandfrei beherrschen. Die TITAN führt allein vierzig Beiboote der GOOD-HOPE-Klasse mit. Um die auch noch zu besetzen, benötige ich etwa fünfzehnhundert ausgebildete Leute. Wir werden sehen, wie wir uns schnell und unauffällig aus dem Kugelhaufen M-13 lösen können. Das wäre vorläufig alles."

Als Freyt eine zweite Frage stellte, sah er auf einen mit halboffenen Augen schlafenden Mann nieder. Leise verließen sie die Funkzentrale.

Draußen, im gewaltigen Kontrollknotenpunkt des Superschlachtschiffs, war Julian Tifflor noch immer tätig.

„Sie werden ab sofort in die Klinik eingewiesen", knurrte Freyt bissig. „Das ist ein Befehl. Lassen Sie das hier unsere Sorge sein. Wir kommen schon mit den Aggregaten klar. Los, Junge, Sie müssen schlafen."

Tifflor ging fast in die Knie, als Freyt ihm auf die Schulter schlug.

Weit vor den treibenden Raumschiffen hing die fremde Sonne im All. Sie sah aus wie eine blutrote Träne.

ENDE

Perry-Rhodan-Terminologie

ACS –

Anthropoid Cybernetic System (auch AM genannt: Anthropomorphe Maschine), ein funktionell menschenähnlicher Roboter, der auch äußerlich dem Menschen ähnelt, d. h. Gliederung in Kopf, Rumpf, (meist) 2 Arme und 2 Beine, mit einem Mikrofusionsaggregat zur autonomen Energieversorgung (teilweise zusätzlich oder ausschließlich erfolgt die Energieversorgung drahtlos von stationären Kraftwerken aus), einer Positronik zur Steuerung der Funktionserhaltungssysteme und Arbeitssysteme (Kampfroboter werden teilweise durch zusätzliche Funkfernbefehle gesteuert, was sich jedoch als anfällig für gegnerische Funkstörsysteme erwiesen hat). Das ACS wurde mit prinzipieller Übereinstimmung und vielfältigen Detailunterschieden und meist mit der umgangssprachlichen und vereinfachenden Bezeichnung *Roboter* von zahlreichen Science-fiction-Schriftstellern als mögliche Vielzweckmaschine mit eigenem Denkapparat und menschenähnlichem Aussehen entwickelt. Erst sehr viel später, nachdem jahrzehntelang dieser Zukunftsentwurf von durchaus seriösen Wissenschaftlern und von Zeitungen, Funk und Fernsehen als Phantasterei oder schriftstellerische Spielerei abgetan worden war, wurde die Frage, ob ACS möglich und notwendig sind, von der Forschungspraxis bejaht und mit dem Ziel der Realisierung aufgegriffen. Im Jahre 1969 wurde bekannt, daß im Argonne National Laboratory ein System entwickelt werden soll, das von V. R. C. Goertz *„Master-Slave-System“* (Meister-Sklave-System) genannt wird. Im Jahre 1970 wurde dieses System unter der Bezeichnung *Syntelman* (Synchron-Tele-Manipulator) publiziert. Syntelman (auch Syntelmann) befindet sich noch in einem relativ frühen Entwicklungsstadium, aber schon jetzt ist zu erkennen, daß die heutige Entwicklung dabei ist, ein literarisch existentes Zukunftsmodell zu realisieren, denn Syntelman soll – wenn auch ein relativ primitives – Anthropomorphes Kybernetisches System werden. Der „Kopf“ besteht gegenwärtig allerdings aus nicht mehr als zwei Kameras einer Stereofernsehanlage und den entsprechenden Übertragungseinrichtungen; der Hals kann mit Hilfe von Elektromotoren geneigt und der Oberkörper gedreht werden. Auch alle weiteren Gelenke, so z. B. sieben an jedem Arm und fünf an jedem Bein, werden von jeweils einem Antriebsmotor bewegt. In der

Körpermitte soll ein Kleincomputer für die permanente Steuerung des Gleichgewichts sorgen, damit ein Gehen nach Art des Menschen ermöglicht werden kann. Die fernsteuertechnische Bedienung des Syntelman soll von einer Person erfolgen, die sich in einem Exoskelett befindet und sich so bewegt, wie sich Syntelman bewegen soll. Die Bewegungsimpulse werden dann vom Exoskelett über Sender auf Syntelman übertragen, der wiederum fernbildtechnisch kontrolliert werden soll. Vorgesehen als Einsatzort für Syntelman ist der Mond, wo das Gebilde manuelle Arbeiten verrichten soll, für die der Einsatz eines Astronauten zu kostspielig oder zu riskant wäre. Bezeichnend für den Konservatismus des menschlichen Denkens ist dabei, daß – trotz der Anlehnung dieser Entwicklung an futuristische Denkmodelle der Science-fiction – auch wissenschaftliche Publikationen über Syntelman hervorheben, daß „die Roboter" (gemeint sind die ACS der Science-fiction-Literatur) Phantasiegebilde wären. Als ob nicht jedem Realisierungsversuch die Denkarbeit des menschlichen Gehirns und damit die schöpferische Phantasie (oder auch „nur" richtungsweisende Phantasie) vorausgegangen wäre!

Arkon –
in der Perry-Rhodan-Serie das Heimatsystem der *Arkoniden** und die Keimzelle des *Großen Imperiums,* des Sternenreichs der Arkoniden, das den Kugelsternhaufen M-13 und einen Teil unserer Galaxis umfaßt. Der Kugelsternhaufen M-13, genaue Bezeichnung NGC 6205, ist von der Erde 34 000 Lichtjahre (Arkon-Katalog) entfernt, besitzt einen Durchmesser von etwa 230 Lichtjahren und enthält ungefähr 100 000 Sonnen. Die Sonne Arkon liegt fast genau im Zentrum des Kugelsternhaufens M-13. Sie ist eine große, weiße Sonne und wird von 27 Planeten umlaufen. Planet Nummer 3 ist die eigentliche Heimatwelt der Arkoniden und heißt, genau wie die Sonne, Arkon. Als dieser Planet für die rasch anwachsende Bevölkerung und für die technischen Anlagen des entstehenden Sternenreichs nicht mehr genügte, brachten die alten Arkoniden die Planeten Nummer 2 und 4 aus ihren natürlichen Bahnen und steuerten sie auf die Umlaufbahn des 3. Planeten. Seitdem haben diese 3 Planeten den Namen Arkon gemeinsam. Sie bewegten sich mit gleichen Geschwindigkeiten auf der gleichen Umlaufbahn, wobei sie stets die Position der Eckpunkte eines gedachten, gleichschenkligen Dreiecks einnahmen. Ihre Sonnenentfernung betrug unverändert 620 Millionen

Kilometer. Alle drei Arkonplaneten wiesen Durchschnittstemperaturen von 35 Grad Celsius auf. Im Laufe der Zeit erhielt jeder Planet seine ganz spezifische Aufgabe im Rahmen der Erfordernisse des Großen Imperiums.

Arkoniden –
die Bewohner des Arkonsystems *(Arkon*)* und Begründer des *Großen Imperiums.* Die Arkoniden sind humanoid, hochgewachsen, langschädlig; als Folgeerscheinung eines Albinismus besitzen sie sehr helle, fast weiße Haare, eine helle Haut und rötliche Augäpfel. Weitere Unterscheidungsmerkmale zum Menschen sind Knochenplatten anstelle von Rippen, ein zusätzlicher Gehirnsektor und verschiedene kleinere Abweichungen.

Arkoniden-Abstammung.
Auf – führen viele galaktische Völker ihre Herkunft zurück. Es handelt sich u. a. um: die *Springer* (Galaktische Händler); die *Überschweren* (aus dem Volk der Springer hervorgegangen); die *Parias* (Springer-Angehörige, die von ihrem Volk wegen verschiedener Vergehen ausgestoßen wurden); die *Aras* (Galaktische Mediziner) – Dieses Volk hat sich von seinen unmittelbaren Vorfahren, den Springern, im Verlauf der Zeit so distanziert, daß es nicht mehr zur Springer-Sippe gehörend eingeordnet werden kann. Die *Ekhoniden* und *Zaliter* aus dem Voga-System. Die *Soltener* von Solten, dem zweiten Planeten im Forit-System. Die *Utiker* vom Planeten Utik im Kugelsternhaufen M-13. Die *Azgonen* von Azgola, dem zweiten Planeten im System von Azgos-Stern. Die *Eysaler* von Eysal, dem zweiten Planeten im Eyciteo-System. Die *Salonen,* bei ihnen handelt es sich um einen Volksstamm der Eysaler. *Anm.:* Die Stammväter der Arkoniden sind die Akonen, die wiederum ihre Herkunft auf die Erste Menschheit, die Lemurer, zurückführen. Von den Akonen in direkter Linie stammen die Antis, die Priester des Báalol-Kultes, ab.

Doppelstern –
zwei Sterne, die auf Grund der gegenseitigen Anziehung ein gemeinsames System bilden (physische Doppelsterne). Sie bewegen sich nach den *Keplerschen Gesetzen** um ihren gemeinsamen Schwerpunkt. Man unterscheidet nach der Beobachtungsart: *visuelle Doppelsterne,* deren Komponenten (hier: der einzelne Stern des Doppelsterns) im

Fernrohr getrennt und deren Umläufe visuell verfolgt werden können; *spektroskopische Doppelsterne,* die wegen des *Dopplereffektes** periodische Linienverschiebungen in ihren *Spektren** aufweisen und daran erkannt werden; *photometrische Doppelsterne,* deren Bahnebene mit der Visierlinie Erde-System zufällig zusammenfällt, wobei durch gegenseitige Bedeckung die Helligkeit des Systems periodisch schwankt *(Bedeckungsveränderliche, z. B. Algol*).* – Die Zahl der bekannten Doppelsterne beträgt weit über 30 000. Genaue Bahnen sind bisher von etwa 250 bestimmt worden. Die kürzeste bekannte Umlaufzeit beträgt 1,66 Jahre. Etwa 25 % aller Sterne dürften Doppelsterne oder mehrfache Sterne sein. Die Untersuchung der Bahnellipsen von Doppelsternen hat insofern große Bedeutung, als bei bekannter Entfernung des Systems die linearen Dimensionen bestimmt werden können. Aus diesen und der Umlaufzeit ergibt sich mit dem Dritten Keplerschen Gesetz eine Möglichkeit zur Massenbestimmung der Komponenten. Doppelsterne, die nur durch die Projektion als solche erscheinen, heißen scheinbare oder optische Doppelsterne.

Dopplereffekt –
Dopplersches Prinzip, eine wichtige Erscheinung bei der Ausbreitung und dem Empfang von Wellen, falls sich der Abstand zwischen Wellenzentrum und Beobachter ändert. 1842 wurde dieser Effekt von dem österreichischen Physiker Christian Doppler entdeckt. Nähert sich das Wellenzentrum dem Beobachter, so ist die Anzahl der Wellen, die bei ihm eintreffen, höher, als wenn das Zentrum unbeweglich bliebe, und die Frequenz wird höher. Entfernt sich das Wellenzentrum von ihm, empfängt er weniger Wellen in einer vergleichbaren Zeiteinheit: Die Frequenz wird niedriger. Der Dopplereffekt ist zum Beispiel deutlich wahrnehmbar bei im Tiefflug vorüberfliegenden Flugzeugen oder bei Rennwagen. Er kann zur Geschwindigkeitsmessung verwendet werden. – Der Dopplereffekt von Lichtwellen ist nur bei sehr großen Relativgeschwindigkeiten feststellbar, zum Beispiel bei Sternen als *Rotverschiebung* von deren Spektrallinien; er dient zur Bestimmung von Geschwindigkeit und Entfernung der Sterne. Auch bei Rundfunkwellen im UKW-Bereich wird der Dopplereffekt festgestellt; mit Hilfe von Funkmeßgeräten wird der Dopplereffekt zur Geschwindigkeitsbestimmung künstlicher Erdsatelliten oder interplanetarer Raumfahrzeuge verwendet.

Existenzebene –
der Terminus für den Energiegehalt der maximalen Wahrscheinlichkeit, der für die erkennbare Existenz von Materie schlechthin maßgebend ist. In der internationalen Science-fiction wird der Begriff „Existenzebene“ oft mit dem Begriff „Zeitebene“ verwechselt, da auch die Zeitebene eine Ebene der materiellen Existenz darstellt. Während jedoch die Existenzebene die primäre Erscheinung ist, stellt die Zeitebene nur eine sekundäre Folgeerscheinung dar. Um den Begriff Existenzebene zu verstehen, muß man wissen, daß jedes Atom eine bestimmte Ladung besitzt, einen bestimmten Energiegehalt, der in der Regel bei allen Atomen gleicher Elemente gleich ist. Doch gibt es Atomarten, deren Kerne zwar die gleiche Protonenzahl, aber verschiedene Neutronenzahlen und damit verschiedene Massen haben *(Isotope*);* physikalisch unterscheiden sie sich von normalen Atomen außer in ihrer Masse auch im Kernvolumen, im *Spin** (Eigendrehimpuls) und im magnetischen Moment. Diese Unterschiede wirken sich so vielfältig aus, daß man es heute noch nicht völlig überschauen kann. Isotope sind jedoch eine normale Erscheinung. Demnach überwiegen in unserem Universum die „normalen“ Atome, denn der bestehende Zustand beruht auf dem Energiegehalt mit der größten Wahrscheinlichkeit des natürlichen Auftretens, wobei man berücksichtigen muß, daß diese „größte Wahrscheinlichkeit“ lediglich aus der Tatsache der existierenden Energieebene abgeleitet wurde. Würden in unserem Universum „anormale“ Atome überwiegen, müßte man trotz der daraus folgenden „Andersartigkeit“ des Universums mangels Vergleichsmöglichkeiten diese Existenzebene als die mit dem Energiegehalt der größten Wahrscheinlichkeit betrachten. In der SF-Literatur wird nun die Hypothese aufgestellt, daß hochintelligente Lebewesen mittels Maschinen und großen Energiemengen den Energiegehalt eines Teiles des Universums – meist den Energiegehalt eines Planeten bzw. seiner Materie oder auch nur den Energiegehalt eines Lebewesens und von Bauwerken – verringern oder erhöhen können, wodurch die betreffenden Objekte aus der „normalen“ Existenzebene verschwinden, da sie nunmehr einer Existenzebene mit anderem Energiegehalt angehören. Dieses „Verschwinden“ ist jedoch nicht zu verwechseln mit einer Ortsveränderung oder gar einer Zeitverschiebung; die Objekte mit verändertem Energiegehalt bewegen sich weder durch Raum noch durch Zeit. Dennoch könnten wir, verschwänden sie vor unseren Augen, sie von einer Sekunde zur

anderen weder fühlen noch sehen oder sonstwie wahrnehmen. Desgleichen vermöchten sie weder uns noch etwas aus unserer Existenzebene wahrzunehmen; sie gehörten nicht mehr zu unserem Universum, und wenn sie sich fortbewegten, so hätte diese Fortbewegung keinen Bezug zu unserem Universum, da in ihrer Existenzebene andere Naturgesetze gelten. Was „dort" ein Schritt wäre, könnte „hier" die Entfernung zwischen zwei Galaxien sein oder umgekehrt, und wo „hier" vielleicht eine Sekunde verstreicht, könnte „dort" ein Jahrtausend vergehen. Derjenige, der durch eine andere Existenzebene reist, hätte also unter Umständen große Überraschungen zu erwarten, falls er die unterschiedlichen Gesetzmäßigkeiten nicht kennt oder nicht zu manipulieren vermag.

Gravitationsgesetze – (Einsteins Gravitationsgesetze) –
die Gesetze, die im Unterschied zu den Newtonschen Gravitationsgesetzen die Gravitation als Feldeigenschaften des raumzeitlichen Kontinuums in geometrischer Form bestimmen. Albert *Einstein**, der das Postulat von *Newton* über die unbedingte Übereinstimmung von Schwerkraft und Trägheit anzweifelte, suchte nach einer besseren Erklärung für diese Erscheinung. Er verwarf außerdem den Begriff der Gravitation als den einer Kraft, die ohne jegliches Zeitintervall in die Ferne wirken könne. Es erschien ihm unwahrscheinlich, daß beispielsweise die Erde sozusagen in den Raum hinauslangen und einen Gegenstand an sich reißen könnte, und dies mit einer Kraft, die der Trägheit entsprechen sollte. Um ein besseres Bild von den Naturvorgängen zu gewinnen, ersann Einstein ein Gedankenexperiment. Er stellte sich einen Aufzug in einem Hochhaus von kosmischen Dimensionen vor, der sich von seinen Seilen gelöst hat und im Schacht frei herunterfällt. In diesem Fahrstuhl befindet sich eine Gruppe von Physikern, die ohne Ahnung von der drohenden Katastrophe ihre wissenschaftlichen Experimente durchführen. Sie nehmen Münzen, Füllfederhalter und Schlüssel aus ihren Taschen und öffnen die Hände, um die Objekte fallen zu lassen. Aber nichts geschieht: Füllfederhalter, Münzen und Schlüssel bleiben in der Luft schweben, weil ja alle diese Gegenstände, ebenso wie die Passagiere selbst, zusammen mit dem Fahrstuhl nach dem Newtonschen Gravitationsgesetz im gleichen Tempo fallen. Da die Fahrstuhlbenutzer nichts von ihrer gefährlichen Lage wissen, suchen sie nach Erklärungen für dieses Phänomen. Sie könnten beispielsweise annehmen, sie wären wie

durch Zauber dem Gravitationsfeld der Erde entrückt und schwebten schwerelos im leeren Raum. Die Phänomene würden sogar übereinstimmen, denn wenn einer von ihnen in die Höhe springt, dann schwebt er mit einer Geschwindigkeit, die im genauen Verhältnis zur Intensität seines Sprunges steht, der Decke zu. Wenn er eine Münze oder einen Schlüssel in irgendeine Richtung wirft, dann beschreiben diese Objekte eine gleichförmige Bewegung in dieser Richtung, bis sie an die Wand stoßen. Alles geschieht anscheinend in Übereinstimmung mit Newtons Trägheitsgesetz, das heißt, die Objekte sind entweder bewegungslos, oder sie bewegen sich gleichförmig in gerader Linie. Der Fahrstuhl ist irgendwie zu einem Inertialsystem geworden, und seine Passagiere haben keine Möglichkeit festzustellen, ob sie in einem Gravitationsfeld fallen oder schwerelos im freien Raum schweben. Nun wechselt die gedachte Szene. Die Physiker befinden sich noch immer im Fahrstuhl, aber diesmal sind sie wirklich im leeren Raum, fern von aller Anziehung durch einen Himmelskörper. Ein Seil ist am Fahrstuhldach befestigt, eine übernatürliche Kraft rollt das Seil auf, und der Aufzug saust mit konstanter Beschleunigung „in die Höhe". Wiederum wissen die Passagiere nicht, wo sie sind, und wiederum machen sie ihre Experimente, um ihren Standort zu bestimmen. Diesmal stellen sie fest, daß ihre Füße sich fest auf den Boden stützen. Wenn sie jetzt springen, schweben sie nicht zur Decke, denn der Fußboden unter ihnen bewegt sich mit ihnen zusammen in die Höhe. Lassen sie Gegenstände aus ihrer Hand gleiten, dann scheinen diese zu „fallen". Schleudern sie Gegenstände in horizontaler Richtung, dann bewegen sich diese nicht geradlinig, sondern beschreiben eine Parabel in Richtung auf den Boden. Die Physiker ahnen nichts davon, daß ihr fensterloser Fahrstuhl im Weltraum nach oben steigt, und kommen natürlicherweise zu der Annahme, sie befänden sich in einem stationären Raum auf der Erde und seien den gewöhnlichen Gravitationsgesetzen unterworfen. Die Physiker würden gleichen Problemen gegenüberstehen, wenn ihr Fahrstuhl sich mit einem großen rotierenden Karussell drehte, das im freien Raum schwebt. Sie würden registrieren, wie eine unerklärliche Kraft sie vom Zentrum des Karussells wegzuschleudern trachtete. (Ein physikalisch geschulter Beobachter außerhalb des Karussells würde sofort das Wirken der Zentrifugalkraft erkennen.) Dagegen dürften die Physiker im Fahrstuhl, die über ihre Situation nicht unterrichtet sind, die Schwerkraft am Werk glauben. Denn wenn ihr Aufenthaltsraum von sechs leeren und glatten Wänden eingeschlossen ist, dann können sie nicht feststellen, welche dieser Flächen der Fußboden und welche die Decke ist; sie spüren nur die Kraft, die sie gegen eine dieser Wände preßt. Was dem außenstehenden Beobachter als „Außenwand" erscheint, wird für die Leute im Fahrstuhl zum „Fußboden". Oben und unten sind eben relative Begriffe. Auch auf der Erde ist „unten" für uns lediglich die Richtung, in die die Schwerkraft einwirkt. Demnach würden die Physiker im Fahrstuhl mit ihren Experimenten zu genau den gleichen Ergebnissen gelangen wie zu der Zeit, als ihr Fahrstuhl im Weltraum „nach oben" geseilt wurde. Ihre Füße stützen sich fest auf den „Boden", die materiellen Objekte „fallen". Wiederum schreiben die Passagiere dieses Gedankenexperiments die Erscheinungen der Schwerkraft zu und glauben, sie befänden sich in einem Gravitationsfeld im Ruhezustand. Aus diesen Gedankenexperimenten zog Einstein einen Schluß von großer theoretischer Bedeutung: Er stellte das *Prinzip der Äquivalenz von Trägheit und Gravitation* auf. Dies besagt: Es gibt keine Möglichkeit, zwischen der durch eine beliebige Kraft hervorgerufenen Bewegung (Beschleunigung, elastischen Stoß, Zentrifugalkraft usw.) und der durch Gravitation verursachten zu unterscheiden. Jeder Pilot macht diese Erfahrung: Im Flugzeug lassen sich Inertial- und Gravitationseffekt nicht auseinanderhalten. Ein Pilot hat genau die gleiche Empfindung, ob er sich nach einem Sturzflug wieder aufrichtet oder ob er schnell eine enge Kurve beschreibt. In beiden Fällen tritt die als „G-Last" (Gravitationslast) bekannte Erscheinung auf: Das Blut strömt vom Kopf weg, und der Pilot wird gewaltsam in seinen Sitz hineingepreßt. Für den Piloten, der „blind" und ohne Instrumente fliegt, könnte die Gleichartigkeit dieser Wirkungen unheilvolle Folgen haben. Das eben entwickelte Prinzip ist das Fundament der Allgemeinen Relativitätstheorie; mit seiner Hilfe hat Einstein sowohl das Gravitationsproblem als auch das Rätsel der scheinbar „absoluten" Bewegung gelöst. Das Prinzip macht klar, daß nichtgleichförmige Bewegung letzten Endes weder einzigartig ist noch absoluten Charakter hat. Eine solche Bewegung, die wegen ihrer Wirkungen angeblich auch dann als Bewegung feststellbar wäre, wenn sie von einem allein im Weltraum existierenden Körper vollzogen würde, entpuppt sich schließlich als etwas von der Gravitation völlig Ununterscheidbares. So nannte im Fall jenes Karussells ein Beobachter Trägheitsmoment oder Zentrifugalkraft, mithin Wirkung ihrer Bewegung, was einem anderen als die gewohnte Wirkung der Gravitation erschien. Gleichermaßen kann jede andere Trägheitswirkung, hervorgerufen durch einen Wechsel der Geschwindigkeit oder der Bewegungsrichtung, als Wechsel oder Veränderung im Gravitationsfeld gedeutet werden. Mithin ist die Grundvoraussetzung der Relativitätslehre richtig: Sowohl gleichförmige als auch ungleichförmige Bewegung kann nur mit Rücksicht auf ein Bezugssystem beurteilt werden – es gibt einfach keine absolute Bewegung.

Springer –
die „Galaktischen Händler" der Perry-Rhodan-Serie. Es handelt sich um humanoide Lebewesen, die von den *Arkoniden** abstammen, sich jedoch im Laufe der Jahrtausende durch verschiedenartige Umweltbedingungen der neuen Heimatplaneten in ihrem Äußeren von dem der Arkoniden entfernten. Es überwiegt ein körperlich großer und schwerer Typ mit roten Haaren. Die Bezeichnung „Springer" stammt von der Lebensweise der Galaktischen Händler und von der Besonderheit des bei ihnen gebräuchlichen Überlichtantriebes. Sie „sprangen" früher mit Transitionsschiffen von Sonnensystem zu Sonnensystem (jetzt Linearflug) und handeln mit allem, was ihnen Profit bringt. Sie kennen keine gemeinsame Regierung, sondern sind nach Sippen organisiert. Jede Sippe untersteht einem Patriarchen und verfügt über eine verschieden große Anzahl von Handelsschiffen, deren Eigner im großen und ganzen unabhängig vom Patriarchen handeln können. Nur bei besonderen Anlässen, z. B. bei der Bedrohung durch Konkurrenten oder eine kriegerische fremde Rasse, übernimmt der Patriarch den Oberbefehl über seine Sippe und deren Schiffe. Je nach Größe der Gefahr schließen sich auch mehrere Sippen auf Zeit zusammen und unterstellen sich dem Befehl eines gewählten Oberhauptes. Reicht auch dies noch nicht aus, um die Gefahr abzuwenden, so wird die Sippe der *Überschweren** zu Hilfe gerufen. Die Überschweren übernehmen alle kriegerischen Aufträge gegen Entgelt. Die Springer sind eine friedliche, handeltreibende Rasse mit Humor und Toleranz. Versucht jedoch jemand, ihr galaktisches Handelsmonopol zu durchbrechen, widersetzen sie sich mit allen Mitteln. Ihre Handelsschiffe sind walzenförmig mit abgerundetem Bug und meist in der Größenordnung von 300 Metern Länge und 50 Metern Durchmesser.

Schwerer Kreuzer der TERRA-Klasse

Allgemeines:

Die Schweren Kreuzer der TERRA-Klasse sind bewegliche Angriffskreuzer, die vor allem bei gefährlichen Raumerkundungen eingesetzt werden. Sie durchmessen 200 Meter und haben 400 Mann Besatzung an Bord. Sie verfügen über eine doppelwandige Terkonitstahlpanzerung, die zusätzlich mit einem Hochleistung-Überladungsschirm (HÜ-Schirm) abgesichert werden kann. Die Schiffe besitzen 12 Teleskoplandestützen. Ihr Beschleunigungsvermögen beträgt 600 km/sec^2.
Bekannte Schiffsnamen: TERRA, SOLARSYSTEM.

Technische Daten:

Deck 15: Schwere Transformkanone mit Konverter, Positronik und Speicher
Deck 14: Mannschaftsräume, Mannschleuse und Narkosegeschütz
Deck 13: Feuerleitzentrale, Positronik und Impulskanonen
Deck 12: Ersatzteillager und Roboterunterkunft, Hangars für DREI-MANN-ZERSTÖRER und EIN-MANN-JÄGER
Deck 11: Mannschaftsräume, Observatorium, Laboratorien
Deck 10: Impulskanonen, Desintegratorgeschütze und Generatoren
Deck 9: Zentrale mit Panoramabildschirm, Kontroll- und Steueranlagen, Hauptpositronik, Funkzentrale und Schleusen
Deck 8: Maschinenraum, Ringwulst mit Impulstriebwerken und 18 Projektionsfelddüsen
Deck 7: Kalup'sche Konverter, Maschinenraum mit Reaktoren und Speicherbänken, Antigravprojektoren
Deck 6: Hangars mit EIN-MANN-JÄGER
Deck 5: Schirmfeldgeneratoren und Reaktoren zum Aufbau des HÜ-Schirmes, Transformkanone, Impulsgeschütze
Deck 4: Hangar mit DREI-MANN-ZERSTÖRER. Roboterunterkünfte und Ersatzteillager
Deck 3: Mannschaftsräume mit Krankenstation. Hangar für SPACE-JET
Deck 2: Laderaum, Hangar für SHIFTS
Deck 1: Laderaum mit Bodenschleuse. Hangar für einen SHIFT

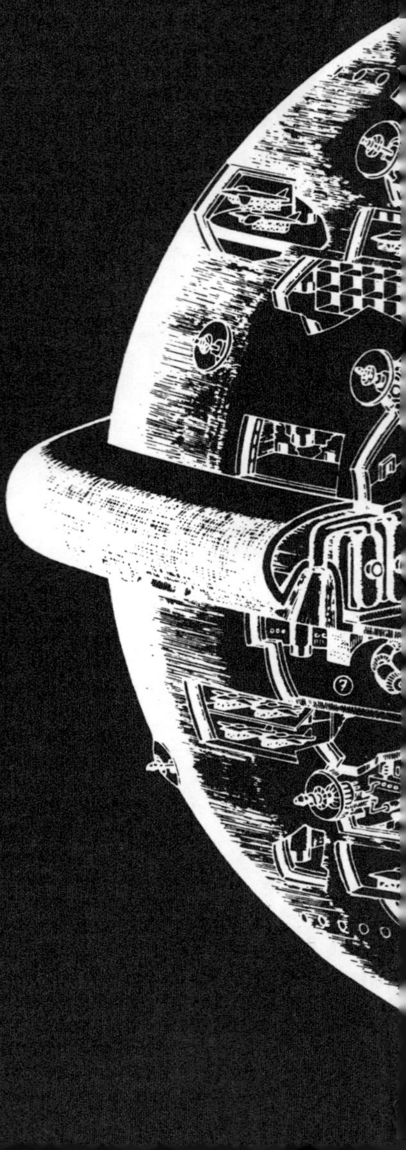